JOHN SANDFORD

Königin der Nacht
Spur der Angst

Königin der Nacht

In Mississippi sitzen den Cops die Finger locker, besonders, wenn es um farbige Handtaschendiebe geht. Der vierzehnjährige Darrell bekommt das am eigenen Leib zu spüren, als ihn die Polizei erst durch die Straßen hetzt und dann kurzerhand in den Rücken schießt. Keine große Sache im amerikanischen Süden – aber noch wissen die Cops nicht, welche Lawine sie damit losgetreten haben. Longstreet, Mississippi, ist eine hoffnungslos korrupte Stadt. Marvel Atkins, die lange genug tatenlos zugesehen hat, wie eine Hand die andere wäscht, hat genug, und Darrells Tod bringt das Faß endgültig zum Überlaufen. Der Computerexperte Kidd soll ihr helfen, die Machenschaften der Stadtoberen aufzudecken. Aber je mehr sich Kidd mit dem Tod des jungen Schwarzen beschäftigt, desto klarer wird ihm eins: daß Weiße auch nicht anders sterben.

Spur der Angst

Carmel Loan ist eine der erfolgreichsten Rechtsanwältinnen in Minneapolis. Und Carmel bekommt immer, was sie will. Nur Hale Allen bekommt sie nicht. Hale spielt zwar gerne ihren Liebhaber, aber er bleibt bei seiner Frau Barbara – bis dass der Tod sie scheidet. Und damit Letzteres bald eintritt, wendet sich Carmel an den Mafioso Rolo, den sie vor Gericht freigepaukt hat. Rolo empfiehlt Clara Rinker. Die Killerin erledigt ihren Auftrag auch gewohnt professionell: Weder die Polizei noch Hale können sich erklären, warum Barbara in einem Parkhaus ermordet wurde. Alles wäre jetzt ganz einfach, wenn Rolo nicht Carmel erpressen würde. Also wendet sich Carmel wieder an Clara. Nun beginnt ein Kampf zweier Frauen gegen die Mafia – ein Kampf, der Detective Lucas Davenport auf den Plan bringt.

Autor

John Sandford ist das Pseudonym des mit dem Pulitzerpreis ausgezeichneten Journalisten John Camp. Seine Romane finden sich regelmäßig auf den amerikanischen Bestsellerlisten. Schneller und fesselnder als er schreibt kaum ein zeitgenössischer Thriller-Autor. John Sandford lebt in Minneapolis.

*Im Goldmann Verlag sind außerdem folgende Romane
von John Sandford lieferbar:*
Blinde Spiegel (41352) · Böses Spiel (43429) · EisNacht (42549) · Jagdpartie (44388) · Kalte Rache (43708) · Königin der Nacht (41120) · Letzter Dreh (44058) · Das Messer im Schatten (43398) · Die Schule des Todes (41031) · Spur der Angst (44432) · Stumme Opfer (41533).

John Sandford

Königin der Nacht

Spur der Angst

Zwei Romane in einem Band

GOLDMANN

Der Goldmann Verlag
ist ein Unternehmen der Verlagsgruppe Bertelsmann

Einmalige Sonderausgabe Juni 2001
Königin der Nacht
Copyright © der Originalausgabe 1991
by John Sandford/John Camp
Copyright © der deutschsprachigen Ausgabe 1993
by Wilhelm Goldmann Verlag, München,
in der Verlagsgruppe Bertelsmann GmbH
Spur der Angst
Copyright © der Originalausgabe 1999 by John Sandford
Copyright © der deutschsprachigen Ausgabe 2000
by Wilhelm Goldmann Verlag, München,
in der Verlagsgruppe Bertelsmann GmbH
Umschlaggestaltung: Design Team München
Umschlagfoto: Wolf Huber
Druck: Elsnerdruck, Berlin
Made in Germany · Titelnummer: 13315

ISBN 3-442-13315-7

www.goldmann-verlag.de

Königin der Nacht

Aus dem Amerikanischen
von Manes H. Grünwald

Die Originalausgabe erschien 1991
unter dem Namen John Camp und dem Titel
»The Empress File«
bei Henry Holt and Company, New York

Für Roswell S. und Anne B.

Die Hitze war grausam.

Der ölige Gestank des geschmolzenen Asphalts hing dick in der Luft, und die Gesichter der wenigen Leute, die noch unterwegs waren, glänzten vor Schweiß. Ein Zeit- und Temperaturanzeiger neben dem Eingang der Longstreet State Bank blinkte scharlachrote Digitalzahlen in die Dunkelheit: 23.04 Uhr, 32,8 Grad Celsius. Drei Häuser weiter bohnerte der Hausmeister des *Paramount-Theaters* wie in Zeitlupe die Eingangshalle; das Kino hatte eine Klimaanlage, seine Wohnung nicht.

Auf der anderen Straßenseite, bei *Trent's Damenmode,* kämpfte ein Dekorateur verzweifelt mit einem infernalischen Haufen von Gliedmaßen verschiedener Schaufensterpuppen. Er dekorierte die neueste Damenbademode, und diese delikate Arbeit mußte er nachts erledigen, wenn Kinder unter zwölf Jahren nicht mehr auf der Straße sein durften. Der Stadtrat hatte empört festgestellt, daß moderne weibliche Schaufensterpuppen doch tatsächlich Brustwarzen hatten.

Selbst die schlanken, luftig gekleideten Puppen schienen unter der Hitze zu leiden.

Mit Einbruch der Dunkelheit war eine Millionenarmee von Insekten aus den Uferbänken des Mississippi aufgestiegen. Kaffeebraune Käfer, manche so lang wie ein Daumen, schwirrten über den Rinnsteinen der menschenleeren Straßen. Hartschalige Blatthornkäfer knallten wie Steine gegen die Schaufensterscheiben. Riesige Motten mit fetten, flaumigen Flügeln tanzten zu Hunderten in den Scheinwerfern der vereinzelt noch vorbeifahrenden Autos und hinterließen rötlichgelbe Schmierflecken auf den Windschutzscheiben; die größten von ihnen hatten Blutgefäße und Därme wie junge Vögel.

Die Motten und die zarten grünen Schlammfliegen waren die tragischen Stars in diesem nächtlichen Insektenspektakel. Zu Hunderten und Tausenden taumelten sie in die schaurig-violetten Lichter elektronischer Insektenfallen, die in regelmäßigen Abständen am Straßenrand aufgestellt worden waren. Die glücklicheren unter ihnen schafften es, an den Fallen vorbeizutaumeln und die ungefährlicheren Lampen auf dem Parkplatz des *E-Z-Way*-Drugstores anzufliegen, in deren Schein sie fröhlich herumzutanzen schienen. Aber auch dort starben sie nach einigen Minuten mitternächtlicher Ekstase im gleißenden, versengenden Licht, und ihre toten Körper bedeckten den Asphalt wie Konfetti nach einem Karnevalsumzug.

Elvis Coultier mochte die Insekten. Wie sich ständig ändernde Bilder eines Kaleidoskops zeichneten sie komplizierte Muster in das langweilige Halbdunkel draußen auf dem Parkplatz, und Elvis fühlte sich wie der Zuschauer eines stummen Dramas. Ein- oder zweimal jede Nacht tauchten riesige Mondspinner-Motten auf, grün, zart, fast durchsichtig, und er beobachtete gespannt, wie sie das Licht umkreisten, aufgeregt hoch- und niederflatterten, bis sie schließlich dem todbringenden Lichtgott zu nahe kamen, versengt wurden und zu Boden taumelten wie die Blätter im Herbst.

Elvis liebte die Insekten, aber er haßte die Hitze. Sie brachte ihn fast um. Er konnte kaum atmen, seine Lunge kam ihm wie ein vollgesogener Schwamm vor. Er hatte die Tür des Ladens und die großen Seitenfenster so weit wie möglich aufgemacht, aber es rührte sich kein Lufthauch.

Er war der Nachtverkäufer des E-Z Way, noch recht jung, aber ziemlich dick, und er bevorzugte deshalb übergroße Leinenhosen und T-Shirts. Bei den T-Shirts legte er besonderen Wert auf progressives Design, und so zeigte das heutige ein gestreiftes Cartoon-Kätzchen mit der zweideutigen Aufschrift: »Ich mag 'ne süße kleine Pussy«. Als er vorhin einen Hot dog gegessen hatte, war ihm Ketchup aufs Hemd getropft, und so zogen sich jetzt fünf rote Kleckse über den Körper der Katze wie blutige Fingerabdrücke. Immer wieder wischte er sich mit einem feuchten Lappen übers Gesicht, den er in einem Sektkühler mit Eiswasser aufbewahrte. Über den Bildschirm des tragbaren Fernsehers, den er in ein Eckregal in der Nähe geschoben hatte, flackerte die Wiederholung einer *Mary-Tyler-Moore-Show*, aber es war zu heiß, um sich darauf konzentrieren zu können. Und außerdem klatschten immer wieder Motten von der Größe der 10-Cent-Dauerlutscher im Glas auf der Theke gegen Marys attraktives Gesicht.

Der E-Z Way war der einzige Drugstore in der Stadt, der die ganze Nacht über geöffnet hatte. Er lag direkt an den Schienen der A & W-Eisenbahn, und sowohl Weiße östlich dieser Linie als auch Schwarze westlich davon, jeder, der Milch oder Bier oder Zigaretten oder sonstwas Lebenswichtiges brauchte, kauften dort ein. »Wir kriegen sie alle, früher oder später«, pflegte Elvis selbstbewußt zu sagen.

Um 23.04 Uhr war Darrell Clark der einzige Kunde im Laden. Er stand ganz hinten vor einer großen Kühlbox und starrte begehrlich auf die Vielfalt der Eiscreme- und Sorbetpackungen: Vanille, Schokolade, Erdbeere, Himbeere, Banane, Mango, Zitrone, Krokant, Schokoladensplitter. Bei jeder Sorte spürte er den Geschmack auf der Zunge. Die Fächer Krokant und Mango waren leer. »Vanille ist gut, aber vielleicht zu . . . vanillig«, dachte er.

Darrell hatte kurze Shorts und ein braunes Polohemd an. Das Hemd war zu klein und spannte sich über seinen jungen Körper wie eine zweite Haut. Das Haar über seiner hohen Stirn war sehr kurz geschnitten.

Er ließ immer wieder die Zunge über die Unterlippe gleiten; welcher Geschmack war am verlockendsten? Schließlich öffnete er die Glastür, ließ die kalte Luft über seinen Körper strömen, schauderte, griff dann nach einer Literpackung Schokoladensplitter. Er trug sie zur Theke. Elvis nahm Darrells zerknitterte Dollarnote und das Kleingeld, legte es in die Kasse und steckte die Eiscremepackung in eine braune Tüte.

»Un' jetzt nimm dei'n Arsch in die Hand un' renn heim, Junge«, sagte Elvis. »Das Zeug schmilzt schneller als Rotz auf 'ner Türklinke.«

Darrell lief tatsächlich sofort los. Die Gummisohlen seiner Sneakers klatschten auf den weichen Asphalt, und seine vierzehnjährigen Beine suchten zielsicher ihren Weg. Er rannte über den Parkplatz, bog um die mottenübersäten Lichtkegel der Laternen und dann in den staubigen Schlackenpfad, der parallel zu den Eisenbahnschienen verlief.

Zwei Sachen gingen ihm durch den Kopf.

Der erste Gedanke beschäftigte sich mit den Schokoladensplittern. Kühl und sahnig in der blauen Plastikschüssel zu Hause. Er hatte eine gute Wahl getroffen.

Der zweite drehte sich um einen Algorithmus, mit dem er in den letzten Tagen gedanklich herumgespielt hatte: wie er auf seinem PC, einem Macintosh II, eine Geländegrafik in kürzestmöglicher Zeit darstellen könnte...

Clarisse Barnwright, die jedermann nur »Old Lady Barnwright« nannte, humpelte die Bluebell Street entlang, in der einen Hand den Krückstock mit dem Gumminoppen, in der anderen ihre Handtasche. Sie wohnte einen Block entfernt auf dieser Seite der Eisenbahnschienen, im »weißen« Viertel der Stadt. Dort hatte sie ihr ganzes Leben verbracht; sie war keine hundert Meter von dem Haus entfernt geboren, in dem sie jetzt wohnte und auf den Tod wartete. Neununddreißig Jahre lang hatte sie versucht, Latein und Englisch in die Dickschädel der Kinder Longstreets zu klopfen. In den ersten siebenundzwanzig Jahren waren es ausschließlich weiße Kinder gewesen, in den letzten zwölf Jahren weiße und schwarze. Dann hatte sie Schluß gemacht und sich dankbar den Freuden der Pensionierung hingegeben.

Ein Jahr vor der Pensionierung war ihr Mann gestorben. Manche Leute meinten, das sei der Grund für ihren vorzeitigen Ruhestand gewesen. »Sie war dem Arbeitsleben ohne ihren Albert nicht mehr gewachsen«, sagten sie wissend.

Sie lagen ganz falsch damit.

Richtig war, daß Clarisse sein Ableben keinesfalls bedauerte. Schon in den vierziger und fünfziger Jahren hatte sie in heißen Sommernächten oft genug neben ihm im Bett gelegen, hatte wegen seines blubbernden Schnarchens und seiner gelegentlichen Fürze nicht schlafen können und darüber nachgedacht, wie sie nachhelfen könne, ihn auf den Weg zum ewigen Leben zu bringen. Sie hätte es vielleicht wirklich getan, wenn ihr eine sichere Methode eingefallen wäre, nicht erwischt zu werden. Es gab in diesem Staat die Todesstrafe und den elektrischen Stuhl, und die Verantwortlichen hatten bedauerlicherweise keine Hemmungen, auch Frauen darauf Platz nehmen zu lassen...

Clarisse seufzte jedesmal tief auf, wenn sie an Albert und die Zeit mit ihm zurückdachte. Wenn er noch leben würde, würde er nichts tun, als im Haus herumsitzen und nörgeln: über die abblätternde Farbe an der Hauswand, über die Hitze, über die kaputten Bürgersteige vor dem Haus, über die Scheißpolitiker...

Über wirklich interessante Dinge hatte er sich nie beschwert. Zum Beispiel über ihr eheliches Sexualleben. Es wäre durchaus interessant für Clarisse gewesen, wenn er eines Nachts mal gefragt hätte: »Sag mal, Claire, was weißt du eigentlich über diese Cunnilingus-Sache?« Old Lady Barnwright kicherte vor sich hin. Schon allein diese Frage hätte wahrscheinlich einen Orgasmus bei ihr ausgelöst...

Clarisse Barnwright war so mit ihren Gedanken beschäftigt, daß sie die leisen Schritte hinter sich nicht hörte.

Clayton Rand saß im Dunkeln auf seiner Veranda und sah zu, wie Old Lady Barnwright auf dem Gehweg dahergehumpelt kam. Bißchen spät für das alte Mädchen, dachte er. Aber wenn man sich ihr Alter überlegt, mußte man sagen, sie kam noch recht gut voran. Zum Teufel, er war vierundsechzig, und in der elften und zwölften Klasse war sie seine Lehrerin gewesen. Sie ging sicherlich langsam auf die neunzig zu. Clayton fächelte sich mit der Sportseite der *Gazette* Luft zu und fragte sich, woran die alte Lady jetzt wohl denken mochte. Konjugiert wahrscheinlich lateinische Verben oder so was. Dachte er.

Als er den Schatten hinter ihr auftauchen sah, wollte er ihr eine Warnung zurufen, aber seine Zunge war wie gelähmt. Er brachte keinen Ton heraus, und während er aufsprang und keuchte und nach Luft rang, war der Schatten bei der alten Lady, riß ihr die Tasche aus der Hand und stieß sie in Bob Carters Geißblatthecke. Sie schrie wie am Spieß, während der Schatten über die Straße huschte und in Richtung Eisenbahngleis verschwand. Old Lady Barnwright mag ja alt sein, dachte Clayton, aber ihre Lunge ist noch in Ordnung. Er rannte ins Haus, zum Telefon.

»Polizei, Notrufzentrale«, meldete sich Lucy mit ihrer unverwechselbaren heiseren Bubblegumstimme. Sie hatte wunderschöne kegelförmige Titten, wie Clayton sich erinnerte, und sie bevorzugte rosa Glitzerlippenstift und dünne, enge Baumwollpullover. Eine scharfe Frau, und Clayton kam sich wie ein wollüstiger Sünder vor, daß er sie anrief – auch wenn es auf der Notrufnummer war. Nummer... Claytons Gedanken schweiften fast ab, aber dann hatte er sich wieder unter Kontrolle. »Haben Sie eine Notsituation zu melden?« fragte Lucy inzwischen.

»Und ob, Schätzchen«, legte Clayton los. »Hier ist Clayton Rand in der Bluebell Street. Ein schwarzer Jugendlicher hat gerade Old Lady Barnwright überfallen und ihr die Handtasche geklaut. Vor höchstens zehn Sekunden. Der Kerl ist wie der Blitz auf die Schienen zugerannt...«

Die Officers Roy R. (Tud) Dick und William (Billy) L. Teeter waren in dieser Nacht auf Drogenstreife, und deshalb hatten sie auch die Heckler-&-Koch-Maschinenpistole MP5 mit Laserzieleinrichtung dabei und nicht die Standardschrotflinte wie sonst. Die MP steckte in der Halterung zwischen den beiden. Sie war gerade erst bei der Stadtpolizei eingeführt worden. Billy Lee Teeter hatte sich für den Einsatz der Waffe qualifiziert, Tud Dick nicht. Er war kein Waffenfan und hatte sich nicht interessiert gezeigt, an der MP5 ausgebildet zu werden. Es fehlte ihm an Vorbildern. Das letzte Mal, als ein Longstreet-Cop im Dienst eine Waffe eingesetzt hatte, waren sechs seiner sechs Revolverschüsse danebengegangen, und sein eigener Schwager hatte ihm mit einem einzigen Schuß den Arsch abgeschossen, das heißt, ihn ins Jenseits befördert. Das war 1971 gewesen...

Die beiden Officer saßen in ihrem Streifenwagen in einer Nebenstraße, unterhielten sich über die Scheißhitze und warteten darauf, daß Annie Carlson sich wieder mal einen anzwitscherte und dann die übliche Duschorgie veranstaltete. Sie ließ die Vorhänge des Badezimmers immer offen, und wenn sie dann aus der Dusche kam, ein weißes Handtuch um den Kopf gewickkelt, stand sie wie ein berühmtes Gemälde – Tud konnte nicht sagen, welches es war, aber es gab es, das wußte er – nackt im erleuchteten Fensterrahmen. Billy Lee war da prosaischer und meinte, sie sähe wie ein potentielles Playmate des Monats aus. Was bei ihm hieß, möglichst mollig am ganzen Körper.

Tud trank gerade aus einer Dose Pfirsichsoda, als der Funkspruch von Lucy aus den Lautsprechern quakte. Fast gleichzeitig sahen sie den schwarzen Jugendlichen am Ende der Straße vorbeihuschen. Rennt wie der Blitz, hatte Lucy gesagt, und sie hatte recht behalten.

»Den wollen wir uns mal schnappen«, sagte Tud. Er warf die leere Dose auf den Rücksitz, schaltete Blaulicht und Sirene an und preschte los. Annie Carlson war sowieso anscheinend noch nicht blau genug für ihren Auftritt. Der schwarze Junge lief auf dem Pfad parallel zu den Schienen und war kurz vor einer Abzweigung, wo der Pfad sich nach links von den Schienen entfernte.

»Scheiße, Bill, der ist gleich hinter dem Wasserturm verschwunden«, rief Tud.

»Halt an! Halt die verdammte Karre an!«

Tud stieg auf die Bremse. Billy Lee griff sich die MP, schaltete den Laser ein und sprang aus dem Wagen.

»Stehenbleiben!« schrie er. »Sofort stehenbleiben!«

Er richtete den roten Laserzielpunkt auf den Rücken des Jungen, genau in die Mitte. »Bleib stehen, Junge«, brüllte er noch mal. Eine seltsame Aufregung zuckte durch seine Kehle, den Bauch, konzentrierte sich in seinen Hoden, als er merkte, daß der

Junge nicht stehenblieb. Tud rief noch »He, Billy, nicht…«, aber er krümmte den Zeigefinger, und ein Feuerstoß röhrte aus der Waffe. Der schwarze Junge stürzte wie vom Blitz getroffen ins Unkraut neben dem Pfad.

»Wie vom Blitz getroffen«, murmelte Bill Lee verwundert in die plötzliche Stille.

Tud funkte mit zittriger Stimme nach Unterstützung und einem Krankenwagen, dann gingen sie vorsichtig auf die Stelle zu, wo der Junge liegen mußte. Billy Lee mit der MP an der Hüfte im Anschlag, Tud mit seiner .38er in der Hand. In den Häusern auf beiden Seiten der Schienen gingen die Lichter an, und auf dem Rasen eines Hauses stand ein Mann im ärmellosen Unterhemd und beobachtete sie. Sie fanden den Jungen direkt neben dem Pfad. Er lag mit dem Gesicht nach unten. Eine Kugel war in sein Genick eingedrungen, eine zweite zwischen die Schulterblätter, eine dritte ein wenig links darunter. Ein gutes Trefferergebnis, das mußte man sagen. Der Junge konnte höchstens noch eine Sekunde gelebt haben, nachdem er zu Boden gegangen war, dachte Tud. Sein Mund war voller Dreck und Schlacke, als ob er im Augenblick des Todes in den Boden gebissen hätte. Eine Hand krallte sich um eine braune Tüte.

Die beiden Officer sahen einen kurzen Moment auf den Toten herunter, dann ging Tud neben ihm in die Knie und nahm ihm die Tüte aus der Hand. Er kippte sie aus, und ein Paket Schokoladensplittereis fiel auf die braune Schlacke. Es dampfte in der feuchten Nachtluft. Die beiden starrten es an. Dann hob Tud seine traurigen Hundeaugen zu seinem Partner.

»Gottverdammte Scheiße, Billy Lee«, sagte er und schüttelte den Kopf. »Du hast den falschen Nigger umgelegt.«

I

Ich hatte gerade eine halbe Stunde geschlafen, als morgens um vier das Gejaule losging. Es war ein ziemlich leises, aber sehr hartnäckiges Geräusch, und ich brauchte fast eine Minute, bis ich es bewußt wahrnahm.

»Telefon?« Chaminade ruckte neben mir hoch. Ihre Stimme klang wie ein rostiges Bügelbrett.

»Was?«

»Telefon?« wiederholte sie.

»Scheint so.« Die Katze, die zusammengerollt am Fußende des Bettes lag, hob den Kopf, als ich zur Diele wankte. An der offenen Tür zum Arbeitszimmer blieb ich stehen. Auf dem Schirm meines Amiga blinkte eine Nachricht, und mir wurde klar, daß ich nicht das Telefon, sondern den Alarm des Computers gehört hatte. Entlang der Wände des Studios hatte ich neben dem Amiga ungefähr ein Dutzend kleinerer Computer und Dumb-Terminals als Nebenstellen aufgebaut, und drei oder vier von ihnen waren permanent auf Empfang geschaltet. Ein paar Leute wußten, wie sie mich erreichen und Daten in den Speicher des Amiga transferieren konnten. Aber nur einer wußte, was zu tun war, um gleichzeitig auch den Alarm auszulösen.

Bobby Duchamps.

Wenn er mitten in der Nacht anrief und auch noch den Alarm auslöste, dann tat er das ganz bestimmt nicht, um mit mir zu plaudern. Der Alarm ertönte, sobald die Daten beim Amiga eingingen, und setzte dann alle fünf Minuten für eine Minute ein, bis ich ihn abschaltete. Die Nachricht auf dem Bildschirm war unzweideutig. Nach meinem Rufzeichen stand da schlicht und einfach:

Sofort zurückrufen.

Wenn Bobby »sofort« sagte, dann meinte er das auch. Ich glaube, er sitzt vierundzwanzig Stunden am Tag vor seinen Computern; er scheint keine festgelegte Arbeitszeit zu kennen, und wann immer ich ihn in seinem privaten System gerufen hatte, er war persönlich am Gerät gewesen.

Ich gähnte und setzte mich nackt und fröstelnd vor den Amiga. Als erstes gab ich den Code ein, mit dem der Alarm gestoppt wird. Dann schaltete ich das Modem für den Telefonbetrieb auf SENDEN und gab eine Nummer von East St. Louis ein. Ich ließ es achtmal klingeln, dann drückte ich »a« auf meinem Keyboard. Danach läutete es noch zweimal, dann kam die Antwort: das Summen der Trägerfrequenz. Ein paar Sekunden später flackerte ein »?« links oben auf dem Bildschirm auf, und ich tippte *Hivaoa* ein, mein Codewort für Bobbys System. Wir haben es Gauguins Gemälde *Der Zauberer von Hivaoa* entnommen, das im Musée d'Art Moderne in Lüttich hängt. Es klingt zwar ein wenig anspruchsvoll, aber es erfüllt die beiden wichtigsten Kriterien, die man an ein Codewort stellen muß: Man kann es sich leicht merken, und man muß nicht befürchten, daß jemand zufällig darüberstolpert.

Bobby antwortete sofort:

Freund braucht dringend persönlichen Kontakt.
Wann/Wo?
Heute/Memphis.
Sehr kurzfristig!
Dringende Bitte!
Werde Flugverbindung checken.
Schon gebucht Northwest Airlines ab Minneapolis-St.-Paul 16.47, Ankunft Memphis 19.20.

Es war natürlich ziemlich voreilig, einfach so über mich zu verfügen, aber Bobby ist Computerfreak, und die sind nun mal so. Und außerdem war er ständiger, wenn auch nicht zugelassener Teilnehmer im Reservierungssystem der Northwest Airlines. Wahrscheinlich kostete ihn die Sache keinen Cent.

Bobby und ich hatten uns vor langer Zeit, damals in den guten alten Tagen, in einem GM-Computerkurs kennengelernt. Dann hatten wir unsere Freundschaft bei den ersten privaten Computerkontakten, die es überhaupt gab, weiter ausgebaut. Das sind Freundschaften, wie sie diese angeberischen Teeny-Hacker heutzutage nie kennengelernt haben. Im Lauf der Jahre hatten Bobby und ich ständig Daten und vor allem Codes fremder Systeme ausgetauscht. Ich habe ihn nie persönlich kennengelernt, aber ein paarmal über Voice-Lines mit ihm gesprochen. Ein junger Schwarzer, hatte ich aus seiner Stimme geschlossen, vielleicht Anfang bis Mitte Zwanzig. Südstaatler, ohne Zweifel, wie der Akzent bewies. Er hatte einen leichten Sprachfehler, und bei manchen Gesprächen bekam ich den Eindruck, daß er anscheinend an einer neurologischen Erkrankung litt, teilweiser Cerebralähmung oder wie das heißt. Vor einiger Zeit hatte er mir aus einer argen Klemme geholfen, als es um ein Gangstersyndikat, einen Hackerangriff auf das Computersystem eines der größten Waffenproduzenten der USA samt Einpflanzen eines Virus und nicht zuletzt auch um mehrere Morde ging. Hin und wieder zuckt auch heute noch die Erinnerung an dieses gefährliche Unternehmen durch meinen Kopf, und ich versuche dann, sie so schnell wie möglich wieder zu verdrängen; es ist wie ein Alptraum, eine Wanderung am Rand des Abgrundes. Bobby half mir, den Gangstern auf die Schliche zu kommen, und als Dank überwies ich ihm einen größeren Betrag von der ansehnlichen Summe, die mir der Waffenkonzern bezahlte. Wir waren also Freunde, aber eben doch nur per Computer. Ich wandte mich wieder seinem Spruch zu:

Wohin in Memphis?
Freund kommt zum Flughafen.
Okay.

Nach Bobbys abschließender Bestätigung ging ich zurück ins Schlafzimmer, stellte den Wecker auf elf Uhr und krabbelte wieder ins Bett. Chaminade roch nach Rotwein und Knoblauchsoße, ein wenig auch nach Schweiß, und ganz schwach erschnupperte ich den Duft eines französischen Parfüms. Sie ist

eine tolle Frau, wirklich – nachtschwarzes Haar und himmel-
blaue Augen. Ihre Gene und ihr Temperament sind schwarz-
irisch, eine wunderbare, unglaubliche Mischung. Sie studiert
Elektronik, Spezialfach Miniaturisierung. Sie gehörte zu den
ersten, denen es gelang, das Codesystem des neuen Satelliten-
fernsehens zu knacken. Nebenher verdient sie ganz schön mit
der Anfertigung von Raubkopien spezieller Computersoftware.

Sie lag auf der Seite, mit dem Rücken zu mir, und ich drückte
mich an sie. Sie rührte sich nicht. Die Katze an unseren Füßen
drehte ein paar Kreise, bis sie wieder ihre ursprüngliche Schlaf-
stellung eingenommen hatte. Chaminade murmelte verschlafen:
»Was'n los?« Dann schliefen wir alle drei wieder ein.

Ich wohnte in einer – bezahlten – Eigentumswohnung in der
Unterstadt von St. Paul, etwa hundert Meter oberhalb des Mis-
sissippiufers. Das Gebäude wurde um die Jahrhundertwende in
rotem Backstein als Lagerhaus gebaut und vor einigen Jahren zu
einer schicken Wohnanlage umgestaltet.

Das Appartement besteht aus einer Kompaktküche, einem
kleinen Eßzimmer, einem Schlafzimmer, einem Studio mit
Nordfenstern für die Malerei – meinem eigentlichen Beruf – und
einem Arbeitszimmer, das mit Computern und mindestens tausend Büchern vollgestopft ist. Und ich habe ein nagelneues Fünf-
einhalbmeterboot unten auf dem Fluß und einen alten Oldsmo-
bile in einer Privatgarage drüben am Ende der Straße. Ein zweites
Appartement, diesem hier sehr ähnlich und ebenfalls bezahlt,
habe ich auch noch in New Orleans.

Wenn ich betone, daß die Appartements bezahlt sind, will ich
nicht damit prahlen, was für ein reicher, materiell gesicherter und
saturierter Typ ich bin. Nein, so ist das nicht. Ich quäle mich eher
mit Sorgen herum. Ich habe in meinem Leben viele Fehler gemacht, habe in mancherlei Hinsicht versagt. Die Geschichte mit
dem Gangstersyndikat hat mir eine Menge Geld eingebracht.
Vorher habe ich mich gerade so durchgeschlagen, hatte nie irgendwelche finanziellen Rücklagen, und als ich den großen Rei-
bach mit der Gangstergeschichte machte, habe ich anfangs nicht

kapiert, wie man das Geld am besten anlegt. Der Steuerberater, an den ich mich wandte, erinnerte mich daran, daß ich in Minnesota lebte und nicht in einem Steuerparadies, daß vierzig Prozent meines Geldes für die Steuer draufgingen und ein paar Prozente zusätzlich für die Rentenversicherung und sonstige Dinge, von denen ich erst gar nichts Näheres wissen wollte.

Ich hätte die Appartements also nicht sofort bezahlen, sondern die Steuervorteile von Hypotheken ausnutzen sollen. Das ist mir inzwischen klar, aber jetzt ist es zu spät, und ich weiß nicht, ob ich meinen derzeitigen Lebensstandard mangels Bargeld noch lange halten kann. Die Reise damals nach Paris und an die Côte d'Azur hat natürlich auch eine ganze Menge Geld gekostet. Ich ließ es locker für gutes Essen, köstliches Trinken und schöne Frauen durch die Finger rinnen, und mein intensiver Test mit einem sorgfältig ausgearbeiteten, computergestützten Baccaratsystem im Casino von Monte Carlo ergab, daß es irgendwo einen Fehler haben mußte. Und was dann noch in der Reisekasse war, verschleuderte ich einfach so. Na ja...

Als ich aus Frankreich zurückkam, war ich trotz aller Verschwendung dennoch ganz zufrieden mit dem Zustand meiner Finanzen. Aber dann meldeten sich die Bundessteuerbehörde und die des Staates Minnesota, und beide Finanzverwaltungen gaben sich keinesfalls demütig mir gegenüber, sondern ausgesprochen fordernd. Schlimm... Ich hatte zwar noch keine Löcher in den Socken und mußte auch noch keines meiner geliebten Besitztümer verkaufen, aber ich brauchte Geld. Bald. Sehr bald sogar. Und nicht zu knapp. Spätestens im Herbst, wenn die vierteljährlichen Steuervorauszahlungen fällig waren...

»Muß heute nach Memphis«, sagte ich beim Frühstück beiläufig.

»Was gibt's da?« Chaminade häufte Marmelade auf ihr Brötchen.

»Beale Street«, versuchte ich ein Ausweichmanöver.

»Als ich letztes Mal in Memphis war...« Sie runzelte die Stirn und dachte nach. »Also, das muß zehn oder zwölf Jahre her sein.«

»Da warst du noch ein Kleinkind.«

Sie ging nicht auf meine charmante Bemerkung ein. »Ja, da bin ich auch zur Beale Street hin, wollte Blues hören, ist ja klar. Ich hatte 'ne Kassette von den Memphis Slim mit diesem großartigen Stück ›He Flew the Coop‹... Ganz toll. Kennst du's? Jedenfalls, ich geh also zur Beale, und die Straße ist gesperrt, wegen Bauarbeiten. Aber was seh ich über die Absperrung weg? Eine gottverdammte Statue, und von wem wohl? Rate mal!«

»W. C. Handy?«

»Nix da. Elvis. Mitten auf der Straße. Eine Büste von Handy hatten sie in 'nen kleinen Park nebenan verbannt. Die Typen in Memphis haben vielleicht Geschmack!« Sie schob den letzten Bissen des Brötchens in den Mund, leckte die Finger ab, schnitt ein weiteres Brötchen auf und steckte beide Hälften in den Toaster.

»Ich kenne Memphis nicht so genau. Ziemlich schmutzig, auf liebenswürdige Art, glaube ich. Aber man kann dort gut essen.« Ich komme jedes Jahr zweimal durch Memphis, esse einen Rippchenspieß und fahr wieder weiter. Von St. Paul nach St. Louis braucht man mit dem Wagen einen Tag, und von dort kann man es in einem weiteren Tag nach New Orleans schaffen, wenn man sich in Memphis nicht zu lange aufhält.

Als die Brötchenhälften im Toaster hochsprangen, nahm sich Chaminade beide auf den Teller und bestrich sie mit Butter. Sie sah mich nicht an. »Wann kommst du zurück...?«

»Mmh?« Ich wußte, was jetzt kam. Es hatte schon seit ein paar Wochen in der Luft gelegen...

»Ich werde nicht mehr hier sein.« Sie sagte es nebenbei, als ob sie mir sagen wollte, sie ginge Gemüse oder Käse kaufen.

»Wir sind doch gut miteinander ausgekommen.« Kampflos wollte ich nicht aufgeben. Ich mochte sie.

»Ja, das sind wir. Sehr gut sogar. Aber nur bis zu einem bestimmten Punkt. Dann hat's aufgehört. Das Problem ist, ich rangiere auf deiner Prioritätenliste irgendwo auf Platz vier bis sechs. Ich sehe keine große Perspektive mehr für uns beide. Es hat keinen Zweck mehr, so weiterzumachen.«

»Warte doch wenigstens erst mal, bis ich wieder zurück bin...«

»Du kannst ja auch später nach Memphis gehen...«

»Nein, ich muß *heute* hin.«

»Ach so.« Sie hob die Schultern.

»Echte Verpflichtung. Einem Freund gegenüber. Ehrlich.«

»Ich bin auch dein Freund, oder?«

»Aber du brauchst keine Hilfe.«

»Ach so.«

Sie schaute zur Katze hinüber, die geschmeidig auf den Heizkörper und von dort auf die Fensterbank sprang. Die Katze merkte, daß wir sie beobachteten, und blieb, wie das Katzen manchmal tun, wie erstarrt mit einer erhobenen Vorderpfote stehen. Das Sonnenlicht glänzte auf ihrem orangeroten Fell; neben ihr stand ein Geranientopf, und die grünen Blätter, die rosa Blüten und das Orangerot des Katzenfells ergaben vor dem hellen Fenster eine schöne Komposition. Durch das Fenster hinter der Katze sah man unten auf dem Fluß ein Lotsenboot, das einen rostig-roten Lastkahn voller Kohle flußaufwärts zum Kraftwerk geleitete. Tauben flatterten hoch über dem Wasser und bildeten kleine Kleckse gegen das helle Blau des wolkenlosen Himmels. Ein friedliches, schönes Bild.

»Ich werde die Katze vermissen«, sagte Chaminade traurig. »Und den Fluß.«

In meiner Reisetasche habe ich immer eine kleine polnische Holzschachtel dabei, und auf dem Flug von St. Paul nach Memphis nahm ich sie raus. In ihr bewahre ich, sorgfältig in ein Tuch aus Rohseide eingeschlagen, die achtundsiebzig Karten meines Waite-Rider-Tarotspiels auf. Ich legte zwei Kartensysteme auf. Beide wurden von der *Herrscherin* dominiert.

Für mich hat Tarot nichts mit übernatürlichem Hokuspokus zu tun. Ich betrachte und benutze die Karten als ein Spielsystem. Formale Spielsysteme, wie sie von Militärs entwickelt wurden, zielen darauf ab, Planer und Strategen zu zwingen, von ihren schematischen, festgefahrenen Denkweisen abzugehen und neue

Theorien zu entwickeln. Tarot ist weniger starr als diese formalen Systeme, aber er zwingt einen dennoch dazu, vorgefaßte Meinungen und Vorurteile zu überdenken und eventuell von ihnen abzuweichen.

Die Herrscherin dominierte also beide Legesysteme. Nach meiner Interpretation repräsentiert die Herrscherin das Weibliche, neue Schöpfungen, neue Unternehmungen, neue Entwicklungen, neues Handeln. Ein wenig schwingen auch politische Einflüsse mit, sogar ein Hauch von Sex. Es gibt bei meiner Interpretation zwar Parallelen zur »magischen« Auslegung, aber ich halte nichts von diesem abergläubischen Zeug.

Ich lehnte mich zurück und dachte nach, während dreitausend Meter unter mir der Fluß seinem Bett folgte.

Die Herrscherin ... Chaminade? Oder eine Frau, der ich noch nicht begegnet war?

Aus der Luft sieht Memphis wie jede andere Stadt aus, nur grüner. Kurz vor der Landung gab der Pilot bekannt, daß uns dort unten ein türkisches Bad erwartete: 33,9 Grad Celsius, 87 Prozent Luftfeuchtigkeit.

Als ich mit der Reisetasche und meinem Portable Computer in einer Hand auf die Sperre zuging, lehnte ein großer Schwarzer mit Stirnglatze am Gitter, ungefähr vierzig. Mit der goldumrandeten Brille, dem schmalen Gesicht und den hohen Wangenknochen sah er ein wenig wie Gandhi aus, aber der erste Eindruck war doch eher der eines Söldners, der vor langer Zeit, vielleicht in Biafra, durch die Wirkung einer Phosphorgranate erblindet war. Aber der Typ war keinesfalls blind. Er sah sich jeden Passagier genau an, und schließlich blieb sein Blick an mir hängen.

»Bist du Kidd?« fragte er. Seine Stimme klang schroff, fast unhöflich.

»Ja. Und wer bist du?« Er hatte sich schon umgedreht und in Marsch gesetzt, und ich lief hinter ihm her.

»John«, knurrte er über die Schulter. »Hast du einen Koffer? Außer dem Zeug da?«

»Nein. John wie?«

Er überlegte, aber wohl nicht besonders kreativ. »Smith.«

Wenn der Kerl nicht reden wollte, sollte er es bleiben lassen. Er führte mich zu einem etwa zwei Jahre alten Chevrolet, einem größeren Modell in einem grünlichen Farbton. Wir waren schon fast den halben Weg zur Stadt gefahren, ehe er sich vor einer roten Ampel zum nächsten Satz bequemte.

»Ich bin nicht sicher, ob wir dich brauchen.« Er starrte über das Lenkrad auf die Ampel.

»Und ich weiß nicht, ob ich bei dem mitmache, was ihr vorhabt.«

»Bobby sagt, du wärst so 'ne Art von ganz speziellem Computerganoven.« Er sah mich immer noch nicht an. »Du siehst aber nicht aus wie ein Computerganove. Du siehst aus wie ein Boxer.«

»Ich bin Kunstmaler«, sagte ich. »Und was meine Nase angeht, man hat mir ein paarmal draufgeklopft, und die Ärzte haben es nicht geschafft, sie wieder richtig hinzubiegen.«

Jetzt sah er mich an, und vertikale Runzeln zwischen den Augenbrauen zeigten sein ungläubiges Erstaunen. »Du bist Maler? Das hat mir Bobby nicht gesagt.«

»Mit Computerarbeiten verdiene ich mir meistens meine Brötchen. Mehr weiß Bobby nicht von mir. Wir kennen uns nur durch die Zusammenarbeit bei Computerangelegenheiten.«

»Aha.« Die Ampel schaltete auf Grün, und er fuhr weiter. »Und vom Malen kannst du nicht leben?«

»Noch nicht. Vielleicht in fünf Jahren.«

»Malst du Enten und so was?«

»Nein. Ich male keine Enten, auch keine Segelboote, Fasanen, Leuchttürme, rostende Landwirtschaftsmaschinen vor alten Scheunen, springende Fischlein oder Jagdhunde irgendwelcher Art. Und ich male auch keinen rosa Schein um die Sonne, während sie gerade zwischen windschiefen Bauernhäusern aus dem neunzehnten Jahrhundert untergeht und das Heu aus den Luken der ebenso windschiefen Scheunen im Hintergrund quillt.«

»Eakins hat Jagdszenen gemalt. Homer hat Fische gemalt.«

»Richtig, und zwar verdammt gut.«

»Wen magst du also? Welche Maler?«

»Rembrandt. Ingres. Degas. Egon Schiele. Solche Leute. Künstler, die noch halbwegs gegenständlich gemalt haben, die die Farben liebten und mit ihnen umgehen konnten. Gauguin. Auch ein paar noch lebende Maler, zum Beispiel Jim Dine. Wolf Kahn. Ein paar persönliche Freunde, die malen. Warum fragst du?«

»Ich . . . ich arbeite nebenher auch ein bißchen als . . . als Künstler, wenn man es so nennen kann.« Er sagte das zögernd, fast so, als müßte er eine Sünde eingestehen.

»Malen?«

»Nein, nein.« Er bremste, um eine Frau in einem kanariengelben Ford Pinto aus einer Nebenstraße zu lassen. Der Verkehr in Memphis war wieder mal sehr dicht, und je näher wir an den Fluß herankamen, um so stockender ging es voran. Die Hitze war unerträglich, und die Leute, die keine Klimaanlage im Wagen hatten, sahen verschwitzt und müde und wütend aus. »Ich mache Plastiken. Gebilde oder wie du's auch nennen willst. Aus Holz und Glas und Steinen und Ton. Das Material hole ich mir unten vom Fluß.«

»Kriegst du's auch los? Kannst du's verkaufen?«

»Scheiße«, war seine klare Antwort.

»Ich würde mir das gerne mal ansehen.«

Er sah mich prüfend an. »Okay. Vielleicht.«

Wir verfielen wieder in Schweigen. Zehn Minuten später waren wir auf einem schmalen, zweispurigen Highway mit halb in die Erde eingelassenen alten Autoreifen als Randbegrenzung. Eine Reihe von Motels überboten sich auf Reklametafeln mit der Parole TRUCKER WILLKOMMEN. Memphis wurde im Rückspiegel immer kleiner.

»Wo fahren wir hin?« fragte ich.

»Den Fluß runter.« Die Straße verlief jetzt direkt am Fluß. Die Sonne verschwand langsam hinter dem Horizont. »Dauert noch 'ne Weile. Die Stadt heißt Longstreet.«

»Und was ist los in Longstreet?«

Er gab keine Antwort, sondern bremste ab und hielt vor einem Kiosk an einer Parkbucht am Straßenrand. »Ich hole uns ein paar Cokes und Eis. Im Kofferraum habe ich eine Kühlbox.«

»Bring auch einen Sechserpack Bier mit.« Ich gab ihm einen Fünfdollarschein und wiederholte meine Frage: »Was ist los in Longstreet?«

»Ein Problem. Vielleicht auch Ärger. Viel Haß.«

»Scheint ein reizendes Städtchen zu sein.«

»Liegt in der verfluchten Deltagegend«, sagte er, als ob das alles erklären würde. »Es könnte einiges Geld bei der Sache rausspringen«, fügte er nach kurzem Zögern hinzu.

»Das klingt interessant.«

»Finde ich auch. Bobby meint jedenfalls, es könnte so sein.«

Während er seine Einkäufe machte, überlegte ich, ob Bobby sich vielleicht Zugang zu meinen Steuerunterlagen im Computer der Finanzbehörden verschafft hatte. Er war ein so raffinierter Hakker, daß ich ihm das ohne weiteres zutraute. Ehe ich meine Überlegungen abschließen konnte, kam John zurück. Er stellte die Kühlbox auf den Rücksitz, und wir machten uns beide eine Cokedose auf. Irgendwie ergab sich daraus ein Gefühl kameradschaftlicher Verbundenheit. Er schien aufzutauen und antwortete jetzt lockerer auf meine Fragen.

»Wo ist Bobby?« fing ich an, als er mit Vollgas vor einem Sattelschlepper wieder auf den Highway einscherte. »In Longstreet?«

»Das weiß ich nicht. Ich habe ihn nie getroffen.« Er klang erstaunt. »Ich dachte, du wüßtest, wo er steckt.«

»Nein. Ich kenne ihn nicht persönlich, nur vom Computer. Habe ihm auch mal einen Scheck an ein Postfach geschickt. Aber das ist auch schon alles.«

»Hm. Komisch. Ich frage mich, ob es *überhaupt* jemanden gibt, der ihn persönlich kennt.«

»*Irgend jemand* muß ihn schließlich kennen. Er ist ja wohl kein Geist... Woher kennst du ihn? Bist du auch Computerfreak?«

»Nein. Ich arbeite bei einem Rechtshilfedienst. In der Untersuchungsabteilung. Wir haben natürlich auch ein Computersystem mit Mailbox und so. Eines Tages bekam ich Post von

Bobby. Zu einem Fall, an dem ich gerade arbeitete. Er hatte in der Zeitung darüber gelesen und ein paar Informationen dazu aus irgendwelchen Datenbeständen geholt. Gab mir eine Telefonnummer, die ich über Modem anrufen sollte. Ich machte das, und seitdem geht's dauernd hin und her zwischen uns beiden. Seit fünf Jahren. Ich habe mir inzwischen sogar einen eigenen Computer angeschafft, so kann ich mit ihm auch privat in Kontakt bleiben. Bobby kommt an alles, aber auch wirklich *alles* ran. Verbrecherkarteien, Polizeiberichte, Bankunterlagen, geheime Daten, von denen wir nicht mal wissen, daß es sie gibt. Ich weiß nicht, wie er das macht, aber was ich von ihm bekomme, hat bisher immer gestimmt.«

»Datenbänke. Er ist ein Genie auf diesem Gebiet. Aber das alles sagt mir noch nichts über Longstreet.«

»Es gab in Longstreet einen Jungen namens Darrell Clark«, begann John seine Erklärung. »Vierzehn Jahre alt und ein unglaubliches Computergenie. Sagt Bobby jedenfalls. Hatte sich mit ihm angefreundet. Bobby schickte ihm das Buch »*Leitfaden für die C-Language*« und eine Raubkopie von einem C-Compiler. Drei Tage später schickte ihm Darrell ein großartig ausgetüfteltes Macintosh-II-Programm zurück. Bobby schickte ihm *Assembler-Sprache für den Macintosh-II* und bekam nach einem Monat ein Assembler-Programm von unglaublicher Komplexität, aber auch absoluter Korrektheit und einfacher Anwendbarkeit zurück. Der Junge war cleverer als Bobby, sagte Bobby jedenfalls immer.«

»Du redest dauernd in der Vergangenheitsform. Was ist mit dem Jungen passiert?«

»Zwei Cops aus Longstreet haben ihn erschossen.« John legte den Kopf in den Nacken und nahm den letzten Schluck aus seiner Cokedose. »Sie behaupten, Darrell wäre auf einen von ihnen mit dem Messer losgegangen und der andere hätte schießen müssen. Ganz klar, daß das eine Scheißlüge ist. In Wirklichkeit haben sie ihn für einen Handtaschenräuber gehalten und rücksichtslos erschossen. In den Rücken. Mit einer Maschinenpistole.«

»Mein Gott.«

»Sie hatten gerade dieses neue Spielzeug bekommen, eine deutsche Maschinenpistole. Der Cop mußte sie anscheinend unbedingt ausprobieren. Pustete den Jungen mit einer Salve über die Eisenbahnschienen.«

»Und was ist mit dem Cop passiert?«

»Nichts. Und deshalb fahren wir beide jetzt da runter.« Er sah mir in die Augen. »Darrell Clarks Tod kann bei den jetzigen Zuständen in der Stadt nicht gesühnt werden, und seiner Familie wird keine Gerechtigkeit zuteil. Laß mich das ruhig mal so dramatisch ausdrücken. Die Stadt ist seit langer Zeit fest im Griff eines politischen Apparates, einer Art Mafia, und die Cops stehen ihr sehr nahe. Der Apparat will natürlich nicht, daß rauskommt, welchen Dreck seine Cops am Stecken haben.«

Wieder verfielen wir in nachdenkliches Schweigen. Er schien auf einen Kommentar von mir zu warten, aber ich hatte keinen anzubieten. Aus meiner Sicht ist das Problem mit toten Leuten ganz einfach: Sie sind tot, und es bringt nichts, Rache für ihr Sterben zu nehmen, denn die Toten haben nichts mehr davon. Aus und vorbei. So einfach ist das.

John wartete weiterhin auf eine Reaktion von mir, und ich stellte ihm schließlich eine Frage: »Was habt ihr vor? Was soll ich für euch tun?«

Er fuhr jetzt sehr entspannt, mit nur einer Hand am Steuer. »Wir brauchen jemanden, der sich in politischen Zusammenhängen auskennt, der weiß, wie man an Informationen rankommt und wie man Aktionen absichern kann. Bobby meint, du hättest 'ne Menge Computerarbeit für Politiker gemacht, du wärst ein guter Planer und Organisator, und du wüßtest, wie man eventuelle Aktionen bestmöglich absichern kann.«

»Ihr wollt also, daß ich rausfinde, wie man an diese Cops rankommt? Warum schaltet ihr dann nicht einen Anwalt vom ›Verband für die Durchsetzung der Rechte der Schwarzen‹ ein, laßt den Jungen exhumieren und wendet euch dann an die Bundespolizei? Das FBI wird sich sicherlich unvoreingenommen und objektiv um die Sache kümmern.«

»Weil wir keine Cops einschalten wollen. Scheiß auf die verdammten Cops!«

»Was wollt ihr denn erreichen?«

»Wir wollen den Apparat zerschlagen. Wollen endlich die Stadtmafia loswerden. Und, um das ganz klar zu sagen, wir wollen die Macht in der Stadt übernehmen.« Er sprach jetzt sehr langsam und bestimmt. »Und du sollst uns dabei helfen, Kidd. Wir wollen, daß du uns hilfst, diese gottverdammte Stadt auseinanderzunehmen, sie von der Mafia zu befreien und ihr eine neue Führung zu geben.«

2

Es war die Zeit um die Sommersonnenwende, und in einem langdauernden Zwielicht fuhren wir am Fluß entlang. Vor uns hing ein fahler Hexenmond niedrig am Himmel. Alle paar Minuten kamen wir durch einen Schwall kühler Flußluft, aber sie war nicht nur kühl, sondern auch dumpf und feucht, und sie roch nach Moder und totem Fisch und verwesender Vegetation. Ich sah dem Mond zu, wie er durch die Abendwolken geisterte, während John mir alles erklärte. Knapp und klar.

Sie wollten, daß ich die korrupte politische Führung der Stadt, *den Apparat,* zu Fall brachte. *Wie* ich das machen wollte, würde mir überlassen bleiben. Die Stadt sollte dann in die Hände seiner integren Freunde übergehen.

Als er fertig war, schob ich den Sitz zurück, kippte die Lehne ein Stück nach hinten, schloß die Augen und überließ mich meinen Gedanken.

Vor langer Zeit bin ich einmal ein echter Idealist gewesen. Irgendwann – die übliche Antwort ist Vietnam, aber ich bin mir da nicht mehr so sicher – ist mir dieser Idealismus abhanden gekommen. Aber jetzt war er wieder gefordert, und so fragte ich John: »Warum sollte ich das tun?« Ja, wirklich, warum sollte ich wegen eines toten Jungen, den ich nicht einmal gekannt hatte, ein unabwägbares Risiko eingehen?

»Rache«, antwortete John, ohne zu zögern. Er und Bobby hatten meine Fragen erwartet und die Antworten anscheinend vorbereitet. »Bobby sagt, er war einer von euch – ein Computerfreak.«

»Das ist kein ausreichender Grund. Es sterben dauernd alle möglichen prima Kerle.«

»Freundschaft«, hakte er den nächsten Punkt auf seiner Liste ab. »Bobby ist dein Freund, und er braucht deine Hilfe. Er wird was unternehmen, ob du mitmachst oder nicht. Er weiß allerdings nicht, wie er die Sache anpacken soll. Hat Angst, er könnte Fehler machen und alles vermasseln. Er hat nicht deine Kenntnisse und Erfahrungen.«

Ich schüttelte den Kopf. »Tut mir leid. Das ist ein ziemlich dürftiges Argument. Dafür kann ich doch nicht meinen Arsch riskieren. Bobby ist mein Freund, okay, aber doch nur am Computer. Wenn er wollte, daß ich für ihn eine Computersache erledige, einen geheimen Code knacke oder sonstwas, und wäre es auch noch so illegal, das wäre eine Sache, bei der ich nicht zögern...«

»Geld«, unterbrach er. Der nächste Happen wurde mir vorgesetzt. »Viel Geld. Die Stadt ist mit Geld aus Korruptionsgeschäften nur so gepflastert. Vielleicht kannst du dir ein Stück davon holen. Und weil die Stadtmafia nicht darüber reden darf, woher das Geld kommt... Niemand würde danach fragen, weder die Polizei noch die Steuerbehörde.«

»Geld«, höhnte ich gespielt bitter und sah aus dem Fenster. »Jedermanns Argument. Jedermanns Grund für jedermanns Tun.«

»Um ehrlich zu sein, ich wäre ziemlich beunruhigt, wenn ich wüßte, daß du dich nur wegen dem Geld in die Sache reinhängst. Söldner sind meistens... unzuverlässig.« Das klang, als ob er sich auf diesem Gebiet auskennen würde.

»Ich würde es nicht tun, nur um *Geld* zu bekommen, aber in unserem Land bedeutet Geld heutzutage auch *Freiheit*. Wer dir was anderes erzählt, hat keine Ahnung.« Ich sah ihn an. »Und es lohnt sich, hinter der Freiheit herzujagen.«

Er nickte. »Du machst also mit?«

»Viel Geld?«

»Kann sein. Durchaus möglich.«

»Wir müssen uns mal ernsthaft über die Einzelheiten unterhalten.«

Der Wagen rumpelte über Eisenbahnschienen, und ich schreckte aus meinem Halbschlaf hoch. Wir fuhren gerade durch ein dunkles Dorf. Schäbige, zerfallende Häuser drängten sich unter dem dichten Laubdach alter Eichen zusammen. Hin und wieder brach das geisterhafte Mondlicht durch die Zweige und warf bizarre Schatten wie riesige Spinnennetze auf die Häuser. Wenn ich nicht später bei Tageslicht wieder durch den Ort gekommen wäre – *REZIN, 240 EINWOHNER* –, hätte ich mich an ihn als eine Halluzination erinnert, als einen Alptraum aus einer Geschichte von Edgar Allan Poe.

Wie ein Echo auf meine Gedanken sagte John: »Gruseliger Ort. Man sieht rotäugige, inzestuöse Kinder mit Kreuzen auf der Stirn und Hackmessern in der Hand durch die Baumwollfelder schleichen. Scheußlich.« Er hatte gemerkt, daß ich aufgewacht war.

»Ja, wirklich.« Ich schaute zurück auf den Ort – ein schwarzes Loch, in das ein Pfeil aus weißem Mondlicht hineinstieß. Dann kamen wir um eine Kurve, und das geisterhafte Bild verschwand. Ich drehte mich wieder nach vorn und ließ die Zunge über meine Zähne gleiten. Während des Schlafes hatte sich ein Belag gebildet, und als ich ihn mit der Zunge nicht wegbekam, holte ich mir eine Bierdose vom Rücksitz. Ich würde das Zeug mit Alkohol wegspülen.

»Willst du auch eines?« fragte ich.

»Kein Bier. Noch 'n Coke.«

Ich machte ihm die Dose auf und drückte sie ihm in die Hand. »Erzähl mir ein bißchen von Longstreet«, bat ich.

»Zwanzigtausend Einwohner. Neuntausend Weiße, elftausend Schwarze. Die fünf Wahlbezirke für den Stadtrat sind so geschneidert, daß immer vier Weiße und nur ein Schwarzer im

Stadtrat sind. In jedem Wahlbezirk sind zwischen drei- und fünftausend Wähler. Das ist gesetzlich korrekt. Aber: Einer der Bezirke, im Herzen des Schwarzenviertels, besteht zu fast hundert Prozent aus Schwarzen. Fünftausend Wähler. Dort wird natürlich immer ein schwarzer Stadtrat gewählt. Damit blieben für die restlichen vier Bezirke aber nur noch sechstausend Schwarze übrig, denen die neuntausend Weißen gegenüberstehen. Pro Bezirk sind das im Durchschnitt ungefähr zweitausenddreihundert Weiße und tausendfünfhundert Schwarze. Kapiert?«

»Natürlich. Aber so was macht man ja auch in anderen Städten.«

»Das ändert nichts daran, daß es eine gottverdammte Scheiße ist«, fauchte er wütend.

»Deine Freunde in Longstreet... Kann man sich auf die verlassen?«

»Ich weiß es nicht. Man hat sie mir als zuverlässig beschrieben, aber ich kenne keinen von ihnen persönlich. Unsere Kontaktperson ist eine Frau namens Marvel. Eine Marxistin, hat man mir gesagt. Sie hat wahrscheinlich ihre eigenen Vorstellungen, vielleicht auch eigene Pläne. Wir wollen mal sehen.«

»Ich dachte, Marxismus wäre nicht mehr aktuell.«

John lachte. »In dieser verdammten Deltagegend ganz bestimmt nicht! War er nie. Auch als der Marxismus überall auf der Welt groß in Mode war, hat man dich in dieser Gegend gelyncht, wenn du schon nur über Groucho und Zeppo gelacht hast, ganz zu schweigen davon, wenn du an den alten Karl Marx geglaubt hast!«

Wir fuhren kurz nach Mitternacht in Longstreet ein. Wir kamen an einem Holiday Inn, einer Werkzeugfabrik, einer Molkerei und einer Reihe schwach erleuchteter Geschäfte vorbei. Dann rollten wir langsam durch ein Gewirr menschenleerer Straßen.

Der Mississippi war während der ganzen Fahrt stets allgegenwärtig gewesen. Wir konnten ihn erahnen, manchmal auch riechen, aber wegen des Deiches zwischen dem Highway und dem

Fluß nur selten sehen. Longstreet aber lag über dem Niveau des Flusses. Als wir in die Stadtmitte kamen, an die erste Ampel, konnten wir über den Damm hinweg auf den Fluß sehen. Am Ufer lag eine ziemlich schäbige Bootsstation, von einigen flakkernden, nackten weißen Glühbirnen an einem Drahtseil erleuchtet, und am T-förmigen Landungssteg dümpelten mehrere kleine Motorboote, rund ein Dutzend graugrüne Fischerboote und ein alterndes Hausboot vor sich hin.

»Du weißt, wohin wir müssen?« fragte ich.

»Ja, man hat mir den Weg beschrieben.« Wir fuhren durch ein Bürohausviertel, überquerten den hellerleuchteten Marktplatz mit einer Pferdestatue in der Mitte und rumpelten dann über Eisenbahngleise. Auf der anderen Seite lag ein Drugstore, der an den Zusammenprall eines größeren Hühnerstalles mit einer riesigen Reklametafel erinnerte. Ein handgeschriebenes Schild, rote Druckbuchstaben auf weißem Grund, wies den Laden als *E-Z WAY* aus. Drei hohe Lichtmasten, wie man sie auch auf Tennisplätzen oder kleineren Baseballfeldern findet, beleuchteten den Parkplatz. Alle Insekten zwischen Helena und Greenville schienen sich in ihren Lichtkegeln verabredet zu haben.

»Hier hat der Junge das Eis gekauft, kurz bevor sie ihn umgelegt haben«, sagte John. Durch die offene Tür des E-Z Way sahen wir einen dicken weißen Mann auf einem für seinen Wabbelarsch viel zu kleinen Stuhl sitzen und sich das Gesicht mit einem Lappen abwischen. John fuhr links an dem Laden vorbei, dann sechs Blocks weiter und bog schließlich bei einer baptistischen Holzkirche in eine holprige Nebenstraße ein. Er fuhr Schrittempo und schaute an mir vorbei auf die Häuser am rechten Straßenrand.

»Grünes Haus mit Veranda und Topfpflanzen am Geländer«, murmelte er vor sich hin. Nach hundert Metern hielt er an. »Hier ist es.«

Das Haus war ziemlich lieblos aus Zementplatten zusammengesetzt. Es hatte ein überstehendes Dach, eine kleine Veranda und ein großes Panoramafenster. Im Licht unserer Scheinwerfer glitzerten rote Metallstühle in einer Ecke der Veranda. John fuhr den Wagen in eine kiesbedeckte Parkbucht vor dem Haus. »Warte hier«, sagte er. »Ich gehe erst mal hin und frage, ob wir auch wirklich richtig sind.«

Er stieg aus, streckte sich, ging zur Veranda und klopfte an die Eingangstür. Sie wurde sofort geöffnet. John sagte ein paar Worte, nickte und kam zurück zum Wagen. Ich drehte die Scheibe runter. »Wir sind richtig«, rief er mir zu. Ich stieg aus. In eine Luft, die mich fast umhaute. »Mein Gott, wenn man sich ein Stück von dieser Scheißluft greift und auswringt, kommt ganz bestimmt Wasser raus«, schimpfte ich. John grinste nur. Wir gingen auf das Haus zu. »Warte mal, bis du sie siehst«, sagte er. Seine Stimme klang gutturaler als üblich.

Marvel Atkins war eine Hollywood-Schönheit, anders kann man es nicht ausdrücken. Frauen von solcher Schönheit begegnet man nicht auf der Straße, man sieht sie höchstens im Film. Das Gesicht bildete ein perfektes Oval, ihre Gesichtszüge waren absolut ebenmäßig, und die tiefschwarzen, großen Augen standen leicht schräg. Sie war etwa einssiebzig groß und bewegte sich wie eine Tänzerin. Die dünne Baumwollbluse im olivfarbenen Military-Look betonte die aufregende Figur. Die Modeschöpfer haben sich so was wahrscheinlich bei der israelischen Armee abgeschaut. Als sie mich sah, zuckte sie zusammen und trat einen Schritt zurück.

»Wer ist das?« fragte sie John in scharfem Ton.

»Bobbys Freund«, antwortete er.

Ihr Blick ging zwischen John und mir hin und her. »Er ist ein Weißer.«

»Ihr Kommunisten habt eine schnelle Auffassungsgabe«, sagte John sarkastisch.

»Ich bin Sozialdemokratin«, fauchte sie.

»Hab' ich doch gemeint«, grinste John.

»Vielleicht brauchen wir euch nicht«, sagte sie schließlich. Sie war etwa Anfang Dreißig und trug eine goldgeränderte Brille mit runden Gläsern, ähnlich wie die von John. Wegen ihrer wunderschönen Augen nahm man die Brille nicht wahr. Sie ging uns voraus in ein großes Wohnzimmer.

»Ihr sitzt seit über einem Monat tatenlos hier rum«, sagte John brutal, als wir uns hingesetzt hatten. »Und ihr habt in der ganzen Zeit nichts gemacht, als Scheiße geredet und rumgejammert und noch mehr Scheiße geredet. Zustande gebracht habt ihr gar nichts. Wenn du sicher bist, daß irgendwann mal ein bißchen mehr als Scheiße bei euren Palavern rauskommt, okay, dann gehen wir wieder und lassen euch die Sache erledigen. Aber ihr braucht uns, da bin ich sicher. Ihr braucht Hilfe...«

Die Blicke der beiden verfingen sich ineinander. Ihr Blick war nachdenklich, seiner eindringlich wie der eines Jesuiten bei der Bekehrung einer Sünderin. Dann kam ein Mann aus dem Raum am anderen Ende des Wohnzimmers. Er war klein und dick und hatte ein Gesicht wie eine Bulldogge. Er ging zu Marvel und flüsterte ihr etwas ins Ohr. Sie nickte.

»Wir werden uns erst mal unterhalten«, sagte sie. »Und dann werden wir weitersehen.«

Wir redeten bis vier Uhr morgens. John legte die strategischen Ziele des Unternehmens dar, so klar und einfach, wie er sie mir auf der Fahrt erläutert hatte: Erstens – Zerschlagen der Mafia in der Stadtverwaltung, zweitens – Einsetzen einer neuen politischen Führung aus Marvel und ihren Freunden.

»Ein Hirngespinst«, sagte Marvel kopfschüttelnd.

»Nein. Deshalb ist Kidd hier. Er kennt sich in politischen Dingen aus. Er weiß, wie man verkrustete Strukturen zerschlägt. Er wird einen Plan entwickeln.«

Ich versuchte, bescheiden dreinzublicken.

»Na, das müßte er erst mal beweisen.« Sie betrachtete mich ungeniert von oben bis unten, und ihr Gesichtsausdruck verriet, daß sie nicht besonders beeindruckt war. John grinste. Der dicke Mann, dessen Name Harold war, sah mich teilnahmslos an.

John stellte sein Grinsen ein und lobte mich weiter: »Er ist ein ausgebuffter Fachmann.« Und dann versuchte er, den anscheinend so schwerwiegenden Nachteil, daß ich ein Weißer war, auszubügeln: »Wenn du die Telefongesellschaft anrufst, sie soll jemand schicken, der dein kaputtes Telefon repariert, dann ist es dir doch auch egal, ob ein Weißer oder ein Schwarzer kommt, um die Sache zu erledigen. Hauptsache, er macht seinen Job zu deiner Zufriedenheit. Oder?«

»Mir wäre auch dann ein Schwarzer lieber.«

»Vorwärts, Schwester!« rief John sarkastisch und hob den Arm zum Gruß der Black-Power-Bewegung.

Marvel winkte resignierend ab. »Okay.« Dann sah sie mich an. »Warum sagst du nichts?«

»Weil mich euer Verhalten ankotzt«, antwortete ich mit bewußter Schärfe in der Stimme. Marvel wandte verlegen den Blick von mir ab. Sie war unhöflich, sogar unverschämt einem Gast gegenüber gewesen, und das ist überall im Süden eine unverzeihliche Sünde.

»Entschuldigung. Ich werde versuchen, unvoreingenommen an die Sache ranzugehen«, sagte sie nach einer peinlichen Pause. »Aber ich muß mich doch fragen, was Außenstehende für uns überhaupt tun können...«

»Die Stadt ist korrupt«, stellte ich fest. »John hat mir gesagt, sie wäre in der Hand einer Minderheit, wenn man die soziale und, na ja, rassische Struktur betrachtet. Wenn das stimmt, muß es doch gelingen, der Mehrheit zu ihrem Recht zu verhelfen.«

»Und wie?«

»Das weiß ich natürlich noch nicht. Ich muß mehr über die Verhältnisse in der Stadt wissen, um das rauszufinden. Ich muß detailliert über die Leute in der politischen und administrativen Führung Bescheid wissen. Was sie bisher gemacht haben, was sie vorhaben, alle möglichen Einzelheiten.«

»Das können wir dir sagen.« Marvel sah mich fest an, mit diesen wunderbaren Augen, und ich dachte an die *Herrscherin* in meinem Tarotspiel. »Alles, was du wissen willst. Die Frage ist nur, wer die Dinge in die Hand nimmt, wenn es uns wirklich gelingt, den Apparat zu zerschlagen.«

Ich hob die Schultern. »Ich nicht. Keinerlei Interesse.«

»Ich habe einen Job und... eine Organisation... in Memphis«, sagte John. »Ich bin nicht daran interessiert, mich nach dem Erreichen des Ziels noch länger in dieser Scheißstadt zu engagieren.«

Sie lächelte verächtlich. »Ich habe von deiner Organisation gehört. Ein Haufen alter, lahmarschiger Ex-Panther.«

»Vielleicht sind unsre Ärsche ja lahm«, knurrte John, »aber wir lassen uns jedenfalls nicht wie ihr von korrupten Arschlöchern auch noch reintreten.«

Oho, dachte ich, da läuft was ab zwischen den beiden. Sie schlagen sich gegenseitig Funken aus den Köpfen, in dieser wütenden, feindseligen Art, die unweigerlich ins Schlafzimmer führt. Auch Harold schien das zu bemerken. Sein Blick ging unruhig zwischen den beiden hin und her.

»Wie wär's damit«, meinte sie schließlich und wandte sich mir zu. »Du denkst dir was aus. Einen Plan. Wenn der uns nicht gefällt, machen wir nicht mit. Oder wir machen erst mal mit, können aber dann jederzeit wieder aussteigen.«

John sah mich an, und ich schüttelte leicht den Kopf. »Nein, so kann das nicht laufen«, lehnte er also ab. »Wenn in einer kritischen Phase wichtige Leute aussteigen, kann das für uns alle tödlich sein. Nein, nein, so geht's nicht.«

Er wandte sich mir zu. »Was schlägst du vor? Wie sollen wir die Sache anpacken?«

»Wir arbeiten einen Plan aus, einen Vorschlag«, sagte ich zu Marvel und Harold, »und wenn er euch gefällt, macht ihr mit. Ohne Einschränkung. Wenn er euch nicht paßt, verschwinden John und ich wieder, und ihr seht zu, wie ihr allein zurechtkommt. Oder ihr laßt alles beim alten. Aber wir wollen eure Entscheidung sofort wissen.«

Sie überlegte einen Augenblick. Dann sagte sie: »Ich muß mit Harold darüber sprechen.« Beide standen auf und gingen ins Nebenzimmer. Harold machte die Tür hinter ihnen zu.

»Das Problem mit diesen Kommunisten ist, daß sie schon von ihrem System her die Leute bescheißen«, sagte John, als wir allein waren. Er kreuzte die Arme und lehnte sich in seinen Stuhl zurück. »Alles theoretischer Scheiß. Diese Typen versagen, wenn es um reale Dinge geht. Stehn sich gegenseitig auf den Füßen. Wir müssen das bei der Planung bedenken, Kidd.«

»Vielleicht solltest du diesen Kommunistenscheiß vergessen. Zumindest so lange, bis eine Entscheidung gefallen ist. Es ärgert sie. Und, John, hör endlich auf, ihr dauernd auf die Titten zu starren.«

»Hab' ich das gemacht?«

»Ja, und wie!«

Marvel und ihr Freund blieben zehn Minuten im Nebenzimmer. Als sie zurückkamen, ließ sie sich aufs Sofa fallen, und der dicke Harold stellte sich hinter sie. »Wir machen mit«, sagte Marvel. »Was willst du wissen?« fragte sie mich.

Ich machte den Portable einsatzbereit. »Fakten.«

»Es ist für Schwarze immer noch kaum möglich, gute Jobs bei der Stadtverwaltung zu kriegen«, sagte Marvel und lehnte sich vor, die Ellenbogen auf den hübschen Knien. Ich hatte sie gefragt, woher sie die Insider-Informationen aus dem Apparat bekam. »Es gibt ein paar schwarze Cops und Bürosachbearbeiter in der Verwaltung, aber die meisten Schwarzen, die für die Stadt arbeiten, haben untergeordnete Jobs. Sie haben nichts zu sagen, und niemand beachtet sie. Das ist noch ein Relikt aus der Zeit der Rassentrennung, als ein Nigger weniger als nichts war. Aber das hat auch seine Vorteile. Weil Nigger für die Bosse der Stadt immer noch nichts sind und sie uns grundsätzlich für dämlich halten, verbergen sie vor der Niggerputzfrau genausowenig wie vor ihrem Staubsauger. Verstehst du? Wir haben also da oben eine ganze Reihe unauffälliger, stiller Mitarbeiter – Putzfrauen, Hausmeister, Pförtner, Müllmänner. Einige von ihnen sind ganz schön clever. Und sagen uns alles. Es gibt eigentlich kaum was Wichtiges, das an uns vorbeiläuft.«

Der Stadtrat von Longstreet bestand aus vier Männern und einer Frau. Die Frau, Chenille Dessusdelit, war Bürgermeisterin und zugleich Leiterin der Stadtverwaltung. Sie hatte einen unstillbaren Hunger auf Geld, wie Marvel erklärte. Und sie war ausgesprochen abergläubisch.

»Ihre Mama und ihr Mann starben im Abstand von sechs Wochen, und seitdem kriegt sie sich in dieser Hinsicht kaum mehr ein«, erläuterte Harold. »Sie war schon immer abergläubisch, aber seit diesen Todesfällen gibt's kaum mehr was Wichtigeres für sie als Kristallkugeln, die Sterne, Spiritismus und so 'n Zeug. Wir hatten mal eine Zigeunerin in der Stadt, Wahrsagerin und Astrologin, und Chenille ging jede Woche mindestens einmal zu ihr. Dann starb auch die Zigeunerin. Wenn man's so recht überlegt, sterben ziemlich viele Leute in ihrer Umgebung...«

»Sie hat einen komischen Namen – Chenille wie?« fragte ich.

»*Deh-soos-da-leet*«, erklärt mir Marvel die Aussprache und buchstabierte dann die Schreibweise. »Französischer Name. Die Franzosen waren lange vor den Engländern hier im Delta.«

Wie John mir schon auf der Fahrt gesagt hatte, war nur einer der vier anderen Stadträte ein Schwarzer, der Repräsentant des rein schwarzen Wahlbezirks: Reverend Luther Dodge. Er war Pfarrer der Baptistengemeinde der Stadt, außerdem leitete er ein städtisches Jugendfreizeitzentrum in seinem Wahlkreis. Er hatte die Einsetzung einer Sonderkommission zur Untersuchung des Todes von Darrell Clark gefordert, sich aber einverstanden erklärt, daß sie aus Beamten der Stadtpolizei gebildet wurde, einem schwarzen und zwei weißen Cops.

»Damit war klar, daß man dem Killer-Cop nicht ans Bein pinkeln würde«, sagte Marvel verbittert. »Die Jungs von der Stadtpolizei würden natürlich niemals einen aus ihren eigenen Reihen an den Pranger stellen. Als der Abschlußbericht dieser Sonderkommission feststellte, den Todesschützen treffe keine Schuld, hat Dodge ohne jegliche Kritik zugestimmt.«

»Wenn wir den Apparat kippen, kommt Dodge dann als Mitglied in der neuen Führung in Frage?« Wie alle Fragen und Antworten gab ich auch diese in meinem Spezialcomputersteno in den Portable ein.

»Aus meiner Sicht nicht«, urteilte Marvel. »Er ist kaum besser als die anderen. Er macht bei den Schiebereien des Stadtrats mit, und er bescheißt bei den Quittungen und Eintrittsgeldern des Freizeitzentrums. Wir nehmen an, daß er an einem heißen Sommertag mindestens hundert Dollar allein aus den Eintrittskarten fürs Schwimmbad in die eigene Tasche schiebt. Und wir haben viele heiße Sommertage.«

»Und er hat einen Hang zu kleinen Mädchen«, sagte Harold, und ich hielt es zunächst für einen Trugschluß, daß er es dabei vermied, Marvel anzusehen.

»Was Harold damit sagen will«, kam die Erklärung von Marvel, »das Schwein hat versucht, unter mein Höschen zu kommen, kaum daß ich zwölf war.«

»Na und? Ist doch menschlich. Ich habe jedenfalls Verständnis dafür«, sagte John grinsend. Er war hoffnungslos verknallt in diese Frau, da gab es für mich keinen Zweifel mehr.

Marvel unterdrückte mit Mühe ein Lächeln – Herrgott, sie sprang auf John an! – und wollte etwas sagen, aber ich kam ihr zuvor.

»Also schmeißen wir ihn auch raus?«

»Ja.«

Dann stellten sie mir die anderen drei Stadträte vor:

Arnie St. Thomas, erklärte Marvel, war ein Kredithai, und er setzte bei seinen Geschäften das Geld ein, das er durch die illegalen Transaktionen des Stadtrats einsteckte. Der nächste, Carl Rebeck, war Versicherungsagent. Er unternahm nicht viel auf eigenes Risiko. Er wählte einfach so, wie man es ihm sagte, und strich auf diese Weise sein Stück vom Korruptionskuchen ein. »Er ist nicht besonders clever«, sagte Marvel. »Manchmal frage ich mich, ob er weiß, daß sein Verhalten illegal ist. Für ihn scheint das eine rein geschäftliche Angelegenheit zu sein. Stadtrat Rebeck tut ein paar Leuten in der Stadt einen Gefallen, und dafür müssen sie ihn bezahlen. Geben und nehmen, so einfach scheint das für ihn zu sein.«

»Und der fünfte?« fragte ich, während meine Finger noch über das Keyboard flogen.

»Lucius Bell. Ein netter Kerl.« Marvel lächelte, nicht zynisch, ernsthaft. »Er ist Farmer. Redlich, anständig, glaube ich. Aber in einer Sache würde auch er seine Seele verkaufen.«

»Und was ist das?«

»Die Brücke. Vor ein paar Jahren ist unsere Brücke über den Fluß eingestürzt. Ein großer Lastkahn hatte sich losgerissen und die Brücke gerammt. Bell hat die meisten seiner Felder auf der anderen Seite des Flusses. Kandidierte für den Stadtrat mit dem einzigen Programmpunkt, den Bau einer neuen Brücke zu betreiben. Nun, eine Brücke wollen natürlich auch alle anderen Leute, und so wurde er gewählt.«

»Aber er ist keiner der Macher im Apparat? Ist er überhaupt in die schrägen Geschäfte verwickelt?«

»Nein. Drückt vielleicht manchmal ein Auge zu. Aber sonst ist er sauber, da bin ich ziemlich sicher. Der große Macher in der Mafia, besser, die große *Macherin*, ist Chenille Dessusdelit.«

Die Stadtverwaltung hatte neun Abteilungen. An der Spitze stand die Bürgermeisterin; der Stadtrat hatte in administrativen Angelegenheiten nur beratende Funktion. »Alle neun Abteilungen sind total korrupt«, sagte Marvel bitter, »selbst die Abteilung, die sie hochtrabend Tierüberwachung nennen.«

John hob erstaunt die Augenbrauen. »Was, der Hundefänger – mehr kann doch nicht dahinterstecken – hat in dieser Stadt den Status einer Abteilung in der Stadtverwaltung?«

»Den Hundefänger gibt's bei uns von alters her, die Abteilung Tierüberwachung aber erst seit ein paar Jahren«, sagte Harold in seinem gedehnten Südstaatlerakzent. »Gibt ja auch immer mehr gefährliche Hunde in der Stadt«, kicherte er.

Marvel blieb ernst. »Duane Hill – der Abteilungsleiter Tierüberwachung – ist der Muskelmann der Stadtmafia, das Exekutivorgan sozusagen. Ein absoluter Brutalo.«

»Gibt's dafür Beispiele?«

»Genug. Wir hatten mal zwei junge Rechtsanwälte hier, kamen vom landwirtschaftlichen Rechtsdienst. Sahen sich in der Stadt um, wollten eine Praxis aufmachen. Das paßte dem Apparat natürlich nicht; je mehr fremde Rechtsanwälte mit den Leuten hier reden und hinter die Kulissen gucken, um so schlechter für ihn. Also setzte man Hill auf die beiden an. Der trommelte ein paar von seinen Freunden zusammen – Abschaum, kann ich euch sagen! – und machte Jagd auf die beiden. Wenn sie sich auch nur vor die Tür wagten, fing Hills Schlägertruppe Krach mit ihnen an. Die Cops behaupteten, sie könnten nichts tun, das wären ›alkoholbedingte Schlägereien‹. Alles Scheiße. Duane schlug einen der beiden höchstpersönlich zusammen. Mit einem Billardstock. Der junge Mann mußte nach Memphis in die Klinik, um sich die Zähne wieder richten zu lassen. Schließlich gaben die beiden auf und verschwanden aus der Stadt.«

»Dieser Hill scheint ja ein nettes Kerlchen zu sein.«

»Er ist der gemeinste, widerlichste Bastard am ganzen Mississippi«, sagte Harold, und in seinen Worten schien sogar ein wenig trauriger Stolz mitzuschwingen. »Er kriegt natürlich seinen Anteil an den Korruptionsgeschäften der Stadtmafia, aber er verkauft nebenher auch noch Hundeblut. So was gibt's tatsächlich. Für Tierkliniken, versteht ihr? Hat Kundschaft im ganzen mittleren Süden. Und wißt ihr, wie er an das Blut kommt? Er schiebt eine Hohlnadel ins Herz der Tiere und läßt das Blut rauspumpen. Je mehr die Prozedur den Hund schmerzt, um so besser, denn dann schlägt das Herz schneller. Bis das Tier eingeht. Drüben am Südende der Stadt, wo das städtische Tierasyl liegt, hört man manchmal stundenlang Hunde heulen.«

»Habt ihr eine Kontaktperson dort?« fragte ich Marvel.

»Noch nicht, aber da ist jemand, den ich dafür einsetzen kann.«

»Mach das. Bald. So, nächster Punkt: Ihr habt doch sicher auch einen Rechtsverdreher bei der Stadtverwaltung, oder? Welche Rolle spielt der in dem Spielchen?«

»Ja, Archie Ballem, der Stadtjustitiar. Einer der großen Macher und Organisatoren des Apparats und, neben der Dessusdelit, das Gehirn hinter der ganzen Sache. Das Böse in Person. Er trinkt zuviel, behält aber bei den Machenschaften der Stadtmafia anscheinend immer einen klaren Kopf. Er mag die Schwarzen nicht, aber auch sonst keinen. Hat zwei erwachsene Kinder, arbeiten oben im Norden, und man sagt, er mag selbst sie nicht. Ich würde sagen, er ist die treibende Kraft hinter allen Aktionen der...«

»Moment mal«, unterbrach ich, »wir müssen das jetzt klar festhalten. Wer steht im Zentrum der ganzen Sache?«

Harold und Marvel sahen sich an, nickten sich zu. »Im Zentrum des Apparats steht an erster Stelle Chenille Dessusdelit, die Bürgermeisterin; dann Archie Ballem, der Stadtjustitiar; dann Arnie St. Thomas, der Stadtrat und Kredithai; und dann Duane Hill, der Hundefänger und Muskelmann. Die Stadträte Dodge und Rebeck sind eher Mitläufer. Sie treffen keine eigenen Entscheidungen bei den Machenschaften. Stadtrat Lucius Bell ist meiner Meinung nach sauber. Dann gibt es noch eine Reihe kleinerer Fische. Mary Wells, die Stadtschreiberin, wie sie als Leiterin der Abteilung Administration bezeichnet wird, hilft der Bürgermeisterin eifrig bei der Ausführung der krummen Geschäfte. Auch alle anderen Abteilungsleiter sind bis auf die Knochen korrupt. Einzelne Cops auch, und so geht es bis nach ganz unten weiter.«

»Hat der Apparat denn *alles* in der Stadt in den Klauen? Gibt es keinen hochrangigen Politiker oder Beamten oder Angestellten, den wir auf unsere Seite bekommen könnten?«

Marvel schüttelte den Kopf. »Nicht alle sind am Geldkuchen beteiligt, aber jeder halbwegs Einflußreiche hat irgendwo irgendwelche Vorteile von der jetzigen Konstellation. Wenn wir an jemand herantreten würden, bekäme der Apparat sofort Wind davon.«

»Also, ich fasse mal zusammen: Im Zentrum stehen Dessusdelit und Ballem und Hill, richtig?«

»Ja.«

»Geht es eigentlich eher um Macht oder um Geld? Werden die Leute reich bei ihren krummen Touren?«

»Natürlich«, sagte Harold. »Sie bemühen sich zwar, es nicht zu zeigen, aber hin und wieder blitzt es doch durch. Bei Chenille und Ballem jedenfalls, bei Hill weniger. Aber ich wette, jeder im Zentrum des Apparats ist Millionär. Vom Geld, das sie aus dieser Stadt gesaugt haben. Es ist zum Kotzen.«

Ich gab das alles sorgfältig in den Computer ein. Sehr sorgfältig sogar.

Der Verkauf von Hundeblut war der bizarrste, ekligste Punkt auf der Liste der Korruptionsgeschäfte und Schiebereien.

Unehrliche Angestellte und Arbeiter der Stadt verschoben Autoreifen, Betriebsstoff, Ersatzteile für Autos und Maschinen, ja selbst Grassamen und Dünger aus den Beständen der Stadt. Routinemäßig kassierte der Stadtrat bei allen Einkäufen, die von der Stadt getätigt wurden, Schmiergelder von den Lieferanten. Geschäfte mit der Stadt wurden in der Regel mit falschen Empfangsscheinen und Quittungen abgerechnet, und wenn jemand die Einkäufe überprüft hätte, wäre zutage gekommen, daß oft viel zuviel und manchmal auch völlig unnötige Dinge beschafft wurden.

Die Stadt bekam verdächtig niedrige Zinsen für das Geld, das sie bei den Banken deponiert hatte. Gleichzeitig zahlte sie verdächtig hohe Zinsen für Schuldverschreibungen, die zur Finanzierung des Baus eines neuen Abwassersystems von der Stadt ausgegeben wurden. Natürlich hatte die Stadtmafia, zum Teil über Strohmänner, einen Großteil dieser Obligationen aufgekauft.

Marvel lief bei der Aufzählung der Schiebereien, Betrügereien, Schmiergeldzahlungen und Diebstähle wütend im Zimmer hin und her. Schließlich aber verschwand sie in der Küche. Wir hörten, wie sie Schränke und Schubladen öffnete und wieder zuknallte. Dann streckte sie den Kopf durch die Tür. »Will jemand ein Eis?«

Einige Minuten später saßen wir vor großen Schalen mit Schokoladeneis, und Harold erzählte uns ein paar Beispiele von der Bestechlichkeit der Leute der Stadtverwaltung. Von der Rechtsabteilung konnte man sich jedes gewünschte Rechtsgutachten kaufen. Die Cops wurden von den Bars und sonstigen Etablissements geschmiert und drückten dafür sämtliche Augen zu. Das taten sie auch bei betrunkenen Autofahrern, wenn die ihnen nur genug Bares zuschoben. Sie stahlen das Geld aus den Parkuhren, nahmen Schmiergelder von Kautionsstellern und entließen dafür deren Klienten vorzeitig aus der Untersuchungshaft. Der Polizeichef betrog bei den Ausschreibungen für neue Streifenwagen, so daß immer die Autofirma den Auftrag bekam, die ihn am meisten schmierte. »Aber das alles sind nur Beispiele«, betonte

Harold. »Was man sich auch rauspickt, man greift immer in die Scheiße.«

»Und die Feuerwehr?« Ich meinte meine Frage eher zynisch.

»Da ist es anders«, antwortete Harold ernsthaft. »Sie ist an den korrupten Geschäften nicht beteiligt. Aber sie hat den Drogenhandel in der Stadt fest im Griff.«

»Was?«

»Ja, so ist das. Komisch, nicht wahr? Sämtlicher Koks und Shit in Longstreet kommt von der Feuerwehr. Jeden Abend findet drüben im Feuerwehrhaus die Verteilung der Tagesgewinne statt.«

»Heiliger Strohsack«, erregte sich John, »ich hätte nie geglaubt, daß es dieses Scheißzeug hier überhaupt gibt.«

»Ich weiß auch nicht, wie es angefangen hat, aber so ist es nun mal. Als Feuerwehr sind die Jungs übrigens gut, das muß man ihnen lassen.«

»Ja«, ergänzte Marvel bitter, »sie sind zumindest die ganze Nacht über erreichbar.«

»Jetzt erzähl mir mal ein Beispiel, irgendeine größere Sache, die gerade läuft«, bat ich.

Marvel drückte ihren gelben Bleistift gegen die Lippen. John konnte kein Auge von ihr lassen, man mußte fast befürchten, er würde sie jeden Augenblick anspringen. Harold beobachtete es mit traurigem Bulldoggenblick.

»Das Abwassersystem. Die Kläranlage«, schlug Harold vor.

»Ja...« Marvel rieb sich mit der Hand über die Stirn, als müsse sie sich konzentrieren, um uns eine komplizierte Sache einfach darzustellen. »Vor zwei Jahren leitete die Bundesumweltbehörde ein Verfahren wegen übermäßiger Verschmutzung des Flusses gegen die Stadt ein. Ergebnis: Ein neues Abwassersystem und vor allem eine neue Kläranlage müssen gebaut werden.« Sie seufzte.

»Die Stadt bekam staatliche Zuschüsse, gab die bereits angesprochenen Obligationen aus und veröffentlichte eine Ausschreibung für das Millionenprojekt. Den Zuschlag bekam ein Bauunternehmen in New Orleans. Die Bundesbehörden kümmerten sich nur darum, daß das Geld korrekt bereitgestellt wurde, alles andere lag in den Händen der Stadt. Wir haben nun durch Zufall herausgefunden, daß der Bauunternehmer die Röhren für das Projekt bei einem Händler in Delaware geordert hat. Wegen des komplizierten Verfahrens, mit dem Firmen in Delaware registriert werden, konnten wir nicht rausfinden, wer hinter diesem Röhrenhändler steckt. Aber wir kriegten heraus, daß er die Rohre bei einem Hersteller in Louisville bestellte, und der lieferte sie im Eisenbahntransport direkt hierher. Der Händler in Delaware hat also nichts anderes getan, als die Rohre von Louisville hierher auf den Weg zu bringen. Und er hat dafür eine saftige Provision eingestrichen.«

»Wieviel?«

»Zehn Prozent. Bei einem Volumen von mehreren Millionen sind das mehrere hunderttausend Dollar. Ohne einen Finger krumm zu machen.«

»Steckt der Stadtrat dahinter?«

»Ganz sicher. Wir hätten das nie rausgefunden, wenn nicht eine Putzfrau im Büro des Stadtjustitiars einen Brief von dem Händler in Delaware an den Bauunternehmer gefunden hätte. Archie Ballem hatte ihn unterschrieben. Wir kennen die Einzelheiten nicht, aber der Stadtrat steckt hinter diesem Röhrenhändler, er *ist* der Röhrenhändler. Ein gottverdammtes Scheißspiel. So werden diese Leute auf Kosten der Stadt reich.«

Ich machte mir eine Notiz, Bobby auf diesen ominösen Händler anzusetzen. Dann kratzte ich mich nachdenklich am Kopf.

»Was ist los?« fragte Marvel.

»Diese Typen sind verdammte Betrüger, ohne Zweifel, aber sie wickeln ja ganz schön komplizierte Geschäfte ab. Sie müssen Dutzende von Leuten auf ihren Zahlungslisten haben. Und darüber Buch führen. Das geht doch gar nicht anders. Sie müssen wissen, wer wann wieviel wofür gekriegt hat.«

»Ich weiß nicht«, zweifelte Marvel und sah Harold an. »An diese Möglichkeit haben wir bisher nicht gedacht.«

»Dann denkt jetzt dran. Laßt eure Leute gezielt rumschnüffeln.«

»Okay.« Wir sahen uns reihum schweigend an. Dann fragte Marvel: »Kannst du es schaffen, die Typen aufs Kreuz zu legen?«

»Das kann ich noch nicht sagen. Wir brauchen was Spektakuläres. Ein Verbrechen. Eine große Sache. Irgend so was. Bei Korruptionsfällen ist es doch so... selbst wenn wir jemand Einflußreichen dazu bekämen, die Sache aufzugreifen, wir müßten mit einer äußerst langwierigen Untersuchung rechnen. Über Monate hinweg, vielleicht sogar über Jahre...«

»So was gab's sogar mal«, sagte Harold. »Bevor Dessusdelit im Amt war. Verlief im Sand.«

»Seht ihr. Sobald Politik mit im Spiel ist, wird die Sache kompliziert. Wir brauchen ein Watergate. Was Dramatisches. Einen rauchenden Colt. Irgendwas, was Aufsehen erregt und die Leute aufrüttelt. Was nicht nur so dahinplätschert und, langsam aber sicher, im Sand verläuft. Und wenn wir diese Bombe haben, dann können wir alle anderen Geschütze auffahren. Dann wird die Sache auch klappen, so wie wir es haben wollen. Aber zuerst mal brauchen wir den rauchenden Colt.«

Marvel nickte. »Harold und ich haben an der Sache rumgebrütet, seit Bobby uns auf die Spur angesetzt hat. Wir müssen nicht unbedingt *alle* Widerlinge *sofort* ausschalten. Die Polizei, die Feuerwehr, die städtischen Dienste – Müllabfuhr, Wasser, Strom und so weiter – können wir erst mal aussparen. Selbst den Hundefänger, wenn er uns nicht in die Quere kommt. Wir sollten uns vor allem den Stadtrat vornehmen. Und wenn wir erst mal am Ruder sind...« Sie zuckte zusammen, weil sie sich so weit vorgewagt hatte. »Also, um den Rest können wir uns später kümmern.«

Wir diskutierten noch eine Weile weiter, aber das Wichtigste hatten wir geklärt. Ich klappte den Portable zu und lehnte mich in meinem Sessel zurück.

»Ich brauche natürlich einige Zeit, bis ich die Einzelheiten ausgearbeitet habe.«

»Wie lange?« fragte Marvel.

»Einen Monat. Ich brauche mehr Informationen, ich muß

mich umfassend informieren, zum Beispiel über die gesetzlichen Bestimmungen. Unter welchen Voraussetzungen kann man einen Stadtrat – einzeln oder als Gremium – absetzen? Wie laufen diese Verfahren ab? Welche Kontakte haben wir auf der Ebene des Staates, welche müssen wir unbedingt noch herstellen? Unter welchen Voraussetzungen können wir das FBI oder andere Bundesbehörden einschalten? Die Steuerbehörden? Sicherlich ist auch Steuerhinterziehung mit im Spiel, und die Steuerfahndung wäre vermutlich scharf auf so eine Sache. Ich werde mit euch in Kontakt bleiben. Alles, was ihr auftreiben könnt, Dokumente, Informationen, was auch immer, gebt ihr an John. Er ist der Verbindungsmann.«

»Okay, das ist kein Problem«, nickte John.

»Hast du Zugang zu einem Faxgerät?«

»Natürlich. Im Büro.«

»Prima. Ich habe ein Fax-Board auf einem PC. Du kannst schriftliche Unterlagen bei Marvel abholen und mir faxen. Oder an Bobby, je nachdem, ob wir ihn ...«

»Ich möchte noch etwas sagen«, unterbrach mich Marvel. Wir drei Männer sahen sie erstaunt an. »Was immer ihr auch macht ... ich meine, ich weiß natürlich, daß wir es mit einer extremen Situation zu tun haben, aber eine ethische Grundlage muß bei allen Aktionen eingehalten werden. Der Zweck darf nicht die Mittel heiligen, okay?«

Unsere Blicke wurden noch erstaunter. Schließlich schob John zwei Finger unter sein Hemd und kratzte sich auf der Brust. »Äh, ja, natürlich«, stotterte er dann.

»Die Sterne verblassen schon«, sagte ich zu John, als wir von Marvels Haus wegfuhren. »Bald wird es hell. Soll ich fahren?«

»Mein Gott, Kidd, was für eine Frau!« strahlte er verzückt. Von meinem Angebot nahm er keine Notiz.

»Marvel?« Das war natürlich eine rein rhetorische Frage.

»Sie ist was ganz Besonderes«, schwärmte er versonnen, und ich dachte wieder an die *Herrscherin*. Die Herrscherin, die uns Eis serviert hatte.

»Ja, sie ist eine kluge Frau«, kitzelte ich ihn, denn er hatte sicher andere Qualitäten vor Augen.

»Ethische Grundlage . . .« Er lachte. »Leck mich doch einer am Arsch!«

Ein Polizeiwagen mit eingeschaltetem Blaulicht stand auf dem Parkplatz des E-Z Way. Daneben hatten sich zwei Cops breitbeinig über einem jungen Mann am Boden aufgebaut. Er lag auf dem Rücken und sprach auf die Cops ein. John fuhr an der Szene vorbei und hielt dicht vor dem Eingang des Ladens.

»Ich hole uns das Zeug«, sagte ich und stieg aus. Wir brauchten was Koffeinhaltiges, um die Rückfahrt nach Memphis durchzustehen. Ich ging zum Eingang. Die Cops, zwei große Kerle in dunkelblauen Uniformen, waren ungefähr fünfzehn Meter von mir entfernt. Einer von ihnen ließ einen Schlagstock an einer Kette um den Finger wirbeln. Der junge Mann auf der Erde hatte blendendweiße Zähne, aber als er bittend auf sie einredete und ein besänftigendes Lächeln versuchte, sah ich, daß sie blutverschmiert waren. Er war höchstens Anfang Zwanzig, hatte dunkelblonde, ungepflegte lange Haare und ein Drogengesicht. Ich kenne leider viel zu viele solcher Gesichter. Ich ging in den Laden, holte einen Sechserpack Coke und bezahlte bei dem dicken Typen hinter der Theke. »Was ist da draußen passiert?« fragte ich.

»Danny Oakes konnte mal wieder seine Schnauze nicht halten. Der Junge lernt's nie.«

»Klingt so, als ob das 'ne schlechte Stadt wäre, um 'ne Lippe zu riskieren«, sagte ich und paßte mich seiner Tonart an. Ich hatte das als Witz gemeint, aber er nahm es ernst.

»So is' es ganz bestimmt«, sagte er und nickte feierlich.

An der Tür steckte ich eine Münze in eine Zeitungsbox und nahm mir den *Longstreet Daily* heraus. Der Leitartikel berichtete von einem ersten Hearing über eine neue Brücke für die Stadt. Draußen schoben die Cops den jungen Mann auf den Rücksitz des Streifenwagens.

»Was hat er gemacht?« fragte John. Das Blaulicht des Streifenwagens funkelte immer noch in den Fenstern des E-Z Way.

48

»Konnte sein Maul nicht halten«, erklärte ich. John nickte. Das Delta.

Wir fuhren durch die Stadt, ohne etwas zu sagen. Ich dachte an den Jungen mit den weißen, blutigen Zähnen und zuckte zusammen, als John losplatzte: »Meinst du, sie bumst mit Harold rum?«

»Das glaube ich nicht. Es gab keine... Spannung zwischen den beiden. Vielleicht früher mal.«

»Das meine ich auch. Ich hoffe es jedenfalls.«

»Hör mal, es wird doch da kein Problem geben, oder?«

»Ich fürchte, ich habe mich verliebt.« Er sagte das sehr feierlich. Und er sagte nicht »verknallt« oder so was. Ich wagte nicht zu lachen.

»Sollte ich jetzt... kichern?« fragte ich dann aber doch.

»Nein, das sollst du nicht«, erwiderte er sehr ernst. Und dann fuhren wir aus der Stadt heraus und machten uns auf den Weg nach Memphis.

3

Als John und ich in Memphis ankamen, war die Temperatur schon wieder auf fast dreißig Grad geklettert. Statt direkt zum Flugplatz zu fahren, kurvte er mit mir durch einen Stadtteil mit engen, staubigen Straßen und kleinen Häusern. Die Kinder, die in den Vorgärten spielten, waren alle schwarz.

»Wo bringst du mich hin?« fragte ich.

»Dein Flug geht erst in zwei Stunden. Ich möchte dir noch was zeigen.«

Wir hielten vor einem grauen, holzverschalten Haus. Es war von einem gepflegten, tiefgrünen Rasen umgeben, den eine sorgfältig gestutzte Hecke zur Straße und zu den Nachbarn hin abgrenzte. »Komm rein«, forderte er mich auf, und ich folgte ihm durch die drückende Hitze zur Haustür. Er schloß auf und schaltete in der Diele die Klimaanlage ein. Alle Böden im Haus bestanden aus hellem Hartholz. Die Wände waren grauweiß gestrichen und mit Kunstdrucken geschmückt. Ich kannte die Künstler nicht, aber die Drucke waren gut, einige sogar ausgezeichnet. Handgeknüpfte, bunte Flickenteppiche lockerten die Räume farblich auf.

Neben dem Wohnzimmer hatte sich John ein Arbeitszimmer eingerichtet. Regale ringsum an den Wänden waren mit Büchern vollgestopft. Soweit ich sehen konnte, handelte es sich vorwiegend um historische und politische Werke. Ein IBM-Clone mit Modem und Maus stand auf einem Schreibtisch.

John führte mich eine Treppe hinunter ins Untergeschoß. Sie endete in einem großen Raum, der mindestens die Hälfte des Hausgrundrisses einnahm. »Das ist mein Bastelraum. Mein Studio, wenn du so willst«, sagte er. »Ich zeige es nur selten jemandem.«

»Man sollte im stillen arbeiten«, gab ich ihm recht. »Man verdirbt sich den Geschmack, wenn man zuviel auf andere Leute hört.«

Unter der Treppe waren ein Brennofen für Töpferarbeiten und ein Schmelzofen für Glasarbeiten eingebaut. An der linken Wand stand eine große Werkbank aus solidem Eichenholz mit einem Regal voller Werkzeuge für Holz- und Steinarbeiten. Ein Schweißgerät samt Maske und Gasflasche lehnte an einer Seite der Werkbank. Es roch sehr intensiv nach heißem Metall und geschmolzenem Glas, und vor allem nach erhitzter Glasurmasse, ein Geruch, den ich als sehr angenehm empfand.

An der gegenüberliegenden Wand stand ein langer, schmaler Holztisch, auf dem mehrere Gesichtsmasken aufgereiht waren. Einige waren aus Stein, andere aus Ton oder Holz. Eine fiel mir besonders auf; sie war aus Glas, offensichtlich aus einer Coke-Flasche geblasen, denn man sah noch die eingeschmolzenen Schriftzüge. Viele der Holzobjekte waren im Naturzustand belassen worden, aus toten Bäumen und Wurzelstöcken herausgeschnitten, aber kunstvoll bearbeitet; natürliche Wülste, Astlöcher und Rindenstücke bildeten Nasen und Lippen und Augen...

»Nicht besonders aufregend, hm?«

Das war falsche Bescheidenheit. Seine Arbeiten waren besser als gut, die meisten sogar ausgezeichnet. Es gab zum Beispiel eine erbsengrüne Keramikmaske, die auf einem kupfernen Gestell aus irgendeiner elektrischen Apparatur montiert war. Sie hätte Othellos Totenmaske sein können.

»Wie kommst du dazu, künstlerisch zu arbeiten?« fragte ich und nahm den Othello in die Hand. »Wie hat das denn bei dir angefangen?«

»Ich habe, damals in der schlechten alten Zeit, in Chicago mal eine Ausstellung afrikanischer Masken gesehen. Die Politiker hatten zu dieser Zeit die Hosen gestrichen voll und fürchteten, die Schwarzen könnten die Stadt niederbrennen. Also überlegten sie fieberhaft, wie sie uns ruhighalten könnten, und da wir uns damals schon stolz Afro-Amerikaner nannten, war ihnen klar, daß wir in die Luft gehen würden, wenn sie uns gratis Melonenscheiben anbieten würden. Sie machten also lieber diese Ausstellung über afrikanische Kunst.«

Ich sah ihn von der Seite an. »John, der große Skeptiker.«

Er hob die Schultern. »Es war kein großes Geheimnis, weshalb sie die Ausstellung machten.« Dann grinste er. »Lustig ist ja, daß sie bei mir Erfolg mit ihrer durchsichtigen Beschwichtigungspolitik hatten.«

»Hör mal zu, John, ich kriege zwölfhundert bis zweitausend für gute Arbeiten...«

»Oh, tatsächlich?«

»Du darfst dir unter allen Arbeiten von mir, die ich noch zu Hause habe, die beste aussuchen, wenn du mir dafür diese Maske gibst.« Ich hob den Othello hoch. »Ich habe ein paar Sachen, die prima in dein Wohnzimmer passen würden.«

»Scheiße. Quatsch.«

»Kein Interesse? Ist doch ein faires Angebot, oder?«

»Was willst du mit ihr machen? Mit der Maske?«

Jetzt war es an mir, die Schultern zu zucken. »In ein Regal im Wohnzimmer stellen. Sie betrachten. Darüber nachdenken.«

Er sah mich einen Moment prüfend an, nickte dann. »Okay. Abgemacht.«

»Ich bringe dich mal mit einem Typ in Chicago zusammen. Einem Kunsthändler. Er versteht was von der Sache. Hat Geschmack. Du mußt ihm deine Arbeiten mal zeigen.«

»Du meinst also, sie wären gar nicht so schlecht?«

»Mein Freund, wenn du diese Sachen hier nicht gut verkaufen kannst, dann chauffiere ich dich höchstpersönlich nach Graceland und küsse dir auf Elvis' geheiligtem Rasen den blanken Arsch.«

Ich wickelte die Maske in Zeitungspapier, und eine halbe Stunde vor Abflug der Maschine war ich am Flugplatz. John setzte mich vor der Abflughalle ab und fuhr davon, ohne noch einmal zurückzuschauen. Während ich auf den Flug wartete – er hatte Verspätung –, holte ich mein Tarotspiel raus. Gleich beim ersten Legebild tauchte die *Herrscherin* wieder auf. Zukünftige Veränderungen. Positive? Ich steckte das Spiel wieder weg.

Im Flugzeug schlief ich ein, und bei der Ankunft in St. Paul mußte mich die Stewardeß wecken. Ich nahm mir ein Taxi, knurrte dem Fahrer meine Adresse zu und fuhr schweigend am Fluß entlang zu meiner Wohnung. Das Appartement hallte vor Leere wider; Chaminade hatte jegliches Anzeichen ihrer kurzen Anwesenheit beseitigt. Ich packte meine Sachen aus und übertrug dann die Notizen aus dem Portable in meinen Arbeitscomputer. Johns Othello stellte ich auf ein Schränkchen im Wohnzimmer, direkt unter eine museumswürdige Zeichnung von Egon Schiele. Die Maske regte mich zu der Überlegung an, mir auch einen Brennofen zu kaufen, aber ich zweifelte daran, daß ich auf dem Gebiet der plastischen Gestaltung über genügend Talent verfügte.

Ich fühlte mich einsam, müde und ein wenig traurig. Ich legte mich ins Bett, aber nach ein paar Minuten stand ich wieder auf, ging zum Telefon und wählte die Nummer des *Wee Blue Inn*, einer verrufenen Kneipe in Duluth. Weenie, der Besitzer, meldete sich. LuEllen war nur über diese Nummer zu erreichen.

»Hier ist der Typ aus St. Paul«, gab ich mich zu erkennen.

»Hm.« Weenie legte keinen Wert auf anspruchsvolle Dialoge.

»Ich muß dringend mal unsere gemeinsame Freundin sprechen.«

»Is' nich' da«, nuschelte er. Er sagte das immer, egal, wer anrief, auch wenn LuEllen ihm gegenüber an der Bar saß.

»Wenn sie mal auftaucht, sagen Sie ihr, sie soll mich zurückrufen.«

»Geschäftlich oder privat?«

»Geschäftlich.«

»Hat sie Ihre Nummer?«

»Ja, die hat sie.«

An den nächsten beiden Tagen hatten wir wunderschönes Wetter. Blauer Himmel, leichte Wattewölkchen. Ich verbrachte die Tage auf dem Mississippi, fuhr mit dem Motorboot zu der stillen, hügeligen Landschaft südlich von Red Wing, malte ein paar Landschaftsbilder und dachte über Longstreet nach. An den Abenden machte ich ein paar Karateübungen, Shotokan-dojo, meine Spezialität. Dann ging ich in eine irische Bar im Stadtzentrum, abseits des Vergnügungsviertels. Ein Bekannter, Journalist bei einem Massenblatt, der früher zuviel getrunken hatte, hängt auch heute noch in den Bars herum, aber er trinkt jetzt nur noch Perrier-Limonenwasser zu zwei Dollar die Flasche. Er behauptet, Bars gehörten nun einmal unausweichlich zu seinem Gewerbe.

»Vielleicht sind Bars auch meine besondere Stärke«, meinte er, als wir an der Theke hockten. »Entsprechen meinen intellektuellen Fähigkeiten. Aber egal, ob Gewerbe oder besondere Stärke, ich bringe das immer durcheinander, wenn ich zuviel Limonenwasser getrunken habe«, sagte er und schaute begehrlich auf meine Bierflasche. »Meinst du, ich sollte mal zu *Lemonen*wasser wechseln?«

»Nur nichts überstürzen«, warnte ich, »sonst endest du noch in der Gosse.«

»Ein einziges *Lemonen*wasser. Ich könnte es schaffen, der Zitronengeschmack würde mich nicht süchtig machen.«

»Nix da. Dann kämen Orangensäfte, und in zwei Wochen würdest du dir Koks oder Harry in den Karottensaft kippen.«

Nach dieser fröhlichen Einleitung schimpften wir noch eine Weile gemeinsam über die verdammte Einkommensteuer, und dann fragte ich ihn, was er denn so alles über korrupte Städte wüßte.

»*Alle* Städte sind mehr oder weniger korrupt«, sagte er bedrückt und malte mit der Limonenflasche feuchte Ringe auf die Theke. Mit seinem traurigen, zerfurchten Gesicht sah er aus wie ein alternder irischer Setter. »Sie selbst sehen das allerdings anders. Die Bosse bei den Stadtverwaltungen reden sich ein, Schmiergelder wären nichts anderes als Beiträge zu ihren Wahlkampfkassen, und wenn sie sich mal 'nen neuen Hut von dem Geld kaufen, dann war das aus ihrer Sicht nur ein verzeihlicher Buchungsfehler. Du kennst doch den Spruch: ›Niemand ist rechtschaffener als ein schuldiger Lutheraner mit einer halbwegs vernünftigen Ausrede.‹ Natürlich sind die Typen stocksauer, wenn sich mal ein Reporter näher mit ihrem Finanzverhalten beschäftigt.«

»Hast du mal was von einem Städtchen unten am Mississippi namens Longstreet gehört?«

Er sah mich im Spiegel hinter der Theke erstaunt an. Ich vermied seinen Blick und konzentrierte mich auf mein eigenes Spiegelbild. Es sah so aus, als ob mein Haar in den letzten Wochen grauer und die Krähenfüße in meinen Augenwinkeln tiefer geworden wären. Vielleicht zuviel Sonne. Zuviel Zeit auf dem Fluß. Zu viele Gedanken...

»Longstreet«, nickte er. »Habe davon gehört. Weiß aber nicht viel darüber. Hast du da unten was laufen?«

»Nein, nein. Bin nur letztes Mal auf dem Weg nach New Orleans durchgekommen. Das Städtchen wirkte irgendwie... bedrückend. Andererseits gutes Licht zum Malen. Interessante Menschen. Ich überlege, ob ich irgendwann mal ein paar Tage dort bleiben soll. Zum Malen. Aber über der Stadt hängt so ein seltsamer Hauch von Gewalt. Komisch.«

»Hm.« Er sah mich an. Ich weiß bis heute nicht, ob er etwas von meinen Nebengeschäften – außer der Malerei – wußte oder ahnte. Vielleicht wußte er mehr, als mir lieb sein konnte. »In *allen* Städten am Fluß gibt es Gewalt. Aber bei denen im Süden ist es am schlimsten. ›Jim Bowie und das Gemetzel auf dem Fluß von Natchez‹, nicht wahr? Vielleicht war's auch ›am Flußufer von Natchez‹, ich weiß es nicht mehr so genau.« Er trank einen weiteren Schluck von seinem Wasser. »Mach einen großen Bogen um den Hundefänger«, sagte er dann unvermittelt.

»Was?«

»Das einzige, was über Longstreet in meinem Gedächtnis hängengeblieben ist, sind die Worte eines Reporterkollegen – ›gehe dem Hundefänger aus dem Weg, wenn du jemals dorthin kommst‹. Ich hab' seinen Rat befolgt. Bin der ganzen verdammten Stadt aus dem Weg gegangen. War nie dort.« Er winkte dem Barkeeper und bestellte sich ein neues Limonenwasser.

In den Nächten, nach den Tagen auf dem Fluß und den Abenden an der Bar, saß ich vor meinen Computern und korrespondierte mit Bobby. Er ist wirklich ein Genie, wenn es darum geht, an Datenbänke ranzukommen, und so gab es keinen Mangel an Informationen.

Bei den Bundesbehörden hatte er sich unter anderem Zugang zu den militärischen Personalakten, den Steuerakten, den Akten über staatliche Kreditempfänger und die Strafregister der Strafverfolgungsbehörden verschafft. Natürlich sind diese Datenbestände streng abgeschirmt, aber wenn man die Codes geknackt hat, kommt man an sie ran, und kein Mensch merkt, daß man sie anzapft.

Bei den Behörden der meisten Bundesstaaten hatte er Zugang zu den Steuerakten, den Strafakten über Vergehen im Straßenverkehr und den Prozeßakten der Gerichtshöfe einschließlich der Scheidungssachen. Und er kam an die Unterlagen der Kreditbanken und Versicherungsgesellschaften. Er konnte sich einzelne Kreditkartennummern rausziehen und verfolgen, wer wann was damit bezahlt hatte. Gerade das brachte interessante Ergebnisse. Er fand zum Beispiel heraus, daß zwei unserer Zielpersonen mehrmals im Jahr Reisen zur Spielbank in Tahoe machten. Und daß die Stadtschreiberin, die Erfüllungsgehilfin der Mafia, Großkunde bei einem Versandhaus für exotische Sexartikel war.

Habe Unterlagen Delaware.
Ergebnis?
Stadtrat steckt dahinter. Schicke dir jetzt Unterlagen rüber.
Okay. Leg los.

Die eintreffenden Informationen zuckten über den Bildschirm. Das meiste war nebensächlich, und wir würden es nicht verwenden können. Aber in der jetzigen Situation wußte man noch nicht, was brauchbar oder wichtig war und was nicht, und deshalb ließ ich mir alles ausdrucken. Ich lochte den dicken Papierstapel und heftete ihn in einen Ordner. Ich habe dauernd mit Computern zu tun, und ich schätze ihre Speicherkapazität, aber im Stadium der Planung habe ich gerne Papier in der Hand.

In der dritten Nacht nach meiner Rückkehr aus Memphis hatte ich einen Alptraum. Ich malte Wolken. Dunkle, bedrohliche Wolken.

Es gibt eine Technik, mit der man aus Wasserfarben sehr schnell die schönsten Wolken malen kann. Man trägt auf das Zeichenpapier – es sollte nicht zu dünn sein – Schichten von Kobaltblau in der Größe auf, in der man die Wolken haben will, und während die Farbe noch naß ist, tupft man auf die Schattenseite der Wolken ein wenig Grau; dann nimmt man ein zerknülltes Papiertuch und drückt es leicht auf die Farbschichten. Wenn man es wieder wegnimmt, bleiben die schönsten sommerlichen Federwolken auf dem Papier zurück...

In meinem Traum funktionierte das System nicht richtig. Als ich das Papiertuch hochnahm, befand sich das Gesicht eines Mannes auf der Zeichnung. Ein unbekanntes Gesicht. Das Gesicht eines Toten. Ich erschrak, wich zurück, wollte es wegwischen, war aber wie gelähmt... Und wachte auf. Schweißgebadet.

Als ich die Augen öffnete, merkte ich sofort, daß irgend etwas nicht stimmte. Das Gebäude ist alt und quietscht und knarrt bei

Temperaturänderungen, aber diese Geräusche kannte ich und hatte sie als normal in meinem Unterbewußtsein abgespeichert. Irgend etwas anderes ging vor sich, noch nicht im Schlafzimmer, draußen, in der Diele... Ich versuchte, meinen Atemrhythmus nicht zu ändern, und lauschte angestrengt. Nichts war zu hören außer absoluter Stille. Ganz langsam drehte ich den Kopf ein winziges Stück nach rechts, zur Uhr auf dem Nachttisch. Vier Uhr. Seit einer Stunde lag ich im Bett...

Rechts vom Fußende des Bettes konnte ich schemenhaft den weißen Rahmen der offenen Tür erkennen. Ein schwarzer Schatten schlich hindurch. Oder bildete ich mir das nur ein? Dann blitzte der Strahl einer Taschenlampe auf, huschte über das Bett, erlosch wieder.

Ich war unter der Bettdecke gefangen, und wenn ich mich nach links, von dem Eindringling weg, aus dem Bett rollte, fiel ich in den schmalen Spalt zwischen dem Bett und der Wand. Und war eingeklemmt. Was, verdammt noch mal, sollte ich nur tun?

»He, Kidd...« Die Stimme war sanft, klang amüsiert, und sie war zweifellos weiblich.

Ich fuhr im Bett hoch. Mein Adrenalinspiegel schnellte nach oben. »Verdammt noch mal, LuEllen, du hast mich fast zu Tode erschreckt!«

»Armes Baby!«

Ich machte die Nachttischlampe an. LuEllen grinste mich vom Fußende des Bettes aus an. »Was zum Teufel willst du hier?« fauchte ich.

»Nun«, sagte sie und schnüffelte süffisant, »ich dachte, ich würde dich vielleicht mit dieser Charade-Type im Bett vorfinden.«

»Chaminade«, verbesserte ich.

»Egal. Der Namen spielt keine Rolle. Ich wollte dich nicht mitten im wildesten Bums stören, deshalb bin ich sehr diskret reingekommen.«

»Heiliger Strohsack, und dabei hast du bei mir beinahe einen verdammten Herzanfall ausgelöst«, fluchte ich. »Wie bist du überhaupt hier reingekommen?«

»Berufsgeheimnis. Du hast sehr hübsche Schlösser, nebenbei erwähnt.« Sie steckte die winzige Taschenlampe in die Tasche ihrer kastanienbraunen Jacke. LuEllen trägt bei ihrer Arbeit keine schwarze Kleidung, wie man erwarten würde; sie behauptet, es sei nicht die günstigste Kleidung. Wenn man in den Lichtkegel eines Polizeischeinwerfers kommt, sagt sie, ist ein rötliches Braun vorteilhafter als Schwarz. Und im Schatten, wo sie natürlich am liebsten arbeitet, ist Kastanienbraun oder Burgunderrot genauso unauffällig wie Schwarz. »Weenie hat mir gesagt, du willst was von mir. Was Geschäftliches.«

»Ja. Ich habe da was, aber ich weiß nicht, wieviel Geld dabei rausspringen wird.« Ich gähnte, schwang die Füße auf den Boden und fuhr mir durch die Haare. »Ist hauptsächlich ein Gefallen für Bobby. Vielleicht können wir aber auch Geld dabei rausholen. Mal sehen.«

»Klingt es denn interessant?«

»Ja. Könnte es durchaus sein. Im Prinzip geht's aber um so was wie eine Revolution. Kampf gegen das Böse, verstehst du? Er will, daß wir ein paar Freunden von ihm helfen, eine Stadt zu säubern.«

Sie schlug die Beine übereinander und rieb mit dem Zeigefinger über eine dünne weiße Narbe an ihrem Kinn. »Ich bin so verdammt gelangweilt, daß ich bei allem mitmache, was du zu bieten hast.«

»Wie sieht's mit deiner Kokserei aus?«

»Ich bin dabei, es runterzufahren.«

»Sehr gut.« Die Skepsis in meiner Stimme war nicht zu überhören.

»Ehrlich. Ich bin auf weniger als ein Gramm.« Sie gähnte, stand auf und streckte sich, anscheinend, um mir zu zeigen, in was für einer guten körperlichen Verfassung sie war. »Sie heißt also Chemise. Gibt's sonst noch jemand?«

»Chaminade ist nicht mehr hier. Hat sich aus dem Staub gemacht. Und ich bin nicht in der Stimmung, mich deshalb von dir ärgern zu lassen, okay? Sonst gibt es niemand.«

»Oje, tut mir leid«, sagte sie fröhlich. »War ja klar, daß das

Mädchen abhaut. Du bist nämlich ein unmöglicher, widerlicher Scheißkerl, mit dem keine Frau länger als ein paar Tage zusammenleben kann.«

<h2 style="text-align:center">4</h2>

LuEllen schlief in dieser Nacht auf dem Sofa im Wohnzimmer. Als ich am nächsten Morgen – es war schon fast Mittag – an ihr vorbei in die Küche schlich, sah ich, daß sie noch fest schlief. Sie trug eines meiner alten T-Shirts und eine rosafarbene Unterhose. Die Bettdecke hatte sie zu einer Rolle gestrampelt, um die sie Beine und Arme gelegt hatte, und es sah aus, als ob sie an einem Seil hochklettern wollte. Ich ging zu ihr und wollte sie wecken, aber im letzten Moment ließ ich es bleiben, setzte mich in einen Sessel und schaute sie an.

LuEllen war von Beruf Einbrecherin. Und zwar eine gute. Meistens klaute sie Bargeld, denn dessen Wege sind nur schwer zu verfolgen. Ich hatte hin und wieder in derselben Branche gearbeitet, wenn auch mit anderen Mitteln und anderer Zielsetzung – ich hatte Dinge gestohlen, die noch schwerer zu verfolgen sind als Bargeld: geheime Erkenntnisse, Ideen, wenn man so will. Anfangs hatte ich gedacht, es gäbe einen Unterschied zwischen ihrer und meiner Art von Diebstahl, aber inzwischen bin ich mir da nicht mehr so sicher.

Wenn sie nicht gerade ihrem Beruf nachging, trug LuEllen meistens Cowboystiefel aus Straußenleder und – viel zu enge – Jeans. Sie bevorzugte paspelierte Blusen mit spitz zulaufenden Klappen auf den Brusttaschen, manchmal aber zog sie auch Baby-Doll-Blusen mit Puffärmeln an, bei denen der schwarze Büstenhalter durchschimmerte...

Sie hatte die High-School nicht abgeschlossen und verstand nichts von der Malerei und nur wenig von Computern. Aber sie war ausgesprochen intelligent. Und sie war mein Freund, sogar mehr als das. Nicht im Sinne von »Freundin«, obwohl wir manchmal auch miteinander schliefen. Wir gingen auf getrennten Liebespfaden, um es poetisch auszudrücken, und wir redeten uns ein, das sei ganz in Ordnung so.

Ja, ich hielt dieses Arrangement für richtig, aber in der »Post-Chaminade-*Tristesse*« war ich doch sehr froh, sie wieder bei mir zu haben. Sie hatte sehr hübsche Beine und einen wirklich entzückenden Po. Ich stahl mich aus meinem Sessel, holte meinen Zeichenblock und fing an, sie zu skizzieren. Mit schnellen Strichen umriß ich die Kontur ihres Körpers, ergänzte die Fülle ihres Haares mit dem Kohlestift, schraffierte den Schatten an ihrer Hüfte – und hörte schlagartig auf. Das hatte ich schon einmal gemacht... Eine schlafende Frau gezeichnet... Ja, damals... Maggie Kahn. Wie sie im Sonnenlicht auf dem Bett in einem Appartement in Washington lag... Bevor die Welt zusammengestürzt war...

Ich saß da und starrte aus dem Fenster. LuEllen wachte auf. Wie eine Katze, ohne Zwischenstufe. War sofort hellwach. Sah mich, blinzelte.

»Du hast meinen Hintern gezeichnet, Kidd. Du Ferkel.«

»Schuldig«, bekannte ich. Sie rollte sich vom Sofa, kam hinter den Sessel und schaute über meine Schulter auf die Zeichnung.

»Sehr hübsch. Aber was ich gerne mal wissen möchte, würdest du mich auch ohne meinen Hintern lieben?«

Das war eine gefährliche Frage. Wir gingen in einer Art von vorsichtigem Sarkasmus miteinander um, mit metaphorischen Andeutungen und spitzen Bemerkungen; aber nachdem Chaminade gegangen war und diese Leere hinterlassen und mich dann auch noch die Erinnerung an Maggie Kahn überfallen hatte, war ich nicht zu einer sarkastischen Erwiderung aufgelegt. Ich war eher von einem Gefühl ernster Aufrichtigkeit beherrscht.

»Ja, das würde ich«, sagte ich und sah sie fest an.

Ihr Grinsen verflog, und dann quollen Tränen aus ihren Augen. »Gottverdammte Männer«, sagte sie. Sie lief zum Badezimmer und knallte die Tür hinter sich zu. Erst nach einer halben Stunde kam sie zurück.

Wir bemühten uns, wieder unbefangen miteinander umzugehen.

»Also, was kann ich für dich tun?« fragte sie.

»Ich bin mit der Arbeit am Computer völlig ausgelastet. Bobby schickt mehr Daten und Unterlagen, als ich verarbeiten kann. Ich muß mich ranhalten. Und während ich das tue, solltest du dich nach einem Boot umsehen. Eines, das wir für einen Monat oder so mieten können.«

»Ein Boot?«

»Ja. Weißt du, eines von diesen Dingern aus Plastik, die vorne meistens spitz zulaufen und das Wasser abhalten, wenn man...«

»Okay, okay«, winkte sie ab. »Was für eine Art von Boot? Wie groß? Für welchen Zweck?«

»Ein Hausboot. Nicht zu klein. Komfortabel. Mit Klimaanlage.«

»Du willst auf dem Boot wohnen?« LuEllen hat dunkle Haare und ein hübsches, ovales Gesicht mit schönen, interessanten Augen und ein paar Sommersprossen auf der Nase.

»*Wir* werden auf dem Boot wohnen.«

»Unten in Longstreet?«

»Ja. Auf dem Mississippi. Unten in Longstreet.«

Ich brauchte zwei Wochen, um aus Bobbys Daten wirtschaftliche und psychologische Profile der einzelnen Mitglieder des Stadtrates zusammenzustellen – eine Arbeit, die ich häufig auch für Politiker erledige. Hill, der Hundefänger, war ein Spieler und verlor anscheinend häufig größere Summen. Dessusdelit und Ballem waren im Gegensatz dazu eher geizige Hamstertypen und hockten auf ihrem Geld. Ich konnte noch nicht sagen, um welche Summen es sich handelte, die sie aus der Stadt saugten, aber eines war sicher, es ging nicht um Kleingeld. Sie konnten das Geld nicht legal irgendwo anlegen, denn dann hätten sie erklären müssen, woher es stammte. Jedenfalls gab es keine Spuren irgendwelcher zusätzlichen Einnahmen in ihren Steuerakten. Weder Dessusdelit noch Ballem besaßen Reisepässe, so daß sie es auch nicht persönlich ins Ausland schaffen konnten. Sie mußten es irgendwo horten oder in Sachwerten anlegen.

Ein Mann, der für Ballem Gartenarbeiten erledigte, hatte Marvel berichtet, Ballem wäre Briefmarkensammler, wahrscheinlich auch Münzensammler. Dessusdelit war von einem anderen Mann in einem Juwelierladen in Memphis gesehen worden, sie hatte nach ungefaßten Steinen gefragt ...

»Briefmarken sind ziemlich inflationssicher«, urteilte LuEllen. »Münzen eignen sich nicht ganz so gut, sind aber letztlich als Kapitalanlage auch ganz brauchbar. Gold ist schon schwieriger, weil der Preis dauernd schwankt, aber es ist letztendlich ebenfalls eine sichere Anlage. Bei Edelsteinen ist es ähnlich. Alle Anlagen dieser Art sind einigermaßen wertbeständig, und man hat keine Probleme, das Zeug aufzubewahren.«

Sie weiß, wovon sie spricht.

Neben meinen Computerarbeiten verbrachte ich auch drei harte Stunden in der juristischen Fachbibliothek der Stadt. Und jeden Abend, oft auch nachts, telefonierte ich mit John oder Marvel oder auch mit Bobby.

»Wieviel Einfluß hast du auf die schwarzen Bosse bei der Demokratischen Partei in Longstreet?« fragte ich Marvel.

»Ich? Nicht viel. Aber Harold.«

»Okay. Kann sein, daß wir diese Leute brauchen. Wir müssen darüber noch mal reden. Im Moment wollte ich nur wissen, ob überhaupt Beziehungen bestehen. Habt ihr bei dem Versuch, an die Buchführung des Apparats ranzukommen, irgendwelche Fortschritte gemacht?«

»Nein. Inzwischen wissen wir aber, daß du recht hast; es muß solche Bücher geben. Wir haben Fotokopien von Briefen in der Sache mit dem Abwasserbeschiß in die Finger gekriegt, und aus ihnen geht hervor, daß es weitere Briefe und Akten und eine Buchführung geben muß. Du verstehst, was ich meine? Man kann aus dem Inhalt der Briefe schließen, daß Bücher existieren ...«

»Kapiert«, sagte ich. »Wann kriege ich die Briefe?«

»Ich habe sie heute morgen John mitgegeben. Er ist auf dem Weg zurück nach Memphis, und er sagt, Bobby würde sie scannen und dir dann überspielen. Was auch immer das heißt.«

»Ich habe damals in eurem Käseblatt einen Artikel über die Brücke gelesen. Du hast auch davon gesprochen, als wir bei dir waren. Erzähl mir doch noch mal...«

Sie erzählte mir alles über die Brücke. Sie war lebenswichtig für die Stadt, und sie war der einzige Grund dafür, daß Longstreet nicht schon vor fünfzig Jahren wie eine Primel eingegangen war. Und jetzt, nachdem es sie nicht mehr gab, war die Stadt in ihrer Existenz gefährdet...

»Das klingt ja sehr dramatisch.«

»Für die Menschen hier unten ist es das auch.«

An diesem Abend ertappte mich LuEllen dabei, wie ich an die Decke starrte und am Radiergummi meines Bleistifts kaute.

»Hast du was?«

»Was?«

»Einen Plan.«

»Ja. Vielleicht. Eine Grundidee.«

LuEllen fand ein Elfmeterboot, ein Samson-Hausboot, an einem Dock des St. Croix River. Sie brachte mich hin, damit ich es mir ansehen konnte.

»Mein Gott, ist das ein komischer Kahn«, war meine erste Reaktion. Das Boot war ein riesiger weißer Plastikkasten, häßlich, plump, sicher sehr langsam. Neben einer Radarantenne hing eine winzige amerikanische Flagge schlaff von einem dünnen, schrägen Stahlmast auf der Kabine. *Fanny* stand in Goldbuchstaben am Heck.

»Warte erst mal, bis du das Schlafzimmer gesehen hast«, lockte LuEllen enthusiastisch.

»Die Kabine«, korrigierte ich.

»Nein, mein Lieber. Das Schlafzimmer. Der Typ, der das Boot vermietet, hat mir gesagt, bei einem Hausboot benutzt man nicht diese seemännischen Begriffe. Man sagt Schlafzimmer und Küche und Eßecke statt Kabine und Kombüse.«

»Warum das denn?«

»Marketing«, antwortete sie wichtigtuerisch. Alles, was LuEllen über Marketing weiß, könnte man mit einem dicken Fettstift auf die Rückseite einer Briefmarke schreiben. »Sie wollen nicht, daß man ein Hausboot verbal mit einem U-Boot verbindet. Verstehst du? Die Leute, die so ein Boot kaufen oder mieten, sollen gar nicht erst auf den Gedanken kommen, es könnte eventuell auch untergehen.«

»Wo ist der Besitzer?«

»Beim Skilaufen in Chile. Kommt erst Anfang September wieder zurück.«

Wir gingen an Bord. Am Bug war eine freie Fläche von etwa zwei Metern Länge, die von einer Reling gesichert war, damit man nach dem siebten Bier nicht über Bord kippte. Daran schloß sich der Kabinenaufbau des Wohnbereiches an. Er war in zwei Hälften unterteilt. Die vordere Hälfte bestand aus dem Wohn- und Eßzimmer – ich übernahm zähneknirschend LuEllens unfachmännische Bezeichnungen, um keine Mißverständnisse bei der Benennung der Räumlichkeiten aufkommen zu lassen –, und das war ein Raum, in dem es sich gut leben ließ. Er hatte entlang der Wände eingebaute Bänke, einen großen Arbeits- und Eßtisch, mehrere Einbauschränke, eine Bar, einen Fernseher und eine Stereoanlage. Ganz vorne, hinter dem großen Fenster zum Bug, befand sich die Konsole mit der Bedienungs- und Steuereinrichtung für das Boot. Ein erhöhter, wuchtiger Ledersessel diente als Sitz für den Schiffsführer.

Die hintere Hälfte bestand aus einem Gewirr kleinerer Räume und Stauschränken. Die Küche war winzig, hatte aber alles, was man braucht, einschließlich einer Spülmaschine. Auch das Bad war klein, außer der Dusche enthielt es nur noch ein abklappbares Waschbecken und einen Warmwasserboiler. Die Attraktion aber war das Schlafzimmer.

»Mein Gott, das sieht aus wie das VIP-Zimmer in einem Puff«, sagte ich kopfschüttelnd. Ich war entsetzt. Der Geschmack des Besitzers war... nun, einmalig. »Das ist die erste purpurrote Velourstapete, die ich je gesehen habe – ich meine, in dieser scheußlichen Plastikimitation.«

»Was hältst du von den Spiegeln?« fragte LuEllen und sah

mich gespielt lüstern an. Die Wände und die Decke waren mit Rauchglasspiegeln verkleidet. »Und schau mal, die schwenkbare Videokamera ... Mensch, Kidd, wir können unsere eigenen Pornos drehen!«

Zum Heck hin war, wie am Bug, eine etwa zwei Meter lange, freie Fläche, ebenfalls von einer Reling gesichert. Darunter lag der Maschinenraum. Eine Leiter führte zum Dach des Kabinenaufbaus, das als Oberdeck ausgebaut war. Es gab dort eine zweite Steuerkonsole, Halterungen für Stühle, eine Bank und eine festgeschraubte Liege zum Sonnenbaden, um die man zum Sichtschutz ein Sonnensegel ziehen konnte.

»Okay, wir nehmen es«, sagte ich schließlich. »Es ist für unseren Zweck prima geeignet. Wo muß ich unterschreiben?«

Bei dem Agenten handelte es sich um eine stämmige Walküre. Um den kräftigen Bauch hatte sie einen breiten Gürtel geschnallt, der aussah, als wäre er aus Gußeisen. Sie stellte mir eine Menge Fragen, wollte Bankreferenzen sehen, und zwei Tage später präsentierte sie uns den Entwurf für einen Mietvertrag. Sie präsentierte uns auch ihren Mann, eine grauhaarige, zigarrenrauchende Flußratte namens Fred. Unter seinen wachsamen Augen steuerten wir drei Tage lang die *Fanny* den St. Croix River rauf und runter.

Erst am dritten Tag traute er uns den Mississippi zu. Wir fuhren durch die Schleuse Nr. 2 bei Hastings und übten zum Abschluß Wendemanöver in der Strömung flußabwärts von St. Paul.

»Ich denke, ihr könnt jetzt mit ihr umgehen«, knurrte Fred schließlich mißmutig und drückte mir die Schlüssel in die Hand. Wir beide standen auf dem Anlegeplatz.

»Wann fahrt ihr los?«

»In ein paar Tagen.«

»Viel Glück. Und seid vorsichtig in dem verdammten Chain-of-Rocks-Kanal.« Dann schaute er zu LuEllen hoch, die auf dem Oberdeck des Bootes stand. »Und paßt auf, daß die Spiegel im Schlafzimmer nicht vor Schamröte blind werden.« So viel Humor hatte ich Fred gar nicht zugetraut.

Die Telefondrähte liefen heiß. John sprach mit Bobby, mit Marvel, mit mir. Ich gab alle Informationen in den Computer ein, ließ ihn arbeiten, vergleichen, analysieren. Berge von Einzelheiten kamen zutage. Namen. Zeitangaben. Ereignisse. Und es zeichneten sich Druckmittel gegen die Mafia da unten ab...

Auch an diesem Abend rief John wieder an.

»Wir haben den ehrenwerten Reverend Mr. Dodge an den ehrenwerten Eiern gepackt. Wir haben was in der Hand – außer seinen Eiern, haha –, mit dem wir ihn von den anderen trennen können.«

Wir hatten beschlossen, Dodge im Stadtrat zu lassen und nur die restlichen Mitglieder – bis auf Bell – rauszuschmeißen. Da Dodge in die Machenschaften des Apparates verstrickt war, erschien das gar nicht so einfach. »Wie habt ihr das geschafft?«

»Erinnerst du dich, daß Marvel erzählt hat, er hätte ihr unters Höschen wollen, als sie noch ein Kind war? Sie meinte, das würde er sicher immer noch bei kleinen Mädchen versuchen, und sie hatte recht. Sie haben zwei Mädchen gefunden, an die er sich rangemacht hat. Bis jetzt, vielleicht kommen noch mehr dazu. Sind noch Kinder. Marvel bereitet sich darauf vor, mit ihm ein ernstes Gespräch zu führen...«

»Vorsicht, John, setzt ihn nicht zu sehr unter Druck«, warnte ich. »Und stellt ihm nicht zu viele Fragen. Er ist Baptist, und wenn ihr ihm zu deutlich klarmacht, was für ein Sünder er ist, könnte er auf den Gedanken kommen, ein öffentliches Schuldbekenntnis abzulegen. Als einzigen Ausweg aus dem Zustand der Sünde sozusagen. Dann wäre alles gefährdet, der Kerl wäre nutzlos für uns, und unsere Pläne könnten aufgedeckt werden.«

»Marvel wird das schon richtig machen«, sagte er.

»Okay. Ich hoffe, du fällst da unten nicht auf.«

»Ich bleibe immer nur ein paar Stunden in der Stadt, und dann auch nur nachts. Wir gehen nirgends zusammen hin.«

»So muß das auch sein. Du legst doch hoffentlich trotzdem deine schicke Verkleidung an, oder?«

»Natürlich. Die verdammte Perücke steht mir großartig. Ich sehe aus wie Fred Hampton. Und wie steht's bei euch?«

Wir hatten langsam alles beisammen. Die Kristallkugel für LuEllen samt der goldenen Kette, an der man sie baumeln lassen konnte. LuEllens exzellentes Berufswerkzeug. Ein kleines, aber unglaublich teures Leitz-Vergrößerungsgerät für Fotos. Die komplette Ausstattung für eine Dunkelkammer. LuEllens Nikon F4. Sie macht manchmal Fotos von Menschen und Orten und Dingen, die sie nicht zum Entwickeln in ein Fotolabor geben möchte.

Wir haben inzwischen wieder miteinander geschlafen. Es war lange Zeit gutgegangen, aber seit meinem Anfall von Ernst- und Ehrenhaftigkeit am ersten Morgen nach ihrem nächtlichen Eintreffen, als ich sie schlafend gezeichnet hatte, war LuEllen immer um mich herumgeschlichen, und schließlich konnte ich nicht mehr widerstehen. Aber ich war beunruhigt. Irgend etwas war neu in unserer Beziehung, und ich wußte nicht, was es war und ob ich es wollte.

Drei Tage vor unserer Abfahrt unternahm LuEllen diskret eine Reise nach Longstreet. Sie flog nach Memphis und fuhr in einem Leihwagen den Fluß entlang. Im Gepäck hatte sie ein sehr teures elektronisches Gerät, daß sie sich von einem Freund an der Westküste ausgeliehen hatte. Sie kam nachts spät zurück und schlief auf der Wohnzimmercouch.

Dann, am Tag vor der Abreise, schaffte ich eine Wagenladung persönlicher Sachen und Computerausdrucke sowie einige Geräte auf das Boot. Abends gab es nichts mehr zu tun, und so liehen wir uns einen Videofilm aus – *Jeremiah Johnson* mit Robert Redford –, hockten uns aufs Sofa, einen Becher Popcorn zwischen uns, und sahen uns den Film an. Etwa um die Zeit, als die Indianer aufbrachen, um Jeremiah durch die Berge zu jagen, nahm LuEllen den Becher, stellte ihn auf den Tisch, sagte: »Verdammte Scheiße!« und setzte sich neben mich.

Ich wußte nicht, was ich sagen sollte. Und sie fauchte mich an: »Sag jetzt nichts Blödes!«

Das tat ich dann auch nicht. Wir saßen zunächst brav auf der Couch und sahen uns den Film zu Ende an, dann redeten wir uns in eine ausgelassene Stimmung, alberten schließlich wie die Kinder herum, und dann gingen wir ins Bett. LuEllen liebt meistens so, wie sie sich auch kleidet: im Stil eines Cowgirls. Viel Enthusiasmus, wenig Finesse. Diesmal war sie besonders weich und zärtlich. Als wir einschliefen, hatte ich den Arm um sie gelegt, und als ich acht Stunden später aufwachte, lagen wir immer noch in derselben Stellung da. Ihr schien das zu gefallen, und sie bewegte sich nicht, obwohl auch sie wach war. In meinem Hinterkopf flüsterte eine warnende, nervöse Stimme: »Was zum Teufel geht eigentlich mit dir vor, Kidd?«

Am frühen Nachmittag fuhren wir los. LuEllen steuerte die *Fanny* auf den Fluß hinaus, ich machte mir an der Bar einen Gin Tonic, legte die Füße hoch und sah zu, wie am linken Ufer Wisconsin an uns vorbeizog. Es war ein schöner Tag mit einem Porzellanhimmel, tiefblau, durchzogen von weißen Federwölkchen, und mit einer leichten Brise, die die kleine Flagge am Mast der *Fanny* flattern ließ. — Auf dem St. Croix Lake kreuzten Segelboote.

Der St. Croix fließt unterhalb von St. Paul, bei Flußkilometer 811,5, in den Mississippi. Von hier aus benötigten wir sechs Tage bis Memphis. Einer der Tage war nicht besonders angenehm. Es war schwülheiß, und wir quälten uns durch den Chain-of-Rocks-Kanal, mit dem die Flußschleife bei St. Louis abgekürzt wird. Wir waren zwischen zwei großen Schiffen eingeklemmt, die die Qualmwolken ihrer überdimensionierten Dieselmotoren über uns hinwegbliesen.

Die anderen fünf Tage waren schön. Die Sonne schien vom frühen, klaren Morgen bis zum rosaroten Untergang am späten Abend. Wir hielten uns meistens auf dem Oberdeck auf, und wenn LuEllen das Boot steuerte, malte ich oder bastelte an einem kleinen Lasergerät herum, das ich auf einem Trödelmarkt gekauft hatte. Wenn ich als Steuermann an der Reihe war, las sie oder nahm ein Sonnenbad. Sie zog dann in einer äußerst provokativen Art ihren Badeanzug aus, befahl mir, den Fluß im Auge zu behalten und räkelte sich nackt auf dem weißen Polster der Liege. In der gleißenden Sonne bildete sich auf ihrem Körper eine glitzernde Patina aus Schweißperlen, und ich konnte nicht anders, als mehr Blicke auf sie als auf den Fluß zu werfen. Wenn ich es schließlich nicht mehr aushielt, warf ich irgendwo Anker und zerrte sie ins Bett oder auf irgendeine andere Liegefläche. Das ging so bis zu dem schlechten Tag auf dem Chain-of-Rocks-Kanal, aber danach machten wir schleunigst wieder wie vorher weiter...

Fünfzig oder sechzig Meilen südlich von St. Louis erstrecken sich schöne weiße Sandstrände am Illinois-Ufer des Flusses. Von der Landseite her sind sie wegen ausgedehnter Sümpfe und einem System hoher Dämme nur schwer zugänglich, so daß nur selten ein Mensch bis zu ihnen vordringt. Am fünften Tag ankerten wir in dieser Gegend an einer Sandbank, und LuEllen joggte nackt am Ufer entlang – eine kleine, schlanke junge Frau mit dem durchtrainierten Körper einer Sportlerin lief fröhlich durch einen Schimmer aus Hitze und Sand. Manchmal blieb sie stehen, um ein Stück Treibholz oder einen toten Fisch oder andere Gegenstände zu betrachten, die der Fluß ans Ufer gespült hatte.

Als sie auf dem Weg zurück zur *Fanny* war, kam ein Schiff in schneller Fahrt um die Flußbiegung hinter uns. LuEllen kümmerte sich nicht darum; statt sich im schützenden Gebüsch nur wenige Meter entfernt zu verstecken, lief sie fröhlich weiter durch den Sand. Die beiden Männer auf dem Schiff starrten wie gebannt durch die Scheibe ihrer Kabine auf das Schauspiel, das sich ihnen da bot, und als sie auf gleicher Höhe mit LuEllen waren, ließen sie ihre Schiffssirene anerkennend ertönen. LuEllen warf den Kopf zurück und lachte.

Aber wir arbeiteten auch.

Ich hatte zwei Computer mitgenommen. Einer war ein großer, moderner mit genügend Speicherkapazität auf der Festplatte, um alle Dementis von Richard Nixon speichern zu können. Für dieses Gerät hatte ich einen tragbaren Gasgenerator. Der zweite war ein tragbarer Laptop mit Festplatte und Telefonmodem. Auf unserer Fahrt ankerten wir jeden Tag einmal bei irgendeiner Ortschaft, von wo aus wir Bobby kontaktieren konnten; er überspielte uns dann die neuesten Daten. Abends arbeiteten wir die Unterlagen am Bildschirm durch.

Am Nachmittag des sechsten Tages tuckerten wir in den Yachthafen von Memphis ein und machten an einem Anlegeplatz unterhalb der Skyline der Stadt fest. Als ich die Anlegegebühr bezahlte, kam John Smith die Treppe vom Damm herunter.

Er sah LuEllen prüfend an – sie hatte wieder einmal nur einen Hauch von zweiteiligem Badeanzug an, und ihre körperlichen Vorzüge kamen fast uneingeschränkt zur Geltung –, nickte anerkennend und sagte laut: »Oho!«

»Wie geht's Marvel?« fragte ich schnell. Er grinste verlegen. Ich machte die beiden miteinander bekannt.

»Ich habe Zimmer für uns in einem Hotel direkt hinter dem Damm«, sagte John. »Marvel rief vor einer Stunde an und sagte, sie und Harold würden...« – er schaute auf die Uhr – »jetzt etwa dort eintreffen.«

»Prima«, lobte ich und sah LuEllen an. »Zieh dir was an, wir wollen los, um die anderen zu treffen.«

Während wir auf sie warteten, sagte John: »Byron Lund hat mich besucht.«

Ich nickte. Byron Lund war mein Kunsthändler aus Chicago. »Er hat mir gesagt, er würde zu dir fahren, aber ich habe noch nichts von ihm gehört. Hat er sich interessiert gezeigt?«

»Er spricht davon, im Herbst... eine Ausstellung mit meinen Arbeiten zu machen. Hat 'ne ganze Menge Zeug von mir mitgenommen...« Er wirkte plötzlich sehr scheu und verlegen.

»He, Donnerwetter, herzlichen Glückwunsch!«

»Also... Weißt du, ich möchte dir...« Er scharrte mit dem Fuß auf dem Boden wie ein verschämtes Kind. »Also... Na ja, also vielen Dank, du... du verdammte Arschgeige.«

Im Hotelzimmer saßen LuEllen und ich auf dem Bett und John in einem Sessel, als Marvel und Harold ankamen.

»Wow«, murmelte LuEllen vor sich hin, als sie Marvel sah. Sie trug ein T-Shirt mit aufregendem V-Ausschnitt und eine enge, plissierte Freizeithose. Beides zusammen hatte wahrscheinlich höchstens zwanzig Dollar gekostet, aber an ihr sah es aus wie die Tausenddollarkreation eines Modezaren. In der Hand hielt sie eine weiße Plastiktüte.

»Ist sie nicht...«, flüsterte ich LuEllen zu.

»Ja, sie ist toll«, unterbrach sie mich murmelnd und seufzte.

Harold trug einen unbequemen, zerknitterten braunen Anzug mit weißem Hemd und braungestreifter Krawatte. Er sah aus wie ein Zeitschriftenvertreter, den man in einem Slumviertel einsetzt.

»Marvel, Harold«, stellte John vor. »Und das ist LuEllen.«

»LuEllen wie?« wollte Marvel wissen.

»Hm... einfach nur LuEllen«, sagte John, als LuEllen nicht reagierte.

Marvel nickte. »Okay.« Dann sah sie mich an. »Bist du zu einem Ergebnis gekommen?«

Ich hatte ihnen am Telefon immer wieder einzelne Erkenntnisse mitgeteilt, mir aber meinen »Generalplan« für dieses Treffen in Memphis aufgespart. So etwas macht man besser mündlich. Wenn sie ihn ablehnten, konnte ich immer noch mit der *Fanny* und LuEllen den Fluß hinunter in Richtung auf New Orleans schippern. Und kam an Longstreet vorbei... Zu bedauern gab es auch bei einer Ablehnung für mich nichts. Denn ob sie meinen Plan annahmen oder nicht, sie würden bei dem, was ich vorhatte, auf jeden Fall eine Rolle spielen. Und davon profitieren, ob sie wollten oder nicht...

»Ich denke, wir können es schaffen«, verkündete ich.

Marvel zog eine Zweiliterpackung Erdbeereis und ein Päckchen Plastiklöffel aus der Tüte, nahm eines der Zahnputzgläser vom Brett über dem Waschbecken, riß die Zellophanhülle ab und begann, Eis aus der Packung in das Glas zu schaufeln.

»Und wie machen wir es?« fragte sie.

»Wir setzen auf den Aberglauben«, erklärte ich. »Auf den Aberglauben mancher Menschen, auf ein bißchen Falschspielerei und zum Schluß auf die Hilfe des Gouverneurs eures Staates.«

Ich erklärte ihnen meinen Plan, und wir besprachen ihn zwei Stunden lang. Als alle Details geklärt waren, schüttelte Marvel den Kopf. »Das ist die zynischste Sache, die ich je gehört habe.« Sie stand auf und lief durchs Zimmer. »Wie soll man denn so was... wie willst du denn so was mit einem Mindestmaß an moralischem Grundverständnis in Übereinstimmung bringen? Mit ethischen Grundsätzen?«

Harold enthob mich einer Antwort. »Scheiß-Ethik«, sagte er beißend, und ein gemeines Lächeln, das ich bei ihm nicht erwartet hätte, verzerrte sein Gesicht. »Mir gefällt der Plan.«

Marvel sah ihn überrascht und erstaunt an, drehte eine weitere Runde durch das Zimmer, und dann sagte sie: »Okay. Ich denke, wir machen mit. Wann fangen wir an?«

Ich sah LuEllen an. Und tischte meinen neuen Freunden und Mitstreitern die erste Lüge auf. Andere würden folgen. Aber sie brauchten ja nicht alles wissen...

5

Meine Lüge bestand darin, daß ich ihnen sagte, wir würden noch ein paar Tage in Memphis bleiben, um unsere Ausrüstung zu vervollständigen und noch einige private Dinge zu erledigen. Marvel schlug vor, wir sollten zusammen zum Essen gehen, aber LuEllen widersprach energisch.

»Man darf uns nicht mit euch zusammen sehen«, erklärte sie. »Selbst dieses Treffen hier ist riskant. Ihr dürft nicht vergessen, daß es sich um Straftaten handelt, die wir begehen. Wenn wir auffliegen und es zu einem Verfahren kommt, kann es nicht in eurem Interesse sein, daß euch eine Kellnerin oder ein Hotelpage oder ein Maître mit uns in Verbindung bringt.«

»Das klingt ja ziemlich pessimistisch«, meinte Marvel verunsichert.

»Ich bin Profi«, erklärte LuEllen. »Und ich bin noch nie erwischt worden, weil ich immer alles im voraus bedenke. Wenn sie mich schnappen, sollen sie so wenig wie möglich über die

Hintergründe erfahren. In diesem Fall dürfen sie nicht rausfinden, daß eine politische Sache dahintersteckt. Ist doch klar, oder?«

Die Entscheidung, den Angriff auf die Stadtmafia von Longstreet tatsächlich zu starten, hatte bei Marvel einige Sorge hervorgerufen, aber LuEllens Erklärung, sie und ihre Freunde bei einem Fehlschlag und der damit verbundenen Strafe nicht mit reinzuziehen, beruhigte sie offensichtlich. Um sechs Uhr gingen sie. Sie waren kaum aus der Tür, als LuEllen einen Anruf machte. Fünf Minuten später standen wir vor einem Supermarkt in der Nähe des Hotels.

»Wir sind spät dran«, sagte ich beunruhigt. »Wenn sie nicht bald auftauchen...«

»Keine Angst. Das sind zuverlässige Leute.«

»Hoffentlich.« Ich war tatsächlich nervös und drehte mich um, schaute auf den Fluß. Ein riesiges Schiff mit dem Namen *Elvis Doherty* stampfte mit einer Reihe von Lastkähnen vor sich flußaufwärts. Der Steuermann saß in einer Glaskabine, rauchte eine Pfeife und blätterte in einem dicken Magazin, das nach den *Flußnachrichten* aussah, die jedes Jahr im Juni herausgegeben werden. Zwischen den Doppelschornsteinen hing eine amerikanische Flagge, vom Dieselrauch dunkel eingefärbt, schlaff am Mast. Ich betrachtete das Bild und stellte mir vor, daß Norman Rockwell daraus wieder eines seiner scheußlichen Flußgemälde machen würde. LuEllen ließ sich nicht ablenken und behielt die Straße im Auge.

»O ihr, die ihr schwach im Glauben seid«, zitierte sie murmelnd die Bibel. Ich drehte mich um, gerade noch rechtzeitig, denn um die Ecke einen Block weiter kam ein blauer Continental, dahinter ein kaffeebrauner Chrysler. Beide Wagen waren fast neu. LuEllen hob die Hand, als ob sie einem Taxi winken würde, und die Wagen hielten vor uns an.

»Du nimmst den Continental«, sagte LuEllen. Sie hob den schwarzen Nylonkoffer auf, den sie von der *Fanny* mitgebracht hatte, und ging auf den Chrysler zu. Die beiden Fahrer stiegen aus. Ich ging zum Continental. Der Motor des Wagens klang hart und dröhnend, wie ich es von diesem Autotyp nicht kannte. Der Fahrer, ein stämmiger, rotgesichtiger Mann in einem grellen Hawaiihemd und zebragestreiften Shorts, zog Lederhandschuhe von den Händen.

»Sei vorsichtig mit dem Gaspedal, bis du dran gewöhnt bist«, sagte er lakonisch. »Innen ist alles clean. Keine Fingerabdrücke.«

Die beiden verschwanden in einer Nebenstraße. LuEllen winkte mir noch mal zu und stieg in den Chrysler. Ich zog meine Lederhandschuhe über, schob mich auf den Fahrersitz des Continental und studierte kurz die einzelnen Funktionstasten. Dann legte ich den Hebel der Automatik auf »Drive« und gab vorsichtig Gas. Der Wagen schoß nach vorn wie ein Porsche. Ich weiß nicht, was LuEllens Freunde mit dem Motor angestellt hatten, aber er hätte nach meiner Einschätzung ohne weiteres an den Rennen in Talladega teilnehmen können. Auf dem Weg nach Longstreet gab es ein paar gerade Strecken, und ich gab etwas mehr Gas, bis ich auf ungefähr hundertzwanzig Meilen war. Mehr traute ich mich nicht. Dabei hatte ich das Pedal erst halb durchgetreten.

»Das war saudämlich von dir«, fauchte mich LuEllen an. Wir waren beim Wal-Mart-Einkaufszentrum am Stadtrand von Longstreet angekommen und hatten die Wagen auf dem Parkplatz zwischen Hunderten von anderen Autos abgestellt. Es wurde langsam dunkel. »Ein verdammtes Strafmandat wegen Geschwindigkeitsüberschreitung hätte uns alles versaut, du Blödmann.«

Sie war in einem Zustand absoluter Konzentration auf den bevorstehenden Job, und alles, was sie dabei störte, mußte ausgeschaltet werden. In diesem Zustand war nicht gut Kirschen essen mit ihr, aber ich wußte, sie würde beängstigend effizient sein. »Entschuldige«, murmelte ich. Ich bereute meinen Leichtsinn tatsächlich.

»Du hältst dich an das, was wir abgesprochen haben, verdammt noch mal.« Sie sah auf die Uhr. »Es ist soweit.«

Wir nahmen den Chrysler, den weniger auffälligen der beiden

Wagen. LuEllen fuhr zur Stadtmitte, auf den Wegen, die sie bei ihrer Fahrt vor einer Woche erkundet hatte. Der Stadtrat hatte eine Sitzung, und auf dem Parkplatz schräg gegenüber dem Rathaus standen etwa zwanzig Autos.

»Da steht ihr Chrysler«, sagte sie und nickte. Der Wagen der Bürgermeisterin drüben auf dem Parkplatz war mit unserem identisch.

»Ich sehe Hills Pickup nicht.«

»Und ich sehe den Continental nicht...«

»Steht vielleicht direkt vor dem Rathaus.«

Der Continental, den wir suchten, war wiederum identisch mit unserem auf dem Parkplatz des Wal-Mart. Er gehörte Archie Ballem, dem Stadtjustitiar. Wir fuhren am Rathaus vorbei. Kein Pickup, kein Continental.

»Ballem *muß* an der Sitzung teilnehmen. Es geht ja um die Abwasserobligationen«, überlegte ich. »Bei Hill ist das nicht so sicher.«

»Ich dachte, er ist bei so was auch immer dabei.«

»Ja. Sagt Marvel jedenfalls.«

»Es wäre schlecht, wenn sich gleich am Anfang rausstellen würde, daß wir uns auf ihre Aussagen nicht verlassen können«, sagte LuEllen wütend. Wir hatten inzwischen die erste Querstraße nach dem Rathaus erreicht. »Ich drehe um... Warte mal, da ist er. Da drüben. Tatsächlich. Das ist Ballem.«

Ein Mann im hellen Leinenanzug und flottem Strohhut auf dem Kopf kam auf uns zu. Er schaute zu uns herüber, als wir an ihm vorbeifuhren. »Bist du sicher?« fragte ich.

»Ja. Ich habe ihn vorige Woche auf der Straße gesehen. Sein Büro befindet sich da vorn.«

Der Continental stand zwei Blocks weiter vor Ballems Büro.

»Wenn wir jetzt noch Hill finden würden...«

»Wenn nicht, sollten wir die Sache abblasen«, meinte LuEllen. »Andererseits... Wir wissen, daß Dessusdelit und Ballem im Rathaus sind...«

»Also, legen wir los?«

»Ja.«

Vor dem Gebäude der Telefongesellschaft in einer Nebenstraße stand eine blauweiße Telefonzelle. Wir wußten, daß die Bürgermeisterin die Sitzung im Rathaus leitete, und wir wußten auch, daß sie Witwe war und allein lebte. Aber es konnte ja ein Gast im Haus sein... Wir riefen bei ihr an, aber niemand hob ab. Nach dem zwanzigsten Läuten schnitt LuEllen die Schnur des Hörers mit einem kleinen Bolzenschneider durch. Das Telefon im Haus der Bürgermeisterin würde weiterläuten, und ein hinausgehendes Telefonat konnte nicht unterbrochen werden. Den Hörer nahmen wir mit.

»Hol deinen Portable«, sagte LuEllen, als wir zurück im Wagen waren. Ich kniete mich auf den Sitz, holte den Laptop, klemmte die Drähte des Telefonhörers aus der Zelle an und steckte die Stromzuführung in den Zigarettenanzünder des Wagens. Über das Modem wählte ich die Nummer in Dessusdelits Haus. Es war immer noch besetzt. Niemand war ans Telefon gegangen. Nach menschlichem Ermessen war niemand im Haus...

»Vielleicht kommt Bobby in die Datenbank der Telefongesellschaft und kann die Anrufakten löschen, dann könnten wir das immer so machen und müßten nicht aus Telefonzellen anrufen«, schlug ich vor.

LuEllen schüttelte den Kopf. »Zu kompliziert. Wenn's schiefgeht, stehen wir als ›unbekannter Anrufer‹ in den Akten, und sie fangen an zu suchen. Hin und wieder mal können wir es riskieren, aber nicht regelmäßig. Telefonzellen sind anonym und damit sicherer.« Sie hat vor Schriftstücken mehr Angst als vor dem Teufel, vor Steuerbelegen, Verträgen, Schecks, Rechnungen. Papier hinterläßt Spuren, und wenn man irgendwas auf Papier hinterläßt oder es in Akten steht, kann man es nur schwer ableugnen.

Wir fuhren nur einmal an dem Haus vorbei. Es war ein gut erhaltenes, verschachteltes Gebäude in einer Einbahnstraße. Der Vorgarten war dicht mit Sträuchern bewachsen. Von beiden Seiten hingen Äste über die Straße und behinderten die Sicht. Es war kein Mensch zu sehen. Den Leuten war es wohl zu heiß, einen Abendspaziergang zu machen. Hinter einem Fenster in der Mitte der Hausfront brannte Licht – ein sicheres Zeichen, daß niemand zu Hause war. So machen es die Leute immer, wenn sie abends weggehen. Das Haus links war dunkel, im Haus rechts brannten ein paar Lichter. Wir kamen zum Gebäude des Country-Clubs, fuhren dreimal nach links und waren dann wieder in der Einbahnstraße. Ich wählte noch einmal die Nummer des Hauses – es war immer noch besetzt. Während ich angestrengt aus dem Wagenfenster starrte, hörte ich, wie LuEllen die erste Prise Koks schnüffelte. Sie schleppt das Zeug in kleinen Kapseln mit sich rum, je Kapsel eine Nase voll.

»O Gott«, sagte ich nur.

»Kümmere dich um dich selber«, fauchte sie mal wieder.

Der Stoff wirkte sofort, aber ihre Fahrweise blieb stabil.

»Zapper«, befahl sie.

»LuEllen, meinst du nicht...«

»Hol den verdammten Zapper...«

Der Zapper ist ein spezielles, batteriebetriebenes Sendegerät. Er sieht aus wie ein langnasiger Fön. Ich holte ihn aus LuEllens Tasche. Mein Atem ging schneller. LuEllen genießt diesen Teil solcher Unternehmen, das Kribbeln des Adrenalins, aber von mir kann ich das nicht sagen. Sie bog ohne Zögern in die Auffahrt zu Dessusdelits Haus ein, und ich richtete die Nase des Zappers auf das Garagentor. Als wir noch etwa zehn Meter davon entfernt waren, drückte ich den Sendeknopf. Das Tor schwang lautlos auf, und LuEllen fuhr in die Garage, dann schloß sich das Tor automatisch wieder. LuEllen stellte den Motor ab. Es war sehr still um uns herum.

»Hörst du's?« fragte sie leise. Sie war vom Jagdfieber gepackt und bebte vor Anspannung. Ganz leise hörte ich das Läuten des Telefons.

Die Tür von der Garage ins Haus war nicht verschlossen. So ist das nun mal in einer Kleinstadt wie dieser. Eine Menge skrupelloser Gauner an der Spitze, aber auf den Straßen wenig Verbrechen. LuEllen ging voraus und huschte schnell durch alle Räume. Ich kam kaum hinter ihr her. In der Diele hob sie den Telefonhörer ab und legte ihn wieder auf, um das Läuten abzustellen. Das Haus hatte zwei Schlafzimmer. Im ersten stand ein großes Doppelbett und mehrere Truhen und Schränkchen, obendrauf Dosen und Schmuckkästchen; an der Wand hing ein ovaler antiker Spiegel. Chenilles geheiligtes Schlafzimmer. Alles ganz nett, aber nicht teuer. Das zweite war offensichtlich ein Gästezimmer. Auf dem Doppelbett lagen mehrere dekorative Quiltdecken. Ein weiterer Raum war als Arbeitszimmer eingerichtet. Auf einem Tisch stand ein veralteter IBM-Computer.

Das überdimensionierte Wohnzimmer bestand aus zwei ineinander übergehenden Räumen auf zwei Ebenen. Beherrscht wurde es von einem großen Backsteinkamin, einem idealen Platz für politische Soiréen. Die Küche war sehr geräumig, und direkt daneben befand sich ein Raum mit Waschmaschine, Wäschetrockner und Bügelbrett. Eine schnelle Inspektion des Kellers brachte nichts Interessantes.

LuEllen fing mit der intensiven Durchsuchung im Schlafzimmer an. Ich holte meinen Laptop und die Diskette mit dem Kopierprogramm aus dem Wagen. Ich war ein wenig überrascht, daß Chenille Dessusdelit überhaupt einen Computer hatte; Frauen in ihrem Alter und Status beschäftigen sich im allgemeinen nicht mit Computern. Zu ihrem IBM gehörten ein Modem und ein Drucker, beides, wie der Computer selbst, veraltete Typen. Daneben standen zwei Aktenschränke mit je zwei Schubladen.

Ich gab das Kopierprogramm in den Computer ein und überspielte, auf der Suche nach interessanten Daten, die Informationen auf der Festplatte des IBM und auf den einzelnen Disketten in den Speicher meines Laptop. Aber da war nichts Besonderes. Zwei Anwenderprogramme, ein Textverarbeitungsprogramm und ein Tabellenkalkulationsprogramm waren alles, was die Festplatte und die Disks enthielten. Keinerlei Daten.

Ich durchsuchte die Aktenschränke, aber außer geschäftlichen Routineunterlagen war auch dort nichts Interessantes zu finden. Ich trug den Laptop zurück zum Wagen und durchsuchte die Küche.

Wir gaben uns keine Mühe, bei unserem Herumstöbern vorsichtig zu sein, im Gegenteil, wir nahmen das Haus regelrecht auseinander. Ich kippte – leise natürlich – die Aktenschränke um, riß die Schubladen des Gefrierschrankes raus, warf alle Kannen und Vasen und Schachteln auf den Boden, sobald ich sie überprüft hatte. Aber ich ging sehr gründlich vor; selbst das Eiswürfelfach im Kühlschrank durchsuchte ich sorgfältig. Plötzlich ließ mich ein lautes Krachen im Schlafzimmer zusammenfahren. Ich lief hin. LuEllen hatte das Bett auseinandergenommen.

»Das war ziemlich laut«, keuchte ich.

»Geh und mach weiter«, sagte sie ungerührt.

Als ich mit der Küche fertig war, hatte LuEllen bereits mit dem Wohnzimmer begonnen. Sie hatte alle Türen der Schränke und Truhen aufgemacht und den Inhalt auf den Boden geworfen. Im Moment arbeitete sie sich durch das Bücherregal. »Wo hast du den Strommesser?« fragte sie.

»Hier.« Ich zeigte auf meine Brusttasche. Wir waren jetzt schon eine Weile im Haus, und ich fing an zu schwitzen. LuEllen wirkte kühl und konzentriert.

»Check damit die Schlafzimmer durch, dann das Arbeitszimmer, das Badezimmer, die Küche. Ich gehe noch mal in den Keller . . . Ich verstehe das nicht, ich hätte geschworen, im Schlafzimmer was zu finden . . .« Sie sah auf die Uhr. »Sieben Minuten sind wir jetzt im Haus . . .«

Wir wußten nicht genau, wonach wir suchten. Wir wußten nur, daß Chenille Dessusdelit im Lauf der Jahre eine Menge Geld aus der Stadtkasse genommen und Bobby in keiner Datenbank eine Spur davon gefunden hatte; keine Geldanlagen, keine Investitionen, keine Aktien, keine weiten Reisen zu einer Geldwaschanlage. Nichts. Es war möglich, daß sie irgendwo im Hinterland unter falschem Namen Land aufgekauft hatte, aber das machte keinen Sinn. Es paßte nicht zu ihr. Sie wollte ihr Geld dort haben, wo sie es auch sehen konnte. Marvel hatte herausgefunden, daß sie ein Schließfach bei der Longstreet State Bank hatte, aber Bobbys Vorstoß in die Bankunterlagen hatte ergeben, daß sie es nur ein- bis zweimal im Jahr aufsuchte.

Das Geld oder die Wertgegenstände, in die sie es umgesetzt hatte, mußten sich im Haus befinden. Aber wo? Die Möbel waren von guter Qualität, aber nicht ausgesprochen teuer; sie hatte das Geld nicht in Antiquitäten angelegt und auch nicht in Kunstgegenständen.

Wir hatten keinen Safe im Haus gefunden. Es mußte irgendwo ein raffiniertes Versteck geben. Und für die Suche danach hatte ich den Strommesser dabei.

Er ist ein einfaches Gerät von der Größe eines Kugelschreibers. An einem Ende hat er einen normalen Stromstecker, am anderen einen Schraubenzieher und in der Mitte ein kleines Lämpchen. Der Schraubenzieher paßt in die Schrauben, mit denen Steckdosen an der Wand befestigt sind. Elektriker benutzen solche oder ähnliche Geräte, um die Spannung zu prüfen.

Ich checkte die Steckdosen neben der Tür des Schlafzimmers, unter dem Fenster, an der Außenwand und neben dem Kleiderschrank. Das Lämpchen leuchtete jedesmal auf. Bei der letzten, die vor LuEllens Zerstörungswerk hinter dem Kopfteil des Bettes versteckt gewesen war, blieb die Lampe tot. Ich drehte mein Gerät um und löste mit dem Schraubenzieher die Halteschraube der Steckdosenplatte.

Ich lag auf dem Boden und arbeitete keuchend. Mein Herz klopfte. Es war höchste Zeit, aus dem Haus zu verschwinden. Endlich hatte ich die Schraube gelöst und zog die Platte von der Wand.

Und da war es. Das Versteck. Eine schmale Metalldose steckte in der Öffnung. Mit Hilfe des Schraubenziehers zog ich sie raus.

»Was gefunden?« fragte LuEllen aus der Diele.

»Ja, ein Versteck. In der Wand... Verdammte Scheiße!«

»Was ist los?«

»Geld. Verdammte Scheiße.« Mein Sprachschatz war momentan etwas eingeschränkt. Das Geld war fest in die fast zu schmale Dose gestopft. Fünfziger und Hunderter. Ich zog den etwa acht bis zehn Zentimeter dicken Stapel raus und drückte ihn LuEllen in die Hand. Das konnte nicht viel sein. Auf dem

Boden der Dose lag ein weißer Umschlag. Ich fischte ihn mit den Fingerspitzen raus und spürte, daß er drei kirschkerngroße Kugeln enthielt.

»Höchstens ein paar tausend«, sagte LuEllen. »Wir müssen raus hier ... Was hast du da?«

Ich öffnete den gefalteten Umschlag. Drei glitzernde Kugeln rollten in meine Handfläche.

»Diamanten«, sagte ich und hielt ihr die Hand hin.

»Donnerwetter, eine hübsche Geldanlage«, stellte LuEllen fest. Sie steckte das Geldbündel und den Umschlag mit den Steinen in ihre Brusttasche. »Wir sind spät dran...«

»Hast du im Keller was gefunden?«

»Nein.«

»Verdammt, so richtig erfolgreich waren wir ja wohl nicht...«

»Hol die Farbe.«

Wir hatten zwei Eimer roter Farbe im Wagen. Wir öffneten sie und gingen ans Werk.

DIEBIN! schrieb ich mit einer in die Farbe getunkten, gefalteten Zeitung an die Wohnzimmerwand. DU BEKLAUST DIE STADT NICHT MEHR LANGE! LuEllen war brutaler: MACH DEIN TESTAMENT, DU SAU! DU WIRST BALD STERBEN! TOD DEN BETRÜGERN! schrieb sie in Riesenlettern an die anderen Wände. Wir gingen durch alle Zimmer, ließen keine Wand und keine Decke aus, beschmierten sie mit allen möglichen Drohungen und Beschimpfungen. Den Rest der Farbe kippten wir auf die Teppiche im Wohnzimmer.

»Laß uns verschwinden«, sagte LuEllen dann. Ich überprüfte die Straße. Sie lag leer und verlassen da wie vorher. LuEllen stieß rückwärts aus der Garage, ich stieg ein, und seelenruhig fuhren wir davon. Zurück zum Wal-Mart-Parkplatz.

»Ich habe so was noch nie gemacht«, sagte LuEllen unterwegs. »Hat eigentlich nicht viel Spaß gemacht.«

»Mir auch nicht.«

LuEllen und ich sind aus Überzeugung gegen jede Gewaltanwendung. Wir sind in dieser Hinsicht schon fast pathologische Fälle. Was wir soeben Chenille Dessusdelit – sprich: ihrem

Eigentum – angetan hatten, war jedoch nichts anderes als brutale Gewaltanwendung, fast schon eine Art von Vergewaltigung. Aber es steckte eine gezielte Absicht dahinter: Wir wollten sie materiell schädigen. Und wir wollten, daß sie wütend wurde, daß sie Angst bekam und daß sie die Muskeln des Apparates spielen ließ, sich und ihren Mafiagenossen vielleicht eine Blöße gab. Und wir wollten, daß sie nach dem heutigen Verlust die Finger nach dem großen Geld ausstreckte, sobald sich wieder eine Gelegenheit dazu bot...

LuEllen steckte die drei Steine in ein kleines Täschchen und schob es unter den Fahrersitz. »Wieviel?« fragte ich.

»Kann ich nicht sagen. Hängt von der Qualität ab. Wenn sie lupenrein sind, irgendeine Summe zwischen dreißig- und hunderttausend.«

»Nicht besonders viel. Sie muß irgendwo noch mehr versteckt haben.«

Auf dem Parkplatz des Wal-Mart stiegen wir um in den Continental, den Zwilling von Ballems Wagen. Wir fuhren wieder am Rathaus vorbei. Der Parkplatz war noch voller Autos. Jetzt stand auch Duane Hills Lieferwagen dort.

»Er ist inzwischen also auch da drin«, sagte LuEllen zufrieden. »Ich hoffe, die Sitzung dauert noch 'ne Weile.«

»Es ist eine öffentliche Anhörung. Marvel meint, sie würde mehrere Stunden dauern.«

Ballems Wagen stand nach wie vor auf dem Parkplatz vor seinem Büro. Auf dem Weg zu seinem Haus hielten wir wieder an einer Telefonzelle. Ich wählte seine Nummer, und auch bei ihm hob niemand ab. Ich schnitt das Hörerkabel durch. Dann fuhren wir weiter.

»Muß ziemlich teuer sein, die Hörer zu ersetzen«, meinte LuEllen. »Wenn das der alte Graham Bell wüßte...«

Zwei Blocks hinter der Telefonzelle kam ein Streifenwagen um die Ecke und fuhr auf uns zu. Als er auf gleicher Höhe war, hob der Fahrer grüßend die Hand. Die Scheiben des Continental waren getönt, und der Cop konnte wahrscheinlich kaum etwas von uns erkennen, aber ich erwiderte seinen Gruß.

»Er denkt, ich wäre Ballem.«

»Nehme ich auch an.«

Als ich einen Block weitergefahren war, sah ich im Rückspiegel, daß die Bremslichter des Polizeiwagens aufleuchteten.

»Er will in eine Nebenstraße einbiegen«, beruhigte mich LuEllen.

»Kann auch nur ein Trick sein. Das machen die Cops bei *Miami Vice* auch immer.« Eigentlich war mir nicht nach Scherzen zumute. Ich war eher ziemlich aufgeregt.

»Er biegt doch ein ... Jetzt stößt er rückwärts raus ... Könnte tatsächlich hinter uns herkommen.« LuEllen sagte das ganz ruhig.

»Soll ich umdrehen oder weiterfahren?« fragte ich nervös. Der Polizeiwagen kam tatsächlich hinter uns her. Fuhr langsam. War zwei Blocks hinter uns, dann drei.

»Fahre geradeaus weiter. Laß uns abwarten, was er macht. Wir haben nichts im Auto ...«

»Außer der Tasche mit deinem Werkzeug. Und den Zapper. Und deinen Koks.«

»Es gibt gar keinen Grund ...« Aber sie griff in ihre Hemdtasche und nahm ein halbes Dutzend Kapseln raus. Wenn die Cops zu nahe kamen, würde sie sie aus dem Fenster werfen.

Die Lichter des Wagens waren immer noch hinter uns, kamen aber nicht näher. Dann verschwanden sie plötzlich. Der Wagen war in eine Nebenstraße abgebogen.

»Die haben nach was anderem gesucht«, sagte LuEllen, und man hörte jetzt doch die Erleichterung in ihrer Stimme. »Laß uns schleunigst aus dieser Gegend verschwinden ...«

Fünf Minuten später waren wir vor Ballems Haus.

»Ich liebe diese automatischen Garagentore«, sagte LuEllen, als die Tür der Doppelgarage lautlos hochglitt. Sie hatte wieder eine ihrer Kokskapseln in der Hand.

»Mein Gott, LuEllen ...«

»Halt die Schnauze.«

Was soll man da noch sagen? Ich war immer aufgeregt, wenn ich mit LuEllen bei solchen Unternehmungen zusammenarbeitete. Daß sie dann auch noch regelmäßig Kokain schnupfte, steigerte meine Nervosität. Sie mag das, die Aufregung, die Anspannung aller Sinne, das kribbelnde Gefühl, aber ich fürchte, noch mehr mag sie die Euphorie durch das Kokain. Sie hätte diese Sache hier mit mir durchgezogen, auch wenn kein Cent für sie dabei rausgesprungen wäre...

»Hast du überhaupt schon mal mehr als einen Bruch am Tag gemacht?« fragte ich, während sie in die Garage einfuhr und sich das Tor hinter uns schloß.

»So kann ich das nicht sagen«, antwortete sie. »Aber ich habe mal bei einem Ausscheidungsspiel der Basketball-Liga um die US-Meisterschaft den Umkleideraum der Gastmannschaft heimgesucht und jeden verdammten Spind geknackt. Das waren also zwanzig Brüche auf einmal... wenn man das so rechnen will.« Das Tor kam zum Stillstand. Wir lauschten und hörten das Läuten des Telefons. »Auf geht's«, sagte LuEllen.

Bei Ballem war es anders als bei der Bürgermeisterin. Chenille Dessusdelit hielt ihren Reichtum verborgen, und wir wußten nicht, wo und in welcher Form sie die Menge des gestohlenen Geldes versteckt hielt. Ballem aber zeigte ihn – an den Wänden. Jedenfalls einen Teil davon.

»Donnerwetter«, konnte ich nur sagen, als wir ins Wohnzimmer kamen. Der Fußboden bestand aus erlesenem Parkett, und die Füße versanken im dichten Gewebe teurer Teppiche. An der größten Wand des Zimmers umrahmte ein vom Boden bis zur Decke reichendes Regal voller Nippes und Bücher eine Gruppe Lithographien. »Die sind echt«, stellte ich sofort fest.

LuEllen las die Signatur auf einem der Bilder, einem Mädchen mit Hut. »Cassatt. Nie gehört.«

»Tatsächlich, ein echter Cassatt.« Ich nahm eine der anderen Lithographien von der Wand und sah mir die Rückseite an. Das Signum einer Galerie klebte oben auf dem Rahmen. Es stammte aus dem Jahr 1972. »Ballem hat die Bilder damals wahrscheinlich noch einigermaßen billig gekauft. Jedes einzelne von ihnen ist inzwischen ein kleines Vermögen wert.«

»Bring sie in den Wagen.« LuEllen war wieder voller Jagdfieber. »Ich gehe in den Keller. Frauen verstecken wertvolle Sachen im Schlafzimmer oder in der Küche, Männer im Keller.«

Ich nahm die Bilder von der Wand. Sie stammten alle von amerikanischen Künstlern. Mary Cassatt, Childe Hassam, John Sloane, George Bellows, Edgar Hopper, Grant Wood und sogar Stuart Davis und Mauricio Lasansky, was darauf schließen ließ, daß Ballem entweder einen katholisch beeinflußten Kunstgeschmack oder einen sehr cleveren Anlageberater hatte. Ich mag solche Schwarzweißlithographien nicht, aber ich muß sagen, sie waren alle großartig, und für den Erlös aus jedem einzelnen der Bilder hätte man ein volles Jahr in Harvard studieren können. Als ich das letzte Bild im Auto verstaute, tauchte LuEllen auf. »Da ist so 'ne Art Safe«, sagte sie. »Komm mit.«

Der Keller war nicht ausgebaut. Die Böden bestanden aus rohen Platten, die Wände waren nicht verputzt.

»Hier drüben.« Sie führte mich in eine Ecke hinter dem Heizofen.

»Es ist kein richtiger Safe«, sagte sie und zeigte auf eine quadratische Stahltür mit einem Durchmesser von etwa vierzig Zentimetern in der Betonwand. Aus der Mitte ragte der Drehknopf mit Zahlenkombination. »Ist eher ein feuersicherer Behälter.«

»Kriegst du die Tür auf?«

»Mal sehen.« Sie schaute auf die Uhr. »Wir sind bei fast drei Minuten«, murmelte sie vor sich hin. Dann sah sie sich die Werkzeuge an der Wand an, schüttelte den Kopf, lief durch alle Kellerräume, verschwand schließlich die Treppe hinauf. Ich wollte hinter ihr her, aber auf der Treppe kam sie mir schon wieder entgegen. In den Händen hielt sie einen Hammer und einen Eisenkeil. »Aus der Garage. Ich hatte das Kaminholz draußen gesehen. Da braucht man so was.«

Ich folgte ihr zurück in den Heizraum. »Was hast du vor?«

»Geh ein Stück zurück.« Sie hob den Hammer und ließ ihn, Schmalseite nach vorn, mit voller Wucht auf die Safetür krachen. Der Schlag drang nicht durch, verursachte aber eine Beule im Stahlblech der Tür. Es dröhnte wie beim Weltuntergang.

»Um Gottes willen«, flüsterte ich, »das ist doch viel zu laut!«

»In dieser pikfeinen Gegend hört das niemand«, grunzte sie und holte zum nächsten Schlag aus. »Alle Leute haben Klimaanlagen und die Fenster geschlossen.«

Wieder gab es eine Beule in der Tür. »Mach du weiter«, keuchte sie. »Du bist doch ein großer, starker Junge.«

»Verdammte Scheiße, LuEllen ...« Ich fing an zu schwitzen.

»Schlag zu«, befahl sie.

Nach mehreren Schlägen riß die Schweißnaht am oberen Ende der Tür auf. LuEllen setzte den Keil an und sagte: »Noch ein Schlag.«

Die Tür flog auf. LuEllen ließ den Keil fallen und lächelte mich an.

Im Safe lag ein ledernes Briefmarkenalbum und eine Metalldose voller amerikanischer Goldmünzen, die in Plastiktaschen eingeschweißt waren. Mit den Briefmarken konnte ich nicht viel anfangen; seitenweise rote, blaue, grüne Rechtecke hinter breiten Plastikstreifen. Aber wir nahmen alles mit.

»Los, hoch ins Erdgeschoß«, sagte LuEllen. Wieder sah sie auf die Uhr. »Sieben Minuten fünfunddreißig Sekunden«, stellte sie fest.

Ballem hatte einen altmodischen Computer, ähnlich dem der Dessusdelit. Während ich ihn auf Daten überprüfte, durchsuchte LuEllen die Räume. Oder besser, sie nahm sie auseinander. Im Schlafzimmer fand sie eine Sammlung von Pornoheften zum Thema »Sklave und Domina« und, was die Perversität noch steigerte, auch in homosexueller Variante als »Sklave und Dominus«. Außerdem fand LuEllen einen nagelneuen, geladenen Revolver der Marke Smith & Wesson, Kaliber .357, und eine flache Metallschachtel mit einem Dutzend alter, goldener Rolexuhren, alle noch funktionsfähig.

»Das reicht, um den Kerl fertigzumachen«, strahlte LuEllen. »Gut so.«

Als ich gerade mit der Farbe zurück ins Wohnzimmer kam, huschten Autoscheinwerfer über die Fenster.

»Auto«, warnte LuEllen. Ich duckte mich und kroch zurück

zur Zimmertür. LuEllen stellte sich neben ein Fenster und sah durch einen Schlitz im Vorhang nach draußen.

»Cops«, flüsterte sie. »Der Fahrer kommt zur Eingangstür.«

Ich stellte mich neben die Tür und hob einen der Farbeimer über den Kopf. Falls er reinkäme... Die Türglocke schrillte, und ich zuckte zusammen.

LuEllen sah mit bleichem, ausdruckslosem Gesicht zu mir herüber.

Die Türglocke schrillte noch einmal.

LuEllens Gesicht war bleich wie der Mond.

Die Türglocke. Noch einmal. Lang, anhaltend.

Meine Arme schmerzten, zitterten.

Und der Cop ging. Ich hörte die sich entfernenden Schritte.

»Er steigt in den Wagen«, flüsterte LuEllen. Und dann: »Sie sind weg.«

»O Gott«, stöhnte ich und ließ den Farbeimer sinken.

»Diese verdammten Hurensöhne von Cops«, fluchte LuEllen. Sie nahm den Hammer und rannte wie eine Irre durch das Zimmer, schlug alles kurz und klein, was herumstand, zertrümmerte selbst die Holztäfelung, schlug Löcher ins Parkett.

»Die Farbe«, keuchte sie, als der Wutanfall abgeklungen war. »Mach dich ans Werk.«

Dann rannte sie wie ein wildgewordener Derwisch durch die anderen Zimmer des Hauses und zertrümmerte alles, was ihr in die Quere kam. Ich schrieb DIEB und BETRÜGERSCHWEIN und RACHE und WO HAST DU SAU DAS GELD DER STADT? an die Wände und kippte den Rest der Farbe auf die kostbaren Teppiche.

LuEllen hatte inzwischen ihr Zerstörungswerk vollendet. »Laß uns abhauen. Raus hier.« Sie schleuderte den Hammer gegen die Trümmer des Bücherregals, und siebzehn Minuten und ein paar Sekunden nach dem Eindringen in dieses Haus waren wir wieder draußen.

»So lange war ich noch nie irgendwo drin«, sagte sie im Wagen. Ihre Stimme war eine halbe Oktave tiefer als sonst.

»Du klingst ein wenig... aufgeregt.«

Sie antwortete nicht sofort. Dann gestand sie: »Ja, stimmt. Ich war tatsächlich ein wenig aufgeregt.«

Zum letzten Akt unserer dramatischen Inszenierung fuhren wir zum Stadtrand, zu einem Anwesen, das früher einmal eine Farm gewesen war. Es lag ein gutes Stück abseits der Asphaltstraße. Ein unbefestigter, holpriger, von Gebüsch fast zugewachsener Weg führte durch ein Waldstück zu ihm hin. Ich erledigte über das Modem des Laptop den üblichen Anruf. Es meldete sich niemand.

Wir kamen zu einem Gittertor. Dahinter tauchten plötzlich mehrere dunkle, schmale Schatten auf. Augen glühten im Licht der Autoscheinwerfer. Meine Nackenhaare sträubten sich.

»Mein Gott, sieh dir das an...«, flüsterte LuEllen.

Drei Hunde. Groß, schwarz, schlank. Spitze, aufgerichtete Ohren. Schmal zulaufende Mäuler.

»Dobermänner«, sagte LuEllen. »Alle drei...«

Sie drehte das Fenster ein Stück herunter, nahm ein paar Fleischstücke vom Rücksitz und warf sie seitwärts über den Zaun. Die Hunde stürzten sich darauf.

»Freßt, ihr verdammten Biester«, ermunterte sie die Hunde. Für sich selbst brach sie erneut eine Kokainkapsel auf. Sie vermied es, mich anzusehen, während sie den Stoff in die Nase einsog.

Die Hunde begannen plötzlich zu taumeln. Richtig gehaltene und gepflegte Dobermänner bestehen fast nur aus Fell, harten Muskeln und dem Skelett, und das Ganze wird von vibrierender Anspannung zusammengehalten. Wenn diese Anspannung nachläßt, wie es mit den Tieren da draußen nach dem Herunterschlingen der mit Barbituraten vollgestopften Fleischstücke geschah, sacken sie hilflos in sich zusammen.

»Weiter«, befahl LuEllen. Ich stieg aus und machte das unverschlossene Tor auf. Einer der Hunde nahm die Bewegung wahr und hob leicht den Kopf, ließ ihn aber wieder kraftlos sinken.

Wir stellten den Wagen vor der Eingangstür ab. In einem der Fenster brannte Licht, wir bemerkten jedoch keinerlei Bewegung dahinter. Auf der Veranda hörten wir das Läuten des Telefons. LuEllen schob ein Stemmeisen in die dünne Holztür, drückte mit dem Körper dagegen, und die Tür sprang auf.

»Wow«, sagte sie, als wir ins Haus gingen. Es stank fürchterlich nach verdorbenem Essen, Zigarrenrauch, ungepflegtem Mann, verstopften Abwasserabflüssen und allgemeiner Vernachlässigung. Feuchte Tapetenstücke hingen von den Wänden, und die Decke war mit Wasserflecken übersät.

Hill hatte keinen Computer. LuEllen ging sofort in den Keller, während ich das Schlafzimmer im Obergeschoß durchsuchte. Wir fanden nichts und trafen uns wieder im Erdgeschoß.

»Wo kann der Mistkerl sich ein Versteck eingerichtet haben«, grübelte LuEllen, eine Hand in die Hüfte gestützt. Sie ging langsam durch die Zimmer, betrachtete mit ihrem professionellen Einbrecherblick alle Möbelstücke und alle Ecken und Winkel. In diesem Haus gab es keine Kunstgegenstände; an den Wänden hingen geschmacklose Reklamekalender und ein paar ausgestopfte Hirschköpfe. Ich riß einen nach dem anderen von der Wand, aber es war nichts in ihnen versteckt. Dann durchsuchte ich sehr sorgfältig die Küche. Nichts.

»Kidd, komm mal her.«

»Was gibt's?«

»Schau dir das an.«

Als das Haus vor einem Jahrhundert gebaut worden war, hatte man unter dem ersten Absatz der nach oben führenden Treppe ein Regal eingebaut. Hill hatte allen möglichen Ramsch dort abgeladen: Zündkerzen, Öldosen, Werkzeug, Zeitschriften und einige Taschenbücher. LuEllen hatte eines der Bretter mit dem Stemmeisen herausgebrochen.

»Die Bretter kamen mir zu wenig tief vor. Deshalb habe ich das da rausgebrochen. Sieht aus, als ob es der Länge nach durchgeschnitten worden wäre.«

Ich sah es mir an. LuEllen hatte recht. Das Brett mußte früher viel breiter gewesen sein. Jetzt war es als Regalbrett gerade tief genug, Hills Kram aufzunehmen.

»Sieh dir mal die andere Seite an«, sagte LuEllen.

»Zur Kellertreppe hin ist auch ein Regal«, meldete ich. »Aber es ist voller Spinnweben. Von dort aus kommt man nicht unter die Treppe. Vielleicht die Treppenstufen...«

Auf den Treppenstufen zum Obergeschoß lag ein bei jeder Stufe eingeknickter Wollteppich, der so vergammelt aussah, als ob er schon beim Erstbezug des Hauses ausgelegt worden war. Ich hob sein unteres Ende an. Der Teppich löste sich mit einem ratschenden Geräusch vom Boden.

»Klettverschluß«, stellte LuEllen fest. Es stimmte. Ein Klettverschluß hielt den Teppich am Boden fest, um ein Verrutschen zu verhindern. Wir schlugen ihn hoch und sahen uns die unteren Treppenstufen genauer an. LuEllen fummelte ein wenig an ihnen herum, und nach weniger als einer Minute konnten wir sie nach vorn herausziehen.

Im Hohlraum unter den Stufen stand eine Reihe gefüllter Müllsäcke. LuEllen zog einen davon heraus und kippte den Inhalt auf den Boden. Geldbündel. Der nächste Sack. Mehr Geld. Viel Geld.

»Dieses Schwein«, flüsterte sie. »Dieser verdammte Hurensohn.«

In wenigen Minuten hatten wir die Säcke im Auto verstaut. »Farbe?« fragte LuEllen.

»Scheiß drauf. Wir würden damit diesen Saustall nur verschönern.«

»Okay.«

Als wir ans Tor kamen, hoben die Hunde die Köpfe, waren aber noch nicht in der Lage, aufzustehen. Ich schloß das Gittertor hinter uns.

Auf dem Weg zum Wal-Mart sahen wir keine Cops mehr. LuEllen ließ mich neben dem Continental aussteigen, und in weniger als einer Stunde nach der Ankunft in Chenille Dessusdelits Garage waren wir aus der Stadt und auf dem Weg zurück nach Memphis. Wir verstauten unsere Beute auf der *Fanny*. Es war kurz nach Mitternacht. Dann fuhren wir die Wagen zum Parkplatz eines Hotels in der Nähe, legten die Schlüssel unter die Fahrersitze und gingen zurück zum Fluß. Wir hatten die ganze

Zeit über unsere Handschuhe angelassen, und es gab auch jetzt, genau wie bei der Übergabe, keine Fingerabdrücke in den Wagen.

Zurück auf der *Fanny* zählten wir das Geld aus Hills Versteck. Dreihundertsiebzigtausend Dollar. Die Scheine waren zum Teil älter als zehn Jahre. Mit Ballems Münzen wurde unsere Beute noch größer. Es waren fünfundsechzig Stück, jede einzelne in eine Plastiktasche eingeschweißt, versehen mit dem Siegel eines vereidigten Prüfers. LuEllen rief einen Freund in Las Vegas an, der sich mit Münzen auskannte. Er schätzte den Wert der Sammlung auf zweihunderttausend Dollar.

LuEllen interessierte sich auch sehr für Ballems Briefmarkensammlung.

»Briefmarken sind bares Geld, wenn sie nicht zu selten sind. Seltene Einzelstücke kriegt man nur schwer los, weil sich die ganze Welt dafür interessiert und die Polizei Nachforschungen anstellt. Aber wenn die Marken wie die Münzen als Geldanlage gekauft wurden und jede einzelne ›nur‹ ein paar tausend Dollar wert ist, dann sind sie überall auf der Welt bares Geld. Wo du auch hinkommst, Bolivien, Thailand, Saudi-Arabien, du kriegst sie überall für gutes Geld los. Besonders diese britischen Marken hier, glaube ich.«

»Und was ist, wenn es seltene Einzelstücke sind?« fragte ich und blätterte die Seiten des Albums durch. »Wenn sie nun *zuviel* wert sind?«

»Das wäre Scheiße, dann weiß ich auch nicht, was wir mit ihnen anfangen sollen. Wegschmeißen, nehme ich an.«

Sie kannte niemanden, der über Briefmarken Bescheid wußte. Ich nahm Kontakt zu Bobby auf.

Brauche Nummer und Codes einer philatelistischen Datenbank.

Bleib dran.

Drei Minuten später war er wieder da. Er kannte nur eine philatelistische Datenbank, die vierundzwanzig Stunden am Tag zugänglich war. Er gab mir die Nummer und die Codes und stellte mich zu einer anonymen Telefonnummer außerhalb von Memphis durch. Über sie ging ich in die Datenbank und erfuhr, daß die erste Marke dreitausendfünfhundert Dollar wert war, wenn sie ungestempelt und unbeschädigt war. Die Marke war es. Die zweite Marke schlug mit viertausendzweihundert Dollar zu Buche, postfrisch und unbeschädigt. Sie war es. *Alle* Marken waren in tadellosem Zustand.

»Hundertvierzig Marken«, überlegte ich, »sagen wir mal, im Durchschnitt dreitausendfünfhundert bis viertausend Dollar pro Stück... Macht weitere fünfhunderttausend Dollar.«

»Sehr schön«, sagte LuEllen zufrieden. »Und ich habe einen Freund, der sie für uns verkaufen kann.«

»Was ist mit den drei Diamanten?«

»Dafür habe ich einen anderen Freund. Kann aber 'ne Weile dauern, bis er sie zu einem vernünftigen Preis los wird. Wir können höchstens mit fünfzig Prozent des Realwertes rechnen.«

»Was mich ärgert, ist, daß wir die Dessusdelit nicht voll erwischt haben.«

»Vielleicht ergibt sich bei ihr mal eine andere Gelegenheit.«

»Ja, das hoffe ich.«

LuEllen sah sich eine der Cassatt-Lithographien an, das Bild eines hübschen kleinen Mädchens. »Vom Wert dieser Bilder habe ich keine Ahnung.«

»Es wird problematisch, sie loszuschlagen. In New York gibt es eine weltumspannende Registratur für verschwundene Kunstwerke.«

»Schmeißen wir sie weg?«

Ich schüttelte energisch den Kopf. »Nein, das möchte ich nicht. Laß mich darüber nachdenken. Ich bringe sie zunächst mal in ein Bankschließfach.«

Sie nickte zustimmend. Dann schaute sie auf die um uns herum aufgestapelten Reichtümer.

»Mein Gott, Kidd, das war ein prima Job. Wirklich. Es war großartig.« Sie kam auf mich zu, wie sich eine Katze ihrem

Freßnapf nähert. »Ein bißchen stressig vielleicht. Ein wenig Entspannung täte jetzt gut.«

Ich stand auf und ging zum anderen Ende des Zimmers, weg von ihr. »Jetzt sind wir wieder reich«, versuchte ich ein Ablenkungsmanöver.

»Ich scheiß auf das Geld. Und ich fühle mich im Moment so wunderbar...«

Ich sah sie an, schüttelte resignierend den Kopf und holte zwei große Gläser, zwei Flaschen Tonic, einen Krug Tanqueray und eine Zitrone. »Ich habe befürchtet, daß es heute abend zu so was kommen würde«, sagte ich und schnitt die Zitrone auf.

»Warum befürchtet?«

Ich hielt ihr einen Drink hin und versuchte einen Schluck von meinem. Er war sauer. Sehr sauer.

»Weil Leute, die süchtig aufeinander sind, ihren klaren Kopf verlieren«, sagte ich.

6

Am nächsten Morgen erledigte LuEllen als erstes von einer Telefonzelle aus zwei Anrufe, und dann fuhren wir in einem Mietwagen zu den Adressen, die man ihr gesagt hatte. Die Goldmünzen brachten wir zu einem schäbigen Motel in der Nähe des Flughafens, die Diamanten zu einer Bar in der Stadtmitte. Sie wollte nicht, daß ich sie zur Abwicklung der Geschäfte begleitete.

»Ist nicht nötig, den Typen dein Gesicht zu zeigen«, sagte sie.

Aus dem Motel kam sie mit einem schwarzen Aktenkoffer voller Bargeld zurück.

»Hundertsiebenundzwanzigtausend«, erklärte sie. »Weniger, als ich gehofft hatte. Aber der Hurensohn wollte auf keinen Fall mehr rausrücken. Das oder gar nichts, eine andere Alternative gab es nicht. Na ja, auch nicht schlecht, oder?«

Ich stimmte ihr zu. Bei den Diamanten lief es besser. Wir bekamen mehr, als wir erwartet hatten. Kurz nach Mittag deponierten wir knapp fünfhunderttausend Dollar im Schließfach einer Bank im Zentrum der Stadt. Ballems Briefmarkenalbum, die Lithographien und die Rolexuhren wanderten in das Schließfach einer anderen Bank.

»Zufrieden?« fragte ich LuEllen.

»Mm«, machte sie. »Um die Wahrheit zu sagen, das ist, vom Geld her gesehen, der größte Coup, den ich jemals gelandet habe. Aber was jetzt kommt...«

»Wir schulden es den Leuten da unten. Wir erledigen die Sache für sie und verschwinden. Machen uns für 'ne Weile ein schönes Leben. In Mexiko. Oder in der Karibik. Dort brauchen wir keine Steuern auf unser sauer verdientes Geld zu bezahlen...«

»Und ich bringe dir ein paar Tricks bei. Was man bei einer speziellen Bank alles anstellen kann. Oder besser *auf* einer solchen Bank. Einer Sandbank.« Sie grinste mich lüstern an.

Am Abend steuerten wir die *Fanny* aus dem Hafen von Memphis und fuhren den Fluß hinunter. Nach Longstreet.

Um den *Apparat* in Longstreet zu zerschlagen, mußten wir es schaffen, die Mehrheit im Stadtrat in die Hand zu bekommen. Drei der fünf derzeitigen Stadträte mußten ausgeschaltet werden. Am besten alle drei gleichzeitig.

Das Gesetz sieht vor, daß im Falle des Todes oder des Amtsverzichtes eines Mitgliedes die restlichen Ratsmitglieder mit einfacher Mehrheit über die Nachfolge entscheiden. Der nachrückende Stadtrat bleibt dann bis zum nächsten Wahltermin im Amt. Wenn wir nur einen oder zwei der Mafiastadträte zur Strecke brachten, konnten die übrigen völlig legal Nachfolger aus ihrem Mafiaclan bestimmen. Aber das Gesetz legt eine wichtige Grenze fest: Ein Stadtrat ist nur beschlußfähig, wenn er aus mindestens *drei* Mitgliedern besteht. Wenn wir drei der fünf Ratsmitglieder gleichzeitig ausschalteten, war diese Bedingung in Longstreet nicht mehr erfüllt. Und dann bestimmte der Gouverneur des Staates über die Nachfolge.

Der derzeitige Gouverneur, ein Demokrat, hatte schon zwei Amtsperioden hinter sich und konnte bei der nächsten Wahl nicht noch einmal für den Gouverneursposten kandidieren. Er wollte sich aber noch nicht auf seine Latifundien zurückziehen und strebte einen Sitz im Senat in Washington an. Seine Chancen dafür waren nicht schlecht, solange die schwarze Wählerschaft der Demokratischen Partei mitmachte. Diese war aber unzufrieden, weil sie sich benachteiligt fühlte, und es knirschte gewaltig im Gefüge der Partei. Wenn die schwarzen Wähler sich gegen den Aspiranten für den Senatorenposten auflehnten und es zu einer Spaltung in der Demokratischen Partei des Staates kam, hatte der Gouverneur keine Chance und würde sich, ob er wollte oder nicht, schließlich doch zur Ruhe setzen müssen...

Und das war der springende Punkt bei meinen Überlegungen.

Marvel und Harold sollten, so stellte ich mir das vor, mit den Führern der schwarzen Wählerschaft reden und ihnen die Sachlage und unsere Pläne in den Grundzügen darlegen. Diese Leute sollten dann mit den Wahlkampfstrategen des Gouverneurs Kontakt aufnehmen und ihnen klipp und klar sagen: Wenn der Gouverneur seine Unterstützung im Kampf gegen die Longstreet-Mafia zusagt, würde die schwarze Wählerschaft ihn bei seinem Kampf um einen Senatssitz unterstützen...

Als ich Marvel bei unserem Treffen im Hotel in Memphis diese Idee vorgetragen hatte, war sie zunächst von der Realisierbarkeit nicht überzeugt.

»Das ist im Grunde ein ganz guter Gedanke«, sagte sie und leckte an ihrem Eis, »aber selbst wenn uns der Gouverneur helfen wollte, er könnte es niemals wagen, eine schwarze Mehrheit im Stadtrat einzusetzen. Es würde ihm mehr schaden als nutzen. Die schwarze Wählerschaft hat gewiß einigen Einfluß, aber die weiße hat noch mehr, und sie würde so etwas niemals hinnehmen. Und das weiß der Gouverneur natürlich auch.«

»Er muß doch gar keine schwarze Mehrheit einsetzen. Mein Plan ist viel subtiler. Ich denke mir das so: Wir jagen drei weiße Mitglieder des Stadtrates zum Teufel – Dessusdelit, St. Thomas, Rebeck. Reverend Dodge und dieser Lucius Bell, der ja anscheinend ein ehrenwerter Mann ist, bleiben drin. Okay?«

»Okay«, nickte sie.

»Der Gouverneur setzt drei neue Stadträte ein: einen von unseren Leuten, zwei Weiße von der Mafia. Selbst wenn es die größten Schweinehunde am Mississippi sind, es juckt uns nicht. Sie müssen allerdings auf unserer Liste der Leute stehen, die wir unter Kontrolle haben...«

»Die Dreck am Stecken haben«, warf sie ein.

»Richtig. Und wenn dann der Stadtrat wieder funktionsfähig ist, jagen wir die beiden Gangster zum Teufel. Wir hetzen die Bundespolizei auf sie oder die Steuerbehörde oder sagen ihnen ganz einfach, wir haben das und das gegen euch in der Hand, und wenn ihr nicht als Stadträte zurücktretet, dann...«

»Erpressung«, stellte Harold sachlich fest.

»Richtig, Erpressung. Wir schicken die beiden in die Wüste. Bleiben drei Stadträte übrig: unser neuer, vom Gouverneur eingesetzter Mann, Reverend Dodge, Lucius Bell. Drei Stadträte haben das Quorum. Sie können Nachfolger bestimmen. Den Reverend habt ihr wegen seiner Kleine-Mädchen-Geschichten in der Hand, dazu kommt unser neuer Mann und der ehrenwerte Lucius Bell...«

»Und diese drei bestimmen dann zwei Nachfolger für die Mafiatypen. Sehr gut! Dann haben wir ein Verhältnis von vier zu eins zu unseren Gunsten.« Marvel saß mit blitzenden Augen aufrecht da und hatte ihre Eiscreme vergessen.

»Und mit dieser sicheren Mehrheit könnt ihr dann die Wahlbezirke neu festlegen«, ergänzte ich. »Ihr manipuliert die Wahlbezirksgrenzen, wie es der Apparat vorher getan hat, diesmal aber so, wie es für euch am günstigsten ist.«

Marvel sah Harold an. »Das könnte klappen«, sagte sie nachdenklich.

Es konnte tatsächlich klappen, aber es durfte nichts schiefgehen.

Nach Longstreet war es eine Fahrstrecke von sechs Stunden den Fluß hinunter. Wir fuhren an diesem Abend noch zwei Stunden, dann ankerten wir für die Nacht an einer einsamen Sandbank. Ich hatte mich seit der Abreise von St. Paul nicht mehr rasiert und inzwischen einen mittleren Vollbart.

96

»Zu viele weiße Strähnen drin«, bemängelte LuEllen. »Schriftsteller haben weiße Bärte, aber Maler haben normalerweise schwarze. Ich habe noch keinen Film gesehen, in dem ein Maler einen weißen Bart hatte.«

»Ich sehe aus wie Hemingway«, behauptete ich. »Natürlich bin ich größer und sehe besser aus als er.«

Am nächsten Morgen ergänzte ich den Bart um ein künstlerisches Outfit: braune, ausgebeulte Shorts, portugiesische Bastsandalen, weißes, weites T-Shirt mit einem Aufdruck der New-York-Knicks, breitkrempigen Segeltuchhut. LuEllen fand meinen Aufzug ausgesprochen extravagant, und während des letzten Stücks der Fahrstrecke brach sie immer wieder in unkontrolliertes Kichern aus. Ich führte das auf die Streßsituation bei ihr zurück. Um elf Uhr morgens erreichten wir Longstreet und steuerten langsam die schäbige Bootsstation an, die ich von meinem ersten Besuch mit John bereits kannte.

Der Stationsleiter trug eine Mütze mit der Aufschrift »Hafenkapitän«. Er hatte ein freundliches, sonnenzerfurchtes Gesicht, und er schien zu den glücklichen Menschen zu gehören, die das Leben leichtnehmen.

»Wie geht's euch, Leute?« fragte er fröhlich. Trotz meines extravaganten Aufzuges warf er mir nur einen kurzen Blick zu, LuEllen dagegen einen um so längeren. Sie trug einen zweiteiligen Sommeranzug mit kleinen rechteckigen Löchern im Oberteil, und man sah sehr deutlich, daß sie sich nicht mit einem Büstenhalter belastet hatte.

»Sehr gut«, beantwortete ich seine Frage. »Haben Sie einen Liegeplatz mit den nötigen Anschlüssen für uns?«

»Aber sicher. Woll'n Sie 'ne Weile bleiben?«

Ich sprang vom Boot auf den Steg. »Eine Woche, vielleicht auch zwei. Kommt drauf an.« Oben in der Stadt hatte ich eine Reihe von Häusern im viktorianischen Stil gesehen, die sich an das Geschäftsviertel anschlossen. »Ich bin Maler. Als ich letztes Mal hier durchkam, habe ich ein paar hübsche Motive entdeckt.«

Ich hatte kaum das Wort *Maler* ausgesprochen, als sich sein

Gesicht auch schon verfinsterte. Wir würden mit Sicherheit im voraus bezahlen müssen.

»Ja, das kann ich mir vorstellen«, meinte er, jetzt sichtlich kühler.

»Wie wär's, wenn ich Ihnen eine Woche im voraus bezahle? Wenn es uns gefällt, können wir immer noch für eine weitere Woche nachzahlen.«

Meine Aktien bei ihm stiegen wieder. Er brauchte sich keine Sorgen um sein Geld zu machen, und wir hatten vermieden, daß er uns ständig mißtrauisch beobachtete. »Geht in Ordnung«, sagte er. »Kostet fünfzig Cents pro Fuß Bootslänge, zwanzig Dollar pro Tag und Person.«

»Wir beide sind allein«, strahlte LuEllen ihn an.

»Das macht also zwanzig Dollar am Tag«, half ich ihm. »Für sieben Tage demnach hundertvierzig. Okay?« Ich zog ein paar Travellerschecks aus der Gesäßtasche. »Sie nehmen doch American Express?« Er war einverstanden.

Bei unserem Treffen in Memphis hatten wir uns überlegt, wie wir in unauffälliger Weise mit der Bürgermeisterin in Kontakt kommen könnten. Harold hatte vorgeschlagen, wir sollten ihr zufällig beim Mittagessen begegnen.

»Sie macht jeden Mittag so eine Art Arbeitsessen bei *Humdinger's*«, erklärte Harold. »Entweder mit Ballem oder der Stadtschreiberin oder anderen Leuten von der Stadtverwaltung. Ihr könntet es arrangieren, dort ganz zufällig auf sie zu stoßen.«

Der »Hafenkapitän« wies uns einen Anlegeplatz zu, und während er und ich damit beschäftigt waren, die Stromleitung, das Telefon und die Wasserleitungen anzuschließen, zog sich LuEllen um. Als wir dann den Flußdamm hinaufstiegen, um in die Stadt zu gehen, trug sie einen länglichen, glitzernden Kristallstein als Halsschmuck. Er hatte die Größe meines Mittelfingers, war in Golddraht eingefaßt und hing an einer antiken Goldkette. Der Kristall war eher ein »Brustschmuck« als ein Halsschmuck, denn er ruhte exakt zwischen den attraktiven, sanften Rundungen ihrer Brüste, die durch einen dünnen Büstenhalter betont wurden. Man mußte blind sein, wenn man den Kristall an dieser exponierten Stelle übersah.

Das Mississippital südlich von Memphis war bei der großen Flut von 1927 fast völlig verwüstet worden. Beim Wiederaufbau hatten sich die meisten Ortschaften weiter vom Fluß abgesetzt und sich durch hohe Dämme geschützt. Einige Städte waren sogar so weit vom Fluß entfernt wieder aufgebaut worden, daß sie von den Segnungen des Flusses nicht mehr profitierten, aber auch von seinem Fluch nicht mehr betroffen werden konnten.

Longstreet war damals nicht so schlimm wie andere Städte in Mitleidenschaft gezogen worden. Die Wohnviertel lagen auf einer Anhöhe, und als die große Flut kam, blieben sie fast gänzlich verschont, während das Gewerbe- und Industrieviertel und die Hafenanlagen unten am Fluß völlig verwüstet worden waren. Folglich bestand das wieder aufgebaute Gewerbe- und Industriegebiet aus Backsteinbauten der dreißiger und vierziger Jahre, die Wohnviertel aber aus weitaus älteren Gebäuden.

Der Platz im Zentrum der Stadt, Chickamauga Park, lag auf der ersten Terrasse der Anhöhe über dem Fluß. Zwei Blocks die sanft ansteigende Höhe hinauf, gingen die Geschäftshäuser in die Wohnhäuser der weißen Wohnviertel über, die sich bis zum Kamm des Hügels erstreckten. Die dort verlaufende Eisenbahnlinie markierte die Trennungslinie zu den vornehmlich von Schwarzen bewohnten Vierteln.

Auf unserem Weg durch die Stadt kamen wir nicht bis dorthin. Wir wollten uns zunächst einmal das Zentrum ansehen. Es war heiß, aber noch erträglich. Die Mischung aus den Gerüchen des Flusses und den Blumen in den Vorgärten umschmeichelte uns wie der Duft nach frischem Heu.

»Übrigens«, fragte ich LuEllen, »wie nennen wir dich eigentlich? Mit dem Familiennamen?«

Auf der anderen Straßenseite mähte eine stämmige Frau gerade den Rasen mit einem alten Rasenmäher, auf dem groß der Name der Marke *Case* prangte.

»Case«, antwortete sie und sah verträumt zu der Frau hinüber. »LuEllen Case, okay?«

»Sehr schön«, fand ich und dankte Gott, daß die Frau da drüben keinen Rasenmäher der Firma *Superharvester* benutzte.

Humdinger's Restaurant, in dem die Bürgermeisterin ihr Mittagessen einzunehmen pflegte, war ein altes Fachwerkhaus einen Block unterhalb des Rathauses. Die meisten der lokalen Größen schienen sich hier zwischen halb zwölf und ein Uhr einzufinden. Ich kannte das Gesicht der Bürgermeisterin von einem Wahlplakat, das Marvel uns nach St. Paul geschickt hatte, und LuEllen hatte sie bei ihrer Erkundungsfahrt vor dem Rathaus gesehen. Als wir die Straße überquerten und auf das Restaurant zugingen, sahen wir ihr Gesicht hinter einem Fenster.

»Da ist sie«, flüsterte LuEllen und hakte sich bei mir ein. »Wie Harold uns gesagt hat.«

»Ja. Und Ballem ist bei ihr. Neben ihrer Nische ist ein Tisch frei. Den müssen wir uns geben lassen. Du setzt dich mit dem Rücken zur Tür, Gesicht zu ihr. Sie muß deinen Kristall bewundern können.«

»Alles klar.« Ich sah sie prüfend an. Ihr Gesicht war ein wenig feucht von der Hitze, aber ihre Augen blickten klar und entschlossen.

»Du hast hoffentlich nichts von diesem Scheißzeug genommen?«

Sie sah mich erst irritiert, dann wütend an. »Das hebe ich mir für die schwierigen Aufgaben auf, du Blödmann.«

»Ich wollte es ja nur sicherheitshalber wissen.«

»Du bist nicht mein Vater.«

»Nein, aber...«

»Aber was?«

»Nichts.«

Humdinger's hatte einen quietschenden Holzfußboden und unverputzte Ziegelwände, die mit gerahmten Reproduktionen alter englischer Stiche vollgehängt waren. Die Absicht, dem Lokal eine besondere Note zu geben, war unverkennbar, aber sie war nicht stilecht und wirkte erzwungen. Als wir eintraten, klingelte ein Glöckchen über der Tür, und mehrere Gesichter wandten sich uns zu. Auf der Theke der Kassiererin stand ein

Schild WIR WEISEN IHNEN EINEN PLATZ ZU. Die Kellnerin, die auf uns zukam, warf LuEllen einen langen, mir einen kürzeren Blick zu, entschied sich, daß LuEllen wohl eher für die Bezahlung der Rechnung in Frage kommen würde als der seltsame Künstlertyp, und sagte zu ihr: »Hier entlang bitte.«

Sie führte uns auf die Fensterreihe zu, aber LuEllen faßte sie sicherheitshalber am Arm und sagte: »Drüben die Fensternische wäre sehr schön.«

»Genau dort wollte ich Sie hinbringen, meine Dame«, strahlte die Kellnerin.

Ich setzte mich mit dem Rücken zu Chenille Dessusdelit, LuEllen ein wenig schräg mir gegenüber, so daß der Blick der Bürgermeisterin auf sie fallen konnte. Wie ich zufrieden feststellte, war der Kristall, selbst ohne LuEllens auffälligen Sommeranzug und seine exponierte Lage, nicht zu übersehen. Er glitzerte im einfallenden Sonnenlicht, als wäre er von Leben erfüllt.

»Sie hat ihn schon bemerkt«, sagte LuEllen leise, während wir uns mit der Speisekarte beschäftigten.

LuEllen bestellte einen Hühnerbrustsalat, ich ein Rinderfilet in Rahmsoße. Wir unterhielten uns über die Schönheit der Stadt und mögliche Motive für Gemälde. LuEllen empörte sich dann über den hohen Fettgehalt in meinem Essen und die negativen Auswirkungen auf meinen Cholesterinspiegel. Zwischendurch versuchten wir immer wieder, etwas vom Gespräch nebenan mitzubekommen, aber es gelang uns nicht. Ich schob gerade den letzten Bissen des Filets in den Mund, als ich hinter mir Stühlerücken hörte. LuEllen blinzelte mich aufgeregt an.

»Ich möchte Sie nicht stören«, sagte die Bürgermeisterin und blieb bei uns stehen. Ihr Blick war auf LuEllen gerichtet. Ballem ging ein paar Schritte weiter, blieb dann stehen und wandte sich um. »Das ist ein wunderschöner Kristall, den Sie da haben.«

»Oh, vielen Dank«, flötete LuEllen. »Es ist ein Herkheimer-Kristall. Meine Urgroßmutter hat ihn auf ihrer Farm oben in Vermont gefunden... Er ist ein Familienerbstück.«

»Wie schön! Sie kennen sich aus! Ein Herkheimer...« Dessusdelit war offensichtlich hocherfreut, eine Kennerin der Materie angetroffen zu haben. Sie hatte ein schmales, blasses Gesicht, das von dunklen, kurzen, sorgfältig frisierten Dauerwellen umrahmt war. Die Tränensäcke unter ihren blaßblauen Augen schienen darauf hinzudeuten, daß sie in den vergangenen Nächten schlecht geschlafen hatte... Um den Hals trug sie eine geflochtene Goldkette, ähnlich der von LuEllen, aber dünner und länger. »Ich habe auch einen Kristall«, sagte sie und zog die Kette unter der geschlossenen Kostümjacke hervor.

Ihr Kristall war etwas größer als LuEllens, aber nicht ganz so rein. Und während LuEllens Stein in zwei klaren Enden auslief, war ihrer am unteren Teil mehrfach gezackt. An dieser Stelle hatte man ihn anscheinend aus dem umgebenden Gestein herausgebrochen.

»Stammt vom Mount Ida«, sagte Dessusdelit stolz.

LuEllen betrachtete ihn mit Kennerblick. »Ja, natürlich. Die sind sehr berühmt für ihre Qualität. Haben Sie ihn selbst gefunden oder...«

»O ja. Ich habe Ralph, meinem verstorbenen Mann, so lange in den Ohren gelegen, bis er mit mir mal hinfuhr. ›Ralph‹, habe ich zu ihm gesagt, ›ich schwöre, wenn du mich nicht mal zum Mount Ida bringst, dann fahre ich nirgends mehr mit dir hin.‹ Schließlich hat er nachgegeben und gesagt: ›Also dann, Mädchen, laß uns zu diesem verdammten Berg fahren, damit endlich Ruhe ist.‹ Ich habe mir dort oben tagelang die Augen nach einem Kristall aus dem Kopf geguckt, und dann habe ich diesen hier gefunden. Er hat auf mich gewartet, und er hat zu mir *gesprochen*, wenn Sie verstehen, was ich meine.«

»Ich weiß genau, was Sie meinen«, schwärmte LuEllen. »Man hat eine ganz besondere Beziehung zu diesen Wundersteinen. Ich wache manchmal mitten in der Nacht auf und habe das dringende Bedürfnis, meinen Kristall in der Hand zu halten. Ihn zu umfassen und die sphärischen Strömungen zu spüren, die ihn durchziehen... Und ich *fühle sie wirklich*... Spüre die Kraft, die von ihnen ausgeht... Haben Sie es schon mal mit einer *Kristallkugel* versucht?«

»Na ja, bisher nur einmal, als wir eine Frau in der Stadt hatten, die sich damit auskannte ... Aber ich habe nicht viel in der Kugel sehen können, muß ich sagen. Nur ein einziges Mal, für einen kurzen Augenblick ...«

Ballem schaute gelangweilt und ungeduldig zu uns herüber, aber LuEllen ignorierte ihn. »Hat man Ihnen denn die Gelegenheit gegeben, die Kugel vorher mit den Händen zu umfassen, Ihre Wärme, Ihre energetischen Kräfte in sie strömen zu lassen, oder hat man Sie einfach nur in die Kugel schauen lassen?«

»Nun ja, ich habe sie kurz berührt, aber vor allem habe ich in sie reingeschaut ...«

Die Unterhaltung zwischen den beiden Frauen verlief jetzt sehr angeregt. LuEllen machte ihre Sache großartig.

»Sie sollten es noch einmal mit einer Kristallkugel versuchen. Sie werden sehen, es ist anders als mit den Kristallsteinen, die wir beide um den Hals tragen ... Es ist besser, intensiver. Wenn Sie wieder mal die Gelegenheit haben, nehmen Sie die Kugel, drehen Sie sie eine Zeitlang in den Händen ... Sie müssen eine Resonanz zu ihr herstellen ... Und Sie müssen diese Resonanz in Ihrem Geist *spüren*, erst dann ist die Verbindung zwischen Ihnen und der Kugel hergestellt. Man muß allerdings ein wenig Übung haben, bis es soweit ist ... Bis sich die Kugel Ihnen ganz öffnet ...«

»Ich weiß nicht, ob ich ohne weiteres an so eine Kugel rankommen kann ... Eine gute ist, glaube ich, auch sehr teuer ...«

»Nun ...« LuEllen sah mich an, als müsse sie mein Einverständnis einholen. »Ich habe eine antike Kugel auf unserer Yacht unten im Hafen. Kommen Sie doch, und versuchen Sie es mit ihr ... Ich lade Sie herzlich dazu ein. Ich meine, wenn Sie wirklich interessiert sind ...«

Dessusdelit sah von LuEllen zu mir, und ihrer Stimme war jetzt eine gewisse Vorsicht anzumerken. LuEllen war ein wenig zu forsch vorgegangen. In den besseren Kreisen im guten alten Süden ist man sehr zurückhaltend bei der Aufnahme neuer Kontakte ...

»Bleiben Sie ... hier bei uns in der Stadt?« fragte sie.

»Wir sind heute morgen mit unserem Hausboot angekommen. Die große weiße Flußyacht unten im Hafen. Mein Name ist

LuEllen Case. Mr. Kidd hier ist Maler, er ist unterwegs auf der Suche nach Motiven. Nach Landschaften, kleinstädtischen Szenen und ähnlichem. Ich bin nur... seine Begleiterin.«

»Sie kommen nicht aus unserer Gegend?« Ihre Stimme war wieder etwas wärmer. Immerhin, wir hatten eine große Flußyacht. Gehörten anscheinend zum Establishment.

»Nein, nein. Mr. Kidd hat Wohnungen in St. Paul und New Orleans. Wir fahren auf dem Fluß zwischen diesen Städten hin und her, und Mr. Kidd malt unterdessen seine Bilder.«

»Das klingt ja sehr schön. Macht sicher viel Spaß.« Ihre Stimme klang jetzt wieder freundlich, obwohl eine gewisse Zurückhaltung immer noch zu hören war. Wir waren schließlich Yankees, und offensichtlich lebten wir in Sünde miteinander. Aber andererseits, ich hatte zwei Wohnungen und eine Flußyacht... »Ich bin Chenille Dessusdelit, und das ist Archibald Ballem. Ich bin die Bürgermeisterin hier, und Archie ist der Justitiar der Stadt.«

Ballem machte eine kleine Verbeugung. Aus einiger Entfernung hätte man meinen können, er sei etwa sechzig Jahre alt, aber als er jetzt ein paar Schritte auf uns zukam, sah ich, daß er höchstens fünfzig war. Sein Gesicht war zerknittert wie Kreppapier, und man sah ihm an, daß er einen ausschweifenden Lebenswandel zu führen schien. Dieser Eindruck wurde durch die geschwollene, großporige, rötliche Trinkernase noch verstärkt. Die kleinen, stechenden Augen rundeten das Gesamtbild des gemeinen, gewissenlosen Anwalts ab. Kurzum, schon vom Aussehen her war er ein widerlicher Typ, und ich dachte an die ekelerregenden Pornohefte, die wir in seinem Schlafzimmer gefunden hatten...

Es wurde Zeit, daß ich mich in das Gespräch einschaltete.

»Wenn Sie erlauben, möchte ich Ihnen eine Frage stellen, die Sie mir sicherlich beantworten können. Ich bin auf der Suche nach Motiven, wie LuEllen schon sagte... Ausblicke auf die Stadt, Szenen mit diesen wunderschönen viktorianischen Häusern, Landschaften... Können Sie mir da ein paar Tips geben?«

Dessusdelit sah Ballem an, und dessen Augen verengten sich

noch mehr. »Droben bei den Trents«, knurrte er. »Am Kamm des Hügels, wo die große Eiche steht.« Das Gespräch dauerte ihm offensichtlich schon viel zu lange.

»Ja, das ist ein sehr schönes Motiv«, stimmte Dessusdelit überschwenglich zu, als wolle sie Ballems Unhöflichkeit ausgleichen. »Dort oben gibt es mehrere sehr hübsche Häuser und romantische Ausblicke. Darf ich mich einen Moment zu Ihnen setzen?«

LuEllen rückte zur Seite, die Bürgermeisterin setzte sich auf die Ecke der Bank und holte einen silbernen Stift und ein kleines Notizbuch aus ihrer Handtasche. Sie riß ein Blatt heraus und begann, eine Skizze zu zeichnen. »Hier ist die Front Street«, erklärte sie. »Wenn Sie auf ihr in dieser Richtung entlanggehen, kommen Sie zum Longstreet Boulevard, und dann biegen Sie hier links ab...«

Sie zeichnete uns den Weg zu dem erwähnten Trent-Haus auf, das etwa zehn Blocks vom Zentrum der Stadt entfernt lag. Ich fragte, wo wir einen Mietwagen bekommen könnten.

»Nun, der Bruder von Mary Wells – sie arbeitet bei uns in der Stadtverwaltung – hat die Chevrolet-Vertretung in der Stadt. Er vermietet Gebrauchtwagen, soviel ich weiß.«

»Ja, das macht er«, bestätigte Ballem.

Sie schilderten uns den Weg zu dem Chevrolet-Händler, und dann verabredeten sich LuEllen und Dessusdelit für den nächsten Morgen, damit sich die Bürgermeisterin LuEllens Kristallkugel ansehen konnte. Die Bürgermeisterin wollte gerade aufstehen, als ein neuer Gast ins Lokal kam, ein dunkelhaariger, braungebrannter Mann mit weißem, in den Nacken geschobenem Strohhut, leichtem Leinenjackett über einem T-Shirt, ausgebleichten Jeans und Mokassinsandalen. »Hallo Archibald«, begrüßte er Ballem, als er bei uns vorbeikam. Dann sah er Dessusdelit an unserem Tisch sitzen.

»Hallo Chenille«, begrüßte er auch sie. Er sah LuEllen an, dann mich und wollte weitergehen, aber Dessusdelit hielt ihn auf. »Sie kommen doch heute abend, Lucius? Sie wissen, es geht um die Abwassersache.«

»Natürlich komme ich.«

»Es ist wichtig. Ihre Stimme könnte den Ausschlag geben.«

»Das weiß ich, Ma'am. Ich werde da sein. Wie immer.«

Dessusdelit erinnerte sich an die Gebote der Höflichkeit. »Lucius, das sind Miss Case und Mister Kidd. Er ist Maler, und die beiden sind mit ihrer Yacht auf dem Fluß unterwegs nach New Orleans. Mr. Kidd will ein paar Tage zum Malen hierbleiben... Und das ist ein Mitglied unseres Stadtrates, Mr. Lucius Bell.«

»Freut mich, Ihre Bekanntschaft zu machen«, sagte Bell förmlich. Er hatte sich bemüht, nicht zu auffällig auf LuEllens aufregende Äußerlichkeiten zu starren, aber sie schienen ihm sichtlich zu gefallen. Dann sah er mich an. »Arbeiten Sie als Maler mit der Cale Gallery in New Orleans zusammen? Verkauft sie Ihre Bilder?«

»Ehm, ja, das stimmt.« Seine Frage verblüffte mich.

»Eines Ihrer Bilder hängt bei mir zu Hause an der Wohnzimmerwand.«

Ich war sprachlos. Bisher war ich noch nie zufällig auf jemanden gestoßen, der eines meiner Bilder besaß.

»Ist das wahr?«

»*Sonnenaufgang am Josie-Harry-Leuchtfeuer, Flußkilometer 719,5* haben Sie es genannt.«

»Mein Gott, das ist ja unglaublich. Eines meiner besten Bilder. Wie macht es sich? Ich meine, gefällt es Ihnen immer noch?«

»Ja, ich mag es immer noch.« Er lächelte zufrieden. »Kommen Sie doch mal bei mir vorbei und sehen Sie es sich mal wieder an.«

»Das würde ich sehr gerne tun. Sie sind sehr freundlich.« Ich schaute LuEllen an. »Es ist wirklich eines meiner besten Bilder.«

Dessusdelits Augen waren aufmerksam zwischen Bell und mir hin und her gegangen. »Diese Maler sind wie Kinder«, erklärte ihr LuEllen. »Sie malen ihre Bilder, um sie zu verkaufen und davon leben zu können, aber wenn es dann soweit ist, hassen sie es, sie aus der Hand zu geben.«

»Rufen Sie mich an, wenn Sie zu mir kommen wollen«, sagte Bell. »Ich bin abends immer zu Hause. Bis auf die Stadtratssitzungen natürlich.« Er ließ sich Dessusdelits Stift geben und schrieb seine Telefonnummer auf die Skizze. »Und Sie sind natürlich auch herzlichst willkommen, Miss Case. Jederzeit.«

LuEllen schlug freudig die Hände zusammen, und sie kam mir ein bißchen wie Alice im Wunderland vor. »Mein Gott, ist das eine wunderbare Stadt«, strahlte sie. »Und dabei sind wir doch erst seit ein paar Stunden hier!«

7

Ballem hatte ein gutes Auge für schöne Szenerien. Das Trent-Haus war eine weiße, holzverschalte viktorianische Villa, fast schon ein kleines Schloß, mit vielen Erkern und Türmchen und sehr schönen, kastanienbraunen Sprossenfenstern. Backsteinfarbene Blumentöpfe mit prächtigen scharlachroten Geranien schmückten das Geländer der großen Veranda, an deren einem Ende eine breite Schaukel aus Naturholz von der Decke baumelte. Eine alte, kräftige Buchsbaumhecke verbarg die Grundmauern unterhalb der Veranda. Zwischen einigen uralten Eichen im Garten zur Straßenseite blühten verschiedenfarbige Rosenbüsche, und im Hintergrund glänzten die saftigen Blätter eines Spaliers aus Weinstöcken. Das Grundstück wurde von einem alten, wunderschönen schmiedeeisernen Zaun umschlossen. Von meinem Platz am Straßenrand konnte ich diagonal auf den Garten, das Haus und den Flußbogen unten im Hintergrund sehen und die Schönheit der Szene auf mich wirken lassen.

Ich hatte von dem Chevy-Händler einen drei Jahre alten Kombi geliehen, meine Malutensilien darin verstaut und war den Hügel hinaufgefahren, um etwas für meinen Ruf als Maler zu tun. Ich hatte mir eigentlich nicht viel von Ballems Tip versprochen, nicht mehr als eine hübsche Szene in einer alten Kleinstadt. Was ich aber vorfand, war sehr anspruchsvoll und erinnerte mich an verschiedene Bilder von Winslow Homer aus der Karibik. Scharlachrote Geranien vor dem grellen Weiß der Holzverschalung des Hauses, im tiefer gelegenen Hintergrund das abgestufte Grün des Flußtales...

Nachdem ich den günstigsten Platz gefunden hatte, lud ich die Staffelei aus, stellte sie auf dem breiten Gehweg auf und legte die anderen Utensilien – Palette, Farben, Wasser, Pinsel, Terpentin – bereit. Dann setzte ich mich ins Gras am Straßenrand und fing an, auf einem Zeichenblock die Umrisse für das Bild in den verschiedensten Variationen zu skizzieren. Ich hatte etwa eine halbe Stunde gearbeitet, als eine ältere Frau im Trainingsanzug und in Turnschuhen aus dem Haus auf mich zukam.

»Maler, nicht wahr?« fragte sie fröhlich.

»Ja. Ich nehme an, es kommen öfter welche hierher. Ist ja auch wirklich eine wunderschöne Szene.«

»Ja, manchmal kommen Amateurmaler aus der Stadt.« Sie hielt gegen die Sonne die Hand über die Augen und schaute auf meinen Skizzenblock. Ich hatte inzwischen mindestens ein Dutzend Detailskizzen angefertigt, um mir eine Vorstellung machen zu können, wie ich das Bild komponieren wollte. Ich mache das immer so. Wenn ich mich schließlich für eine Gesamtsicht entschieden habe, zeichne ich sie auf einem größeren Blatt auf und beginne erst dann mit dem eigentlichen Malprozeß. Normalerweise brauche ich vier oder fünf Entwürfe, bis ich schließlich zufrieden bin.

»Chenille Dessusdelit hat bei mir angerufen und gesagt, Sie würden wahrscheinlich hierherkommen. Sie sagte, Sie wären in Ordnung.«

»Das war sehr nett von ihr.«

»Nun, man will natürlich wissen, wer sich auf der Straße vor dem Haus herumtreibt.«

»Natürlich ... Mein Name ist Kidd. Wenn ich fertig bin – es wird ein paar Tage dauern –, möchte ich zu Ihnen kommen und Sie bitten, mich in Ihren Garten zu lassen. Ich würde sehr gerne die Hecke und die Geranien aus der Nähe malen.«

»Gerne. Würde mich freuen. Ich bin Gloriana Trent. Morgens bin ich meistens zu Hause. Wenn ich nicht da sein sollte, gehn Sie einfach rein, und suchen Sie sich den besten Platz aus. Also dann, auf Wiedersehen.« So plötzlich, wie sie gekommen war, ging sie auch wieder, mit den zielstrebigen Schritten einer Frau, die noch einiges zu erledigen hat. Ich war ihr dankbar, daß sie mich so schnell wieder allein ließ; viel zu oft bleiben Leute bei mir stehen, wenn ich im Freien male, und schauen mir neugierig bei der Arbeit zu. Es macht mich wahnsinnig, wenn ich mich konzentrieren will und mir jemand über die Schulter guckt...

Als ich mit meiner Skizze zufrieden war, fing ich mit dem Malen an. Ich war so auf meine Arbeit konzentriert, daß ich den Lieferwagen hinter mir erst hörte, als der Fahrer ihn mit quietschenden Bremsen neben mir zum Stehen brachte.

Der Fahrer stieg aus und knallte die Tür des weißen Fahrzeuges zu. Ich sah jetzt, daß auf ihr TIERÜBERWACHUNG stand. Das mußte Hill sein, der Hundefänger. Er sah aus wie sein Haus: häßlich und schmutzig. Er war etwa vierzig Jahre alt und knapp einsachtzig groß, die Gestalt breit und untersetzt, der Hals kurz und stiernackig. Sein Gesicht mit der fliehenden Stirn war verkniffen, die Wangen, die Nase und das Kinn standen wulstartig vor. Das Haar war im Bürstenhaarschnitt des Marine Corps geschnitten. Kurzum, sein Aussehen entsprach dem, was ich über ihn gehört hatte: ein gemeiner, gefährlicher Schlägertyp. Und ich glaubte, wie bei der Bürgermeisterin auch bei ihm einen gestreßten, aus Wut und Übernächtigung geborenen Gesichtsausdruck wahrzunehmen. Kein Wunder, wir hatten ihm schließlich fast vierhunderttausend Dollar gestohlen...

»Was machen Sie da?« knurrte er mich an.

»Ich male, wie Sie sehen«, antwortete ich ruhig. Ich saß auf einem Segeltuchhocker, und er trat dicht neben mich und stieß mit seinem dicken Zeigefinger gegen die Staffelei, daß sie ins Wanken geriet.

»Ja, das sehe ich. Haben Sie eine Erlaubnis?«

»Ich wußte nicht, daß ich eine brauche. Die Bürgermeisterin hat nichts davon erwähnt.«

Seine Schweinsaugen verengten sich. »Die Bürgermeisterin? Sie hat Ihnen die Erlaubnis gegeben?«

»Sie hat mir diesen Platz zum Malen vorgeschlagen. Sie und Mr. Ballem.«

»Aha«, sagte er mit verkniffenem Mund, trat dann aber doch

einen Schritt zurück. Er wollte noch etwas sagen, aber die Tür des Trent-Hauses wurde aufgerissen, und Gloriana Trent kam durch den Garten auf uns zu.

»Verdammtes altes Miststück«, murmelte er vor sich hin.

»Duane Hill, verschwinde und laß Mr. Kidd in Ruhe«, rief Mrs. Trent. Ihre Stimme klang scharf und zornig, aber auch ein wenig aufgeregt, und hinter ihrem forschen Auftreten schien sich Furcht vor diesem Mann zu verbergen.

»Ich geh' ja schon«, knurrte er. »Muß sowieso weiter.« Er sah mich an, als wolle er sich mein Gesicht gut einprägen, warf Mrs. Trent noch einen wütenden Blick zu, stieg dann in seinen Wagen und fuhr davon. Gloriana Trent starrte ihm nach.

»Anscheinend ein ziemlich unangenehmer Zeitgenosse«, sagte ich zu ihr.

»Er ist ein widerliches Arschloch«, schimpfte sie. »Entschuldigen Sie diesen Ausdruck, aber es paßt kein anderer besser zu ihm. Die Leute in der Stadt sagen, er hätte sehr seltsame Angewohnheiten. Würde mich nicht wundern.«

»Er scheint nicht zu Ihren Freunden zu gehören«, lockte ich sie aus der Reserve.

»Nein, ganz bestimmt nicht. Als er in der dritten oder vierten Klasse war, fing er an, uns in unserem Geschäft zu bestehlen. Wir – mein Mann und ich – sind die Besitzer des Mode- und Sportartikelgeschäftes unten in der Stadt, müssen Sie wissen. Als ich ihn zum erstenmal erwischte, hielt ich ihm eine Strafpredigt und ließ ihn gehen. Beim zweitenmal nahm ich ihn bei den Ohren und schleppte ihn zu seinen Eltern nach Hause. Aber, na ja, die Hills waren schon immer Gesocks. Wenn seine Eltern ihm überhaupt den Hintern versohlt haben, genutzt hat es nichts, denn ich habe ihn kurz danach zum drittenmal erwischt, und da hatten wir die Nase voll. Ich schleppte ihn an den Ohren zur Polizeistation, und er kam vor ein Jugendgericht. Seine Ohren müßten ihm eigentlich heute noch weh tun...« Sie lächelte. »Manchmal stelle ich mir vor, man macht ihn einen Kopf kürzer, und zu meinem Erschrecken regen sich keine Gefühle bei mir... Ist ja wohl auch reines Wunschdenken.«

Ich lachte. »Ich hoffe, Sie kriegen wegen der heutigen Begegnung keinen Ärger mit ihm.«

»O nein, das brauchen Sie nicht zu befürchten. Duane weiß, wie weit er gehen kann. Zumindest bei den geachteten Bürgern dieser Stadt ... Er kam heute hierher und hat sich angesehen, was Sie hier machen, weil er, wie die Dinge hier nun mal liegen, so was ist wie der städtische ...« Sie suchte nach dem passenden Wort.

»Hundefänger«, grinste ich.

Sie sah mich ernst an. »Ja, das ist er ... Ich hörte aus der Gerüchteküche, daß er vor kurzem einigen Ärger hatte. Bei ihm ist eingebrochen worden.«

»Oh, der Ärmste!« sagte ich und gab mir Mühe, meine Stimme gleichgültig klingen zu lassen. »Aber man ist heutzutage ja nirgends mehr sicher.«

»So ist es leider«, stimmte sie zu. Ihr Blick fiel auf das Bild auf der Staffelei, und ihr Lächeln kehrte zurück. »Sehr schön. Wirklich.«

»Nein, noch nicht gut genug. Aber langsam entwickele ich das richtige Gefühl für das Bild. Die Sache ist ziemlich schwierig. Ich male nicht in erster Linie das Haus und das Drumherum, sondern das Licht, verstehen Sie? Darauf kommt es mir vor allem an.«

»Chenille hat mir gesagt, Lucius Bell hätte eines Ihrer Bilder in New Orleans in einer Galerie gekauft.«

»Ja, er hat es mir auch gesagt. Habe ihn bei Humdinger's getroffen.«

»Lucius ist ein prima Kerl. Wuchs in einem ganz armen Elternhaus auf, und jetzt ist er Besitzer einer großen, gutgehenden Farm. Hat sich alles selbst beigebracht. Auch Bildung, meine ich damit.«

»Armes Elternhaus, aber kein ›Gesocks‹?«

»Ganz bestimmt nicht. Arm sein und verlottert sein haben gottlob meistens nichts miteinander zu tun, meinen Sie nicht auch?«

»Nein«, gestand ich. »Hören Sie, Mrs. Trent, haben Sie nicht

Lust auf einen Schluck Bier? Ich habe ein paar Flaschen Dos Equis in der Kühltasche.«

»Nun...« Sie sah sich scheu um, als fürchte sie, neugierige Nachbarn würden sie durch die Vorhänge beobachten. »Nun, eigentlich könnte das an so einem heißen Tag nichts schaden. Aber warum setzen wir uns dazu nicht auf die Veranda?«

Wir unterhielten uns einige Zeit sehr nett miteinander, dann zog sie sich in ihr klimagekühltes Haus zurück, und ich machte mich für den Rest des Nachmittags wieder an die Arbeit. LuEllen war in der Stadt. Nach außen hin, um einen Einkaufsbummel zu machen, in Wirklichkeit aber, um das Rathaus und das Büro des Stadtjustitiars auszukundschaften. Um vier Uhr sah ich den Wagen des Hundefängers langsam die Straße einen Block tiefer entlangfahren, und ich konnte erkennen, daß Hill durch das Fenster an der Fahrerseite zu mir heraufschaute.

Es gibt eine Fama, daß Schlägertypen nicht auch gleichzeitig echte Kämpfernaturen seien, sondern bei ernsthaften Auseinandersetzungen letztlich eher den Schwanz einziehen und dem Kampf ausweichen. Ich bin aus Erfahrung anderer Ansicht: Echte Schlägertypen lieben den Kampf. Den *harten* Kampf. Sie suchen ihn geradezu. Sicherlich, sie halten meistens Ausschau nach Schwächeren, aber sie fühlen sich grundsätzlich allen Gegnern, auch kräftiger wirkenden, körperlich überlegen. Hill schien so ein Typ zu sein. Mit seinen eng beieinanderstehenden, heimtückischen Augen hatte er das entsprechende Aussehen – das Aussehen des im Sozialverhalten völlig gestörten, notorischen, rücksichtslosen Schlägers. Nun, ich sollte noch Gelegenheit haben, diesen ersten Eindruck vollauf bestätigt zu finden...

Kurz nach fünf, als das Sonnenlicht einen rötlichen Schimmer bekam, machte ich Schluß und verstaute meine Malutensilien wieder im Kombi. Auf dem Weg zur Bootsstation hielt ich in der Stadtmitte an. Nur so zum Kennenlernen, sagte ich mir.

Das Rathaus lag direkt um die Ecke vom Chickamauga Park, dem zentralen Platz in der Stadt. Der Platz war ziemlich belebt; auf einem Kinderspielplatz mit Schaukeln, Rutschbahnen, Klettergerüsten und Sandkästen tobte eine Menge Kinder herum, und fast alle Bänke an den Spazierwegen waren von älteren Männern und Frauen besetzt. Das Reiterstandbild – es stellte den alten Jim Longstreet, den Gründer der Stadt, höchstpersönlich dar – stand in der Mitte des Platzes. Es war der Hauptanziehungspunkt für die herumfliegenden Tauben.

Das Rathaus sah aus wie die meisten anderen Amtsgebäude in der Stadt: ein häßlicher Zweckbau aus rotem Ziegelstein, stillos, die Fassade durch Fensterverblendungen mit einem Hauch von Moderne versehen. Die Straßen vor dem Gebäude und an der einen Seite waren für den Durchgangsverkehr gesperrt. Die Geschäfte dort waren meistens Läden, die Haushaltswaren, Büroeinrichtungen, Autozubehör und so weiter anboten. An der Rückseite des Rathauses führte eine schmale Zufahrt zu einem asphaltierten Parkplatz und zu einem Nebeneingang, über dem ein beleuchtetes Schild verkündete, daß hier die Polizeizentrale untergebracht war. An der vierten Seite führte keine Straße vorbei; eine Eisenwarenhandlung rückte bis auf einen drei Meter breiten Grasstreifen an das Rathaus heran.

Nach diesem kurzen Erkundungsgang schlenderte ich durch den Chickamauga Park, sah mir das Standbild von Jim Longstreet auf seinem überdimensionierten, dicken Pferd ein wenig näher an, überquerte dann wieder die Straße und marschierte wie ein neugieriger Tourist ins Rathaus. Innen war die Luft kühl und feucht, eine Atmosphäre, wie sie veraltete Klimaanlagen erzeugen. Ich folgte den Hinweiszeichen und stieg die Treppe zum Büro des Stadtschreibers hoch. Im Vorzimmer fragte ich die Dame hinter der Rezeption, ob sie einen Stadtplan und eine Karte des County für mich hätte, und sie schätzte sich glücklich, mir beides kostenlos überlassen zu können. Im Hintergrund des Büros war ein Safe mit schwarzer Tür und goldfarbener Schneckenverzierung in die Wand eingelassen. In der Mitte der Tür prangte ein tellergroßes Kombinationsschloß. Genauso hatte es uns Marvel beschrieben.

Am Abend fuhren LuEllen und ich in unserem Kombi zum Holiday Inn, das die modernste Bar und das beste Restaurant in der Stadt hatte. Natürlich waren es auch die teuerste Bar und das teuerste Restaurant. Als wir über den Parkplatz gingen, sah ich einen weißen BMW neben dem Eingang stehen. Ich stieß LuEllen an und nickte zu dem Wagen hinüber.

»Ich mag unser Hausboot lieber«, sagte sie.

Im Restaurant saßen etwa ein Dutzend Pärchen an Einzeltischen und in Nischen und unterhielten sich gedämpft im Schummerlicht der roten Kerzen. Als wir eintraten, drehten sich die meisten Gäste zu uns um, und ich erregte offensichtlich einiges Mißfallen, nicht nur wegen meines »malerischen« Aufzuges, sondern wohl vor allem, weil ich eine lederne Schultertasche trug. Weibisches Zeug wie Schultertaschen gehören in der Deltagegend nicht zur gängigen Männermode. Nun, es war mir egal, was die Leute von mir dachten; uns ging es darum, John und Marvel und Harold hin und wieder in diesem Hotel zu treffen, und wir brauchten einen Vorwand, das Hotel aufzusuchen. Wie Essen und Trinken zum Beispiel.

Während des Dinners trank ich den Großteil einer Flasche Wein und wäre zusammen mit den Drinks, die wir später noch an der Bar bestellten, ganz schön betrunken gewesen, wenn ich nicht fast alle Getränke heimlich in Blumentöpfe gegossen hätte. Wir arbeiteten fleißig an unserem »Longstreet-Image«, an dem Eindruck, den die Leute von uns und unserem Verhalten bekommen sollten; wenn unser Chevy später noch öfter auf dem Parkplatz gesehen wurde, dann mußten die Leute annehmen, dieser versoffene Maler von dem Hausboot unten im Hafen säße sicherlich wieder in der Bar oder im Restaurant des Hotels. Oder auf dem Klo...

Auf dem Weg nach draußen telefonierte ich von einer Telefonzelle im leeren Foyer aus.

»Wir kommen«, sagte ich und legte wieder auf.

John hatte sich ein Zimmer im Erdgeschoß geben lassen. Wir gingen in Richtung auf den Ausgang zum Parkplatz, bogen dann aber links ab und in einen leeren Flur. Niemand hatte uns gesehen. Ich klopfte an eine Tür, und John öffnete sofort. Er schloß die Tür schnell wieder hinter uns. Marvel saß auf dem Bett, cool wie immer.

»Wow«, sagte ich und drehte mich wie ein Mannequin auf den Fußspitzen.

»Menschenskind, hat der Junge ein scharfes Outfit«, sagte John. Es klang fast ein wenig neidisch. Er zupfte an den Bügelfalten seiner Hose. »Und wie sehe ich aus?«

»Wie ein Nigger in den dreißiger Jahren in Harlem«, meinte Marvel.

»So soll es ja auch sein«, sagte John ernst. Er trug einen dunkelblauen, zweireihigen Nadelstreifenanzug, dazu ein weißes Hemd, eine breite, weinrote Krawatte und ein eckiges, schwarz-rot getupftes Einstecktuch. Die Schulterpolster der Jacke waren zu breit, die Betonung der Taille zu auffällig. Auf dem Kopf trug er ein *pièce de résistance,* ein Toupet aus langen, glatten schwarzen Haaren. Es war mit einer öligen Pomade bearbeitet worden, und die Haare glänzten wie Speck. Aber das Ding stand ihm gut, wie ich zugeben mußte. Er sah überhaupt gut aus in diesem Anzug. Wie die gelungene Parodie eines Bankbosses. Wie ein Gangster.

»Meinst du, du schaffst es?« fragte ich.

»Ja. Ich war lange genug in der lokalen Politik tätig. Und Marvel hat ein paar Leute in der Umgebung des Gouverneurs aufgetrieben, die sagen werden, daß sie mich kennen.«

»Okay. Und wie steht's ...«

Marvel unterbrach mich. »Habt ihr die Einbrüche bei Dessusdelit und Ballem und Hill gemacht?«

Auf diese Frage war ich vorbereitet. Ich runzelte die Stirn, sah LuEllen an, dann wieder Marvel. Legte ungläubiges Staunen in meinen Blick. »Was sagst du da?«

»Seid ihr in die Häuser von Dessusdelit, Ballem und Hill eingebrochen?« wiederholte sie und sah mich eindringlich an. Aber ich bin ein guter Lügner.

»Nein. Wovon zum Teufel redest du überhaupt?« Neben mir schüttelte LuEllen ungläubig und empört den Kopf.

»Jemand ist bei ihnen eingebrochen«, erklärte John. »Alles kurz und klein geschlagen. Vorgestern nacht. Wir dachten...«

»Nein. Nicht wir. Wir sind doch nicht blöd. So was könnte doch alles durcheinanderbringen. Wenn die Cops jetzt die Stadt auf den Kopf stellen...«

»Nein, das tun sie nicht«, sagte Marvel. »Das ist ja das Komische. Niemand weiß was Genaues. Auch wir haben nur Gerüchte gehört... Es gibt keinen offiziellen Polizeibericht. Nichts in der Presse. Man hat ein paar weiße Jungs festgenommen und verhört, wie uns unsere Leute berichtet haben. Aber das ist auch schon alles...«

»Ich weiß nicht, was ich dazu sagen soll. Wir müssen das im Auge behalten. Aufpassen. Kannst du deinen Leuten sagen...«

»Natürlich. Wir bleiben dran.« Marvels Mißtrauen war noch nicht ganz verflogen.

Ich wandte mich John zu. »Wie steht's sonst?«

»Ich habe diesen Brown, den Besitzer des Landes, angerufen. Er war sofort bereit, es zu verkaufen. War natürlich ziemlich verwirrt und neugierig, warum jemand kaufen will.«

»Das ist eines der wichtigsten Elemente bei gutgeplanten Schwindelgeschäften«, erklärte ich. »Jemand wird plötzlich drauf gestoßen, daß irgend etwas einen Wert besitzt, von dem weder er noch irgendeiner in seiner Umgebung etwas wußte. Die Leute fragen sich, was da vorgeht. Gut so.«

»Ich hoffe es«, sagte John. Er hatte sich inzwischen mit meiner Aufmachung angefreundet und grinste mich an. »Du siehst aus wie einer dieser Maler in den französischen Filmen. Ich schlag dir vor, noch ein bißchen Farbe auf dein T-Shirt zu schmieren.«

»Wir sehen alle aus wie aus einem Film«, sagte ich ernst. »Wir müssen aufpassen, daß wir nicht zu dick auftragen.«

»Hast du den BMW draußen auf dem Parkplatz gesehen?«

»Ja...«

»Ich liebe diesen Wagen. Jede verdammt gutaussehende Frau in Memphis schaut zu mir rüber, wenn ich an ihr vorbeifahre...«

»Das ist ja wohl eine kleine Übertreibung«, meinte Marvel verächtlich.

»Ich hatte keine Ahnung von der Anziehungskraft schicker Autos auf schicke Frauen«, sagte John, und seine Augen glänzten. »Wirklich großartig.«

»Aber fahr bitte vorsichtig«, schaltete sich LuEllen erstmals ins Gespräch ein. »Diese verdammte Karre hat uns ein Vermögen gekostet.«

»Hast du Ballems Büro ausgekundschaftet?« wandte sich Marvel an LuEllen.

»Ja. Könnte schwierig werden, in das Gebäude reinzukommen. Die Eingangstür führt direkt auf die Wohnstraße. Und Leute in Kleinstädten werden mißtrauisch, wenn plötzlich Fremde auftauchen. Besonders abends oder nachts.«

»Wäre das eine Hilfe?« fragte Marvel und hielt ihr einen Schlüsselring mit zwei Schlüsseln hin. »Der aus Messing ist für die Eingangstür zum Gebäude, der andere für die Eingangstür zu Ballems Bürotrakt. Den für die Tür zu seinem Zimmer konnte ich nicht besorgen. Ich hätte jemanden einschalten müssen, dem ich nicht hundertprozentig trauen kann.«

»Großartig«, freute sich LuEllen. »Wenn ich erst mal drin bin, ist die Tür zu seinem Büro kein Problem mehr.«

»Wann erledigt ihr das?«

Ich zuckte die Schultern. LuEllen haßt es, auch nur das geringste Risiko einzugehen. Sie verrät niemals ihre Pläne. Auch Freunden gegenüber nicht. »Irgendwann in dieser Woche wahrscheinlich«, sagte ich. Dann hob ich meine Tasche aufs Bett. LuEllen nahm ihre Nikon und die Bedienungsanleitung heraus.

»Die Kamera ist bereit«, erklärte sie John. »Der Film ist eingelegt. Sie arbeitet geräuschlos. Du mußt nur noch die Entfernung einstellen.« Dann holte sie ein anderes Gerät aus der Tasche. »Und das hier ist die Funksteuerung...«

John zog seine Jacke aus, und Marvel rückte näher, um sich alles genau anzusehen. »Zeig mir genau, was ich tun muß«, sagte John. »Ich will nichts vermasseln.«

8

In Kleinstädten erzählen die Leute eine Geschichte, die beweisen soll, wie eng sie miteinander verbunden sind und wie gut sie sich gegenseitig kennen: Wenn man im Auto durch die Stadt fährt, sagen sie, braucht man beim Abbiegen den Blinker nicht zu setzen, weil der nachkommende Fahrer weiß, wohin man will.

So klein war Longstreet nun auch wieder nicht. Es war eine Stadt mit zwanzigtausend ehrbaren Bürgern und ein paar hundert Alkoholikern, Drogensüchtigen und Taugenichtsen. Es war nicht groß genug, um ein echtes Slumviertel zu haben, aber es hatte Oak Hill, das hinter dem Friedhof lag und ziemlich heruntergekommen war. Aber Longstreet hatte vornehmlich ordentliche und sogar ein paar wirklich gute Wohnviertel, sowohl in den weißen als auch in den schwarzen Bezirken. Und es hatte um das Gelände des *Longstreet Golf and Country Club* herum ein ausgesprochen exklusives Viertel. Die meisten Leute, mit denen wir während unseres Aufenthaltes über die Stadt sprachen, betonten, daß dort auch *zwei* Schwarze wohnten: ein Arzt und ein Tierarzt. Rassengleichheit...

Was Longstreet nicht hatte, waren große Wohnblocks. Die Leute wohnten, wenn nicht in alleinstehenden Häusern oder in Mehrfamilien- und Reihenhäusern, im Zentrum der Stadt in Wohnungen über den Geschäften – und das war unser Problem.

Nach dem Treffen im Holiday Inn fuhren wir sofort zum Boot zurück und zogen uns um: dunkle Turnschuhe und Jeans, LuEllen dazu eine dunkelrote, langärmlige Bluse, ich ein dunkelblaues Hemd. Ich setzte zur Tarnung eine weiße Tennismütze auf, die ich bei der Arbeit zusammenfalten und in die Tasche stecken konnte.

Meine Computer hatte ich in einem Schrank versteckt, aber jetzt brauchte ich sie. Ich holte den tragbaren IBM-Clone und ein Gerät, das man *Laplink* nennt, und steckte beides in eine schwarze Nylontasche, die wie eine Aktentasche aussah. Mit dem Laplink konnte ich die Daten von der Festplatte eines installierten Computers auf die Festplatte meines Portable überspielen.

»Fertig?« fragte LuEllen. Sie trug die Schultertasche, in der ich zuvor die Kamera und das Funksteuerungsgerät transportiert hatte. Wie ich zugeben mußte, paßte sie besser zu ihr als zu mir.

»Ja. Laß uns gehn.«

»Versuche nicht, dich zu verstecken, wenn wir auf die Tür zugehen«, ermahnte sie mich. »Schau dich nicht um; geh nicht an der Wand entlang; komm mir nicht zu nahe; tu so, als wärst du ein müder Spätheimkehrer. Okay?«

»Okay.«

Es war heiß, als wir uns zu Fuß auf den Weg machten. Scharen von Insekten stiegen aus dem Gebüsch an der Bootsstation auf und schwirrten auf die Lichter der Stadt zu. Die Straßen waren mit altmodischen Natriumgaslampen beleuchtet, deren grelles Licht auch in die finstersten Ecken drang. Ein einziger Mann begegnete uns, ein Schwarzer, der unseren Gruß erwiderte und um eine Ecke verschwand.

Wir schlenderten durch die leeren Straßen, ein Pärchen beim Abendspaziergang. In den meisten Wohnungen über den Geschäften brannte Licht, und hinter dem Vorhang eines geöffneten Fensters sah ich die Umrisse einer Frau, die sich Dauerwellen legte, wie der scharfe Geruch, der bis zu uns auf den Gehweg herunterströmte, bestätigte. Aus einem anderen Haus dröhnte dumpf ein Song der Band *Metallica*.

»Das Problem in Nächten wie dieser ist, daß Leute, die kein Klimagerät haben, im Dunkeln hinter ihren geöffneten Fenstern sitzen und auf eine Brise warten«, sagte LuEllen. »Und deshalb müssen wir in jeder Phase den Eindruck machen, wir wären harmlose Spaziergänger oder kämen von einer Party zurück. Und wenn wir in das Haus reingehen und uns jemand dabei sieht, kann ich nur hoffen, daß er sich nicht wundert, wenn danach kein Licht im Haus angeht...«

Es war kurz nach zehn Uhr. Der Temperaturanzeiger am Eingang der Longstreet State Bank zeigte 28,3 Grad an.

»Da ist das Haus«, sagte LuEllen. »Die Tür mit der gelbgestrichenen Umrandung.«

Die Tür schloß nach außen hin mit der Mauer ab. Ein in den Backstein eingelassenes Messingschild verriet, welche Büros in dem Gebäude untergebracht waren.

»Ganz ruhig bleiben«, ermahnte mich LuEllen. »Und komm mir nicht zu nahe, um mich nicht zu behindern. Tu so, als ob du müde und ungeduldig wärst.«

Sie ging zügig auf die Tür zu und öffnete sie mit dem Schlüssel, den ihr Marvel gegeben hatte. In fünf Sekunden waren wir im Flur des Gebäudes und hatten die Tür hinter uns geschlossen. Wir blieben stehen und horchten. Außer dem Zischen der Gaslampe vor dem Eingang und dem Brummen eines Klimagerätes irgendwo im Haus war nichts zu hören.

»Ist der Hausmeister auch mit Sicherheit nicht mehr hier drin?« fragte ich flüsternd.

»Marvel hat gesagt, er läßt sich keine Übertragung eines Spiels der St. Louis Cardinals entgehen. Er ist seit mindestens einer Stunde bei sich zu Hause.« Der Flur war nur von einer schwachen Notlampe erleuchtet. LuEllen ging voraus, an zwei Aufzugtüren vorbei zum Treppenhaus. Es war nicht beleuchtet, und LuEllen knipste ihre bleistiftdünne Taschenlampe an. Auf dem Treppenabsatz des ersten Stockes öffnete sie die unverschlossene Etagentür einen Spalt, schaute hindurch, horchte. Nichts. Dann ein schwaches Geräusch. Stimmen. Gedämpftes Gelächter.

»Scheiße«, flüsterte sie. »Da ist jemand.«

Wir hielten den Atem an, horchten weiter.

»Zwei Leute. Mann und Frau. Albern rum. Treiben's anscheinend mit'nander«, hauchte sie in mein Ohr.

»Wo ist Ballems Büro?«

»Rechts von uns.«

Die Stimmen kamen von links.

»Und was machen wir jetzt?« fragte ich.

»Auf geht's.« Sie hielt die Tür auf, und als ich durchgeschlüpft war, ließ sie sie leise zugleiten. Dann gingen wir auf Zehenspitzen den Flur hinunter zur Tür von Ballems Bürotrakt. Das geile

Lachen der Frau drang sogar bis hierher. LuEllen blieb vor der Eingangstür stehen, horchte und schloß sie dann mit Marvels Schlüssel auf. Als wir im Flur standen, schloß sie die Tür hinter uns wieder zu und hielt mich am Ellenbogen fest. »Warte hier.« Sie verschwand im Dunkeln. Nach ein paar Sekunden leuchtete der schmale Schein ihrer Lampe auf. »Okay, alles klar. Komm her.«

Wir standen jetzt vor der Tür zu Ballems Büroraum am Ende des Flurs. LuEllen drückte die Klinke, aber die Tür war – wie erwartet – verschlossen. Sie kniete sich hin und betrachtete das Türschloß. Grunzte wütend. »Nicht so einfach. Halt du die Lampe.«

Sie holte eine Stoffrolle aus ihrer Tasche und rollte sie auf dem Boden aus. Dietriche. Sie schob einen nach dem anderen zur Seite, bis sie den richtigen fand.

An einem scheußlichen Wintertag in St. Paul, als Graupelschauer gegen die Fenster trommelten, hatte LuEllen einmal versucht, mir beizubringen, wie man Türschlösser knackt. Sie war nicht sehr erfolgreich gewesen. Ich bin zu ungeduldig. Aber ich habe seitdem eine ungefähre Vorstellung, wie man so was macht.

Die Tür hatte ein Zylinderschloß mit fünf Verriegelungen. In einem Hohlzylinder befindet sich ein Drehschloß, das von fünf federgelagerten Bolzen gehalten wird. Beim Aufschließen mit dem passenden Schlüssel werden die Bolzen über die Federn in eine Linie gebracht, so daß sich das Schloß drehen und die Tür geöffnet werden kann.

LuEllen mußte mit dem Dietrich eine Bolzenfeder nach der anderen zur Seite drehen, damit das Schloß frei wurde. Das dauerte eine Weile. Ich fing an zu schwitzen. Aber dann seufzte sie erleichtert: »Puh! Endlich.« Sie machte noch ein paar schnelle Bewegungen, und mit einer Drehung des Handgelenkes war das Türschloß endlich offen.

»Ich war bei dem letzten Bolzen zu ungeduldig. Hab' ihn zu hoch gedreht.« Sie keuchte; wenn man ein Schloß knackt, hält man unwillkürlich den Atem an, und die Lunge braucht Nachschub.

In Ballems Büro roch es nach Pfeifentabak, Papier und ganz

leicht auch nach Whiskey. Die meisten Büromöbel stammten aus der Zeit um die Jahrhundertwende. Robust und praktisch.

»Paß auf das Licht auf«, warnte sie, als wir ins Zimmer gingen. Der Strahl einer Taschenlampe auf einer Jalousie bringt die Cops schneller auf Trab als ein ausgelöster Alarm. Aber wir benötigten die Lampe nicht. Die Fenster lagen auf der Höhe der Straßenlampen, und es fiel genügend Licht von draußen herein, um die Möbel und Gegenstände im Zimmer erkennen zu können.

An zwei Wänden des Büros standen Regale mit juristischer Fachliteratur, an der dritten Wand hingen Drucke von Gerichtskarikaturen, wie sie vor fünfzig Jahren im *Punch* erschienen waren. Vor der vierten Wand stand ein schmaler Arbeitstisch und ein mannshoher Aktenschrank. Über dem Tisch hingen ein halbes Dutzend Plaketten und gerahmte Zertifikate, die den Militärdienst und die Studienabschlüsse Ballems bezeugten. Der Computer stand auf einem Tisch im rechten Winkel zum Schreibtisch. Es sei ein IBM-AT, hatte Marvel gesagt, und es stimmte. Ein älterer Drucker und ein Modem standen daneben. Ich stieß einen erleichterten Seufzer aus. Wenn es ein Macintosh- oder Amiga-Computer gewesen wäre, hätte ich die Daten von deren Festplatten mit ihren hohen Speicherkapazitäten auf Floppy-Disks in meinem Portable überspielen müssen, und das hätte eine ganze Weile gedauert. So aber konnte ich von Festplatte zu Festplatte überspielen, und das würde nur ein paar Minuten dauern.

Ich schloß den Laplink an, schaltete den IBM ein und gab über eine Diskette mein spezielles Überspielungsprogramm ein. Kurz darauf sah ich, daß die Sache funktionierte und mein Gerät alle Daten von der Festplatte des IBM übernahm.

LuEllen hatte inzwischen routiniert mit der Durchsuchung des Büros begonnen. Der Aktenschrank war verschlossen, aber sie hatte ihn in Sekundenschnelle mit einem Dietrich geöffnet. Im Licht ihrer Lampe blätterte sie gewissenhaft jede Akte durch.

»Nichts Bedeutungsvolles«, sagte sie nach einer Weile enttäuscht. »Alles juristischer Routinekram. Grundstücksübertragungen, Autounfälle, Scheidungen, Entschädigungen und so weiter. Ein paar Akten über seine Arbeit für die Stadt sind da, aber auch die handeln nur von Versicherungsfällen, amtlichen Verordnungen und dem Haushalt der Stadt. Alles offizielles Zeug.«

»Der Schreibtisch.«

Auch der Schreibtisch war verschlossen, aber sie bekam mühelos alle Türen und Schubladen auf. Schnell schaute sie die Akten durch. Schüttelte den Kopf.

»Scheiße. Keine Unterlagen über seine Finanzen. Keine Steuerunterlagen. Schon gar keine geheimen Geschäftsbücher. Ein paar *Playboys*. Zahnstocher. Q-Tips. Mundspray. Das wär's.«

»Ich bin in ein paar Minuten fertig. Dann suchen wir zusammen weiter.«

Sie ging zu den Bücherregalen, nahm einzelne Bände heraus, tastete hinter die Buchreihen. Nichts. Dann ließ sie sich auf Hände und Knie nieder und krabbelte von einer Ecke des Teppichs zur anderen, hob sie an, schlug sie um. Auf einer der Ecken stand ein großer Globus von *National Geographic* auf einem fahrbaren Ständer, und als sie ihn zur Seite rollte und die Teppichecke anhob, zischte sie zu mir herüber: »Da ist was.«

Sie schlug die Ecke um und hob zwei oder drei Parkettbretter darunter hoch. Ich ging zu ihr und kniete mich neben sie. In der Höhlung unter den Brettern steckte eine alte, grüne Metallschachtel. Darin lagen ein Geldbündel, ein chromverzierter .38er Revolver und ein Stapel Papiere.

LuEllen holte das Geld und die Papiere aus der Schachtel. Sie fächerte das Geldbündel auf. »Ungefähr zweitausend«, sagte sie und legte das Geld zurück, genauso, wie sie es vorgefunden hatte. Während sie sich die Papiere ansah, ging ich zurück zum Computer. »Die Fotokopie eines Testaments«, meldete sie. »So was wie eine Inventarliste. Scheidungspapiere. Soll ich das Zeug kopieren? Draußen im Flur steht ein Kopierer.«

»Ja, mach das.«

Inzwischen hatte das Überspielungsprogramm seine Arbeit beendet. Was auch immer auf der Festplatte des IBM gespeichert war, ich hatte es jetzt auf der Festplatte meines Portable. Ich schaltete das Gerät ab und verstaute den Laplink und den Portable wieder in der Tasche. Ich zog gerade den Reißverschluß zu, als LuEllen aus dem Flur zurückgehuscht kam. »Ssst«, zischte sie und schob leise die Tür zu.

»Draußen kommt jemand«, flüsterte sie. Sie holte hastig zwei schwarze Strumpfhosen aus ihrer Tasche und warf mir eine zu. Ich hörte, daß die Tür zum Bürotrakt draußen aufgeschlossen wurde und zog die Strumpfmaske über den Kopf. LuEllen hatte sie über die Haare gezogen, aber noch nicht übers Gesicht; sie holte eine lange Socke und eine dicke Kartoffel aus ihrer Tasche, steckte die Kartoffel in die Socke, zog die Maske übers Gesicht und stellte sich hinter die Tür. Ich versteckte mich hinter dem Schreibtisch.

Wir hatten schon vor langer Zeit eine Absprache getroffen, daß für uns als Reaktion auf eine Entdeckung bei einem Einbruch nur zu fliehen oder aufzugeben in Frage kamen. Wir würden niemand verletzen, nur um heil und unbemerkt davonzukommen. Aber hier in Longstreet, bei dieser ganz besonderen Art von Job, würde man uns bestimmt nicht vor einen Richter stellen und uns den Prozeß wegen Einbruchs machen, wenn wir aufgaben und unser weiteres Schicksal in die Hände der Mafia legten... Nach dem Zwischenfall mit dem Polizisten in Ballems Haus, als ich bereit war, ihm einen Farbeimer auf den Kopf zu schlagen, hatten wir uns vorgenommen, bei der Entdeckung nicht mit der weißen Flagge in der Hand auf die Leute zuzugehen, sondern uns zur Wehr zu setzen.

Die Kartoffel in der Socke war eine hervorragende Waffe, um jemand bewußtlos zu schlagen. Und nach den Buchstaben des Gesetzes zählten weder die Kartoffel noch die Socke noch beide zusammen zu den »lebensbedrohenden Waffen«. Vor allem aber war die Kartoffel, so hatte LuEllen sich sagen lassen, *tatsächlich* nicht hart genug, um jemand damit den Schädel einzuschlagen.

Mein Herz klopfte wie wild. Der späte Besucher knipste das Licht im Flur draußen an, wie wir durch den Türspalt sahen, und kam auf Ballems Büro zu. Schritte einer Frau auf hohen Absätzen. Gingen an der Zimmertür vorbei. Stille. Dann ein leises Summen. Ein Lied. Die Frau da draußen sang den Song *Tammy* aus den fünfzigern leise vor sich hin. Ich kannte ihn vom Klavierunterricht.

Dann sprang die Kopiermaschine an. Brummte laut, und ihre Lichtblitze fegten unter dem Türspalt hindurch wie fernes Wetterleuchten. Mein Herzschlag beruhigte sich, und LuEllen ließ ihre Waffe sinken. Die Maschine lief weiter. Und weiter. Ohne Unterbrechung. Länger als eine halbe Stunde. Und dann ging die Frau wieder, genauso plötzlich, wie sie gekommen war. Das Stakkato ihrer Schritte verhallte, die Tür zum Bürotrakt fiel ins Schloß, wurde abgeschlossen. Stille.

»Heiliger Strohsack, die Tante hat anscheinend ihr verdammtes Bums-Tagebuch fotokopiert«, sagte LuEllen. »Scheißnymphomanin.« Ich stand auf, zog die Maske vom Gesicht und drückte sie ihr in die Hand. Ich schwitzte. Nach einem Kommentar zu ihrer fröhlichen Bemerkung war mir nicht zumute. LuEllen steckte beide Masken zurück in ihre Tasche, legte dann sorgfältig die Papiere zurück in den Metallkasten, schob die Parkettbretter darüber, schlug den Teppich zurück und rollte den Globus darauf. »Ich war gerade mit dem Kopieren fertig«, kam sie meiner Frage zuvor.

Wir überprüften sorgfältig noch einmal, ob alles so war, wie wir es vorgefunden hatten. Ballem durfte nichts von unserem Besuch wissen. Und dann gingen wir. LuEllen schloß die Türen ab. Im Vorraum hörten wir wieder das geile Kichern der Frau.

»Ihr Partner ist anscheinend ein toller Potenzbolzen«, murmelte LuEllen, als wir leise die Treppe runterstiegen.

»Nur kein Neid«, wies ich sie beleidigt zurecht.

Ich habe bei unseren gemeinsamen Einbrüchen im allgemeinen meine Nerven ganz gut unter Kontrolle, aber als wir endlich draußen auf der Straße waren, atmete ich tief durch. »Ich bin froh, daß du die Frau nicht niederschlagen mußtest«, sagte ich.

»Ich auch, das kannst du mir glauben. Ich hätte es getan, aber manchmal denke ich...«

»Was?«

»Leuten auf den Kopf zu schlagen... Ich weiß nicht... Die Theorie mit der Kartoffel im Strumpf klingt ja ganz gut, aber manchmal hab' ich Angst bei dem Gedanken, es könnte jemand dabei draufgehen...«

Nach einem solchen Unternehmen ist der Körper mit Adrenalin gefüllt, und an Schlaf ist nicht zu denken. Also verbrachten wir die Nacht bis in die frühen Morgenstunden damit, die Daten aus Ballems Computer zu überprüfen. Wir fanden nichts Interessantes, außer zwei nicht offizielle, aber auch nicht diskriminierende Briefe Ballems in der Abwasserröhrensache.

»Gar nichts?« fragte LuEllen, die dösend in einem Sessel saß.

»Nein. Nichts.« Aber die Briefe in der Röhrensache beunruhigten mich. Es mußten mehr Unterlagen zu dieser Sache vorhanden sein. »Bist du sicher, daß es in seinem Schreibtisch oder in dem Aktenschrank keinen weiteren Schriftverkehr mit dieser Röhrenfirma gab?«

»Ja, ganz sicher. Ich habe ja speziell danach gesucht.«

»Scheiße. Was ich mich frage...« Ich hob den Ausdruck mit einem der Briefe hoch. »Schau dir mal die Zahlen an. Er muß sich auf bereits vorhandene Vorgänge bezogen haben... Man kann sich doch nicht aus dem hohlen Bauch heraus an all die Zahlen – Preise, technische Details – erinnern, ohne Unterlagen darüber zu haben. Marvel hat über ihre Vertrauensleute dasselbe festgestellt: zu viele Zahlen ohne Hinweis auf Bezugsschreiben.«

»Wahrscheinlich hat er diese Vorgänge vernichtet.«

»Könnte sein. Aber keiner von Marvels Freunden hat irgendwas über diese Geschäftsbücher oder über einen weiteren Schriftverkehr in der Abwassersache rausgefunden, obwohl sie sonst doch fast alles wissen... Ballem hatte ein Modem bei seinem Computer. Er könnte es dazu benutzen, telefonisch irgendwo versteckte Daten on-line abzurufen... Aus einer getarnten Datenbank... Vielleicht haben sie dort ihre Geschäftsdaten und den geheimen Schriftverkehr über ihre Betrügereien in der Röhrensache versteckt... Wenn jemand die Codes zu dieser Datenbank kennt, kann er on-line dort anrufen und sich die

Daten auf seinen Bildschirm holen, wenn er sie braucht. Und danach einfach wieder löschen...«

LuEllen sah mich hellwach an. »Könnten wir das nicht rausfinden? Die Datenbank anzapfen?«

»Bobby«, sagte ich nur.

Während ich noch darüber nachdachte, fragte sie mich plötzlich, ob ich mir die Papiere schon angesehen hätte, die sie fotokopiert hatte.

»Nein, die habe ich ganz vergessen.«

Die Papiere waren ein Volltreffer. Nicht das, was wir gesucht hatten, aber dennoch...

In seinem Testament erwähnte er mehrere Bankkonten in Grand Bahama und in Luxemburg – unter Angabe der Kontonummern, aber ohne Nennung der darauf eingezahlten Summen. In der Inventarliste hatte er den Wert aller seiner wichtigen Besitztümer aufgelistet: Gemälde, Orientteppiche, Münzen, Briefmarken. Die Briefmarkensammlung enthielt keine Wertangabe. Sie sollte entsprechend einer Fußnote »durch einen amtlich vereidigten Gutachter auf ihren jeweils aktuellen Wert« geschätzt werden. Aus den Scheidungspapieren ging hervor, daß er seiner Exfrau im Zeitraum von drei Jahren fünfhunderttausend Dollar – nach Steuerabzug – überwiesen hatte.

»Jetzt wissen wir ja ein paar interessante Dinge über ihn, aber sie haben nichts direkt mit seinen Betrügereien hier in der Stadt zu tun«, meinte LuEllen halb zufrieden, halb enttäuscht.

»Stimmt nicht. Wir haben ihn am Haken.« Ich ging zum Computer und schaltete ihn ein. »Ich schicke diese Unterlagen Bobby rüber. Wenn er rausfindet, wieviel Geld auf diesen Konten ist, dann haben wir ein knallhartes Druckmittel gegen ihn in der Hand.«

»Wieso?«

»Ich bezweifle stark, daß er die Steuerbehörde mit den Einzelheiten seines Einkommens belästigt hat. Und wenn es soweit ist, werden wir ihm sagen: ›Verschwinde sofort aus der Stadt, oder wir hetzen dir das FBI und die Steuerbehörde auf den Hals.‹ Und wir zeigen ihm die Kontoauszüge seiner schwarzen Konten...«

9

Am nächsten Morgen warf mich LuEllen um zehn Uhr aus dem Bett. Sie kommt genauso schlecht aus den Federn wie ich und war ziemlich übellaunig.

»Denk dran, nachher kommt Besuch«, brummte sie. Sie starrte finster auf ihr Müsli. »Geh an die Arbeit.«

Wenn mich niemand zum Frühstück zwingt, lasse ich es ausfallen, und an diesem Morgen ersetzte ich es durch Arbeit am Computer. Ich stellte auf dem 486er eine Verbindung zu Bobby her und berichtete ihm von unserer vergeblichen Suche nach den Geschäftsbüchern des Apparates bei Ballem. Ich gab ihm die Namen und Konten der Banken durch, die er in seinem Testament aufgeführt hatte, und bat ihn, eine Suchaktion bei weiteren, in Frage kommenden Banken zu starten, um unsere Basis für den Angriff auf den Justitiar der Stadt eventuell zu erweitern. Und ich erzählte ihm von dem Modem, das Ballem auf seinen IBM aufgeschaltet hatte.

Vielleicht kann Ballem eingerichtete Datenbank mit Geschäftsunterlagen on-line irgendwo abrufen.
Werde prüfen.
Wie?
Telefonanalyse.
Geht das schnell?
Weiß nicht. Mache das heute abend. Teile Dir Ergebnis umgehend mit.
Okay.

Bevor sich Bobby auf – fremde – Datenbanken spezialisiert hatte, war er ein ausgesprochener Telefonfreak gewesen, der über sein Modem die tollsten Sachen anstellte. Er ist es bis zu einem gewissen Grad auch heute noch, und er hat aus beiden Spezialisierungen eine besondere Kunstform entwickelt. Ich glaube wirklich, daß man das so nennen kann. Ich wußte nicht, was er plante – zumindest nicht im einzelnen –, aber ich nahm an, daß er über die Datenbank der Telefongesellschaft herauszufinden versuchte, ob es ein erkennbares Muster bei Ballems Anrufen gab, Nummern, die er in bestimmten Abständen immer wieder anrief und die On-line-Verbindungen sein konnten. Am Abend würde er dann diese Nummern überprüfen, ob eine davon einer Modemträgerfrequenz zugeschaltet war.

Als ich abgeschaltet hatte, versteckte ich den 486er im Schlafzimmer, den Laptop im Wohnzimmerschrank. Computer gehörten nicht zu unserem Image in Longstreet.

Während LuEllen fluchend das Wohnzimmer für Dessusdelits Besuch aufräumte, duschte ich und zog Shorts und ein T-Shirt an.

»Bist du fertig?« fragte ich LuEllen, als ich aus dem Schlafzimmer kam.

»Ja. Du gehst jetzt besser nach oben.«

Ich kletterte mit einem Zeichenblock aufs Oberdeck und entwarf ein paar Skizzen der Flußlandschaft. Ich kümmerte mich nicht um Details, sondern suchte nach dem passenden Rahmen für die günstigste Ausgestaltung mit Farben. Die Flußlandschaft zeigte einige recht interessante Aspekte; das olivfarbene Band des Flusses im Vordergrund, dahinter der dunklere Streifen des Dammes, darüber dann die Brechungen des Sonnenlichts auf dem roten Backstein... Nun ja, vielleicht war das doch nicht so ganz nach meinem Geschmack. Aber ich arbeitete ja wieder einmal an meinem Image...

Ein paar Minuten vor zwölf tauchte Chenille Dessusdelit oben auf dem Damm auf und stieg dann vorsichtig die Stufen zum Ufer herunter. Sie trug Schuhe mit flachen Absätzen und ein schickes, schwarzweißgestreiftes Kleid, das einerseits sommerlich war, andererseits aber auch streng genug wirkte, der würdigen Frau Bürgermeisterin zu entsprechen.

»Guten Tag, Mr. Kidd«, sagte sie, als sie auf dem Anlegeplatz angekommen war.

»Hallo, Mrs. Dessusdelit«, rief ich, »willkommen an Bord.« Ich stampfte zweimal auf den Boden, und schon kam LuEllen auf das Vorderdeck und winkte der Bürgermeisterin fröhlich zu. Sie trug einen ausgebleichten mexikanischen Bauernponcho, einen sandfarbenen Rock und Ledersandalen, dazu indianische Silberohrringe mit dicken Türkissteinen. Ihr Aufzug entsprach keinesfalls der gängigen Mode in Longstreet. Ein bißchen *zu* zigeunerhaft vielleicht...

»Ich habe uns ein leichtes Mittagessen vorbereitet«, flötete LuEllen. »Ein paar Salate. Dazu einen Schluck Weißwein. Kidd, bitte komm auch dazu. Du bist jetzt schon seit Stunden da oben, die Sonne schmilzt dir noch dein Gehirn weg.«

Dessusdelit verschwand in der Kabine. Ich packte meine Sachen zusammen und stieg nach unten.

»Ich brauche als erstes eine Dusche«, sagte ich zu den beiden. Im Vorbeigehen nahm ich die Weinflasche vom Tisch. »Bin sofort zurück. Bitte fangen Sie doch schon an.«

Ich schloß mich in der Duschkabine ein, goß etwa ein Viertel des Weines in den Ausguß, nahm einen Schluck, gurgelte damit und spuckte ihn wieder aus. Dann duschte ich und ließ mir Zeit dabei. Als ich ins Wohnzimmer zurückkam, waren die beiden schon fast mit dem Essen fertig.

»LuEllen hat mir erzählt, Sie seien ein Tarotexperte, Mr. Kidd«, zirpte Dessusdelit erwartungsvoll. Sie erinnerte mich an einen Spatz mit Raubvogelkrallen.

»Ich beschäftige mich manchmal mit dem Tarot, das stimmt, aber ich glaube nicht an irgendwelche mystische oder magische Interpretationen. Tarot ist für mich ein rein wissenschaftliches Hilfsmittel.«

»Das sagt er immer«, schnaubte LuEllen verächtlich. »Dabei kommt bei seinen sogenannten wissenschaftlichen Legebildern kaum was raus; wenn er sich aber dann doch mal zu einer mystischen Befragung herabläßt, ergibt das immer einen Sinn.«

»Das ist sehr interessant«, sagte Dessusdelit und sah mich herausfordernd an. »Ich dachte bisher immer, Tarot bringt nichts, wenn die Person, die sich damit beschäftigt, es nicht ernsthaft tut.«

»Oh, Kidd *ist* ernsthaft, wenn er sich damit beschäftigt«, sagte LuEllen eifrig, ehe ich reagieren konnte. »Er gibt es nur nicht zu.

Wissen Sie, er hat sich am College hauptsächlich mit Naturwissenschaften befaßt, und das hat ihn verdorben. Er hat geradezu Angst davor, an etwas zu glauben, was nicht auf wissenschaftlichen Grundlagen beruht. Dabei weiß er es inzwischen besser...«

»Stimmt das, Mr. Kidd?«

»Ich überlasse LuEllen die tiefenpsychologische Deutung meiner Persönlichkeit, Mrs. Dessusdelit«, spöttelte ich. Dann goß ich mir ein weiteres Glas Wein ein und prostete ihr zu. »So gefällt mir ein Mittagessen«, sagte ich und trank einen kräftigen Schluck. Imagepflege...

Ein Anflug von Mißbilligung zeigte sich in ihren Zügen, aber sie war eine Südstaatlerin; dort pflegen die Männer zu trinken, und die Frauen schweigen dazu.

Nach dem Essen räumte LuEllen den Tisch ab, und ich sorgte dafür, daß die Bürgermeisterin sich in den Sessel mit dem Rücken zu den Bugfenstern setzte. Ich machte es mir in einem Schaukelstuhl im hinteren Teil des Zimmers bequem. LuEllen holte ihre Kristallkugel. Sie war ein Prachtstück, ein echter alter Kristall mit einem Durchmesser von etwa fünfzehn Zentimetern. Wir hatten die Kugel für teures Geld in einem Antikladen in Minneapolis gekauft. Am Tag danach, als wir zur Erprobung des Bootes auf dem Fluß unterwegs waren, hatte LuEllen sie auf dem Tisch im Wohnzimmer liegengelassen, und ich hatte mich im Jonglieren mit der Kugel, einer Garnrolle und einer großen Schneckenmuschel geübt. Als LuEllen zurückkam, war sie blaß geworden und hatte mir die Kugel aus der Luft weggeschnappt. Meine Jonglierübung wurde natürlich abgebrochen.

»Weißt du nicht mehr, was uns das Ding gekostet hat?« hatte sie mich angefaucht. »Wie kann man nur so einen Blödsinn machen.«

»Sie ist sehr alt«, sagte sie jetzt mit dunkler, belegter, ehrfürchtiger Stimme zu Dessusdelit und holte die Kugel aus ihrem Samtbeutel. Mit einer feierlichen Geste reichte sie sie der Bürgermeisterin. »In unserer Familie gibt es ein Gerücht, wir hätten aus alter Zeit Zigeunerblut in den Adern, und die Kugel stamme von diesen Ahnen. Ob da was dran ist, weiß ich natürlich nicht...«

»Mein Gott, ist die schwer«, sagte Dessusdelit und wog die Kugel in der Hand. Der Kristall war zu einer perfekten Kugel geschliffen, aber im Inneren zeigte er ein verwirrendes, vielfarbiges geologisches Muster aus Einschlüssen und winzigen Rissen, und selbst bei nur geringem Lichteinfall glitzerte und sprühte ein Regenbogen aus ihr heraus.

»Entspannen Sie sich, und umschließen Sie die Kugel mit Ihren Händen«, sagte LuEllen.

»Wie wunderschön sie ist! Und wieviel Farben in ihr glitzern!«

»Versuchen Sie, Ihre rationalen Gedanken abzuschalten. Konzentrieren Sie sich ganz auf das Spiel der Farben in der Kugel. Achten Sie auf grüne Farbtöne. Sie bedeuten Gelegenheiten, Möglichkeiten in der Zukunft. Rot bedeutet Gefahr, Konflikte. So hat es mich meine Großmutter gelehrt...«

»Ja«, sagte Dessusdelit nur und starrte fasziniert in die Kugel.

»Gelb hat etwas mit materiellem Wohlstand zu tun, Blau bedeutet Friede, Ruhe; Schwarz ist... Tod und Verderben... Orange steht für Wärme, Vergnügen, im guten Sinn des Wortes auch für Aufregung. Ich habe zum Beispiel sehr viel Orange in der Kugel gesehen, als wir uns auf den Weg den Fluß hinunter machten. Diese Reise ist etwas Neues für mich, wirklich aufregend...«

»Wunderbar«, murmelte Dessusdelit. Sie drehte die Kugel in den Händen. »Im Augenblick sehe ich noch nicht besonders viel. Wenn ich näher bei den Fenstern sitzen könnte...«

»Nein, nein, bleiben Sie, wo Sie sind«, sagte LuEllen fast zu hastig. »Wir haben Ihnen nicht umsonst den bequemsten Sessel gegeben. Sie müssen sich entspannen können. Warten Sie ab, wenn Sie die geistige Fähigkeit haben, werden Sie die Farben immer besser erkennen können...«

Und dann trat LuEllen auf den kleinen Schalter, den ich unter dem Teppich montiert hatte, und setzte den Laser in Gang. Er war ein kleines Gerät mit einer Leistung von zweihundert Watt. Sein Strahl war dünner als eine Spinnwebe und absolut unsichtbar. Ich hatte ihn im Schlafzimmer installiert und nach vielen

Proben auf die Stelle fixiert, wo sie die Kugel halten würde. Als der Strahl auf die Kristallkugel auftraf, durchzuckte sie ein fluoreszierendes Leuchten wie das pulsierende Aufflammen eines Nordlichtes. Ich konnte von meinem Platz aus die Kugel nicht sehen, aber ich wußte von unseren Proben, wie es aussah, wenn der Laser auf die Kugel traf. Dessusdelit zuckte zusammen und hielt den Atem an. Es hatte also geklappt.

»Ich ... Gerade habe ich was ... gesehen«, stammelte sie.

»Das habe ich bei Ihnen auch nicht anders erwartet«, schmeichelte LuEllen. »Schon bei unserem Treffen im Restaurant habe ich mir gedacht, daß Sie die geistige Kraft dazu hätten. Konnten Sie denn eine dominierende Farbe erkennen?«

»Nun ...« Sie drehte die Kugel in der Hand. »Nun, da war ... Grün.«

»Wunderbar! Gelegenheiten. Möglichkeiten. Vielleicht bedeutet es, daß Sie jetzt die Möglichkeit haben, Ihr psychisches Ego in all seinen Tiefen zu entdecken«, jubelte LuEllen. Wenn Sie nur nicht zu dick auftrug ...

»Bedeutet es das im allgemeinen?« Sie war fasziniert. Wir hatten sie an der Angel.

»Es bedeutet Möglichkeiten im weitesten Sinne. Oft auch banale finanzielle Möglichkeiten, ehrlich gesagt. Aber in Ihrem Fall ... Oder erwarten Sie Geld ... eine Erbschaft vielleicht?«

»Nein, nein, nichts Besonderes. Eher das Gegenteil ... Es hat vor kurzem ein paar Probleme in der Stadt gegeben ...«

»Dann ist es sicher eher eine geistige Sache ... Die Möglichkeit, daß Sie sich selbst erkennen«, sagte LuEllen und überhörte den Hinweis auf die Einbrüche. Dann trat sie wieder unauffällig auf den Laserknopf.

»Da ist es wieder«, rief Dessusdelit aufgeregt. »Viel Rot ... Und, mein Gott, ich spüre die vibrierende Kraft in der Kugel ... Und ich meinte, ich hätte ...«

»Ja, was?« hakte LuEllen nach, als sie zögerte.

»Ich meinte, ich hätte ... das Gesicht meiner Mutter gesehen ... Sie ist vor zehn Jahren von mir gegangen ... Ist es möglich, daß ich ihr Gesicht in der Kugel gesehen habe?«

»Alles ist möglich, wenn man die geistige Kraft dazu hat. Und die richtige Kugel.«

Ich schaltete mich ein. »Das ist nichts für mich. Viel zu mystisch, fürchte ich. Ich lasse Sie beide allein und gehe wieder aufs Oberdeck.«

»Das wäre wohl am besten«, sagte LuEllen mit verträumter Stimme. »Ich glaube, Chenille und ich haben noch einiges zu tun... Rot, sagten Sie? Rot bedeutet Gefahr...«

Sie machten noch eine ganze Stunde weiter. Ich hatte mich wieder in meine Malerei vertieft, verfluchte den Kerl, der die Fischerboote so giftig-olivgrün angestrichen hatte, und nippte an einer Bierdose. Dann wurde unten die Tür aufgestoßen, und LuEllen rief zu mir herauf: »Kidd, kommst du mal runter? Chenille bittet dich, ihr doch mal ganz kurz die Tarotkarten zu legen.«

»O Gott«, murrte ich. Ich wollte ihr den Tarot nicht aus dem Stegreif legen; mein Spiel mußte vorbereitet werden, damit das dabei herauskam, was *ich* wollte. »Das wäre... Ich fühle mich im Moment gar nicht danach...«

»Drängen Sie ihn nicht«, hörte ich Dessusdelits Stimme aus dem Zimmer. Aber sie klang enttäuscht.

»Na ja, vielleicht nur eine kleine Kostprobe. Würde Ihnen das reichen?« rief ich laut.

»Ja, sicher«, rief sie zurück.

Ich stieg die Leiter runter und holte meine polnische Holzschachtel. Ich setzte mich zu ihr an den Tisch, wickelte das Spiel aus dem Samttuch und mischte. Siebenmal. Das hat nichts mit Mystizismus zu tun; die gute alte *New York Times* hat einmal in ihrer wissenschaftlichen Beilage einen Bericht gebracht, aus dem hervorging, daß siebenmaliges Mischen die bestmögliche Zufallsverteilung der Karten ergibt. Dann strich ich den Kartenstapel auseinander und sah sie an.

»Kennen Sie sich mit Tarot aus?« fragte ich, ehe sie eine Karte zog.

»Nur wenig«, antwortete sie scheu.

»Ich möchte Sie warnen. Wenn Sie den *Tod* ziehen, bedeutet das nicht Unheil oder Sterben. Es heißt nichts anderes als Veränderung, nicht einmal unbedingt zum Schlechten, oft auch zum Guten. Ich sage das immer vorher, damit nicht eines Tages jemand die Todkarte zieht und dann vor Schreck tatsächlich einen Herzschlag bekommt und vom Stuhl fällt...«

»Ich weiß das mit dem *Tod*«, sagte sie. Dann zog sie eine Karte, hielt sie einen kurzen Moment in der Hand und drehte sie schließlich um.

Die Herrscherin. Ich lehnte mich erstaunt und verwirrt zurück. »Haben Sie schon oft mit Tarot zu tun gehabt?« fragte ich dann.

»Erst ein paarmal.«

»Welche Karte haben Sie dabei als Signifikator ausgewählt? Als Karte, die Sie repräsentiert? Die Herrscherin?«

»Nein, nein. Normalerweise wähle ich die *Königin der Kelche.*«

»Sie entspricht in der Kleinen Arkana der Herrscherin aus der Großen Arkana«, erklärte ich und wies mit dem Zeigefinger auf die Herrscherin. »Eine Analogie. Interessant. Vielleicht unterschätzen Sie sich selbst. Jedenfalls, die Herrscherin bedeutet Erfolg, Erreichen eines Zieles, das Sie sich gesteckt haben. Bei einem Vorhaben, das unter Ihrer Leitung steht. Okay, aber wir dürfen nicht vergessen, wir machen hier ja nur eine Art Kostprobe, nicht wahr?«

»Ja, es ist nur eine Kostprobe«, bestätigte sie lächelnd.

»Okay. Und ich möchte Ihnen noch mal sagen, daß ich an dieses mystische Zeug nicht glaube.« Und wenn ich daran glauben würde, dachte ich, dann hätte ich ihr als Signifikator bestimmt nicht die *Herrscherin*, nicht einmal die *Königin der Kelche* zugeordnet. Ich schob die Karten zusammen und verpackte sie wieder in der Holzschachtel.

»Nun, jedenfalls danke ich Ihnen.« Sie nahm ihre Handtasche und verabschiedete sich von mir.

»Wenn Sie ernsthaft interessiert sind...« Ich warf ihr schnell noch diesen Köder zu.

»Das bin ich«, sagte sie und sah mich an.

»Ich bin morgens für so was am besten zu haben. Ehrlich gesagt, ich trinke... ganz gern ein paar Bierchen, verstehen Sie, und der Alkohol steht der Konzentration auf die geistigen Zusammenhänge doch ziemlich im Wege...«

»Ich dachte, Sie glauben nicht an die mystischen oder magischen Auslegungen des Tarot«, sagte sie und lächelte amüsiert.

»Nun...« Ich hob die Schultern. »Sie haben mich erkannt, fürchte ich.«

»Kommen Sie doch morgen wieder«, schaltete sich LuEllen ein. »Um zehn Uhr am besten. Kidd kann Ihnen dann mal ein richtiges Befragungssystem mit dem Tarot legen, und ich arbeite wieder ein bißchen an der Kugel mit Ihnen. Und Sie könnten mir dann auch ein paar Tips geben, wo man in Longstreet am besten zum Shopping geht.«

»Ja, gerne.« Sie sah mich an und schüttelte leicht den Kopf. »Die Herrscherin...«

»Es war nur eine Kostprobe, denken Sie daran.«

Wir sahen ihr nach, wie sie die Treppe zum Damm hinaufging. LuEllen legte die Hand über die Augen, um nicht von der Sonne geblendet zu werden. Schließlich verschwand die Bürgermeisterin jenseits der Dammkrone. »Wie hast du Schlitzohr das hingekriegt?« fragte LuEllen. »Ihr die Herrscherin unterzujubeln?«

»Das war kein Trick«, antwortete ich.

Später, während ich den Computer wieder aufbaute und in Gang setzte, ging LuEllen zu einem Gemüseladen und traf dabei Lucius Bell, den Farmer, den wir im Restaurant getroffen hatten und der eines meiner Bilder besaß.

»Er hat uns eingeladen, heute abend zu ihm zu kommen«, berichtete LuEllen, während sie ihren Einkauf im Kühlschrank verstaute. »Nach dem Essen. Zu Whiskey und ›Branch‹, was immer das auch heißt...«

»Wasser«, erklärte ich.

»Aha.« Sie schloß die Tür des Kühlschranks und streckte sich wie eine Katze, was sie immer tut, wenn sie besonders sexy wirken will. »Der Junge turned mich ganz schön an. Könnte mir gefährlich werden...«

»Und du ihm auch? Was meinst du?«

»Könnte durchaus sein«, sagte sie und grinste. »Jedenfalls, er hat wunderschöne Augen, kräftige Schultern...«

»Und zieht Weiberwäsche an und schminkt sich die Lippen, wenn er allein zu Hause ist. Oder treibt's mit dem Vieh auf seiner Farm«, unterbrach ich sie grob. War ich etwa eifersüchtig?

»Nicht mein Lucius«, säuselte sie und bemühte sich um die gezierte Sprechweise der Südstaatler.

»O Herr, warum nur...«, stöhnte ich und schaute zur Decke. »Warum hast du uns mit der Erschaffung der Frauen gestraft? Reichte die Beulenpest nicht aus? Die Atombombe...?«

Wir alberten herum. Aber irgend etwas nagte in mir. Und auf dem Weg zu Bells Haus bemerkte ich beunruhigt, daß LuEllen sich besonders hübsch gemacht hatte...

Ich hatte *Sonnenaufgang beim Josie-Harry-Leuchtfeuer, Flußkilometer 719,5* vor fünf Jahren gemalt. In ungefähr zwanzig Minuten, wenn ich mich richtig erinnere, unbequem auf einer Sandbank im Fluß kauernd, zu der ich mit einem gemieteten Ruderboot gefahren war. In den vergangenen Jahren bin ich ziemlich viel auf dem Fluß herumgefahren, wenn auch nie so komfortabel wie auf der *Fanny*. Früher meistens auf kleinen Fünfmetermotorbooten oder sogar Ruderbooten und Kanus. Dann mit meinem eigenen Boot...

Josie Harry war trotz der kurzen Entstehungszeit eines meiner guten Bilder. Als ich in Bells Wohnzimmer kam, fiel es mir sofort ins Auge. Es hing an einer weißgetünchten Wand zwischen zwei eingebauten Bücherschränken.

»Sehr schön«, sagte ich. »Wo haben Sie den Rahmen her? Von der Galerie?«

»Nein, ich habe es hier in der Stadt rahmen lassen.«

»Gute Arbeit. Paßt prima zu dem Bild.«

Ich schaute mir das Bild noch einmal Zentimeter für Zentimeter an. LuEllen und Bell gingen inzwischen ins Kaminzimmer.

Ich hörte ihr fröhliches Geplauder. Sie mochten sich, das sah man auf den ersten Blick, aber ich war nicht besonders beunruhigt. LuEllen hatte, wie ich selbst ja auch, einen Hang zur Abwechslung in ihren sexuellen Beziehungen – von »Liebschaften« oder ähnlich sentimentalen Verbindungen wollen wir gar nicht erst reden –, aber sie wußte genau, wann sie sich das leisten konnte. Sie würde dadurch niemals ein laufendes Projekt und damit ihre und meine Sicherheit gefährden. Nun ja, ein leiser Stachel blieb...

»Zufrieden, daß ich nichts Schlimmes mit Ihrem Bild angestellt habe?« fragte Bell, als ich mich zu ihnen setzte. Er war ein netter Kerl, das mußte ich zugeben, und diese Meinung wurde nicht dadurch beeinflußt, daß er eines meiner Bilder gekauft hatte und es offensichtlich zu schätzen wußte.

»Ich bin sehr zufrieden, geradezu erfreut, wie Sie mein Bild akzeptiert und in den Mittelpunkt Ihrer Wohnung gerückt haben«, sagte ich und deutete zum Wohnzimmer hinüber. »Ein guter Platz, gutes Licht, geschützt vor der Sonne. Wenn alle Käufer meiner Bilder diese so behandeln...«

»Ein pensionierter Richter in der Stadt wollte es mir abkaufen. Für fünfhundert Dollar mehr, als ich dafür bezahlt habe.«

»Sagen Sie ihm, er soll sich ein anderes von mir kaufen.«

Er nickte ernst. »Hab' ich getan. Er sagte, das würde er machen. Weiß nicht, ob er's inzwischen getan hat. Kommt aber oft genug nach N'Orleans.«

Wir tauschten noch ein paar Freundlichkeiten aus, bis ich die Unterhaltung auf den Fluß und schließlich auf die Brücke lenkte. Jetzt wurde es sehr ernst.

»Diese Arschlöcher bei den Behörden – entschuldigen Sie den Ausdruck, LuEllen, aber ich drehe fast durch, wenn die Sprache drauf kommt – unterstützen uns in dieser Sache überhaupt nicht. Sind taub auf beiden Ohren. Sehn Sie, die Leute auf der anderen Seite des Flusses sagen: ›Zum Teufel, wenn wir den Neubau einer Brücke unterstützen und mitfinanzieren, dann gehen unsere Leute über die Brücke und geben auf der anderen Seite, in Longstreet, ihr Geld aus.‹ Und die Leute auf dieser Seite sagen:

›Wieso sollen wir eigentlich die finanzielle Hauptlast für den Neubau einer Brücke tragen?‹ So geht's hin und her, die Behörden des Staates rühren keinen Finger, und so passiert seit Jahren in dieser Frage gar nichts. Ich bin stocksauer, das kann ich Ihnen sagen.«

»Wie kommt das?« fragte LuEllen. Sie hatte sich inzwischen schon ein wenig Südstaaten-Ausdrucksweise zugelegt. »Wieso?« hätte schließlich auch genügt.

»Ich bin Farmer, wie Sie wissen. Mein Land liegt hauptsächlich drüben auf der anderen Seite des Flusses. Bevor die Brücke eingestürzt ist, habe ich meine Bohnen über die Brücke zu den Silos hier in Longstreet gebracht, und von dort wurden sie über den Fluß weitertransportiert. Seitdem es die Brücke nicht mehr gibt, muß ich die Bohnen über eine Strecke von vierzig Meilen in Lastwagen zu den Silos auf der anderen Flußseite transportieren. Achtzig Meilen hin und zurück eine Fahrt, und früher waren's fünf. Die Unkosten – Zeitaufwand, Sprit, Verschleiß der LKWs – sind entsprechend höher, verstehen Sie? Fast fünfzehnmal höher... Das war der Hauptgrund, weshalb ich mich um einen Sitz im Stadtrat beworben und es gottlob ja auch geschafft habe... Es tat sich nichts mit der Brücke... Verfluchtes Gesindel im Stadtrat, die wollten wohl für sich selber noch 'n paar Vorteile rausschlagen, was weiß ich... Jedenfalls bin ich jetzt drin, glaubte, ich könnte die Sache vorantreiben, aber Pustekuchen, ich schaff's nicht, ich krieg die Typen nicht auf meine Seite...« Er nahm einen großen Schluck von seinem Bourbon und stand auf, um uns nachzugießen.

»Was passiert denn, wenn es tatsächlich in absehbarer Zeit keine Brücke gibt? Für Sie persönlich, meine ich?« fragte LuEllen.

Er hob die Schultern. »Sehn Sie, in einem guten Jahr habe ich früher eine Menge Geld verdient. In einem mittleren Jahr war's noch ganz ordentlich, und in einem schlechten Jahr ging's gerade so auf. Jetzt ist es so, daß ich in einem guten Jahr noch einen kleinen Profit mache, in einem mittleren Jahr gerade so über die Runden komme, manchmal aber auch schon nicht mehr. Und in einem schlechten Jahr geht's mir dreckig. Ich sacke in die Miesen ab. Kann ich kaum mehr aufholen... Ich kann so nicht weitermachen. Jedenfalls nicht auf längere Sicht. Wir hatten, Gott sei Dank, jetzt ein paar gute Jahre, im Norden gab's wegen der anhaltenden Dürre große Ernteausfälle, und das hat den Preis hochgehalten. Aber ein schlechtes Jahr kann ich kaum verkraften, und solche Jahre folgen ja oft aufeinander...«

»Könnte man denn nicht eine Fähre einrichten?« fragte ich.

»Nein. Das geht meilenweit nicht. Wegen des Verlaufs der Dämme. Nichts als Sümpfe auf der anderen Seite. Es gibt keine Straßen. Müßten zusätzlich gebaut werden. Wäre fast teurer als 'ne Brücke. Ich allein könnte das auf keinen Fall finanzieren...«

Die Brücke blieb das Thema für den Rest des Abends...

»Ein wirklich netter Mann«, sagte LuEllen auf dem Rückweg. »Aber er hat echt eine Menge Probleme.«

»Aber die sind für uns hilfreich«, sagte ich. »Ohne das Brückenproblem könnten wir unseren Plan nicht durchführen.«

»Das hilft mir nicht, meine Abneigung gegen die ganze Sache zu vergessen.«

Ich schwieg eine Weile. »Aber du magst ihn doch, nicht wahr?« fragte ich dann.

»Ja, stimmt.« Und nach einer Pause: »Macht dir das was aus?«

»Ja. Irgendwie schon. Ein bißchen.«

»Bisher hat dir so was aber nichts ausgemacht.«

»*Bisher.*«

Schweigen. Dann sagte sie: »Hör mal, Kidd, du machst mich irgendwie nervös. Ich meine, du bringst mich echt durcheinander.«

10

Als wir nach Hause kamen, piepste der Computeralarm. Ich stellte den Kontakt zu Bobby her.

Habe On-line-Verbindung gefunden.

Wo?

Tierüberwachung. Tierheim.
Hundefänger?
Ja. Nummer stimmt. Alte Trägerfrequenz.
Danke. Werde checken. Kannst Du Verbindung überwachen
und Zugangscode rauskriegen?
Ja. Rufe zurück.

Ich ging zum Telefon und wählte Marvels Nummer. John kam
an den Apparat.

»Seid ihr fertig?« fragte ich.

»Alles klar. Ich geh rein, sobald sie aufmachen. Mary Wells
parkt ihr Auto immer auf dem Parkplatz neben dem Rathaus.
Wenn du einen Fensterplatz im Café »Kaffeeklatsch« kriegst – es
heißt wirklich so, deutscher Name, kennst du es? –, ungefähr um
zehn vor neun, kannst du sie auf den Parkplatz fahren sehen.
Roter Ford. Sie kommt meistens zwischen fünf nach und Viertel
nach neun dort an. Du brauchst einfach nur hinter ihr herzuge-
hen. Ich bin dann schon oben.«

»Noch mal, der Flußatlas kostet zwölf Dollar?«

»Ja. Du mußt ihr einen Zwanziger geben, besser noch einen
Fünfziger. Ich nehme an, sie muß den Safe sowieso aufmachen,
aber sicher ist sicher. Bei 'nem Fünfziger muß sie auf jeden Fall
an die Kasse im Safe.«

»Okay. Und du hast die Kamera überprüft? Auf die richtige
Entfernung eingestellt?«

»Ich habe x-mal geprobt, und bevor ich losgehe, überprüfe ich
noch mal alles. Vor allem auch die Funksteuerung ... Und daß
das kleine Loch oben in der Aktentasche vor der Linse frei
ist ...«

»Denk an die Handgriffe ...«

»Hab' ich mit 'nem Klettverschluß festgemacht. Können nicht
zufällig vor die Linse rutschen ... Und wenn wir fertig sind, gehe
ich gleich zu diesem Mr. Brown und rede mit ihm über den
Landkauf.«

»Okay. Wir sprechen morgen früh darüber. Kann ich mit
Marvel sprechen?«

Sie mußte neben ihm gestanden haben, denn sie war sofort am Apparat.

»Ist alles klar?« fragte sie.

»Bobby sagt, es muß einen Computer im Tierheim geben. Wahrscheinlich in Hills Büro. Ballem hat eine Standleitung dorthin und ruft immer wieder irgendwelche Daten aus dem Computer dort ab. Habt ihr einen eurer Leute draußen im Tierheim?«

»Da gibt's ein Mädchen, an das ich mich wenden könnte... Aber ich weiß nicht, ob wir ihr trauen können...«

»Ich werde versuchen, mit Bobbys Hilfe von hier aus an die Daten ranzukommen, aber wenn das nicht klappt, müssen wir ins Tierheim rein. Wäre prima, wenn du uns wieder die Schlüssel besorgen könntest...«

»Ich weiß nicht... Das Mädchen ist wirklich nicht zuverlässig...«

»Ist sie Sekretärin bei Hill? Oder was macht sie im Tierheim?«

»Sie ist Hills Bumsfreundin. Das ist alles...«

»Ach du große Scheiße...«

»Ist keine Liebesaffäre. Sie kriegt Geld dafür...«

»Okay, red mal mit ihr. Aber ganz vorsichtig. Sie darf nicht mal ahnen, was wir vorhaben.«

»Ich denk mir was aus. Irgendeine Story.«

»Noch mal, Marvel, sei um Himmels willen vorsichtig! Hill ist sehr gefährlich. Wenn das Mädchen Fragen stellt, laß sie bitte in Ruhe. Wir versuchen dann, ohne Hilfe ins Tierheim reinzukommen.«

LuEllen gefiel die Sache nicht. »Wenn zu viele Leute wissen, daß wir in einem bestimmten Haus einen Bruch machen wollen, dann ist unsere Sicherheit in Gefahr. Weißt du, wie es in den Frauengefängnissen in diesen verdammten Südstaaten aussieht? Ich bin nicht scharf drauf, daß sich irgendein lesbisches Zweizentnerweib drei bis fünf Jahre lang an mir vergreift.«

»Wenn wir auch nur den geringsten Zweifel daran haben, daß die Sache nicht sauber ist, lassen wir's bleiben«, beruhigte ich sie. »Wir machen morgen mal eine Erkundung. Gleich nach unserer Sitzung mit der Bürgermeisterin.«

»Das Tierheim liegt ziemlich einsam da draußen. Wir fallen auf, wenn wir uns dort rumtreiben.«

»Nein. Ich habe mir die Lage auf der Karte angesehen. Das Tierheim liegt direkt am Fluß. Wir fahren mit der *Fanny* ein Stück den Fluß runter und schauen uns durch die Ferngläser alles genau an, und auf der Rückfahrt dann noch mal.«

Am nächsten Morgen machten wir uns rechtzeitig auf den Weg zum »Kaffeeklatsch«. Es war warm und feucht, noch recht angenehm, aber man spürte schon, daß ein unerträglich heißer Tag bevorstand. Auf dem Fluß würde man es noch am ehesten aushalten können. Wir bekamen den gewünschten Fensterplatz und vertrieben uns die Zeit mit Kaffee und Käsebrötchen.

»John«, sagte LuEllen, und ich schaute aus dem Fenster. John ging gerade die Treppe zum Rathaus hinauf, in der Hand die Aktentasche. Er trug denselben Anzug wie im Holiday Inn. Er sah gut aus.

Zehn Minuten später meldete LuEllen: »Da kommt sie. Laß uns gehen.«

Ich bezahlte, und wir gingen nach draußen. Wir waren nur etwa zwanzig Minuten in dem Café gewesen, aber man spürte, daß es draußen heißer und stickiger geworden war. Drüben auf dem Parkplatz stieg Mary Wells gerade aus ihrem Wagen. Wir schlenderten bis zur Ecke, warteten ein paar Autos ab, überquerten die Straße und gingen dann die Treppe zum Eingang des Rathauses hinauf. Mary Wells war inzwischen etwa zehn Meter vor uns.

»Sender eingeschaltet?« fragte ich.

»Ja, gerade eben.« LuEllen hatte den Sender in ihrer Schultertasche. In der Eingangshalle blieben wir einen Moment stehen und taten so, als ob wir uns am Wegweiser orientieren müßten. Dann gingen wir hinter Mary Wells her zum Büro des Stadtschreibers im ersten Stock.

»Das wird wieder ein schrecklich heißer Tag«, sagte sie gerade zu einer anderen Frau, die im Vorraum hinter einem Schalter saß, als wir hereinkamen. John stand vor einem Tisch an einer der

Seitenwände und blätterte einen Band mit Lageplänen durch. Wells hob fragend die Augenbrauen und nickte unmerklich zu John hinüber, aber ihre Assistentin zuckte nur die Schultern. Johns Aktentasche lag neben ihm auf dem Schalter, mit der Oberkante schräg auf den Safe gerichtet. Ich war zufrieden...

»Kann ich Ihnen helfen?« fragte die Assistentin und sah an Wells vorbei auf LuEllen und mich. Ihr Blick blieb an mir hängen.

»Ja. Man hat mir gesagt, Sie hätten hier die Navigationskarten für den Mississippi. Diese Karten von den Flußpionieren...«

»Den Flußatlas? Ja, natürlich...«

Wells ging inzwischen durch eine hölzerne Schwingtür hinter den Schalter und verschwand durch eine Glastür in ihrem Büro. Die Assistentin zog eine Schublade auf und holte den Atlas heraus. »Macht zwölf Dollar. Netto. Keine Steuer drauf, weil's 'ne staatliche Publikation ist.«

»Großartig«, grinste ich sie an. Ich kramte in meiner Brieftasche und hielt ihr dann einen Fünfziger hin. »Tut mir leid, ich hab's nicht kleiner.«

»Macht nichts. Dauert aber 'ne Minute.«

Sie ging zur Tür von Wells Büro, klopfte an, öffnete sie einen Spalt und sagte: »Ich muß an die Kasse.« Wells kam in den Vorraum und ging zum Safe. LuEllen steckte ihre Hand in die Schultertasche. Mary Wells drehte die Kombinationsscheibe und stellte sorgfältig jede einzelne Zahl ein. Dann zog sie die schwere Tür auf und holte eine Blechkassette aus dem Safe. Wir bekamen unser Wechselgeld, und zwei Minuten später standen wir wieder auf der Straße.

»Okay?« fragte ich.

LuEllen zuckte die Schultern. »Scheint so. Sicher bin ich nicht. Wir müssen uns erst mal den Film ansehen. Sie hat die Zahlen langsam genug eingestellt. Wenn die Kamera funktioniert hat, ist alles okay.«

Kurz vor zehn waren wir zurück auf der *Fanny*. Das Telefon klingelte, als wir ins Wohnzimmer kamen. John.

»Es hat geklappt. Wenn die Kamera richtig ausgerichtet war,

und der Teufel soll mich holen, wenn ich das vermasselt habe, dann haben wir die Zahlen. Der Film hat jedenfalls viermal weitertransportiert.«

»Prima«, sagte ich. »Wir ziehn jetzt die Show mit der Dessusdelit ab, dann machen wir eine kleine Flußfahrt. Bis heute abend im Holiday Inn.«

Als Dessusdelit auf der Dammkrone auftauchte, sagte ich zu LuEllen: »Sie kommt. Du weißt, was du zu tun hast, nicht wahr?«

»Ja doch. Wenn sie abgehoben hat und du die Karten in die Hand nimmst, rufe ich: ›Was ist denn mit der Kugel los?‹ Richtig?«

»Okay. Wenn ich das Spiel in die Hand *genommen habe,* ist es noch besser. Und du mußt deiner Stimme einen besonderen Klang geben – ehrfürchtiges Staunen, verwundertes Entzücken oder so was. Alice im Wunderland. Du weißt, was ich meine. Aber übertreib's nicht. Sie muß auf jeden Fall den Kopf zu dir rumdrehen. Ich bin nicht gut bei solchen Tricks, und nur kurz zu dir rübergucken reicht nicht... Vielleicht hältst du die Kugel einfach in einen Sonnenstrahl. Ja, so machen wir's.« Ich nickte zu einem Sonnenstrahl hinüber, der durch einen Spalt der Jalousie am Bugfenster fiel.

»Okay.«

Ich stellte mich unter die Dusche. Das Wasser drehte ich nicht zu stark auf, damit ich hören konnte, was im Wohnzimmer gesprochen wurde.

»Herzlich willkommen«, säuselte LuEllen, und Dessusdelit säuselte ein paar Freundlichkeiten zurück. LuEllen führte sie zu dem Sessel, in dem sie auch das vorige Mal gesessen hatte.

Während mir das kalte Wasser wohltuend über den Körper lief, gab LuEllen der Bürgermeisterin die Kristallkugel »zum Anwärmen« in die Hände. Von der weiteren Unterhaltung konnte ich nicht viel verstehen. Schließlich stieg ich aus der Dusche, zog mich an, ging ins Wohnzimmer und begrüßte die Bürgermeisterin. Sie trug ein helles Sommerkleid und flache beige Schuhe. Trotz der freundlichen Farben ihrer Kleidung, sah sie wieder aus wie ein Spatz mit Raubvogelkrallen, gefährlich, gespenstisch, ein verunsicherter Habicht, der nervös hin und her schaut, als ob sich jeden Moment ein Raubtier auf ihn stürzen könnte. Sie drehte die Kristallkugel in den Händen und starrte dann konzentriert in sie hinein.

»Bist du bereit für Tarot?« fragte LuEllen.

»Ja, ich denke schon«, sagte ich und gähnte, um meine grundsätzliche Skepsis erneut zu demonstrieren.

Dessusdelit kannte sich mit Tarot aus, und wir konnten ihr deshalb mit einer falschen Auslegung nicht das unterjubeln, was wir wollten. LuEllen beschäftigte sie weiterhin mit der Kugel, während ich meine Tarotkarten aus der Schublade holte. Es gibt Hunderte von unterschiedlich gestalteten Tarotspielen, aber mein Rider-Waite-Spiel ist in den USA am weitesten verbreitet, und man kann es in allen Esoterik-Läden kaufen. Das war ein Vorteil, denn als ich ein identisches Spiel brauchte, hatte ich keine Probleme, eines aufzutreiben. Dieses zweite Spiel hatte ich in der Kartenschachtel mit festem Klebeband unter dem Tisch befestigt.

»Es ist erstaunlich«, sagte LuEllen, als ich mich der Bürgermeisterin gegenüber an den Tisch setzte. Mein rechtes Knie berührte die Kartenschachtel mit dem sorgsam vorbereiteten zweiten Spiel. »Wirklich erstaunlich«, fuhr LuEllen fort, »wir haben Mrs. Dessusdelit an einem Scheideweg ihres Lebens kennengelernt. An einem *kritischen* Punkt. Wenn sie die Kugel in den Händen hält, strahlt sie auf wie ein Christbaum: Geld und gefährliche Wagnisse...«

Sie machte eine kunstvolle Pause. Runzelte die Stirn, als ob ihr gerade eine neue Idee in den Sinn käme. »Eine Romanze...?« Sie strahlte Dessusdelit an. »Könnte der Fluß der Farben und ihre Intensität auf eine Romanze hindeuten?«

Dessusdelit errötete wie ein Schulmädchen. »Nun, ich würde sagen... nein, da ist nichts...«

»Es könnte auch was Böses sein, so wie die Sache steht«, sagte LuEllen, und ich zuckte zusammen; sie überrascht mich immer wieder. Was sie gerade gesagt hatte, war ein Zitat aus Macbeth, das

Ray Bradbury später als Titel für eines seiner Werke benutzt hatte. Dessusdelit schien es zumindest vom Rhythmus her zu kennen, und ich fragte mich, ob sie Shakespeare oder Bradbury gelesen hatte.

Während Dessusdelit noch über LuEllens Bemerkung nachdachte, blätterte ich das Spiel durch und legte die *Königin der Kelche* aufgedeckt auf den Tisch.

»Ihr Signifikator«, sagte ich. Dann schaute ich LuEllen an. »Mach doch bitte die Blenden ein wenig zu, das grelle Licht stört bei der Konzentration...«

Während LuEllen das tat, legte ich das Spiel ohne den Signifikator umgedreht auf den Tisch und schob es Dessusdelit hin.

»Mischen Sie jetzt. Mindestens siebenmal.« Sie nahm das Spiel in die Hand und mischte. Dann legte sie es quer vor mich hin.

»Möchten Sie nicht abheben?« fragte ich.

»Soll ich denn?«

»Das bleibt Ihnen überlassen. Horchen Sie in sich hinein, und entscheiden Sie sich...«

Sie schloß die Augen, legte die Hand über den Kartenstoß und hob ab.

»Gut«, sagte ich und griff nach dem Spiel.

»Was ist denn mit der Kugel los?« rief LuEllen plötzlich. Als Dessusdelit den Kopf zu ihr umdrehte, glitzerte die Kugel in einem gebündelten Sonnenstrahl wie ein Feuerball.

»Mein Gott«, murmelte Dessusdelit.

»Sie hat sich immer noch nicht von Ihrer Berührung erholt«, sagte LuEllen, und ich fand, das war durchaus eine glaubwürdige Erklärung.

In dem Moment, als sich die Bürgermeisterin umdrehte, vertauschte ich die Spiele. Sie waren absolut identisch, und auch aus dem neuen, in meinem Sinne geordneten Stapel war die »Königin der Kelche« entfernt; es konnte nichts passieren.

Dessusdelit hatte ihre eigene Erklärung für das Phänomen der glitzernden Kugel: »Wissen Sie, woran das liegt?« flüsterte sie heiser, und ihre Augen glänzten vor Aufregung. »Der Tarot. Er hat alle Energien im Raum aktiviert...«

Alle drei starrten wir auf die Karten in meiner Hand. »Das ist ja richtig... unheimlich«, stammelte LuEllen. »Ja«, murmelte auch ich, und das war nicht gelogen. Die Stimme der Bürgermeisterin hatte so intensiv geklungen, daß sich meine Nackenhaare aufstellten.

Ich schüttelte die Anspannung ab und begann mit dem Legesystem, so wie ich die Karten geordnet und mich auf die Interpretation vorbereitet hatte. Die *Herrscherin* kam als erste Karte und bestätigte den Signifikator. Damit war klar, alles, was danach kam, galt *wirklich* für sie, für Chenille Dessusdelit. Sie stöhnte erstaunt und erwartungsvoll, und ich merkte, daß sie mehr vom Tarot verstand, als ich bisher angenommen hatte. Um so besser... Ich legte den Rest des Systems auf. Sie gab noch mehrmals diesen Laut von sich, ein erregtes, atemloses »Mmmh-Mmmh«, und ich hatte Verständnis dafür... Als in die Zukunft weisende Karte deckte ich das *Schicksalsrad* auf, senkrecht ihr zugewandt, es bedeutet Glück. Als Karte für ihr Umfeld lag da die *Königin der Steine*, und das bedeutet Erfolg im Beruf und Vermehrung des materiellen Besitzes. Und als letzte Karte kam die *Zehn der Scheiben*, senkrecht zu ihr. Die Karte des Wohlstandes.

»Mein Gott«, sagte ich, »hier geht etwas vor sich, das ich in dieser Eindeutigkeit noch nie erlebt habe... Glück und Reichtum...«

Dann begann ich mit der Detailinterpretation, und sie nickte mehrmals dazu. Dann streckte sie ungeduldig die Hand nach dem Kartenstapel aus. »Jetzt kommt die Bestätigung für die Zukunft... Ich hoffe nur...«, sagte sie. Und drehte den *Tod* um. Der Tod als schwarzer Ritter auf einem Schimmel.

»Ich habe Ihnen erklärt, daß die Todeskarte nicht unbedingt *Tod* bedeutet«, sagte ich. »Sie zeigt Veränderungen an, vielleicht sogar positive Veränderungen.«

»Ja... Aber es ist ein furchteinflößendes Bild...« Ihre Stimme schwankte.

»Macht *das Bild* Ihnen besonders angst? Ist Ihnen als erstes das schaurige Bild aufgefallen, oder ist Ihnen zunächst seine

Bedeutung, sein philosophischer Hintergrund durch den Kopf gegangen?«

»Nun...«

»Es ist manchmal natürlich erforderlich, zunächst einmal das Bild auf sich wirken zu lassen«, schwadronierte ich weiter. »Wissen Sie, Tarot äußert sich auf verschiedenen Ebenen. Manchmal ist es eine mystische Ebene, die jenseits meiner Fähigkeit zur Interpretation liegt...« Sie starrte mich an, hing an meinen Lippen. »Bei anderen Gelegenheiten ist es das Bild auf der Karte selbst, von dem die Hauptaussage ausgeht...«

»Im ersten Moment sah es für mich sehr bedeutungsvoll aus...«

Natürlich tat es das. So war es ja auch beabsichtigt.

»Dennoch weiß ich nicht, was es bedeutet und was ich dazu sagen soll«, sagte ich mit unüberhörbar zweifelndem Unterton. »Ein dunkler Ritter, ein *schwarzer* Ritter, der auf einem weißen Pferd daherkommt... Das paßt doch gar nicht in unsere Zeit... Und es paßt nicht zu den Karten des materiellen Wohlergehens, die wir vorher für Sie aufgedeckt haben. Aber die *Herrscherin* beim Signifikator... Ich weiß nicht, was ich sagen soll...«

Mein Gott, dachte ich, hoffentlich übertreibe ich nicht. Hinter Dessusdelit biß sich LuEllen auf die Lippen.

Ich nahm die Tod-Karte und legte sie vor Dessusdelit hin. Im Raum herrschte jetzt eine fast unerträgliche Spannung. Dessusdelit saß wie versteinert da und starrte auf die Karte. Dann stieß sie hörbar die Luft aus, schob ihren Stuhl zurück und stand auf. Ihre Augen waren geweitet, der Blick abwesend.

»Ich lasse mal ein bißchen Licht rein«, sagte LuEllen und machte sich an der Jalousie zu schaffen. Sonnenlicht flutete ins Zimmer. »Mein Gott«, murmelte sie dann mit bebender Stimme, »so was wie eben habe ich noch nie erlebt.« Sie sah auf ihre Hände. »Die Kugel hat aufgehört...« Kein Wunder, denn sie schirmte das einfallende Licht mit ihrem Körper ab.

Dessusdelit schaute auf die Kristallkugel. Nickte, als ob das Erlöschen ihres Feuers eine Bestätigung für den eben erlittenen Schrecken wäre.

»Ich brauche jetzt was zum Trinken«, sagte ich. »Mrs. Dessus-delit?«

»Nein, nein, ich gehe jetzt nach Hause und lege mich ein bißchen hin...«

Ein letztes Mal schaute sie auf den schwarzen Todesritter auf dem weißen Pferd. Dann verabschiedete sie sich und ging.

LuEllen grinste mich an. »Das war stark.«

»Ja. Ich hoffe, ich kriege keinen Ärger mit den Tarotgöttern, weil ich ihren Willen so schändlich verfälscht habe.« LuEllen runzelte die Stirn, aber ich beruhigte sie. »Vielleicht haben sie durch mich als Medium ihren wahren Willen zum Ausdruck gebracht. Komm, laß uns losfahren.«

Das Tierheim lag etwa eine Dreiviertelmeile südlich der Bootsstation, am Ende des kleinen Industriegeländes der Stadt. Als wir uns den Fluß hinuntertreiben ließen, kamen wir an den hohen weißen Türmen eines Getreidesilos und einem Anlegeplatz für Lastkähne vorbei, dann an einer Reihe von Lagerhäusern, einem Holzstapelplatz, schließlich an einem kurzen Stück unbebauter, von Büschen überwachsener Uferbänke. Das Gelände des Tierheims war das letzte Anzeichen menschlicher Besiedlung, ehe sich der Fluß nach einer scharfen Biegung dem Blick entzog. Vom Boot aus konnten wir nur die Dächer der Gebäude sehen. Hundegebell drang zu uns herüber, aber sonst war außer dem Tuckern des Motors und dem Plätschern der Wellen am Bug nichts zu hören.

»Verdammte Scheiße», fluchte ich. »Ich hatte gedacht, wir könnten auf das Gelände sehen.«

»Laß uns noch ein Stück den Fluß runterfahren, anlegen und auf diesen kleinen Hügel klettern«, schlug LuEllen vor und zeigte auf eine niedrige, aber steil am Fluß aufsteigende Anhöhe, die die Sicht auf die Gebäude des Tierheims verdeckte. »Wir nehmen das Fernglas mit. Von da oben können wir wahrscheinlich das ganze Gelände übersehen.«

»Gute Idee. Laß uns nach einer Anlegestelle Ausschau halten.« Wir ließen uns noch etwa eine Viertelmeile flußabwärts bis zur Biegung des Flusses treiben. Dort war das linke Flußufer mit Betonplatten verstärkt, man konnte überall gut anlegen. Wir ließen ein paar Gummipuffer zum Schutz des Bootskörpers an der linken Bordwand runter, drehten bei, kletterten die Böschung hoch und machten das Boot an einem dicken Baumstamm fest. Ein schmaler, wenig begangener Pfad verlief auf der Dammkrone in Richtung Stadt. Wir gingen den Pfad entlang, LuEllen voraus, bis wir zum Fuß des Hügels kamen.

Plötzlich zuckte LuEllen zusammen und sprang zurück, mir fast auf die Füße, und schrie auf: »O Gott! Eine verdammte Schlange!«

»Ist vielleicht nur eine Ringelnatter. Hat sich gesonnt.«

»Quatsch. Ich kenne Ringelnattern.«

LuEllen hob einen Ast auf und ging langsam weiter, wobei sie links und rechts sorgfältig die Grasbüschel abklopfte. Kurz darauf sahen wir die Schlange wieder. Sie glitt durchs Gras die Böschung hinunter. Sie hatte einen breiten, rotbraunen Kopf und braune Streifen auf dem Rücken des armdicken Körpers. Dann verschwand sie in einem trockenen Grasbüschel.

»Eine Mokassinschlange«, stellte ich fest.

»Widerliches Vieh.« Sie schauderte.

»Und giftig. Ist nah mit der Klapperschlange verwandt. Wir gehn besser langsam weiter. Wenn es hier Mokassinschlangen gibt, könnten auch Klapperschlangen in der Nähe sein.«

Wir brauchten bei unserer vorsichtigen Gehweise noch zehn Minuten, bis wir den Kamm des Hügels erreichten. LuEllen, das Stadtmädchen, war immer noch schockiert von der Begegnung mit der Schlange.

»Wenn sie sehen oder hören oder riechen, daß man kommt, gehen sie einem aus dem Weg«, versuchte ich sie zu beruhigen.

»Wenn sie sehen oder hören oder riechen, daß man kommt, legen sie sich auf die Lauer«, korrigierte sie mich und klopfte mit ihrem Stock auf das Unkraut vor uns.

Auf dem Kamm des Hügels gab es keine Bäume. Wir befanden uns nicht sehr hoch über dem Niveau des Flusses, aber außer den Silos links von uns gab es keinen höheren Punkt weit und breit.

Die Aussicht auf den Fluß war großartig, und eine Feuerstelle in der Mitte des Hügelkamms mit verkohlten Holzstücken verriet, daß sich hier öfter Camper aufhielten. In einer Vertiefung zehn Meter weiter lag Abfall. Wir gingen daran vorbei auf die Spitze des Hügels zu. Mir ging die Luft aus, und ich blieb stehen.

LuEllen drehte sich zu mir um und wollte gerade etwas sagen, als jenseits des Hügels drei Schüsse aufbellten.

»Um Gottes willen«, sagte LuEllen und ließ sich auf die Knie fallen.

Das Schießen ging weiter. Zunächst noch einmal drei Schüsse hintereinander, dann mehrere in unregelmäßigen Abständen, dann eine Pause, dann wieder drei. Auch ich war inzwischen neben ihr auf die Knie gegangen.

»Da macht jemand Schießübungen«, flüsterte ich. »Unten auf dem Gelände des Tierheims.«

Wir krochen gebückt zu einem niedrigen Maulbeerbaum auf der Spitze des Hügels, und von dort konnten wir sehen, was vor sich ging. Etwa vierzig Meter unterhalb von uns standen Duane Hill und ein anderer Mann in einem größeren, von Maschendraht umspannten Rechteck. Zwei Säcke mit irgendeinem klumpigen Inhalt lagen vor Hill auf dem Boden. Der zweite Mann war klein, ziemlich dick und hatte einen Kranz roter Haare um den kahlen Kopf. Er schob gerade ein Magazin in eine schwere Automatikpistole, eine .45er wahrscheinlich. Ich richtete das Fernglas auf ihn. Ich war nicht sicher, weil ich ihn bisher nur auf Zeitungsfotos gesehen hatte, aber ich nahm an, daß es Arnie St. Thomas war, der Stadtrat und Besitzer der höchst zweifelhaften Kreditbank. Der »Kredithai«, wie Marvel und Harold ihn immer genannt hatten.

»Was machen die da unten?« fragte LuEllen verwundert. »Und was ist das für ein Geräusch?«

Aus dem Hauptgebäude des Tierheims kam tatsächlich ein seltsames Geräusch: *ooka-ooka-ooka*. Eine Belüftungspumpe? Ja, irgendeine Pumpe.

»Ich weiß es nicht. Die beiden Männer machen wahrscheinlich Schießübungen. Das Geräusch scheint von einer Pumpe zu stammen.« Ich duckte mich so tief wie möglich auf den Boden. »Hoffentlich ballern die nicht in unsere Richtung.«

Gelächter der beiden Männer drang zu uns herauf. Der Kahlkopf nahm plötzlich mit gespreizten Beinen Schußstellung ein, beugte sich leicht vor und feuerte vier Schüsse in Zweierserien ab: *peng-peng, peng-peng*. Dann richtete er sich auf und schrie laut: »Whoa-oh.«

»Da hat sich doch was am anderen Ende der Umzäunung bewegt«, sagte LuEllen.

»Was?«

»Irgendwas. Sie schießen auf irgendwas.«

Ich sah nichts dergleichen und hob das Fernglas an die Augen. Hill nahm gerade einen der Säcke und trug ihn zum gegenüberliegenden Ende der Umzäunung. Dort band er die Verschnürung auf und schüttelte den Sack aus. Drei lebende Katzen fielen heraus. Zwei waren noch fast Kätzchen; die dritte war ein grauweißgestreifter, großer Kater. Er war völlig verängstigt und raste wie verrückt auf die nächste Ecke der Umzäunung zu.

»Diese gottverdammten Schweine«, stöhnte LuEllen auf. Sie machte eine Bewegung, als wolle sie aufspringen, aber ich drückte sie auf den Boden.

»Gottverdammte dreckige Hurensöhne«, stimmte ich ihr zu. Eine ohnmächtige Wut stieg in mir hoch.

Hill ging zurück zu dem anderen Mann. Als er ihn fast erreicht hatte, wirbelte er plötzlich im Stil von Wyatt Earp herum, zog eine Pistole aus dem Hosenbund und feuerte los. Der erste Schuß traf nicht, aber der zweite zerfetzte eines der Kätzchen. Das andere Kätzchen blieb wie erstarrt stehen, der Kater aber sprang fast einen Meter am Zaun hoch und krallte sich am Maschendraht fest.

»Komm, du schaffst es«, murmelte ich. Der Kater zog sich tatsächlich langsam höher und hatte schon fast den oberen Rand des Zaunes erreicht, als Hill die Pistole auf ihn richtete. Bevor er aber abdrücken konnte, ballerte der Kahlkopf, schräg hinter ihm stehend, mit seiner .45er eine Serie von Schüssen los, und Hill zuckte erschreckt zusammen. Er schrie den Kahlkopf an, aber der feuerte sein ganzes Magazin leer. Der Kater wurde von einer Kugel in die Schulter getroffen und über den Zaun ins Gras geschleudert.

»Du dämliches Arschloch«, brüllte Hill den Kahlkopf an. Der lachte nur.

»Scheiß dir nicht in die Hose, Duane«, rief er grinsend.

»Du dumme Sau«, schrie Hill wieder, aber er lachte jetzt auch. Dann ließ er sich blitzschnell zu Boden fallen, die Pistole mit ausgestreckten Armen beidhändig im Anschlag, und tötete das zweite Kätzchen mit dem ersten Schuß.

Da lag noch der andere Sack. Der Kahlkopf beugte sich zu ihm hinunter.

»Ich muß gleich kotzen«, stöhnte LuEllen. »Laß uns verschwinden.«

»Schau dir noch die Schlösser an«, sagte ich und gab ihr das Fernglas. Wir hatten vom Boot aus mehrere Dächer gesehen und daraus geschlossen, es gäbe mehrere Gebäude auf dem Gelände, aber das erwies sich als Irrtum. Es gab nur ein festes Gebäude; die anderen Dächer standen auf Pfählen über einer Reihe von Tierkäfigen.

Das Hauptgebäude war aus Zementplatten gebaut, die man weiß gestrichen hatte. Der einzige Kontrast war die grüngestrichene Eingangstür aus Stahlblech. Die Fenster an den beiden Seiten, die wir einsehen konnten, waren mit Eisengittern gesichert.

»Standardscheiß«, sagte LuEllen. »Kein Problem. Wenn's je nicht klappt, bleibt immer noch das Stemmeisen. Macht ein bißchen Krach, aber es ist ja keiner weit und breit, der's hören könnte.«

»Okay.«

»Wir könnten die Sache vom Boot aus starten. Ziehen wegen der Schlangen Gummistiefel an, vergewissern uns, daß niemand hier oben ist, erledigen den Job, gehen zum Boot zurück. Keine schlechte Idee, oder?« Ich stimmte ihr zu.

Eine junge schwarze Frau kam aus der Tür und rief: »Hill, Telefon.« Hill lief auf das Gebäude zu.

»Bring noch ein paar Säcke mit«, rief der Kahlkopf ihm nach. Dann schüttelte er den Sack in seiner Hand aus. Drei weitere Kätzchen fielen heraus...

Auf dem Weg zurück zum Boot blieb LuEllen plötzlich stehen. »Ich bin froh, daß ich das gesehen habe«, sagte sie ernst.

»Wieso denn?«

»Weil ich keinerlei Gewissensbisse haben werde, wenn wir diese widerlichen Dreckskerle fertigmachen. Das Gefängnis wäre viel zu gut für diese Hurensöhne.«

Nachdem wir wieder an der Bootsstation festgemacht hatten, nahm ich Kontakt zu Bobby auf.

Hast Du was für mich?
Codewort ist ARCHBALL. Hilft aber nicht.
Warum nicht?
Keine automatische Verbindung zum Computer. Zugang nur nach manueller Aufschaltung.
Irgendeine andere Möglichkeit?
Nein. Habe gecheckt. Jeder Anruf landet am Telefon. Kein Durchkommen zum Computer.
Okay. Rufe Dich morgen oder übermorgen wieder an.
Okay.

Um von außen direkt in einen Computer reinzukommen, muß er on-line mit dem Telefon verbunden sein. Wenn ein Anrufer die entsprechende Telefonnummer wählt, ist er sofort mit dem Computer verbunden und kann sich durch das Modem Daten aus ihm herausholen. Natürlich nur, wenn er das Codewort kennt... Diese Leute hier arbeiteten aber nach einem primitiveren System: Wenn jemand anrief – Ballem zum Beispiel – und in den Computer wollte, mußte im Tierheim jemand ans Telefon gehen und den Anrufer dann mit dem Computer verbinden. Sie hatten somit zwar eine On-line-Verbindung von Ballems Computer zu Hills Telefon, aber von dort mußte eine manuelle Aufschaltung auf den Computer im Tierheim erfolgen. Sie hatten das wahrscheinlich nicht einmal als Sicherheitsvorkehrung gedacht, es war eher veralteter Standard, aber so war es nun mal. Es gibt tatsächlich keine bessere Sicherheit bei einem Computer, als ihn ausgeschaltet zu lassen und ihn erst dann einzuschalten, wenn Leute in ihn reinwollen, die man kennt...

»Wir müssen also ins Tierheim rein?« fragte LuEllen, die mir über die Schulter schaute.

»Ja. Wenn wir an den Computer wollen, müssen wir rein.«

»Dann laß uns das auch tun. Wir fahren zum Wal-Mart, kaufen uns Gummistiefel, und dann machen wir eine mitternächtliche Flußfahrt...«

»Du bist ja mit wahrem Feuereifer bei der Sache«, sagte ich.

Sie nickte ernst, und ich wußte, woran sie dachte. An die Katzen... Meine Katze zu Hause ist ein kampferprobter alter Kater, der die Gassen und Dächer in der Unterstadt von St. Paul unsicher macht, und wenn ich daran denke, er könnte eines Tages von einem Auto überfahren oder von einem der streunenden Hunde unten am Fluß zerrissen werden, wird mir angst und bange. LuEllen geht es genauso. Sie ist bisher nie lange genug an einem Ort geblieben, um sich ein Haustier halten zu können, aber sie und meine Katze mögen sich. Es ist immer ein schönes Bild, wenn LuEllen mit der Katze auf dem Bauch auf der Couch liegt und beide tief schlafen... Aber da war ein anderes, ein quälendes Bild, das mich nicht mehr losließ: Der alte Kater, der verzweifelt kämpft, um seinen Killern zu entkommen, es fast schafft, um dann doch von einer Kugel zerfetzt zu werden... Diese verdammten Schweine...

Es war immer noch unerträglich heiß, als wir zum Wal-Mart fuhren. Wir kauften uns hohe Gummistiefel und legten sie in den Kofferraum. Dann aßen wir im Holiday Inn, gingen danach in die Bar und verschwanden schließlich in Johns Zimmer. Er war allein.

»Ich habe heute deinen Auftritt vorbereitet«, sagte ich. »Habe der Dessusdelit gesagt, ihre Zukunft würde von einem schwarzen Ritter auf einem weißen Pferd bestimmt. Willkommene Veränderungen kämen durch ihn auf sie zu...«

»Okay. Ich *bin* schwarz, und der BMW *ist* weiß, oder? Gut gemacht.« Er ging zum Schreibtisch, nahm die Filmpatrone und warf sie LuEllen zu. »Ich hoffe, es hat geklappt.«

»Ich seh mir das heute abend an.« Sie schaute auf die Uhr. »Wir müssen gehen. In einer halben Stunde wird es dunkel.«

»Und morgen...«

»Morgen spreche ich mit Brown über die Option für das Land«, schnitt mir John das Wort ab. »Ich hoffe, Bobby ist soweit...«

»Bobby ist *immer* soweit. Ich habe gerade mit ihm Kontakt gehabt. Wie sieht's bei Marvel und Harold aus?«

»Harold hat die Leute in der Hauptstadt fest im Griff. Er hat ihnen gesagt, daß es um einen schwerwiegenden Fall von Korruption in einer Stadtverwaltung geht, daß Unsummen veruntreut wurden und daß die Bombe höchstwahrscheinlich am kommenden Wochenende hochgehen würde. Sobald er ihnen weitere Einzelheiten mitteilt, wird der Generalstaatsanwalt die Staatspolizei in Marsch setzen.«

»Auch am Samstag? Habt ihr das sichergestellt?«

»An jedem Tag der Woche und zu jeder Tageszeit. Sie sind innerhalb von sechs Stunden hier.«

»Können wir den Leuten vertrauen? Sickert nichts durch?«

»Marvel und Harold halten sie für absolut integer. Für diese Leute ist ein Verbrechen wie das andere, und normalerweise ist das für sie Routinekram. Aber hier ist Politik im Spiel. Und das ist immer noch was Besonderes...«

Wir legten ab, als die Sonne hinter den viktorianischen Villen oben auf dem Hügel verschwunden war. Der »Hafenkapitän« machte gerade Feierabend und blieb auf dem Weg nach Hause bei uns stehen.

»Mondscheinfahrt?« fragte er lächelnd.

»Er ist ein sehr romantischer Typ«, spottete LuEllen und rollte die Augen in meine Richtung.

»Na, dann viel Spaß«, grinste er und sah uns zu, wie wir rückwärts in die Strömung fuhren.

Wir hatten keine Eile auf dem Weg flußabwärts, ließen uns von der Strömung treiben. LuEllen beschäftigte sich mit der Entwicklung der Fotos. Ich steuerte vom Oberdeck aus das Boot am Tierheim vorbei, dann mindestens noch zwölf Meilen weiter den Fluß hinunter.

Es wäre eigentlich sehr schön, dachte ich, wenn ich immer auf dem Mississippi leben könnte. Schon allein wegen der Namen. Longstreet ist die einzige größere Stadt zwischen Helena, Arkansas, und Greenville, Mississippi. Und auf der hundertzwanzig Meilen langen Strecke zwischen Helena und Greenville kommt man an Plätzen mit so romantischen Namen wie Montezuma Bend, Horseshoe Cutoff, Kangaroo Point, Jug Harris Towhead, Scrubgrass Bend, Ashbrook Neck und anderen vorbei, wo man aus dem Boot springen und die Landschaft genießen möchte. Aber immer nur Fluß... Dem Maler in mir würde es auf die Dauer sicher langweilig werden, das war mir klar.

Als das letzte Licht am Himmel verblaßt war, wendete ich und fuhr langsam flußaufwärts, bis wir die Anlegestelle von mittags erreichten. Ich legte an, stellte den Motor ab und löschte die Lichter. Dann stieg ich aufs Deck, nahm die Anlegeleinen, sprang an Land und machte das Boot fest. Als ich fertig war, kam LuEllen, bereits in Gummistiefeln, aus der Kabine.

»Hier hast du ein Mückenspray«, sagte sie und drückte mir eine kleine Spraydose in die Hand. »Die Schnaken fressen uns sonst auf.« Sie dachte wirklich an alles...

»Wie sieht's mit den Fotos aus?« fragte ich und rieb mir mit dem Mittel aus der Spraydose das Gesicht, den Hals und die Hände ein.

»Ich bin noch nicht sicher.« Sie runzelte die Stirn. »Drei Abzüge sehen gut aus. Auf dem vierten Foto hat sie anscheinend einen Finger dazwischengebracht. Ich konnte es in der Entwicklerlösung noch nicht genau erkennen. Wollte das Negativ nicht zerkratzen. Wenn man es gegen das Licht hält... Mal sehn. Aber es könnte problematisch werden.«

»Verdammte Scheiße.«

Sie schüttelte den Kopf. »Keine Panik. Wenn wir drei Kombinationszahlen haben und ich die vierte suchen muß, dauert es eben ein bißchen länger, bis ich die Tür aufkriege. Aber ich *kriege* sie auf, darauf kannst du dich verlassen. Muß dann halt ein Dutzend verschiedene Kombinationen durchprobieren...«

»Wann kannst du die Abzüge machen?«

»Wenn wir zurück sind. Wegen der Erschütterungen während der Fahrt geht's nicht vorher.«

Es war noch sehr warm, und wir hatten langärmlige, dunkle Hemden, Jeans und die Gummistiefel an, was nicht sehr angenehm war. Ich trug die schwarze Nylontasche mit dem Portable, LuEllen die Schultertasche mit ihrem Werkzeug. Auf dem Weg den Pfad entlang sprachen wir nicht, und LuEllen machte nur ganz selten und ganz kurz ihre Miniaturtaschenlampe an. Am Fuß des Hügels blieb sie stehen und flüsterte mir ins Ohr: »Mach deine Augen und Ohren auf. Drei Minuten.« Ich dachte, sie würde den Hügel hinaufgehen, aber sie blieb bei mir stehen.

Wenn sich die Augen der Dunkelheit angepaßt haben, tauchen wie auf einem schlechtbelichteten Schwarzweiß-Dia Umrisse und Konturen auf, die man vorher nicht gesehen hat; was pechschwarze Dunkelheit war, wird zum diffusen Zwielicht. Genauso ist es mit dem Gehör, die meisten Leute wissen es nur nicht. Wenn man an einem dunklen Ort still dasteht, rücken die Geräusche aus dem Hintergrund in den Vordergrund. Man hört plötzlich deutlich das Dröhnen der Motoren von Lastwagen in der Ferne, die sich einen Berg hinaufquälen, das Brummen anderer Motoren, das Summen der Insekten in den Bäumen, das Rauschen des Windes. Menschliche Stimmen verursachen nachts ein charakteristisches Geräusch. Sie sind verräterischer, als die meisten wissen. Selbst aus weiter Entfernung, wenn man nicht verstehen kann, was gesprochen wird, hört man am Rhythmus der Tonfolge, daß andere menschliche Wesen miteinander sprechen...

Wir ließen all diese Geräusche auf uns einwirken. Sortierten sie auseinander. Nichts Verdächtiges. Keine menschlichen Stimmen.

LuEllen ist konsequent. Wir warteten die vollen drei Minuten, erst dann ging es weiter. Kurz vor dem Tierheim hörte das Gebüsch zu beiden Seiten des Pfades auf. Bis zum weißen Hauptgebäude waren es ungefähr dreißig Meter über eine offene, kurz geschnittene Rasenfläche. Ein Kiesweg führte von der anderen Seite bis vor das Gebäude.

Wir warteten am Rand des Gebüsches weitere fünf Minuten und horchten. An einem Mast schräg vor dem Eingang brannte ein Außenlicht. Im Gebäude selbst war alles dunkel.

»Gut, daß die Zwinger auf der anderen Seite sind«, flüsterte LuEllen. Sie nahm die Dietriche und das Stemmeisen aus ihrer Tasche. »Wir müssen ganz leise sein, damit uns die Köter nicht hören.«

Wir huschten über den Rasen zur Eingangstür. Wenn jemand auf dem Hügel war oder gerade mit dem Auto vorfuhr, würde er uns sehen; es hatte also keinen Sinn, langsam und geduckt auf das Gebäude zuzuschleichen. LuEllen probierte gewohnheitsgemäß den Türknopf. Natürlich abgeschlossen. Auch ein kleines, unvergittertes Fenster neben der Tür war verschlossen. LuEllen schaute sich das Türschloß an.

»Es müßte mit dem Dietrich gehen«, murmelte sie. »Halt du die Lampe.«

Sie schaffte es nach schweißtreibenden zwanzig Minuten. Mit dem Stemmeisen wäre es in zwei Minuten gegangen, aber es hätte ein Geräusch gegeben, und es wäre schwierig gewesen, die Spuren wieder zu verwischen. Wir hätten eventuell einen »normalen« Einbruch vortäuschen müssen...

Als die Tür aufgeschwungen war, sahen wir uns nach allen Seiten um und liefen dann zurück zu dem Gebüsch, aus dem wir gekommen waren. Das war zwar ein Gefahrenmoment, aber wir mußten es riskieren; wenn es ein unsichtbares, fernauslösendes Alarmsystem gab, würden in den nächsten Minuten die Cops über den Fahrweg herangebraust kommen.

Aber nicht nur der Gehörsinn ist nachts geschärft; während wir im Gebüsch lagen und abwarteten, roch ich den intensiven Geruch von tierischem Urin. Und noch etwas...

»Rohes Fleisch«, flüsterte LuEllen. »Die Katzen...«

Auf der Zufahrtsstraße rührte sich auch nach zehn Minuten nichts. Wir liefen zurück zum Gebäude. Schlüpften hinein. Die Tür zu Hills Büro war abgeschlossen, aber LuEllen hatte sie innerhalb weniger Sekunden geöffnet.

Der Computer war wieder ein IBM. Ich schaltete ihn ein und überspielte die Daten von seiner Festplatte auf meinen Portable. LuEllen durchsuchte inzwischen die Schubladen und fand eine Schachtel mit Disks. Als die Übertragung von Festplatte zu Festplatte fertig war, schob ich eine Diskette nach der anderen in den IBM und überprüfte den Inhalt. Nur auf zweien waren Daten, und ich überspielte auch sie auf mein Gerät.

Als ich damit fertig war, lud ich den IBM mit einem speziellen Hilfsprogramm, das ich selbst ausgearbeitet hatte. Ich prüfte zuvor die Speicherkapazität und stellte fest, daß weniger als ein Zehntel der Kapazität auf der Festplatte des IBM belegt war. Gut so. Mein Spezialprogramm – ein Juwel, um mich mal selbst zu loben – machte von allem, was auf der Festplatte gespeichert war, eine zweite Kopie und versteckte sie irgendwo im freien Speicher. Der Benutzer würde nicht feststellen können, daß es diese Kopie in seiner Festplatte gab. Sie tauchte erst auf, wenn man das richtige Codewort eingab. Ich speicherte meine Kopieraktion mit dem Codewort *Südstaatenblödmänner* ab. Ob sie genug Sinn für Humor hätten, wenn sie es je erfahren würden...?

Wenn das hier die gesuchten Geschäftsbücher der Stadtmafia waren und die Leute nervös wurden und sie löschten, wußten sie nicht, daß in ihrer eigenen Festplatte eine Kopie versteckt war – eine Kopie für die Polizei...

LuEllen hatte inzwischen alle Räume des Gebäudes durchsucht und nichts Interessantes gefunden. Als ich den Portable verpackte, kam sie zurück in Hills Büro. »Komm mal mit«, forderte sie mich auf.

Sie führte mich zu einem großen Raum im rückwärtigen Teil des Gebäudes, der mit einem Garagentor verschlossen war. An der Wand gegenüber dem Tor standen zwei quadratische Kabinen mit einem Durchmesser von je etwa anderthalb Metern. Sie hatten durchsichtige Plexiglastüren mit großen Verschlußrädern wie an den Schotten von U-Booten. An den Wänden neben den Türen befanden sich Schalttafeln.

»Sind das Gaskammern?« fragte sie. »Um Tiere zu töten?«

Ich sah auf die Verschlußräder und dann auf einen Pumpenmotor, der neben den Kabinen stand. »Nein. Es sind Vakuumkammern. Sie bringen die Tiere in die Kabinen und saugen dann die Luft ab. So macht man das heutzutage überall.«

»Um Gottes willen, ist das wahr? Das klingt ja schrecklich.«

Ich hob die Schultern. »Ich kann das nicht beurteilen. Die verantwortlichen Leute meinen, das sei besonders human.«

Wir beließen es dabei. LuEllen überprüfte noch einmal alle Räume, ob alles wieder so war, wie wir es vorgefunden hatten, dann verschloß sie sorgfältig die Bürotür und die Eingangstür.

Zehn Minuten später waren wir wieder auf dem Fluß. Wir sprachen nicht viel während der Fahrt flußaufwärts zur Bootsstation. Ich steuerte das Boot vom Oberdeck, und LuEllen lag auf der Sonnenliege und schaute in die Sterne. Unsere Anspannung ließ langsam nach...

Um zwei Uhr nachts wußte ich, daß wir die Geschäftsbücher der Stadtmafia gefunden hatten.

»Die Schweinehunde haben Codes für verschiedene Kategorien benutzt«, berichtete ich ihr. »Die Zahlen stehen da, aber ich weiß nicht, was die einzelnen Kategorien bedeuten, denen sie zugeordnet sind.«

»Vielleicht kann Marvel das rausfinden.«

»Hoffentlich.«

Während ich mich mit den Mafiabüchern beschäftigte, arbeitete LuEllen am Vergrößerungsgerät für die Fotos. Sie machte Vergrößerungen von allen vier Aufnahmen und sah sie sich unter einem Neonstrahler an.

»Wir haben drei der vier Zahlen«, sagte sie schließlich.

Sie hatte die Aufnahmen des Kombinationsschlosses auf die Größe des Ziffernblattes eines alten Weckers vergrößert. Bei drei

Aufnahmen waren die Zahlen deutlich zu erkennen. Beim vierten Foto bedeckte Wells Zeigefinger die eingestellte Zahl.

»Wir haben also vierundsiebzig, vierundvierzig und zwölf... Es ist die zweite Aufnahme... Fehlt also eine Zahl zwischen fünfzig und siebzig, würde ich sagen.«

»Nun warte mal«, antwortete ich und kramte aus meinem Zeichenkasten ein Lineal und einen Stechzirkel. Mit dem Lineal zeichnete ich auf ein Blatt Papier den Abschnitt der Zahlen, den Wells Finger verdeckte. Mit dem Stechzirkel maß ich den Abstand zwischen den sichtbaren Zahlen links und rechts ihrer Fingerkuppe und der Mitte ihres Fingernagels.

»Das ist die zentrale Linie«, erklärte ich und zeichnete sie mit dem Lineal zwischen die sichtbaren Zahlen ein. »Also ist die gesuchte Zahl... sechsundsechzig. Plus minus eine, höchstens zwei Zahlen.«

LuEllen grinste anerkennend. »Man muß schon sagen, du hast durchaus deine Qualitäten. Außer beim Sex, meine ich.«

11

Das Bild rundete sich ab. Ein Mosaikstein kam zum anderen. Reibungslos. *Zu* reibungslos, meinte LuEllen. Sie ist in Minnesota geboren und aufgewachsen, und dort sind die Menschen von Natur aus Pessimisten: Der Sommer ist zwar wunderschön, aber der nächste Winter kommt bestimmt...

Mit den Ausdrucken der Mafiabuchhaltung in der Hand rief ich Marvel und John an. Wir verabredeten, uns in einem Motel in Greenville zu treffen; auf die Dauer war die Gefahr, in Longstreet von den falschen Leuten zusammen gesehen zu werden, doch zu groß.

LuEllen blieb beim Boot. In Greenville stießen neue Leute zum Team, und sie hat eine paranoide Angst davor, ihr Gesicht könnte zu bekannt werden. Um zwei Uhr nachmittags ließ mich Marvel in ihr Zimmer im Sea-B-Motel. John und Harold waren da und ein Mann, den ich nicht kannte.

»Das ist Brooking Davis«, stellte Marvel ihn mir vor. Er war ein schlanker, zartgliedriger Mann mit eckigem Kinn, breitem Schnurrbart und den Augen eines Arabers. »Er ist Rechtsanwalt und arbeitet als Sachverständiger bei der Steuerbehörde des Staates. Brooking ist der Mann, den wir als ersten in den Stadtrat bringen wollen. Wenn Harold und ich nicht rausfinden können, wo der Apparat seine Leichen im Keller hat, dann wird Brooking sie finden.«

»Nun, ein paar Leichen haben wir für euch schon ausgegraben«, sagte ich und übergab ihr die Ausdrucke der Bücher. »Sieht alles ziemlich einfach aus, aber ich konnte die Zusammenhänge nicht rausfinden. Alles codiert...«

Davis hatte zwei Aktenordner voller Kopien von Schriftstücken der Stadtverwaltung dabei. Haushaltspläne, Aktenvermerke, Berichte... Von ihren Spionen bei der Stadt, nahm ich an.

Er nahm die Papiere aus den Ordnern und legte sie auf das Bett. Marvel und Harold zogen Stühle heran, und innerhalb weniger Minuten waren die drei in eine intensive Diskussion vertieft, verglichen die Zahlen auf meinen Ausdrucken mit den Zahlen in Davis' Papieren...

»Wie ist es bei Brown gelaufen?« fragte ich John.

Er lächelte. »Er war ziemlich überrascht, als er sah, daß ich Schwarzer bin. Und mein Aufzug und der BMW überraschten ihn wohl auch. Aber wir haben uns geeinigt.« Er holte eine Plastikfolie mit Papieren aus seiner Aktentasche. »Ich habe ihm einen Barscheck über tausend Dollar gegeben für eine dreizehnwöchige Option auf etwa zweihundertfünfzig Hektar Land, der Hektar zu zweihundertzwanzig Dollar. Er hat zunächst zweihundertvierzig verlangt, aber ich habe ihn runtergehandelt. Ist natürlich immer noch zuviel. Ich mußte den Anschein erwecken, als wäre ich ganz scharf auf das Land, andererseits mußte er aber den Eindruck haben, ich wollte das verbergen. War gar nicht so einfach... Und ich wollte natürlich, daß er in der Stadt herumerzählt, wie er diesen gelackten Typen aus der Großstadt über den Tisch gezogen hat...«

»Ist er der Typ, der das macht? Ich hoffe es jedenfalls, denn die Sache *muß* sich rumsprechen.«

»Er selbst wohl nicht, würde ich sagen. Er ist ein zurückhaltender, anständiger Kerl. Aber die Maklerin ist ein saudummes Weib. Sie wird es sich nicht nehmen lassen, ihren Verkaufserfolg rauszuposaunen. Sie fragte mich, wozu ich das Land haben möchte. Ich habe ihr vorschwadroniert, meine Vorfahren wären Baumwollfarmer gewesen, und ich wollte das jetzt wiederaufnehmen. ›Roots‹, verstehst du? Ich hatte natürlich auch meine Perücke auf, und sie hat sich ihr Taschentuch in den Mund gesteckt und draufgebissen, um nicht laut loslachen zu müssen. Ich glaube, die halten mich tatsächlich für einen Crack-Dealer aus Memphis...«

»Okay. Hauptsache, das Geschäft spricht sich rum.«

Wir hörten, wie Marvel sagte: »Wenn *Outhouse* Barzahlungen bedeutet, was ist dann *Suburb*?«

»Klingt so, als ob sie der Sache auf die Spur kämen«, sagte John.

Sie brauchten drei Stunden. Davis, den ich zunächst als ziemlichen Schlappschwanz eingeschätzt hatte, war genauso engagiert wie Marvel oder Harold, und die beiden schlossen sich oft seiner Meinung an. Allerdings nicht immer. Es kam zu einer hitzigen Diskussion über die Einnahmen im Freizeit- und Jugendzentrum der Stadt. Reverend Dodge wäre dabei bloßgestellt worden, und das wollte Marvel nicht. Davis, der anscheinend nicht gut auf Dodge zu sprechen war, hätte das gerne gesehen. Marvel setzte sich durch.

John flüsterte mir zu: »Dieses Weib kann jeden überzeugen, daß der Mond aus Käse ist.«

»Wie steht's um eure... ehem, Verbindung?«

John sah zu Marvel hinüber, dann wieder zu mir. »Mann, ich versuche mein Bestes, das kannst du mir glauben. Manchmal denke ich, es ist soweit, und sie krallt ihre herrlichen Hände in meinen Arsch oder sonstwohin und zieht mich ins Schlafzimmer, aber dann... O Gott, ich schwöre dir, bei dieser Frau dauert's länger als bei jeder anderen, die ich bisher kennengelernt habe.«

»Meint sie es ernst mit dir, oder spielt sie nur rum?«

»Sie meint's ernst, glaube ich.«

»Dann ist es ein gutes Zeichen, wenn sie nicht gleich mit dir ins Bett hüpft.«

»Glaubst du das wirklich?«

Wir merkten plötzlich, daß es still im Zimmer war und die drei anderen uns erstaunt ansahen. Unser Flüstern hatte ihre Aufmerksamkeit erregt.

»Ehem, also ... wir wollten euch nicht ... stören«, stammelte John.

»Ehem, also ...«, sagte Marvel nur. Und sah John ernst an.

»Die Lage ist wie folgt«, begann Marvel und stand auf. Sie klopfte mit den Ausdrucken der Mafiabücher auf ihren hübschen Oberschenkel. »Das sind ganz prima Unterlagen. Sie weisen alle Schmiergeldzahlungen aus, wieviel es jeweils war und an wen es ging. Alles ist codiert, aber wir wissen, wer hinter den Codes steckt. Dennoch, wir können auch damit nichts direkt beweisen.«

»Wenn die Steuerbehörden die Unterlagen in die Finger kriegen, können sie die Bankunterlagen überprüfen«, sagte ich.

»Sicher«, schaltete sich Davis ein, »aber das dauert einige Zeit. Und wenn die Sache sich in die Länge zieht, könnte es sein, daß wir sie nicht gleichzeitig aus dem Amt jagen können.«

»Auch dann nicht, wenn sie hunderttausend Dollar beiseite schaffen?« fragte John.

»Das würde natürlich reichen«, sagte Marvel. »Aber es ist ein zusätzliches Risiko, und wir wissen nicht, ob dieses verrückte Spielchen mit der Brücke klappt. Aber ... Damals in Memphis haben wir ja mal überlegt, ob wir sie nicht durch Erpressung aus dem Amt jagen könnten.«

»Nicht die drei am Anfang«, stellte ich klar. »Nur die vom Gouverneur als Nachrücker bestimmten Stadträte.«

»Richtig, aber warum sollten wir es jetzt nicht doch von

Anfang an versuchen? Die Sache mit der Brücke war sowieso ziemlich... unsicher. Wenn wir um diese Brückengeschichte rumkommen, ersparen wir John und dir und LuEllen ein größeres Risiko – und kommen doch ans Ziel.«

Ich dachte kurz darüber nach. Wenn wir sie durch Erpressung aus dem Stadtrat werfen konnten, würde tatsächlich weniger Staub aufgewirbelt... Und LuEllen war sowieso bereits ziemlich beunruhigt... Ich sah John an. »Wie denkst du darüber?«

»Klingt nicht schlecht«, sagte er und sah Marvel an. »Wie sollen wir die Sache dann anpacken?«

»Harold ruft Dessusdelit an und sagt, er muß sie dringend sprechen, es wäre sehr wichtig. Sie kennt ihn und weiß, daß er nicht wegen irgendeinem Scheiß darum bittet... Also läßt sie ihn zu sich in ihr Haus kommen. Er zeigt ihr Kopien der Bücher und verlangt ihren Rücktritt als Bürgermeisterin und als Mitglied des Stadtrats. Und den Rücktritt von St. Thomas und Rebeck als Stadträte. Wenn sie einwilligen, verschwinden die Bücher, wie er ihr glaubhaft versichert.«

»Kannst du das so durchziehen?« fragte ich Harold.

»Ich weiß es nicht«, antwortete er nachdenklich. Er schob die Hände in die Tasche und sah Marvel an. Mir war klar, er würde alles tun, was sie von ihm verlangte. »Es ist einen Versuch wert, nehme ich an. Dessusdelit ist Politikerin, und früher war sie mal Grundstücksmaklerin. Hat ihr ganzes Leben lang Geschäfte gemacht. Sieht vielleicht auch darin nichts als ein Geschäft; meint, wenn Gras über die Sache gewachsen ist, gibt's für sie vielleicht wieder ein Comeback. Sie weiß ja noch nicht, daß wir vorhaben, die Macht in der Stadt auf Dauer in die Hände zu bekommen.«

Ich sah John noch einmal an, dann wandte ich mich Marvel zu. »Okay«, sagte ich. »Aber wenn wir die Sache so ablaufen lassen, ist das nicht ohne Risiko. Du trägst die Verantwortung, Marvel.«

»Okay, okay. Laßt es uns versuchen.« Sie war sichtlich zufrieden. »Wenn es so nicht klappt, kann John immer noch den Brückenschwindel durchziehen, LuEllen und du könntet ins

Rathaus einbrechen, und wir können immer noch rechtzeitig den Gouverneur einschalten. Wenn es aber klappt, vermeiden wir eine ganze Menge Schwierigkeiten.«

»Wir haben bis Freitag noch viel zu tun«, gab ich zu bedenken. »Wenn wir die Brückenvariante durchziehen, muß es am Freitag passieren. Wir müssen uns an die Arbeit machen.«

»Wir sind alle am frühen Abend wieder zu Hause«, beruhigte mich Marvel. »Harold ruft die Dessusdelit gleich nach der Ankunft in Longstreet an. Vielleicht trifft er sich sogar noch heute abend mit ihr. Und ich sorge sicherheitshalber dafür, daß sich Johns Brückengeschichte in der Stadt rumspricht: Drogendealer aus Memphis hat nördlich der Stadt ein riesiges Stück Land am Fluß gekauft; irgendwas scheint sich mit der Brücke zu tun. Das wird sich in Windeseile rumsprechen und kommt ganz bestimmt auch sofort der Bürgermeisterin zu Ohren, wahrscheinlich noch vor Harolds Besuch bei ihr.«

»Gut, lassen wir's so ablaufen«, sagte ich. »Wenn es Harold aber nicht schafft, Dessusdelit und die anderen zu überzeugen, daß sie ihre Ämter aufgeben müssen, brauchen wir Unterstützung, sobald nächste Woche die Staatspolizei in der Stadt aufgetaucht ist. Mindestens ein halbes Dutzend Leute mit dem Akzent des *weißen* Südstaatlers muß die Zeitungen und Fernsehstationen mit Anrufen bombardieren und den Rücktritt des Stadtrats fordern. Es darf keinesfalls nach einem Komplott der Schwarzen in der Stadt aussehen.«

»Das ist alles schon vorbereitet«, sagte Harold ruhig. Er hatte wieder seinen braunen Anzug an und schwitzte leicht, obwohl die Klimaanlage lief.

»Wie sieht's mit den Nachrückern aus? Habt ihr Leute mit genug Dreck am Stecken aufgetrieben?«

»Ja. Marvin Lesse und Bill Armistead. Beide sind echte Mistkerle. Wir haben sie in der Hand, weil sie krumme Geschäfte bei Zementlieferungen für die Stadt gemacht haben. Wir lassen sie ernennen, und wenn es soweit ist, schmeißen wir sie wieder raus. Kein Problem.« Marvel war in diesem Punkt sehr zuversichtlich.

»Wir hoffen es jedenfalls«, schränkte der vorsichtige Davis ein.

Wir sahen uns schweigend an. Dann sagte Marvel zögernd: »Irgendwie macht mir das alles doch ziemliche Angst.« Aber John ließ sich nicht anstecken: »Packen wir's an«, sagte er energisch.

Unser Vorhaben war ziemlich kompliziert. Es sah in den Umrissen so aus:

Marvel macht sich weiter an die Entschlüsselung der Geschäftsbücher, konzentriert sich dabei auf die Schmiergelder und krummen Geschäfte von Dessusdelit, St. Thomas und Rebeck. Und nur diese Ausschnitte aus den Büchern zeigt Harold der Bürgermeisterin.

Wenn er nicht zum Ziel kommt und die drei *nicht* zurücktreten, wird der Brückenschwindel durchgezogen. Und der verläuft als Variation eines uralten Tricks, der schon tausendfach angewendet wurde. Warum sollte er in Longstreet nicht klappen? Wir ködern die Leute aber nicht mit einem dicken Umschlag voller Geld, den sie dann der Polizei gegenüber zu rechtfertigen haben, sondern eben mit der *Brücke*.

Die Brücke, die Longstreet nicht mehr hat, aber zur Überwindung der wirtschaftlichen Stagnation dringend benötigt.

Marvel setzt das Gerücht in Umlauf, daß das Verkehrsministerium des Staates anscheinend den Bau einer neuen Brücke über den Mississippi für Longstreet plant. Wegen der Kostenfrage und aus bautechnischen Gründen ist die Brücke jedoch nicht *direkt* in Longstreet vorgesehen, sondern nördlich der Stadt. Auf dem Gelände von Mr. Brown.

Auf dem Gelände, für das John eine Kaufoption erworben hat. Auf dem mit Sicherheit wegen der günstigen Verbindung auf die andere Flußseite Tankstellen, Schnellimbißbuden, Drugstores und vielleicht sogar ein kleines Shopping-Center gebaut werden.

Solche Informationen werden im Verkehrsministerium natürlich geheimgehalten, damit die Landpreise nicht explodieren, ehe die Enteignungsabfindungen des Staates gezahlt sind. Das Ver-

kehrsministerium ist dann die einzige Institution, die die Gerüchte bestätigen kann.

Jetzt kommt Bobby ins Spiel. Er hat die Telefonverbindungen
Longstreets fest im Griff. Er überwacht die amtlichen Verbindungen aus dem Rathaus und die Verbindungen aller Prominen-
ten in der Stadt. Und setzt eine Sonderschaltung in Gang...
Wenn einer der Reichen die Nummer des Verkehrsministeriums
anwählt, klingelt das Telefon bei Bobby. Nach entsprechender
»Vermittlung« wird dann schließlich ein »Ingenieur des Brük-
kenbau-Planungsamtes« am Telefon sein. Leider dürfe er zu
diesem Projekt keine Auskunft geben, wird er sagen. Es sind
noch Studien in Bearbeitung... Und: »Wie kommen Sie überhaupt an diese Information? Das ist doch alles noch geheim...«

Im Klartext: *Ja, es stimmt, wir bauen diese Brücke...*

Damit ist die Gier des gutgeölten Mafiaapparates geweckt.
Eine solche Gelegenheit lassen sich die Gangster mit Sicherheit
nicht entgehen... Wer das Land an der diesseitigen Basis der
Brücke besitzt, wird Geld scheffeln. Und wer ist das? Mr.
Brown? Nein? Ein schwarzer Dealer-Dandy aus Memphis? Also
dann...

Wenn einer aus dem Apparat – Ballem? – Kontakt zu John
aufnimmt, sagt der, er arbeite für einen »großen Boß« in Memphis und könne nicht selbst entscheiden. Er spielt die zögernde
Braut, macht ihnen aber von Anfang an Hoffnung auf ein großes
Geschäft. Nimmt Kontakt zu seinem Boß auf, teilt umgehend
dessen Entscheidung mit: Ja, der Boß ist an einer Zusammenarbeit interessiert, vor allem, weil er die Zustimmung des Stadtrats bei Einzelheiten des Projektes braucht. Aufteilung der
Grundstücke, Baugenehmigungen, Betriebsgenehmigungen für
die Läden... Ja, er ist bereit, ein gutes Stück von dem Kuchen an
den Stadtrat weiterzugeben, aber Zustimmung zu den Einzel-
projekten ist nicht genug: Er will Geld sehen. Sozusagen eine
pauschale »Kooperationsgebühr«.

Man verhandelt, es geht hin und her, aber am Freitagnachmittag, nachdem er noch mal mit dem Boß gesprochen hat, sagt John
zu dem Verhandlungsführer der Mafia: »Mein Boß will Bargeld

sehen. Hunderttausend Dollar. Er verlangt nicht, das Geld sofort zu bekommen, es genügt, wenn ich mich überzeuge, daß es *da ist*. Ich fahre in einer Stunde nach Memphis und soll ihm dann Bescheid sagen...«

Es gibt nur eine einzige Möglichkeit, so kurzfristig an hunderttausend Dollar zu kommen: das Geschäfts- und Darlehenskonto der Stadt bei der Bank. Sie holen sich das Geld von dort, und jetzt muß unser Timing genau stimmen: Sie können es nicht mehr zur Bank zurückbringen, weil sie inzwischen geschlossen hat und erst am Montag wieder aufmacht.

Wohin mit dem Geld übers Wochenende? Keiner der Gangster hat einen stabilen Safe zu Hause. Und außerdem trauen sie sich gegenseitig nicht. Also bleibt nur der Safe im Büro des Stadtschreibers als Aufbewahrungsort für das Geld übrig. Dort hat der eine oder andere der Gangster wahrscheinlich sowieso ein dickes Kuvert mit beiseite geschafftem Geld liegen...

Wir – LuEllen und ich – steigen ins Rathaus ein und stehlen das Geld. Marvel wartet inzwischen in der Hauptstadt auf unseren Anruf. Sobald er eingeht, alarmiert sie den Verbindungsmann beim Gouverneur, und der schickt die Staatspolizei und die Steuerfahndung los, und noch in der Nacht zum Samstag muß der Stadtrat erklären, weshalb ohne juristische Grundlage hunderttausend Dollar vom Geschäftskonto der Stadt abgehoben wurden und vor allem, wohin das Geld verschwunden ist. Fragen, die den betroffenen Leuten das Genick brechen werden...

Marvel und ihre Freunde übergeben der Polizei und der Steuerfahndung auch die Geschäftsbücher der Mafia samt entschlüsselter Version, so daß das ganze Ausmaß der Korruption in Longstreet aufgedeckt wird. Zusammen mit ihren Aussagen zu diversen Details wird kein Zweifel bestehen, daß dieser Saustall ausgemistet werden muß... Und sie bringen eine zusätzliche Variante ins Spiel. Hunderttausend Dollar in bar? Wahrscheinlich steckt eine Rauschgiftsache dahinter, werden sie sagen. Kokain und Crack. Mit der städtischen Feuerwehr als Dealerzentrum...

»Ich mache mir Sorgen um dich, Harold«, sagte ich, als wir uns verabschiedeten. »Theoretisch klingt das ja alles ganz gut, aber diese Mafiatypen sind unberechenbar... Sie geben wahrscheinlich nicht so ohne weiteres auf.«

»Ich bin in Longstreet aufgewachsen«, sagte Harold und grinste tapfer. »Ich kenne die Leute und weiß, wie das läuft. Ich bin vorsichtig, keine Angst... Und außerdem meint Marvel...«

»Ja, ich verstehe. Also dann... Viel Glück.«

Als ich zurück auf der *Fanny* war, mixte ich Gin Tonic für LuEllen und mich, und wir kletterten aufs Oberdeck und betrachteten den Sonnenuntergang. Ich erzählte ihr von der Änderung der Pläne.

»Mir gefällt das«, meinte ich. »Ich hatte sowieso inzwischen ein ungutes Gefühl bei der Sache. Wenn ich das früher hatte, in den schlechten alten Tagen, habe ich alles, was ich gerade geplant habe, abgeblasen. Hab' mich aus dem Staub gemacht. Ich habe mir immer überlegt, es müsse einen Grund für dieses Gefühl geben, irgendwas in meinem Unterbewußtsein... Wenn Harold unsere Freundin Chenille und St. Thomas und Rebeck durch sein Erpresserspiel aus dem Amt jagen kann, um so besser. Dann brauchen wir beide nicht ins Rathaus einbrechen.«

Das Buglicht eines kleinen Bootes tauchte flußabwärts auf und schnitt einen Lichtstreifen in die beginnende Dunkelheit, als es bei der Bootsstation einlief. Ein Fischer in seinem olivfarbenen Boot. Seine Frau wartete schon eine Weile oben am Damm mit ihrem Kombiwagen und einer Reihe eisgefüllter Eimer auf ihn und seinen Fang.

»Ich weiß nicht«, sagte ich und nahm den letzten Schluck aus meinem Glas. Dann zerbiß ich die restlichen Eisstücke und saugte sie aus. »*Ich* habe ein ungutes Gefühl bei Harolds Vorhaben.«

Wir saßen noch eine Zeitlang schweigend da. Dann stand LuEllen auf. »Scheißmücken«, sagte sie und ging nach unten.

Ich blieb sitzen. Und während ich in dieser heißen, schwülen und doch so wunderschönen Nacht auf die Lichter der Stadt schaute und das Blubbern des Wassers unter dem Boot und die Musikfetzen aus dem Autoradio oben auf dem Damm hörte, fiel es mir schwer, dran zu denken, daß der nächste Winter ganz bestimmt kommt...

12

John rief eine Stunde später an.

»Harold hat mit Dessusdelit gesprochen. Sie sagt, er soll morgen früh zu ihr ins Haus kommen.«

»Hat er ihr gesagt, worum es geht?«

»Nein, nein. Er hat ihr nur angedeutet, es wäre sehr wichtig, es ginge um Korruption in der Stadtverwaltung, und es wären hohe Beamte darin verstrickt. Sie hat sofort einem Treffen zugestimmt. Morgen früh um zehn Uhr. War wohl ziemlich nervös.«

»Sehr gut«, sagte ich. Aber ich fragte mich, warum Johns Stimme so unnatürlich aufgekratzt klang – bis ich Marvels Stimme im Hintergrund hörte. »Ist Marvel da?« fragte ich.

»Ja. Ich bin bei ihr im Haus.«

»Laß mich mal kurz mit ihr sprechen.«

»Moment.« Ich hörte, wie er sie rief, aber es schien eine Verzögerung zu geben. Dann war er wieder am Apparat. »Du mußt 'ne Minute warten. Sie muß erst ihr Höschen wieder anziehen.«

Marvel protestierte schrill, wie ich hörte. John lachte. Dann kam eine etwas atemlose Marvel ans Telefon. »Du wirst diesem verdammten Lügner doch nicht glauben?«

»Na ja, er ist doch ein aufrichtiger Mensch, oder?«

Sie lachte, und dann hörte ich, wie sie John kichernd zuflüsterte: »Laß das!« Nach weiterem Gekicher war ich wieder an der Reihe. »Er ist seit unserem ersten Zusammentreffen wie der Teufel hinter mir her. Und weißt du, warum ich schließlich nicht mehr widerstehen konnte? Wegen der verdammten Perücke. Er sah *sooo* süß damit aus.«

»Mein Gott, das ist ja richtig pervers.«

»Was soll man da machen? So bin ich nun mal.«

»Ich muß dich aus deiner Hochstimmung auf den Boden der Realitäten zurückholen. Mir ist was Beunruhigendes eingefallen. Diese Frau draußen im Tierheim…«

»Sherrie?«

»Ja. Morgen früh wird ein Schwarzer bei der Bürgermeisterin auftauchen und ihr eine Kopie der Mafiabücher unter die Nase halten. Sie und ihre Gangsterfreunde werden sich natürlich fragen, woher er sie hat.«

»Kapiert. Scheiße.« Und nach einer Pause: »Ich krieg das in den Griff, denke ich.«

»Okay.«

»Ich kann ihr zum Beispiel sagen… sie soll sich morgen krank melden. Oder einfach nicht zum Tierheim gehen. Wenn ich ihr das eindringlich genug sage, wird sie auf mich hören.«

»Ohne Fragen zu stellen?«

»Vielleicht stellt sie Fragen, aber ich gebe ihr keine Antworten. Sie ist nicht besonders clever… Aber ich krieg das hin, verlaß dich drauf.«

»Okay. Ich wollte es dir nur sagen…«

»In Ordnung.«

»Und, Marvel… paß gut auf John auf.«

»Das mach ich. Mehr, als ihm vielleicht lieb ist.«

Als wir im Bett lagen, stellte LuEllen Spekulationen über Marvels und Johns gemeinsame Zukunft an. Würden sie heiraten? Würden sie sich kirchlich trauen lassen? Würde Marvel ein weißes Brautkleid tragen? Wäre das in ihrem Alter noch angebracht? Würden sie uns beide einladen? Würden und könnten wir dann hingehen?

So ging es noch eine Weile weiter, aber ich hörte nur mit halbem Ohr zu. Schließlich stand ich wieder auf und ging zum Telefon. Ich rief Bobby an. Nicht über das Modem; ich führte ein ganz normales Telefongespräch mit ihm. Ich erklärte ihm, was wir vorhatten, und fragte ihn, ob er morgen früh Dessusdelits Telefon überwachen könne.

»Wir setzen sie ziemlich unter Druck«, erklärte ich ihm, »und wenn was schiefgeht, wenn sie es darauf ankommen läßt oder sich ein falsches Spielchen ausdenkt...«

»Ich überwache von jetzt an ihr Telefon, und wenn irgendwas passiert, ruf ich dich sofort an.«

»Warum läßt du ihn das tun?« fragte LuEllen erstaunt.

»Ich weiß es selbst nicht so genau. Aber ich dachte, es wäre vielleicht keine schlechte Idee.«

Das hartnäckige Klingeln des Telefons riß mich am nächsten Morgen aus tiefstem Schlaf. Ich setzte mich auf, gähnte, sah auf die Uhr. Halb elf. Dann ging ich zum Telefon und hob ab.

»Kidd?« Bobbys Stimme. Eindringlich, ernst, barsch. Ließ mich nicht mal »hallo« sagen.

»Ja. Was ist los, Bobby?«

»Fahr sofort zu Dessusdelits Haus«, knurrte er. »Da läuft irgendwas Beschissenes ab.«

»Was?« Ich hob beunruhigt die Stimme, und LuEllen kam ins Wohnzimmer, sah mich besorgt an.

»Vor drei Minuten hat der Hundefänger...«

»Duane Hill...«

»Ja. Er ist bei der Dessusdelit im Haus. Hat St. Thomas angerufen. Sagte ihm, er solle sofort zu Dessusdelits Haus kommen, es gäbe einen Notfall. Das klingt nach Ärger für uns. Ihr habt doch nicht damit gerechnet, daß Hill bei der Dessusdelit im Haus ist, oder?«

»Nein...«

»Jedenfalls hat St. Thomas gesagt, er käme sofort.«

»Ruf John an, versuch's im Motel, sonst bei Marvel. Sag ihm, was passiert ist. Wir fahren sofort los.«

»Okay.«

Selbst wenn man sich noch so sehr beeilt, es dauert doch immer ein paar Minuten, bis man endlich unterwegs ist. Wir schlüpften in unsere Kleider und rannten los, zum Wagen hinter dem Damm, aber es waren sieben Minuten vergangen, als wir schließlich losfuhren. Seit Hills Anruf bei St. Thomas waren es zehn

Minuten... Und ich verfuhr mich auch noch, als ich eine Abkürzung nehmen wollte. Wir landeten in einer Folge von Einbahn-
straßen auf der falschen Seite des städtischen Golfplatzes, und
ich mußte zurück zu dem Punkt fahren, von dem aus ich die
verfluchte Abkürzung eingeschlagen hatte.

»Was machen wir denn eigentlich, wenn wir bei Dessusdelits
Haus ankommen?« fragte LuEllen. »Wir können ja schlecht ihre
Haustür eintreten und nach Harold fragen.«

»Das nicht, aber wir könnten bei ihr klingeln und sagen, wir
wären gerade in der Gegend und hätten uns gedacht, wir schauen
mal bei ihr rein...«

»Sie ist nicht dumm. Sie würde sofort merken, was los ist. Eine
Verbindung herstellen. Verdacht schöpfen, daß wir mit der Attacke auf sie und die Mafia zu tun haben. Wir sind Fremde,
tauchen plötzlich in der Stadt auf, sind zu schnell zu freundlich,
und kurz drauf erscheint Harold mit der Erpressung bei ihr...
Nein, das geht nicht.«

»Vielleicht denkt sich Marvel inzwischen was aus. Wenn
Bobby ihr erklärt hat, was los ist, braucht sie nur bei der Dessus-
delit anzurufen und ihr zu sagen: ›Hören Sie, wir wissen, daß
Harold bei Ihnen ist.‹ Dann müssen sie vorsichtig sein.«

»Ich hoffe, Marvel macht das. Ich hoffe es sehr...«

Sie tat es nicht, wie wir später erfuhren. Und wir waren spät dran.
Ein weißer Ford bog ein Stück vor uns von der Zufahrt zum
Golfplatz in die Straße ein.

»Das ist der Wagen, mit dem Harold gestern in Greenville
war«, sagte ich aufgeregt. »Wir standen nach dem Treffen neben
dem Auto und haben uns noch kurz unterhalten, ehe er einstieg
und losfuhr.«

»Gott sei Dank«, sagte LuEllen erleichtert. »Sie haben ihn
wieder gehen lassen...«

Ich beschleunigte und schloß näher zu dem Wagen auf. Ein
Mann saß am Steuer. Ich konnte ihn nicht deutlich erkennen.
War es Harold? Ich gab Gas, wollte noch näher an den Wagen
ranfahren.

»Nein, nein«, schrie LuEllen plötzlich auf. »Brems ab, bieg in die Parkbucht ein!«

»Wieso, was ist los?« Aber ich tat, was sie gesagt hatte.

»Das war St. Thomas, der Kerl, der die Katzen erschossen hat.«

»Bist du sicher?«

»Ja. Hast du nicht den roten Haarkranz gesehen?«

Das hatte ich nicht, aber ich glaubte ihr. Ich wendete und fuhr zurück zur Hauptstraße. »Wo ist dann Harold? Im Kofferraum?«

»Ich weiß es nicht«, murmelte sie verzweifelt. »Was meinst du?«

Ich fuhr auf der Hauptstraße zurück in Richtung Country Club. Ich wußte inzwischen die Antwort. »Harold hat seinen Wagen mit Sicherheit auf der Straße vor dem Haus der Dessusdelit abgestellt«, erklärte ich. »Wenn sie ihn zusammengeschlagen haben, dann haben sie ihn bestimmt nicht die ganze Zufahrt runter zu seinem Wagen geschleppt und in den Kofferraum gesteckt.«

»Also...«

»Also müssen wir nach Hills Lieferwagen Ausschau halten. Er ist weiß, auf der Tür steht ›Tierüberwachung‹. Ein Chevy...«

»Da ist er«, sagte LuEllen im gleichen Moment und zeigte über meine Schulter nach hinten. Ich sah ihn im Rückspiegel. Der Wagen kurvte gerade durch die schmalen Straßen auf dem Gelände des Country Club, etwa zweihundert Meter entfernt, und fuhr dann in Richtung auf die Steinsäulen am Ausgang. Ich wechselte nach links auf die Abbiegespur, wendete und fuhr langsam zurück. Der Lieferwagen war jetzt schräg vor mir, kurz vor der Ausfahrt des Country Clubs.

»Und was jetzt?« fragte LuEllen. Der Lieferwagen hielt vor der Auffahrt auf die Hauptstraße kurz an, bog dann nach rechts ein und beschleunigte. Er fuhr offensichtlich hinter dem weißen Ford her.

»Ich weiß es auch nicht... Hinterherfahren, beobachten, was passiert... Wenn wir doch nur eine Pistole hätten...«

»Wenn der Mond aus Käse wär...«

Hill fuhr an der Abzweigung zum Tierheim vorbei.

»Wo will er denn hin? Warum fährt er durch die Stadt?«

»Keine Ahnung.«

Es herrschte nur geringer Verkehr, aber es war trotzdem eine nervenaufreibende Sache, den Lieferwagen bei der Fahrt durch die Stadt nicht aus den Augen zu verlieren. Und dann wurde unsere Frage beantwortet: Am entgegengesetzten Ende der Stadt bog der Wagen in den Parkplatz des Wal-Mart ein. Ich fuhr hinterher und hielt auf einem der ersten freien Plätze nach der Einfahrt. Wir sahen, daß Hill zum Eingang des Supermarktes fuhr und anhielt. St. Thomas kam aus der Tür und stieg zu Hill in den Wagen, der sofort wieder in Richtung Ausfahrt losfuhr.

»Sie haben Harolds Wagen auf dem Parkplatz abgestellt«, sagte LuEllen. Ihre Stimme zitterte.

»Wir müssen die Cops anrufen.«

»Und was sagen wir ihnen?«

»Daß ein Mann gekidnappt worden ist...«

»Sie zeichnen die Stimme des Anrufers auf...«

»Mein Gott, LuEllen...«

Es blieb keine Zeit für weitere Diskussionen. Der Lieferwagen bog auf die Hauptstraße ein, zurück in Richtung Stadt. Ich folgte ihm in einigem Abstand.

»Jetzt fahren sie zum Tierheim«, vermutete LuEllen.

»Ja. Und dort kann ich nicht an ihnen dranbleiben. Wäre zu auffällig.«

Ich achtete darauf, daß sich immer einige Fahrzeuge zwischen dem Lieferwagen und uns befanden. Als wir zu den südlichen Ausläufern der Stadt kamen und es keinen Zweifel mehr gab, daß Hill und St. Thomas zum Tierheim fuhren, hielt ich bei einer Telefonzelle vor einem Drugstore an und wählte Marvels Nummer. Es meldete sich niemand. Auch John war in seinem Hotelzimmer nicht zu erreichen.

»Laß uns weiterfahren«, drängte LuEllen.

Als wir am Gelände des Tierheims vorbeifuhren, sahen wir den Lieferwagen vor dem Hauptgebäude stehen.

»Wo sind die beiden?«

»Keine Ahnung, aber wir können natürlich nicht da reinfahren«, sagte ich und fuhr an der Zufahrt vorbei. Wir befanden uns jetzt auf einer wenig befahrenen Kiesstraße, und bereits das Vorbeifahren am Tierheimgelände war gefährlich genug. »Wenn sie ihn umgebracht haben ... oder es vorhaben ... es gäbe keinen Grund für sie, es mit uns nicht genauso zu machen.«

»Vielleicht wollen sie ihn nur ausquetschen«, sagte LuEllen. Aber ich wußte, sie glaubte selbst nicht daran.

»Laß uns den Wagen irgendwo verstecken und losmarschieren.«

Vierhundert Meter weiter führte eine unbefestigte Wagenspur nach rechts von der Straße ab, und ein Schild verkündete, daß sie zum LEVI-CREEK-JAGDREVIER führte. Anscheinend war seit der letzten Saison niemand mehr hier eingebogen, denn die Spur war von Unkraut überwuchert. Ich fuhr den Wagen so weit ins Gebüsch, daß er von der Straße aus nicht mehr zu sehen war, hielt an und stellte den Motor ab. Als wir ausstiegen, sah ich LuEllens Fototasche auf dem Rücksitz liegen.

»Nimm sie mit«, sagte ich.

»Gute Idee«, stimmte sie zu. Wir liefen auf einem Pfad durch wuchernde Wildblumen auf den Hügel zu, den wir beim letztenmal vom Fluß aus bestiegen hatten und von dem aus wir den Katzenmord beobachtet hatten. Von dieser Seite führte der Pfad weiter bis zum Gipfel. LuEllen, die besser in Form ist als ich, lief voraus. Als ich keuchend oben ankam, lag sie schon am Rande des Hügelkamms und beobachtete das Gelände des Tierheims vor uns.

»Niemand zu sehen«, sagte sie leise.

Ich kroch neben sie und schaute nach unten. Der Lieferwagen stand dicht vor der Eingangstür des Gebäudes. Die Tür war geschlossen.

»Da ist wieder dieses Geräusch. Was ist es nur?« fragte ich. *Ooka-ooka-ooka.* Wir hatten es schon beim letztenmal gehört.

»Ich weiß es nicht.« Sie öffnete die Fototasche, schraubte das normale Objektiv von der Nikon, nahm das große Teleobjektiv aus der Tasche und setzte es auf die Kamera. Unten bewegte sich nichts. Das Geräusch hörte auf, setzte dann aber wieder ein. *Ooka-ooka-ooka.* Wir lagen auf der staubigen Erde und starrten nach unten.

»Wenn sie ihn zusammengeschlagen haben und mit ihm rauskommen, mußt du das fotografieren. Als Beweis. Und wir könnten vielleicht losbrüllen, ohne uns zu zeigen, und dann müßten sie ihn laufenlassen. Was meinst du dazu?«

»Um Gottes willen, das können wir doch nicht machen. Wir wären doch unseres Lebens nicht mehr sicher.«

»Ja, aber...« Plötzlich ahnte ich, was das *Ooka-ooka-ooka* zu bedeuten hatte. Ich ließ den Kopf auf die Arme sinken. »O Gott, diese gottverdammten Hurensöhne«, stöhnte ich.

»Warum?«

»Was wir da hören, ist die Pumpe für die verdammte Vakuumkammer. Verstehst du...? Mein Gott...«

LuEllen sagte nichts, starrte nur nach unten. Das Geräusch hörte auf. »Meinst du wirklich...?« fragte sie in die Stille hinein.

»Vielleicht foltern sie ihn. Wollen rauskriegen, wer sonst noch von der Sache weiß...«

»O mein Gott, nein! Ich kann es nicht glauben... Diese Schweine! Diese...«

»Wir haben die Sache vermasselt«, sagte ich. »Wir müssen zurück zum Auto und so schnell wie möglich die Cops anrufen... Oder wir rufen Hill und St. Thomas an... Ich verstelle meine Stimme und sage ihnen, ich wüßte, daß sie Harold gekidnappt haben.«

Ich kroch ein Stück zurück in Deckung und wollte aufstehen, um den Hang hinunter zum Wagen zu laufen. Da zischte LuEllen mir zu: »Warte... Bleib hier. Sie kommen.« Ich kroch zu ihr zurück.

Die Tür des Gebäudes war jetzt geöffnet, und St. Thomas stand draußen und schaute sich um. Er wirkte ziemlich nervös; als ein Hund in den Zwingern plötzlich zu bellen anfing, zuckte er zusammen. Dann ging er um das Gebäude herum, blieb immer wieder stehen und beobachtete die Umgebung. Schließlich verschwand er wieder im Gebäude. Kurz darauf kamen er und Hill aus der Tür, und sie schleppten einen in eine Decke gewickelten Körper. Hill benutzte dazu nur die linke Hand; die rechte hatte er um die Schulter einer schwarzen Frau gelegt, die von Weinkrämpfen geschüttelt wurde und kaum gehen konnte. Sherrie... Marvel hatte die Sache *nicht* in den Griff gekriegt...

»O Gott«, murmelte LuEllen, aber sie drückte mehrmals auf den Auslöser, um die Szene festzuhalten.

Sie gingen schräg auf den Damm zu, so schnell es ihre Last und die weinende Frau erlaubten, dann ein Stück unterhalb der Dammkrone entlang, so daß sie vom Fluß aus nicht gesehen werden konnten, bis sie zu einer von der Erosion in die Dammkrone gegrabenen Rinne kamen. Sie waren jetzt oberhalb der Ufermauer aus Betonplatten, an der ich vorgestern zweimal die *Fanny* festgemacht hatte. Sie legten schweratmend ihre Last ab, und St. Thomas stieg auf die Dammkrone und beobachtete das Ufergelände und den Fluß. Es war kein Schiff oder Boot in Sicht. Als sie sicher waren, daß man sie von der Flußseite aus nicht sehen konnte, wickelten sie den Körper aus dem Tuch, zogen ihn durch die Rinne über den Damm und warfen ihn ins Wasser. Er versank nach wenigen Sekunden. Harold...

LuEllen hatte jeden ihrer Schritte fotografiert.

Als der Körper versunken war, kletterten die beiden Männer zurück über den Damm zu der Frau, die immer noch schluchzend auf dem Boden kauerte. Als die Männer bei ihr waren, redete sie aufgeregt auf die beiden ein. Wir konnten nicht verstehen, was sie sagte. Hill lachte und schüttelte den Kopf. St. Thomas hielt der Frau die Hand hin, zog sie vom Boden hoch und ging mit ihr zur Dammkrone. Hill folgte ihnen. St. Thomas sprach auf die Frau ein und deutete mit der Hand auf den Fluß.

»Er sagt ihr jetzt, sie brauche sich keine Sorgen zu machen, der Körper sei untergegangen«, vermutete LuEllen und sah mich an.

»Nein«, fauchte ich. »Knips weiter!«

Sie legte das Auge wieder an den Sucher und drückte auf den Auslöser. »Warum?« fragte sie, ohne mich anzusehen.

»Weil sie die Frau jetzt erschießen werden«, sagte ich, und

meine Stimme zitterte. Ich wollte aufspringen, losbrüllen, aber Hill stand schon hinter der Frau und hob den Arm. In der Hand hielt er die schwere .45er, mit der St. Thomas den Kater erschossen hatte. Die Frau sah seine Bewegung nicht. Hill drückte ab, das Geschoß fuhr der Frau in den Hinterkopf, und sie brach zusammen wie eine Stoffpuppe, rollte den Damm hinunter bis zur Böschung, blieb dort mit ausgebreiteten Armen und Beinen liegen.

»Diese gottverdammten Schweine«, stöhnte LuEllen auf. Aber sie drückte auf den Auslöser, immer wieder, fotografierte, wie sie den Damm hinunterglitten, den Körper der Frau ins Wasser warfen, zurück auf die Dammkrone kletterten. Hill war regelrecht aufgekratzt, lachte, klopfte St. Thomas auf die Schulter. Der sagte etwas zu ihm, und Hill zog die Pistole aus dem Hosenbund, sah sie an, drehte sich um und warf sie ins Wasser.

»Knipsen!« zischte ich. Meine Aufforderung war überflüssig. LuEllen hatte mehrmals auf den Auslöser gedrückt, zum letztenmal genau in dem Moment, als die Pistole auf dem Wasser aufschlug. Ich versuchte, mir diese Stelle genau einzuprägen. Die Pistole würde ein wichtiges Beweismittel sein...

»Laß uns schleunigst verschwinden«, sagte ich. »Wenn sie nur den leisesten Verdacht haben, es könnte jemand auf dem Hügel sein...«

Wir rannten den Pfad hinunter zum Wagen. »Sie können uns vom Hügel aus wegfahren sehen und das Auto erkennen«, sagte LuEllen beim Einsteigen.

»Sie waren noch mindestens hundert Meter vom Hügel weg, und die Kerle sind bestimmt keine Sprinter. Warum sollten sie denn den Hügel rauflaufen? Dafür gibt's keinen Grund. Also, wenn sie überhaupt auf die Idee kommen, den Hügel zu checken, dann *gehen* sie rauf. Und ehe sie oben ankommen, sind wir längst verschwunden.« Ich fuhr los, gab nur wenig Gas, damit sie uns nicht hörten, und bog auf der Kiesstraße rechts ab, weg vom Tierheim. LuEllen schaute dauernd zurück; sie entdeckte niemanden, der uns beobachtet hätte.

Auf der *Fanny* diskutierten wir über die Morde, deren Zeugen wir gerade geworden waren.

»Wir können das niemandem sagen«, forderte LuEllen eindringlich. »Ich will aus der Sache nicht aussteigen, aber ich kann es mir keinesfalls erlauben, in eine Morduntersuchung verstrickt zu werden. Und du auch nicht. Wir wären erledigt.«

»Aber wir können den Mistkerlen das nicht einfach durchgehen lassen. Sie haben schließlich zwei unschuldige Menschen ermordet.«

»Wir regeln das auf unsere Weise. Das haben wir schließlich schon mal gemacht...«

Ich dachte an die einsame Gegend in West Virginia, an die beiden toten Gangster, an das Grab, in dem wir sie verscharrt hatten und in dem sie inzwischen vermoderten... Ja, bei Gott, wir hatten schon einmal eine schwierige Sache *auf unsere Weise* geregelt. Und es machte mich krank, daran zu denken. Aber wir hatten damals keine andere Wahl gehabt...

»Ich muß darüber nachdenken«, sagte ich hilflos. »Aber wir können das nicht einfach unter den Tisch kehren... Die Kerle davonkommen lassen...«

»Nein, das können wir nicht. Aber bitte, Kidd, laß uns Marvel und John nicht sagen, was vorgefallen ist. Wir sagen es *niemandem*... Es ist *unser* Problem, und wir werden es lösen.« Sie sah mich an, und ich bewunderte wieder einmal die Energie, die in dieser Frau steckte. »Bei einer Untersuchung geraten wir ins Licht der Öffentlichkeit, und dann...«

»Okay. Für uns beide tu ich alles...« Ich legte den Arm um ihren Nacken und drückte ihren Kopf, wie im Schwitzkasten bei Ringern, fest an meine Brust, und sie legte ihre Arme um meine Hüfte. Das ist sicher nicht das, was man im allgemeinen als eine »Vom-Winde-verweht-Schmusestellung« bezeichnen könnte, aber uns beiden gefiel es so. Wir fühlten uns gut dabei...

»Bobby wird Marvel und John sagen, daß er uns alarmiert hat«, überlegte ich.

»Dann sagen wir ihnen, wir seien zu Dessusdelits Haus gerast, hätten aber weder Harolds noch Hills Wagen gesehen, hätten dann die ganze Gegend einschließlich des Tierheims abgesucht, aber nichts Verdächtiges entdeckt, hätten auch vergeblich versucht, sie anzurufen, und wären dann schließlich wieder zurückgefahren.«

»O Gott«, seufzte ich und strich mit der Hand durch mein Haar. Am liebsten wäre ich jetzt zum Bug gegangen, hätte die Leinen losgemacht und wäre nach Süden den Fluß runtergefahren – weit weg. Aber das war unmöglich...

LuEllen sah mich aufmerksam an, ihre Augen dicht vor meinen. »Kidd, manchmal hast du solche... Impulse, edel zu sein. Du mußt diese Regungen unter Kontrolle behalten. Es ist zum Kotzen, aber wir können nichts mehr für Harold und diese Frau tun... Nichts, was es wert wäre, dafür in den Knast zu wandern.«

»Ich rufe jetzt Marvel an.«

»Warum?«

»Um die losen Enden wieder zusammenzuknüpfen.«

Marvel war außer sich. Verzweifelt.

»Ich weiß es nicht«, mußte ich immer wieder auf ihre Fragen antworten. Ich schlug vor, daß sie und ihre Freunde schleunigst die Stadt nach Harolds Wagen absuchten.

»Meinst du, sie haben ihn... verletzt?«

»Du kennst diese Leute besser als ich«, wich ich aus. Und hatte einen bitteren Geschmack im Mund.

»Nun ja... Also, wir machen uns auf die Suche nach dem Wagen. Vielleicht sollte ich zur Dessusdelit gehen und sie damit konfrontieren...«

»Nein, nein. Mach das um Gottes willen nicht. Wenn sie Harold was angetan haben, bist du dann auch in großer Gefahr. Denk dran, sie haben die Polizei in der Tasche. Das einzige und Beste, was wir tun können, ist, Harold zu finden. Zunächst seinen Wagen. Rausfinden, was passiert sein könnte. Wir dürfen jetzt aber nicht den Kopf verlieren und irgendwas tun, was unseren Plan kaputtmacht. Wenn sich die schlimmsten Befürchtungen bestätigen und sie Harold was angetan haben, ist es um so wichtiger, daß sie bestraft werden und wir die Macht in der Stadt übernehmen.«

Mir fiel auf, daß keiner von uns beiden die Worte *getötet* oder *ermordet* oder *tot* benutzt hatte. Sondern *verletzt* oder *was angetan...*

Der Tag schleppte sich dahin. Marvel startete die Suchaktion, und LuEllen entwickelte inzwischen den Film.

»Wenn du mal heulen willst, dann schau dir das an«, sagte sie mit schwankender Stimme, als sie aus dem zur Dunkelkammer umfunktionierten Badezimmer kam. Sie hatte ein Spezialpapier benutzt, um die Entwicklungszeit zu verkürzen, und die Abzüge waren noch weich und feucht. Sie legte sie wie groteske Platzdeckchen auf dem Tisch aus.

Jeder einzelne Schritt der Morde war festgehalten, so wie manche Foto- oder Filmsequenzen die Ermordung von Menschen zeigen. LuEllen legte die Fotos in der zeitlichen Abfolge auf. Wenn LuEllen eine Fotoreporterin wäre, hätte sie für ihre Aufnahmen wahrscheinlich den Pulitzerpreis bekommen...

»Mein Gott, das könnten Fotos eines Gangstermordes aus den Dreißigern sein. Hills Haarschnitt mit den hochstehenden Borsten, die kurzärmligen Hemden...«

Man konnte zwar nicht gerade die einzelnen Poren in Hills Gesicht erkennen, als er abdrückte und Sherrie erschoß, aber man sah seinen Gesichtsausdruck... Falls diese Fotos und die Negative jemals einem Gericht vorgelegt würden, dann war den beiden Männern der elektrische Stuhl sicher.

LuEllen ließ sich in einen Sessel fallen. »Ich kann nicht sagen, daß ich mich im Moment besonders gut fühle«, sagte sie.

Sie hatte immer noch die Gummihandschuhe an, die sie bei der Entwicklung der Negative getragen hatte. Auch ich vermied peinlichst, die Fotos zu berühren. Fotomaterial ist äußerst gefährlich, weil es Fingerabdrücke sehr leicht aufnimmt und lange Zeit konserviert. Als ich mit der Betrachtung der Fotos fertig war, steckte sie LuEllen in eine Plastiktüte und klebte sie unter den Boden einer Schublade des Wohnzimmerschrankes.

Marvel rief in Abständen von ungefähr einer Stunde immer

wieder an, ohne einen Erfolg melden zu können. Schließlich meinte sie, wir sollten uns treffen. In einer Stunde in Johns Zimmer im Holiday Inn.

Sie und John erwarteten uns, als wir pünktlich eintrafen.

»Immer noch keine verdammte Spur«, fluchte Marvel und lief unruhig im Zimmer auf und ab. »Nicht mal von dem verdammten Wagen. Was meint ihr dazu?«

»Könnte es sein, daß er sich ... aus dem Staub gemacht hat?«

»Nein, natürlich nicht«, fauchte sie wütend.

»Dann muß man das Schlimmste befürchten. Daß er ... tot ist.«

Sie blieb stehen, sah John an, und Tränen traten in ihre Augen. »Ich ... befürchte das auch«, stammelte sie. »Sie haben ihn sich bestimmt nicht gegriffen und zusammengeschlagen, um ihn dann wieder laufenzulassen ...«

»Nein.« Ich sah LuEllen an. Ihr Gesicht war wie versteinert.

»O mein Gott«, stöhnte Marvel. Sie stand neben John, und er legte den Arm um sie und drückte sie tröstend an sich.

O mein Gott, dachte auch ich, diese beiden Menschen glauben und vertrauen uns wirklich ...

Es gab nichts weiter zu besprechen, und so machten LuEllen und ich noch einen Alibibesuch in der Bar. Stadtrat Bell saß mit einer hübschen, sommersprossigen Blondine an einem Tisch und winkte uns grüßend zu. LuEllen winkte zurück, aber wir setzten uns an einen anderen Tisch in einer Ecke.

»So, und was machen wir jetzt, Boß?« fragte LuEllen in einem Anflug von traurigem Sarkasmus.

»Wir ziehen die Sache durch, wie sie ursprünglich geplant war«, sagte ich. »Aber es ist ein Sonderfall dazugekommen: Hill und St. Thomas. Es geht nicht mehr nur darum, den Apparat zu zerschlagen.«

»Ich weiß nicht ...«, sagte sie ernst. »Immer wenn ich mit dir zusammenarbeite, läuft die Sache auf Gewalttätigkeit raus. Ich kann mich nicht erinnern, vor der Geschichte in West Virginia überhaupt jemals einen toten Menschen gesehen zu haben ...«

»Wir sind nicht schuld daran, und ich dränge mich auch nicht danach, als edler Ritter das Böse zu...«

»Das sagst du immer«, unterbrach sie mich.

»Ich *muß* aber daran glauben, wenn ich damit fertig werden will. Ich suche die Gewalt nicht, sie wird mir aufgezwungen.«

Wir sprachen noch zwanzig Minuten über dieses Thema und tranken zwei Drinks dazu. Zwei ist das Limit für mich, bei mehr werden meine Lippen taub. Ich bezahlte, und als wir gingen, winkte LuEllen Bell zum Abschied zu. Er nickte zurück und kramte in seiner Tasche, um ebenfalls zu bezahlen.

Als wir auf dem Parkplatz etwa den halben Weg zu unserem Wagen zurückgelegt hatten, wurden plötzlich schräg hinter uns zwei Wagentüren zugeschlagen, in einer so herausfordernden, aggressiven Art, daß wir sofort hinschauten. Hill und St. Thomas, beide betrunken, Bierdosen in der Hand.

»He, du Künstlerarschloch«, schrie Hill zu mir herüber.

»Geh weiter«, sagte LuEllen hastig.

Aber ich hatte zwei Drinks in mir, und so blieb ich stehen und drehte mich um. Hill kam zwischen den geparkten Wagen auf uns zustolziert, St. Thomas zwei Schritte hinter ihm. Zehn Meter von uns entfernt saßen zwei junge Männer in Cowboykleidung auf der Kühlerhaube eines Pickups; sie sprangen runter und gingen ein wenig zur Seite, um das Geschehen besser beobachten zu können.

»Wo hast du denn die alte Trent, dieses dämliche Miststück? Hast du sie gegen 'ne jüngere Fotze eingetauscht?«

»Hau ab, du Arschloch«, sagte LuEllen mit eiskalter Stimme. Hill blieb verblüfft stehen. Er war ein echter Raufbold und erkannte die Gefahr, die sich in LuEllens Tonfall ausdrückte. Er schien verunsichert zu sein.

»Muß deine Fotze für dich reden, du Hippiearsch?« Er war jetzt nur noch etwa fünf Meter von uns entfernt. Grinsend drehte er sich zu den Cowboytypen um, erwartete ihren Beifall zu seiner witzigen Bemerkung.

Ich zeigte ihm mein charmantestes Lächeln und brachte meinen rechten Fuß in die richtige Stellung – leicht nach außen gespreizt. Der gefährlichste Mann in einem Kampf ist derjenige, der am meisten darauf brennt – und ich hätte diesen Mistkerl am liebsten umgebracht. Ich beobachtete ihn und sah, daß er mich überrennen und zu Boden zwingen wollte, daß er nicht in erster Linie auf einen Boxkampf aus war.

»Ich hab' 'ne Schwäche für gutaussehende Frauen«, sagte ich. »Man hat mir von dir erzählt, daß du dich im Gegensatz dazu meistens mit Arschfickern rumtreibst.«

Die Worte hingen einen Moment in der Luft; ich verlegte mein Gewicht auf den rechten Fuß, schaute an Hill vorbei auf St. Thomas und höhnte dann: »Dein Geschmack läßt sehr zu wünschen übrig. Der Schwule da bei dir ist ein ziemlich häßlicher Vogel und hat nicht mal 'nen nennenswerten Arsch. Macht's dir trotzdem Spaß?«

Einem der Cowboys gefiel das, er ließ ein entzücktes »Wow« hören. Hill dagegen stieß einen unartikulierten Wutschrei aus, ließ die Bierdose fallen und kam mit gesenktem Kopf und ausgestreckten Armen auf mich zugerannt. Ich hatte das erwartet, und als er in der richtigen Entfernung war, trat ich ihm mit dem linken Fuß mit voller Wucht ins Gesicht. Er flog zur Seite, landete mit dem Bauch auf dem Asphalt, blieb mit ausgestreckten Armen liegen. Ich wurde von einer maßlosen Wut gepackt, sah das Bild vor mir, wie er die Frau erschoß, dachte an Harold, und ich trat ihm zweimal mit voller Wucht in die Rippen. Dann fuhr ich zu St. Thomas herum. Aber er, der ältere Mann, hatte offensichtlich kein Interesse an einer Schlägerei. Er stand reglos da und starrte mich an. Hill versuchte aufzustehen, und ich wollte wieder auf ihn losgehen, als mich eine scharfe Stimme zurückhielt.

»Was ist hier los?« Lucius Bell kam auf uns zu und sah mich stirnrunzelnd an.

»Euer oberster Stadtschläger hatte die Absicht, mich zu verprügeln«, keuchte ich. Hill kam langsam wieder auf die Füße. Blut lief ihm aus der Nase und von der aufgeplatzten Oberlippe, verschmierte seine Zähne, tropfte von seinem Kinn. Er wollte wieder auf mich los, aber seine Rippen machten anscheinend nicht mit; bei jeder Bewegung flackerte ein heftiger Schmerz in seinen Augen auf. Ich hatte ihm, so nahm ich an, mit meinen Tritten ein paar Rippen gebrochen.

»Ist das wahr, Duane?« fuhr Bell ihn an.

Einer der Cowboys sagte mit der unbekümmerten Furchtlosigkeit seines Berufsstandes: »Ganz klar, Duane hat angefangen. Hat die junge Lady mit 'nem ganz schlimmen Schimpfwort beleidigt.«

Bell sah uns der Reihe nach an und nickte dann. »Du siehst zu, daß du nach Hause kommst und deinen Rausch ausschläfst«, sagte er zu Hill. »Eine Schlägerei in der Öffentlichkeit schädigt das Ansehen unserer Stadt. Mach das in deiner Stammkneipe, wenn's unbedingt sein muß. Und, Duane, morgen früh um zehn Uhr kommst du zu mir ins Rathaus, verstanden? Sei pünktlich. Und jetzt verschwinde.«

Hill knurrte etwas Unverständliches, drehte sich um und wankte, sich die Rippen haltend, davon. St. Thomas folgte ihm. Bell sah den beiden nach, nickte LuEllen zu und schaute mich einen langen Augenblick abschätzend an. Dann ging er zu seinem Auto, in dem die Blondine mit verschränkten Armen auf ihn wartete.

»Verdammt«, sagte einer der Cowboys, »unser Land kommt langsam echt vor die Hunde.« Er nahm einen Schluck aus seiner Bierdose und betrachtete kopfschüttelnd meine Künstlerkleidung von oben bis unten. »Irgend so ein Arschloch hat doch tatsächlich den Scheißhippies das Kämpfen beigebracht.«

13

Am nächsten Morgen rief Marvel an und bat uns, sie auf der Farm einer Freundin draußen auf dem Land, weit weg vom Fluß und den neugierigen Augen der Leute in Longstreet, zu treffen.

»Wir sind dort sicher, und es ist nicht so weit weg wie Greenville.« Sie beschrieb mir den Weg. »In einer halben Stunde?«

»Okay. Ich fahre gleich los.«

LuEllen blieb auf dem Boot. Neue Leute kamen ins Spiel, und die sollten ihr Gesicht nicht sehen ...

»Du wirst doch noch hier sein, wenn ich zurückkomme?« fragte ich in einem Anfall von ängstlicher Unsicherheit.

»Ganz bestimmt«, sagte sie ernst. »Ich werde diese Stadt nicht eher verlassen, bis Hill und St. Thomas das bekommen haben, was sie verdienen.«

Marvels Freundin hieß Matron Carter und war eine einfache, fröhliche Frau mit kurzen Haaren und geschmeidigen Bewegungen. Als ich ankam, übte sie gerade Basketball-Korbwürfe in einen netzlosen Ring an der Seite einer baufälligen Garage. Marvels Wagen stand neben einem leeren, verfallenden Hühnerstall. Ein rostiger Traktor aus den vierziger Jahren vergammelte in kniehohem Unkraut unter Fliederbäumen in einer Ecke des Gartens, und eine militärisch exakt ausgerichtete Reihe von Apfelbäumen bildete die Grenze zu einem brachliegenden Feld.

»Sie warten im Haus auf Sie«, sagte die Frau und dribbelte dabei mit dem Ball, täuschte links an, tänzelte rechts an einem imaginären Gegner vorbei und erzielte aus fünf Metern einen Korb.

»Guter Wurf«, lobte ich.

»Gehört zu meinem Beruf«, sagte sie und lief hinter dem Ball her. Marvel erzählte mir später, daß sie Sportlehrerin an der Longstreet High School war und die Basketball-Mädchenmannschaften der Schule trainierte.

Das Haus war ziemlich heruntergekommen. Ich ging durch die Hintertür, kam in die Küche und dann in das kleine Wohnzimmer, wo Marvel und John auf einer wackligen Couch hockten.

»Harold ist tot«, empfing mich Marvel. Ich blieb erschreckt stehen.

»Habt ihr ihn gefunden?«

»Wir haben seinen Wagen gefunden«, sagte sie düster. »Auf dem Wal-Mart-Parkplatz. Harold ist tot. Ich spüre es. Die Schweine haben ihn irgendwo hingebracht und getötet.«

Sie fing an zu weinen. John sagte leise: »Sie sind zusammen aufgewachsen. Von Kindheit an.«

»O Gott«, murmelte ich und strich mit den Fingern durch mein Haar. Die Versuchung, ihnen die Wahrheit zu sagen, wurde fast übermächtig, aber ich unterdrückte sie. »Das FBI muß her«, sagte ich statt dessen.

»Nein«, antwortete John scharf. »Ich hatte ein paar Probleme mit dem FBI, und mal abgesehen davon, wären unsere Pläne im Eimer. Unser Hauptziel ist, die Macht in der Stadt zu übernehmen, und das dürfen wir nicht aus den Augen verlieren.«

»Vielleicht ist Harold gar nicht tot«, sagte ich lahm. »Vielleicht ist er nur aus irgendeinem Grund aus der Stadt verschwunden.« Ich ging zu einem der Fenster und schaute nach draußen. Matron Carter stand an einer rostigen gußeisernen Wasserpumpe und pumpte energisch, bis ein dicker Wasserstrahl aus dem Rohr schoß. Sie trank gierig davon. Im gesprenkelten Sonnenlicht, das auf dem Garten lag, sah sie sehr hübsch aus, viel hübscher als beim ersten Eindruck. »Vielleicht haben sie ihn bedroht, ihm angst gemacht, und er hat sich im ersten Schreck nach Greenville oder Helena verkrümelt.«

»Und hat seinen Wagen beim Wal-Mart stehen lassen?« fragte John zweifelnd.

Auch Marvel schüttelte den Kopf. »Nein. Er ist tot. Ich spüre es... Er ist tot.«

Es gab nicht mehr viel zu sagen. Marvel bestätigte Johns Meinung, daß die Ausschaltung der Mafia und die Machtübernahme in der Stadt Vorrang vor allem anderen haben mußten.

»Matron Carter ist nach Brooking Davis die zweite endgültige Kandidatin für den Stadtrat«, erklärte Marvel. Die dritte war natürlich sie selbst, wie schon längst feststand.

»Geht das denn? Wenn sie hier draußen wohnt, außerhalb des Stadtgebietes...«

»Ihre Eltern haben hier gewohnt. Sie sind tot, und jetzt wohnt niemand mehr hier. Matron hat ihre Wohnung in der Stadt.«

»Okay. Ihr könnt schließlich benennen, wen ihr wollt, das ist euer Bier. Was mir Sorgen macht, sind Johns bevorstehendes

Spielchen und deine Kontakte in der Hauptstadt. Harold fehlt uns ...«

»Mach dir darüber keine Gedanken. Ich habe mit einem alten Freund von Harold gesprochen, einem der Führer der schwarzen Wählerschaft der Demokraten. Ich habe ihm gesagt, daß Harold verschwunden ist und daß das mit unserem Abkommen mit dem Gouverneur in Zusammenhang steht. Dieser Typ ist clever, er weiß, was los ist, und er wird uns voll unterstützen. Ich werde unserem Verbindungsmann beim Gouverneur die verdammten Mafiageschäftsbücher übergeben, und auf euer Stichwort hin werde ich mit so vielen Cops nach Longstreet zurückkommen, daß man meint, sie hätten hier ihren Gewerkschaftskongreß. Und, beim Grab meiner Mutter, wir werden herausfinden, was mit Harold passiert ist ...«

»Okay. Dann starten wir also die Brückensache. John, jetzt kommt dein großer Auftritt. Ihr müßt die Gerüchte in Umlauf setzen.«

»Ich fange sofort an«, sagte Marvel. »Vom nächsten Telefon aus. In zwei Stunden weiß jeder in der Stadt, daß ein reicher Drogenhändler aus Memphis in der Stadt aufgetaucht ist und Land für den Brückenbau aufgekauft hat ...«

»Je mehr ich darüber nachdenke, um so beschissener finde ich die Sache«, brummte John. »Ich meine ... Der gottverdammte Nadelstreifenanzug und der BMW und die Perücke ... Warum zum Teufel sollten sie einem fremden Gangsternigger aus Memphis glauben?«

»Aus demselben Grund, aus dem Millionen von Betrügern die Weltgeschäfte in der Hand haben und Geld scheffeln«, sagte ich. »*Gier*. Du bietest ihnen eine Möglichkeit, ohne Risiko das große Geld zu machen. Sie brauchen dir zunächst mal nur eine bestimmte Geldsumme zu *zeigen*, damit hat sich's, und dann rollt der Rubel für sie. Sie brauchen keinen Cent wirklich *einzusetzen*, bis die Sache mit der Brücke läuft, und dann ist der Profit garantiert.«

»Gier – eine wunderbare Sache«, höhnte Marvel. »Aber du hast recht, Kidd. Wo wäre die Welt ohne Gier?«

John strich ihr übers Haar. »Scheißkommunistin«, sagte er.

Als ich zurück zum Boot kam, kauerte LuEllen auf einer Liege auf dem Oberdeck.

»Bring uns ein Bier mit«, rief sie mir zu.

Ich holte zwei Flaschen und kletterte zu ihr hoch. Sie sah niedergeschlagen aus. Eine leere Bierflasche und ein Glas standen neben der Liege. Eine zerknitterte Zeitung lag zu ihren Füßen. Ich setzte mich zu ihr.

»War's schlimm?« fragte sie.

»Ja, es war schlimm.«

»Wird John jetzt seine große Show abziehen?«

»Ja.«

Sie zeigte über den Damm auf die Stadt, auf die alten Backsteingebäude, die viktorianischen Villen am Kamm des Hügels. »Die Stadt ist schön. Wirkt wie ein Museum... Man kann es kaum glauben, daß so viel Böses in ihr wohnt...« Sie hob die Zeitung hoch. »Schau mal, was ich gefunden habe.«

Eine fette Überschrift im Lokalteil lautete: LONGSTREET, EINE INSEL DES FRIEDENS.

»Da kann man doch nur kichern, was?« meinte sie verbittert und trank ihr Bier aus.

Die Gerüchteküche Longstreets kochte so effizient, wie Marvel es vorausgesagt hatte. Sie brauchte nur ihre Anrufe zu machen und konnte sich dann zurücklehnen; das Gerücht über die Brücke verbreitete sich in Windeseile. John tat ein übriges, ließ sich im Stadtzentrum sehen, machte Fahrten zu »seinem« Gelände nördlich der Stadt und sprach bei einem Ingenieurbüro vor, um sich über die Entnahme von Bodenproben beraten zu lassen.

Bobby rief an. »Gerade kam der erste Anruf auf unserer Sonderschaltung. Archibald Ballem.«

»Aha. Der Stadtjustitiar. Hat er es dir abgekauft?«

»Ich denke schon. Ich habe mich sehr zugeknöpft gegeben und es abgelehnt, Fragen zu beantworten. Habe ihn gefragt, woher er solche Informationen überhaupt hätte, das sei doch alles noch geheim, und ich habe ihn dringend gewarnt, darüber in der Öffentlichkeit zu reden, das könnte das Projekt gefährden. Er hat versucht, mich zu beruhigen. Ich glaube nicht, daß er noch mal anruft.«

»Laß die Schaltung auf jeden Fall noch bestehen.«

»Natürlich.«

Ich rief John an und teilte ihm diese Neuigkeit mit. »Sie werden bald Kontakt zu dir aufnehmen. Stell dich drauf ein.«

Zwei Stunden später ging der erwartete Anruf bei John ein: Archibald Ballem, Rechtsanwalt und Stadtjustitiar, war am Apparat. Er wolle ein paar geschäftliche Dinge mit ihm besprechen, sagte er. John solle doch zu ihm ins Büro kommen, er habe auch zwei Geschäftsfreunde eingeladen, an der Besprechung teilzunehmen. Ich hatte angenommen, damit seien Dessusdelit und St. Thomas gemeint; St. Thomas war dann auch tatsächlich dabei, aber Ballem hatte sich für Muskeln statt Gehirn entschieden: Der andere Teilnehmer war Hill.

»Sie hockten sich dicht um mich herum«, berichtete John später am Telefon. »Sie wollten eine Atmosphäre der Einschüchterung schaffen. Und sie gingen geradewegs auf ihr Ziel los.«

Die Besprechung begann, wie John erzählte, mit dem scheinbar unbeabsichtigten Rassismus, in den Südstaatler häufig verfallen, wenn sie von einem Schwarzen etwas wollen: Reden über Basketball und Breakdance, und St. Thomas, der Wortführer in dieser Einleitungsphase, mochte beides schrecklich gern, wie er verkündete.

Nach dieser kurzen Plauderei stellte Ballem unverzüglich die Frage, was eigentlich mit der Brücke geplant sei. »Welcher Brücke?« fragte John.

Ballem sagte: »Hören Sie, wir drei sind Geschäftsleute mit einigem Einfluß in dieser Stadt. Mr. St. Thomas ist einer unserer aktivsten Stadträte, ich bin der Stadtjustitiar, und Mr. Hill ist Abteilungsleiter in der Stadtverwaltung...«

Und dann kamen sie auf ihr Anliegen zu sprechen: Die erforderlichen Genehmigungen im Zusammenhang mit dem Bau der Brücke wären wahrscheinlich kein Problem, zum Beispiel die Grundstücksaufteilung und die Bebauungspläne... Natürlich nur, wenn der Stadtrat und die Stadtverwaltung mitziehen würden... Alles geschehe natürlich ausschließlich zum Wohle der Stadt Longstreet...»Wir hoffen, es besteht Interesse an zusätzlichen Investoren, Mister, ehem, Johnson?«

»*Ja, das kann sein... Aber ich muß darüber mit meinem... Freund in Memphis sprechen.*«

»Sie haben alles geschluckt«, sagte John. Marvel und Brooking Davis waren bei ihm, wie ich an den Stimmen im Hintergrund hörte. »Sie waren so gierig, daß sie mir sogar die Scheißperücke vom Kopf gekauft hätten, wenn ein Gewinn für sie dabei rausgesprungen wäre.«

»Okay. Das scheint gut zu laufen. Jetzt mußt du den Ball hin und her spielen. Wenn sie dich nicht anrufen, dann rufst du sie an und machst ihnen Druck. Erzähle ihnen von einer Firma in Delaware, die eventuell als Dach über dem Ganzen zu gründen wäre. Sie kennen sich mit Firmen in Delaware aus.«

»Ich habe ihnen auch schon gesagt, daß sie nicht zum Nulltarif in das Geschäft einsteigen können. Das Projekt sei zu groß und zu vielversprechend...«

»Habt ihr was von Harold gehört?«

»Nein. Aber da ist noch was anderes. Ich geb dir mal Marvel.«

Marvel kam an den Apparat. »Ja, da ist noch was anderes, und ich bin stocksauer. Es gibt ein Gerücht, Harold wäre mit Sherrie nach Memphis abgehauen. So ein Blödsinn!«

»Wird sie vermißt? Sherrie?« Ich hatte Angst, man könne meiner Stimme anmerken, daß diese Frage verlogen klang, aber wenn es so war, schien es Marvel nicht herauszuhören.

»Ja, sie ist verschwunden. Nirgends zu finden. Ich wollte sie warnen, nicht zum Tierheim zu gehen, aber ich war mit John zusammen, und... verdammte Scheiße, ich habe es einfach... vergessen. Es ist zum Kotzen, aber ich hab's einfach vergessen.«

»O Gott! *Vergessen?*« Und jetzt war Sherrie tot. Ich wollte sie anschreien, verfluchen, aber das durfte ich nicht. »Und du meinst, es... es könnte nicht sein, daß sie... zusammen abgehauen sind?« stammelte ich in dem Versuch, mich nicht zu verraten. Aber ich fühlte mich beschissen. Ich hatte den Tod der beiden aus nächster Nähe verfolgt, hilflos, entsetzt, wütend, und jetzt zog ich eine erbärmliche Show ab, belog die Frau, die ich trotz ihres Versagens schätzte und mochte.

»Nein!« Sie schrie fast. »Wofür hältst du die beiden eigentlich?«

»Marvel, ich weiß nicht, was ich sagen soll. Ich habe das nicht kommen sehen.«

»Ich auch nicht«, seufzte sie. »Und es war ja *mein* Vorschlag. Wir hätten es wissen müssen. Wir haben mit dem Feuer gespielt.«

»Man darf die Hoffnung nicht aufgeben. Vielleicht... Ich weiß auch nicht... Sieh mal...« Mein Stammeln war diesmal nicht gespielt. »Laß mich noch mal mit John sprechen.«

John kam an den Apparat. »Ja?«

»Hör zu, John, wenn sie Harold und dieser Frau was angetan haben... Dieser Hill, den du bei Ballem getroffen hast, ist der Schläger der Mafia, vielleicht auch ihr Killer. Er ist nicht ganz dicht, ein Psychopath. Wir müssen uns vor ihm in acht nehmen. Du kannst sicher auf dich selbst aufpassen, aber Marvel und ihre Freunde... Die Leute in der Stadt wissen ja, daß sie eng mit Harold befreundet war...«

»Ein paar zuverlässige Leute aus Memphis sind schon unterwegs hierher. Du brauchst dir um uns keine Sorgen zu machen. Und mach dir auch keine Sorgen, was dieser Hill unternehmen könnte. Wenn er uns in die Quere kommt, ist er erledigt, darauf kannst du dich verlassen.«

John hatte am nächsten Morgen ein zweites Treffen mit Ballem. Diesmal war die Bürgermeisterin dabei.

»Sie war wie 'ne Krähe«, erzählte John. »Saß da und fuhr unablässig mit dem Kopf auf und ab, als ob sie nach mir picken wollte. Komische Tante.«

John hatte seinen BMW vor Ballems Büro abgestellt, so daß

jedermann ihn sehen konnte. Auch und besonders die Bürgermeisterin... In seiner Zeit als Aktivist in der Untergrundbewegung der Schwarzen in Memphis hatte er eine ganze Menge über Stadtplanung und -entwicklung und die verschiedensten Finanzierungsmodelle gelernt, und so hatten die drei, wie John berichtete, sich ausführlich über den Wertzuwachs steuerbegünstigter Anlagen unterhalten. Als er ging, hatte sich Ballem auf die Suche nach entsprechenden Beispielen in den staatlichen Steuerverordnungen gemacht...

Sie seien ganz aufgeregt gewesen, sagte John. Aber da wäre noch eine andere Sache, die ihn ein bißchen beunruhige:

»Mann, diese Mrs. Dessusdelit wirkt irgendwie völlig aufgelöst. Verstört... Scheint nicht mehr ganz richtig zu ticken. Bist du sicher, daß sie noch alle Tassen im Schrank hat?«

»Sie hat von Anfang an einen etwas seltsamen Eindruck auf mich gemacht.«

»Seltsam ist gut. Dann ist es inzwischen mit ihr schlimmer geworden. Die Frau scheint irgendwie fix und fertig zu sein.«

John fuhr nach Memphis, um zum Schein »mit seinem Boß zu sprechen«. Am Freitagmorgen kam er nach Longstreet ins Holiday Inn zurück. Zur gleichen Zeit fuhr Marvel in die Hauptstadt, um die letzten Weichen zu stellen. LuEllen setzte sich ins Café »Kaffeeklatsch« und sah sich von dort aus sehr genau das Rathaus und seine Lage zwischen den umliegenden Geschäften an. Dann bummelte sie durch diese Geschäfte und machte verschiedene Einkäufe. Ich war also allein auf dem Boot, als Chenille Dessusdelit aufkreuzte. John hatte recht; sie sah ziemlich ungepflegt aus und wirkte sehr nervös. Ob ich ihr noch mal ein System mit dem Tarot auflegen könnte, fragte sie.

»Ja, das mache ich gerne. LuEllen ist nicht da, sie ist zum Einkaufen in der Stadt.«

»Ich möchte nur schnell mal wissen, was die Karten heute sagen.« Sie stand noch auf dem Anlegesteg, und ich sah vom Oberdeck auf sie hinunter. Ihr Gesicht wirkte grau und verhärmt und sorgenvoll. Im Wohnzimmer holte ich die Karten, und wir setzten uns an den Tisch. Ich schob ihr die Karten zu. Sie mischte sie etwa zehnmal durch und legte sie dann vor mich hin.

»Wollen Sie nicht abheben?«

Sie zögerte, knabberte an der Unterlippe, hob schließlich ab.

Ich legte das Bild auf, und wie so oft beim Tarot ergab sich keine klare Aussage im Zusammenhang der Karten. Die Aussage einzelner Karten war hingegen eindeutiger. Die *Fünf der Scheiben* bedeutet Ärger, Verschlechterung, wird aber oft auch als Armut, Verarmung ausgelegt, und als ich sie auflegte, sog sie hörbar die Luft ein. Sie wußte, was die Karte bedeutete.

»Denken Sie daran, daß alles relativ ist und die Karten oft nur peripher mit der Realität zu tun haben«, tröstete ich sie. »Wenn ich Rockefeller die *Fünf der Scheiben* aufdecke, kann das für ihn bedeuten, daß sein Vermögen auf eine Milliarde Dollar schrumpft. Das reicht immer noch für ein angenehmes Leben.«

»Es ist so ganz anders als beim letzten Mal«, sagte sie mit dünner, verzagter Stimme. Sie saß da wie ein Häufchen Elend.

Die letzte Karte, die ich aufdeckte, war die *Hohepriesterin* aus der Großen Arkana. Ich zuckte innerlich zusammen, schaffte es aber, mein Pokergesicht beizubehalten. Ich schob die Karten zusammen.

»Es gibt da ein Geheimnis«, folgerte ich und zeigte auf die *Hohepriesterin.* »Ich kann nicht erkennen, ob Sie ein Geheimnis haben oder ob jemand ein Geheimnis vor Ihnen verbirgt. Aber eines ist sicher: Wenn dieses Geheimnis ans Tageslicht kommt, wird es schlimme Probleme geben. Sie sehen selbst, wie das Zusammentreffen der *Hohepriesterin*, der Karte des Geheimnisses, mit der *Fünf der Scheiben,* der Karte des Verlustes und der Verarmung, zu bewerten ist.«

Sie wurde immer aufgeregter, zerknüllte ein Papiertaschentuch in den Händen. Ihre Knöchel waren weiß wie Marmor.

»Können Sie ein Ergebnis lesen?«

Ich hob bedauernd die Schultern. »Nein, das kann ich nicht.«

»Können wir noch mal ein System auflegen?«

Ich schüttelte energisch den Kopf. »Nein, nein. Wenn man es mehrmals hintereinander macht, geraten die Einflüsse durcheinander. Wenn Ihnen an einer wirklich guten, intensiven Befragung gelegen ist...«

»Ja?«

»Konzentrieren Sie sich auf *eine* Frage. Sie brauchen mir nicht zu sagen, welche Frage das ist. Aber konzentrieren Sie sich, denken Sie den Tag und die Nacht über an diese Frage, und kommen Sie morgen früh wieder zu mir. Wir legen dann ein Befragungssystem, und ich bin ziemlich sicher, daß dabei definitive Ergebnisse rauskommen.«

Sie nickte heftig. »Morgen«, sagte sie und stand auf.

»Ja, morgen. Aber konzentrieren Sie sich. Es ist wichtig. Wir brauchen diese psychische Energie...«

»Und Sie meinen, dann könnten wir eine Antwort auf meine Frage bekommen?«

»Hm... Da fällt mir was ein...« Ich kratzte mich am Kinn. »Sehn Sie, Sie waren sehr freundlich zu uns, und ich glaube, LuEllen hätte nichts dagegen...«

Ich holte das Samtsäckchen mit der Kristallkugel und drückte es ihr in die Hand. »Nutzen Sie den Abend, schauen Sie in die Kugel... Sie wird Ihre Konzentration fördern. Erinnern Sie sich, wie der Tarot letztes Mal auf die Kugel gewirkt hat? Das kann sich auch umgekehrt auswirken. Konzentrieren Sie sich heute auf eine Frage, und morgen werden wir sehen...«

»Und Sie glauben, LuEllen hat nichts dagegen...?«

»Ganz bestimmt nicht«, beruhigte ich sie und hielt ihr die Tür auf. »Ich bin sicher, die Kugel hilft uns, einen klareren Blick für den Zusammenhang der Karten zu bekommen und eine Antwort auf Ihre Frage zu finden.« So sicher, wie mein zweites Spiel unter dem Tisch richtig gemischt sein wird, fügte ich in Gedanken hinzu.

Als sie ging, kam LuEllen gerade den Damm herunter. Sie blieben am Fuß des Dammes beieinander stehen und wechselten ein paar Worte.

»Du hast ihr die Kugel geliehen?« fragte LuEllen, als sie an Bord kam.

»Sie kommt morgen früh wieder zu einer Befragung des Tarot,

und ich brauche Unterstützung für das, was ihr die Karten sagen werden.«

»Sie ist völlig aufgewühlt«, sagte LuEllen, und wir sahen ihr nach, bis sie über die Dammkrone verschwand. »Vielleicht hat sie doch ein Gewissen.«

»Ich glaube, sie hat vor allem Angst. Als sie letztes Mal hier war, zeigten ihr die Karten zumindest anfangs äußerst günstige Perspektiven auf. Heute kamen ein paar sehr seltsame Karten hoch. Keinesfalls so positiv.«

»Wie hast du das hingekriegt?«

»Ich habe gar nichts hingekriegt«, erwiderte ich kopfschüttelnd. »Die Karten kamen einfach so auf den Tisch.« Der Tarot kann einen manchmal wirklich nervös machen, auch wenn man nicht daran glaubt. Ich wechselte schnell das Thema. »Was hast du rausgefunden?«

»Wir haben Glück. Die Eisenwarenhandlung neben dem Rathaus hat ausziehbare Aluminiumleitern.«

»Aha...«

John rief an. Nach der Rückkehr aus Memphis hatte er mit Ballem telefoniert und ihm gesagt, er habe mit seinem Boß gesprochen, und der habe nichts gegen ein paar verschwiegene, einflußreiche Partner, die die Rückendeckung durch das Rathaus ins Geschäft einbrächten; aber eine Beteiligung bei einer so profitablen Sache sei dennoch nicht umsonst zu haben.

Der Boß wolle zweihunderttausend Dollar als Investitionseinlage haben, und zwar in bar; keine Schecks, keine Quittungen. Und er, John, solle sich überzeugen, daß die Partner auch in der Lage seien, eine solche Summe in bar aufzubringen. Er brauche nicht die ganze Summe zu sehen. Nur die Hälfte. Hunderttausend. Und zwar heute noch.

»Ich habe ihnen erzählt, mein Boß erledige fast alle seine Geschäfte in cash, das sei so eine persönliche Marotte von ihm«, sagte John, seiner Rolle getreu immer noch in gedehntem Südstaatenakzent. »Und ich habe ihnen gesagt, daß er es im Lauf der Jahre so oft mit Scheißangebern zu tun hatte, daß er jetzt darauf bestehe, vor jedem Geschäft überzeugt zu werden, daß das Geld auch wirklich vorhanden ist.«

»Und sie haben es dir abgekauft?«

»Ja. Die Sache kommt ihnen wahrscheinlich ein wenig komisch vor, aber sie vermuten ja, ich wäre ein Dealer, und das erklärt sicher einiges. Dealer machen nun mal ihre Geschäfte in cash... Wir treffen uns um Viertel nach neun im Rathaus. Ballem erwartet mich an der Eingangstür.«

»Warum so spät?«

»Ich habe sie gefragt, und sie haben geantwortet, früher könnten sie nicht alle betroffenen Leute zusammenkriegen. Das war natürlich auch eine kleine Warnung an mich, keine krummen Sachen zu versuchen; sie wären zu sechst, sagte Ballem, und sie würden außer mir niemand ins Rathaus reinlassen.«

»Okay. Schau dir genau an, wie die Tasche aussieht, in der sie das Geld transportieren. Und versuche, aus ihrem Verhalten und ihren Aussagen rauszukriegen, ob sie das Geld im Safe im Rathaus lassen.«

»Okay, okay, ich versuch mein Bestes. Übrigens, Marvel hat aus der Hauptstadt angerufen; dort ist alles okay. Sie hat mit dem Verbindungsmann beim Gouverneur abgesprochen, damit er sich bis Mitternacht bereit hält. Sie marschiert zu ihm, sobald unser Anruf kommt. Und dann geht's los.«

»Okay. Paß auf dich auf, Mann.«

»Mach ich. Und paß du gut auf *dich* auf, Mann.«

Um neun Uhr ging LuEllen ins Schlafzimmer. Ich hörte sie herumkramen, kurz darauf leise aufstöhnen. Ich lief zu ihr hin. Sie lehnte an der Wand, die Augen geschlossen, den Kopf im Nacken.

»Sag kein einziges Wort«, murmelte sie.

In der nächsten halben Stunde zog sie den Inhalt zweier weiterer Kapseln in die Nase hoch, und als John anrief, war sie high.

»Sie hatten das Geld«, sagte John triumphierend. »Und es ist im Safe, genau wie wir uns das gedacht haben. Der Safe stand einen Spalt offen. Sie waren übrigens nur zu viert. Wells, Dessusdelit, Ballem und Hill.«

»St. Thomas war nicht dabei?«

»Nein. Nur diese vier. Ich rufe von der Tankstelle einen Block weiter an, und ich habe sie zusammen rauskommen sehen. Es ist keiner mehr im Gebäude. Das Geld ist in einer weißen Leinentasche. Als sie rauskamen, hatten sie die Tasche nicht dabei.«

»Dann werden wir uns das Geld holen.«

»Viel Glück.«

LuEllen ist eine großartige Einbrecherin, und dafür gibt es eine ganze Reihe von Gründen. Ihre hervorstechendste Eigenschaft ist jedoch der eiserne Wille, mit dem sie ihre Pläne in die Tat umsetzt. Sie macht die schändlichsten Sachen, wenn sie den Willen dazu hat...

»Ich würde dich normalerweise gar nicht mitnehmen, aber ich weiß nicht, was auf mich zukommt, wenn ich erst mal drin bin. Vielleicht brauche ich doch einen starken Mann, der eine Leiter schleppen und mir auf ein Dach helfen kann.« Sie legte sich die Werkzeuge zurecht, die sie mitnehmen wollte. Die Wirkung des Koks hatte nachgelassen.

»Ich würde mir Sorgen um dich machen«, sagte ich ernst.

»Das weiß ich.« Sie hauchte mir einen Kuß auf die Wange, überprüfte ein letztes Mal ihr Werkzeug, und dann gingen wir zum Wagen.

Das Rathaus war ein dreigeschossiges Flachdachgebäude. An der Vorderseite des Erdgeschosses gab es eine Reihe von Fenstern, und die Eingangstüren waren aus einfachem Stahlblech; LuEllen hätte sicherlich mehrere Möglichkeiten gefunden, von hier aus in das Gebäude reinzukommen, aber es hätte von der hellerleuchteten Straßenseite aus geschehen müssen und wäre außerdem nicht ohne Geräuschentwicklung möglich gewesen. Diese Seite kam also für den Einstieg nicht in Frage.

Auf der Rückseite des Gebäudes befand sich der Eingang zur Polizeiwache. Wir wußten, daß acht Cops an diesem Freitagabend Dienst machten; drei Doppelstreifen patrouillierten im Wagen durch die Straßen, zwei Mann besetzten die Wache mit der Arrestzelle. Es verbot sich natürlich von selbst, von dieser Seite aus den Einstieg zu versuchen.

Das Rathaus stand an einer Straßenecke und grenzte nur an einer Seite an ein Nachbargebäude: die Eisenwarenhandlung, die LuEllen sorgfältig ausgekundschaftet hatte. Dieses Gebäude hatte nur zwei Stockwerke, aber sie waren in sich höher als die Stockwerke des Rathauses, so daß es letztlich nur etwa ein halbes Stockwerk tiefer lag als das Rathaus. Die beiden Gebäude waren nicht direkt aneinandergebaut, sondern durch einen Zwischenraum von etwa drei Metern voneinander getrennt. Vor der Eisenwarenhandlung stand ein großer Baum, der das Dach bis hin zum Zwischenraum gegen den Einblick von der Straße her abschirmte.

Die Eingangstür der Eisenwarenhandlung lag zurückgesetzt in einer Schaufensterpassage, so daß wir von der Straße aus nicht gesehen werden konnten, wenn wir an der Tür arbeiteten. Das Schloß würde kein Problem sein, sagte LuEllen. Die Tür schloß nur lose ab, so daß sie mit einer ihrer Spezialstemmeisen den Verschlußriegel zurückschieben konnte; ein Aufhebeln der Tür würde wahrscheinlich nicht nötig sein. Wichtig war auch, daß es weder in der Eisenwarenhandlung noch im Gebäude auf der anderen Straßenseite Wohnungen im oberen Stockwerk gab.

»Ich hab' mir alles genau angesehen«, sagte LuEllen, während wir auf unser Ziel zusteuerten. »Im zweiten Stock des Gebäudes gegenüber hat ein Installateurbetrieb seine Lagerräume. Von dort aus wird uns also niemand beobachten. Im zweiten Stock der Eisenwarenhandlung sind ebenfalls Lagerräume und ein Büro. Ich weiß nicht genau, wo der Zugang zum Dach ist, aber wir werden ihn schon finden.«

Es war wieder eine heiße Nacht. Wir parkten den Wagen zwischen einer Reihe anderer in einer Seitenstraße drei Blocks vom Rathaus entfernt. Dann schlenderten wir die leere Straße entlang, Arm in Arm, ein Pärchen beim späten Abendspaziergang. Es begegnete uns niemand.

»Dann wollen wir mal«, sagte LuEllen, als wir uns dem Eingang der Eisenwarenhandlung näherten. Sie gab mir Gummi-

handschuhe, die ich unauffällig überstreifte. Aus ihrer Schultertasche holte sie ein dünnes Stahlrohr und zog ein spezialgehärte-
tes, kleines Stemmeisen daraus hervor. Das Rohr konnte als
Verlängerung auf das Stemmeisen aufgesetzt werden, um eine
größere Hebelwirkung zu erzielen.

»Bist du sicher, daß das funktioniert?« Der dümmste Zeitpunkt, so was zu fragen, das war mir klar, kaum daß ich es gesagt
hatte.

»Ich denke schon«, antwortete LuEllen ruhig. Sie ging langsamer, warf einen Blick in das Schaufenster eines Ladens für Büro-
bedarf, dann in das des Eisenwarenladens. Alles dunkel. Vorsichtig schauten wir uns noch einmal um, dann gingen wir in die
Passage; zwei Liebende, die sich den neugierigen Blicken even-
tueller Beobachter entziehen wollen. LuEllen setzte das Stemmeisen mit der Kralle zwischen dem Schloß und dem Gegenpfo-
sten ein, schob das Verlängerungsrohr auf das Eisen und drückte
bis zum Widerstand gegen den Hebel. »Jetzt fest gegen die Tür
drücken«, befahl sie flüsternd.

Ich drückte mit beiden Handflächen gegen die Tür, die sich
tatsächlich ein kleines Stück nach innen bewegte.

»Noch mal«, zischte LuEllen. Sie setzte das Stemmeisen erneut an und drückte mit aller Kraft gegen den Hebel. Ein leises
Knirschen, der Verschlußriegel schnappte zurück, die Tür
sprang auf. Wir schlüpften in den Laden. LuEllen schob die Tür
hinter uns zu. »Hallo?« sagte sie mit normaler Stimme. »Ist
jemand da?«

Es rührte sich nichts. Gott sei Dank, denn wenn tatsächlich
jemand geantwortet hätte, hätte ich vor Schreck einen Herzschlag bekommen. LuEllen nahm meine Hand und führte mich
zwischen den Einkaufsregalen hindurch zum hinteren Ende des
Ladens.

»Vorsicht, Stufen«, flüsterte sie. Wir stiegen die Treppe hinauf, LuEllen voraus, wobei sie hin und wieder ihre kleine Taschenlampe anknipste. Im ersten Stock fiel durch ein Fenster ein
wenig Licht von der Straße ins Treppenhaus, aber im zweiten
herrschte absolute Finsternis. Die Treppe endete hier, und wir

wandten uns nach links, zur Rückfront des Gebäudes. Am Ende des Flurs stießen wir auf eine Blechtür, die lieblos mit grüner Farbe bepinselt war.

»Hier könnte es sein«, murmelte LuEllen. Die Tür war nicht verschlossen. Dahinter führte eine kurze, steile Treppe zu einer Dachluke. Auf der Treppe waren Reklamezettel und alte Zeitungen gestapelt, und wir stiegen vorsichtig daran vorbei. Die stählerne Luke war mit zwei Riegeln verschlossen. LuEllen schob sie auf, hob den Lukendeckel ein kleines Stück an, schaute nach draußen und stieß ihn dann vorsichtig ganz auf. Wir krochen aufs Dach.

»Unten bleiben«, flüsterte sie. Wir krochen auf Händen und Knien über den Kies des Daches langsam zum Rand. Von dort war das Dach des Rathauses etwa zweieinhalb Meter schräg über uns und drei Meter von uns entfernt. Die uns zugewandten Fenster waren dunkel. LuEllen kroch am Dachrand entlang, prüfte, wo wir am ehesten nicht gesehen werden konnten.

»Wie sieht's aus?« fragte ich flüsternd, als sie zurückkam.

»Es ist zu machen. Wenn allerdings jemand auf einem der Dächer in der Gegend hockt, um sich Abkühlung zu verschaffen, sind wir geliefert. Aber das müssen wir riskieren. Wir holen jetzt die Leiter. Komm.«

Wir gingen zurück in den ersten Stock und holten aus dem Lagerraum eine ausziehbare Aluminiumleiter. Ich trug sie zum Treppenabsatz, während LuEllen ein aufgerolltes Nylonseil heranschleppte. Sie faßte die Leiter vorn, ich hinten, und wir stiegen wieder die Treppe hinauf.

»Wozu das Seil?« fragte ich leise und blieb stehen.

»Wir sind da oben ziemlich exponiert. Ich binde das Seil an einem Kamin fest, und wenn uns jemand entdeckt und hinter uns herkommt, haben wir 'ne kleine Chance, an einer der Seiten des Gebäudes runterzuklettern und abzuhauen.«

»Aha. Okay.«

»Weiter geht's. Wir haben keine Zeit zu verlieren.«

Auf dem Dach blieben wir zunächst einmal liegen und horchten, ob irgendwo Stimmen zu hören oder ob Lichter in den oberen Stockwerken der Nebengebäude oder gar auf den Dächern zu sehen waren. Nichts. Nur das Summen der Straßenlaternen und der Klimageräte in den Fenstern der nahe liegenden Gebäude. Nur ein einziges Auto unten auf der Straße. Von dort drohte am wenigsten Gefahr, da das Blätterdach des Baumes an der Frontseite uns schützte. Aufpassen mußten wir auf die Zufahrt zur Polizeistation an der Rückseite; wenn ein Cop in einem gerade vorbeifahrenden Streifenwagen nach oben schaute, würde er uns bei der Überquerung des Zwischenraumes zwischen den Gebäuden sehen können...

Wir horchten und beobachteten alles zehn Minuten lang. Nichts. LuEllen stieß mich an. »Auf geht's.« Wir zogen die Leiter aus und lehnten sie gegen das Dach des Rathauses. LuEllen setzte sich hin und stemmte ihre Füße gegen die Leiter, um sie am Abrutschen zu hindern, während ich hinaufkletterte. Ich warf einen letzten Blick auf die Zufahrt unten, ob nicht gerade ein Streifenwagen ankam oder wegfuhr, dann kletterte ich weiter. Es war nicht schwieriger als beim Fensterputzen – solange ich nicht nach unten schaute...

Ich schob mich vorsichtig auf das Dach des Rathauses und hielt die Leiter fest, während LuEllen herüberkletterte. Sie bewegte sich wie eine Katze und war in wenigen Sekunden oben. Ich zog die Leiter hoch und legte sie flach auf das Dach. Wieder blieben wir ein paar Minuten liegen und horchten und beobachteten. Alles ruhig. Nichts Beunruhigendes zu sehen... LuEllen kroch zu einem Schornstein, schlang ein Ende des Seils um ihn herum und knotete es fest. Die Seilrolle ließ sie neben dem Kamin liegen. Falls wir das Seil brauchten, war es einsatzbereit...

Das Rathaus hatte, anders als die Eisenwarenhandlung, eine Gaube mit einer normalen Tür als Zugang zum Dach. Sie ragte etwa in der Mitte wie ein großer Keil gegen den Himmel. LuEllen drehte den Knauf. Verschlossen.

»Problem?«

»Nein, uraltes Schloß. Mach ich mit links.« Sie holte ein Gerät aus ihrer Tasche, das aussah wie der verbogene Haken an einem

Kleiderbügel, schob ihn ins Schloß, und die Tür ging nach zehn Sekunden auf. Dahinter führte eine schmale, gewundene Treppe nach unten.

»Warte hier, bis ich dich rufe«, sagte sie und drückte die Tür hinter mir zu. Die Treppe war aus Holz, und Holztreppen quietschen; also war Vorsicht geboten. Mit gespreizten Beinen, die Füße immer auf die äußeren Ränder der Stufen setzend, stieg LuEllen langsam nach unten. Es war kein Laut zu hören. Am Ende der Treppe blieb sie stehen, horchte, öffnete eine Tür einen Spalt weit, schaute hindurch. »Komm«, zischte sie mir zu. Ich versuchte, so leise wie sie die Treppe runterzusteigen, aber in meinen Ohren klang es wie bei einem Elefanten.

»Hinter der Tür ist so 'ne Art Aktenkammer, und die Arschlöcher haben anscheinend ein Regal quer vor die Tür gestellt. Wollen wohl nie aufs Dach...« Sie hatte die Tür nur ungefähr zehn Zentimeter weit aufbekommen, dann war sie an das Regal gestoßen. Ich griff durch den Spalt und versuchte, das Regal nach vorn wegzuschieben, aber es rührte sich nicht vom Fleck.

»Was jetzt?« fragte ich keuchend.

»Drück gegen die Tür, und halt sie offen.« Sie holte erneut ihr Stemmeisen aus der Tasche, schob es unter die Tür und hob sie aus den Angeln. Es war eng, und wir standen uns gegenseitig im Weg, aber schließlich hatten wir es geschafft. Wir zerrten die Tür zur Seite, so gut es ging. Vor uns hatten wir ein Regal voller Aktenordner. Wir zogen ein paar davon heraus, bis genug Platz für LuEllen war, um durchzuschlüpfen.

»Verdammte Scheiße, die Tür nach draußen ist auch verschlossen«, zischte sie aus der Kammer. »Sicherheitsschloß. Dauert 'ne Weile. Mist verdammter... Aber wenn wir alle Türen wieder zuschließen wollen, kann ich sie ja wohl nicht mit dem Stemmeisen aufbrechen...« Sie nahm die Lampe zwischen die Zähne, und nach einigen Minuten und einer Serie weiterer Flüche sprang die Tür auf, wie ich durch die Lücke in der Aktenreihe sah.

»Wow«, zischte sie so laut, daß ich zusammenzuckte.

»Was ist los?«

Sie drehte sich zu mir um und richtete den Strahl der Taschenlampe auf ihr Gesicht. Sie grinste breit.

»Wir sind in Mary Wells' Vorzimmer«, flüsterte sie triumphierend. »Wo der Safe steht.«

»Soll ich kommen?«

»Nein, bleib wo du bist.«

Sie stieß die Tür weit auf und huschte ins Zimmer. Ich zog ein paar weitere Akten aus dem Regal, um besser nach links sehen zu können, wo der Safe stehen mußte. Ich verrenkte mir zwar fast den Hals, sah aber nur schemenhaft, wie sie zum Safe huschte, in die Hocke ging, lauschte, dann aufstand und im dünnen Lichtstrahl ihrer Lampe die Kombinationszahlen einstellte. Beim dritten Versuch klappte es, und die schwere Tür schwang auf. Sie kramte in den Fächern des Schrankes herum, zog dann eine weiße Leinentasche heraus, stellte sie hinter sich, schob die Tür wieder zu und verdrehte den Kombinationsknopf. Dann kam sie zurück in die Aktenkammer und verschloß mit ihrem Spezialdietrich sorgfältig die Tür. Es dauerte nicht länger als das Öffnen. Schließlich kroch sie durch die Lücke im Regal zurück zu mir ins Treppenhaus. Wir stellten die Aktenordner wieder so in das Regal zurück, wie wir sie herausgeholt hatten, hoben die Tür wieder in die Angeln, zogen sie zu und stiegen langsam die Treppe hinauf zum Dach. LuEllen verschloß auch die Gaubentür wieder sorgfältig.

»Mensch, Kidd, wir haben es«, flüsterte sie glücklich. »Herrje, ich muß schon sagen, Klauen macht mehr Spaß als Bumsen.«

»Danke für das Kompliment«, flüsterte ich zurück.

»Du weißt, wie ich das meine...« Ihre Flüsterstimme klang aufgekratzt, wie unter dem Einfluß eines Adrenalinstoßes oder eines mir bisher nicht bekannten, besonderen Einbrecherhormons. Wir horchten wieder einige Minuten und beobachteten die Zufahrt zur Polizeistation an der Rückseite. Nichts Verdächtiges weit und breit. LuEllen band das Seil los, streifte sich die Rolle über den Unterarm, und nacheinander, diesmal LuEllen zuerst, stiegen wir die Leiter runter auf das Dach der Eisenwarenhandlung. Dort schoben wir die Leiter zusammen und brachten sie zurück in den Lagerraum. Natürlich verschlossen wir auch die Dachluke wieder hinter uns.

»Jetzt kommt eigentlich der gefährlichste Teil«, sagte sie im Laden, bevor wir nach draußen gingen. »Wenn wir auf dem Rückweg zum Wagen jemandem verdächtig erscheinen, sind wir geliefert.«

»Ich habe gar nicht gesehen, daß du Koks geschnupft hast«, sagte ich. Der Gedanke war mir einfach so, aus heiterem Himmel, gekommen.

»Ich wollte es mal ohne versuchen. War eigentlich gar nicht so schlecht.«

»Toll. Also brauchst du das Zeug doch nicht...«

»Ich hab' immer noch das Verlangen danach«, unterbrach sie meine hoffnungsvolle Feststellung.

»Na ja, da kann man nichts machen, nehme ich an.« Ich schob zwei Finger jeder Hand unter ihren Gürtel und zog sie an mich. »Aber ohne Koks bist du viel attraktiver.«

Sie stellte sich auf die Zehenspitzen und küßte mich. Lange und intensiv.

Dann löste sie sich von mir. »So was Doofes«, knurrte sie. »So kriegen einen diese Kerle rum. Man vergißt sich mal 'nen kurzen Moment...«

Draußen fuhr ein Auto vorbei. Als wir rausgehen wollten, zuckten die Lichter eines anderen Wagens auf. Wir warteten, bis auch dieser vorbeigefahren war. Dann gingen wir in die Passage. LuEllen ließ mit Hilfe irgendeines Werkzeugs das Türschloß wieder einrasten, während ich die Straße beobachtete. Dann schlenderten wir los.

Ich legte den Arm um ihre Schultern, und sie drückte den Kopf gegen meine Brust. Wieder waren wir ein Liebespaar, das einen Mondscheinspaziergang machte. Unterwegs blieben wir mal stehen und küßten uns, während wir nebenher unsere Gummihandschuhe in einen Gulli der brandneuen Abwasserleitung Longstreets fallen ließen...

John wartete auf unseren Anruf.

»Geht ihr jetzt los?« fragte er.

»Wir kommen gerade zurück«, sagte ich und schaute LuEllen
zu, die Packen mit Zwanzigdollarnoten auf dem Tisch nebenein-
anderstapelte. »Lief reibungslos.«

»Heiliger Strohsack, langsam fang ich an, das zu glauben, was
Bobby über euch beide gesagt hat. Ihr seid unglaubliche Typen.«
Er stieß einen anerkennenden Pfiff aus. »Ich ruf jetzt Marvel an.
Sie soll loslegen.«

»Ich rufe sie selbst an«, bremste ich ihn. »Wir müssen ein paar
Änderungen besprechen. Ich weiß jetzt, wie wir alles am besten
anpacken. Bis hin zum großen Finale.«

14

Wir packten die hunderttausend Dollar in eine Plastiktasche und
versteckten sie im Motorraum der *Fanny*. Dort konnte sie zumindest nicht zufällig von jemandem entdeckt werden... Das
Boot war inzwischen zu einer gefährlichen Zeitbombe für uns
geworden; wir hatten nicht nur LuEllens Einbruchswerkzeug an
Bord, sondern auch einen Computerausdruck der Geschäftsbücher der Stadtmafia von Longstreet, eine Serie von Fotos über die
Ermordung zweier Menschen und gestohlene hunderttausend
Dollar...

Chenille Dessusdelit kam pünktlich um zehn Uhr am nächsten
Morgen, und, um es vorwegzunehmen, wir brachten sie an den
Rand eines Nervenzusammenbruches. Beinahe hätte ich Mitleid
mit ihr bekommen, aber wirklich nur beinahe... Sie war nervös
wie eine Glucke, über der ein Habicht schwebt, zupfte mit
fahrigen Bewegungen an ihrer Kleidung, saß mir gegenüber auf
dem Stuhl wie ein armer Sünder auf der Anklagebank. Sie sei die
ganze Nacht über wach gewesen und habe die Kristallkugel in
den Händen gehalten, sagte sie weinerlich, als sie sie LuEllen
zurückgab. Aber die Kugel sei dunkel geblieben, habe ihr nichts

offenbart – bis auf einen kurzen Moment etwa um drei Uhr; da habe sie gemeint, wieder das Gesicht ihrer Mutter zu sehen.

»Sie schien mich willkommen zu heißen«, sagte sie düster.

»Vielleicht bedeutet das, daß Sie sie besuchen werden«, meinte LuEllen treuherzig.

»Sie ist tot«, fauchte Dessusdelit. »Ich dachte, ich hätte Ihnen das gesagt.«

»Oh ... Tut mir schrecklich leid«, stammelte LuEllen schein-heilig und legte die Hand vor den Mund.

Dessusdelit mischte die Karten und hob ab. LuEllen legte liebevoll die Hand auf ihren Arm: »Sie können die Kugel eine Weile behalten, Chenille, vielleicht kann sie Ihnen helfen, eine verlorene Verbindung wiederherzustellen ...«

Als Dessusdelit sich daraufhin LuEllen zuwandte, vertauschte ich schnell die Spiele und begann, das bekannteste Tarotlegesy-stem, das *Keltische Kreuz*, aufzulegen. Gleich als erste Karte drehte ich den *Turm* aus der Großen Arkana um, die Karte der Zerstörung, des Zusammenbruchs, oder, wie einige Tarotexper-ten sagen, die Karte des Zornes Gottes. Auf der Karte ist ein mittelalterlicher Turm zu sehen, in den ein gewaltiger Blitz einschlägt. Zwei Menschen taumeln aus der Tür ins Freie.

»Irgendwie sind die Dinge in Ihrem Umfeld durcheinanderge-raten. Aufgewühlt. Eine schwierige Phase.« Ich bemühte mich, meinen Gesichtsausdruck dem Ernst meiner Worte anzupassen, aber ich ließ auch genügend falsche Freundlichkeit in meine Stimme einfließen, um ihr vorzutäuschen, ich nähme Anteil an ihrem Schicksal.

Ihr Mund klappte ein paarmal auf und zu, dann stieß sie aus: »Ich hatte in letzter Zeit einige persönliche Schwierigkeiten.«

»Aha, dann ist es das, was wir hier sehen. Aber denken Sie daran, der *Turm* bedeutet nicht immer Unheil und Zerstörung.« Ich mußte aufpassen, daß ich meine schmalzige Herzlichkeit nicht übertrieb. »Ich habe Ihnen ja gestern schon gesagt, manch-mal sprechen die Karten einfach *über ihr Bild* zu uns. Erinnern Sie sich? Ich hatte in dem Zusammenhang mal ein ganz besonde-res Erlebnis. Vor ein paar Jahren organisierte ein Galerist in

Chicago eine Ausstellung meiner Werke. Für mich war das eine ganz wichtige Sache. Ich habe Ihnen ja von Anfang an gesagt, daß ich normalerweise nicht viel von der mystischen Interpretation des Tarot halte, aber damals machte ich mir Sorgen wegen der Ausstellung. Meine Karriere als Maler konnte entscheidend beeinflußt werden, und so dachte ich, also, es kann ja nichts schaden, und legte mir ein System...«

»Und der *Turm* kam?« fragte sie gespannt. Sie hielt nach einem Hoffnungsschimmer Ausschau, und da ich offensichtlich den *Turm* überlebt hatte...

»Genau. Nun, Sie können sich vorstellen, wie ich mich gefühlt habe... Ich wollte sogar die Ausstellung absagen, aber das wäre ja wohl lächerlich gewesen. Und es ging auch gar nicht mehr. Hunderte von Einladungen waren verschickt, natürlich auch an die Kunstkritiker der Medien, Essen und Trinken war bestellt... Und außerdem sagte ich mir natürlich, sei doch nicht blöd, du bist ja schließlich nicht abergläubisch, also...«

»Und was ist bei der Ausstellung passiert?« unterbrach sie mich. Sie war sichtlich gespannt auf den Ausgang meiner Geschichte.

»Bei der Ausstellung? Gar nichts. Sie lief prächtig.« Sie lächelte erleichtert. »Aber *vor* der Ausstellung... Also, die Frage, die ich dem Tarot gestellt hatte, lautete: ›Wie wird mein morgiger Tag verlaufen?‹ Ich dachte dabei natürlich an die Ausstellung. Und der *Turm* kam... Als ich am nächsten Morgen beim Frühstück saß, Brötchen mit Marmelade, wollte ich mir die Brötchen im Toaster aufbacken, und gleich das erste blieb stecken und fing an zu qualmen. Später war mir klar, daß es absolut blödsinnig war, was ich machte, aber ich nahm ein Messer und wollte das Brötchen damit aus dem Toaster rausfischen. Es gab einen grellen Blitz, und ich erhielt einen Stromschlag, daß es mich quer durchs Zimmer schleuderte... Mein Arm und meine Hand waren noch Tage später wie gelähmt.«

Ihr Lächeln erstarb.

»Bei der Ausstellung lief alles prima. Der *Turm*, das Bild auf der Karte, hatte schlicht und einfach etwas aufgezeigt, was mir passieren würde... Der Blitz auf der Karte war ein Hinweis auf die Elektrizität im Toaster... Die Elektrizität, die mich beinahe umgebracht hätte...«

Noch während ich die letzten Worte aussprach, wich das Blut aus ihrem Gesicht. In diesem Staat vollzog man die Todesstrafe auf dem elektrischen Stuhl, und beim Gedanken an die Morde an Harold und Sherrie muß ihr die Assoziation gekommen sein...

»Könnte ich... noch mal in die... Kugel schauen?« stotterte sie nach längerem Schweigen.

»Natürlich.« LuEllen holte die Kugel, und Dessusdelit rollte sie in den Händen. Kein Aufglitzern. Nichts.

»Keine Farben«, murmelte sie vor sich hin.

»Das ist bestimmt jetzt auch kein guter Moment für die Kugel«, tröstete LuEllen, noch scheinheiliger als ich. »Man muß sich konzentrieren. Sonst kann die Kugel ja nicht reagieren...«

»Gottverdammt«, fauchte Dessusdelit plötzlich los. Mir fielen fast die Karten aus der Hand, und LuEllen zuckte erschreckt zusammen. Dessusdelit krallte ihre knochigen Hände in den Tischrand und kreischte los, mit einer Stimme, die nicht mehr ihre zu sein schien: »Da sind diese verdammten Nigger in der Stadt, vor allem dieser widerliche, eingebildete Kerl, der uns alle kaputtmachen will... Und das alles nur, weil so ein dämlicher Scheißcop einen Niggerjungen, ein verdammtes unbedeutendes Arschloch, umgelegt hat...«

Sie fluchte und schimpfte noch ein paar Sätze unflätig weiter, dann sackte sie in sich zusammen. Einen Moment saß sie schweigend da, starrte ins Leere, dann stand sie auf und ging zur Tür.

LuEllen begleitete sie. »Passen Sie gut auf sich auf, Chenille«, sagte sie ernst und schaute ihr nach, wie sie den Damm hinaufstieg. Dann zischte sie mir über die Schulter triumphierend zu: »Kidd, wir haben diese verdammte Bürgermeisterin völlig fertiggemacht. Zerschlagen wie ein rohes Ei. Und es ist erstaunlich, was dabei zum Vorschein gekommen ist, nicht wahr?«

»Mord ist nun mal kein Ladendiebstahl«, sagte ich.

Als die Bürgermeisterin uns verließ, war es ungefähr halb elf. Um zwölf Uhr brachen die Untersuchungsbeamten des Generalstaatsanwalts wie die große Flut von 1927 über die Stadt herein. Sie kamen in einem Konvoi – sechs braune Dienstwagen der Staatsverwaltung und drei vollbesetzte Streifenwagen der Staatspolizei. LuEllen und ich saßen am Fenster bei Humdinger's und aßen zu Mittag, als sie vorbeirauschten.

»Die Kavallerie kommt«, sagte LuEllen und schob sich einen Löffel von ihrer Nudelsuppe in den Mund.

»Zu spät für Harold«, murmelte ich. »Komm, laß uns gehen.«

»Wohin?«

»Zu der uns bestens bekannten Eisenwarenhandlung. Ich habe gesehen, daß man dort schöne große Magnete kaufen kann.«

John hatte in der Nacht zuvor den BMW zu dem Autoverleih in Memphis zurückgebracht, bei dem er ihn geliehen hatte. Nach ein paar Stunden Schlaf war er in seinem eigenen Auto nach Longstreet zurückgekommen. Er versteckte sich in Marvels Haus, zur Unperson geworden, glatt rasiert, das restliche Haar zum Stoppelschnitt gestutzt, in ausgebleichten Jeans, altem T-Shirt und rissigen Tennisschuhen. Von dem flotten Mr. Johnson aus Memphis war nichts mehr übriggeblieben. Wenn ihn jemand erkannt hätte, wäre das für unsere Pläne natürlich tödlich gewesen, und so verließ er nur in Ausnahmefällen das Haus...

Kurz nach Einbruch der Dunkelheit gingen wir in die Stadt. In einer Nebenstraße hielt Johns Chevy neben uns, und wir schlüpften auf die Rückbank.

»Ist Marvel zurück?« war meine erste Frage.

»Nein. Müßte aber bald kommen. Sie ist zunächst noch zu einer Bekannten gefahren – zu der Putzfrau im Rathaus, Becka Clay. Becka war dabei, als die Regierungsleute angekommen sind.«

»Was war eigentlich mit dem Gouverneur los? Das hat doch viel länger gedauert, als man uns vorher gesagt hatte.«

»Die übliche Scheiße. Er wollte sich eigentlich nicht direkt einschalten, aber als es dann soweit war, wollte er doch wegen jedem Furz gefragt werden, und unser Verbindungsmann sauste wie ein Affe hin und her, um die Entscheidungen zu bekommen. Scheißpolitiker... Übrigens, Marvel sagte mir am Telefon, du wolltest, daß Hill und Ballem neben unserem Mann vom Gouverneur als Stadträte ernannt werden?«

»Richtig.«

»Warum diese Änderung?«

»Falls Harold tot ist, und davon müssen wir ausgehen, hat Hill ihn umgebracht. Wenn Hill und Ballem zusammen mit unserem Mann zu Stadträten ernannt sind, geben wir den Cops den Tip, im Computer draußen im Tierheim seien interessante Daten zu finden. Marvel kann ihnen das Codewort zuspielen, das ich in den Speicher eingegeben habe. Die Cops finden die Mafiabücher in Hills Computer, und Ballem mit seiner Standleitung dorthin ist auch dran. Und sobald diese Sache gelaufen ist, kriegen Hill und Ballem anonyme Telefonanrufe. Von einer Frau, stelle ich mir vor. Eine Frau, die den Akzent der weißen Südstaaten-Lady beherrscht... Sie sagt den beiden, sie habe Beweise dafür, daß Hill Harold umgebracht hat und daß Ballem mit drinsteckt; sie möchte zwar eigentlich nicht, daß Weiße wegen des Mordes an einem Farbigen vor Gericht kämen, andererseits wolle sie aber auch nicht, daß Mörder völlig ungestraft in der Stadt rumlaufen. Und auch noch im Stadtrat säßen... Sie hätten die Wahl: entweder als Stadträte zurückzutreten oder wegen Mordes angeklagt zu werden. Hill und Ballem wissen inzwischen, daß die Cops die Bücher im Computer gefunden haben und ihre Stadtratssitze sowieso verloren sind. Wenn jetzt auch noch diese Frau anruft... Warum sollten sie dann noch um ihre Sitze kämpfen? Nein, sie werden schleunigst aufgeben, um ihre Köpfe zu retten...«

John grinste. Ihm schien der Plan zu gefallen. »Kleines Spielchen auf dem Rassistenklavier, wie?« Aber dann runzelte er die Stirn. »Wenn Hill aber Harold nicht ermordet hat, geht die Sache in die Hose.«

»Er hat es getan«, sagte ich schroff. John sah mich erstaunt an, und ich hob schnell die Schultern. »Steht so im Tarot.«

Wir waren inzwischen bei Marvels Haus angekommen und setzten uns ins Wohnzimmer. Zwanzig Minuten später kam Marvel. Sie sah erschöpft aus, aber auch sehr entschlossen.

»Was von Harold gehört?« fragte sie John. Er schüttelte den Kopf, legte den Arm um ihre Schulter und führte sie zum Sofa.

»Wie sieht's aus, Marvel?« fragte ich.

»Die Sache ist gelaufen. Der Gouverneur wird Hill, Ballem und Brooking Davis ernennen, sobald Dessusdelit, St. Thomas und Rebeck zurückgetreten sind.«

»Was ist, wenn die drei nicht zurücktreten?« fragte John.

»Ich sehe keine Möglichkeit, wie sie das noch umgehen könnten. Becka hat es so eingerichtet, daß sie gerade die Toiletten im ersten Stock geputzt hat, als die Leute von der Staatsanwaltschaft kamen. Sie gingen geradewegs zum Safe, ließen ihn öffnen, und es war kein Geld drin. Becka sagt, Mary Wells habe sich auf den Boden gesetzt und jämmerlich geheult. Und die Bürgermeisterin habe gesagt, sie würde keine Aussagen ohne einen Rechtsanwalt machen.«

»Hast du mit den Presseleuten gesprochen?«

»Ja. Ich rief anonym beim Herausgeber der Lokalzeitung an und sagte ihm, was passiert sei – daß hunderttausend Dollar unberechtigt vom Konto der Stadt abgehoben worden waren und nicht mehr aufzufinden seien. Das Fernsehen würde auch über die Sache berichten. Ich sei Staatsbeamtin, erklärte ich ihm, und ich wollte nicht, daß diese Sache wie so manche andere unter den Teppich gekehrt würde. Er flippte fast aus. Er müsse mit dem Chefredakteur sprechen, und wenn der die Sache bestätigt finde, würden sie natürlich ausführlich darüber berichten. Dann habe ich den Fernsehleuten dasselbe erzählt.«

Wir sahen uns einen Moment schweigend an. Dann sagte Marvel: »Das müßte die Sache in Gang bringen. Ich wüßte nicht, was wir sonst noch tun könnten.«

Die Reaktion des lokalen Fernsehsenders war enttäuschend. Er berichtete in den Nachrichten um zehn Uhr lediglich, daß die Staatsanwaltschaft eine Untersuchung des »Finanzgebarens« der

Stadt durchführe. »Unbestätigten Gerüchten zufolge soll eine größere Geldsumme unkorrekt zwischen städtischen Konten transferiert worden sein«, sagte der Nachrichtensprecher und runzelte dabei ungläubig die Stirn. Ein Reporterteam wollte St. Thomas vor seinem Haus interviewen, aber er sagte nur, er sei beim Angeln auf dem Fluß gewesen und wisse von nichts. Die Bürgermeisterin lehnte jeden Kommentar ab.

Um ein Uhr rief John an.

»Fahr zum E-Z Way und hol dir 'ne Zeitung«, sagte er. »Beeile dich, sonst kriegst du keine mehr.«

Es waren tatsächlich nur noch vier Zeitungen übrig, als ich zum E-Z Way kam. Der Verkäufer schüttelte ungläubig den Kopf: »Die gehn weg wie Kondome bei 'ner AIDS-Tagung.«

Die Zeitung berichtete in großer Aufmachung auf der ersten Seite über die Sache, brachte fast wörtlich das, was Marvel dem Herausgeber gesagt hatte. Hunderttausend Dollar seien vom Geschäftskonto der Stadt abgehoben worden und verschwunden. Die Untersuchungsbeamten würden das zwar nicht bestätigen, aber auch nicht dementieren, und somit müsse an der Sache ja wohl was dran sein.

Am späten Abend rief ich Bobby an.

»Hör mal, Bobby, was ich dir zu sagen habe, muß zwischen dir und mir und LuEllen bleiben. John und Marvel dürfen es nicht erfahren. Wenn du mir nicht versprechen kannst, ihnen gegenüber den Mund zu halten, muß ich die Sache anders anpacken.«

Er dachte einen Moment darüber nach. »Ist es schädlich für sie?« fragte er dann.

»Nein, natürlich nicht. Wahrscheinlich wären ihre Gefühle verletzt, wenn sie wüßten, daß ich es vor ihnen geheimhalte, aber sie *müssen* es wirklich nicht wissen. Sie *dürfen* es sogar jetzt noch nicht erfahren, sonst würden sie vielleicht Dinge unternehmen, die für uns alle gefährlich werden könnten. Marvel wäre besonders betroffen – und John schläft inzwischen mit ihr...«

»Okay«, sagte er nach einer weiteren Pause. »Es bleibt unter uns.«

»Du weißt, daß Harold verschwunden ist?«

»Ja.«

»Hill hat ihn ermordet. Und auch diese Frau. Sherrie.«

Bobby stieß einen leisen Pfiff aus. »Bist du sicher?«

»Ja, ganz sicher. Er hat die Leichen in den Fluß geworfen. Ich brauche jetzt deine Hilfe. Du mußt zwei Dinge für mich erledigen. Als erstes bitte ich dich, die Bürgermeisterin anzurufen. Sag ihr, du wüßtest, daß Harold am Morgen seines Verschwindens in ihrem Haus war, und du wüßtest auch, was er bei ihr wollte. Daß Hill ihn in seinem Lieferwagen weggebracht und ihn und Sherrie ermordet hätte und daß sie das gewußt, vielleicht sogar angestiftet hätte. Sag ihr, sie müsse sowieso ihre Ämter aufgeben, aber wenn sie nicht zusammen mit St. Thomas und Rebeck am Montagmorgen tatsächlich zurücktrete, würdest du sie wegen Beihilfe oder Anstiftung zum Mord anzeigen, und dann sei ihr der elektrische Stuhl sicher. Denk dran, diese Vollstreckungsart auf jeden Fall zu erwähnen.«

»Du willst, daß ich sie jetzt gleich anrufe?«

»Ja. Hol sie aus dem Bett.«

»Okay. Und was ist die zweite Sache?«

»Die Flußpioniere der Army haben alle möglichen Computermodelle über den Mississippi erstellt...«

»Ja?«

»Ich bitte dich, in ihre Datenbänke in St. Louis oder Vicksburg reinzugehen und ein Modell aufzustellen, aus dem hervorgeht, bis wohin am wahrscheinlichsten eine Leiche abgetrieben ist, die vor einer Woche dicht unterhalb von Longstreet in den Fluß geworfen worden ist.«

Sonntag.

Ich saß auf dem Oberdeck und zeichnete. LuEllen machte sich in den Zimmern unten zu schaffen, kam aber immer wieder mal herauf, um ein Sonnenbad zu nehmen. Ich stellte mir vor, eine aufgebrachte Menge würde jetzt durch die Straßen der Stadt ziehen und wütend gegen die Tore des Schlosses der Herrscherin anbranden, aber Chenille Dessusdelit wohnte nicht in einem

Schloß, und statt des wütenden Tobens der Menge drang liebliches Glockengeläute aus drei verschiedenen Richtungen zu uns herüber. Am frühen Nachmittag fingen wir an, Gin-Tonics zu trinken, und um drei Uhr waren wir beide ganz schön angeheitert. So was passiert bei uns eigentlich selten.

Und dann, als der Alkoholpegel noch weiter gestiegen war, hatten wir eine tolle Idee. Wir diskutierten sie einige Minuten, dann gingen wir nach unten, und ich wählte die Nummer von Rebecks Haus. Seine Frau kam an den Apparat.

»Ich will Carl sprech'n«, sagte ich.

»Darf ich fragen, worum es sich handelt?« Die glatte Frage der Frau eines Politikers.

»Na ja, ehm, ich hab' grade mit einem der Jungs von der Staatspolizei gesprochen«, nuschelte ich. »Sie sagen Carl am besten, er soll ganz schnell seinen Arsch mal zum Telefon bewegen, es ist wichtig.«

Kurz darauf war Rebeck am Apparat. »Hallo?«

»Carl, ich will Ihnen nicht sagen, wer ich bin, weil ich sonst Ärger kriegen könnt. Aber Sie kenn'n mich, und ich kenn Sie. Ich ruf Sie an, weil ich von den Jungs von der Staatspolizei gehört hab', daß es um mehr als nur um verschwundenes Stadtgeld geht. Irgend jemand ist... na ja, umgebracht worden, ich weiß nicht wer, aber sie lassen die Mordkommission kommen, hat der Typ gesagt. Wenn ich an Ihrer Stelle wär', würd' ich mal mit den Cops reden. Vielleicht kriegen Sie dann grad' noch die Kurve, eh' der Teufel los ist und Sie in 'ne Mordsache reingezogen werden...«

»Was...«, fing er an, aber ich legte auf.

»Das war's«, sagte ich und spürte erst jetzt so richtig, wie betrunken ich war. »Das wird die Sache voranbringen.«

»Du brauchst noch 'nen Gin-Tonic«, meinte LuEllen, und wir sanken kichernd aufs Sofa. Wir hatten es Rebeck gezeigt. Was würde dieser Armleuchter jetzt tun?

Um vier Uhr piepste der Alarm des Computers. Bobby. Eine Überspielung, die keine Bestätigung erforderlich machte. Wir hatten in der Zwischenzeit nur noch Cola getrunken und waren wieder einigermaßen nüchtern. Der Anruf bei Rebeck kam uns inzwischen keinesfalls mehr als gute Idee vor.

»Was zum Teufel haben wir da nur gemacht, wir Arschlöcher?« fragte LuEllen stöhnend.

»Scheiße... Aber das wird schon laufen«, beruhigte ich sie. Ich verzog das Gesicht. Seit zwei Jahren war ich nicht mehr so betrunken gewesen.

Ich ließ ausdrucken, was Bobby uns geschickt hatte, und schaute es mir an. Zwei Seiten Berechnungen, die auf den Strömungsverhältnissen, den Zuschnitt des Flußbettes, der Strömungsgeschwindigkeit basierten und zu dem Ergebnis kamen, daß die Leichen inzwischen drei bis fünfundzwanzig Meilen abgetrieben sein konnten, »wenn sie nicht irgendwo hängengeblieben sind, was bereits kurz nach dem Eintauchen ins Wasser passiert sein kann.« Eine ziemlich vage Sache.

Auch die Reaktion Bobbys auf meine erste Bitte stand da: »Sache Bürgermeisterin erledigt.«

»Laß uns losfahren«, sagte ich zu LuEllen und kletterte die Leiter zum Oberdeck hoch.

Unser Hafenkapitän reparierte gerade die Planken am Ende des Anlegestegs. LuEllen winkte ihm mit dem Glas in der Hand zu, und er winkte mit seiner Bierflasche zurück.

Wir fuhren flußabwärts, an den Lagerhäusern, den Silos und dem Tierheim vorbei. Auf dem Damm und der Uferbank, von der aus Hill und St. Thomas die Leichen ins Wasser geworfen hatten, war niemand zu sehen. Ich legte an und ließ LuEllen an Land gehen. Sie lief den Pfad zum Hügel hoch, natürlich in den Gummistiefeln zum Schutz gegen die Schlangen, und beobachtete das Gelände des Tierheims. »Niemand zu sehen, auch kein Wagen«, meldete sie nach der Rückkehr.

Wir schauten uns noch einmal die Fotos an, auf denen Hill die Pistole ins Wasser wirft. Ich hatte keine Ahnung, wie weit die schwache Strömung an dieser Stelle einen Gegenstand vom Gewicht der Pistole abgetrieben haben konnte, und so begannen wir etwa drei Meter unterhalb des Punktes, an dem die Waffe auf das Wasser aufgeschlagen war, mit der Suche. Ich benutzte dazu den Magneten, den wir gestern gekauft hatten. LuEllen hatte nicht viel Vertrauen in die Suchaktion, aber ich glaubte, mit einiger Geduld eine Chance zu haben.

Der Magnet war schwer, und so hatte ich ihn an der stärksten Angelschnur befestigt, die ich besaß. Nach leichten anfänglichen Schwierigkeiten schaffte ich es, ihn acht bis zehn Meter weit flußabwärts auszuwerfen und dann langsam wieder einzuholen.

Und ich fand die Pistole. Gerade noch rechtzeitig, denn meine Arme erlahmten langsam. Ich spürte plötzlich, daß der Magnet sich schwerer über den Flußboden ziehen ließ, ging zum Heck, wo ich ihn senkrecht hochziehen konnte, und tatsächlich, die Pistole klebte fest an dem Magneten. Es war ein .45er Colt, wie ich vermutet hatte, ein älteres Army-Modell. Ich nahm die Pistole an mich, schnitt die Angelschnur durch und warf den Magneten ins Wasser.

»Warum das denn?« fragte LuEllen.

»Ich hasse Magnete. Sie sind in der Nähe von Computern und von Software verdammt gefährlich.«

Wir fuhren eine weitere Stunde den Fluß runter und suchten die Ufer und Sandbänke nach den Anzeichen eines hellen Hemdes ab; Bobby hatte in seiner Nachricht geschrieben, wir würden am ehesten ein Hemd sehen, weil sich die Verwesungsgase in den Brust- und Bauchhöhlen sammeln und den Körper aufblähen.

Nichts. Ich nahm zwischendurch die Pistole auseinander, reinigte die Teile, ölte sie ein, setzte sie wieder zusammen. Ich konnte das immer noch ganz gut. Es gibt Leute, die mögen Waffen, andere mögen sie nicht. Aber niemand kann ihre technische Qualität als Präzisionsmaschinen leugnen...

Wir versteckten die Pistole, wie auch das Geld, im Motorraum. Als die Sonne unterging, wendeten wir und fuhren zurück. Wir hatten kaum angelegt, als Marvel anrief.

»Sie werden zurücktreten«, jubelte sie. »Die ganze Stadt spricht schon davon. Sie haben sich in Dessusdelits Haus getroffen, und als St. Thomas nach Hause kam, hat er alles seiner

Frau erzählt. Die Putzfrau hat zeitweise mithören können und es uns weitergesagt. Mein Gott, es klappt, wir werden die Gangster los!«

Am Montagmorgen rief Chenille Dessusdelit kurz nach neun Uhr bei uns an. LuEllen wurde schneller wach als ich, krabbelte über mich hinweg und hob den Hörer ab. Dann drückte sie ihn mir in die Hand, und ich meldete mich verschlafen.

»Ich bin... Ich brauche dringend... Ihre Hilfe. Wäre es... Könnten Sie zum Rathaus in mein Büro kommen? Und den Tarot mitbringen?« Sie klang gepeinigt, verzweifelt.

»Jetzt gleich?«

»Ja. Bitte beeilen Sie sich. Um zehn Uhr habe ich eine Sitzung.«

Wir machten eine verkürzte Morgentoilette, schnappten uns die Tarotkarten und die Kristallkugel und fuhren zum Rathaus. Dessusdelits Büro lag auf einem Flur, der dem Stadtrat vorbehalten war. Direkt am Eingang wachte eine Sekretärin in einem offenen Vorzimmer über den Zugang zu diesem Trakt. Dahinter hatte jeder Stadtrat ein kleines Büro, am Ende des Flurs befand sich ein Besprechungszimmer, und das recht bescheidene Büro der Bürgermeisterin lag gleich links hinter dem Vorzimmer. In der Eingangshalle, vor dem Eingang zum Sitzungssaal, lungerten etwa zwanzig Leute herum, und auch vor dem Trakt des Stadtrats standen Gruppen diskutierender Menschen. Es lag etwas in der Luft...

Die nervöse Sekretärin fragte mich, kaum daß wir angekommen waren, ob ich Mr. Kidd sei, und als ich das bestätigte, führte sie uns geradewegs in das Büro der Bürgermeisterin. Dessusdelit war nicht allein; einer dieser alterslosen Männer, wie man sie oft in den Vorzimmern der Macht findet, stand vor ihrem Schreibtisch. Er war etwa fünfundzwanzig, hatte aber schon so viel Korruption gesehen, daß es für ein Alter von fünfzig Jahren genügt hätte, wie sich an den Falten in den Augenwinkeln und dem müden, abgebrühten Ausdruck seiner Augen zeigte.

Dessusdelit war in den vergangenen zwei Tagen um zehn Jahre

gealtert. Sie hatte versucht, ihr elendes Aussehen mit Make-up zu kaschieren, aber das hatte dazu geführt, daß sie wie eine angemalte Wachspuppe aussah.

»Laß uns bitte ein paar Minuten allein, Robert«, sagte sie zu dem Mann. »Ich möchte etwas Privates mit den beiden besprechen.«

Als er gegangen war, fragte ich: »Was ist eigentlich passiert? Wir haben die Zeitung gelesen...«

»Es hat sich ein sehr ernstes Problem ergeben«, sagte sie und schaute auf die Uhr. »Ich muß dem Tarot dringend eine sehr wichtige Frage stellen. Wie ist es, muß ich die Frage an Sie stellen? Exakt formuliert? Oder kann ich auch den Tarot in der Hand halten und an meine Frage *denken*?«

»Beides geht. Viele Tarotdeuter meinen, die Frage müsse nicht ausgesprochen werden. Ich bin anderer Auffassung und meine, das könne die Ausdeutung eines Legebildes erleichtern. Aber nein, Sie *müssen* mir die Frage nicht sagen.«

»Ich möchte es auf diese Weise versuchen, wenn Sie einverstanden sind.«

Wir konnten dieses Mal nicht manipulieren, und so nahm ich die Karten aus der Schachtel und hielt sie ihr hin. Sie mischte und hob ab. Ich überlegte inzwischen fieberhaft, welche Frage sie gestellt haben konnte. »Soll ich mein Amt niederlegen?« oder »Wo sind die hunderttausend Dollar?« oder »Wird man die Mörder finden?« Es gab viele Möglichkeiten...

»Wie Sie wissen, kann Streß die Einflüsse durcheinanderbringen«, sagte ich im Plauderton. »Vielleicht sollten wir warten, bis Sie ein wenig... entspannter sind.«

Sie schaute wieder auf die Uhr. »Nein, es muß noch vor der Sitzung sein.«

Aha, es hatte also mit der Sitzung zu tun. Das bedeutete höchstwahrscheinlich, daß sie die Frage stellte, ob sie zurücktreten sollte oder nicht. Aber ich konnte natürlich nicht sicher sein, wie sie die Frage exakt formulierte.

»Vielleicht sollten Sie nicht versuchen, eine exakte Frage zu stellen. Vielleicht konzentrieren Sie einfach nur Ihre Gedanken auf die betreffende Situation, und wir sehen uns dann an, was die Karten dazu sagen. Sie sind vom Grundverständnis her ja nicht dafür geeignet, mit einem eindeutigen Ja oder Nein zu antworten.«

Ich legte das System aus. Es war, wie so oft, in vielerlei Weise integrierbar. Dessusdelits Augen huschten gierig über die Karten, die Augen eines Vogels, der nach Würmern sucht, und sie fielen auf die *Drei der Schwerter,* eine böse Karte, auf die *Neun der Scheiben,* die Karte des Gewinns, und auf den *Gehängten.* Ich tippte mit dem Zeigefinger auf diese Karte.

»Das ist die Schlüsselkarte«, sagte ich und gab mir Mühe, meine Stimme so unheilschwanger wie möglich klingen zu lassen. »Sie bedeutet ein Opfer, die Aufgabe einer liebgewonnenen Sache, um den Weg für größere Gewinne im Leben freizumachen. Insgesamt haben wir ein Bild, das ich immer ›gespalten‹ nenne. Denn sehen Sie, die möglichen Wege in die Zukunft« – ich deutete auf die *Drei der Schwerter* und die *Neun der Scheiben* – »sind gespalten, stehen in konträrem Gegensatz zueinander. Sie befinden sich an einem ganz bedeutsamen Scheideweg in Ihrem Leben, Mrs. Dessusdelit. Wenn Sie das Opfer bringen, führt der Weg zu den *Neun der Scheiben,* zu Gewinn und Wohlstand. Wenn Sie es nicht tun, führt der Weg zu den *Drei der Schwerter.*

Diese Karte zeigt ein großes rotes Herz, das von drei Schwertern durchbohrt wird – es ist die Karte des Verlustes und der Trauer.«

»Ich verstehe«, sagte sie leise. Sie drehte ihren Stuhl und schaute aus dem Fenster. LuEllen nahm die Kristallkugel aus dem Samtsäckchen und legte sie ihr in die Hände.

»Schauen Sie hinein, konzentrieren Sie sich ganz auf sich selbst.«

Dessusdelit hob die Kugel in das Sonnenlicht, das durch das Fenster hereinflutete. »Es ist so viel darin zu sehen«, sagte sie verträumt.

Sie blieb noch einen Moment so sitzen, dann schwang sie den Stuhl herum und sagte: »Ich danke Ihnen beiden.«

Wir waren entlassen. »Ist die Sitzung öffentlich?« fragte ich.

»Ja. Aber ich fürchte, es wird keine sehr fröhliche Sitzung werden.«

Als wir die Bürgermeisterin verließen, war es kurz vor zehn. Der Sitzungssaal war bereits dicht besetzt, und auch in der Halle drängten sich noch viele Leute zum Eingang. Wir hatten fast die Tür erreicht, als hinter uns plötzlich laute Stimmen das Gemurmel der Menge übertönten. Duane Hill, den ich vorher nicht gesehen hatte, stellte sich Carl Rebeck in den Weg. Rebeck, der von einem Staatspolizisten begleitet wurde, trug Anzug und Krawatte und eine Sonnenbrille.

»Was machst du denn für einen Scheiß, Carl?« fuhr Hill den noch amtierenden Stadtrat an. Der Polizist schob sich zwischen die beiden.

»Ich werde meine Entscheidung treffen, und damit hat sich die Sache«, sagte Rebeck und blieb wohlweislich im Schutz seines Begleiters. Der Polizist hielt Hill auf Distanz, indem er ihm eine Hand gegen die Brust stemmte. Aber Hill schaute wütend zu Rebeck und schrie ihn an:

»Du mußt doch erst mal mit uns reden, Carl. Du wirst doch nicht auf so einen Scheißhaufen vergammelter Polizeiarschlöcher reinfallen, verdammt noch mal.« In der Halle erstarb das Gemurmel der Leute.

Der Staatspolizist, ein kräftiger Mann mit Spiegelglas-Sonnenbrille und dem Gesichtsausdruck eines unerschrockenen Draufgängers, sagte etwas zu Hill und schob ihn zurück. Hill drängte sich nicht wieder nach vorn, und im Schutz des Cops ging Rebeck an ihm vorbei.

»Vielleicht war es doch gar keine so schlechte Idee, Rebeck anzurufen«, flüsterte LuEllen mir zu.

Die Auseinandersetzung hatte einige Neugierige aus dem Saal gelockt, und wir schlüpften schnell hinein und fanden noch Stehplätze an der Wand. Marvel, flankiert von zwei kräftigen Schwarzen, saß rechts vor uns in einer der hinteren Reihen. Lucius Bell kam pünktlich zum festgesetzten Zeitpunkt, setzte sich an den Tisch des Stadtrates und schaute erwartungsvoll um sich. Reverend Dodge, im schwarzen Anzug mit dem runden

Pfarrerkragen, erschien kurz danach, in der Hand einen Stapel Papier, und setzte sich ans andere Ende des halbrunden Tisches. Selbst von unserem entfernten Platz aus konnten wir sehen, daß der Kragen schweißdurchtränkt war.

Dann erschienen Dessusdelit, St. Thomas und Rebeck und nahmen ihre Plätze ein. Es wurde still im Saal. Dessusdelit schlug dreimal mit einem Holzhammer gegen eine Glocke und erklärte die Sitzung für eröffnet. Mary Wells schaltete den Kassettenrecorder ein, und die Bürgermeisterin begann, eine Erklärung abzugeben.

Es sei Geld der Stadt verschwunden, sagte sie, in der vergangenen Nacht sei es aus dem Safe im Rathaus gestohlen worden. Dieses Geld sei mit ihrer, St. Thomas' und Rebecks Zustimmung vom Bankkonto der Stadt abgehoben worden, um den technischen Ablauf einer solchen Notstandsmaßnahme bei der Stadtverwaltung und bei der Bank zu überprüfen. Nun sei das Geld verschwunden, und es gebe eine staatsanwaltschaftliche Untersuchung. Sie und die Mitverantwortlichen seien sich keiner Schuld bewußt, und sie sei überzeugt, daß die Untersuchung das bestätigen würde.

Darüber hinaus, fuhr sie fort, gebe es unbegründete Bezichtigungen, es seien andere Gelder illegal aus den Einkünften der Stadt abgezweigt worden. Diese Beschuldigungen würden von einer kleinen Zahl von Einwohnern der Stadt erhoben, und die Staatsanwaltschaft messe ihnen eine viel zu große Bedeutung bei. Auch hier würde die Untersuchung beweisen, daß sie absolut unbegründet seien.

»Es ist jedoch auch klar, daß ich selbst, Mr. St. Thomas und Mr. Rebeck in der nächsten Zeit vollauf damit beschäftigt sein werden, die Unwahrheit dieser Beschuldigungen und damit unsere Unschuld zu beweisen. Wir glauben daher, daß wir keine andere Wahl haben, als unsere Ämter als Stadträte niederzulegen, zumindest vorübergehend. Wir werden bei den Wahlen im Herbst wieder kandidieren, denn bis dahin wird, Gott sei mein Zeuge, die Untersuchungskommission festgestellt haben, daß alle Anschuldigungen unbegründet und falsch sind...«

Dessusdelit hielt sich wacker, das mußte man sagen, vor allem, wenn man an ihre Nervosität auf dem Boot dachte. Ich sah zu Marvel hinüber; sie hatte sich vorgebeugt und verfolgte die Aussagen der Bürgermeisterin mit gespannter Aufmerksamkeit. Bei der Ankündigung des Rücktritts lächelte sie erlöst.

Chenille Dessusdelit legte zunächst ihr Amt als Bürgermeisterin nieder, und Lucius Bell wurde von den noch amtierenden Stadträten einstimmig zum Nachfolger gewählt. Er übernahm die Leitung der Sitzung. Dann verlasen Dessusdelit, St. Thomas und ein besonders verkniffen wirkender Rebeck nacheinander kurze Rücktrittserklärungen als Stadträte. Als dieser Akt vollzogen war, herrschte Stille im Saal, bis Dessusdelit ihren Stuhl zurückschob. Er quietschte auf dem Holzboden.

Jetzt fingen alle Leute gleichzeitig an zu reden. Marvel wurde von einer Gruppe umringt, die begeistert auf sie einsprach. Bell blieb sitzen, schaute abwesend auf den Holzhammer und die Glocke vor sich und wechselte ein paar Worte mit Dodge. Dessusdelit sagte etwas zu St. Thomas, ignorierte Rebeck und ging dann aus dem Saal.

»Das war's dann also«, flüsterte LuEllen mir zu. Wir kamen nicht gegen den Strom der aus dem Saal flutenden Menge an und waren unter den letzten, die die Halle erreichten. Marvel stand bei einer Frau und unterhielt sich angeregt mit ihr. Als wir an ihr vorbeigingen, griff sie nach meinem Arm und drückte ihn – eine unüberlegte Geste, wohl nur aus dem Gefühl des Glücks und der Dankbarkeit zu erklären. Ich lächelte sie instinktiv an, ging aber weiter.

Ein paar Meter von uns entfernt stand Hill auf den Stufen der Treppe ins Obergeschoß. Er hatte Marvels Geste gesehen, und seine Augen verengten sich. Ich drängte mich durch die Menge, tat so, als ob ich ihn nicht bemerkt hätte, aber in meinem Hinterkopf dröhnte eine Stimme: »*Verdammt, verdammt, verdammt...*«

»Wir kriegen verdammten Ärger«, sagte ich zu LuEllen, als wir hinaus in die Sonne traten. Vor dem Rathaus standen Gruppen schwatzender Leute wie nach dem Sonntagsgottesdienst.

»Wieso?«

»Marvel hat meinen Arm gedrückt, als wir aus dem Saal kamen. Hast du's nicht mitgekriegt? Hill hat es gesehen. Er weiß jetzt ... na ja, irgendwas. Kann sich zumindest einiges zusammenreimen.«

»Verdammte Scheiße!« Sie strich mit den Fingern durch ihr Haar, eine Geste, die sie offensichtlich von mir übernommen hatte. »Herrgott, jetzt sind wir so dicht vor dem Ziel, und dann so ein blödsinniger Mist.«

»Marvel ist eben kein Profi. Sie hat spontan und emotional reagiert, und das ist immer gefährlich.« Ich blinzelte gegen die Sonne die Straße hinunter. Longstreet sah plötzlich staubig und kalt aus. Ich bin in vielen Städten am Fluß gewesen, und viele von ihnen sind schäbig im Vergleich zu Longstreet. Alle machen jedoch einen zuversichtlichen Eindruck – und sind mehr oder weniger liebenswert. Longstreet war es nicht. Nicht mehr. Es wirkte plötzlich häßlich, gefährlich, gemein. »Wir haben noch ein paar Dinge zu erledigen«, sagte ich entschlossen, »aber dann verschwinden wir schleunigst von hier.«

Wir fuhren wieder den Fluß hinunter. Die Pioniere der Army hatten den Mississippi in Zusammenarbeit mit der Stadt reguliert, die Ufer befestigt, die Strömung in die gewünschten Bahnen gelenkt. Über eine längere Strecke war der Fluß daher eher ein Kanal, und das war unsere Hoffnung, die Leichen doch noch zu finden. Sie konnten kaum irgendwo hängengeblieben sein.

Wir betrieben die Suche nach einer Technik, mit der man Computerprogramme korrigiert; Programmierarbeiten lehren einen oft Dinge, die mit Computern nichts zu tun haben. Und die Suche nach Leichen in einem Fluß war eine solche Sache.

Wenn man ein Computerprogramm erstellt hat, findet man bei der Schlußüberprüfung immer ein paar Fehler, die sich eingeschlichen haben. Einige sind offensichtlich und leicht zu korrigieren. Einige aber sind es nicht, und es kann zu einem regelrechten Alptraum werden, ihre Ursache zu finden. Man braucht sich nur vorzustellen, daß man in einem Telefonbuch nach einer Nummer sucht, die 6966996 statt 6996996 lautet. Und das auch noch, ohne genau zu wissen, warum man den Unterschied herausfinden muß.

Es gibt zwei Wege, einen solchen Fehler zu korrigieren.

Der eine ist der intuitive Weg; man geht »nach Gefühl und Wellenschlag« durch das Programm und hält nach Stellen Ausschau, wo man den Fehler am ehesten vermutet.

Der andere ist der logische Weg; man fängt bei der Stelle an zu suchen, wo der Fehler noch logischem Ermessen stecken könnte, und von dort aus arbeitet man methodisch alle Möglichkeiten durch, bis man ihn gefunden hat.

Der intuitive Weg hat seine Vorteile. Manchmal findet man den Fehler sehr schnell. Manchmal aber findet man ihn gar nicht; der Fehler steckt nicht dort, wo man »frei Schnauze« nach ihm gesucht hat. Mit dem logischen Ansatz kommt man immer ans Ziel, es kann aber unangenehm lange dauern.

Ich ziehe im allgemeinen den intuitiven Ansatz vor, weil mir der logische einfach zu stur und zu langweilig ist. Aber hier, bei der Suche nach Wasserleichen, konnten wir uns schon allein aus dem Grund, weil wir zu wenig Erfahrung mit dem Fluß hatten, nicht auf einen gefühlsmäßigen Ansatz verlassen. Wir fingen also noch einmal bei dem Punkt an, an dem die Leichen ins Wasser geworfen worden waren, und suchten dann systematisch den Fluß ab, wobei wir den von Bobby vorgegebenen »Strecken hoher Wahrscheinlichkeit« besondere Aufmerksamkeit widmeten.

»Es gibt einfach zu viel Fluß um uns herum«, sagte LuEllen resignierend. »Und wenn wir noch lange in der grellen Sonne auf die Ufer starren, kriegen wir die ... Flußblindheit, oder wie auch immer man das nennen will.«

»Aber es lohnt sich. Wenn wir sie finden, ist die Beweiskette geschlossen.«

Aber wir fanden Sherrie und Harold nicht.

Der Sheriff des Bolivar County hingegen fand Harold, und zwar oberhalb der Stadt Rosedale. Korrekter gesagt, ein Flußfischer fand ihn. Die Leiche war an einem Strömungsdamm gestrandet. Der Fischer rief den Sheriff an, und zwei Polizisten bargen den Toten. Das alles spielte sich am Montag morgen ab, etwa zu der Zeit, als die dramatische Stadtratssitzung in Longstreet stattfand. Wir erfuhren es von Bobby, als wir am frühen Abend von unserer Flußfahrt zur Bootsstation zurückkamen. Der Computeralarm piepste, kaum daß ich die Telefonleitung wieder angeschlossen hatte. Nach der üblichen Meldeprozedur erschien auf dem Screen der Text einer Zeitungsmeldung:

ROSEDALE, MISSISSIPPI (AP) – Wie der Sprecher des Sheriffs von Bolivar County bekanntgab, wurde am vergangenen Samstag im Mississippi, in der Nähe von Victoria Bend bei Rosedale, die Leiche eines bisher nicht identifizierten Mannes gefunden.
Die Leiche müsse bereits mehrere Tage im Fluß gelegen haben, sagte der Sprecher, da sie teilweise verwest sei. Es handele sich um einen Schwarzen, bekleidet mit gelbem Hemd und dunkler Hose. Es seien keinerlei Ausweispapiere bei der Leiche gefunden worden.
Eine Autopsie soll in den nächsten Tagen in Greenville erfolgen. Wie der Sprecher betonte, seien keinerlei Spuren von Gewaltanwendung an der Leiche festgestellt worden.

Unter der Meldung stand eine Notiz von Bobby:

Könnte es sich um Harold handeln?

Ich hielt das für sehr wahrscheinlich. Die Leiche war in einer der »Strecken hoher Wahrscheinlichkeit« gefunden worden. Die Kleidung stimmte. Und wenn man Harold dort gefunden hatte, fand man vielleicht bald auch Sherrie in diesem Flußabschnitt. Ich rief Bobby zurück:

Bitte Marvel und John nichts von dem Leichenfund sagen. Wir sagen es ihnen später. Okay?

Die Antwort kam erst nach einigem Zögern:

Okay.

LuEllen und ich studierten gerade die Flußkarten der Gegend, als Marvel anrief.

»Sie machen heute abend noch eine Stadtratssitzung«, sagte sie, und ihre Stimme klang recht euphorisch. »Der Gouverneur hat wie erwartet Ballem, Hill und Brooking Davis zu Stadträten ernannt, und Bell hat für zwanzig Uhr eine Sitzung einberufen, um die drei zu vereidigen.«

»Gab es irgendwelche Einwände gegen Davis?«

»Nein. Er ist ein geachteter Anwalt, und die Leute aus dem Stab des Gouverneurs haben jedem, der es hören wollte, lang und breit erklärt, Davis' Ernennung sei eine politische Geste der schwarzen Wählerschaft gegenüber. Hier bei uns im Süden versteht man diese Art von Politik. Man hält so was für clever. Und vor allem auch für unschädlich, weil ja mit Ballem und Hill zwei Weiße in den Rat nachrücken...«

»Okay. Und jetzt, Marvel, solltest du ein ernstes Wort mit dem ehrenwerten Reverend Dodge sprechen.«

»Alles klar. Mach ich.«

»Nimm John mit. Für alle Fälle. Ihr müßt ihn so richtig an den Eiern packen...«

»Unangenehme Vorstellung. Aber ich weiß, was du meinst. Wir drücken ganz fest zu...«

»Macht das. Und wir kümmern uns um Ballem und Hill.«

Wir verbrachten den Rest des Abends auf dem Oberdeck, redeten und schauten auf den Fluß hinaus. Wir stimmten überein, daß unsere Arbeit in Longstreet fast erledigt war, daß wir bald den Fluß hinunter nach New Orleans fahren und uns dort ein paar Tage im French Quarter entspannen konnten. Um dann langsam zurück nach St. Paul zu schippern...

»Vielleicht könntest du eine Weile bei mir in St. Paul bleiben«, schlug ich vor. Warum zum Teufel zitterte meine Stimme dabei?

»Der Gedanke ist mir irgendwie unheimlich, Kidd«, sagte sie.

Unaufhaltsam strömte der Fluß an uns vorbei. Ich hakte nicht nach. »Hör mal, was ich dich schon längst fragen wollte... Ist dein Name wirklich LuEllen?«

Sie sah mich amüsiert an. »Ja, das ist wirklich mein Name.«

Um zehn Uhr rief Marvel an. »Es hat alles geklappt«, sagte sie. »Hill, Ballem und Davis sind als neue Stadträte vereidigt. Und den höchst ehrenwerten Reverend Dodge haben wir in der Hand. Sein Arsch gehört uns. Sein Arsch und seine Stimme im Stadtrat.«

»Hat er Zirkus gemacht?«

»Überhaupt nicht. Blieb ganz cool. Ich habe ihm gesagt, wir wüßten von seiner versuchten, vielleicht auch vollzogenen Unzucht mit den beiden minderjährigen Mädchen, und er tätschelte einfach nur mein Knie und fragte: ›Marvel, was im einzelnen soll ich denn für dich tun?‹ Ich habe es ihm erklärt, und er sagte: ›Na schön, du hast mich überzeugt.‹ Und dann fragte er uns, ob wir ein Bier möchten.«

»Der Kerl ist ja wirklich eiskalt.«

»Ich habe ihn sogar ein kleines bißchen bewundert. Daß das Schwein sich nicht in die Hose geschissen, sondern alles so ruhig aufgenommen hat! Fügung in Gottes Willen, nehme ich an. Dieses verdammte Arschloch!«

Bei der Sitzung, berichtete sie weiter, hatte Ballem versucht, einen »Konsens des Rates« herbeizuführen, daß die neuen Ratsmitglieder wieder zurücktreten würden, sobald sich die Unschuld der bisherigen Stadträte herausstellen sollte.

Nur Hill hatte ihn unterstützt.

Dann hatten zwei Schwarze aus der Zuhörerschaft eine erneute Untersuchung des Todes von Darrell Clark gefordert. Nach einer hitzigen Diskussion – und einer Unterbrechung, während der Marvel mit Brooking Davis gesprochen hatte –

wurde die Forderung mit drei zu zwei Stimmen zurückgewiesen. Bell und Dodge votierten dafür und waren sehr überrascht, daß Davis zusammen mit Hill und Ballem dagegen stimmte. Auch die Schwarzen unter den Zuhörern hatten kein Verständnis dafür.

»Brooking kriegt dadurch natürlich einigen Ärger bei unseren schwarzen Mitbürgern, aber ich glaube, wir dürfen nichts übers Knie brechen. Wir müssen erst mal kleine Brötchen backen. Die Leute dürfen nicht mißtrauisch werden, was da eigentlich in diesem neuen Stadtrat vor sich geht. Und wir dürfen es uns natürlich auch nicht von Anfang an mit den Weißen verderben. Ich habe auch Dodge gesagt, er soll dagegen stimmen, aber er hatte ja schon mal eine neue Untersuchung gefordert und konnte jetzt nicht plötzlich eine Kehrtwendung machen.«

Nach einer weiteren heftigen Diskussion über die Vorwürfe gegen die Bürgermeisterin und die zurückgetretenen Stadträte wollte Bell die Sitzung schon schließen, als Davis noch das Thema Brücke zur Sprache brachte. Statt ewig auf die Gelder des Staates zu warten, sagte er, sollte die Stadt eine Finanzierungsanleihe auflegen und die Brücke mit eigenen Mitteln bauen. Notfalls könne man ja nach Fertigstellung eine Gebühr für die Brückenbenutzung verlangen.

Bell sagte, dieser Vorschlag sei schon längst geprüft worden und habe sich als undurchführbar erwiesen. Die Finanzierung könne so nicht sichergestellt werden. Davis bestand darauf, man müsse die Angelegenheit eben noch einmal gründlich prüfen. Ballem stimmte ihm geradezu enthusiastisch zu. Es gäbe natürlich Probleme, aber Probleme seien schließlich dazu da, überwunden zu werden. Eine öffentliche Anleihe sei genau das richtige Finanzierungsmittel. Zum Schluß stimmte der Rat einstimmig dafür, Davis' Vorschlag aufzugreifen.

»Wir glauben, daß sich Davis damit Bells Unterstützung gesichert hat, falls wir sie später mal brauchen sollten«, erklärte Marvel. »Jetzt aber zum nächsten Punkt: Wann schicken wir Ballem und Hill in die Wüste?«

»Sofort«, sagte ich. »Wir unternehmen umgehend die nötigen Schritte.«

»Wie wollt ihr es anpacken? Die Staatspolizei wird noch eine Weile brauchen, bis sie die Mafiabücher ausgewertet hat.«

»Mach dir darüber keine Sorgen. Halt dich einfach nur bereit, die nächsten Schritte einzuleiten.«

Die Ereignisse liefen auf das Finale zu.

Wir standen am nächsten Morgen früh auf und fuhren mit dem Wagen nach Greenville. Dort gaben wir mit der Post Abzüge der Mörderfotos an Hill und Ballem auf. Anonym natürlich. Wir wollten sie nach dem Empfang der Bilder erst einmal noch ein wenig schmoren lassen, dann würde LuEllen die beiden als Südstaaten-Lady anrufen und ihnen sagen, sie wäre zufällig auf dem Hügel gewesen und hätte Landschaftsaufnahmen gemacht, und dann hätte sie Harolds Leiche und die Ermordung Sherries gesehen und alles fotografiert. Sie wolle an sich keinen Weißen wegen des Mordes an Schwarzen auf den elektrischen Stuhl bringen, aber sie würde es tun, wenn die beiden nicht sofort als Stadträte zurückträten.

»Wie können wir damit überhaupt Druck auf Ballem ausüben?« hatte LuEllen gefragt. »Er war ja bei den Morden nicht dabei.«

»Hill ist sein Laufbursche. Jeder in der Stadt weiß das. Wenn Ballem die Fotos sieht, wird er kein großes Theater machen. Zumindest nicht sofort. Natürlich wird er später nach dem Fotografen suchen, aber als erste Reaktion wird er zurücktreten. Um die Dinge ruhig zu halten, sich keiner akuten Gefahr auszusetzen, seine Handlungsfreiheit zu behalten. Und wenn er anfängt, Nachforschungen anzustellen, sind wir längst weg von hier.«

Gegen Mittag waren wir in Longstreet zurück. Der Leiter der Bootsstation sagte uns, Duane Hill sei dagewesen und habe nach uns gefragt. Er habe aber keine Nachricht für uns hinterlassen.

»Ich hab' gehört, Sie hätten vor 'n paar Tagen droben beim Holiday Inn 'ne kleine Auseinandersetzung mit ihm gehabt.«

»Die Sache ist erledigt, denke ich.«

»Hm. Passen Sie gut auf sich auf«, sagte er und spuckte in den Fluß.

Wir machten die Leinen los und fuhren wieder den Fluß hinunter – zu einem letzten Versuch, Sherries Leiche doch noch zu finden. Als wir am Tierheim vorbeikamen, hörten wir wieder dieses *Ooka-ooka-ooka* der Vakuumpumpe. Die Todesmaschine war in Betrieb.

Spät am Nachmittag, ein paar Meilen oberhalb von Victoria Point, nahm LuEllen das Fernglas von den Augen und deutete über das Wasser. »Da drüben. Was Gelbes.«

»Eine Boje?«

»Sieht nicht aus wie eine Boje. Ist an einem Baum hängengeblieben.«

Sherries Leiche hing in den Ästen einer angeschwemmten dürren Pappel. Wir waren in der Nähe des Leuchtfeuers von Concordia.

»O mein Gott«, stöhnte LuEllen, als wir näher herankamen. Der Verwesungsgeruch war unerträglich. Ich hatte mir überlegt, die Leiche mit einer Angelleine an einem Baum am Ufer festzubinden, um ein Abtreiben zu verhindern, aber mein Magen revoltierte. Ich prägte mir die Entfernung zum Leuchtfeuer ein, dann drehten wir ab und machten uns auf die Rückfahrt.

»Ich werde die Polizei anrufen«, sagte ich.

Wir waren beide sehr deprimiert.

»Wie kommt es eigentlich, daß in unserer Nähe dauernd Leute umkommen, Kidd?«

»Du stellst immer wieder diese Frage, und ich gebe dir immer wieder dieselbe Antwort: Wir können nichts dafür. Wir haben nur immer das Pech, daß wir zufällig dort sind, wo Leute umkommen. Harold wußte, daß er ein Risiko einging.«

»Und Sherrie?«

»Wir sind nicht schuld an ihrem Tod. Hill ist ein verdammter Psychopath. So ist das nun mal. Wir können nichts dafür – es sind die anderen, die uns das einbrocken.«

»Ich werde versuchen, daran zu denken«, sagte sie, wohl immer noch nicht ganz überzeugt. Und nach einer Pause: »Hör mal, das Geld, das wir aus dem Rathaus geholt haben ... Ich meine, wir sollten es zurückgeben.«

»Wie bitte?«

»Marvel hat oft genug erwähnt, was man alles mit dem Geld anfangen könnte. Einen Teil der Familie des erschossenen Jungen geben – die Leute haben noch mehr Kinder –, einen Teil Harolds Familie... Sie geht davon aus, daß das Geld uns allen gehört.«

»Aha.« Ich hatte geplant, das Geld für uns beide zu behalten.

»Der Kernpunkt ist doch, daß sie uns kennen. Und sie wissen, was wir gemacht haben. Zumindest einen Teil davon. Sie haben uns damit in der Hand. Wenn es hart auf hart käme, könnten wir doch niemals gegen sie ankommen. Wenn wir ihnen aber das Geld geben – nach Abzug unserer Unkosten natürlich, Marvel erwartet das sicher – und sie es für was auch immer verwenden, haben wir auch *gegen sie* was in der Hand. Ich mag Marvel, aber man kann nicht vorsichtig genug sein. Und sie ist Politikerin, das darf man nicht vergessen.«

»Ich verstehe«, sagte ich. Ich verstand es tatsächlich. Aber ich hatte einen bitteren Geschmack auf der Zunge.

Ein paar Meilen südlich von Longstreet dümpelte ein schnittiges Glasfiber-Motorboot am Ufer. Ein Mann stand hinten am Motor, ein anderer am Bug. Ich nahm zunächst an, es seien Angler und beachtete sie nicht weiter, auch weil gerade ein riesiges Lotsenboot mit einer Reihe von Lastkähnen um die Flußbiegung gestampft kam und meine Aufmerksamkeit voll in Anspruch nahm; auf diese Giganten muß man aufpassen, denn sie können weder schnell genug ausweichen noch schnell genug stoppen, wenn man ihnen in die Quere kommt.

Wir ließen den Lotsen rechts vorbei. Dann sah ich, daß das Motorboot auf uns zugeprescht kam.

»Das ist dieser verdammte Hill«, sagte LuEllen. Sie beobachtete das Boot durch das Fernglas. »Und am Steuer sitzt St. Thomas. Ich wette, die haben auch nach den Leichen gesucht.«

Es gab keine Chance, dem Motorboot zu entkommen. Es hatte einen 115-PS-Außenbordmotor, die *Fanny* war ein schwerfälliger Elefant dagegen. Dennoch schob ich den Gashebel ganz nach vorne; wenn wir sie uns vom Hals halten konnten, bis wir in die Nähe der Bootsstation kamen, konnten sie nichts mehr gegen uns unternehmen – was auch immer sie vorhatten.

Kurz darauf jagte das Boot mit hohen, gischtsprühenden Kielwellen vor uns vorbei, schwenkte ein, und das Röhren des Motors steigerte sich zu einem schrillen Kreischen. Hill stand vorn neben St. Thomas, der das Boot in einen Parallelkurs zur *Fanny* steuerte. Hill schrie etwas zu uns herüber, aber im Dröhnen der beiden Bootsmotoren und dem Rauschen des Wassers konnte ich ihn nicht verstehen. Ich machte ihm ein Zeichen, nicht näher zu kommen, und steuerte die *Fanny* nach rechts, weg von dem Motorboot.

Als Hill merkte, daß ich ihn nicht freiwillig an Bord kommen lassen würde, schrie er St. Thomas etwas zu und kletterte auf den als Angelsitz abgeflachten Bug des Bootes. Er klammerte sich an die niedrige Reling und schien von dort aus auf die *Fanny* aufspringen zu wollen. Der Fahrwind zerrte an seinem Hemd, und ich sah an seiner Hüfte das metallische Glänzen einer Pistole.

Das Deck der *Fanny* war etwa einen halben Meter höher als der Bug des Motorbootes und hatte rundum eine hüfthohe Reling. Es würde nicht einfach für Hill sein, die *Fanny* zu entern.

St. Thomas brachte das Boot etwa zwei Meter an die linke Bordwand der *Fanny* heran, schob sich dann langsam näher. Ich wich nach rechts aus, er folgte. Dann riß ich das Steuer plötzlich nach links, auf ihn zu, und er konnte gerade noch ausweichen. Wenn es zu einem Zusammenstoß gekommen wäre, hätte die schwere *Fanny* das Motorboot wie eine Bierdose zerdrückt.

Hill hatte sich schon zum Sprung zusammengekauert. Als St. Thomas in einer Reflexbewegung das Steuer herumriß, fiel er fast von Bord. Er wäre zwischen den beiden Bootskörpern zerquetscht worden...

Hill schrie St. Thomas mit wutverzerrtem Gesicht etwas zu, und der nahm einen neuen Anlauf. Jetzt näherte er sich vorsichtiger, zentimeterweise, und er schaute auf mich und nicht auf die Bordwand. Wenn ich das Steuerrad bewegte, konnte er sofort reagieren...

Hill streckte die Hand nach unserer Reling aus – und sah sich Auge in Auge LuEllen gegenüber. Sie hatte die Leuchtpistole aus der Notfallausrüstung des Bootes geholt und richtete sie jetzt auf Hills Brust. Die beiden waren höchstens zwei Meter voneinander entfernt. Hill griff zur Hüfte, und ich dachte schon, er würde seine Pistole ziehen. LuEllen dachte wohl dasselbe, denn sie hob den Lauf und zielte jetzt auf sein Gesicht. Sie starrten sich an. LuEllens Blick war absolut entschlossen, und ich war sicher, sie hätte abgedrückt. St. Thomas schien das auch zu glauben, denn er drehte ab. Er fuhr noch kurze Zeit parallel zu uns, dann gab er Gas, und das Boot verschwand in Richtung Bootsstation.

»Ich nehme an, er wollte sein Gesicht behalten«, sagte LuEllen lakonisch, als sie zu mir hochgestiegen war. »Keine Ahnung, warum dieses häßliche Arschloch Wert darauf legt.«

Hill wartete am Anlegesteg auf uns. St. Thomas verschwand gerade eiligst über den Damm. Die Bootsstation war ziemlich belebt; mindestens ein Dutzend Leute arbeiteten an ihren Booten, schwatzten miteinander, kamen und gingen. Wir legten an.

Hill kam über den Steg auf uns zu und schrie zu mir herüber: »Was zum Teufel hast du dir dabei gedacht, hee?«

»Was zum Teufel hast *du* dir dabei gedacht?« schrie ich zurück. »Ich dachte, ihr wollt uns versenken.«

Er verhielt sich so, wie man es von einem Psychopathen erwartet, dem man Kontra gibt und der darüber in blinde Wut gerät. Seine Hand zuckte zur Hüfte, aber er war dann doch nicht verrückt genug, im Angesicht so vieler Zeugen tatsächlich die Pistole zu ziehen. »Ich kriege dich, Computermann«, schrie er. »Wart's nur ab! Ich bleib dir auf den Fersen!«

LuEllen starrte ihm nach, als er den Damm hochstieg. »Computermann?« fragte sie.

»Ja. Verdammte Scheiße. Jemand hat ein paar Nachforschungen angestellt. Wenn sie wissen, daß ich Computerfachmann bin und den Verdacht haben, daß ich mit Marvel zusammenarbeite, dann können sie sich eigentlich auch alles andere zusammenreimen: wie die Geschäftsbücher in die Hand der Staatsanwaltschaft gekommen sind, was John ihnen vorgespielt hat, einfach alles...«

»Es wird höchste Zeit, daß wir von hier verschwinden.«

»Ja. Bald. Wir sind kurz vor dem Ziel.«

Am späten Abend holten wir die hunderttausend Dollar aus dem Versteck. Wir waren uns einig, daß siebzehntausend etwa die richtige Summe für unsere Auslagen seien. Den Rest nahmen wir mit zu unserem Treffen im Haus von Marvels Freundin auf dem Land.

»Wir haben unsere Auslagen abgezogen«, erklärte ich Marvel und drückte ihr die Plastiktüte in die Hand. »Dreiundachtzigtausend Dollar für euch. Ihr könnt das Geld natürlich nicht der Stadt zurückgeben. Ihr könntet ja nicht erklären, woher ihr es habt.«

»Wir haben uns schon überlegt, wie wir es sinnvoll verwenden können«, strahlte sie. »Vielen Dank... Ich habe John immer gesagt, das Geld sollte für uns alle sein, aber er meinte, ihr hättet es schließlich... besorgt, und deshalb würde es auch euch allein zustehen...«

John ließ sich noch tiefer in seinen Sessel sinken und schüttelte den Kopf. »Es ist nicht richtig, daß wir es so aufteilen. Und ich kapier das nicht. Ihr zwei habt anscheinend noch irgendein anderes Eisen im Feuer. Ich weiß nur nicht, was es ist.«

Ich zuckte die Schultern. »Traust du uns nicht zu, daß wir zu einem Akt der Selbstlosigkeit fähig sind?«

Er sah LuEllen an, dann mich, und dann sagte er: »Nein.«

Nach der Rückkehr zum Boot rief ich Bobby über das Modem:

Werde John/Marvel Sache mit Harolds Leiche erzählen. Werde Cops anonym anrufen und ihnen seine Identität bekanntgeben. Werde John/Marvel sagen, Du hättest das durch Datenauswertung rausgefunden. Bitte bestätige es, wenn John nachfragt.

Okay. Aber wir beide müssen bald mal ein längeres Gespräch führen.

Okay. Morgen oder übermorgen. Bald.

Bobby wurde anscheinend langsam nervös und machte sich Gedanken über seine Loyalität den Freunden gegenüber...

16

Am nächsten Morgen rief ich das Büro des Sheriffs des Bolivar County an. Ich gab mich als Reporter einer Fernsehstation in Memphis aus und fragte ganz einfach, ob in den letzten Tagen irgendwelche Leichen in ihrem Bezirk im Fluß gefunden worden seien. Ja, sie hätten beim Concordia-Leuchtfeuer die Leiche einer noch nicht identifizierten Frau gefunden, sagte der Officer. Zur Todesursache könne er nichts sagen, dazu müsse man die Autopsie abwarten. Kein weiterer Kommentar...

Ich bat John und Marvel um ein erneutes Treffen im Haus ihrer Freundin draußen auf dem Land.

»Es geht um eure verschwundenen Freunde«, sagte ich zu Marvel am Telefon.

Ich ging wieder allein zu dem Treffen. Marvel und John erwarteten mich voller Spannung.

»Was gibt's Neues?« fragte Marvel, kaum daß ich durch die Tür getreten war.

»Es geht um Harold und Sherrie. Man hat die beiden gefunden. Sie sind tot.«

»O nein«, flüsterte sie und ließ sich auf die Couch sinken. John ging zu ihr und legte die Hand auf ihre Schulter. Er hatte einen seltsamen Ausdruck in den Augen: Wachsamkeit und Mißtrauen. Ich mußte aufpassen, daß er mir nicht auf die Schliche kam...

»Bobby hat angerufen. Er hat ein paar aktuelle Daten ausgewertet... Und hat rausgefunden, daß unten im Bolivar County, bei Rosedale, zwei Leichen im Mississippi gefunden worden sind. Ein Mann und eine Frau. Beides Schwarze. Die Kleidung des Mannes stimmt mit der überein, die ihr mir von Harold geschildert habt. Bei der Frau weiß ich nicht, ob es eine Übereinstimmung gibt... Sie sagen, sie hätte eine gelbe Bluse an...«

»Es sind die beiden«, sagte Marvel tonlos. Sie weinte nicht, aber sie unterdrückte nur mit Mühe einen Gefühlsausbruch, das sah man ihr an. »Sie hatte eine gelbe Bluse an. Ihre Mutter hat es uns gesagt.«

»Was sollen wir jetzt tun?« fragte John. »Was schlägst du vor?«

»Ich schlage vor, daß Marvel ins Bolivar County fährt und die Toten identifiziert. Daß er der Polizei sagt, er hätte von den Leichenfunden im Radio gehört, und er wolle wissen, wie die beiden ums Leben gekommen sind. Daß er den Beamten von seinem Verdacht erzählt – Harold sei am Morgen seines Verschwindens zur Bürgermeisterin gegangen und danach nicht mehr gesehen worden. Warum Harold dorthin ging, darf er natürlich nicht im Klartext sagen. Er muß aber andeuten, daß Harold anscheinend irgendwelche Informationen über den politischen Skandal hatte, der sich zur Zeit in Longstreet abspielt... Damit setzen wir die Dessusdelit gewaltig unter Druck.«

»In Ordnung. Ich mache das.« Marvel hatte die Finger tief in das Polster der Armlehne gekrallt.

»Ich werde mit dir gehen«, sagte John. »Und was macht ihr?«

»Wir bereiten uns darauf vor, von hier zu verschwinden. Noch ein paar Kleinigkeiten, dann ist alles erledigt. Aber noch was: Du solltest schleunigst wieder vom Bolivar County zurückkommen, Marvel, damit du in der Stadt bist, wenn Brooking Davis und Reverend Dodge dich in den Stadtrat wählen. Ich rechne damit, daß Hill und Ballem heute nachmittag zurücktreten.«

»Wie hast du das geschafft?« fragte sie.

»Wir haben sie unter Druck gesetzt.«

»Mit Harolds und Sherries Tod, nicht wahr?« Ihre Stimme klang verbittert.

»Hör zu, ich wollte nicht, daß irgend jemand zu Schaden kommt. Aber es ist nun mal passiert. Und so benutzen wir Harolds Tod als ein zusätzliches Mittel, Hill unter Druck zu setzen, zusätzlich zu den Computerunterlagen. Das ist alles...«

Sie war sich meiner nicht mehr sicher. »Wenn du Harolds Tod etwa vorher einkalkuliert haben solltest, dann...«

»Du weißt genau, wie Harolds Tod zustande gekommen ist«, unterbrach ich sie barsch. »*Du* hast den Plan geändert. *Du* hast ihn zur Dessusdelit geschickt. Nicht ich. Wir veranstalten aber auch kein Pingpongspielchen hier – wir sind dabei, das Leben einiger Leute zu ruinieren, und diese Leute sind harte Typen. Es geht um ihre Existenz, und sie schlagen zurück.«

»Wenn ich gewußt hätte...«

»Niemand konnte wissen, daß sich die Dinge so entwickeln.« Ich sah John an. »Du mußt sie wieder zur Vernunft bringen. Hill, Ballem, St. Thomas und Dessusdelit stehen unter enormem Druck. Und Hill ist ein Irrer. Man kann nicht voraussehen, was er unternehmen wird.«

Auf dem Rückweg hielt ich bei einem Supermarkt am Stadtrand und kaufte ein: angebratene Steaks, Brot, Suppe, Nudeln, Cornflakes und Milch. Für unsere Fahrt nach New Orleans. Als ich zum Boot zurückkam, wartete LuEllen schon ungeduldig auf mich. Und Chenille Dessusdelit.

»Mr. Kidd«, begrüßte sie mich.

»Hallo, Mrs. Dessusdelit. Was kann ich für Sie tun?«

»Sie haben sicher gehört, daß wir einigen Ärger haben.«

»Ja. Nach unseren Gesprächen... Und ich war bei der Sitzung.«

»Der Leiter unserer Abteilung Tierüberwachung, Duane Hill...«

»Ich kenne ihn.«

»Er meint, Sie hätten mit der Sache zu tun, und ich wäre eine Närrin gewesen, mich von Ihnen durch die Tarotkarten und die Kristallkugel beeinflussen zu lassen.«

Sie sprach ganz langsam, verträumt, wie in Trance. Wie diese Blanche in dem Schauspiel von Tennessee Williams... Aber ich spürte sofort, sie schien als Fragende, Bittende gekommen zu sein, nicht als Anklagende.

»Das ist absolute Scheiße, bitte verzeihen Sie diesen Ausdruck.

Wissen Sie, daß ich ein paar äußerst unangenehme Auseinandersetzungen mit Hill hatte?«

»Da war wohl eine Konfrontation auf dem Fluß, wie ich gehört habe.«

»Das fing schon viel früher an. Wir waren kaum hier, da hat er mich vor dem Haus von Mrs. Trent in übler Weise belästigt. Und dann hat er mich vor dem Holiday Inn ohne irgendeinen Grund angegriffen. Er war ziemlich betrunken und beschimpfte LuEllen. Das konnte ich ihm nicht durchgehen lassen. Es kam zu einem Kampf, und ich habe ihn zu Boden geschlagen. Mr. Bell kam dazwischen und hat ihn weggeschickt. Seitdem ist er hinter mir her. Gestern hat er auf dem Fluß versucht, uns mit einem Motorboot zu rammen und an Bord unserer Yacht zu klettern. Er hatte eine Pistole bei sich. Ich bin davon überzeugt, Mrs. Dessusdelit, dieser Mann ist verrückt. Ein Psychopath.«

»Er sagt, sie würden mit einer Kommunistin aus der Stadt, einer Schwarzen, unter einer Decke stecken...«

»Mrs. Dessusdelit, ich kann dazu nur das eine sagen, der Kerl muß dringend in psychiatrische Behandlung. Außer Ihnen und ein paar Leuten, denen ich zufällig begegnet bin, kenne ich niemanden in dieser Stadt. Ehrlich gesagt, dieser Hill geht mir auf die Nerven. Er macht mir angst. Er ist verrückt. So unberechenbar verrückt, daß LuEllen und ich uns durch ihn gefährdet sehen und deshalb diese Stadt morgen verlassen.«

Sie dachte nach. »Ich weiß nicht, was ich dazu sagen soll«, meinte sie schließlich.

»Ich wollte, wir könnten Ihnen in Ihrer schwierigen Situation helfen, aber wir müssen weg von hier.«

Wieder überlegte sie einen Moment, dann seufzte sie. »Geben Sie mir noch eine Chance mit den Karten?«

Wir waren nicht darauf vorbereitet, sie wieder einmal auszutricksen. Ich hätte auf Anhieb auch gar nicht gewußt, welche Karten ich ihr unterjubeln sollte. Sie saß in der Scheiße, und es gab keinen Weg für sie, wieder rauszukommen. Auch die Karten konnten ihr nicht mehr helfen. Aber LuEllen tippte mir auf den Rücken, und so nickte ich Dessusdelit zu. »Okay.«

Ich nahm wieder einmal die Karten aus der polnischen Holz-dose, wickelte sie aus dem Seidentuch und gab sie ihr.

»Ich weiß immer noch nicht, wieweit ich Ihnen trauen kann, Mr. Kidd«, murmelte sie, immer noch in dieser tranceartigen Sprechweise.

»Dann vertrauen Sie mir eben nicht«, sagte ich barsch. »Sie wissen, Tarotsysteme sind künstliche, oft schwer deutbare Bilder. Lassen Sie uns also kein normales System legen. Machen wir es anders: Sie ziehen vier Karten und legen sie auf den Tisch – Vergangenheit, Gegenwart, Zukunft, abschließendes Ergebnis. Interpretieren Sie die Karten selbst. Wenn Sie Fragen haben, kann ich mich ja einschalten.«

»Ja«, sagte sie, und in ihren Augen glomm ein erwartungsvoller Funken. Sie mischte das Spiel siebenmal, dann breitete sie die Karten über den Tisch aus. Ihre Hand fuhr unschlüssig hin und her, dann hob sie eine Karte auf.

»Vergangenheit«, murmelte sie und drehte die Karte um.

Der Teufel. Ein Mann mit einem Bockskopf, mit Hörnern, Fledermausflügeln. Eine Frau und ein Mann an seinen Thron gefesselt. Die Karte der Hörigkeit, der Hingabe an niedere Instinkte – Gier zum Beispiel. Oder auch krankhaftes Streben nach Macht.

»Gegenwart«, sagte sie und drehte die nächste Karte um.

Die Neun der Schwerter. Eine Frau sitzt im Bett, weint bitterlich, hinter ihr an der Wand sind neun Schwerter aufgereiht. Die Karte des Verlustes ganz allgemein, aber auch des Verlustes geliebter Menschen. Die Karte des Schmerzes, der Qual, der Angst... Dessusdelit nickte, als ob sie dies erwartet hätte.

»Zukunft.« Die dritte Karte.

Die Zehn der Schwerter. Ein Mann liegt auf dem Bauch auf der Erde, zehn Schwerter ragen aus seinem Rücken und seinem Nacken. Die Karte des endgültigen Untergangs, des Ruins.

»Abschließendes Ergebnis«, murmelte sie. Ihre Hand lag schon auf einer Karte, drehte sie dann aber nicht um, tastete suchend umher, legte sich auf eine andere Karte. Zögerte. Drehte die Karte um.

Der Turm. Der Turm der Zerstörung. Der Blitzstrahl, der in den Turm fährt.

»Mein alter Freund«, sagte sie mit dünner Stimme. »Ich bin ihm in letzter Zeit oft begegnet. Zu oft.«

Ich griff nach der Karte, die sie beinahe gezogen hätte. *Die Sonne.* Die Karte des Erfolges.

»Sie wollten zuerst diese Karte aufdecken. Warum haben Sie es nicht getan?«

»Ich... ich weiß es nicht.«

»Sie haben in der Vergangenheit, und zwar erst vor kurzem, eine Entscheidung getroffen, die zu den Schwierigkeiten geführt hat, in denen Sie jetzt stecken. Die Wahl der Karten spiegelt das wider, meinen Sie nicht auch?«

Sie schwieg. Starrte abwesend auf die Karten. Nickte dann.

»Ja. Ich hatte die Wahl, und ich habe dann eine Entscheidung getroffen. Anscheinend die falsche...«

Das war fast ein Geständnis. Hill und St. Thomas hatten Harold und Sherrie ermordet. Aber sie, die Bürgermeisterin Dessusdelit, hatte den Befehl dazu gegeben.

Sie stand auf, wankte zur Tür. »Was werden Sie jetzt tun?« fragte LuEllen mit gespielter Anteilnahme.

»Ich... weiß es nicht.«

»Darf ich Ihnen einen... Rat geben? Aus meiner eigenen Erfahrung?«

Dessusdelit blieb mit der Hand am Türknauf stehen, sah Lu-Ellen an, nickte.

»Ich war auch mal in einer ziemlich schlimmen Lage. Die Polizei war mit im Spiel, verstehen Sie? Mehr will ich dazu nicht sagen. Aber ich will Ihnen was zum amerikanischen Rechtssystem sagen. Es ist nicht so einfach, jemanden wegen irgendwas, was er angestellt hat, vor Gericht zu bringen. Und wenn einige Zeit darüber verstrichen ist, wird es immer schwerer. Fast unmöglich. Wissen Sie, was ich gemacht habe, als ich diese... Schwierigkeiten hatte? Ich ging einfach weg. Ließ Gras über die Sache wachsen. Und sie haben nicht ernsthaft nach mir gesucht... War ihnen wohl zu viel Aufwand, nehme ich an. Nach vier oder fünf Jahren ging ich wieder zurück, redete mit ein paar Leuten, und es sah so aus, als ob sich kaum mehr jemand daran erinnerte, daß die Sache mal passiert war und daß die Polizei mich gesucht hatte. Es hat niemanden mehr interessiert...«

»Sie meinen, ich sollte... weggehen?«

»Ich weiß natürlich nicht genau, welches Ihre Probleme sind. Ich will nur sagen, daß es... verschiedene Möglichkeiten gibt. Es gibt eine Menge schöner Plätze auf der Erde und in unserem Land. Longstreet ist nicht der Nabel der Welt.«

Dessusdelit nickte ein letztes Mal, starrte schweigend auf ihre Hände, sagte dann: »Ich danke Ihnen.« Und ging.

Als sie den Fuß des Dammes erreicht hatte, drehte sich LuEllen zu mir um. »Sie hat Hill gesagt, er soll Harold und Sherrie umbringen.«

»Ja. Das hat sie uns gerade indirekt gestanden. Aber was hast du da für einen Scheiß erzählt... Abhauen vor den Cops und...«

»Gib mir den Autoschlüssel«, unterbrach sie mich. »Schnell.« Ich gab ihr die Schlüssel. »Wo fährst du hin?«

»Hinter Dessusdelit her«, sagte sie hastig. »Ruf Bobby an. Sag ihm, er soll Dessusdelits Telefon überwachen. Wir müssen wissen, ob sie heute noch irgendwo hinfährt oder ob sie Besuch bekommt.«

LuEllen war vier Stunden weg. Ich füllte die Dieseltanks des Bootes und die Kanister für den Hilfsgenerator auf, dann kletterte ich mit meinem Skizzenblock aufs Oberdeck. Am frühen Nachmittag rief John an.

»Zwei Sachen«, sagte er mit belegter Stimme. »Wir haben Harold und Sherrie identifiziert. Nicht wir persönlich. Sherries Bruder hat das gemacht. Er flippte fast aus und sagte den Cops, Sherrie hätte ein Fickverhältnis mit Hill gehabt, und in Longstreet wäre der Teufel los wegen der Schweinereien in der Stadtverwaltung... Ich nehme an, die Cops werden sich Hill bald vorknöpfen.«

»Ihr habt Sherries Bruder hoffentlich nichts erzählt...«

»Wir haben ihm gesagt, wir hätten von den Leichenfunden im Radio gehört. Er müsse die Identifizierung machen, weil Marvel es nicht fertigbrächte und ich die beiden ja nicht kennen würde. Mehr haben wir ihm nicht gesagt. Es lief von selbst so, wie es sollte.«

»War es schlimm?«

»Mann, Marvel ist völlig durcheinander. Dauert 'ne Weile, bis sie sich wieder beruhigen wird.«

»Tut mir leid, John...«

»Da ist noch 'ne zweite Sache. Der Stadtrat ist zu einer Sondersitzung zusammengerufen worden, aber erst für morgen abend.«

»Hm. Ich hätte gedacht... Na ja, ist in Ordnung. Aber ich dachte, sie würden das früher machen. Heute noch.«

»Vielleicht wollen sie Zeit gewinnen. Wollen inzwischen rausfinden, wer was über sie weiß. Paß gut auf dich auf, Mann.«

»Du auch auf dich.«

Als LuEllen zurückkam, hatte sie diesen angespannten, entschlossenen Gesichtsausdruck, den ich bei ihr kenne, wenn sie ein Ziel verfolgt.

»Wo warst du?« fragte ich.

»In Greenville. Ich habe die Dessusdelit bis zu ihrem Haus beschattet und dann ein paar Minuten gewartet, um zu sehen, was sie unternimmt. Sie kam gleich wieder raus, stieg in ihr Auto und fuhr nach Greenville.«

»Und was hat sie dort gemacht?«

»Ging zu einer Bank. Als sie aus ihrem Haus kam, hatte sie eine Aktentasche in der Hand, die sie achtlos auf den Rücksitz warf; als sie aus der Bank kam, umklammerte sie die Tasche mit beiden Händen.«

»Sie hat also irgendwas aus der Bank geholt.«

»Ja. Aus einem Bankschließfach in einer Stadt, in der man sie nicht kennt.«

»Vielleicht hatte sie dort einen Haufen Geld deponiert.«

»Jedenfalls hatte sie irgendwas Wertvolles dort versteckt, und jetzt hat sie es bei sich im Haus. Sie will wohl tatsächlich abhauen.«

»Und du...«

»Ja, ich werde es ihr wegnehmen. Sie hat Harold und Sherrie auf dem Gewissen, und sie muß dafür bezahlen.«

»Du warst nicht eng befreundet mit Harold, und Sherrie hast du nicht mal gekannt...«

»Ihre Mörder sind gottverdammte Killer«, knurrte sie wütend. Aber dann fuhr sie in normalem Tonfall fort: »Außerdem gibt es dabei was zu verdienen. Um ehrlich zu sein, Dessusdelit ist eine fette Gans, die ich auch ohne besondere Motivation ausnehmen würde. Und beim ersten Versuch hat's ja nicht richtig geklappt, nicht wahr?«

Bobby berichtete uns, es habe eine Reihe von Telefonaten zwischen Dessusdelit, Hill, St. Thomas und Ballem gegeben, und die Stimmung sei ziemlich gereizt gewesen. Bobby hatte erfahren, daß Ballem nach dem Einbruch in sein Haus mit dem Polizeichef gesprochen, aber keine offizielle Anzeige erstattet hatte. Und daß er in der Zeit, als Dessusdelit in Greenville war, die Mörderfotos mit der Post bekommen hatte.

»Er sagte nicht, was auf den Fotos zu sehen ist, aber er verlangte, sie müßten sich noch heute abend sprechen. Sie treffen sich nach Einbruch der Dunkelheit in Ballems Haus. Er wohnt nur drei Blocks von ihr entfernt, sie geht zu Fuß hin. Hill kommt auch dazu. St. Thomas wollen sie nicht dabeihaben. Ich nehme an, sie trauen ihm nicht hundertprozentig.«

»Oder sie wollen ihm die Morde anhängen«, sagte ich.

Die Clique hatte auch über mich gesprochen, wie Bobby mitgehört hatte. Hill hatte mehrfach betont, »das verdammte Künstlerarschloch« stecke hinter der Sache und sei schuld an den Schwierigkeiten, in denen sie sich befanden. Aber die anderen glaubten ihm das nicht so recht. »Dessusdelit sagte, sie habe von den Streitereien zwischen Hill und dir gehört«, berichtete Bobby. »Wenn sie aus den Schwierigkeiten wieder rauskommen wollten, sagte sie, sollten sie aufhören, sich von wilden Phantasien ablenken zu lassen; sie müßten sich jetzt darauf besinnen, daß sie selbst schuld daran seien, weil sie Fehler gemacht hätten. Und es käme jetzt darauf an, diese Fehler schnellstmöglich wieder auszubügeln.«

»Sieht so aus, als ob sie sich wieder ganz gut erholt hätte«, kommentierte ich, als ich LuEllen von Bobbys Anruf berichtete.

»Es sieht aber auch so aus, als ob sie heute abend aus dem Haus wäre«, folgerte LuEllen sachlich.

Wir diskutierten eine Weile darüber, ob wir einen zweiten Einbruch bei Dessusdelit machen sollten, und LuEllen gewann.

»Es ist doch so«, argumentierte sie, »die Macher im Apparat sind Dessusdelit, Ballem, Hill und St. Thomas. Die beiden letzteren haben wir wegen der Morde am Kanthaken – die Polizei hat die Leichen, und wir haben die Fotos. Ballem haben wir die Münzen und die Briefmarken geklaut, und jetzt hetzen wir ihm die Steuerbehörde auf den Hals. Außerdem ist er in die Morde verwickelt, aber das ist schwer nachzuweisen. Das gilt auch für Dessusdelit; sie ist die Anstifterin zu den Morden, kommt aber vielleicht mit einer Anklage wegen Steuerhinterziehung und Korruption davon. Das ist viel zuwenig. Wenn wir ihr aber das zusammengeraubte Vermögen klauen, dann reißen wir ihr das Herz aus dem Leib. Alle Welt sagt, sie sei unglaublich geldgierig. Selbst die Karten haben das bestätigt, nicht wahr?«

»Die Karten sind nichts als Scheißdreck«, sagte ich.

»Ach so, ja. Richtig...«

LuEllen machte die Sache allein. Ich war nur ihr Fahrer und Wachtposten. Es war beim ersten Mal leicht gewesen, in das Haus reinzukommen, und so würde es auch beim zweiten Mal sein. Und da sich der Clan bei Ballem versammelte, brauchte ich nur dessen Haus zu überwachen, um gegen unliebsame Überraschungen abgesichert zu sein.

Wir stellten den Wagen auf dem Parkplatz des Country Clubs ab. Drinnen fand eine Tanzveranstaltung statt, und unser Wagen fiel unter den vielen anderen nicht auf. Dann joggten wir unter den Bäumen am Rande des Golfplatzes zu einer Buschgruppe am Abschlag der dritten Bahn. Von dort aus konnten wir den Eingang zu Ballems Haus bestens einsehen. Kurz vor neun kam Hill, ein paar Minuten später Dessusdelit. Wir joggten zurück zum Wagen. LuEllen setzte sich auf den Rücksitz.

Auf dem Weg zu Dessusdelits Haus hielt ich an einer Telefonzelle, rief wie gehabt ihre Nummer an, und als sich nach dem zehnten Läuten niemand gemeldet hatte, schnitt ich das Hörerkabel durch. Bei der Weiterfahrt legte ich den Schalter der Innenbeleuchtung im Wagen auf »Aus«, damit beim Öffnen einer der Türen kein Licht anging. Ab der Einfahrt in die menschenleere Sackgasse fuhr ich langsam – ein Ortsunkundiger auf der Suche nach einem bestimmten Haus. Vor der Zufahrt zu Dessusdelits Haus hielt ich kurz an, und LuEllen huschte aus dem Wagen. Sie drückte von außen die Wagentür leise zu und verschwand im Gebüsch vor dem Haus.

Maximal zehn Minuten, hatte LuEllen gesagt. Ich fuhr zurück zu der Straße, in der sich Ballems Haus befindet, und parkte den Wagen zwischen anderen in der Nähe der Einfahrt zum Country Club. Hills Wagen stand noch in der Zufahrt, und einmal sah ich hinter den Vorhängen den Schatten eines Mannes, der durchs Wohnzimmer ging.

Acht Minuten. Ich fuhr zurück. An der Ecke vor der Einfahrt in die Sackgasse hielt ich kurz an, griff nach hinten und öffnete die rechte Tür; ich mußte nur noch rechts um die Kurve fahren, die Tür würde nicht aufschwingen...

Zehn Minuten zehn Sekunden. Ich fuhr langsam in die Sackgasse ein, stoppte vor Dessusdelits Haus – und LuEllen schob sich lautlos auf den Rücksitz. Sie hielt die Tür mit der Hand zu.

»Hast du's?« fragte ich.

»Ja. Die Aktentasche. Aber ich weiß nicht, was drin ist. Ich hab' sie erst vor zwei Minuten gefunden. Sie hatte sie im Boden des Wäscheschrankes versteckt. Hatte die Bretter rausgestemmt und wieder zugenagelt...«

Als wir weit genug vom Haus weg waren, schlug sie die Tür zu und kam auf den Vordersitz geklettert. Sie fummelte mit irgendeinem Werkzeug an der verschlossenen Tasche herum, und als wir in der Stadtmitte vor einer Ampel hielten, hatte sie es geschafft. Sie holte eine Handvoll weißer Umschläge aus der Tasche – ähnlich denen, die wir beim ersten Mal in dem Steckdosenversteck im Schlafzimmer gefunden hatten.

»Noch mehr Klunker?« fragte ich.

»Eine ganze verdammte Tasse voll«, flüsterte sie atemlos und ließ einen glitzernden Strom in ihre Handfläche rinnen. »Diamanten. Smaragde. Ein paar Rubine. Mein Gott, Kidd, es sind so viele, man könnte einen Schneeball daraus machen!«

»Endlich hat sie doch noch für ihre Verbrechen bezahlt.«

»Ja. Jetzt hat sie bezahlt.«

17

Am nächsten Morgen kam John den Damm heruntermarschiert, als wir uns gerade aus den Betten quälten.

LuEllen war ins Wohnzimmer geschlurft. Sie hatte nur ein Unterhöschen und ein T-Shirt an. Ich saß auf der Bettkante, plötzlich von einer bleiernen Müdigkeit erfaßt, und ich wollte gerade wieder umsinken, als mich ihr erstaunter Ruf aufschreckte: »John kommt.«

»Was?« Ich sprang auf, zog meine Künstlershorts und ein T-Shirt über und lief barfuß ins Wohnzimmer. John hatte den Fuß der Treppe erreicht und kam auf den Anlegesteg zu. Ich ging aufs Vorderdeck, um ihn zu begrüßen. Gegen die schrägstehende Morgensonne mußte ich die Hand über die Augen legen. John trug Jeans und ein T-Shirt mit dem markanten Kopf Beethovens auf der Vorderseite. Er grüßte den Manager der Bootsstation fröhlich und kam schnurstracks auf die *Fanny* zu.

»He, Kidd, was macht die Arbeit?« rief er schon von weitem und laut genug, daß auch der Manager es hören konnte. Dann kam er an Bord, und wir schüttelten uns die Hände.

»Ich bin John Smith, Bildhauer aus Memphis«, sagte er leise zu mir. Er schwitzte stärker, als man es trotz der Hitze erwartet hätte. »Wir müssen miteinander reden. Ich dachte, es wäre zu riskant, wenn du zu Marvels Haus kommst. Und für das Haus auf dem Land bleibt keine Zeit.«

»Komm rein«, sagte ich und führte ihn ins Wohnzimmer.

»Verrückte Scheiße«, sagte er, kaum daß ich die Tür geschlossen hatte. »Ihr habt schon von Dessusdelit gehört?«

»Was gehört?«

»Sie ist tot. Letzte Nacht. Selbstmord, sagen die Cops.«

LuEllen sah mich ausdruckslos an.

»Ach du lieber Gott«, sagte ich. »Weißt du mehr?«

»Sie haben sie im Bett gefunden. Im rosa Nachthemd. Hat anscheinend eine Handvoll Pillen genommen und ordentlich Whiskey nachgekippt. Sie hat eine Notiz hinterlassen, aber ich konnte nicht rauskriegen, was sie geschrieben hat. Die Cops reden gerade mit Ballem, wie ich gehört habe.«

»Was ist mit der Sitzung heute abend?«

»Findet statt, soviel ich weiß. Ich dachte, ihr solltet das mit der Dessusdelit wissen, wollte aber nicht anrufen. Eine ganze Reihe von Leuten weiß, daß sie euch besucht hat und du ihr die Karten gelegt hast...«

»Meinst du, die Cops kommen hierher?«

»Keine Ahnung. Ich weiß nicht, was in der Notiz steht...«

»Verdammte Scheiße.«

»Höchste Zeit«, sagte LuEllen. »Wir müssen schleunigst abhauen.«

»Das geht jetzt nicht. Wenn die Cops mit uns sprechen wollen, müssen wir hier sein. Falls wir davonrauschen und sie nach uns suchen...«

»Was für ein verdammtes Durcheinander«, fluchte sie. »Und wir sind selbst schuld daran.«

»Wie konnten wir das denn wissen? Normalerweise begehen Armleuchter vom Typ Dessusdelit keinen Selbstmord.«

»Wir müssen schleunigst das Boot sauberkriegen. Wenn sie es durchsuchen, finden sie als erstes mein Werkzeug. Und da sind ja auch noch ein paar andere delikate Sachen.«

Wir entschlossen uns zu einer kleinen Fahrt flußaufwärts.

»Das war ein Bildhauer aus Memphis«, erklärte ich dem Manager. »Habe den Burschen seit Jahren nicht mehr gesehen. Er fährt den Fluß rauf und runter und sucht Material für seine Kunstwerke.«

»Ehrlich? Der macht... Kunstwerke aus Sachen, die er im Fluß findet?«

»Ja. Aus Glasscherben und alten Flaschen und Blechdosen und Treibholz und all so 'nem Zeug«, erklärte ich ihm.

»Ich tät so was gern mal sehn«, sagte er, und es klang aufrichtig. Als wir aus dem Hafen waren, drehte ich den Bug flußaufwärts. LuEllen wäre am liebsten nach St. Paul durchgefahren...

»Hill ist auf jeden Fall geliefert«, argumentierte sie. »Wir brauchen der Polizei doch bloß die Fotos zu schicken, dann ist die Sache gelaufen. Laß uns die Pistole über Bord werfen.«

»Die Fotos könnten für eine Verurteilung nicht ausreichen, wenn die Polizei nicht nachweisen kann, woher sie kommen. Ein gerissener Verteidiger könnte es schaffen, daß sie als Beweismaterial nicht zugelassen werden. Und wir können ja schließlich nicht als Zeugen auftreten, denn dann fängt man an, *uns* zu überprüfen... Aber wenn die Cops die Pistole draußen im Tierheim finden... Dann ist die Beweiskette gegen Hill geschlossen, dann ist er mit Sicherheit dran.«

»Ich kriege langsam Angst, Kidd. Wir balancieren auf einem verdammt schmalen Grat... Hill und die Cops und alle möglichen anderen...«

»Das ist mir klar. Aber nur noch eine Nacht, dann haben wir es hinter uns.«

Etwa eine Meile oberhalb der Stadt fuhren wir hinter einer Sandbank in einen breiten Seitenarm des Flusses ein. Er verlief sich in einem Sumpfgebiet, aber wir waren gegen Entdeckung vom Fluß her geschützt. LuEllen warf ihr Einbrecherwerkzeug über Bord; jedes Teil konnte ersetzt werden, und LuEllen hatte offensichtlich keine sentimentalen Bindungen an ihr Handwerkszeug. Sie behielt nur die Brecheisen; wir würden sie zum Eindringen ins Tierheim heute nacht vielleicht noch brauchen... Ich legte sie in einen Werkzeugkasten des Bootes.

Die Fotoausrüstung war nicht verdächtig, wenn die Cops das Boot durchsuchten und Fragen stellten. Ich konnte sagen, daß ich sie für Landschaftsaufnahmen als Vorlagen für Gemälde brauchte. Unsere Kopie der Mafiabücher verbrannte ich in einem Eimer. Blieben noch die Negative der Mörderfotos und zwei Sätze Abzüge davon, die Diamanten und die Pistole. LuEllen machte sich an die mühevolle Arbeit, die Steine zu verstekken; sie stieß mit einer Ahle kleine Löcher in den dicken Schlafzimmerteppich, drückte die Steine hinein, tief genug, daß man sie von oben nicht sah, aber nicht so tief, daß sie auf der Unterseite herauskamen. Auch wenn man den Teppich umschlug, waren sie nicht zu sehen. Eine bewährte, aber nicht allgemein bekannte Methode...

Die Fotos... LuEllen zog Gummihandschuhe über, steckte je eine Fotoserie in einen großen Umschlag, fügte kurze Blockschriftnotizen mit den Namen der Mörder und dem Ort des Geschehens bei und adressierte sie an den County-Sheriff und an die zuständige Staatspolizei. Die Negative kamen in einen anderen Umschlag; ich adressierte ihn an eine verläßliche Freundin in St. Paul – die alte Lady, die im Appartement unter mir wohnt und auf meine Katze aufpaßt, wenn ich nicht da bin.

Die Pistole...

»Es bleibt nichts übrig, als sie bis heute abend zu verstecken«, sagte ich.

»Und was ist, wenn ein Empfangskomitee am Kai auf uns wartet?«

»Dann sind wir sowieso in den Arsch gekniffen, weil wir die Fotos noch an Bord haben... Sieh mal, die größte Gefahr sind doch die Diamanten und deine Brecheisen. Die Diamanten werden sie nicht finden, und die Brecheisen können wir immer noch über Bord werfen, wenn wir sehen, daß die Cops auf uns warten. Die Fotos und die Pistole können wir aber *nicht* über Bord werfen – dann würden die Schweine ja davonkommen... Aber wenn es sein muß, können wir sie der Polizei erklären. Wir sagen, wir wären auf dem Hügel gewesen, um Landschaftsfotos zu machen, hätten die Leiche Harolds und die Ermordung Sherries gesehen und fotografiert, hätten uns aber nicht getraut, etwas zu unternehmen, weil wir Hill für einen geistesgestörten Killer halten... Wir hätten Angst gehabt, weil wir Fremde in dieser Stadt sind und gehört hätten, Hill wäre ein Kumpel der Stadtpolizisten, und...«

»Klingt nach Scheiße«, unterbrach sie mich.

»Ist aber alles, was wir haben.«

Es wartete niemand auf uns. Selbst unser »Hafenkapitän« war nirgends zu sehen. Wir frankierten die Umschläge und steckten sie in verschiedene Postkästen.

Auf dem Rückweg zur *Fanny* fragte LuEllen: »Gibt es eigentlich irgend jemanden, den wir in diesem Scheißspiel nicht irgendwann mal belogen oder betrogen haben?«

Ich mußte kurz nachdenken. »Bobby«, sagte ich dann. »Ich glaube, wir waren zu Bobby immer ehrlich.«

Wir diskutierten eine Weile, dann entschieden wir, daß ich am Abend zu der Stadtratssitzung gehen und LuEllen die Pistole im Tierheim deponieren sollte.

»Was sagst du den Leuten, wenn sie dich fragen, warum du zu der Sitzung kommst?«

»Ich sage ihnen, es würde mich interessieren, was da vor sich geht, Chenille Dessusdelit sei schließlich eine gute Bekannte von mir gewesen... Ach, scheißegal, was die Leute denken... Ich muß mich überzeugen, daß Ballem und Hill und St. Thomas im Rathaus sind, während du im Tierheim bist... Es darf auf keinen Fall jetzt noch was schiefgehen.«

»Okay.«

»Ich rufe dich vom Rathaus aus an. Wenn die Typen dort sind, fährst du den Fluß runter, machst das Boot an der alten Stelle fest, erledigst die Sache – die Pistole versteckst du am besten hinter einem Deckenbalken –, und dann kommst du wieder zurück. Von der Flußseite her, in der Dunkelheit, dürfte es kein Problem sein, ungesehen reinzukommen. Du mußt natürlich trotzdem aufpassen...«

»Okay, okay. Ich würde auf jeden Fall ohne dich gehen. Ist sicherer so.«

»Mag sein... Und sobald ich sehe, was im Rathaus läuft, komme ich zum Tierheim, fahre dran vorbei, nur sicherheitshalber. Wenn es irgendein Problem gibt, warte im Gebüsch an der Straße auf mich. Wenn alles in Ordnung ist, kümmerst du dich nicht um mich und haust so schnell wie möglich ab. Wir treffen uns dann wieder hier.«

»Und wir verschwinden morgen früh...«

»Ja. Sobald ich den Wagen zurückgegeben habe.«

Die Sitzung war für halb acht Uhr vorgesehen. Ich fuhr fünfzehn Minuten früher los, und als ich den Parkplatz gegenüber dem Rathaus erreichte, drängte sich bereits eine größere Menge auf dem Gehweg und der Treppe zum Eingang. Weder Hill noch Ballem waren zu sehen. Ich wartete, bis die Leute in das Gebäude strömten.

Der Sitzungssaal hatte etwa fünfzig halbkreisförmig angeordnete Sitzplätze. In Erwartung des Andrangs hatte man zusätzliche Klappstühle aufgestellt, aber alle Plätze waren besetzt, als ich reinkam. Ich stellte mich zu einer Reihe anderer Leute an die Rückwand. Die Klimageräte waren überfordert, und die Temperatur im Saal lag bestimmt bei über dreißig Grad. Die Leute fächelten sich mit Papierbögen, die nach der letzten Sitzung liegengeblieben waren, Luft zu. Aber niemandem war es so heiß, daß er seinen Platz aufgegeben hätte...

Marvel und Matron Carter, die Sportlehrerin, die als fünftes Stadtratsmitglied vorgesehen war, saßen in einer der vorderen Reihen nebeneinander. John war nicht da; er hatte Angst, man könnte sein Gesicht wiedererkennen, und war in Marvels Haus geblieben. Richtig so...

Dessusdelits Selbstmord war das Hauptgesprächsthema der Leute um mich herum, während wir auf den Beginn der Sitzung warteten. Die vorgesehene Anfangszeit verstrich. Um zehn Minuten, um fünfzehn. Dann kam ein sichtlich gestreßter Lucius Bell durch eine Seitentür und gab unter dem unwilligen Murren der Zuhörer bekannt, der Beginn der Sitzung müsse auf acht Uhr verschoben werden.

Ich ging aus dem Saal, in die relativ kühle Halle, und rief LuEllen an.

»Warte noch«, sagte ich. »Ich habe bisher weder Ballem noch Hill noch St. Thomas gesehen. Und die Sitzung ist auf acht Uhr verschoben worden. Ich weiß nicht, was da los ist.«

»Ich warte«, bestätigte sie.

Zehn Minuten nach acht erschien Bell wieder, entschuldigte sich und sagte, die Sitzung könne erst um halb neun beginnen. Er schlug den Zuhörern vor, nach draußen an die frische Luft zu gehen.

»Sie kriegen doch 'nen Hitzschlag hier drin«, sagte er. Dann schaute er suchend über die Köpfe. Sein Blick blieb an mir hängen.

»Der Herr Künstler da hinten ... Mr. Kidd? Könnten Sie bitte mal zu mir kommen? Und Mrs. Atkins? Bitte, nur für einen Moment.«

Ein Murmeln ging durch die Menge. Ich überlegte einen Augenblick, aus der Tür neben mir zu verschwinden, zum Boot zu fahren und schleunigst nach St. Paul abzudampfen. Ich könnte den Wagen auf dem Gelände der Autofirma abstellen, mit ein paar hundert Dollar unter dem Sitz ... Aber alle Köpfe im Saal waren mir zugewandt, musterten mich neugierig – es gab kein Entrinnen. Marvel war, kaum daß ihr Name gefallen war, aufgestanden und zu Bell gegangen, und auch ich ging jetzt den Gang hinunter auf ihn zu. Ich versuchte, ein erstauntes Gesicht zu machen.

»Hier entlang bitte«, sagte Bell. Er ließ Marvel den Vortritt und dirigierte uns zum Besprechungsraum des Stadtrates. In der Halle standen St. Thomas und Rebeck und starrten uns an, als wir vorbeikamen. Im Besprechungsraum warteten Ballem und Hill auf uns, dazu der Polizeichef und vier oder fünf andere Männer, die ich nicht kannte. Ballem wirkte verängstigt, Hill wütend.

Er sprang von seinem Stuhl auf, als wir reinkamen. »Du verdammter Dreckskerl«, schäumte er, »was hast du und dieses dreimal verdammte Miststück vor?«

»Halt deine Zunge im Zaum, Duane«, sagte Bell. Sein Ton war messerscharf, und ich verstand plötzlich, warum er so erfolgreich als Farmer und Geschäftsmann war. Wenn es darauf ankam, war nicht gut Kirschen mit ihm essen.

»Ich weiß nicht, was hier vorgeht«, sagte ich und schüttelte den Kopf. »Was, zum Teufel, soll ich hier?«

»Duane Hill hier behauptet, Sie und Mrs. Atkins hätten eine Art Verschwörung angezettelt, um die Führung dieser Stadt lahmzulegen«, sagte Bell. »Alle erschreckenden Ereignisse in den vergangenen Tagen hätten Sie zu verantworten.«

»Mr. Hill ist ein Irrer«, sagte ich wütend. Hill sprang auf, und ich brachte meine Füße in die Karate-Ausgangsstellung, aber Bell legte ihm die Hand auf die Schulter und schob ihn wieder auf seinen Stuhl. »Ich habe gleich am ersten Tag meines Aufenthaltes seine Bekanntschaft gemacht – und zwar auf äußerst unangenehme Art. Er hat mich vor dem Haus von Mrs. Trent, wo ich auf Empfehlung von Mrs. Dessusdelit malte, in übler Weise belästigt. Bis Mrs. Trent rauskam und ihn davongejagt hat. Sie sagte, sie kenne ihn bestens, er habe schon als Kind immer wieder Sachen aus ihrem Laden gestohlen...«

»Scheißlüge!« fauchte Hill.

»Mrs. Trent sagte mir jedenfalls, es gäbe eine Akte über ihn beim Jugendgericht... Und dann ist er vor dem Holiday Inn ohne jeden Grund auf mich losgegangen. Sie waren dabei, Mr. Bell. Er hat meine Freundin mit einem unerhört obszönen Wort beschimpft, einem Wort, das kein normaler Mann einer Frau gegenüber in den Mund nimmt, wenn er auch nur einen Funken Anstand besitzt und ein Minimum an Erziehung genossen hat...«

»Das ist doch alles verdammter Scheißdreck«, knurrte Hill wutschnaubend. »Fragt ihn lieber mal nach seiner Verbindung zu Atkins!«

Marvel sah mich an und schüttelte den Kopf. »Ich habe diesen Mann erst einmal gesehen, und das war an dem Abend, als Mrs.

Dessusdelit und die anderen zurückgetreten sind. Ich habe ihn verwechselt. Ich war gerade im Gespräch mit jemand und sah ihn nur flüchtig von der Seite – ich dachte, er wäre ein Bekannter, Lou Shaffer, der Lehrer von der High School. Ich habe ihn am Arm gefaßt, um ihn auf mich aufmerksam zu machen, aber als er sich zu mir umdrehte... Es war mir sehr peinlich.«

Bells Blick ging zwischen uns hin und her. Er war verunsichert, schien uns aber nicht zu glauben. Ehe er etwas sagen konnte, platzte ich los:

»Verdammte Scheiße – entschuldigen Sie, Madam –, aber es kotzt mich an, was man hier mit mir macht. Ich verschwinde sofort aus dieser Stadt. Sie scheinen *alle* irgendwie verrückt zu sein... Ich gehe auf mein Boot und sehe zu, daß ich schleunigst aus diesem Irrenhaus wegkomme...«

Bell seufzte. »Ich weiß nicht, was ich sagen soll.« Er wandte sich Hill und Ballem zu. »Kommt, ihr beiden. Wenn ihr es wirklich tun wollt, dann laßt es uns hinter uns bringen.«

Marvel und ich verließen als erste das Zimmer. Wir sahen uns nicht an und gingen in der Halle in verschiedene Richtungen davon. Ich rief LuEllen an. »Sie sind alle hier. Ballem, Hill, St. Thomas, Rebeck.«

»Sehr schön. Dann wollen wir mal.«

»Paß auf dich auf.«

Ich schloß aus Bells Worten, die er an Hill und Ballem gerichtet hatte, daß die beiden tatsächlich zurücktreten wollten. Nach dem Gespräch mit LuEllen entschloß ich mich, nicht sofort zu gehen, sondern das Finale abzuwarten. Als ich zurück zum Sitzungssaal kam, war der Eingang von einer Traube zuhörender Leute versperrt.

»Was ist passiert?« fragte ich einen Mann mit langen gelben Zähnen neben mir.

»Ich weiß es auch nicht genau. Hill hat gesagt, er will zurücktreten. So hab' ich's jedenfalls verstanden.« Ich hörte Hills Stimme, konnte aber nichts verstehen. Dann sagte Bell irgendwas, danach Ballem. Zwei Minuten später war alles vorbei. Ich stellte mich auf die Zehenspitzen und sah, daß Hill und Ballem den Saal durch eine Nebentür verließen. Bell blieb zusammen mit Brooking Davis und Reverend Dodge am Tisch sitzen.

Davis sprach auf Bell ein, und der Gelbzahn sagte mit erregter, nervöser Stimme: »Dieser Davis verlangt, daß neue Mitglieder für den Stadtrat gewählt werden. Der verdammte Hurensohn! Zwei Schwarze gegen Lucius!«

Am Tisch der Stadträte gab es noch eine kurze Debatte, dann schlug Bell auf die Glocke, und die drei Männer standen auf und gingen aus dem Saal.

»Lucius hat die Sitzung unterbrochen«, sagte Gelbzahn. »Menschenskind, da kann ja 'ne ganz schöne Scheiße bei rauskommen.«

Was auch geschah, ich konnte es nicht mehr beeinflussen. Es wurde höchste Zeit. Ich ging aus dem Rathaus, auf den Parkplatz zu. Plötzlich hörte ich Schritte hinter mir. Hill, zuckte es durch meinen Kopf, und ich fuhr herum. Es war Marvel.

»Muß mit dir reden«, zischte sie mir zu.

»Um Himmels willen, Marvel, wenn uns jemand zusammen sieht...«

»Geht nicht anders«, flüsterte sie und glitt an die andere Seite des Wagens. Ich schloß hastig die Tür auf. »Leg dich auf den Rücksitz, schnell!«

Ich startete den Wagen und fuhr los, vom Parkplatz runter, weg vom Rathaus, bog in die nächste Querstraße ein.

»Was zum Teufel ist los?«

»Ein Problem. Ein Scheißproblem, das wir nicht erkannt haben.« Eine Geisterstimme schien mir die Worte hinter der Sitzlehne zuzuflüstern. »Bell hat natürlich kapiert, was da läuft, als Davis die sofortige Neuwahl für die beiden zurückgetretenen Stadträte beantragt hat.«

»Na und? Er kann doch nichts machen. Er wird zwei zu eins überstimmt.«

»Doch, er kann was machen. Und zwar zwei Dinge, an die wir nicht gedacht haben. Er kann es schlicht und einfach ablehnen, in die Sitzung zurückzukehren. Dann ist das Quorum von drei wahlberechtigten Stadträten nicht erreicht, und es kann keine Wahl stattfinden.«

»Scheiße.« Ich knabberte an meinem Daumennagel. »Das kann er ja aber nicht auf ewige Zeiten wiederholen.«

»Aber er kann zurücktreten. Und dann wäre alles im Eimer. Der Gouverneur müßte wieder drei Nachrücker bestimmen, und das wären natürlich wieder drei Weiße. Was anderes kann sich der Gouverneur gar nicht erlauben. Und genau das will Bell tun, wie er sich bereits geäußert hat.«

»So ein verdammter Mist! Wem hat er das mit dem Rücktritt gesagt? Jedem, der es hören will? Oder nur Davis?«

»Nur Davis und mir. Ich nehme an, er versucht noch rauszukriegen, was wir auf lange Sicht vorhaben. Er will sicher nicht so ohne weiteres zurücktreten; das wäre ja das Ende für seine heißersehnte Brücke.«

Ich fuhr kreuz und quer durch die Stadt, überlegte krampfhaft, welche Lösungen es geben könnte. Es gab nur eine einzige, war mir schließlich klar. »Ihr müßt einen Handel mit Bell abschließen. Du. Oder Davis. Ihr müßt ihm einen Deal vorschlagen.«

»Worüber denn? Er will auf die Dauer nicht mal hier wohnen. Will auf die andere Flußseite ziehen, sogar in einen anderen Bundesstaat. Er ist nur hierhergezogen, weil er dachte, es hilft ihm bei seiner verdammten Brücke.«

»Dann seht zu, daß ihr die Brücke für ihn kriegt.«

»Wie denn? Das haben doch schon alle möglichen Leute mit allen möglichen Mitteln versucht. Und nicht geschafft.«

»Okay. Aber jetzt hör mir mal gut zu, Marvel. Wenn Bell heute abend aus dem Rathaus marschiert und es ist nicht zu einer Nachwahl gekommen, dann ist alles gelaufen. Aus und vorbei. Die Weißen werden ihn morgen unter Druck setzen, und er hat keine andere Wahl, als die Sache zu boykottieren. Wenn er jedoch heute noch die Wahl ermöglicht, kann er morgen sagen, er wäre nicht auf den Gedanken gekommen, daß er die Wahl durch Rücktritt hätte verhindern können. Wenn die Sitzung auf morgen verschoben wird, ist alles vorbei. Wenn du und Mrs. Carter heute abend noch gewählt werdet, ist alles okay. So einfach und klar ist das...«

»Hast du denn keinen präzisen Rat für mich? Gar keinen?«

»Sieh mal, ich bin Techniker. Ich kann euch bis zu einem bestimmten Punkt helfen, aber danach... *Du* bist doch die Politikerin. Ihr müßt einen Deal mit Bell machen, welcher Art auch immer.« Ich schaute auf die Uhr. »Ich muß dich jetzt zurückbringen. Du hast nur noch ein paar Minuten Zeit, dir zu überlegen, wie du Lucius Bell zu einer neuen Brücke verhilfst.«

»O mein Gott«, stöhnte sie. »Wir sind so nah vor dem Ziel. *So dicht.* Was soll ich denn bloß machen?«

18

An einer dunklen Ecke in der Nähe des Rathauses setzte ich Marvel ab und hoffte inständig, daß uns niemand gesehen hatte. Sie hetzte davon, ohne sich noch einmal umzuschauen. Der Erfolg unseres Angriffs auf die Stadtmafia hing jetzt von ihr ab. Ich hatte ihr keinen Rat geben können. Nur einen Hinweis...

Ich machte mir Sorgen um LuEllen. Sie hatte inzwischen, so hoffte ich, die Sache erledigt, aber ich mußte mich vergewissern. Ich hatte es übernommen, Hill und St. Thomas auf den Fersen zu bleiben, aber durch das Gespräch mit Marvel hatte ich sie aus den Augen verloren.

Nach den Getreidesilos war die Straße zum Tierheim nicht mehr beleuchtet. Wenn ich auf der einsamen Kiesstraße mit Licht fuhr, mußte das jedem in der Gegend auffallen, aber es war unmöglich, in der stockdunklen Nacht ohne die Autoscheinwerfer zu fahren. Ich probierte es aus, aber schließlich mußte ich mich doch entscheiden, mit Licht zu fahren. An der Einfahrt zum Tierheim hielt ich kurz an. Hinter mehreren Fenstern des Gebäudes brannte Licht, und Hills Lieferwagen stand unter dem Lichtmast im Hof. Keine Spur von LuEllen...

»Verdammter Mist!« murmelte ich vor mich hin. Ich fuhr ein Stück weiter, stellte den Wagen ab, nahm eine Taschenlampe aus dem Handschuhfach und lief zurück. Wenn LuEllen noch im Gebäude gewesen war, als Hill – wahrscheinlich in Begleitung von St. Thomas – mit dem Lieferwagen angekommen war, hatte sie, so hoffte ich, die Scheinwerfer kommen sehen und sich noch rechtzeitig absetzen können. Falls sie aber nicht bemerkt hatte, daß der Lieferwagen ankam, saß sie vielleicht irgendwo im Gebäude in der Falle.

Es war etwas kühler geworden, und in die Brise vom Fluß her mischte sich der Geruch von heißem Kies, Gras und Schlamm. Und da war auch noch ein anderer Geruch... Eine Gänsehaut überlief mich, während ich auf den Eingang zum Gelände des Tierheims zulief; der »andere Geruch« war der Gestank von verwesendem Fleisch – das Ergebnis von Hills Katzenmorden und seiner Todeskabine...

Am Eingang blieb ich einen Moment hinter einem Baum stehen und beobachtete das Gelände vor mir. Dann setzte ich zu einem Bogen um das Gebäude an, lief durch hüfthohes Unkraut, betete, daß alle Mokassinschlangen fest schliefen, und kam zu dem Pferch, in dem Hill und St. Thomas die Katzen erschossen hatten. Der Gestank nach Verwesung war hier noch stärker, und ich versuchte, nur durch den Mund zu atmen. Ich lief um den Pferch herum, erreichte den Damm, kletterte hinauf. Aber es war zu dunkel – ich konnte nicht erkennen, ob das Boot noch an der Uferböschung lag. Ich lief, hin und wieder kurz die Taschenlampe anknipsend, den »Schlangenpfad« entlang auf die Uferböschung zu. Wie ein Geisterschiff ragte plötzlich der Rumpf der *Fanny* vor mir auf. Kein Licht, kein Geräusch, keine Bewegung.

»LuEllen? LuEllen?«

Keine Reaktion. Nichts. Ich fluchte vor mich hin, lief zurück. Auf dem Damm oberhalb des Gebäudes hielt ich an, kauerte mich hin, horchte. Eine Stimme. Zuschlagen von Türen und Schubladen. Die Geräusche kamen vom entfernten Ende des Gebäudes. Dort war auch das von dieser Seite aus einzige erleuchtete Fenster. Das Büro. Zu diesem Fenster mußte ich hin, wenn ich sehen wollte, was da drinnen vor sich ging...

Ich schlich durch das Gebüsch am Hang des Dammes um das

Gebäude herum auf das Fenster zu. Vor mir befanden sich die Tierkäfige. Ich schob mich in einem weiten Bogen an der Rückseite vorbei. Nach dieser Seite waren die Käfige mit Holzplanken verschlossen; ich konnte nicht erkennen, ob sich Tiere darin befanden, vertraute aber darauf, daß Tiere bei Hill ja nicht alt wurden... Betete aber trotzdem, daß kein Hund zu bellen anfing. Es blieb still... Ich kam zur Ecke der Reihe der Käfige. Dort war ein Drahtzwinger für junge Hunde. Zwei kleine Mischlinge drückten die Nasen an den Draht, starrten mich neugierig an. Winselten leise, bellten aber nicht.

Ich schaute um die Ecke. Ein greller Lichtschein fiel aus dem Fenster auf das Gras. Wieder die Stimme eines Mannes, aber ich konnte nichts verstehen. Gebückt huschte ich über die offene Fläche zur Hauswand, außerhalb des Lichtscheins, schob mich dann langsam zum Fenster. Schaute hinein.

Hill. Mit dem Rücken zu mir. Stopfte Papiere in einen Müllsack. Um ihn herum offenstehende Aktenschränke. Er war dabei, alle Spuren zu beseitigen. Ich hatte nichts dagegen, solange er nicht den Computer mit dem Hammer zertrümmerte... Die Stimme, die ich gehört hatte, kam aus dem Radio. Ein Bericht des lokalen Senders über das Baseballteam der Longstreet High School. Ich atmete tief durch. Sie hatten LuEllen nicht erwischt. Ich wollte mich umdrehen, verschwinden...

»Rühr dich nicht einen verdammten Zentimeter vom Fleck.« Die Stimme kam von hinten, von der Hausecke. Mein Herz blieb fast stehen. Ich drehte den Kopf, und da stand St. Thomas. Mit einer Hand fummelte er an seinem Hosenstall herum. Mit der anderen richtete er eine schimmernde Pistole auf meinen Kopf. Ich erstarrte.

»Duane, schaff deinen Arsch mal nach draußen«, schrie er. »Schau dir an, wen wir hier haben.« Und zu mir sagte er höhnisch: »Hab' mir 'ne gute Zeit zum Pinkeln ausgesucht, was?« Dann wieder laut: »Duane, verdammt, komm her...«

Hill kam um die Ecke des Gebäudes, sah mich, blieb verblüfft stehen, sperrte den Mund auf.

»Gott verdammt«, sagte er, und er sprach das Wort getrennt

aus, mit Betonung auf »Gott«. Er lächelte nicht, aber man sah ihm an, daß er sich freute, mich in die Finger bekommen zu haben. »Ich wußte doch, daß du Mistkerl hinter der ganzen Sache steckst.«

»Ich habe dem Bürgermeister gesagt, wohin ich fahre...«

Ich kam nicht dazu, mehr zu sagen. Hill kam auf mich zu, und ehe ich die Hand zur Abwehr heben konnte, schlug er mir mit dem Handrücken ins Gesicht. Der Schlag warf mich fast um. Sterne tanzten vor meinen Augen, und ich spürte den Geschmack von Blut auf der Zunge.

Ich hob die Hände, um mein Gesicht zu schützen, aber St. Thomas brüllte los: »Laß die Hände unten, du Drecksau, du verdammte Drecksau...« Er richtete aus zwei Metern Entfernung die Pistole auf meinen Kopf, und ich dachte, das ist das letzte, was du in deinem Leben siehst, jetzt drückt er ab. Ich ließ die Hände fallen und starrte in den Lauf, wich zurück. Hill schlug zweimal zu, mit den Fäusten, mit aller Kraft. Beim ersten Mal auf mein rechtes Auge, beim zweiten Mal auf die Nase. Die Nase brach mit einem Knirschen. Ich prallte rückwärts gegen die Mauer, fiel um, rappelte mich wieder auf Hände und Knie hoch.

»Hast mir die Rippen eingetreten, du verdammte Sau«, schrie Hill los. Er zog mich an den Haaren hoch und stieß mich gegen die Wand. »Du verdammte Drecksau steckst hinter der ganzen Sache, nicht wahr? Du hast das alles organisiert, die ganze Scheiße, in der wir stecken. Und keiner hat mir geglaubt, keiner hat mir zugehört...«

Er schlug mir mit voller Wucht gegen das Kinn, und mein Hinterkopf prallte gegen die Wand. Ich sackte zusammen, rutschte an der Wand runter, saß auf dem Boden. Er trat mir unter die Achsel, ich fiel um, legte den Arm vors Gesicht. Hill brüllte: »Steh auf, du verdammtes Arschloch! Auf die Füße, du Drecksau!«

St. Thomas tanzte um mich herum, kicherte irre, fuchtelte mit der Pistole herum. »Auf die Füße, auf die Füße...«

»Was willst du hier? Wonach suchst du? Du warst das also

eben in dem Auto! Was suchst du hier, du schwuler Schwanzlutscher?«

Ich rappelte mich hoch, kam auf die Füße. Mein Mund war voll Blut. Ich spuckte es aus. »Hört zu, ich habe dem Bürgermeister gesagt, wo ich hinfahre«, keuchte ich und hob die Hände.

»Scheiß auf Bell«, schrie er. »Hörst du, was ich sage, du dumme Sau? Ich scheiße auf Bell...«

Er kreischte wie ein Wahnsinniger, steigerte sich in immer größere Wut. »Nimm die Arme runter, du Schwanzlutscher! Arnie, schieß dem verdammten Arschloch in seine verdammten Eier, wenn er die Hände hochnimmt...«

»Ja!« schrie St. Thomas. »Ich schieß dir in die Eier, du schwule Sau...« Er richtete tatsächlich die Pistole auf meinen Unterleib. Hill hob die Fäuste, St. Thomas schrie weiter auf mich ein, und ich ließ die Hände sinken, wich zurück. Hill schlug zu, traf mich wieder auf die Nase. Ich wollte mich fallen lassen, aber er erwischte mich noch zweimal, auf die Nase, auf das rechte Auge, mit voller Wucht. Ein irrer Schmerz zuckte durch meinen Kopf, ich fiel auf den Boden, sah nichts mehr, fühlte nur das Gras unter meinen Händen, schmeckte das Blut in meinem Mund, in meiner Kehle...

»Steh auf, Arschficker«, brüllte Hill, sein Gesicht dicht vor meinem. Er richtete sich wieder auf. »Laß uns das Schwein reinholen, Arnie. Du weißt, wohin.«

Ich konnte nicht aufstehen. Ich versuchte es, aber es ging nicht. »Steh auf, du Arschficker«, bellte Hill noch mal und trat mir in die Lende. Ich versuchte es, kam auf Hände und Knie, sackte zusammen. Hill trat wieder zu.

»Trete ihm in den Arsch«, kreischte St. Thomas. »Tret ihm in den Arsch, Duane. Tret ihm in die Eier.«

Hill trat wieder zu, und ich fing an zu kriechen. »Ja, kriech auf deinem verdammten Bauch zur Tür, du Sau.« Und dann trat er mich mit voller Wucht in die Seite. Ich konnte nicht ausweichen. Ein paar Rippen brachen. Man fühlt es, wenn Rippen brechen, denn die Brustmuskeln verkrampfen sich ruckartig. Der Schmerz nahm mir den Atem.

Mein Gesicht sackte ins Gras. Du mußt durchhalten, zuckte es immer wieder durch meinen Kopf. Du mußt durchhalten. Du mußt mit den Armen deinen Kopf schützen. LuEllen muß irgendwo hier sein, vielleicht ist sie unterwegs und holt Hilfe... Aber dann sah ich die *Fanny* vor mir, wie sie von der Uferböschung ablegt, flußaufwärts eindreht, LuEllen am Steuer, zufrieden, daß sie ihren Job erledigt hat... ahnungslos...

Als ich mich niedersinken ließ, bekam Hill einen neuen Wutanfall. Er trat mir gegen die Beine, die Hüften, in die Seite. Und gegen meinen linken Arm. Immer wieder, mit voller Wucht. Irgendwann in diesem Alptraum brach der Arm unterhalb des Ellenbogens. Ich spürte es erst, als er wiederholt diese Stelle traf und der Schmerz so heftig wurde, daß ich laut aufstöhnte.

»So ist's richtig«, brüllte Hill. »Laß es uns hören, du Drecksau, daß du Schmerzen hast. Nach allem, was du uns angetan hast... Du wirst noch viel mehr Schmerzen kriegen, darauf kannst du dich verlassen...«

St. Thomas war genauso von Sinnen wie Hill. Er hüpfte herum, fuchtelte mit der Pistole, schrie wüste Beschimpfungen, und als Hill wieder gegen meinen Arm trat und ich aufstöhnte, feuerte er einen Schuß dicht neben meinem Kopf in die Erde. Dreck spritzte in mein Gesicht, vermischte sich mit dem Blut, aber das kümmerte mich wenig; der Schmerz überlagerte alles andere...

Als ich bis auf etwa zwei Meter an die Tür herangekrochen war, wurde Hill ungeduldig. Er packte mich an den Haaren und zog mich in das Gebäude. Mein gebrochener Arm schleifte über die Türschwelle, und ich wurde ohnmächtig.

Kaltes Wasser klatschte in mein Gesicht. Hill schöpfte es mit einem Pappbecher aus einer Kühlbox. Es brannte auf den Wunden, lief mir über den Hals, ins Genick. Ich öffnete das linke Auge, und ich sah, daß ich auf dem Rücken in einem Raum mit Zementboden lag, die Beine gespreizt, den Kopf gegen die Wand gelehnt.

»Siehst du, wo wir sind, Arschficker? Ich möchte, daß du dich umsiehst. Gefällt es dir hier?« kreischte Hill dicht vor meinem Gesicht. St. Thomas stand neben ihm, immer noch kichernd und grinsend, immer noch mit seiner Pistole herumfuchtelnd, obwohl er sie ganz bestimmt nicht mehr brauchte. »Schau dir das an. Gefällt es dir? Das sind die Vakuumkammern, du verdammter Mistkerl.«

Ich starrte auf die Plexiglastüren der Tötungskammern an der gegenüberliegenden Wand. Hill ging hin und tätschelte eine der beiden Türen.

»Meine Vakuumkammer. Wir stecken Hunde da rein. Kapiert, du Arsch? Große verdammte Hunde. Dobermänner. Schäferhunde. Rottweiler. Gefährliche Hunde. Und dann ist es aus mit ihnen. Wenn man 'nen Hund erst mal da drin hat, wenn die Tür verriegelt ist, dann hat er keine Chance mehr. Wehe, er käme noch mal raus, mein lieber Mann, dann würde er dich zerreißen. Deshalb haben wir starke Schlösser eingebaut. Und weißt du, was wir jetzt mit dir machen? Kannst du's dir denken?«

Er wartete auf eine Antwort, aber ich war nicht in der Verfassung, ihm eine zu geben. Er sah enttäuscht aus.

»Wir stecken dich da rein«, brüllte er los und riß die Tür auf. »Dann setzen wir uns gemütlich in die Gartensessel, holen uns ein paar Bier, und dann drück ich auf den Knopf, und wir gucken uns an, wie du dir von innen die Fingernägel blutig kratzt, um rauszukommen. Ist wie im Fernsehen. Wie auf 'nem großen Bildschirm. Aber vorher werde ich noch ein bißchen auf dir rumtrampeln, du schwule Sau, denn ich möchte dich noch kräftig wimmern hören, bevor du abkratzt. Kapiert? Und denk nur nicht, ich würd' dir gegen den Kopf treten. Weißt du, warum nicht?«

Er wandte sich an St. Thomas. »Kannst du dir denken, warum ich dem Arschloch nicht gegen den Kopf trete, Arnie?«

»Nein. Warum?« St. Thomas grinste. Spielte den dummen August in einer Bauernkomödie.

»Weil ich will, daß er bei vollem Bewußtsein mitkriegt, was mit ihm passiert. Hast du gehört, du verdammtes Arschloch?« Er zog an meinen Füßen, und mein Kopf rutschte von der Wand, schlug auf den Boden. Hill trat mir wieder in die Seite, jetzt in die, die bisher noch nicht viel abgekriegt hatte, und ich spürte wieder den irren Schmerz brechender Rippen. Ich versuchte, mich wegzurollen, meine Seite mit dem Ellenbogen zu schützen, aber es half nichts, er trat und schrie und kreischte und spuckte...

Ich schaute mit dem unverletzten Auge zu, wie ich allmählich zu Tode getreten wurde. St. Thomas hüpfte hinter Hill herum, stachelte ihn an, lachte, fuchtelte mit der Pistole. Der Cheerleader bei einem Footballspiel...

Und dann stand plötzlich LuEllen hinter ihm. Wie aus dem Nichts. Wie das Kaninchen aus dem Hut des Zauberers. Und sie hatte Hills Pistole in der Hand, die .45er, die wir aus dem Fluß gefischt hatten. Sie hielt sie St. Thomas ans Ohr, und er schien sie zu spüren und erstarrte, aber nur für den Bruchteil einer Sekunde. Denn LuEllen drückte ab, und sein Gehirn spritzte gegen die Wand.

Hill fuhr blitzschnell herum, geriet ins Taumeln, stützte sich mit der Hand hinten gegen die Wand ab. Mit entsetzt aufgerissenen Augen und halbgeöffnetem Mund starrte er in die Mündung der Waffe.

»Nicht... schießen«, krächzte er. Ich hörte ihn nicht, ich las die Worte von seinen Lippen ab.

Dann sah ich, daß LuEllen den Mund bewegte, etwas sagte, aber ich hörte nichts. Die Welt um mich versank langsam, ganz langsam, in einem dunklen Nebel, und ich staunte, denn ich hatte St. Thomas' Gehirn an die Wand klatschen sehen, aber keinen Schuß gehört. Ich sterbe, ging mir durch den Kopf. Wie in einem Schwarzweißfilm glaubte ich, noch zu sehen, daß LuEllen, die Pistole in beiden Händen, Hill von mir wegdirigierte...

Dann, später – wieviel später? –, merkte ich, daß ich stand. Die Beine bewegte. Daß ich versuchte, mich auf den Bewegungsablauf zu konzentrieren. Alle Kraft darauf verwendete. Spürte Arme, die mich stützten. Spürte die kühle Luft auf meinem Gesicht. Und dann lag ich auf dem Rücksitz des Wagens, flach auf dem Rücken.

Der Wagen fuhr an, schwankte, schüttelte mich durch, ließ mich vor Schmerz aufstöhnen. LuEllens Stimme. Von weit her, verzerrt, wie wenn man in Montana eine mexikanische Radiostation hört...

»Halt durch, Kidd«, sagte sie. »Halt, um Himmels willen, durch.«

Später, lange Zeit später, wie es mir vorkam, beugte sich eine unbekannte Frau über mich und sagte: »Sein Puls und sein Blutdruck sind stabil, aber wir müssen uns um den Schock, das Bauchfell, die Lunge, die Rippen kümmern. Den Arm und den Schädel röntgen... Den Nacken stützen...«

Ich kann mich noch dunkel erinnern, daß mich drei Dinge beschäftigten, ehe die schwarze Plastikmaske auf mein Gesicht gedrückt wurde. Drei Dinge, die irgendwie in meinem Gedächtnis haften blieben. Oder waren es doch nur Träume?

Ich erinnere mich, wie der Katheder eingeführt wurde. Wie geschickt das auch gemacht wird, es ist keine Sache, die man so schnell wieder vergißt. Obwohl es nicht weh tut...

Ich erinnere mich, daß jemand im Singsang des Südstaatendialekts LuEllen fragte: »Hat er Alkohol getrunken? Drogen genommen? Ist er allergisch gegen Antibiotika?«

Und ich erinnere mich daran, wie wir aus dem Hof des Tierheims wegfuhren. Daß das helle Licht vor dem Gebäude wie unverhofftes Mondlicht durch das Wagenfenster glitzerte. Und daß ein Geräusch zu uns herüberdrang, ein Geräusch, das ich kannte – dieses dumpfe *Ooka-ooka-ooka*...

19

Es wurde langsam später Nachmittag.

Ich war am Tag vorher in New Orleans losgefahren, Richtung Norden. Der Winter und das Frühjahr waren sehr trocken gewesen, die Tage meistens heiß und diesig, und vom Highway aus sah ich die langen Staubfahnen, die die Lastwagen auf den Feldwegen der Plantagen hinter sich herzogen.

Am ersten Tag war ich nur bis Vicksburg gefahren. Zur Entschuldigung hatte ich mir gesagt, daß ich das Schlachtfeld aus dem Sezessionskrieg nie so ausführlich besucht hatte, wie es sich für einen guten amerikanischen Staatsbürger gehört. Und ich mag Vicksburg; Anfang der achtziger Jahre war ich einmal mit einem Motorboot den Mississippi runtergefahren und hatte eines Abends auf einer kleinen Insel im Hafen von Vicksburg mein Zelt aufgeschlagen. Ich saß da und aß kaltes Beef Stroganoff, als ein Schwarm wilder Truthühner über mir vorbeiflog, wunderschöne Vögel, die mir so groß und fremdartig vorkamen wie Strauße aus Afrika.

Als ich nach der Horrornacht in Longstreet wieder zu mir kam, saß LuEllen an meinem Bett im Krankenhaus. Das Bewußtsein kehrte nur langsam zurück. Ich hatte keine Schmerzen – ich war sicher vollgepumpt mit allen möglichen Schmerzmitteln. Wir waren allein.

»Kannst du mich hören, Kidd?« fragte sie.

Ich hörte sie, aber sie schien meilenweit weg zu sein. Und ich war an einer Unterhaltung keinesfalls interessiert.

»Wasser«, murmelte ich.

»Scheiß auf Wasser«, sagte sie, und ihre Stimme war so hart wie das Licht, das auf meinen Augenlidern brannte. »Hör mir zu. Wir sind letzte Nacht ins Stadtzentrum gefahren, um Steaks zu essen. Den Wagen haben wir am Fluß stehenlassen und sind dann durch ein paar Gassen gelaufen und haben ein Steakhouse gesucht. Wir haben uns irgendwie verlaufen, und in einer engen Gasse sind wir überfallen worden. Von drei finsteren Typen. Weißen. Langhaarig, schmuddelig. Du hast dich gewehrt. Einem von ihnen hast du die Brille kaputtgeschlagen... Hast du das kapiert? Ich konnte dir nicht helfen. Kapiert, Kidd?«

»Wasser...«

»Scheißwasser. Hör zu, was ich dir sage...«

Zwei Cops der Stadtpolizei von Memphis kamen zu mir ans Krankenbett, und als sie meine Geschichte gehört hatten, meinten sie, es gäbe kaum eine Chance, die Typen zu fassen. Ich sagte ihnen, ich wäre selbst schuld an der Sache, ich hätte mich nicht wehren sollen, die Cops könnten ja nichts dafür. Sie meinten, so sei das auch wieder nicht, sie müßten ja dafür sorgen, daß die Bürger der Stadt ohne Angst durch die Straßen laufen könnten. Aber ich merkte, daß sie mit meiner Aussage durchaus zufrieden waren. Der dämliche Yankee war ja tatsächlich selbst schuld...

Ich blieb zwei Wochen im Krankenhaus. Dann fuhr mich LuEllen nach New Orleans. Es war eine sehr schmerzvolle Fahrt. Nach der Ankunft konnte ich noch fast einen Monat das Appartement nicht verlassen. Die Schmerzen in der Brust waren zu stark, und ich hatte eine panische Angst davor, zu lachen oder zu niesen oder zu husten oder mich zu schnell hochzusetzen.

Hill hatte gute Arbeit geleistet: acht gebrochene oder angebrochene Rippen, verletzte Lunge, gequetschte Nieren, gebrochener Arm, massive Blutergüsse an Armen und Beinen, gebrochene Nase, angebrochener Kiefer, Gehirnerschütterung.

Ich war inzwischen nicht wieder in Longstreet gewesen. Marvel und John hatten mich im Krankenhaus besucht.

»Wir haben es geschafft«, hatte Marvel gesagt. »Die Stadt gehört uns. Und wir werden sie nie mehr aus der Hand geben.«

Viel mehr konnten wir nicht miteinander besprechen...

Als ich meinen Laptop wieder bedienen konnte, hatte ich mit Bobby Kontakt aufgenommen. Es war eine Weile hin und her gegangen – vor allem zum Thema Loyalität. Dann:

Es hat geklappt.
Nicht so, wie ich es geplant hatte.
Gut genug. Danke.

Seitdem war fast ein Jahr vergangen. Ich war mehr oder weniger wieder gesund und auf dem Weg nach St. Paul, zur Eröffnung der Angelsaison in Minnesota. LuEllen hatte mir als letztes Lebenszeichen eine Postkarte aus Singapur geschickt.

LuEllen... Sie hatte St. Thomas die Pistole aus den Fingern genommen, ihm statt dessen die .45er in die Hand gedrückt, die

Lichter ausgemacht und die Türen des Gebäudes verschlossen. Dann hatte sie mich geradewegs nach Memphis ins Krankenhaus gefahren.

»Ich habe in einem fort gebetet, daß du am Leben bleibst«, erzählte sie später. »Immer wieder habe ich dich gefragt: ›Bist du okay, Kidd?‹ Und du hast immer wieder gemurmelt: ›Ja, okay.‹ Aber ich hatte verdammte Angst, du könntest sterben.«

Im Krankenhaus hatte sie den Leuten diese Geschichte des Überfalles erzählt.

»Crack oder Speed«, hatte einer der Doktoren gesagt. »Er muß einer Bande von Speedfreaks in die Finger gefallen sein.« LuEllen hatte nicht widersprochen.

Als man mich in den Operationssaal brachte, raste sie nach Longstreet zurück, zum Tierheim. Alles war noch so, wie sie es verlassen hatte. Über den »Schlangenpfad« lief sie zur *Fanny*, steuerte sie zur Bootsstation. Rannte durch die Nacht zurück zum Tierheim, zum Wagen, raste dann wieder nach Memphis.

»Du warst noch nicht wieder wach, als ich zurückkam. Ich wartete ungeduldig, bis es soweit war, trichterte dir die Überfallstory ein, und dann ging's wieder zurück nach Longstreet. Ich brachte den Wagen zurück, bezahlte, marschierte zur *Fanny* und fuhr sie den Fluß rauf nach Memphis. Um fünf Uhr nachmittags kam ich hier an. War alles kein Problem.«

Kein Problem... Als sie mit dem Boot in Memphis ankam, war sie dreißig grausame Stunden ununterbrochen auf den Beinen gewesen...

Ich hatte Vicksburg an diesem Tag am frühen Nachmittag verlassen. Nördlich von Greenville legte ich den Hebel des Fahrgeschwindigkeitsreglers auf achtzig Meilen und ließ mich auf dem schnurgeraden Highway durch die endlosen Bohnen- und Baumwollfelder tragen. Der durch das offene Fenster hereinströmende Geruch nach Ammoniak- und Kuhdünger störte mich nicht. Die Sonne brannte auf meinem linken Arm, und manchmal erschrak ich über das plötzliche Klicken von Kiessplittern unter den Kotflügeln.

Die Eiscremeparty sollte um sechs Uhr beginnen. Sie war als eine Art politisch-gesellschaftliche Veranstaltung gedacht, wie Bobby am Telefon gesagt hatte, als er mir Marvels Einladung übermittelte; sie war Teil einer Kampagne Marvels, die Schwarzen und Weißen Longstreets miteinander ins Gespräch zu bringen.

Als ich in Longstreet ankam, hatte ich noch ein paar Minuten Zeit, und so fuhr ich zum Damm oberhalb der Bootsstation. Von dort aus sah ich, daß der Bau der neuen Brücke zügig voranging. Alle Pfeiler waren bereits gesetzt; am diesseitigen Ufer war auch schon ein Teil der Fahrbahn fertig. Zwei Bauschiffe waren an den Pfeilern festgemacht, und zur Fahrrinne hin warnten grelle Blinklichter den Schiffsverkehr. Wenn John das Land nördlich der Stadt, das wir bei unserem Brückenschwindel ins Spiel gebracht hatten, tatsächlich gekauft hätte, wäre er jetzt ein armer Mann; die Brücke hatte ihre Basis am Südende der Stadt.

Im Chickamauga Park tobten Horden von Kindern auf den Rutschen, Schaukeln und Klettergerüsten herum, und Ladys in luftigen Sommerkleidern schöpften Eis aus großen Pappeimern oder schnitten Kuchenstücke von rechteckigen Backblechen. Marvel stand mitten im Getümmel und versuchte, halbwegs Ordnung in das Chaos um sie herum zu bringen; an dem Tisch fehlt noch Eis, hier muß noch Kuchen hin, dort fehlen Stühle, solche Art organisatorischer Dinge. Sie sah mich nicht. Ich stellte mich an einem der Tische an, bezahlte einen Dollar für ein Erwachsenenticket, bekam eine große Kugel Schokoladeneis und ein Stück sicherlich sehr gesunden Möhrenkuchens dafür und setzte mich dann auf den Rand eines Traktorreifens, der als Begrenzung für einen Sandkasten diente.

Marvel war schöner denn je. John tauchte bei ihr auf, und er schien mir nicht mehr der phlegmatische Altradikale aus Memphis zu sein, den ich kennengelernt hatte. Er alberte mit Marvel herum, lachte, strahlte. Ein Verliebter...

Während ich versuchte, Marvels oder Johns Aufmerksamkeit auf mich zu lenken, schob sich plötzlich ein Mann neben mich auf den Traktorreifen.

»Hallo, Mr. Kidd«, sagte Lucius Bell. Er trug wieder sein Leinenjackett und hatte einen Pappteller voller Eis und Kuchen und einen roten Plastiklöffel in der Hand. »Dachte ich mir doch, daß Sie das sind. Kaum mehr wiederzuerkennen. Ganz andere Kleidung.«

»Ich bin nur auf der Durchfahrt«, sagte ich und hoffte, daß es beiläufig genug klang. Ich trug ein blaues Hemd und Jeans und war wieder glatt rasiert. Mein Gauguin-Image war auf dem Operationstisch in Memphis gestorben. »Komme aus New Orleans. Habe mein Appartement dort erst mal dichtgemacht. Bin auf dem Weg zur Angelsaison in Minnesota.«

»Hat seit Ihrer Abreise 'ne Menge Aufregung hier bei uns gegeben«, sagte er und schob sich einen Löffel Eis in den Mund.

»Ja. Mrs. Dessusdelit hat sich umgebracht, hab' ich gehört.«

»Nicht nur sie. Es gab auch einen Mord mit anschließendem Selbstmord draußen im Tierheim. Eine schreckliche Sache. Die ganze Stadt stand Kopf.«

»So?« Eigentlich wollte ich ihn nicht nach Einzelheiten fragen – ich hatte schon genug darüber gehört. »Was ist passiert?«

»Niemand weiß es genau. Aber es sieht so aus, als ob Duane Hill – Sie erinnern sich an ihn, der Typ, der damals vor dem Holiday Inn auf Sie losgegangen ist – also, als ob Hill von Arnie St. Thomas gezwungen worden ist, in die Vakuumkammer zu kriechen. In die Vakuumkammer, in der man Hunde umbringt, verstehen Sie? Und dann hat St. Thomas die Pumpe eingeschaltet. Hill ist elend da drin krepiert. Hat noch versucht, die Plexiglastür von innen aufzukriegen. Aufzukratzen, besser gesagt. Hat's aber nicht geschafft.«

»Um Gottes willen!«

»Ja, es war wirklich scheußlich.« Er leckte seinen Löffel ab. »Hill hat sich mit den Fingernägeln in den Spalt der Tür gekrallt, um sie aufzukriegen. Hat sich sämtliche Fingernägel abgerissen. In der Kammer war alles voll Blut . . . Ein Gartensessel stand vor der Todeskammer. Man nimmt an, daß St. Thomas da saß und zuguckt hat, wie Hill in der Kabine langsam verreckt ist.«

»Mein Gott!«

Ich hatte LuEllen nie nach dem Tod von Duane Hill gefragt, und ich wollte es auch in Zukunft nicht tun. Wenn sie es mir von sich aus einmal erzählen wollte, würde ich ihr natürlich zuhören...

»Aber er hat sich nicht mehr lange darüber gefreut, fürchte ich«, fuhr Bell fort. »Nach dem Tod von Hill hat sich St. Thomas anscheinend selbst erschossen. Hat uns einen ganzen Tag gekostet, bis wir uns zusammenreimen konnten, was da vorgefallen ist. Anfangs dachten wir, es müßten irgendwie noch andere beteiligt gewesen sein... Dann bekam die Polizei anonym Fotos zugeschickt. Jemand hat Fotos von Duane und Arnie gemacht, wie sie die Leichen von zwei Schwarzen, einem Mann und einer Frau, in den Fluß werfen... Und wie Hill vorher die Frau auf dem Damm erschießt... Die Frau war Hills Freundin. Der Mann stammte auch aus der Stadt, und wir nehmen an, daß er mit der Frau rumgebumst und Hill das rausgekriegt hat.«

»Er hat die beiden umgebracht?«

»Ohne Zweifel. Mit St. Thomas' Hilfe. Wir hatten die Fotos, und als das FBI-Labor die Pistole checkte, die Arnie in der Hand hatte, fanden sie heraus, daß es dieselbe war, mit der die schwarze Frau erschossen worden war; Testkugeln paßten zu denjenigen, die man in ihrem Kopf gefunden hatte. Die Pistole gehörte Arnie, wie ein paar Jungs, die manchmal im Tierheim arbeiten, bestätigten... Arnie hatte Schmauchspuren an der Hand und am Kopf, also hat er sich wohl tatsächlich selbst erschossen.«

»Hill war ein Irrer. Ein Psychopath. Ich habe das damals schon gesagt, erinnern Sie sich? Ob St. Thomas auch nicht ganz dicht war, kann ich nicht beurteilen.«

»Sie hatten recht, was Hill angeht; ich habe das damals allerdings nicht so gesehen«, gab Bell zu. »Alle Städte am Fluß haben irgendwo einen Duane Hill. Ich wußte, er ist ein brutaler Typ, aber ich habe nicht erkannt, daß er geisteskrank war. Bis man die Autopsie bei dem Schwarzen gemacht hat.«

»Hm?«

»Zunächst konnte man die Todesursache bei ihm nicht feststellen. Nachdem Hill aber in der Vakuumkabine umgekommen war, kamen die Pathologen in Greenville plötzlich auf die Idee, das könnte auch bei dem Schwarzen der Fall gewesen sein. Sie machten ein paar nachträgliche Untersuchungen, und es stellte sich raus, daß er tatsächlich erstickt ist – ohne äußere Einwirkung, also ganz offensichtlich in der Vakuumkammer. Wie Hill. Wie ein Schäferhund. Oder eine Dogge.«

»Ich liebe die Südstaaten und ihre liebenswerten Menschen«, sagte ich und aß mein Eis auf. »Eure Methoden sind so malerisch, so richtig anheimelnd.«

»Nun, ich dachte ja nur, Sie sollten wissen, wie das alles ausgegangen ist, nachdem Sie damals so schnell verschwunden sind.«

»Es ist für mich natürlich interessant, nach so langer Zeit mal Einzelheiten zu erfahren... Ich meine, ich bin ja nicht aus der Gegend hier, verstehen Sie...« Es wurde höchste Zeit, das Thema zu wechseln. »Wird 'ne hübsche Brücke«, sagte ich und nickte zum Fluß hinüber.

Die Stahlträger des fertiggestellten Aufbaus der Brücke waren mit grellroter Rostschutzfarbe angestrichen und leuchteten über die Parkbäume hinweg in der Abendsonne.

»Wir haben sie unserer neuen Bürgermeisterin zu verdanken, und sie ist meine finanzielle Rettung. Ich kriege gerade noch so den Arsch aus dem Dreck.« Er schaute zu Marvel hinüber, die mit einer Kelle in der Hand hinter einem der Eiscremetische stand. »Die Herrscherin der Eiscreme«, spöttelte er.

»Ich habe ihr Bild im *Time Magazine* gesehen, als die Sache mit der Brücke perfekt war. Sie ist wirklich eine attraktive Frau. In dem Bericht wurde sie als ›Rote Marvel‹ bezeichnet.«

»Ja, dieser Bericht im *Time*... Wir waren schon ein bißchen aufgeschreckt... ›Die einzige Stadt in den USA mit einem kommunistischen Stadtoberhaupt‹, hieß es.«

»Sie sagt, sie wäre keine Kommunistin.«

»Ja, natürlich, sie sagt, sie wäre Sozialdemokratin. Niemand nimmt ihr das ab. Nicht hier bei uns. Aber sie hat die Weichen für eine Wiederwahl gestellt – mit der Brücke und der Neugliederung der Wahlbezirke, die der Stadtrat festgelegt hat. Sie hat die

Stadt fest im Griff. Mir ist das egal, Hauptsache, wir kriegen die Brücke.«

»*Time* sagt, die verantwortlichen Politiker wären über ihren eigenen Schatten gesprungen, als sie die Finanzierung der Brücke genehmigt haben.«

»Ja, da ging ein überraschender Meinungswandel vor sich«, sagte Bell trocken und lachte dann vor sich hin. »Zwei Wochen nach ihrer Wahl zur Bürgermeisterin durch den Stadtrat, als die Stadt noch in Aufruhr war, wie sie sich denken können, fährt sie in die Hauptstadt unseres Staates, führt ein Gespräch mit dem Gouverneur und diesem Armleuchter von Parlamentssprecher, und dann stellen sie sich den Fotografen auf der Treppe des Kapitols und schütteln sich die Hände zur Besiegelung der Vereinbarung wegen der Brücke. Das war ein Hammer, sag ich Ihnen.«

»Es wird eine schöne Brücke. Es gibt viele schöne Brücken über den Mississippi, und ich freue mich, daß Longstreet jetzt auch wieder eine bekommt... Wie sieht's bei Ihnen aus? Stellen Sie sich zur Wiederwahl?«

»Nein. Ich wohne schon nicht mehr hier. Ich habe diese Scheißstadt sowieso nie gemocht. Bin wieder auf die andere Seite des Flusses gezogen, wo ich auch hingehöre. Und außerdem, Mr. Kidd, die Leute brauchten nur ein paar Minuten, um rauszufinden, was ich damals in dieser dramatischen Nacht hätte tun müssen: die Sitzung boykottieren, das Quorum vermeiden. Sie nehmen an, ich hätte einen Handel mit Marvel gemacht.«

»Und? Haben Sie?«

Er grinste mich an. »Ja, hab' ich.«

Ich verschluckte mich beinahe am letzten Bissen des köstlichen Möhrenkuchens, schüttelte dann ungläubig lachend den Kopf. Bell stand auf und klopfte seinen Hosenboden sauber. Dann griff er in die Tasche und holte einen Computerschlüssel raus. Ich erkannte ihn sofort wieder. Wenn jemand sich die Mühe gemacht und nachgeforscht hätte, wäre er zu dem Ergebnis gekommen, daß er zum Panel meines Northgate IBM-Clone gehörte. Ich hatte ihn in der Tasche, als ich in jener Nacht zum Tierheim gefahren war...

»Können Sie mir sagen, was das ist?« fragte er.

»Nein. Glaub ich nicht.« Ich nahm ihn ihm aus der Hand. »Sieht aus wie... wie der Schlüssel zu einem Coke-Automaten oder irgendeinem Küchengerät oder so was...«

»Kann sein«, sagte er und nahm mir den Schlüssel wieder ab. »Die Polizei hat ihn damals unter der Leiche von St. Thomas gefunden, draußen im Tierheim. Paßt zu nichts aus seinem Besitz. Auch zu keinem Schloß im Tierheim. Komische Sache.«

Ich gab mir Mühe, erstaunt dreinzublicken. »Wie kommen Sie auf die Idee, ich könnte wissen, was das für ein Schlüssel ist?«

Er hob die Schultern. »Ist für alle Welt ein Mysterium. Ich hab' ihn mit Zustimmung des Polizeichefs damals an mich genommen. War ja Bürgermeister zu der Zeit, wie Sie wissen. Wir wollten keine Verwirrung in der Sache haben. Seit einem Jahr frage ich alle möglichen Leute, aber niemand erkennt den Schlüssel wieder.«

»Ich auch nicht.«

»Nun, es wird ja auch Zeit, die Vergangenheit zu begraben.« Er holte aus und warf den Schlüssel in Richtung auf ein Ölfaß, das als Mülltonne diente, verfehlte aber die Öffnung; der Schlüssel prallte gegen die Seite und fiel in den Sand. Er ist kein guter Basketballspieler, dachte ich.

Er schien meine Gedanken zu erraten. »Hab' nie in der National Basketball Association gespielt«, sagte er. »Grüßen Sie Mrs. LuEllen von mir, bitte.«

»Gerne.«

Er ging, und ich sah ihm nach, wie er durch das Gewühl schlenderte, kurz mit Marvel und John sprach und dann zügig zum Rathaus ging. Auf der Treppe blieb er stehen und sah zum Fluß hinüber. Von dort aus konnte man die Brücke sicher sehr gut betrachten...

Jemand drückte mir einen frischen Teller mit Eis in die Hand. Marvel.

»Heute abend um zehn bei mir im Haus?«

»Okay.«

Ich schaute noch ein wenig den Kindern zu, aß mein Eis auf und schlenderte dann zum Fluß hinunter. Ich betrachtete das Spiel des Lichtes auf der Brücke, zog einen kleinen Skizzenblock aus der Tasche und machte eine Zeichnung. Aber ich glaubte nicht, daß ich sie für ein Bild verwerten konnte. Die Perspektive stimmte nicht, und die Winkel waren alle irgendwie verschoben ...

John war bei Marvel.

»Im Juni ist Hochzeit«, sagte Marvel. »In Memphis. Du bist herzlich eingeladen. Und LuEllen. Bobby ist der große Organisator. Regelt alles vom Computer aus.«

»Du schaust verdammt selbstgefällig aus der Wäsche«, sagte ich zu John.

»Hab' ich nicht allen Grund dazu? Ich bin alt, kahlköpfig und doof, und diese prachtvolle Frau sagt, sie will mich heiraten.«

»Wir wollen nicht vom Alter sprechen«, meinte ich. »Du bist nur drei Wochen älter als ich. Laß uns lieber über *noch* ältere Leute reden.«

Marvel sagte, sie sei enttäuscht über ihre Eiscremeparty. Neunzig Prozent der Kinder seien Schwarze gewesen. Sie müsse sich noch was überlegen, wie sie besser an die Weißen rankäme.

»Wir schaffen es, Marvel«, sagte John. »Aber es geht nicht von heute auf morgen. Wir müssen Geduld haben. Wenn wir im Sommer noch mal so 'ne Party machen, ist's vielleicht schon besser.«

»Vielleicht. Ich mag Eis doch so sehr.«

»Wie hast du das mit der Brücke geschaukelt?« unterbrach ich das Geplänkel.

Sie schüttelte den Kopf und drehte sich von mir weg.

»Er hat ein Recht darauf, es zu erfahren«, sagte John sanft. »Es waren keine weißen Junkies oben in Memphis, die ihn zusammengeschlagen haben. Das weißt du genau.«

Sie sah mich an, zuckte die Schultern.

»Sag es ihm.« Johns Stimme war jetzt nicht mehr sanft, sondern sehr bestimmt und fordernd.

»Ich habe die Brücke gekauft«, sagte Marvel. »Mit dem Geld, das ihr aus dem Rathaus geklaut habt.«

»Gekauft?«

»Ist das nicht herrlich?« grinste John.

»Ich habe getan, was getan werden mußte«, verteidigte sich Marvel sofort. »Ich habe an dem bewußten Abend unseren Verbindungsmann in der Hauptstadt angerufen und ihm innerhalb von einer Minute erklärt, was bei uns los ist – wie dicht wir davor wären, die Macht in der Stadt in die Hände zu kriegen, welche Probleme sich aber ergeben hätten –, und ich habe ihn gefragt, ob fünfundsiebzigtausend Dollar in bar ausreichen würden, eine Brücke über den Mississippi für Longstreet zu bekommen. Wenn man die richtigen drei oder vier verantwortlichen Politiker ansprechen würde, sagte er, könnte man dafür die Brücke samt zwei Autofähren kriegen. Ich sagte ihm, wir bräuchten nur die Brücke, aber ich müßte sofort eine Entscheidung haben. Ich gab ihm die Telefonnummer von Bells Büro, und er machte sich ans Werk. Ich hockte inzwischen da und kaute an den Nägeln, aber fünfzehn Minuten später, als Bell schon stocksauer war und nach Hause gehen wollte, klingelte das Telefon bei ihm, und der Parlamentssprecher höchstpersönlich erklärte ihm, er sei nunmehr bereit und imstande, die Brückensache zu einem positiven Ende zu bringen... Ich wäre ›ein Mädchen mit sehr viel Überzeugungskraft‹, hat der Kerl zu Bell gesagt. Und der fand das dann auch...«

»Und Bell ging mit raus, eröffnete die Sitzung wieder, und ihr seid gewählt worden?«

»Ja. Er hat natürlich gegen uns gestimmt, aber mit Davis und Dodge war die Sache ja für uns gelaufen.«

Ich sah John kopfschüttelnd an. Hatte er nicht mal was von »Kommunistin« und »Hobby-Politikerin« gesagt? »Klingt nicht nach Hobby-Politikerin, John, meinst du nicht auch?«

»Weiber lernen schnell«, grinste er.

»Was ist mit Darrell Clark und seiner Familie? Habt ihr den Fall wieder aufgerollt?«

»Nein... Haben wir nicht.« Sie vermied es, mich anzusehen.

»Es gab Probleme. Nach unserer Wahl war die Stadt in Aufruhr, und wir wollten nicht noch mehr Öl ins Feuer gießen. Nicht, bevor wir die Wahlbezirke neu festgelegt hatten...«

»Und jetzt, nachdem das geregelt ist?«

»Nun, es ist irgendwie... schwierig...«

»Aha. Paßt nicht in die politische Landschaft, den Fall wieder aufzurollen, nicht wahr?«

»Ja, so ist es. Und Darrell ist... tot. Wir können ihn nicht wieder lebendig machen. Und es ist auch kein Geld mehr da für seine Familie... Ging alles drauf... Für die Brücke.« Sie deutete zum Fluß hinunter.

Ich stand auf. Zeit zu gehen. »Hat es sich gelohnt, Marvel? War es das alles wert?«

»Ja«, sagte sie und sah mir fest in die Augen. »Harold hätte sein Leben dafür gegeben. Er würde es dir bestätigen. Und er *hat* es für unsere Sache gegeben. Und wir haben erreicht, was wir wollten...«

»Nun, wenn du zufrieden bist...«

»Das bin ich. Es heißt jedoch nicht, daß ich nicht auch traurig bin. Harolds Ermordung hat mich fast ins Grab gebracht. Er war mein Freund. Und die Probleme sind längst nicht alle beseitigt. Ballem kriecht wie eine schleimige Schnecke durch die Stadt und wartet darauf, daß wir Fehler machen. Er hat Ärger mit der Steuerbehörde bekommen, aber er intrigiert weiterhin gegen uns, spinnt seine Fäden... Er haßt mich. Und wir haben es noch nicht geschafft, Mary Wells von ihrem Posten abzulösen. Jedenfalls bis jetzt noch nicht, wegen des Arbeitsplatzschutzes im öffentlichen Dienst... Mit Carl Rebeck hat die Staatsanwaltschaft einen Deal gemacht – er stellt sich als Belastungszeuge gegen den Apparat zur Verfügung und bekommt dafür Straffreiheit zugesichert. Er präsentiert sich schon wieder als Saubermann... Läuft rum und nennt mich eine Niggerkommunistin... Trotz allem, Kidd, ich bin zufrieden. Zufrieden... und traurig...«

»Dann ist es ja gut«, sagte ich zum Schluß. »Vielleicht ist es das Beste, auf das du nach allem hoffen konntest.«

Auf dem Weg aus der Stadt hielt ich am Chickamauga Park und stocherte im Sand um die Mülltonne herum, bis ich den Computerschlüssel gefunden hatte. Ich steckte ihn ein. Dann hielt ich am E-Z Way, um mir ein paar Dosen Coke zu kaufen. Ich brauchte das Koffein für die Nachtfahrt nach Memphis.

Es war noch heiß, als ich auf den Laden zuging, und Schwärme von Käfern und Motten tanzten um die Lichter auf dem Parkplatz. Der dicke Typ saß wieder hinter der Theke. Er wischte sich mit einem großen Tuchlappen das Gesicht ab; der Lappen war mal ein T-Shirt gewesen, und man sah noch deutlich die gelben Schweißflecken unter den Achseln.

»Heiß«, stöhnte er, aber es klang unverbindlich. Er war bereit, jeder anderen Meinung, sofern ich eine hätte, zuzustimmen. Typisch für diese Stadt...

»Ja.« Ich legte einen Dollar und einen Quarter auf die Theke. Er schob das Geld in eine Handfläche und ließ es dann in die Kasse fallen. Auf der Brust trug er ein Plastikschild mit der Aufschrift ELVIS und, etwas kleiner darunter, MANAGER FÜR DEN NACHTVERKAUF.

Er gab mir einen Nickel zurück. Als ich durch die Tür ging, meinte ich, er hätte noch etwas zu mir gesagt, und drehte mich um. Aber er starrte durch das offene Fenster auf die Lichter draußen, und in seinen kleinen Schweinsaugen lag ein verträumter Blick.

»Ihr hübschen Tierchen«, murmelte er verzückt. Sein Mund stand halb offen, und seine dicken rosa Lippen glitzerten im Licht der Neonstrahlen an der Decke. »Ihr süßen, hübschen Tierchen.«

LuELLEN

Sie blieb während der Zeit, in der ich meine Verletzungen auskurierte, noch etwa einen Monat bei mir in New Orleans. Eines Morgens beim Frühstück fragte sie mich: »Liebst du mich, Kidd?«

»Ja«, antwortete ich.

»Ich weiß nicht, ob ich das verkraften kann«, sagte sie.

»Und ich weiß nicht, was ich sonst noch sagen soll.«

»Ich gehe für eine Weile weg.«

»Wie Charade, oder wie sie hieß?«

»Chaminade«, verbesserte sie abwesend. Dann sah sie mich fest an. »Aber nicht wie sie. Denn ich komme zurück.«

»Bestimmt?«

»Ja.« Sie hat dunkle Augen wie die Seen im Norden. »Ganz bestimmt.«

Spur der Angst

Aus dem Amerikanischen
von Manes H. Grünwald

Die Originalausgabe erschien 1999 unter dem Titel
»Certain Prey« bei G. P. Putnam's Sons,
a member of Penguin Putnam Inc., New York

Für Tom und Rozanne Anderson

1

Clara Rinker ...

Der Erste der drei unglücklichsten Tage im Leben von Barbara Allen war der Tag, als Clara Rinker in St. Louis im Hinterhof einer Stripteasebar namens Zanadu vergewaltigt wurde. Die Bar lag am Westrand der Stadt in einem schachbrettartig angelegten, staubigen Gewerbegebiet, das vornehmlich aus Truckterminals, Lagerhallen und Montagefabriken besteht. Im Zanadu ging es, wie die Chromreklametafel an der Interstate 70 in gelber Leuchtschrift verkündete, »locker zu«. Clara Rinker war jedoch keinesfalls ein »lockeres Mädchen«, egal, was die Gäste des Zanadu auch glaubten.

Rinker war sechzehn, als sie vergewaltigt wurde – ein kleines, sportlich durchtrainiertes Mädchen, eine Tänzerin, die ihrer Familie in Ozark davongelaufen war. Sie hatte blondes, am Ansatz dunkleres Haar und einen Körper, der in dünnen Baumwollkleidchen mit roten Punktmustern aus dem K-Mart ausgesprochen attraktiv wirkte. Es war ein Körper, der die Aufmerksamkeit von Cowboys, Truckern und anderen Männern, die sich in Träumen von Nashville ergingen, auf sich zog.

Sie hatte sich für den Nackttanz entschieden, weil sie Talent dafür hatte, und zwar ausschließlich deshalb, nicht etwa wegen des Geldes oder weil sie sonst hungern müsste. Die Vergewaltigung geschah um zwei Uhr in einer ansonsten wunderschönen Aprilnacht, in einer dieser Nächte, in denen die Kids im Mittleren Westen länger aufbleiben und Krieg spielen dürfen und in denen Zikaden in ihren Verstecken unter den Borken der Ulmen ihr Summen ertönen lassen. Rinker hatte in dieser Nacht die Eingangstür der Bar abgeschlossen; sie war als letzte Tänzerin aufgetreten.

Danach saßen noch vier Männer bei ihren Drinks an der Bar. Drei waren Fernfahrer mit gehetzten Gesichtern, die nirgendwo anders hingehen konnten als in die engen Kojen ihrer Kenworth-, Freightliner- oder Peterbilt-Trucks; der Vierte war ein norwegischer Tierhändler, spezialisiert auf exotische Tiere, der gegen den Kummer über ein gerade aufgeflogenes Geschäft antrank, bei dem es um eine große Kiste Boa constrictors und eine Ladung illegal eingeführter tropischer Vögel im Wert von sechsunddreißigtausend Dollar gegangen war.

Ein fünfter Mann namens Dale-Sowieso, ein Gorilla mit schräg abfallenden Schultern, war aus der Bar gegangen, als Rinker etwa die Hälfte der Theke abgewischt hatte. Er ließ zwölf Dollar in zerknüllten Einer-Noten auf dem Tresen zurück, darüber hinaus zwei kleine Schweißringe, wo er die nackten Ellbogen aufgestützt hatte. Rinker hatte vor jedem Mann für zehn Sekunden ihre Arbeit unterbrochen, um ihn mit dem Blick anzublitzen, den die Mädchen »Schluss-Schluss« nannten. Dale-Sowieso war als Erster an der Reihe gewesen, und er war aufgestanden und gegangen, sobald sie sich wischend auf den nächsten Mann zubewegt hatte. Als sie fertig war, stieg Rinker die Stufe am Ende der Bar hinunter und ging zu einem der Hinterzimmer, um ihre Straßenkleidung anzuziehen.

Einige Minuten später klopfte der Barmann, ein Ringer im Team der Universität von Missouri namens Rick, an die Tür des Umkleidezimmers und fragte: »Clara, schließt du die Hintertür ab?«

»Mach ich«, antwortete sie und streifte ein fusseliges Stretchoberteil über den Kopf, wobei sie mit dem Hintern wackelte, um es nach unten ziehen zu können. Rick respektierte die Privatsphäre der Tänzerinnen, wofür sie ihm dankbar waren; eigentlich war das aber nur eine psychologischer Trick, da er ja hinter der Bar arbeitete und die halbe Nacht damit zubrachte, ihre nackten Körper zu betrachten.

Egal, er respektierte jedenfalls ihre Privatsphäre …

Als sie sich umgezogen hatte, machte Rinker das Licht im Umkleideraum aus, ging dann zur Damentoilette, vergewisserte sich, dass sie leer war, machte dasselbe in der Herrentoilette, in der ihr der unausrottbare, mit Bier gewürzte Uringestank beißend in die Nase stieg. An der Hintertür entriegelte sie das Schloss, knipste das Flurlicht aus und trat hinaus in die weiche Nachtluft. Sie zog die Tür hinter sich zu, hörte das Einschnappen des Riegels, rüttelte noch einmal am Türknauf, um sich zu vergewissern, dass die Tür auch wirklich verschlossen war, und ging dann auf ihren Wagen zu.

Auf etwa zwei Dritteln des Weges zu ihrem Wagen stand ein verrosteter Dodge Pickup auf dem Parkplatz. Eine zerbeulte Aluminiumwohnkabine mit zerlumpten Vorhängen an den Fenstern war auf der Ladefläche festgezurrt. Es kam hin und wieder vor, dass Gäste der Bar, die zu viel getrunken hatten, ihren Rausch in ihren Wagen auf dem Parkplatz ausschliefen; der Truck mit der Kabine stellte also keine Abweichung von der Norm dar. Dennoch kam er Rinker irgendwie unheimlich vor. Sie wäre beinahe um das Gebäude zum Haupteingang zurückgelaufen, um Rick noch zu erreichen, ehe er nach Hause ging.

Beinahe. Aber der Weg um das Gebäude war weit, und außerdem kam sie sich albern vor, und vielleicht hatte Rick es eilig, nach Hause zu kommen, und der Truck war ja schließlich unbeleuchtet, es schien niemand drin zu sein …

Dale-Sowieso saß auf der Rinker abgewandten Seite des Trucks auf dem Kiesboden, den Rücken gegen die Fahrertür gelehnt. Er wartete nun schon seit zwanzig Minuten mit steigender Ungeduld auf sie, kaute Pfefferminzdragees und dachte dabei an ihren Körper. Irgendwo in den Tiefen seines Bewusstseins betrachtete er Pfefferminzdragees als Zugeständnis an die Galanterie, die man Frauen gegenüber zeigen sollte. Er kaute das Zeug, um dieser kleinen Tänzerin einen Gefallen zu tun.

Als er hörte, dass die Hintertür geschlossen wurde, stand er auf, schaute durch das Wagenfenster und sah sie kommen, allein. Er wartete geduckt hinter dem Truck; er war ein großer Mann, und wenn auch ein erheblicher Anteil seiner Körpermasse aus Fett bestand, war er jedenfalls stolz auf seine Größe.

Und er war schnell: Rinker hatte nicht den Hauch einer Chance.

Als sie am Truck vorbeikam, einen klirrenden Schlüsselbund in der Hand, stürzte er sich aus der Dunkelheit auf sie wie ein Tackle beim Football. Der Aufprall nahm ihr den Atem; sie stürzte auf den Rücken, lag unter ihm, rang nach Luft, und der Kies schnitt ihr in die nackten Schultern. Er wirbelte sie herum, zog ihre Arme auf dem Rücken zusammen, umspannte ihre dünnen Handgelenke mit einer Hand, drückte die andere in ihren Nacken.

Sein Pfefferminzatem war dicht an ihrem Ohr, und er zischte ihr zu: »Wenn du schreist, brech ich dir dein verdammtes Genick.«

Sie schrie nicht, denn so was war ihr schon einmal passiert, mit ihrem Stiefvater. Damals hatte sie geschrien, und er hatte ihr beinahe das Genick gebrochen. Aber Rinker wehrte sich heftig, zappelte, spuckte, strampelte, wand und drehte sich, versuchte, sich aus seinem Griff zu befreien. Aber Dale-Sowiesos Hand war wie ein Schraubstock an ihrem Genick, und er zerrte sie zur Camper-Kabine, zog die Hecktür auf, schob sie hinein, riss ihr die Unterhose herab und tat im flackernden gelben Licht der Innenbeleuchtung, was er sich vorgenommen hatte.

Als er fertig war, warf er sie aus der Hecktür, spuckte auf sie hinunter und knurrte: »Du dreckiges Miststück, wenn du jemand was sagst, bring ich dich um.« Später erinnerte sie sich hauptsächlich daran, wie sie nackt auf dem Kies gelegen und er auf sie heruntergespuckt hatte. Und an die borstigen Haare auf Dales fettem Wackelarsch.

Rinker ging nicht zu den Cops, denn das wäre das Ende ihres Jobs gewesen. Und wie sie die Cops kannte, hätten die sie bestimmt zurück zu ihrem Stiefvater geschickt. Aber sie wandte sich an die Besitzer des Zanadu und erzählte ihnen von der Vergewaltigung. Die Brüder Ernie und Ron Battaglia waren besorgt – zum einen wegen Rinker, zum anderen wegen ihrer Lizenz. Eine Stipteasebar geriet in argen Verruf, wenn auf ihrem Parkplatz Sexualverbrechen passierten.

»Ach du heilige Scheiße«, sagte Ron, als Rinker ihm und Ernie von der Vergewaltigung berichtete. »Das ist ja schrecklich, Clara. Bist du verletzt? Du musst dich von 'nem Arzt untersuchen lassen, ganz klar.«

Ernie nahm eine Geldscheinrolle aus der Tasche, schälte zwei Hunderter davon ab, dachte ein paar Sekunden nach, entschloss sich zu einem weiteren Hunderter, schob ihr die drei Geldscheine in den Ausschnitt ihres Reserve-Stretchoberteils. »Geh und lass dich untersuchen, Kid.«

Sie nickte, sagte dann: »Wisst ihr, ich will nicht zu den Cops gehen. Aber dieses verdammte Arschloch soll für das bezahlen, was er mir angetan hat.«

»Wir kümmern uns darum«, bot Ernie an.

»Nein, lasst mich das selber machen«, sagte Rinker.

Ron hob die Augenbrauen. »Was hast du vor?«

»Schafft ihn für mich in den Keller. Er hat mal gesagt, er wäre Dachdecker. Er braucht also seine Hände zum Geldverdienen. Ich nehme mir einen verdammten Baseballschläger und zertrümmere ihm einen von seinen Armen.«

Ron sah Ernie an, der wiederum Rinker anschaute und sagte: »Das ist okay. Wenn er nächstes Mal herkommt, hm?«

Sie machten es nicht, als er eine Woche später wieder in die Bar kam. Er wirkte nervös, vermied jeden Blickkontakt mit Rinker, nahm wohl zu Recht an, dass er nicht willkommen war. Rinker lehnte es ab, Dale-Sowieso an der Bar zu bedienen, und als sie Ernie in der Küche auf die geäußerte Absicht ansprach, knurrte der nur, gottverdammt, der Steuertermin stehe vor der Tür, und weder er noch Ron wären im Moment mental auf eine Auseinandersetzung mit dem Kerl eingestellt.

Rinker bearbeitete die beiden weiter, und als Dale-Sowieso zwei Tage nach dem Steuertermin wieder auftauchte, hatten die Brüder mental keinerlei Schwierigkeiten, sich auf eine Auseinandersetzung mit ihm einzulassen. Sie fütterten Dale-Sowieso mit Drinks und Erdnüssen »aufs Haus« und verwickelten ihn bis zur Sperrstunde in Gespräche. Rick, der Barkeeper, komplimentierte den vorletzten Gast nach draußen und folgte ihm schleunigst, ohne noch einmal zurückzuschauen; er schien zu ahnen, dass irgendwas geplant war.

Dann ging Ron um den Tresen, Ernie brachte Dale-Sowieso dazu, in die andere Richtung zu schauen, und Ron verpasste ihm einen überraschend wilden rechten Schwinger, der ihn vom Barhocker holte. Ron stürzte sich auf ihn, zerrte ihn auf den Bauch, und Ernie kam um den Tresen gerannt und nahm ihn in den speziellen Schwitzkasten, wie ihn Profiringer kennen. Zusammen schleppten sie dann Dale-Sowieso, der kaum Widerstand leistete, die Kellertreppe hinunter.

Die Brüder stellten ihn auf die Füße, und er war bei vollem Bewusstsein, als Rinker herunterkam. Sie hatte einen Baseballschläger aus Aluminium dabei; korrekter gesagt, einen T-Ball-Schläger, der vom Schwunggewicht her für klein gewachsene Frauen besser geeignet ist.

»Ich werd euch beschissenen Arschlöchern 'ne Klage an den Hals hängen, die euch um jeden verdammten Cent von eurem Vermögen bringt«, keuchte Dale-Sowieso, und Blut tropfte von seiner aufgeplatzten Unterlippe. »Mein verdammter Anwalt macht Freudentänze über das Geld, das er an euch verdammten Drecksäcken verdient.«

»So'n Scheiß wirst du nicht machen«, sagte Ron. »Du hast dieses kleine Mädchen da vergewaltigt ...«

»Wie willst du's haben, Clara?«, fragte Ernie. Er stand hinter Dale, hatte die Arme unter seinen Achseln hindurchgeschoben und die Hände in seinem Nacken verschränkt. »Willst du 'nen Arm oder 'n Bein?«

Rinker stand dicht vor Dale-Sowieso, der sie finster anstarrte. »Ich werd ...«, fing er an.

Rinker ließ ihn nicht aussprechen. »Scheiß-Beine«, knurrte sie. Sie hob den Schlagstock und ließ ihn dann auf Dale-Sowiesos Schädeldach niedersausen.

Der Aufschlag klang, als ob ein dicker Mann auf eine Walnuss getreten wäre. Ernie zuckte zusammen, lockerte seinen Griff, und Dale-Sowieso sackte auf den Boden wie ein zweihundert Pfund schwerer Sandsack.

»Heilige Scheiße«, sagte Ron und bekreuzigte sich.

Ernie stieß Dale-Sowieso mit der Spitze seiner braunen Stiefel an, und eine Blutblase quoll aus Dales Mund. »Der is' nicht tot«, sagte Ernie.

Rinker hob den Schlagstock und schlug noch einmal zu, diesmal gegen den Knöchel hinter seinem linken Ohr. Sie führte den Schlag mit erheblicher Wucht aus; ihr Stiefvater hatte oft von ihr verlangt, Feuerholz zu spalten, und sie war geübt darin, einem Schlag mit einem Werkzeug die entsprechende Wucht zu verleihen. »Das müsste reichen«, sagte sie.

Ernie nickte und brummte zustimmend »hm«. Dann sahen sich alle drei im Licht der einzigen nackten Birne im Raum an, und Ron sagte zu Rinker: »Irgendwie große Scheiße, Clara ... Wie fühlst du dich jetzt?«

Clara sah auf Dale-Sowiesos Leiche hinunter, auf den schwärzlichen Blutring um seine dicken Lippen, und sagte: »Er war nur ein Stück Scheißdreck.«

»Und du fühlst gar nichts?«, fragte Ernie.

»Nein, gar nichts.« Ihre Lippen waren ein dünner, harter Strich.

Nach einigen Sekunden des Schweigens sah Ron zu der schmalen Kellertreppe hinüber und sagte: »Wird verdammt schwierig sein, seinen Arsch aus dem Keller zu schaffen.«

»Da hast du Recht«, sagte Ernie und fügte philosophisch hinzu: »Ich hätte ihm rechtzeitig sagen sollen, dass es bei uns *keine* Muschi umsonst gibt.«

Dale-Sowieso landete im Mississippi, und sein Truck wurde auf der anderen Flussseite in Granate City abgestellt, wo er prompt zwei Tage später geklaut wurde. Niemand fragte je nach Dale, und Rinker trat weiterhin als Tänzerin auf. Einige Wochen nach der Sache bat Ernie sie, sich zu einem älteren Mann zu setzen, der auf ein Bier in die Bar gekommen war. Rinker legte den Kopf schief, und Ernie sagte schnell: »Nein, nein, das ist okay. Du brauchst dich auf nichts einzulassen.«

Also nahm sie sich ein großes Budweiser und setzte sich zu

dem Mann, der sagte, er sei der Bruder vom Mann von Ernies Tante. Er wusste von der Sache mit Dale-Sowieso. »Haben Sie inzwischen irgendwelche schlechten Gefühle deswegen oder immer noch nicht?«

»Nein, hab ich nicht. Aber ich bin sauer, dass Ernie Ihnen davon erzählt hat.« Sie trank einen Schluck von ihrem Budweiser.

Der ältere Mann lächelte. Er hatte sehr kräftige weiße Zähne, die von seinen schwarzen Augen und den dunklen, langen, fast femininen Wimpern abstachen. Rinker hatte plötzlich den Eindruck, der Mann könnte einem Mädchen zu schönen Zeiten verhelfen, obwohl er schon über Vierzig sein musste. »Haben Sie schon mal eine Schusswaffe abgefeuert?«, fragte er.

So wurde Rinker zur »Hit-Lady« – zur Profikillerin. Sie betrieb ihr Geschäft nicht spektakulär wie dieser Jackal oder die Profikiller in den Fernsehfilmen. Sie erledigte ihre Aufträge emotionslos, ruhig und effizient und benutzte dabei verschiedene kleinkalibrige Pistolentypen, stets mit Schalldämpfern, meistens .22er, also Kaliber 5,6 mm. Auftragsmorde aus nächster Nähe wurden zu ihrem Warenzeichen.

Rinker hatte sich nie für dumm gehalten; ihr war klar, dass sie einfach noch nie die Chance gehabt hatte, ihre Intelligenz unter Beweis zu stellen. Als das Geld von den Auftragsmorden sich summierte, erkannte sie, dass sie nicht wusste, was sie damit tun sollte. Also besuchte sie morgens das Intercontinental College of Business und belegte Kurse in Buchhaltung und Organisation eines Kleinunternehmens. Als sie zwanzig und damit schon ein wenig alt für den Nackttanz wurde, verschaffte ihr der Mafioso, der sie ins Killergeschäft gebracht hatte, einen Job in der Verwaltung eines Lagerhauses für alkoholische Getränke. Und als sie vierundzwanzig wurde und sich in der Führung eines Geschäfts ein wenig auskannte, kaufte sie sich eine eigene Bar im Zentrum von Wichita, Kansas, und nannte sie »The Rink«.

Die Bar lief gut, dennoch verließ Rinker einige Male im Jahr mit einer Pistole im Gepäck die Stadt und kam mit einem Bündel Geld wieder zurück. Einen Teil davon gab sie aus, aber den größten Teil deponierte sie unter verschiedenen Namen in verschiedenen Orten bei verschiedenen Banken. Eines hatte sie von ihrem Stiefvater gelernt: Wie gut es dir im Moment auch geht, früher oder später wirst du dich absetzen müssen ...

Carmel Loan ...

Carmel war groß gewachsen, elegant und kostspielig wie eine neue Jaguarlimousine.

Sie hatte ein schmales Gesicht mit einer hübschen Nase, dünnen blassen Lippen, einem eckigen Kinn und eine kleine, spitz zulaufende Zunge. Sie stammte von schwedischen Vorfahren ab und war blond – eine dieser Schwedinnen vom Typ Rennhund mit kleinen Brüsten, schmalen Hüften und einer langen Taille dazwischen. Sie hatte die Augen eines Vogels, der stets auf Beute aus ist – eines Raubvogels. Carmel war Strafverteidigerin in Minneapolis, und zwar eine der drei Erfolgreichsten. In den meisten Jahren schaffte sie bequem ein Einkommen von mehr als einer Million Dollar.

Carmel wohnte in einem fantastischen, absolut coolen Hochhausappartement im Zentrum von Minneapolis – durchweg helle Parkettfußböden und weiße Wände mit Schwarzweißfotos von Ansel Adams und Diane Arbus und Minor White, keine davon war aber so modern und revolutionär wie Robert Mapplethorpe. Unter all diesem Schwarz-Weiß sprang das Blutrot der Möbel und Teppiche ins Auge, und auch ihr Wagen, ein Jaguar XK8, war – in Sonderanfertigung – blutrot lackiert.

Am zweiten der drei unglücklichsten Tage im Leben von Barbara Allen entdeckte Carmel Loan, dass sie ernsthaft, zutiefst und für alle Ewigkeit in Hale Allen verliebt war, Barbara Allens Ehemann.

Hale Allen, ein Anwalt mit Spezialgebiet Haus- und Grundbesitz, war der Schwarm aller Frauen. Er hatte schwarzes Haar, das ihm in kleinen Löckchen in die Stirn fiel, warme braune Augen, ein eckiges Kinn mit einem kleinen Grübchen, große Hände, breite Schultern und schmale Hüften. Er war knapp einsfünfundachtzig groß, hatte Anzugsgröße zweiundvierzig und einer seine Schneidezähne wies eine kleine Scharte auf. Der Knoten seiner Krawatte war ständig verrutscht, und immer wieder fühlten sich Frauen bemüßigt, ihn gerade zu rücken. Um damit Hand an ihn legen zu können. Er hatte ein natürliches Talent, mit Frauen umzugehen, mit ihnen zu plaudern, mit ihnen zu spielen …

Hale Allen liebte die Frauen; und das nicht nur aus sexuellen Gründen. Es gefiel ihm ganz einfach, mit ihnen zu reden, mit ihnen Einkaufsbummel zu machen, mit ihnen zu joggen – und das alles, ohne etwas von seiner Männlichkeit zu verlieren. Er hatte Carmel Anlass zu dem Glauben gegeben, er finde sie nicht unattraktiv. Und immer, wenn Carmel *ihn* sah, rastete tief in ihrem Inneren etwas aus.

Dennoch, bei all seiner Attraktivität und dem Naturtalent im Umgang mit Frauen war Hale Allen intellektuell nicht »das schärfste Messer in der Spülmaschine«. Er begnügte sich mit einfachsten Rechtsfällen, dem Abschließen von Routineverträgen, und er verdiente nur einen Bruchteil von Carmels Jahreseinkommen. Das spielte jedoch für eine Frau, die die große Liebe ihres Lebens gefunden hatte, keine bedeutende Rolle. Wenn eine Frau eine echte körperliche Leidenschaft für einen Mann empfindet, kann sie übersehen, dass er ein wenig dumm ist, meinte Carmel. Außerdem gab Hale bestimmt ein tolles Bild ab, wenn er bei ihrer jährlichen Weihnachtsparty neben dem gemauerten Kamin stand, mit einem Scotch in der Hand und vielleicht einer blutroten Krawatte um den Hals; die geistvollen Gespräche konnte *sie* übernehmen.

Bedauerlicherweise schien Hale auf ewig an seine Frau Barbara gebunden zu sein.

Durch ihr Geld, dachte Carmel. Barbara hatte eine ganze Menge davon, von ihrer Familie. Und auch wenn Hales zerebrale Glühfäden nicht so hell leuchteten wie bei anderen, er wusste, was fünfzig Millionen Bucks waren, wenn er sie vor Augen hatte. Er wusste, wie es kam, dass man sich diesen schwarzen Kaschmirsportmantel von Giorgio Armani für tausendsechshundert Dollar leisten konnte.

Allens Bindung an seine Frau – oder an ihr Geld, wie auch immer – ließen für eine Frau von Carmels Qualitäten nur wenige Optionen zu.

Sie wollte nicht rumhängen und vor Sehnsucht zerfließen oder Weinkrämpfe und Depressionen kriegen oder sich betrinken und sich ihm an den Hals werfen. Sie musste etwas unternehmen.

Zum Beispiel diese Frau ins Jenseits befördern.

Vor fünf Jahren hatte Carmel einmal vor Gericht die Beweiskette in Stücke gerissen, die ein unerfahrener junger Cop in St. Paul zusammengetragen hatte, nachdem eine normale Verkehrskontrolle sich zu einem schwereren Fall von Drogenhandel ausgeweitet hatte.

Ihr Klient, Rolando (»Rolo«) D'Aquila, war somit einer Anklage wegen Drogenhandels entgangen, obwohl die Cops zehn Kilo Kokain unter dem Ersatzreifen seines kaffeebraunen Continentals gefunden hatten. Die Cops hatten schließlich nur das Verwirkungsgesetz anwenden und den Wagen einbehalten können, aber das hatte Rolo nicht besonders beeindruckt. Beeindruckt war er jedoch von der Tatsache gewesen, dass er nicht mehr als exakt fünf Stunden in der Zelle hatte sitzen müssen, und das war die Zeit gewesen, die Carmel zur Organisation der Kaution in Höhe von einer Million dreihunderttausend Dollar gebraucht hatte.

Und später, als sie nach dem Freispruch aus dem Gerichtsgebäude gingen, sagte Rolo zu ihr, wenn er ihr je einmal einen echten Gefallen tun könne – *einen wirklich echten Gefallen* –, solle sie sich an ihn wenden. Auf Grund der vorher mit ihm geführten Gespräche wusste Carmel sehr gut, was er damit meinte. »Ich steh ja auch echt in Ihrer Schuld«, betonte Rolo. Sie sagte nicht nein, weil sie in solchen Fällen niemals nein sagte.

Sie sagte nur: »Wir werden sehen.«

An einem warmen, regnerischen Maitag fuhr Carmel in ihrem Zweitwagen – einem unscheinbaren schwarzblauen Volvo-Kombi, zugelassen auf den in zweiter Ehe erworbenen Namen ihrer Mutter – zu einem heruntergekommenen Haus in St.-Paul-Frogtown, hielt am Bordstein an und schaute aus dem Seitenfenster.

Das alte Fachwerkhaus schien im ungehindert wuchernden Gras einer früheren Rasenfläche zu versinken. Regenwasser lief über die Ränder der mit Laub verstopften Dachrinnen, und der abblätternde grüne Anstrich des Hauses ließ Flecken der früheren Farbe erkennen, einem kreidigen Blau. Kein Fenster und keine Tür war noch ganz im Lot oder in der Waagerechten zu den Fachwerkbalken des Hauses, auch nicht zueinander. Die meisten der Fenster waren verglast, einige hatten jedoch nur schwarze Fliegengitter.

Carmel nahm einen kleinen Reiseschirm vom Rücksitz, stieß die Wagentür mit dem Fuß auf, ließ den Schirm aufschnappen und lief über den Gehweg zum Haus. Die innere Tür stand offen; sie klopfte zweimal gegen die geschlossene Fliegentür, die daraufhin in ihrem Rahmen erzitterte, und hörte dann Rolos Stimme: »Kommen Sie rein, Carmel. Ich bin in der Küche.«

Das Innere des Hauses passte sich dem Äußeren an. Die Teppiche waren zwanzig Jahre alt, und der dünne Flor war von abgetretenen Pfaden durchzogen. Die Wände zeigten ein schmuddeliges Gelb, die Möbel bestanden aus schäbigem, plastikfurniertem Sperrholz mit angeschlagenen Kanten und Beinen. An den Wänden hingen weder Bilder noch andere schmückende Gegenstände. Nägel ragten an helleren Stellen aus den Wänden, wo frühere Bewohner sich mehr Mühe um eine gewisse Wohnlichkeit gegeben hatten. Es stank intensiv nach Nikotin und Teer.

In der Küche war es unwahrscheinlich hell. An den beiden Fenstern, die den Küchentisch flankierten, gab es weder Rollos noch Vorhänge, und sie waren weit geöffnet. Nur zwei Stühle standen am Tisch, einer herangeschoben, der andere ein Stück weggezogen. Rolo, der dünner war als vor fünf Jahren, trug Jeans und ein T-Shirt, auf dem – recht rätselhaft – die Aufschrift *Jesus* prangte. Er hatte beide Hände im Spülstein.

»Wegen Ihres Besuchs wollte ich schnell noch abwaschen«, sagte er.

Es war ihm nicht peinlich, bei der Hausarbeit erwischt zu werden, und der Gedanke – *Es sollte ihm peinlich sein* – zuckte durch Carmels Anwaltsgehirn.

»Setzen Sie sich«, sagte er und nickte zu dem vom Tisch weggezogenen Stuhl. »Die Kaffeemaschine läuft.«

»Ich hab's ziemlich eilig«, erwiderte sie.

»Wie, haben Sie etwa keine Zeit für einen Kaffee mit Ihrem Freund Rolando?« Er schüttelte das Spülwasser von den Händen, riss ein Papiertuch von einer Rolle auf der Arbeitsplatte, trocknete sich die Hände ab und warf den zusammengeknüllten Papierball in Richtung auf einen Abfalleimer in der Ecke. Der Ball prallte gegen die Wand und hüpfte dann in den Eimer. »Zwei Punkte«, sagte Rolo zufrieden.

Sie schaute auf die Uhr, korrigierte dann ihre Entscheidung im Hinblick auf den Kaffee. »Na ja, ein paar Minuten habe ich natürlich Zeit.«

»Ich bin ziemlich tief gesunken, hm?«

Sie sah sich in der Küche um, zuckte die Schultern und sagte: »Sie werden wieder hochkommen.«

»Ich weiß nicht«, erwiderte er. »Ich habe die Nase ziemlich tief im Koks stecken.«

»Dann müssen Sie einen Entzug machen.«

»Ja, ein E-Programm«, sagte er und lachte. »Zwölf Schritte zu Jesus …« Dann, entschuldigend: »Ich habe nur Kaffee mit Koffein.«

»Ich trinke nie koffeinfreien«, sagte sie, und dann: »Sie haben den Anruf also gemacht.« Keine Frage, eine Feststellung.

Rolo goss Kaffee in zwei gelbe Keramikbecher, die bei Carmel Erinnerungen an die Ferienorte an den Seen in den North Woods hervorriefen. »Ja. Und sie ist noch im Dienst meiner Freunde, und sie nimmt den Job an.«

»Sie? Es ist eine Frau?«

»Ja. Ich war selbst überrascht. Ich hab früher nie nach so was gefragt, verstehen Sie … Aber als ich jetzt gefragt hab, hat mein Freund ›sie‹ gesagt.«

»Sie muss aber gut sein«, sagte Carmel.

»Sie *ist* gut. Hat einen ausgezeichneten Ruf. Jeder Schuss ein Treffer. Sehr effizient, sehr schnell. Immer aus kürzester Entfernung, da kann gar nichts schief gehen.« Rolo stellte einen der Kaffeebecher vor sie hin, und sie drehte ihn mit den Fingerspitzen, nahm ihn hoch.

»Genau das, was ich brauche«, sagte sie und trank einen Schluck. Guter Kaffee, sehr heiß.

»Sie sind sich ganz sicher?«, fragte Rolo. Er lehnte sich gegen die Arbeitsplatte und gestikulierte mit dem Kaffeebecher. »Wenn ich denen mal zugesagt hab, gibt's kein Zurück mehr. Bei dieser Frau weiß man nie, wie sie den Auftrag ausführt, niemand weiß, wo sie sich aufhält oder welchen Namen sie benutzt. Wenn Sie zustimmen, tötet sie Barbara Allen.«

Carmel runzelte bei der Nennung von Barbara Allens Namen die Stirn. Sie hatte bisher nie wirklich überlegt, dass es um einen *Mord* ging. Sie hatte die Angelegenheit eher abstrakt betrachtet, als Lösung eines ansonsten unlösbaren Problems. Natürlich, sie hatte *gewusst,* dass es ein Mord sein würde, aber sie hatte diese Tatsache einfach noch nicht gedanklich verarbeitet. »Ich *bin* sicher«, sagte sie.

»Sie haben das Geld?«

»Ja. Im Haus. Ihre zehntausend Dollar habe ich dabei.«

Sie stellte den Becher ab, kramte in ihrer Handtasche, holte ein dünnes Bündel großer Scheine heraus und legte es auf den Tisch. Rolo nahm es an sich und blätterte die Scheine mit dem Daumen durch. »Eines sollten Sie noch wissen«, sagte er. »Wenn jemand kommt und das Geld haben will – zahlen Sie jeden Cent. *Jeden Cent.* Feilschen Sie, um Himmels willen, nicht, zahlen Sie einfach. Wenn Sie das nicht tun, wird man keinen weiteren Versuch machen, das Geld einzutreiben, sondern man wird Sie umlegen – als abschreckendes Beispiel.«

22

»Ich weiß, wie das läuft«, erwiderte Carmel mit einem Anflug von Ungeduld. »Die Leute werden das Geld – wie abgemacht – kriegen. Und niemand kann es zurückverfolgen, da
ich es nach und nach beiseite gelegt habe.«

Rolo zuckte die Schultern. »Wenn Sie also zustimmen, rufe
ich heute Abend meinen Freund an. Und Barbara Allen ist
eine tote Frau.«

Diesmal zuckte Carmel nicht zusammen, als Rolo den Namen nannte. Sie stand auf. »Ja«, sagte sie, »tun Sie das.«

Rinker kam drei Wochen später in die Stadt. Sie war mit ihrem
eigenen Wagen von Wichita losgefahren, hatte dann zwei verschiedenfarbige Wagen verschiedenen Typs von Hertz und
Avis gemietet, unter zwei verschiedenen Namen und der Vorlage authentischer, in Missouri ausgestellter Führerscheine sowie absolut sauberer Kreditkarten von gut gefüllten Konten.

Sie hängte sich eine Woche an Barbara Allens Fersen und
fasste schließlich den Entschluss, sie im Treppenhaus eines
Parkhauses im Stadtzentrum zu töten. Im Verlauf der Be-
obachtungswoche war Barbara Allen viermal in das Parkhaus
gefahren und jedes Mal über die Innentreppe bis zur Etage
mit einer Verbindungspassage in ein benachbartes Bürogebäude hinuntergegangen. Hinter dem Verbindungsgang hatte sie
ein Büro betreten, an dessen Tür die Inschrift »Wohlfahrts-
verband *Stern des Nordens*« stand. Als Rinker mit Sicherheit
wusste, dass Allen *nicht* im Büro war, hatte sie dort angerufen
und nach ihr gefragt.

»Es tut mir Leid, sie ist nicht da.«

»Wann kann ich sie erreichen?«

»Sie ist normalerweise morgens ein bis zwei Stunden hier,
vor dem Mittagessen.«

»Danke, ich versuch's dann morgen noch mal.«

Barbara Allen ...

Am letzten der drei unglücklichsten Tage in ihrem Leben stieg sie morgens aus dem Bett, ging unter die Dusche und aß zum Frühstück ein leichtes Müsli aus Rosinenkleie und Erdbeeren – mit einem Ehemann wie Hale musste man auf die Figur achten. Während die Haushälterin das Geschirr abräumte, schaltete Barbara den Fernseher ein und sah sich die Dow-Jones-Eröffnungskurse des Tages an, setzte sich dann an ihren Schreibtisch und überprüfte noch einmal die ausgearbeiteten finanziellen Bewilligungspläne für wohltätige Aktivitäten des *Stern des Nordens,* um schließlich gegen halb zehn die Papiere zusammenzuraffen, in eine braune Coach-Aktentasche zu stecken und sich auf den Weg ins Stadtzentrum zu machen.

Rinker folgte ihr zunächst in einem roten Cherokee-Jeep, bis sie sicher war, dass Allen zum Stadtzentrum unterwegs war, überholte sie dann und fuhr zügig voraus.

Allen war eine langsame, vorsichtige Fahrerin, aber der Verkehr und die Ampeln waren unberechenbar, und Rinker wollte bei der Ankunft mindestens fünf Minuten Vorsprung vor ihr haben.

Rinker hatte sich ein anderes Parkhaus ausgesucht, das ebenfalls über das System der Verbindungsgänge mit dem Bürogebäude verbunden war. Von dort aus war der vorgesehene Ort des Geschehens bei schnellem Gehen in etwas weniger als zwei Minuten zu erreichen. Sie steuerte den Wagen in das Parkhaus, stellte ihn ab, ging zu ihrem eigenen Wagen, den sie am frühen Morgen hier geparkt hatte, und kletterte auf den Rücksitz. Sie schaute sich um und sah einen Mann auf den Ausgang zugehen, sonst aber niemanden. Sie hob die Fußmatte hinter dem Beifahrersitz hoch und klappte den Deckel einer flachen Stahlkassette auf, in der zwei halbautomatische

.22er Remington-Pistolen mit bereits aufgeschraubten Schalldämpfern in einem Bett aus kleinen Styropor-Kügelchen lagerten.

Rinker trug ein weites Hemd, darunter einen selbst geschneiderten elastischen Gürtel. Sie steckte die beiden Pistolen durch die breiten Taschenschlitze auf beiden Seiten des Hemdes und die aufgetrennten Taschenfutterale in den Elastikgürtel. Die .22er waren damit beiderseits fest an ihren Körper gedrückt, aber sie konnte sie in Sekundenbruchteilen herausziehen. Als die Waffen verstaut waren, sprang sie aus dem Wagen und ging zum Verbindungsgang.

Barbara Allen, eine untersetzte deutsche Blondine mit kurzem, teurem Haarschnitt und einem Tupfer Lippenstift, gekleidet in eine glatte weiße Baumwollbluse, einen blauen Rock und dazu passende, flache blaue Schuhe, betrat um 09.58 Uhr das Treppenhaus des Parkhauses in der Sixth Street. Auf halbem Weg die Treppe hinunter kam ihr eine kleine Frau entgegen, eine Rothaarige. Als sie aneinander vorbeigingen, lächelte die Frau mit gesenktem Kopf, und Barbara, die sich in solchen Dingen auskannte, schaute auf das rote Haar und dachte »Perücke«.

Das war der letzte Gedanke, der ihr am unglücklichsten Tag ihres Lebens durch den Kopf ging.

Rinker verpasste den richtigen Zeitpunkt. Sie hatte sich vergewissert, dass aus der unteren Parketage niemand kam, und wollte Allen dort unten abfangen. Aber Allen kam sehr langsam die schmale Treppe herunter, und Rinker, inzwischen in ihrem Sichtfeld, wollte sich nicht verdächtig machen, indem sie unten stehen blieb und auf sie wartete. Also ging sie die Treppe hinauf und Allen entgegen. Im Vorbeigehen nickte Allen ihr lächelnd zu, und einen Sekundenbruchteil später zog Rinker die Pistole an ihrer rechten Seite, entsicherte sie und feuerte aus einer Entfernung von fünf Zentimetern eine Kugel in Allens Hinterkopf. Allens Haare wirbelten hoch, als ob jemand kräftig dagegen gepustet hätte, und sie sackte zusammen.

Der Schalldämpfer war gut. Das lauteste Geräusch im Treppenhaus war das Repetieren des Verschlusshebels der Pistole. Rinker brachte noch einen zweiten Schuss an, ehe Allen nach vorn stürzte; dann trat sie hinter den auf einen Treppenabsatz gerutschten Körper und feuerte fünf weitere Schüsse in Allens Schläfe.

Rinker trat zur Seite, um an der Leiche vorbei nach unten zur Parketage zu gehen, schaute sich noch einmal um – und zuckte zusammen. Ein Cop kam durch die Tür auf dem Treppenabsatz über ihr. Er war in Uniform, ein korpulenter Mann mit einem Aktenordner in der Hand.

Rinker hatte die Möglichkeit, von einem Cop überrascht zu werden, in ihre Überlegungen einbezogen, obwohl sie nie so etwas erlebt hatte. Aber sie war auf eine solche Situation vorbereitet.

»Heh …«, sagte der Cop. Er streckte die freie Hand aus, und Rinker schoss auf ihn.

2

Der erste Tag auf Streifenfahrt in Baily Dobbs Polizistenleben hatte ihn gelehrt, dass die Polizeiarbeit komplizierter war, als er sich vorgestellt hatte – und gefährlicher, als er erwartet hatte. Baily hatte diesen Job als eine Möglichkeit angesehen, eine gewisse Autorität zu erlangen, einen Status. Er hatte nicht erwartet, dass er in Kämpfe mit Männern verwickelt werden könnte, die größer und kräftiger waren als er, dass Betrunkene den Rücksitz des Streifenwagens voll kotzen könnten, dass er sich vor dem Target Center den Arsch abfrieren musste, wenn drinnen die *Wolves* spielten. Also entschloss sich Baily, den Kopf einzuziehen, sich für keinerlei Aktivitäten freiwillig zu melden, bei gefährlich klingenden Notrufen mit geziemender Verspätung am Ort des Geschehens zu erscheinen und so schnell wie möglich vom Dienst auf der Straße wegzukommen.

Er schaffte das nach weniger als zwei Dienstjahren.

An einem Halloween-Abend, als er – mit geziemender Verzögerung – auf einen örtlichen Notruf reagierte, war er in einer dunklen Nebengasse auf die Hinterachse eines Kinderdreirads getreten, gestürzt und hatte sich das Knie ausgerenkt. Er wurde nicht für dienstunfähig befunden, aber es war klar, dass er nicht mehr schnell laufen konnte und somit für den Außendienst untauglich war. Sein starkes Humpeln während der Rehabilitationszeit in der Gymnastikhalle täuschte die Ärzte und amüsierte seine früheren Partner. Der Spruch »du willst wohl den Baily spielen« wurde im Vokabular der Stadtpolizei von Minneapolis ein Synonym für Drückebergerei.

Baily kam also in den Innendienst und blieb dort. Er trug weiterhin die Uniform samt der Dienstwaffe, wurde auch wie jeder andere Cop bezahlt, aber er war jetzt ein »Bürohengst« – und er war glücklich. Das alles trug wohl erheblich dazu bei, dass er nicht so schnell reagierte, wie er es hätte tun sollen, als er sah, wie Rinker mit der Exekution von Barbara Allen beschäftigt war. Seine Reflexe waren ihm abhanden gekommen. Bailys Mittagspause begann normalerweise um elf Uhr, aber an diesem Tag hatte er sich zu einer »Unterstunde« entschlossen. Er stahl sich aus dem Trakt des Polizeipräsidiums im Rathaus und ging durch das Kellergeschoss hinüber ins Verwaltungsgebäude des Hennepin-County; in der Hand hielt er einen Aktenordner mit einigen Papieren, die an einen Gerichtsangestellten adressiert waren – seine Rückendeckung, falls er einem seiner Vorgesetzten begegnen sollte.

Im County-Gebäude schaute er sich schnell um, schlüpfte dann in den Verbindungsgang, der zur Tiefgarage in der Sixth Street führt.

Sein Plan war, von dort aus die Treppe zum Straßenniveau hinunterzusteigen und dann hinüber ins Zentralkrankenhaus des Hennepin-County zu gehen, wo es eine nette, diskrete Cafeteria gab, die kaum von anderen Cops aufgesucht wurde. Er würde sich einen Cheeseburger und eine Portion Fritten zu Gemüte führen, ein paar Tassen Kaffee trinken, die Zeitung lesen und dann zurück in die City Hall schlendern, um die Mittagspause nicht zu verpassen.

Dieser überaus viel versprechende Plan ging daneben, als er das Treppenhaus des Parkhauses betrat.

Zwei Frauen befanden sich auf dem Treppenabsatz unter ihm, und eine von ihnen, eine Rothaarige, schien der anderen, die auf dem Boden lag, etwas ins Ohr stecken zu wollen.

»Heh …«, sagte er.

Die Rothaarige sah zu ihm hoch, und im nächsten Sekundenbruchteil erkannte Baily, dass der Gegenstand in ihrer Hand eine Pistole war. Die Pistole kam noch, Baily streckte abwehrend die Hand aus, und die Rothaarige schoss auf ihn. Es war kaum ein Geräusch zu hören, aber er spürte, dass etwas gegen seine Brust prallte, und er stürzte nach hinten.

Er fiel unter den Türrahmen, und das rettete ihm das Leben: Rinker unten auf dem Treppenabsatz hatte die Pistole im

Anschlag, konnte aber von Baily nichts mehr sehen als seine Fußsohlen. Baily seinerseits stöhnte und hörte dann verschwommen die Stimme eines Mannes: »Was ist los mit Ihnen?«

Rinker hatte schon zwei schnelle Schritte die Treppe hinauf gemacht, um ihn endgültig zu erledigen, als sie die fremde Stimme hörte. Eine zusätzliche Komplikation, also ab nach unten, in Sicherheit. Sie ging die Treppe runter, rannte nicht, bewegte sich jedoch schnell.

Baily wollte sich hoch stemmen, vom Treppenhaus wegkriechen, als er hörte, wie unten eine Tür ins Schloss fiel. Seine Brust schmerzte, ebenso seine Hand. Er schaute auf die Hand und sah, dass sie aufgeschürft war, offensichtlich vom Sturz. Dann entdeckte er den langsam größer werdenden Blutfleck auf der Tasche seines weißen Uniformhemds.

»Oh, Mann …«, sagte er.

Die Männerstimme rief wieder: »Heh, ist alles in Ordnung mit Ihnen?«

»O Jesus, o mein Gott, o Jesus Gott«, wimmerte Baily, der ansonsten kein religiöser Mann war. Er versuchte erneut, sich hoch zu stemmen, und merkte, dass seine Hand schlüpfrig von Blut war, und fing an zu schluchzen. »O Jesus …« Er schaute die Rampe hoch, sah einen Mann mit einer Aktentasche, der eilig auf ihn zukam und zu ihm herunterschaute. Eine Frau kam hinter ihm her, allerdings mit sichtlichem Widerstreben.

»Helfen Sie mir«, flehte Baily. »Helfen Sie mir, man hat auf mich geschossen …«

Sloan kam in Lucas Davenports Büro gestürzt. »Man hat auf Baily Dobbs geschossen« – er sah auf seine Uhr – »vor zwölf Minuten.«

Lucas war gerade dabei, verdrossen in einem sechshundert Seiten dicken Bericht zu lesen, auf dessen blauem Einband die Aufschrift prangte: *Sonderausschuss der Stadtverwaltung Mineapolis zur Thematik* »Kulturelle Vielfalt, alternative Lebensstile und andere Normabweichungen bei den Angehörigen der Stadtpolizei Minneapolis«. *Eine Voruntersuchung zu den divergierenden Modalitäten (Zusammenfassung für Leitende Angestellte).* Die Aufschrift war mit einem fluoreszierenden gelben Markierstift hervorgehoben. Lucas war auf Seite sieben angekommen.

Er schaute von seiner Lektüre auf und fragte ungläubig: »*Unser* Baily Dobbs?«

»Wie viele Baily Dobbs haben wir im Department?«, konterte Sloan.

Lucas stand auf und griff nach seinem blauen Seidenjackett, das an einem Garderobenständer der städtischen Standardbüroausstattung hing. »Ist er etwa tot?«

»Nein.«

»Ein Unfall? Hat sich versehentlich ein Schuss gelöst?«

Sloan schüttelte den Kopf. Er war ein dünner Mann mit scharf geschnittenem Gesicht, farblich in Schattierungen von Braun bis Gelbbraun gekleidet. Detective bei der Mordkommission, der beste Verhörspezialist im Department – und ein alter Freund. »Sieht aus, als ob er in eine Schießerei geraten wäre, drüben im Parkhaus in der Sixth Street«, erklärte er. »Der Schütze hat eine Frau getötet, dann auf Baily geschossen. Da Rose Marie und Lester nicht in der Stadt sind und Thorn nicht aufzutreiben ist, solltest du deinen Arsch zu Baily ins Krankenhaus in Bewegung setzen.«

Lucas grunzte, zog seine Jacke an. Rose Marie Roux war die Polizeichefin der Stadt, Lester, Thorn und Lucas ihre Stellvertreter. »Irgendwelche Erkenntnisse über den Schützen?«

»Keine präzisen. Baily sagte, es sei eine Frau gewesen. Sie hat, wie gesagt, eine andere Frau erschossen, und Baily hat zwei Schüsse in die rechte Titte abgekriegt.«

»Der letzte verdammte Cop, bei dem ich so was erwartet hätte.«

Lucas war ein großer, schlanker, aber keinesfalls magerer Mann, mit breiten Schultern und sonnengebräuntem Gesicht. Eine dünne Narbe zog sich wie ein weißer Faden durch die Sonnenbräune von der rechten Augenbraue die Wange hinunter. Eine andere Narbe verlief quer über seinen Hals, über der Luftröhre, direkt oberhalb des V-Ausschnitts seines blauen Golfhemdes. Er nahm eine .45er in einem Holster mit Laschenverschluss aus der Schreibtischschublade und hakte es unter der Jacke in die Vorrichtung im Hosenbund ein. Er tat es unbewusst, etwa so, wie ein anderer Mann seine Brieftasche in die Gesäßtasche steckt. »Wie schlimm steht's um ihn?«

»Er muss operiert werden«, antwortete Sloan. »Swanson ist bei ihm, aber das ist auch schon alles, was ich weiß.«

»Also dann, geh'n wir«, sagte Lucas. »Weiß man, was Dobbs in diesem Treppenhaus zu suchen hatte?«

»Seine Mitstreiter im Büro sagen, er hätte sich offiziell zur County-Verwaltung abgemeldet, aber wahrscheinlich wollte er sich in die Cafeteria des Hennepin-Krankenhauses davonschleichen, um einen Cheeseburger zu essen, Kaffee zu trinken und die Zeitung zu lesen.«

»*Das* ist der Baily, den wir alle kennen und lieben«, sagte Lucas.

Die Notaufnahme lag fünf Minuten zu Fuß vom Rathaus entfernt. Es war auf einen Cop geschossen worden, er war schwer verletzt, aber das Leben ging weiter. Auf den Bürgersteigen drängten sich Fußgänger, die Straßen waren von Autos verstopft, und Sloan wurde in seinem Eifer, schnell zum Krankenhaus zu kommen, an einer Kreuzung beinahe von einem Auto angefahren – Lucas musste ihn am Arm packen und zurückreißen. »Du bist zu hässlich, um als Kühlerfigur zu dienen«, grunzte Lucas.

In der Notaufnahme war es seltsam ruhig, was Lucas auffiel. Normalerweise eilten hier mindestens dreißig Leute durcheinander, wenn ein Cop bei einer Schießerei verletzt worden war, egal, wer dieser Cop auch war. Jetzt aber standen nur drei andere Cops, zwei Krankenschwestern und ein Arzt in dem nach medizinischem Alkohol riechenden Empfangsbereich herum, und keiner schien sich zu irgendwelchen Aktivitäten gedrängt zu fühlen.

»Ruhig hier.« Sloan schien Lucas' Gedanken zu erraten.

»Die Sache hat sich noch nicht rumgesprochen«, sagte Lucas. Zwei der Cops waren in Uniform. Einer von ihnen sprach in ein Telefon, während der andere, ein Sergeant, ihm offensichtlich ins Ohr flüsterte, was er sagen sollte. Swanson, ein sanftgesichtiger, übergewichtiger Detective der Mordkommission im grauen Anzug, lehnte am Empfangsschalter, hatte sein Notizbuch vor sich auf die Wasser abweisende Platte gelegt und sprach mit einer Krankenschwester. Als er Lucas und Sloan kommen sah, hob er zur Begrüßung die Hand.

»Wo ist Baily?«, fragte Lucas.

»Sie bringen ihn gerade in den OP«, antwortete Swanson. »Sie haben ihm schon ein Betäubungsmittel gegeben, damit sie ihm diesen Scheißbeatmungsschlauch in den Hals schieben können. Der Chirurg schrubbt sich gerade die Hände da hinten im Vorraum zum OP, wenn du mit ihm reden willst.«

»Hat schon jemand Bailys Frau verständigt?«

»Wir sind noch auf der Suche nach dem Pfarrer«, antwortete Swanson. »Er ist bei irgend 'ner Kirchensache im Norden, 'nem Basar oder so was. Dick da drüben telefoniert hinter ihm her.« Er nickte zu dem Cop mit dem Telefon hinüber. »Kriegt ihn sicher in den nächsten Minuten an die Strippe.«

Lucas wandte sich an Sloan. »Lass den Pfarrer schnellstens herholen, schick einen Streifenwagen hin, mit Blaulicht und Sirene.«

Sloan nickte und ging zu dem Cop mit dem Telefon. Lucas sah Swanson wieder an. »Wie sieht's am Tatort aus?«

»Gottverdammte Sache. Die Frau ist regelrecht hingerichtet worden.«

»Hingerichtet?«

»Mindestens vier oder fünf Schüsse aus einer kleinkalibrigen Pistole in den Schädel, aus nächster Entfernung; man sieht die Schmauchspuren an der Schläfe. Kein Mensch hat was gehört, also Schalldämpfer. In diesem Treppenhaus gibt's bei jedem Geräusch ein irres Echo, es hallt von den Betonwänden zurück, aber Baily sagt, er kann sich nicht erinnern, die Schüsse gehört zu haben. Er hat den Täter gesehen, kann sich aber nur erinnern, dass es eine Frau war und dass sie rote Haare hatte. Sonst nichts. Kein ungefähres Alter oder Gewicht, nichts. Wir gehen wegen der roten Haare davon aus, dass es sich bei der Täterin um eine Weiße handelt, aber, verdammte Scheiße, im Stadtzentrum laufen jeden Tag wahrscheinlich fünftausend Rothaarige rum, echte und falsche.«

»Wer bearbeitet den Fall?«

»Sherill und Black. Ich hab den Notruf mitbekommen und bin rübergerannt, hab einen kurzen Blick auf die tote Frau geworfen und bin dann mit Baily im Krankenwagen hergefahren.«

»Die Leiche liegt also noch dort drüben?«

Swanson nickte. »Ja. Sie war mausetot. Wir haben nicht eine Sekunde überlegt, sie noch ins Krankenhaus zu schaffen.«

»Okay … Du sagst, der Doc schrubbt sich da hinten noch die Hände?«

»Ja. Dan Wong, unten am Ende des Flurs. Übrigens – Baily behauptet, er hätte nur einen Schuss abgekriegt, aber der Doc sagt, er hätte zwei Kugeln in der Brust.«

»So viel zur Verlässlichkeit von Augenzeugen«, knurrte Lucas.

»Ja. Aber es bedeutet, dass dieses Killerpüppchen schnell und zielsicher ist. Die Einschüsse liegen kaum einen Zentimeter auseinander. Aber sie hat das Herz nicht getroffen.«

»Falls sie darauf gezielt hat. Wenn es ein Zweiundzwanziger mit geringer Durchschlagskraft war …«

»Ja, so sieht's aus.«

»… könnte sie absichtlich neben das Brustbein gezielt haben.«

Swanson schüttelte den Kopf. »So gut schießt niemand.«

»Wollen wir's hoffen«, sagte Lucas.

Lucas schob sich an einer Schwester vorbei, die einen halbherzigen Versuch machte, ihn aufzuhalten. Dr. Wong hatte die Arme bis zu den Ellbogen in einem Becken mit grüner Seife stecken. Er drehte sich zu Lucas um und sagte: »Oje, die Cops …«

»Wie schlimm sind Bailys Verletzungen?« fragte Lucas.

»Nicht allzu schlimm«, sagte Wong und fing an, seine Fingernägel zu bearbeiten. »Er wird eine Weile Schmerzen haben, aber ich habe schon verdammt viel schlimmere Fälle gehabt. Zwei Kugeln – auf den Röntgenbildern sehen sie ziemlich deformiert aus, sind also wahrscheinlich Hohlladungsgeschosse. Sie drangen dicht neben der rechten Brustwarze ein, und blieben unter dem rechten Schulterblatt stecken. Zwei kleine Einschusslöcher, nur geringe Blutungen, obwohl sich bei seinem

Körperfett nur schwer sagen lässt, wie's innen aussieht. Sein Blutdruck ist gut. Scheint ein gottverdammter Gangster mit einer beschissenen Zweiundzwanziger gewesen zu sein.«

»Er wird also überleben?« Lucas spürte, wie seine Anspannung nachließ.

»Ja, es sei denn, er kriegt eine Herzattacke, oder einen Schlaganfall«, anwortete Wong. »Er hat zu hohes Übergewicht, und er war in Panik, als sie ihn reingebracht haben. Die Operation ist kein Problem, die kann ich mit den Zehen ausführen.«

»Was soll ich der Presse sagen? Wong macht die Operation mit den Zehen?«

Wong zuckte die Schultern und schüttelte die Seifenbrühe von den Händen. »Sagen Sie doch: ›Er wird gerade operiert, sein Zustand ist stabil, und er wird überleben, sofern sich nicht noch Komplikationen einstellen‹.«

»Sie werden nachher mit den Presseleuten sprechen?«

»Ich habe um zwei Uhr eine Einladung zum Tee in Wayazata«, sagte Wong. Er trat vom Waschbecken zurück.

»Könnte doch aber sein, dass Sie absagen müssen, oder?« fragte Lucas.

»Quatsch. Ich bekomme nicht oft solche nette Einladungen.«

»Danny …«

»Okay, ich rede ein paar Minuten mit den Leuten«, knurrte Wong. »So, und jetzt bewegen Sie Ihren bazillenverseuchten Arsch hier raus, und ich mache mich an die Arbeit.«

Randall Thorn, der neue Deputy Chief für den Einsatz der Verkehrspolizei, erschien zehn Minuten später. Inzwischen war die Zahl der Cops im Empfangsraum auf fünfzehn angewachsen – die in solchen Fällen übliche Menschenmenge begann, sich zu versammeln. »Ich war kurz vor dem verdammten Flughafen«, sagte Thorn zu Lucas. Seine Uniformjacke wies Schweißringe unter den Achseln auf. »Wie sieht's aus?«

Lucas erklärte ihm den Stand der Dinge, dann kam Sloan zu ihnen und sagte: »Der Pfarrer ist zu Bailys Haus unterwegs. Er wird Bailys Frau in den nächsten fünf Minuten unterrichten.«

Lucas nickte, wandte sich dann wieder an Thorn. »Können Sie die Stellung hier halten? Ich bin hergerannt, weil Rose Marie nicht da war und ich hörte, dass auch Sie und Lester unterwegs sind. Baily gehört ja irgendwie zu Ihren Leuten.«

Thorn nickte. »Mach ich. Sie gehen rüber zum Tatort?«

»Ja, für ein paar Minuten. Ich möchte mir ein Bild machen.«

Thorn nickte wieder und sagte dann: »Wissen Sie, welches Bild ich mir *nicht* machen kann? Dass auf Baily Dobbs geschossen wird. Er ist der letzte verdammte …«

»… Cop, bei dem ich so was erwartet hätte«, ergänzte Lucas für ihn.

Wenn es in der Notaufnahme zunächst unnatürlich ruhig gewesen war, sah es im Parkhaus in der Sixth Street aus wie bei der Jahresversammlung des Verbandes der Strafverfolgungsbehörden: ein Dutzend Detectives der Mordkommission sowie uniformierte Cops, Personal des Leichenbeschauers, ein stellvertretender Bürgermeister, der Manager des Parkhauses und zwei mögliche Augenzeugen standen vor den Aufzügen des unteren Parkdecks und im Treppenhaus.

Lucas nickte dem Cop zu, der die Parketage absperrte, dann gingen Sloan und er ins Treppenhaus. Marcy Sherrill und Tom Black sahen sich gerade den Inhalt der Handtasche des Opfers an. Die Leiche selbst lag auf dem Treppenabsatz vor ihren Füßen. Den Rock hatte man über die üppigen

Oberschenkel und die Unterhose hochgezogen. Eine Hand lag seltsam verdreht neben dem Gesicht – sie hatte sich beim Sturz wahrscheinlich den Arm gebrochen, dachte Lucas –, und die erstarrten Augen waren halb geöffnet. Eine Lache aus geronnenem Blut hatte sich unter der immer noch untadeligen Frisur angesammelt. Das Gesicht kam Lucas irgendwie bekannt vor; die Frau sah aus, als sei sie ein netter Mensch gewesen.

Sherrill drehte sich um, sah Lucas und sagte, ein wenig scheu: »Hey ...«

»Hey«, reagierte Lucas und nickte ihr zu. Sherrill und er hatten gerade eine sechs Wochen andauernde Romanze beendet; oder, wie Sherrill es ausdrückte, eine Vierzig-Tage-Vierzig-Nächte-Sex-und-Disputier-Affäre. Sie befanden sich jetzt in der ein wenig unangenehmen Situation, dass sie sich nicht mehr privat trafen, aber weiterhin dienstlich zusammenzuarbeiten hatten. »Sieht scheußlich aus«, fügte Lucas hinzu. Im Treppenhaus wurde der Geruch nach feuchtem Beton von dem Geruch des Blutes und der Darmgase, die aus der Leiche strömten, überlagert.

Sherrill sah auf die Leiche hinunter und sagte: »Das wird ein ungewöhnlicher Fall, glaube ich.«

»Swanson hat gesagt, sie wäre regelrecht hingerichtet worden«, sagte Sloan.

»Das ist sie, und wie«, bestätigte Black. Sie alle schauten jetzt auf die Leiche hinunter, um ihre Füße versammelt wie ein Gutachterteam. »Ich habe sieben Einschusslöcher gezählt, aber keine Austrittswunden. Man braucht kein forensischer Wissenschaftler zu sein, um zu erkennen, dass die Schüsse aus nächster Nähe abgegeben wurden – ungefähr aus zwei bis drei Zentimetern Entfernung.«

»Wer ist sie?«, fragte Lucas.

»Barbara Paine Allen. Sie hat eine *Im-Notfall-Benachrichtigen-Karte* dabei, sieht so aus, als ob ihr Mann Anwalt wäre.«

»Ich kenne das Gesicht von irgendwoher, und auch der Name kommt mir bekannt vor«, sagte Lucas. »Ich glaube, sie ist *jemand*.«

Sherrill und Black nickten, und Sherrill murmelte: »Großartig ...«

Lucas ging für einen Moment neben der Leiche in die Hocke und sah sich die Schusswunden im Kopf an. Die Eintrittslöcher waren klein und glatt, als ob sie mit einem Metallstift eingestanzt worden wären. Zwei Einschüsse befanden sich am Hinterkopf, eine Serie von fünf in der Schläfe. Ihr Herz hatte nach dem Sturz noch einige Sekunden geschlagen; ein dünner Blutstrom, inzwischen geronnen, war aus jedem der Löcher ausgetreten. Diese sieben Blutrinnsale verliefen sauber voneinander getrennt, was bedeutete, dass die Frau sich nach dem Sturz auf den Treppenabsatz nicht mehr bewegt hatte. Sehr professionell und zielbewusst ausgeführt, dachte Lucas. Er stand auf und fragte Sherrill und Black: »Gibt es Tatzeugen? Außer Baily?«

»Baily sagte, der Mord sei von einer rothaarigen Frau begangen worden, und wir haben zwei Zeugen, die aussagen, sie hätten nach der Schießerei eine rothaarige Frau vom Tatort weggehen sehen. Keine gute Beschreibung. Trug eine Sonnenbrille, sagen die Zeugen, und sie hätte sich beim Weggehen die Nase geputzt.«

»Um ihr Gesicht zu verbergen«, meinte Lucas.

»Ich kann diese ganze Scheiße nicht glauben«, sagte Sloan und schaute auf die Leiche von Barbara Allen hinunter. »Bei uns gibt's doch keine solchen Morde ...«

»Nein, nicht in Minneapolis«, bestätigte Sherrill.

»Nicht durch Profikiller«, schloss sich Black an.

Lucas kratzte sich am Kinn und sagte: »Aber das *war* ein Profi. Ich frage mich nur, warum man die Frau getötet hat.«

»Hängst du dich in den Fall rein?«, fragte Sherrill. »Könnte eine interessante Sache werden.«

»Ich habe nicht die Zeit dazu«, antwortete Lucas. »Ich habe die Gleichberechtigungskommission am Hals.«

»Wenn wir den Killer finden, könnten wir ihn vielleicht anheuern, die Kommission nach und nach umzulegen.«

»Diese Leute sind nicht totzukriegen«, sagte Lucas düster. »Sie kommen direkt aus den tiefsten Tiefen der Hölle.«

»Wir halten dich jedenfalls auf dem Laufenden«, versprach Sherrill.

»Ja, macht das.« Lucas schüttelte den Kopf und sah ein letztes Mal auf die Leiche hinunter. Und er sagte noch einmal: »Ich frage mich, *warum* ...«

3

Barbara Allen wurde auf den Tag genau einen Monat nach der Auftragserteilung durch Carmel Loan getötet. Als die Nachricht in Carmels Anwaltsbüro die Runde machte, sagte sie sich sofort, dass sie nichts damit zu tun hatte. Sie hatte das Arrangement schon vor so langer Zeit getroffen, dass es nicht mehr zählte ...

Carmel erfuhr von dem Mord, als sie gerade die Aussage eines Mannes las, der zur späten Nachtzeit noch seinen Hund ausgeführt und gesehen hatte, wie Rockwell Miller – Carmels Klient – mit einem Fünfgallonenkanister Benzin durch die Hintertür in sein bankrottes Restaurant geschlichen war. Der

Staatsanwalt würde mit Nachdruck darauf hinweisen, dass ein Kanister des beschriebenen Typs von den Spezialisten der Feuerpolizei unter den Trümmern des Restaurants im Keller gefunden worden war. Die Hitzeentwicklung war so heftig gewesen, dass die Feuerlöscher in der Küche geschmolzen waren.

Carmel suchte nach etwas, das sie einen *Kratzer* nannte. Wenn sie die Fingernägel an irgendeinen Aspekt einer gegnerischen Zeugenaussage oder an irgendeinen Schwachpunkt bei dem Zeugen selbst legen konnte, war sie auch in der Lage, daran zu kratzen, die Zeugenaussage eventuell in Stücke zu reißen und die Glaubwürdigkeit des Zeugen in Frage zu stellen. Sie überlegte gerade, ob sie bei dem Hundebesitzer einen Kratzer anbringen könnte. Er war geschieden und zweimal wegen familieninterner Körperverletzung vorbestraft, was jede Zeugenaussage ins Wanken bringen kann, wenn genug Frauen unter den Geschworenen sind. Okay, sie konnte damit die Frauen auf ihre Seite bringen, aber die Schwierigkeit lag darin, die Vorstrafen des Zeugen den Geschworenen überhaupt gerichtsverwertbar zur Kenntnis geben zu können, denn der normale Richter bewertete sie fälschlicherweise meistens als irrelevant.

Der Hundebesitzer wohnte in der Nähe des Restaurants und kannte ihren Klienten vom Sehen. Waren er und seine Exfrau mal zum Essen in dem Restaurant gewesen? Hatten die beiden in der Phase der Trennung vielleicht einmal eine Auseinandersetzung in dem Lokal gehabt? Konnte es sein, dass der Hundebesitzer negative Gefühle gegen das Restaurant oder seinen Besitzer entwickelt hatte, eventuell auch nur unterbewusst?

Es war alles ziemlicher Blödsinn, aber wenn man es zuließ, dass sie zwölf kreuzbraven amerikanischen Frauen die Frage stellte: »Können Sie der Zeugenaussage eines überführten, brutalen Frauenverprüglers glauben?«, wäre das ein echter *Kratzer.*

Sie wollte gerade die Nummer ihres Klienten wählen, als ihre Sekretärin unaufgefordert den Kopf durch die Tür steckte und fragte: »Haben Sie das von Hale Allens Frau schon gehört?«

Carmels Herz hämmerte in ihrer Kehle, und sie legte schnell den Hörer wieder auf. »Nein, was denn?«, fragte sie. Sie gehörte zu den drei erfolgreichsten Strafverteidigern der Doppelstadt Minneapolis/St. Paul, und ihr Gesicht zeigte die Emotion einer Frau, die man nach der Außentemperatur gefragt hat.

»Sie ist getötet worden. Ermordet.« Die Sekretärin schaffte es nicht ganz, die Wonne der Übermittlung einer Gruselnachricht aus ihrer Stimme herauszuhalten. »In einem Parkhaus im Zentrum. Die Polizei sagt, der Mord sei durch einen Profikiller begangen worden. Wie ein *Mob-Hit,* sagen sie.«

Carmel senkte die Stimme, und gab sich Mühe, ein natürliches Interesse anklingen zu lassen. »Barbara Allen?«

Die Sekretärin trat ins Zimmer, drückte die Tür hinter sich ins Schloss. »Jane Roberts sagt, die Cops hätten Hale verständigt und wären mit ihm zum Krankenhaus gerast, aber es war zu spät. Sie war bereits tot.«

»O mein Gott, die arme Frau …« Carmel legte die Hand auf die Kehle und dachte: *Ich habe das nicht getan.* Und sie dachte auch: *Ich habe hier im Büro gesessen, das können mehrere Leute bezeugen.*

»Wir haben schon überlegt, ob wir eine Sammlung machen und ein paar Blumen hinschicken sollen«, sagte die Sekretärin.

»Tun Sie das, eine gute Idee«, erwiderte Carmel. Sie kramte in ihrer Handtasche auf dem Schreibtisch. »Ich mache den Anfang mit einem Hunderter.« Sie strich den Schein auf der Schreibtischplatte glatt. »Halten Sie das für ausreichend?«

Später an diesem Nachmittag saß Carmel mit einem Gin-To-nic in der Hand auf dem Balkon ihres Appartements und machte sich Sorgen: Sie nagte an ihrem Daumennagel, eine schlechte Angewohnheit seit der Grundschule, knabberte ihn ab bis aufs rohe Fleisch. Zum ersten Mal, seit sie sich in diese irre Liebe zu Hale Allen hineingesteigert hatte, schaffte sie es, sich gedanklich von allem zu lösen und zurückzuschauen.

Sie hatte ihren Klienten oft gesagt, vor allem denen, die mehr oder weniger Berufsverbrecher waren, dass man niemals in der Lage war, *alle* Möglichkeiten auszuschließen, die die Aufdeckung eines Verbrechens zur Folge haben konnten. Wie intensiv man sich auch absicherte, es blieben immer Unab-wägbarkeiten übrig, gegen die kein Kraut gewachsen war.

Carmel hatte durchaus die Möglichkeit erwogen, den Mord an Barbara Allen selbst zu begehen. Sie hatte bisher noch kei-nem Menschen körperlichen Schaden zugefügt, aber der Ge-danke an einen Mord hatte sie auch nicht besonders beunru-higt. Ganz klar, sie würde sich nichts daraus machen, den Ab-zug einer Schusswaffe zu ziehen … Aber der Teufel steckte im Detail, und es gab zu viele Details. Wie konnte sie an eine Waf-fe kommen? Wenn sie eine Pistole kaufte, würde sie auf ihren Namen registriert sein. Sie konnte sie einsetzen und dann ver-schwinden lassen, aber wenn die Cops kamen und danach fragten, würde die Antwort »Der Hund hat sie gefressen« ganz sicher unzulänglich sein.

Sie konnte eine Waffe stehlen, aber man könnte sie dabei er-wischen oder ihr den Diebstahl später nachweisen. Und sie würde sie bei einem von zwei oder drei Leuten stehlen müs-sen, von denen sie wusste, dass sie eine Waffe besaßen, und das brachte sie unweigerlich in den Kreis der Verdächtigen. Sie konnte versuchen, eine Waffe unter Vorlage eines falschen Per-sonalausweises – schon das allein ein Verbrechen – zu kaufen, aber es war klar, dass der Verkäufer eines Waffengeschäftes sie nachträglich identifizieren könnte, spätestens dann, wenn die Cops ihm ein Foto von ihr vorlegten.

Dann war da der Mord selbst. Sie *könnte* ihn begehen. Sie konnte alles tun, wozu sie sich einmal entschlossen hatte. Aber, wie sie ihre Klienten warnte, selbst ein noch so gut geplantes Verbrechen konnte durch kleinste Unachtsamkeiten, unglückliche Entwicklungen oder banale Zufälle ruiniert werden. Im Staat Minnesota bedeuteten kleine Unachtsamkeiten, unglückliche Entwicklungen oder banale Zufälle bei einem Mord dreißig Jahre in einem keinesfalls luxuriösen Raum von der Größe einer Badewanne.

Sie war schließlich zu der Erkenntnis gekommen, dass das geringste Risiko darin bestand, einen Profikiller anzuheuern. Sie hatte eine ganze Menge Bargeld, dessen Herkunft nicht zurückverfolgt werden konnte, in ihrem Bankschließfach gehortet, und sie hatte Rolando D'Aquila als Verbindungsmann zum Killer. Und sie hatte einen Sicherheitsfaktor. Weder der Verbindungsmann noch der Killer durften den Cops etwas von ihr als Auftraggeberin sagen, denn sie würden sich damit ebenso schuldig des Mordes ersten Grades machen wie Carmel selbst. Und auch wenn die Killerin von den Cops irgendwie aufgespürt werden sollte, war ihre Verteidigung vor einem Gericht äußerst leicht zu gestalten. Als kompetenter Profi hatte sie bestimmt keine Spuren hinterlassen, die sie als Täterin entlarven konnten, und es bestanden ja keinerlei frühere Verbindungen zu dem Opfer.

Also konnte Carmel sich sicher fühlen; aber nach einigen Minuten weiteren Überlegens, immer noch mit dem Drink in der Hand, kam sie zu dem Schluss, sich eine Weile von Hale Allen fern zu halten. Sollte er sich doch erst einmal vom Mord an seiner Frau erholen; sollten die Cops sich ihn doch erst einmal vorknöpfen – und das würden sie selbstverständlich tun. Sie hatte ihre heiße Liebe zu Hale nie offen gezeigt, und es bestand kein Grund zu der Annahme, dass aus dieser Richtung etwas auf sie zukommen könnte.

Sie dachte weiter über die verschiedensten Möglichkeiten nach, und ihre Daumennägel waren inzwischen bis aufs rohe Fleisch abgenagt und rot von Blut. Dann kam der Anruf von Rinker.

Er kam auf dem Apparat mit Carmels nicht veröffentlichter, privater Geschäftsnummer, die nur jemand kennen konnte, mit dem sie befreundet war oder enge Geschäftsbeziehungen hatte. Sie nahm den Hörer ab. »Ja?«

»Ich habe ein bisschen Geld von Ihnen zu kriegen.« Die Stimme der Frau am anderen Ende hatte einen trockenen, die Silben am Ende der Worte verschluckenden Akzent – vermutlich Texas oder Mittlerer Süden. Aber es war auch der fröhliche Unterton guter Laune herauszuhören.

»Ist alles okay bei Ihnen?«, fragte Carmel.

»Mir geht's prima.«

»Diese Geheimniskrämerei macht mich nervös«, sagte Carmel. »Ich würde es vorziehen, Sie an einem öffentlichen Ort zu treffen.«

Die Frau lachte glucksend – ein angenehmer, irgendwie gemütlich klingender Laut, der da aus dem Hörer drang. Und sie sagte: »Ihr Anwälte werdet zu leicht nervös – und Sie werden mich nicht zu Gesicht kriegen, Schätzchen.«

»Na schön«, sagte Carmel. »Wie soll die Sache ablaufen?«

»Sie haben das Geld bereit?«

»Ja, so wie Rolo gesagt hat.«

»Gut. Steigen Sie in Ihren Volvo und fahren Sie zum Parkplatz der Universität von Minneapolis an der Huron und

Fourth Street. Das ist ein großer, offener Platz, viel Betrieb, Studenten kommen und gehen. An der Einfahrt ist ein Ticket-Schalter. Stellen Sie Ihren Wagen so weit wie möglich von diesem Schalter entfernt ab, aber so, dass er zwischen anderen Fahrzeugen steht. Schließen Sie die Fahrertür nicht ab. Stecken Sie das Geld in eine Tüte – am besten in eine dieser braunen Einkaufstüten – und stellen Sie die Tüte auf den Boden vor dem Fahrersitz. Dann gehen Sie rüber in die Washington Avenue … Kennen Sie sich in der Gegend dort aus?«

»Ja. Ich bin dort Studentin gewesen.« Sie hatte sieben Jahre an der Universität studiert.

»Gut. Gehen Sie also in die Washington Avenue, dann runter zum Fluss. Wenn Sie dort angekommen sind, können Sie selbst bestimmen, wie's weitergehen soll. Wenn Sie wollen, gehen Sie zurück zu Ihrem Wagen. Ich drücke die Türverriegelung, wenn ich das Geld rausgenommen habe. Und sind Sie die ganze Zeit über im Freien, in der Öffentlichkeit. Sicher vor allen Überraschungen.«

»Was ist, wenn jemand das Geld rausnimmt, ehe Sie es tun?«

Wieder dieses angenehme glucksende Lachen. »Niemand wird das Geld vor mir aus dem Wagen nehmen, Carmel.« Die Frau sagte »Car-mul«, während Carmel ihren Namen »Carmel« aussprach.

»Wann?«

»Jetzt gleich.«

»Woher wissen Sie, dass ich einen Volvo habe?«

»Ich habe Sie ungefähr eine Woche lang beobachtet. Sie sind zum Beispiel vorgestern mit dem Volvo zu diesem Rainbow-Laden gefahren. Ich an Ihrer Stelle hätte die süßen Maiskolben nicht gekauft; sie sahen ein paar Tage überaltert aus.«

»Das waren sie tatsächlich«, sagte Carmel. »Ich bin in fünfzehn Minuten auf dem Parkplatz.«

Carmel tat alles genau nach Rinkers Anweisungen, ging sogar ein paar Minuten länger als nötig am Fluss entlang. Als sie zum Wagen zurückkam, war er verschlossen, und das Geld war verschwunden. Sie fuhr geradewegs zurück zu ihrem Appartement, und als sie eintrat, summte das Telefon.

»Ich bin's«, sagte die trockene Stimme.

»Ich hoffe, es ist alles nach Wunsch verlaufen«, sagte Carmel.

»Alles bestens. Ich verlasse jetzt die Stadt, aber ich wollte Ihnen vorher doch noch sagen, dass ich Sie als kreditwürdige Kundin betrachte. Haben Sie was zum Schreiben?«

»Ja.«

»Wenn Sie wieder mal meine Dienste in Anspruch nehmen wollen, wählen Sie diese Nummer ...« Die Frau diktierte Carmel eine Telefonnummer mit der Vorwahl 202 – Stadtzentrum Washington, D. C., wie Carmel wusste. »Hinterlassen Sie auf der Voice Mail Box eine Nachricht mit dem Text: ›Bitte Patricia Case anrufen‹.«

»Patricia Case, okay ...«

»Ich rufe Sie dann innerhalb eines Tages zurück.«

»Ich glaube nicht, dass ich so was noch mal brauche ...«

»Seien Sie sich da nicht zu sicher. Ihr Anwälte geht oft seltsame Wege.«

»Okay. Und vielen Dank.«

»Ich danke *Ihnen*.« Klick – und die trockene Stimme sagte nichts mehr.

Das Telefon summte wieder, noch ehe sie sich abwenden konnte.

»Carmel?« Und zum zweiten Mal an diesem Tag klopfte ihr Herz in der Kehle.

»Ja?«

»Hier ist Hale.« Dann, als ob er fürchte, sie könne ihre Bekannten mit dem Vornamen Hale nicht auseinander halten, fügte er hinzu: »Allen.«

»Hale ... Mein Gott, ich habe das von Barbara gehört. Wie schrecklich!« Sie *kroch* förmlich ins Telefon, bebte unter der Wucht der aufsteigenden Emotion, und Tränen traten in ihre Augenwinkel. Arme Barbara. Amer Hale. Eine Tragödie.

»Carmel ... O Gott, ich ... ich bin so durcheinander«, sagte Hale Allen. »Jetzt meint die Polizei auch noch, ich könnte was damit zu tun haben ... Mit dem Mord an Barbara.«

»Das ist doch absoluter Unsinn«, sagte Carmel.

»Ja, natürlich. Aber sie hacken dauernd darauf herum, wie viel Geld ich jetzt erbe, und Barbs Eltern sagen so verrückte Sachen ...«

»Das ist ja schrecklich!« Er brauchte Hilfe; und er suchte sie bei *ihr.*

»Hör zu, ich rufe an, um dich zu fragen, ob du die Sache für mich in die Hand nehmen könntest. Würdest du mich als Anwältin gegenüber der Polizei vertreten? Du bist die beste, die ich kenne ...«

»Natürlich«, antwortete sie energisch. »Wo bist du jetzt?«

»Zu Hause. Ich sitze da zwischen all den Sachen von Barbara ... Ich weiß nicht, was ich machen soll ...«

»Bleib dort«, sagte Carmel. »Ich bin in einer halben Stunde bei dir. Sag kein Wort mehr zu irgendeinem Cop. Wenn welche kommen oder anrufen, sag ihnen, sie sollen sich an mich wenden.«

»Macht sie das nicht misstrauisch?« Wirklich nicht das schärfste Messer in der Schublade des Intellekts ...

»Sie sind bereits misstrauisch, Hale. Ich weiß nur zu gut, wie ihr Denken funktioniert. Es ist stupide, aber so ist es nun mal – sich als Erstes an den Ehemann halten ... Gib ihnen meine Nummer im Büro und diese Nummer, und bitte, Hale – rede mit keinem, *mit keinem* von ihnen.«

»Okay.« Seine Stimme klang jetzt wieder fester. »In einer halben Stunde?«

O Gott … Die Sache mit Hale Allen, dachte Carmel, war irgendwie auf seine Hände zurückzuführen. Er hatte diese großen, kompetent wirkenden Hände mit stets sauberen, fast quadratischen Nägeln, dazu dünnen Flaum auf den ersten Fingergliedern, ein Hinweis auf seine kraftvolle Männlichkeit. Er hatte schönes, dichtes Haar und wunderbar breite Schultern, und seine braunen Augen waren so ausdrucksvoll, dass Carmel schwach wurde, wenn sich ihr Blick auf sie konzentrierte.

Aber es waren die Hände, die den Ausschlag gaben, und zwar eines Tages in einer netten kleinen Bar, einem Anwaltstreffpunkt mit vielen Zimmerpflanzen in Kupferkesseln und antiken Kommoden als Serviertischen. Sie hatten zu dritt oder viert an einem Tisch gesessen, alle von verschiedenen Kanzleien, nicht zu dienstlichen Gesprächen, einfach nur zum Reden und Tratschen. Hale hatte oft gelacht, dabei seine großen weißen Zähne gezeigt, und er hatte sie ein paar Mal ganz intensiv angeschaut, tief in sie hinein, wie sie gemeint hatte – bis zum unteren Rand ihres Schlüpfers. Aber ausschlaggebend war gewesen, dass er einen hellen weißen Wein getrunken hatte, wahrscheinlich einen kalifornischen Chardonnay, und er hatte unablässig das Glas mit diesen starken Fingern gedreht, und das hatte bei Carmel eine fast unerträgliche Vibration ausgelöst … Danach hatten sie sich noch oft getroffen, aber immer bei irgendwelchen Veranstaltungen oder Partys, und sie hatten nie lange miteinander gesprochen.

Dennoch, dachte sie, muss er von meinen Gefühlen *wissen*, irgendwo tief in seiner Seele. Und jetzt, nach diesem Anruf …

Sie nahm sich fünfzehn Minuten Zeit für ihr Make-up – vornehmlich dazu, es unsichtbar zu machen –, und nachdem sie einen Hauch Chanel Nr. 7 aufgetragen hatte, ging sie hinunter in die Tiefgarage und stieg in ihren Jaguar.

Ihren Vorsatz, sich von Hale Allen fern zu halten, strich sie aus dem Gedächtnis.

Hale brauchte sie.

4

Lucas fühlte sich gut; psychisch stabil. Alles fest im Griff …

Seit dem Abbruch der Beziehung mit Marcy Sherrill hatte er kein ernsthaftes Gespräch mehr mit einer Frau geführt. Und das war ihm gut bekommen: Er hatte aufgearbeitet, was liegen geblieben war, ein bisschen Basketball gespielt und Läufe in der Umgebung seines Hauses gemacht, auch wenn er es in den Knien spürte, sobald er mehr als fünf Meilen zurücklegte. Er wurde langsam alt …

Geld genug auf der Bank. Alle Rechnungen bezahlt. Den Job unter Kontrolle – bis auf die verdammte Gleichberechtigungskommission. Aber selbst diese Arbeit wirkte sich beruhigend auf seinen Geist aus. Es war wie in einem langweiligen Konzert, bei dem sich die Musik kaum verändert: Die Kommission verschaffte ihm wöchentlich drei Stunden, in denen er still dasitzen konnte, das Gehirn in Ruhestellung, den Motor der Lebensgeister auf Leerlauf geschaltet. Er durfte es sich bei den Sitzungen natürlich nicht erlauben, etwa einzuschlafen, aber er konnte wenigstens die Zeit nutzen, andere interessante Dinge zu lesen.

Früher im Jahr, vor der Vierzig-Tage-Vierzig-Nächte-Episode, hatte er sich gesundheitlich auf schwankendem Untergrund befunden, hin und her getrieben zwischen normalem Befinden und Attacken von Depression. Marcy Sherrill hatte das geändert – wenigstens das. Im Moment fühlte er sich so gut wie nie zuvor, zumindest nach seiner Erinnerung, wenn auch ein wenig distanziert und losgelöst vom Alltagsgeschehen, irgendwie darüber schwebend. Seine älteste Freundin, noch aus Kindertagen, eine Nonne mit einer Professur am St. Anne's College, war bei einer Sommermission in Guatemala, nachdem sie sich von einem Schädeltrauma nach einem scheußlichen Mordanschlag gottlob vollständig erholt hatte. Und die Hälfte seiner Freunde waren im Urlaub. Kaum zu glauben – auch das Verbrechen schien sich jenseits der Stadtgrenzen abgesetzt zu haben.

Und es *war* Sommer; ein wirklich guter ...

Lucas hatte nur vier Tage in der Woche gearbeitet und die dreitägigen Wochenenden in seiner Ferienhütte in den North Woods, Wisconsin, verbracht. Vor fünf Jahren hatte ein Nachbar, ein plattnasiger Typ aus Chicago, einen Teich mit jungen Barschen bestückt, die inzwischen zur richtigen Größe herangewachsen waren. Jeden Morgen – jeden *frühen* Morgen – marschierte Lucas die halbe Meile zum Haus des Chicago-Typs, schob ein grünes Ruderboot mit flachem Kiel ins Wasser des Teichs und warf die Angel, mit verschiedenen Ködern bestückt, zwischen die Kissen der Wasserlilien, bis die Sonne ein gutes Stück über den Horizont gestiegen war. Die ganze Schwere dieser Welt löste sich in den sanften Spiegelungen des glatten dunklen Wassers auf, im Geruch des sommerlichen Blütenstaubs, in der Wärme der Sonne auf seinen Schultern und in der Stille der Wälder ringsum.

Barbara Allen war an einem Donnerstag ermordet worden. Lucas verdrängte den Anblick der Leiche mit dem starren

Blick in einem großen mentalen Aktenordner, der bereits mit ähnlichen Bildern voll gestopft war, und schlug dann den Deckel zu … Am Donnerstagabend fuhr er zu seiner Hütte. Am Freitag hatte er keine Gelegenheit, sich eine Zeitung zu kaufen, sah aber am Samstagmorgen im Schaufenster eines Hayward-Ladens eine *Pioneer Press* mit der Schlagzeile: »Polizei verhört Ehemann im Mordfall Allen«.

Am Sonntag lautete die Schlagzeile der *Star Tribune:* »Mordfall Allen stellt Polizei vor Rätsel«, während die *Pioneer Press* variierte: »Mordfall Allen gibt Cops Rätsel auf.« Lucas murmelte vor sich hin: »Na so was …«

Als er am Montagmorgen fröhlich pfeifend ins Rathaus kam, stieß er im Flügel des Polizeipräsidiums auf Sherrill und Black. »Ihr wolltet mich auf dem Laufenden halten«, begrüßte er die beiden. Sie blieben in der Empfangshalle stehen.

»Stimmt«, sagte Black. »Das wollten wir. Hier der neueste Stand der Dinge: Nichts.«

»Das stimmt so nicht ganz«, erwiderte Sherrill mit einem Anflug von Ungeduld in der Stimme. »Es besteht die *echte* Möglichkeit, dass Hale Allen es getan hat. Einen Killer angeheuert hat.«

»Nun ja, sehr schön«, sagte Lucas und klimperte mit seinen Büroschlüsseln. Nicht sein Job … »Schafft seinen Arsch nach Stillwater. Ich rufe vorher an und lasse eine Zelle reservieren.«

»Ich meine es ernst«, sagte Sherrill. »Wir haben uns das ganze Wochenende mit ihm beschäftigt, und wir haben drei Dinge rausgefunden. Erstens – nachdem wir mit ihm gesprochen hatten, hat er sofort Carmel Loan angerufen.«

»Aua«, sagte Lucas. Er kannte Carmel. Wenn man als Cop einen Grenzfall oder einen schwierigen Fall durchbringen wollte, hatte man nicht gerne Carmel Loan auf der gegnerischen Seite.

»Was ihn keinem Schuldvorwurf aussetzt als dem, dass er seinen gesunden Menschenverstand walten ließ«, gab Black mit einem milden Lächeln zu bedenken.

»Zweitens«, fuhr Sherrill unbeirrt fort, »er macht eine Erbschaft in der Größenordnung von dreißig bis vierzig Millionen, nach Steuern. Eine so hohe Summe, dass wir nicht mal rausfinden konnten, wie viel *genau* es ist. Und ihre Eltern sagen, es hätte Schwierigkeiten in der Ehe gegeben, es hätte zur Scheidung kommen können.«

»Aber nichts Handfestes im Hinblick auf die Scheidung, oder? Nach deiner Ausdrucksweise zu schließen …«

»Nein, nichts Handfestes«, gab Sherrill widerwillig zu.

»Wichtig an der Sache ist, dass Hale Allen als Erbe nicht in Frage kommt, wenn er wegen des Mordes an seiner Frau verurteilt wird«, schaltete Black sich wieder ein. »Das Geld geht dann an ihre Eltern, die es zwar nicht brauchen, aber es sicher dankbar annehmen würden. Man kann nie zu reich oder zu schlank sein, wie die Herzogin von Windsor mir mal in einem intimen Gespräch gesagt hat.«

»Das Geld stammt also nicht ursprünglich von ihren Eltern?«, fragte Lucas.

Black schüttelte den Kopf. »Nein. Barbara Allens Urgroßeltern waren Nutzholz-Barone hier in der Gegend und erfolgreiche Landspekulanten in Florida. Das Geld ist über einen ganzen Haufen Treuhandfonds auf Barbara runtergeregnet. Ihre Eltern haben natürlich ebenfalls ihren Teil abgekriegt. Keiner von denen hat auch nur einen Tag im Leben arbeiten müssen.«

»Und drittens?«, fragte Lucas und sah Sherrill an. Und fügte hinzu: »Die beiden ersten Punkte waren nicht besonders überzeugend …«

Sherrill sagte: »Drittens, Hale Allen hat ein Bumsverhältnis mit einer Sekretärin in seiner Kanzlei. Schon seit ein paar Jahren, und die Frau fing neuerdings an, Hale gewaltig unter Druck zu setzen. Sie wollte zu seiner Frau gehen und ihr die Affäre beichten. Allen startete Hinhaltemanöver, aber der Blitz konnte jederzeit einschlagen.«

Lucas sah Black an. »*Das* ist natürlich was.«

Black zuckte die Schultern. »Ja. Das ist was.«

»Obwohl die Leute normalerweise die Bumsfreundin umlegen, nicht die Ehefrau«, sagte Lucas und wandte sich wieder an Sherrill.

Sherrill schüttelte den Einwand ab: »Nicht immer.«

»Habt ihr die Freundin unter die Lupe genommen?«

»Ja. Sie hat im Büro gearbeitet, als der Anschlag auf Barbara Allen passiert ist. Hat bei einer Sitzung wegen des Testaments eines Mannes Stenogramm geführt. Sie hat rund sechshundertfünfzig Dollar auf ihrem Bankkonto, also gehen wir davon aus, dass sie sich wahrscheinlich keinen Profikiller leisten konnte.«

»Vielleicht hat sie ja aber mal einen Film über so was gesehen und ist billig an einen Killer gekommen«, sagte Lucas.

»Oder hat eines von diesen Büchern *Mord für Dummköpfe* gelesen«, sagte Black.

»Was ist mit Allen? Habt ihr ihn mit der Bumsfreundin-Sache konfrontiert?«, fragte Lucas.

»Noch nicht«, antwortete Sherrill. Sie sah auf die Uhr. »Wir werden das in ungefähr zehn Minuten tun.«

»Übrigens«, meldete sich Black wieder, »wir sollten dich auch noch über die Feebs auf dem Laufenden halten.«

»Was? Das FBI schaltet sich in diese Sache ein?« Lucas hob die Augenbrauen.

»Wahrscheinlich«, sagte Black. »Man hat zu einer Besprechung gebeten. Wir gehen heute Nachmittag hin. Ein Feebs-Typ ist extra von Washington hergekommen.«

»Der Hauptstadt der Nation«, unterstützte Sherrill die Wucht dieser Aussage.

»Willst du nicht mitkommen?«, fragte Black. »Wir könnten ein bisschen von dieser deiner Deputy-Chief-Scheiße brauchen. Von diesem deinem besonderen Glorienschein …«

»Sie werden dich auch ohne das in ihr Herz schließen«, meinte Sherrill.

»Ruft mich an«, sagte Lucas. »Ich bin den ganzen Nachmittag im Büro.«

Carmel Loan hatte blutroten Lippenstift aufgelegt, als sie ins Polizeipräsidium kam und Hale Allen in einem Büro der Mordkommission vorfand. Er saß Sherrill und Black vor einem grauen Metallschreibtisch gegenüber. Das Büro wirkte wie die Filmdekoration für eine Szene im Büro einer Kleinstadtzeitung.

»Warum sind wir hier?«, fragte sie und riss sofort die Leitung des Gesprächs an sich. Sie stellte ihre Handtasche auf den Schreibtisch, schob einige Papiere von Black zur Seite; eine wohl kalkulierte Handlung – *sie* war die Hauptperson in diesem Raum. »Ich dachte, wir hätten am Freitag alles geklärt … Und wann geben Sie die Leiche von Mrs. Allen frei? Wir müssen die Vorbereitungen für die Beerdigung treffen.«

»Wir geben sie frei, sobald wir die chemischen Laborwerte haben, was heute Nachmittag oder spätestens morgen zu erwarten ist«, sagte Black. »Wir werden dem Labor Dampf machen.«

»Sie wissen ja, wie sensibel diese Sache ist«, sagte Carmel und lehnte sich zu ihm vor. Sie war sich ihrer Wirkung auf die meisten Männer bewusst. Black aber war, ohne sich bisher deutlich geoutet zu haben, schwul, und somit verpuffte Carmels Versuch, ihn für sich einzunehmen.

»Natürlich«, bestätigte Black mit großer Gelassenheit. »Wir tun alles, was in unserer Macht liegt.«

»Also, warum sind wir hier?« Carmel zog einen Stuhl von einem zweiten Schreibtisch, setzte sich darauf und wandte sich an Allen, ehe Sherrill oder Black antworten konnten: »Wie fühlst du dich?«

Allen zuckte die Schultern. »Nicht besonders gut. Ich komme kaum zum Luftholen. Wir müssen uns dringend um die Beerdigung kümmern.« Er ist einfach wunderbar, dachte Carmel. Die Müdigkeit um seine Augen verlieh seinem Gesicht eine geistige Tiefe, die vorher nicht zu erkennen gewesen war. Eine ganz bestimmte, faszinierende Traurigkeit …

Carmel wandte sich an Sherrill: »Also – was wollen Sie von uns?«

Sherrill lehnte sich über den Schreibtisch und fragte Allen: »Haben Sie die Absicht, Louise Clark zu heiraten?«

Allen zuckte zurück, als ob man ihm einen Kinnhaken verpasst hätte. Carmel verstand sofort, was hinter der Frage steckte. Sie kämpfte einen Anfall irrer Wut nieder und schnarrte dann: »Halt! Keine Fragen mehr. Hale – raus in den Flur.«

Als sie draußen waren, sah Sherrill Black an und grinste: »Er hatte es ihr nicht gesagt.«

Carmel sah im wahrsten Sinne des Wortes rot, als ob Blutklümpchen sich vor ihren Pupillen zusammendrängen würden. Im Flur vor der Mordkommission packte sie Allen an den Mantelaufschlägen und drückte ihn gegen die Wand. Sie war keine große Frau, aber sie drückte so fest zu, dass Allens Schulterblätter schmerzhaft gegen die Wand gepresst wurden.

»Was, zum Teufel, sagen die mir da?«, zischte sie. »Wer ist Louise Clark?«

»Eine Sekretärin«, murmelte Allen. »Ich … ich habe mit ihr … geschlafen. Das meinen die wohl.«

»Die meinen das – und es stimmt?«

»Ja. Ich weiß, ich hätte es dir sagen sollen. Aber ich dachte, niemand würde es rausfinden.«

»O du mein Gott, wie dumm bist du eigentlich? Wie verdammt dumm? Was sonst hast du mir noch verschwiegen? Fickst du noch mit anderen Frauen rum?«

»Nein, nein, nein. O Gott, ich hasse dieses Wort. Ficken.«

Carmel schloss für einen Moment die Augen. Sie konnte es nicht glauben, konnte nicht glauben, dass er mit einer anderen Frau schlief, konnte einfach nicht glauben, dass ein leibhaftiger Anwalt so verdammt dumm sein konnte.

»Du bist Jurist mit Staatsexamen an einer real existierenden Universität, oder?«, fragte sie und öffnete die Augen.

»Carmel, ich …«

»Ach, halt den Mund«, sagte sie. Sie drehte sich um, trat ein paar Schritte von ihm weg, fuhr dann herum, sah ihn an. »Ich sollte den Fall zurückgeben. Und wenn ich nicht mit Barbara und dir befreundet wäre, *würde* ich zurücktreten.«

»Es tut mir … tut mir … so Leid«, stotterte Allen. »Ich habe dir sonst nichts verschwiegen, Gott ist mein Zeuge.«

Carmel atmete tief durch. »Okay … Ich kann später mit dir rumschreien. Und das werde ich tun. Jetzt erzähl mir alles von dieser Louise Clark. Wirst du sie heiraten?«

Allen schüttelte den Kopf. »Nein, nein, so war das nicht mit ihr. Es war eine rein körperliche Sache. Sie ist echt … sexbesessen. Eine gottverdammte Sexmaschine – wie soll ich das erklären? Sie war dauernd hinter mir her, und als wir eines Tages mal einen dienstlichen Termin in einem Motel drüben in Little Canada hatten, hat sie mich in ein leeres Zimmer gezerrt …«

»Oh, Mann …« Carmel drückte einen Handballen gegen die Stirn.

»Was ist?«

»Du hast sicher schon mal das Wort *Motiv* gehört, oder? Diesen oft von Anwälten benutzten, juristischen Fachausdruck?«

»Herrgott, ich konnte doch nicht wissen, dass Barbara ermordet wird«, sagte Allen mit erhobener Stimme. Ein wenig ärgerlich jetzt, das Gesicht rot angelaufen, Haarsträhnen auf der Stirn.

»Okay, okay … Ist es vorbei mit dieser Frau?«

»Wenn du das willst, ja.«

»Ich *will* es«, sagte Carmel. »Aber ich muss mit ihr reden.«

»In Ordnung. Ich rufe sie an.«

»Wir müssen auch mit den Cops darüber reden, früher oder später, aber nicht jetzt gleich. Wahrscheinlich morgen.«

»Wie können wir das wieder ausbügeln?«

»Ich muss die Cops bearbeiten«, sagte Carmel. Sie nagte an ihrem Daumennagel, schmeckte Blut auf den Lippen, spuckte aus und nagte noch ein bisschen weiter.

Mit Allen im Schlepptau ging Carmel zurück ins Büro der Mordkommission. Black und Sherrill saßen hinter dem Schreibtisch, Black mit hoch gelegten Füßen. Noch ehe Carmel etwas sagen konnte, fragte Sherrill: »Wollen Sie einen Pferd-kommt-in-eine-Bar-Witz hören?«

»Gerne«, antwortete Carmel.

»Pferd kommt in eine Bar, setzt sich hin, sagt mit trauriger Stimme: Geben Sie mir 'nen Bourbon, pur. Der Barkeeper macht den Drink, schiebt das Glas über den Tresen und fragt: Hey, Kumpel, warum denn das lange Gesicht?«

Carmel zeigte einen Millimeter Lächeln und sagte mit gelangweilter Stimme: »Unerhört witzig.«

»Ich kapier das nicht«, meinte Allen und machte ein besorgtes Gesicht.

»Setz dich hin«, sagte Carmel. Und zu Black und Sherrill: »Mein Klient hat mir eröffnet, dass er eine sexuelle Beziehung zu Louise Clark gehabt hat. Er hat mir das nicht früher gesagt, weil er meinte, es sei nicht relevant. Er hat Recht: Es *ist* nicht relevant. Andererseits verstehen wir, zu welchen Überlegungen das bei Ihnen führen könnte. Ich muss noch ein wenig intensiver mit meinem Klienten darüber sprechen, außerdem auch mit Louise Clark. Wenn Sie nichts von dieser Sache an die Presse geben, kommen wir morgen wieder her und beantworten alle Ihre Fragen. Wenn Sie die Presse verständigen, gehen wir auf Kriegspfad, und es wird keinerlei Kooperation geben.«

»Gut, kommen Sie morgen wieder her«, sagte Black. »Von uns wird niemand etwas über diese Sache erfahren.«

»Zehn Uhr morgen früh«, sagte Carmel. »Ich nehme an, Sie haben bereits mit Louise Clark gesprochen und ihr gesagt, sie solle mit niemandem darüber reden. Auch nicht mit mir.«

Sherrill nickte: »Natürlich.«

»Natürlich«, sagte Carmel.

Sherrill rief Lucas kurz nach drei Uhr an: »Wir gehen jetzt rüber ins FBI-Büro. Kommst du mit?«

»Auf geht's«, sagte Lucas. Er ließ den Kommissionsbericht auf den Boden fallen. »Ich ziehe nur noch schnell die Jacke an.«

Blendendes Sonnenlicht; wieder ein *guter* Tag, dachte Lucas und setzte die Sonnenbrille auf. Oben im Norden wäre es ein *großartiger* Tag – ein Tag, sich auf der schwimmenden Landungsbrücke eines Sees auszustrecken, einem Baseballspiel im Transistorradio mit dem blechernen Klang zuzuhören und das Weltgetriebe sich selbst zu überlassen.

»… dachte, sie würde ihn umbringen«, sagte Sherrill gerade.

Lucas schaltete sich in das Gespräch ein. »Carmel wusste also nichts von der Sache?«

»Nein. Und sie hat das auch nicht vorgetäuscht. Als wir sie damit überfielen, traten ihr im wahrsten Sinn des Wortes die Augen aus den Höhlen.« Sherrill sagte das mit geradezu glücklich klingender Stimme. »Wir haben nicht mitgekriegt, was sich draußen im Flur zwischen den beiden abgespielt hat, aber als sie zurückkamen, sah Allen wie ein Schaf aus, das man gerade bis auf die Haut geschoren hat.«

»Hm … Hat er irgendwelche besonderen Reaktionen gezeigt? Oder den Versuch gemacht, jegliche Reaktion zu verbergen?«

Sherrill zuckte die Schultern, aber Black schüttelte den Kopf: »Ich konnte nichts dergleichen feststellen. Er schien überrascht zu sein – einfach nur überrascht, dass wir ihm die Frage nach Louise Clark gestellt haben. Er sah nicht verängstigt aus, und er machte nicht den Eindruck, als ob er die Affäre dringend verheimlichen wollte …«

Der schwer bewaffnete FBI-Agent in weißem Hemd und Krawatte am Empfang telefonierte ins geheiligte Zentrum der FBI-Außenstelle, wo ein leicht schwitzender Stellvertretender Dienststellenleiter in einem Besprechungsraum auf sie wartete, zusammen mit einem Mann, der wie ein Professor der Wirtschaftswissenschaften wirkte – ein wenig zermürbt, ein wenig ungepflegt, die Gläser seiner Brille ein wenig zu dick; andererseits aber hatte er einen sehr kräftigen Hals. Er lächelte Lucas freundlich an, betrachtete Sherrill mit sichtlichem Wohlgefallen und nickte Black kurz zu.

»Ich bin Louis Mallard«, sagte er; seinen Vornamen sprach er »Louie« aus. »Mallard mit zwei ›l‹ und ›d‹ am Ende. Bill hier kennen Sie ja.« Bill Benson, der Stellvertretende Leiter der FBI-Außenstelle Minneapolis, nickte und sagte: »Hey, Lucas.«

»Worum geht's?«, fragte Lucas.

»Um den Allen-Mord«, antwortete Mallard. »Schon irgendeine Spur?«

Lucas sah zu Sherrill hinüber, die ihrerseits Mallard anschaute und sagte: »Wir beschäftigen uns im Moment mit dem Ehemann des Opfers, einem Anwalt. Aber ...«

»Mit Mafiaverbindungen?«, unterbrach Mallard.

»Nein, auf so was sind wir nicht gestoßen. Haben Sie etwa derartige Informationen ...«

»Nie von dem Mann gehört«, unterbrach Mallard wieder. »Keinerlei Unterlagen über ihn in unseren Akten – er war nicht beim Militär. Hat bisher noch nicht mal einen Strafzettel im Straßenverkehr gekriegt, soweit wir das feststellen konnten. Langweiliger Typ.«

»Wir haben uns natürlich auch intensiv mit seiner Frau beschäftigt«, sagte Sherrill, »und versucht rauszufinden, ob es irgendwas in ihrer Vergangenheit gibt, das den Einsatz eines Profikillers erklärt oder herausgefordert haben könnte – falls der Mörder ein Profi war ...«

»Es war ein Profi«, sagte Mallard.

»Woher ...«

»Bringen Sie erst einmal zu Ende, was Sie über die Frau berichten wollten.« Mallard war stets um eine präzise Ausdrucksweise bemüht – wie ein *echter* Professor der Wirtschaftswissenschaften.

»Wir haben sie intensiv überprüft«, übernahm Black für Sherrill. »Ein paar von unseren Wirtschaftsfachleuten haben sich um ihr Vermögen gekümmert, aber nichts Verdächtiges rausgefunden. Ihr Geld wird seit Jahrzehnten auf dieselbe Art verwaltet. Keine großen Verluste, keine großen Gewinne, konstant nette elf Prozent im Jahr. Keine Veränderungen. Wir haben uns auch ihre Wohltätigkeitsarbeit angeschaut. Ihr

Großvater hat den Fonds gegründet, und Barbara Allen, ihre Eltern und einige andere Verwandte bilden den Verwaltungsrat. Die Gelder kommen vornehmlich alten Menschen zugute. Wir können Ihnen die Unterlagen geben, wenn Sie wollen, aber wir sind auf keinerlei Anhaltspunkte für ein Motiv gestoßen.«

Mallard sah Lucas an, dann Benson, sagte schließlich nur »gottverdammt ...« – und auch das auf professorale Art.

»Legen Sie doch mal los«, sagte Lucas.

»Die Frau, die den Mord ausgeführt hat, ist eine Profikillerin«, begann Mallard. »Sie ist nicht besonders groß – vielleicht einssechzig bis einszweiundsechzig. Sie hat mal in St. Louis oder der Umgebung der Stadt gewohnt. Spricht wahrscheinlich mit Südstaatenakzent. Sie wurde vor zwölf oder dreizehn Jahren aktiv, und wir glauben, dass sie inzwischen siebenundzwanzig Menschen getötet hat, einschließlich dieser Mrs. Allen. Wir nehmen an, dass sie Verbindungen zur Mafia in St. Louis hat, vielleicht nur über eine einzige Person. Das ist dann aber auch schon alles, was wir über ihren Hintergrund wissen oder zu wissen glauben. Wir sind natürlich *sehr* daran interessiert, mehr über sie rauszufinden.«

»Siebenundzwanzig«, sagte Lucas beeindruckt.

»Könnten auch mehr sein, wenn sie sich die Zeit genommen hat, die eine oder andere Leiche verschwinden zu lassen; oder wenn sie anfangs einige Zeit brauchte, ihre spätere Vorgehensweise zu entwickeln – die Pistolen mit Schalldämpfern, Schießen aus nächster Nähe. Wir sind aber sicher, dass es mindestens siebenundzwanzig sind. Sie trifft die Vorbereitungen für die Morde äußerst sorgfältig, nähert sich den Opfern, wenn sie allein sind, tötet sie und verschwindet. Wir glauben, dass sie bei der Planung des Mordes selbst von der genauen Festlegung des Tatortes ausgeht ...«

»Woher wollen Sie das wissen?«, fragte Black.

»Das Kaliber der Mordwaffe ist stets dem Tatort angepasst. Wenn der Angriff im Freien geschieht, benutzt sie eine Neunmillimeter-Pistole oder eine noch schwerere .40er. Wenn es wie in diesem Fall und mehreren anderen innerhalb von Gebäuden passiert, nimmt sie immer eine Zweiundzwanziger – man hat es nicht gerne, wenn in einem Treppenhaus aus Beton die Neunmillimetergeschosse nach dem Durchschlagen des Körpers an den Wänden zerplatzen und einem die Fragmente wie Bienen um die Ohren sausen. Sie benutzt dann Zweiundzwanziger-Hohlladungsgeschosse mit normaler Rasanz; sie verwandeln die Gehirnmasse in Hafergrütze, bleiben aber im Schädel stecken, meistens jedenfalls.«

»Das war's?«, fragte Black. »Das sind Ihre Erkenntnisse?«

»Noch eine Kleinigkeit. Wir nehmen an, dass sie zu den Todesschüssen in die jeweilige Stadt *fährt,* nicht fliegt. Wir haben Passagierlisten aller Fluglinien im Zusammenhang mit den Morden, die ihre Handschrift tragen, durch unsere Computer laufen lassen und überprüft, ob sich bei bestimmten Leuten ein Muster ergibt.«

»Und nichts rausgefunden«, sagte Black.

»Doch«, widersprach Mallard. »Wir sind auf Muster gestoßen. Vielerlei Muster. Nur nicht auf *ihr* Muster. Wir haben mehrere hundert Personen mit bestimmten Mustern überprüft, aber es haben sich keine Anhaltspunkte ergeben.«

»Arbeitet sie immer gegen Bezahlung?«, fragte Sherrill.

»Das wissen wir nicht. Einige ihrer Aufträge sind offensichtlich interne Mafia-Abrechnungen gewesen – andere aber, vielleicht die Hälfte, sehen nach rein kommerziellen Unternehmungen aus. Wir wissen es einfach nicht. Siebenundzwanzig Morde ohne einen handfesten Ansatzpunkt, den Mörder überführen zu können«, klagte Mallard. »In einigen Fällen wurden Ehefrauen ermordet, und wir haben natürlich den Ehemann in Verdacht, finden aber keine Beweise. Nichts. In keinem der Fälle war es auch nur im Entferntesten möglich, dass der Mann selbst als Täter in Frage kam. Alle hatten unwiderlegbare Alibis.«

»Geben Sie uns Ihre Unterlagen über die Killerin?«

»Ich bin hergekommen, um mit Ihnen zusammenzuarbeiten«, sagte Mallard. Er griff in die Innentasche seiner Jacke, zog einen quadratischen Umschlag aus Karton hervor und schob ihn über den Tisch Sherrill zu. »Kopien von CDs: alles, was wir über jeden einzelnen Fall haben, in dem sie als Täterin in Frage kommt. Namen, Daten, Vorgehensweisen, Verdächtige, Fotos aller irgendwie Beteiligten, Tatortfotos … Die erste CD enthält die Inhaltsübersicht.«

»Vielen Dank.«

»Sagen Sie mir alles, was Sie rausfinden«, sagte Mallard. »Egal, wie unbedeutend es erscheint, geben Sie es *bitte* an mich weiter. Ich bin versessen darauf, diese Frau zu überführen.«

Louise Clark stimmte einem Gespräch mit Carmel erst zu, nachdem Hale Allen sie überzeugt hatte, dass es erforderlich sei. »Ich bin *Anwalt*, Louise«, sagte Allen. »Es ist *okay,* mit Carmel zu sprechen – die Cops reißen uns in Stücke, wenn sie uns nicht davor bewahrt.«

»Wenn du meinst«, sagte Louise ängstlich. Sie war eine dünne Frau mit strähnigem braunem Haar, einer fleischigen Nase und nervösen, knochigen Händen – eine »graue Maus«, jedenfalls dem ersten Eindruck nach. »Es ist ja nur, weil die Polizisten gesagt haben, ich soll mit niemandem darüber reden.«

Louise Clark sah *nicht* aus wie irgendeine der »Sexmaschinen«, die Carmel bisher über den Weg gelaufen waren. Aber, dachte sie, *man weiß ja nie.* Und Hale weiß es … Sie saßen bei Denny's und redeten nun schon seit zehn Minuten miteinander, und Louise fing an zu jammern. Carmel mochte keine jammernden Weiber. Sie sah Hale Allen an. »Warum machst du nicht einen Spaziergang um den Block – ich möchte mich mal allein mit Louise unterhalten.«

Hale machte sich gehorsam auf den Weg, die Hände in den Taschen seiner bequemen Freizeithose. Seinen modischen blaukarierten Sportmantel über dem schwarzen T-Shirt hatte er nicht zugeknöpft. Der Mantel betonte seine breiten Schultern, und beide Frauen beobachteten ihn, wie er einer Frau mit Kind die Tür des Restaurants aufhielt; die Frau sagte etwas zu Allen, der sie anstrahlte, und die beiden unterhielten sich noch ein paar Sekunden unter der Tür.

Dann setzte Allen seinen Weg nach draußen fort, und Carmel und Louise konnten ihr Gespräch führen …

Carmel hatte ein riesiges Doppelbett im Schlafzimmer mit zwei normalen Kopfkissen und einem anderthalb Meter langen Körperkissen, um das sie beim Schlafen die Beine schlagen konnte. Sie erzählte zwar allen Freunden und Bekannten, sie würde nackt schlafen – ihr Image erforderte das, wie sie meinte –, in Wirklichkeit aber schlief sie in einem übergroßen Jockey-T-Shirt und Boxershorts. Und so lag sie in dieser Nacht da, das T-Shirt locker um die Schultern hängend, die Beine um das Kissen geschlungen, und ging im Geist noch einmal ihr Gespräch mit Louise Clark, der grauen Maus, durch.

Clarks Story war zum größten Teil nichts anderes als »immer dieselbe alte Geschichte«. Sie und Allen verbrachten bei der Arbeit viel Zeit allein miteinander und standen gemeinsam eine Menge Stress durch. Seine Frau verstand ihn nicht.

Louise und Hale entwickelten eine Beziehung, die auf gegenseitigem Respekt beruhte, blah-blah-blah. Irgendwie hatte es sie in diesem Motel oben im Norden plötzlich ins Bett gedrängt ... Und dann ging die graue Maus ganz aus sich heraus:

»In dem Motel habe ich ihn erst *nachher* zum ersten Mal nackt gesehen. Ehrlich, erst, nachdem wir uns geliebt hatten. Er war einfach ... wunderbar. Er ist so ein schöner Mann ...« Dann begannen ihre Augen zu flackern, und sie fügte hinzu, von Frau zu Frau, mit einem leisen Kichern und gesenkter Stimme: »Er hat einen ... ehm, er ist echt groß. Sehr, sehr schön und echt, echt groß. Er hat mich, ehm, ganz ausgefüllt ...«

Carmel drückte das Kissen zwischen ihren Beinen zusammen und versuchte, das Bild aus dem Bewusstsein zu drängen: Hale Allen und die graue Maus. Groß ...

Der Wecker summte pünktlich um sieben. Carmel schob sich aus dem Bett, langsam und missmutig ohne den gewohnt guten Schlaf. Groß? Wie groß? Sie kratzte sich am Hintern, gähnte, streckte sich und ging ins Badezimmer. Eine halbe Stunde später trank sie ihre erste Tasse Kaffee, aß ihren zweiten Toast und blätterte die *Star Tribune* durch, ob etwas über Hale Allen und Louise Clark durchgesickert war. Das Telefon summte.

»Ja?«

»Miz Loan? Hier ist Bill, unten in der Halle.« Bill war der Portier.

»Was gibt's?« Immer noch missmutig.

»Wir haben ein Päckchen für Sie. Es steht *dringend* drauf, und ich frage mich, ob ich es Ihnen raufbringen soll.«

»Was für ein Päckchen ist es?«

»Ein kleines. Fühlt sich an ... sieht aus ... könnte eine Videokassette sein«, stammelte Bill.

»Okay, bringen Sie es rauf.«

Bill brachte das Päckchen, und Carmel drückte ihm eine Fünfdollarnote in die Hand. Sie schloss die Wohnungstür und drehte das Päckchen in der Hand hin und her. Bill hatte Recht: wahrscheinlich eine Videokassette. Normales braunes Packpapier. Sie riss es auf, fand einen Zettel, auf dem mit Kugelschreiber ein einziges Wort geschrieben stand: »Entschuldigung.«

Carmel runzelte die Stirn, ging mit der Kassette ins Fernsehzimmer, schob sie in den VHS-Recorder und startete sie.

Eine Frau erschien auf dem Bildschirm, und Carmel erkannte sie sofort. Sie schaute auf sich selbst, wie sie im – jetzt erklärbar – hellen Licht von Rolando D'Aquilas Küche sitzt. Vor etwas mehr als einem Monat.

Die Bildschirm-Carmel sagte gerade: »Ich trinke nie koffeinfreien.« Und dann: »Sie haben den Anruf also gemacht.«

Die Stimme eines Mannes, der nicht von der Kamera erfasst war, sagte: »Ja. Und sie ist noch im Dienst meiner Freunde, und sie nimmt den Job an.«

»Sie? Es ist eine Frau?«

»Ja. Ich war selbst überrascht. Ich hab früher nie nach so was gefragt, verstehen Sie … Aber als ich jetzt gefragt hab, hat mein Freund ›sie‹ gesagt.«

»Sie muss aber gut sein«, sagte die Bildschirm-Carmel. Die reale Carmel erkannte, dass die Kamera im Küchenschrank versteckt gewesen sein musste und durch einen Spalt in der geöffneten Tür gefilmt hatte.

»Sie *ist* gut«, sagte die Stimme des Mannes. »Hat einen ausgezeichneten Ruf. Jeder Schuss ein Treffer. Sehr effizient, sehr schnell. Immer aus kürzester Entfernung, da kann nichts schief gehen.« Eine Männerhand mit einem Kaffeebecher erschien auf dem Bildschirm. Carmel sah zu, wie die Bildschirm-Carmel den Becher mit den Fingerspitzen drehte, ihn dann an den Mund hob.

»Genau das, was ich brauche«, sagte ihr anderes Ich auf dem Screen und trank dann einen Schluck. Carmel erinnerte sich, dass der Kaffee recht gut gewesen war. Und sehr heiß.

»Sind Sie sich ganz sicher?«, fragte die Männerstimme. »Wenn ich denen mal zugesagt hab, gibt's praktisch kein Zurück mehr. Bei dieser Frau weiß man nie, wie sie den Auftrag ausführt, niemand weiß, wo sie sich aufhält oder welchen Namen sie benutzt. Wenn Sie zustimmen, tötet sie Barbara Allen.«

Die Bildschirm-Carmel runzelte die Stirn. »Ich *bin* sicher«, sagte sie. Die reale Carmel zuckte bei der Nennung von Barbara Allens Namen zusammen. Sie hatte das vergessen.

»Sie haben das Geld?«, fragte der Mann.

»Ja. Im Haus. Ihre zehntausend Dollar habe ich dabei.«

Die Carmel auf dem Bildschirm stellte den Becher ab, kramte in ihrer Handtasche, holte ein dünnes Geldbündel heraus und legte es auf den Tisch. Die Hand des Mannes tauchte auf und nahm es weg. »Eines sollten Sie noch wissen«, sagte die Stimme. »Wenn jemand kommt und das Geld haben will – zahlen Sie jeden Cent. *Jeden Cent.* Feilschen Sie um Himmels willen nicht, zahlen Sie einfach. Wenn Sie das nicht tun, wird man keinen weiteren Versuch machen, das Geld einzutreiben, sondern man wird Sie umlegen – als abschreckendes Beispiel.«

»Ich weiß, wie das läuft«, sagte die Bildschirm-Carmel. »Die Leute werden das Geld – wie abgemacht – kriegen. Und niemand kann es zurückverfolgen, da ich es nach und nach beiseite gelegt habe. Es ist absolut sauber.«

»Wenn Sie also zustimmen, rufe ich heute Abend meinen Freund an. Und Barbara Allen ist eine tote Frau.«

Die Carmel vor dem Bildschirm bewunderte ihre schauspielerische Leistung auf dem Screen. Sie zuckte mit keiner Wimper – sie stand einfach auf und sagte: »Ja, tun Sie das.« Das Band lief aus. Carmel trank einen großen Schluck Kaffee, ging in die Küche, kippte den Rest des Kaffees in den Spülstein – und schleuderte dann die Tasse gegen eines der großen Fenster, die zum Balkon führten. Die Tasse prallte vom Sicherheitsglas des Fensters ab, zerbrach aber nicht. Carmel nahm das schon nicht mehr wahr; sie tobte durch die Küche, fegte Gläser, Geschirr, den Messerblock, den Toaster, Silberkannen von den Schränken und Arbeitsplatten und vom Herd, trat nach den Sachen, sobald sie auf dem Boden aufprallten, trampelte darauf herum. Und die ganze Zeit über knurrte sie laut durch die zusammengebissenen Zähne, schrie nicht, stieß nur unentwegt diesen scharfen, knurrenden, nach übergroßer Hornisse klingenden Laut aus.

Sie zertrampelte alles, was in der Küche und der Frühstücksecke herumstand, schnitt sich an den Scherben eines Glases. Der Anblick des Blutes auf ihrem Handrücken brachte sie schließlich wieder zur Besinnung.

»Rolo, du verdammter Scheißkerl«, knurrte sie. Blut tropfte von ihrer Hand auf den Boden. »Rolo, du Scheißkerl, du Scheißkerl, du verdammter Scheißkerl …«

5

Den Rest des Tages arbeitete Carmel sich durch immer wieder aufwallende Wutausbrüche und Phasen relativer Ruhe; hatte diverse Phantasien über Rolando D'Aquilas qualvolles Ende und gestand sich schließlich ein, dass sie ein großes Problem hatte.

Sie rief Rinker an, hinterließ eine Telefonnummer, sagte: »Es ist echt dringend. Wir haben ein großes Problem.«

Kurz nach dreizehn Uhr am nächsten Tag ging Rinkers Rückruf auf Carmels Mobiltelefon ein. Sie meldete sich nicht mit irgendeinem Namen, sondern sagte einfach nur: »Das ist der versprochene Rückruf. Ich hasse Probleme.«

Carmel sagte: »Einen Moment, ich will nur schnell die Tür schließen.« Sie steckte den Kopf durch die Tür in ihr Vorzimmer und sagte zur Sekretärin: »Zehn Minuten keine Störung bitte.« Dann trat sie zurück und verschloss die Tür hinter sich.

»Okay …«, begann sie, aber Rinker unterbrach sie:

»Ist Ihr Telefon sicher?«

»Ja. Es ist unter dem Namen meiner Mutter registriert – sie hat wieder geheiratet und einen anderen Familiennamen als ich. Dasselbe wie bei meinem Volvo. So was ist gut für … spezielle Kontakte.«

»Und die haben Sie in Ihrem Job oft?«

»Oft genug«, antwortete Carmel. »Aber egal … Ich rufe wegen Rolando D'Aquila an – das ist der Mann, der die Verbindung zu Ihnen hergestellt hat.«

»Und was ist passiert?«, fragte Rinker.

Carmel erklärte es kurz und sagte dann: »Ich hätte gedacht, die Leute auf Ihrer Seite würden so etwas von vornherein verhindern. So aber bringen Sie Ihre Klienten ganz schön in die Klemme …«

»Was soll das? Was wollen Sie unternehmen?«, Carmel hörte deutlich den warnenden Unterton in der Stimme der Frau.

»Sie können sich absolut darauf verlassen, dass ich nicht zur Polizei gehe, falls es das ist, worüber Sie sich Gedanken machen«, sagte Carmel vorsichtig. »Aber es muss eine Lösung gefunden werden. Rolo ist ein Junkie. Selbst wenn ich ihm jeden Cent gebe, den ich habe, er wird ihn in Koks umsetzen und in die Nase schnüffeln. Das Original des Videobandes wird er nicht rausrücken, und wenn er meinen letzten Cent bekommen hat, wird er sich umschauen, an wen er es am günstigsten verkaufen kann. Zum Beispiel ans Fernsehen. Dann bin ich geliefert – und Sie mit mir. Die Cops werden Rolo durch die Mangel drehen, einen Deal mit ihm machen und die geringstmögliche Strafzumessung versprechen, und was dabei für uns rauskommt, können Sie sich ja denken.«

»Vielleicht gar nichts«, sagte Rinker. »Er ist nur ein winziges Rädchen in der Maschine.«

»Quatsch. Er wird den Cops früher oder später den Mann ans Messer liefern, den er wegen Ihres Einsatzes kontaktiert hat. Und dann nehmen die Cops diesen Mann in die Mangel – und so weiter. Sie wissen doch, wie das läuft. Wir reden hier von Mord; das bedeutet dreißig Jahre im Staatsgefängnis für jeden, der daran beteiligt war. Und das setzt uns doch verdammt unter Druck, meinen Sie nicht auch? Und glauben Sie mir, ich bin in Minneapolis/St. Paul so bekannt, dass ein wahrer Hurrikan von Scheiße auf uns runterregnen würde, wenn die Sache ins Rollen käme. Die Cops würden das bestimmt nicht nur halbherzig angehen.«

»Wann übergeben Sie dem Kerl das geforderte Geld?«, fragte Rinker. »Diesem Rolo?«

»Ich werde ihn morgen um siebzehn Uhr im Crystal Court treffen. Ich habe ihn vertröstet, so lange es ging, habe ihm gesagt, ich bräuchte Zeit, das Geld zusammenzukriegen. Crystal Court ist diese große überdachte Einkaufspassage …«

»Ich kenne sie«, warf Rinker ein.

»Okay. Wie auch immer, ich gebe ihm das Geld, er gibt mir das Originalvideoband. Ich habe darauf bestanden, dass er persönlich erscheint. Aber er wird mir natürlich nur eine Kopie des Bandes geben. Er sagt, er hat nur noch das Original, aber das ist natürlich gelogen. Er wird früher oder später mehr Geld aus mir rauspressen wollen.«

»Sind Sie sich da sicher?«

»Mein Gott, der Kerl ist ein verdammter Junkie und Dope-dealer …«

Rinker schwieg einige Sekunden und sagte dann: »Es gibt morgen früh einen Flug nach Minneapolis. Ich treffe um elf Uhr fünfundfünfzig ein.«

»Ich weiß nicht …«, begann Carmel, brach ab, fuhr dann hastig fort: »Ich weiß nicht, ob ich Sie von Angesicht zu Angesicht sehen will. Ich müsste dann befürchten, dass Sie sich gezwungen sehen, mich irgendwann zu … beseitigen.«

»Schätzchen, es gibt mehrere Dutzend Leute, die mein Gesicht kennen«, sagte Rinker. »Eine Person mehr macht da keinen Unterschied, vor allem, wenn ich weiß, dass sie mich für einen Schuss bezahlt hat. Es wäre mir natürlich lieber, Sie würden mich *nicht* sehen, aber wir müssen diese Sache in Ordnung bringen. Und Sie werden dabei mithelfen müssen.«

Carmel zögerte nicht. »Das ist mir klar.«

»Das Problem ist, dass wir mit ihm *reden* und fragen müssen, wo er das Originalvideo und eventuelle Kopien versteckt hat«, sagte Rinker.

»Ja«, bestätigte Carmel. »Wir müssen *ganz privat* mit ihm reden. Das habe ich mir auch schon überlegt.«

»Richtig … Warum haben Sie darauf bestanden, dass er bei dem Treffen persönlich erscheint?«

»Weil ich dachte, Sie würden das so haben wollen …«

Rinker kicherte glucksend. »Okay … Haben Sie schon mal jemanden getötet?«

»Nein.«

»Sie wären wahrscheinlich gut dafür geeignet. Mit ein wenig Training.«

»Wahrscheinlich«, bestätigte Carmel. »Aber man kriegt aus meiner Sicht nicht genug Geld dafür.«

Rinker kicherte noch einmal und sagte dann: »Also bis morgen, elf Uhr fünfundfünfzig. Kommen Sie im Jaguar. Und tragen Sie Jeans und bequeme Schuhe.«

Carmel hatte keine Vorstellung, was für eine Frau sie erwartete. Eine Hinterwäldlerin mit hartem, eckigem Gesicht, knochigen Handgelenken und Schultern vielleicht – oder eine massige Frau vom Typ Aufseherin im Knast. Am nächsten Tag, pünktlich zur Mittagsstunde, ließ sie die Passagiere an sich vorbeiziehen, die mit dem Flugzeug aus Kansas City gekommen waren, und hielt Ausschau nach einer Frau, die den verschiedenen Vorstellungen, die sie im Geist entwickelt hatte, entsprechen könnte. Sie zuckte zusammen, als die adrett gekleidete junge Frau mit dem sorgfältig frisierten, blonden Haar und dem vornehmen Hauch Lippenstift sie unverhofft ansprach. Sie trug einen Lederrucksack und stand direkt an Carmels Ellbogen.

»Hallo?«

»Was …«

Rinker grinste zu ihr hoch. »Suchen Sie etwa jemand anders?«

Carmel schüttelte den Kopf. »*Sie* sind das?«

»Ja, *ich* bin's, Schätzchen. Leibhaftig.«

Als sie sich aus der Menge gelöst hatten, sagte Carmel: »Mein Gott, Sie sehen wirklich nicht aus wie … wie die, die Sie sind.«

»Nun ja, was soll ich dazu sagen?«, fragte Rinker fröhlich. Sie sah rechts an Carmel vorbei, zu einem großen, braun gebrannten Mann hinüber, der sich durch die Menge drängte und direkt auf sie zukam. »Hallo Carmel«, sagte er; die letzte Silbe des Namens zog er betont in die Länge.

»Hallo, James.« Carmel hielt dem Mann eine Wange hin, und nachdem James sie geküsst hatte, fragte sie ihn: »Wo fliegst du hin?«

»Nach Los Angeles ... Mein Gott, du siehst aus wie eine echte Sportlerin. Ich hätte dich niemals verdächtigt, dass du Jeans oder Nikes hast.« Der Mann war fast zwei Meter groß und sah gut aus, woran auch eine Stirnglatze nichts änderte – wie ein athletischer Adlai Stevenson. Er wandte sich an Rinker und sagte: »Und Sie sind eine ganz süße junge Frau. Ich hoffe nur, dass Sie keine so fanatische linke Feministin sind wie Carmel.«

»Doch, manchmal bin ich das«, sagte Rinker. »Und Sie sind ein ganz süßer junger Mann.«

James legte die rechte Hand aufs Herz und sagte: »O mein Gott, dieser Akzent! Wir beide sollten sofort heiraten.«

»Du bist schon zu oft verheiratet gewesen, James«, meinte Carmel trocken. Sie nahm Rinker am Arm. »Wenn wir uns nicht schnell absetzen, ertränkt er uns noch in Schmalz.«

»Carmel ...«

Nach ein paar Schritten schaute Rinker zurück und sagte: »Gut aussehender Bursche. Was macht er beruflich?«

»Er ist Buchhalter«, antwortete Carmel.

»Hm«, machte Rinker. Carmel hörte die Enttäuschung in der Stimme.

»Aber keinesfalls ein langweiliger«, sagte sie. »Er hat fast vier Millionen Dollar von einer Software-Firma hier geklaut.«

»Jesus.« Rinker sah noch einmal zurück. »Und man hat ihn erwischt?«

»Man konnte ihn einkreisen und nachweisen, dass er der Einzige war, der das Geld über eine Computermanipulation abgezweigt haben konnte«, erklärte Carmel. »Er übertrug mir seine Verteidigung, schien aber im Grunde nicht besonders besorgt zu sein. Schließlich rückte die Firma mit dem Vorschlag heraus, er solle das Geld zurückgeben, dann würde sie die Anklage fallen lassen. Er machte den Gegenvorschlag, die Firma solle die Anklage fallen lassen und sich bei ihm entschuldigen, weil sie ihn überhaupt angezeigt hatte, dann würde er damit rausrücken, wo der betreffende Softwarefehler zu finden sei, den die Firma ja sicher ausmerzen wolle, ehe ihre Klienten völlig ausgeraubt würden und die Firma für Verluste in Höhe von einer Milliarde Bucks oder so was zur Verantwortung gezogen würde.«

»Die Firma ging darauf ein?«

»Die Firmenbosse brauchten eine Woche, dann stimmten sie zu«, antwortete Carmel. »Sie hassten es, sich zu entschuldigen, aber sie taten es. Dann bestand er auf einem Zusatzvertrag über die Zahlung einer weiteren halben Million für die Ausmerzung des Fehlers. Sagte, das sei als Abfindung für das Ausscheiden aus der Firma zu betrachten, und die hätte er sich ja schließlich verdient. Sie stimmten letztlich auch dem zu. Ich glaube, sie haben für ihr Geld einen entsprechenden Gegenwert bekommen.«

Rinker schüttelte den Kopf. »Will denn kein Mensch mehr für sein Geld *arbeiten*?«

Carmel mochte nicht zu intensiv über diese Frage nachdenken. Stattdessen fragte sie: »Ehm, hören Sie, wie nenne ich Sie?«

»Pamela Stone«, antwortete Rinker. »Und wir sollten alle Förmlichkeiten fallen lassen ... Weißt du, wie wir zum South Washington County Park kommen?«

»Nein, das kann ich dir nicht genau sagen.«

»Ich zeige es dir auf der Karte«, sagte Rinker. »Wir müssen meine Pistolen holen. Wie du verstehen wirst, kann ich sie auf Flügen schlecht im Gepäck mitnehmen.«

Carmel konnte nicht anders – sie musste immer wieder Rinker anschauen, als sie zum Parkhaus gingen. Nach Anzeichen suchen, ob diese Frau eine Exekutionsmaschine für Gangster sein konnte. Aber Rinker sah nicht im Geringsten aus wie ein Monster. Sie war ein Püppchen, das unentwegt über den Flug plapperte, über den Artikel über Piercing in einem Fluglinienmagazin und, als sie die Kasse des Parkhauses erreichten, über Carmels Jaguar. »Ich fahre einen Chevy«, sagte sie.

Carmel versuchte krampfhaft, dem Geplapper zuzuhören. Rinker legte plötzlich die Hand auf ihren Unterarm und sagte: »Carmel, du musst dich entspannen. Du bist angespannter als ein Trommelfell. Du machst den Eindruck, als ob du jeden Moment explodieren würdest.«

»Das liegt daran, dass ich die nächsten dreißig Jahre nicht in einer Zelle von der Größe eines Wandschranks eingesperrt verbringen möchte wie ein verdammtes Eichhörnchen.«

»Sperrt man neuerdings Eichhörnchen in Wandschränken ein?«, fragte Rinker.

Carmel musste trotz ihres Anfalls von Besorgnis lächeln und lockerte den Griff um das Lenkrad. »Du weißt, was ich meine.«

»Ja, aber das wird nicht passieren«, sagte Rinker. »Wir werden diesen Rolo-Burschen an einen ruhigen Ort schaffen, ihm die Situation in aller Deutlichkeit klar machen, und er wird das Videoband rausrücken.«

»Und ihn töten?«

Rinker zuckte die Schultern. »Vielleicht hat er zwei oder drei Kopien von dem Band gemacht. Wenn er zwei rausrückt und das dritte irgendwo gut versteckt hat … Na ja, wenn er nicht mehr unter den Lebenden weilt, wird es vielleicht nie gefunden.«

»Wir dürfen es nicht dem Zufall überlassen, dass es dieses

dritte Band irgendwo gibt. Wir müssen sicher gehen, dass wir alle Bänder haben, bevor wir es tun. Ihn töten.«

»Wir werden ihm Angst machen«, sagte Rinker. »Das kann ich dir garantieren. Aber wir können letztlich nie ganz sicher sein, alle Bänder zu kriegen.«

»Wie fangen wir es an?«

»Überlass das mir. Ich beobachte ihn beim Treffen mit dir, hänge mich an ihn, und wenn er allein ist, greife ich ihn mir. Gibt es irgendwo hier eine Eisenwarenhandlung?«

»Ich denke schon.«

»Wir brauchen ein paar Ketten und Vorhängeschlösser und andere Sachen …«

Der South Washington County Park, ein Waldgebiet mit Wanderpfaden und Skipisten, liegt zwanzig Meilen südlich von St. Paul. Auf dem Parkplatz am Eingang standen nur zwei Wagen; die Fahrer waren nirgends zu sehen.

»Stell den Wagen da drüben am Ende ab«, sagte Rinker und deutete nach rechts. Carmel tat es, und sie stiegen aus. Rinker schulterte ihren Rucksack und ging voraus, zunächst einen Pfad an einem kleinen Bach entlang, dann eine mit dickstämmigen Eichen bestandene Anhöhe hinauf. Auf dem Gipfel schaute sie sich längere Zeit um, ging dann in den Wald hinein, abseits des Pfades. Nach etwa einer Minute stießen sie auf einen Zaun, der den Park zu einem Feld hin begrenzte. Rinker ging bis dicht vor den Zaun, drehte sich dann um, sagte: »Hier …«

Sie trat ein paar Schritte weg vom Zaun, zurück in den Wald, kniete sich vor einer Eiche hin und fing an, mit den Händen die weiche Erde zwischen zwei dicken Wurzeln wegzuscharren. Keine schwere Arbeit, und bereits nach einer Minute holte sie zwei noch mit Erde bedeckte Pistolen aus dem flachen Loch.

In diesem Moment wurde sich Carmel bewusst, dass sie im Wald eines menschenleeren Parks mit einer Mörderin allein war, die jetzt zwei Pistolen in den Händen hielt. Wenn Rinker sie erschoss, wer würde das je erfahren, es sei denn, ein Wanderer verirrte sich und fand ihre Leiche? Rinker konnte mit dem Jaguar zurück in die Stadt fahren und ihn irgendwo abstellen.

Das Szenario zuckte blitzschnell durch Carmels Kopf. Rinker klopfte die Erde von den Pistolen, steckte sie in den Rucksack und sagte nach einem Blick auf Carmels erschrecktes Gesicht: »Du machst dir zu viele Gedanken.«

»Ich versuche nur, auf alles gefasst zu sein«, sagte Carmel.

»Warum warst du dann nicht darauf gefasst, dass Rolo dich filmen könnte?«, fragte Rinker höflich.

Carmel wich der Frage nicht aus. Sie verzog das Gesicht und sagte: »Ich war zu blauäugig. Ich spürte, dass irgendetwas nicht stimmte. Mir fiel auf, dass es ihm nicht peinlich war, in meinem Beisein das Geschirr zu spülen. Wahrscheinlich hat er beim Wegstellen des Geschirrs die Kamera im Schrank eingeschaltet. Es war ihm nicht peinlich, und das passte nicht zu seinem Macho-Image.«

»Na ja, du weißt wenigstens, dass du einen Fehler gemacht hast«, sagte Rinker. Die Pistolen klirrten im Rucksack, als sie die Riemen über die Schultern streifte. »Wir müssen Öl kaufen, wenn wir die Ketten und Vorhängeschlösser holen. Waffenöl.«

»Macht das Vergraben sie nicht … irgendwie unbrauchbar?«

»Doch, wenn ich sie länger als ein paar Tage vergraben lasse. In einer Woche wären sie verrostet. Andererseits, selbst wenn sie dann jemand finden würde, könnte man sie nicht mehr mit dem Tod von Barbara Allen in Verbindung bringen.«

»Du hättest sie also einfach da liegen lassen?«

»Natürlich. Man kann solche Pistolen für ein paar hundert Bucks das Stück kriegen. Und wie gesagt – man kann sie auf Flügen schlecht im Gepäck mitnehmen.« Rinker sah auf die Uhr. »Noch vier Stunden zum Treff mit Rolo«, sagte sie. »Wir machen uns besser auf den Rückweg zur Stadt.«

Crystal Court ist der Innenraum des größten Glasturms in Minneapolis und bildet zugleich eine Kreuzung im System der überdachten Verbindungsgänge in der Stadt. Carmel sollte Rolo auf der Erdgeschossebene treffen; sie war wütend, was Rinker für ausgesprochen gut hielt. »Wenn du nicht wütend auf ihn wärst, würde das seinen Verdacht erregen. Je wütender du bist, umso besser …«

»Ich kann das auch vortäuschen, wenn es sein muss, aber ich glaube nicht, dass das erforderlich wird«, sagte Carmel. »Ich hasse das wie die Pest: erpresst zu werden, von einem anderen Menschen auf dieses Art unter Druck gesetzt zu werden – und es machtlos hinnehmen zu müssen.« Sie biss die Zähne zusammen, spürte, dass sie fast die Kontrolle über sich verlor; riss sich zusammen.

»Nicht wirklich machtlos«, sagte Rinker. »Nur dem Anschein nach.«

»Aber er glaubt, dass ich es bin. Diese gottverdammte Demütigung durch diesen elenden Mistkerl …«

Als Rolo schließlich auftauchte, war nichts von ihrer Wut vorgetäuscht. Er hatte die Videokassette in einer braunen Tüte aus dem Obstladen. Sie hatte das Geld in eine Stofftasche gesteckt.

»Du Scheißkerl«, zischte Carmel ihm entgegen. »Du elendes Stück Scheiße. Ich hätte dich damals lebenslang in den Knast wandern lassen sollen, du verdammtes fettes Schwein!«

Rolo nahm die Beschimpfungen ausgesprochen gelassen entgegen. »Geben Sie mir einfach das Geld, Carmel. Ich habe den hübschen kleinen Film mit Ihnen als Hauptdarstellerin in dieser Tüte. Wir machen den Austausch, und dann haben wir's hinter uns.«

»Ich kann in Ihrem eigenen Interesse nur hoffen, dass wir es dann hinter uns haben«, stieß Carmel wütend hervor. Ein weißhaariger Mann in einem Golfhemd starrte sie im Vorbeigehen an, und ihr wurde klar, dass sie mit ihrem von Hass, Wut und vielleicht auch Angst verzerrten Gesicht wahrscheinlich wie eine in die Enge getriebene Wölfin aussah. Sie atmete tief durch, richtete sich auf, beherrschte sich.

»Geben Sie mir das Tape«, sagte sie.

»Geben Sie mir zuerst das Geld.«

»Verdammt, Rolo, ich kann ja wohl schlecht das Tape nehmen und wegrennen, oder? Wenn ein Cop sich einmischt, bin ich erledigt.«

Rolo dachte einen Moment nach, sagte dann: »Zeigen Sie mir das Geld.«

Carmel zog den Rand der Tasche auseinander und ließ ihn einen Blick hineinwerfen. Er nickte widerwillig, übergab ihr dann die Tüte. Sie schaute hinein, sah die Kassette, schüttelte den Kopf, sagte: »Du verdammter Mistkerl«, und er knurrte: »Das Geld, Carmel«, und sie gab ihm die Tasche.

»Kommen Sie ja nicht noch mal mit einer Forderung«, sagte Carmel. »Das wäre zu viel für mich, ich würde uns beide hochgehen lassen.«

»Seh'n Sie sich das Band an«, sagte Rolo, schob sich in die Menschentraube vor den Aufzügen und verschwand in einer Kabine.

Crystal Court lag nur fünf Gehminuten von ihrem Appartement entfernt, und Carmel war zu Fuß hergekommen, da die Fahrt mit dem Wagen einschließlich des Einparkens umständlicher gewesen wäre, und nun eilte sie zurück, ging verkehrswidrig bei Rot über eine Kreuzung und fragte sich, was Rinker inzwischen tat.

Rolando D'Aquila hatte seinen heruntergekommenen Wagen, einen Dodge, auf der dritten Etage des Parkhauses in der Sixth Street – demselben, in dem Barbara Allen erschossen worden war – geparkt. Rinker freute sich darüber: Die Situation enthielt eine hübsche Symmetrie, und sie kannte sich hier nach der Erkundung für den ersten Auftrag gut aus. Mit einer großen grünen Dayton's-Store-Plastiktüte in der Hand war sie Rolo durch die Verbindungsgänge gefolgt, wobei sie sich stets im Strom der nach Hause eilenden Einkäufer und Büroangestellten gehalten hatte. Als klar war, wohin Rolo ging, schloss sie dichter zu ihm auf, und als sie ins Parkhaus kamen, folgte sie ihm im Abstand von rund zehn Schritten; zwischen ihnen waren noch zwei weitere Personen.

Sie ging hinter ihm her über das Parkdeck, machte keine Anstalten, sich zu verstecken, achtete aber darauf, dass ein Mann im grauen Anzug und einer Aktentasche in der Hand zwischen ihnen blieb. Der Mann bog schließlich zu einem schwarzen Buick ab, und jetzt gingen Rolo und sie hintereinander her. Rolo schaute einmal zurück zu ihr, schien sie kaum wahrzunehmen, und sie sah auf die Uhr und dann schräg an ihm vorbei, als ob sie zu einem Wagen am Ende des Parkdecks gehen wolle. Aber dann, als Rolo zu seinem braunen Dodge abbog, huschte sie bis auf zwei Schritte an ihn heran. Er hörte sie erst, als sie direkt hinter ihm war. Er drehte sich um, den Wagenschlüssel in der Hand, und noch ehe er etwas sagen konnte, richtete Rinker die Mündung der Pistole, die sie aus der Plastiktasche geholt hatte, auf seine Brust und sagte: »Wenn Sie auch nur den kleinsten verdammten Laut von sich geben, schieße ich Ihnen in Ihr verdammtes Herz. Wenn Sie ein bisschen nachdenken, werden Sie darauf kommen, wer ich bin. Und dann werden Sie auch wissen, dass ich es tatsächlich tun werde.«

Rolo stand einen Moment stocksteif da und sagte dann mit ruhiger Stimme: »Ich gebe Ihnen das Geld zurück.«

»O ja, Sie geben mir das Geld zurück, aber wir werden uns darüber hinaus noch ein wenig unterhalten müssen, Sie und Carmel und ich.«

»Nehmen Sie doch einfach das Geld …«

»Wir werden beide in den Wagen steigen, Rolo, und ich werde auf den Beifahrersitz rüberrutschen, und Sie werden da stehen bleiben, an der geöffneten Tür, und wenn Sie auch nur einen Laut von sich geben oder eine einzige Bewegung machen, die nach Weglaufen aussieht, knalle ich Sie ab.«

»Das glaube ich Ihnen nicht«, sagte Rolo und versuchte, die Fassung zurückzugewinnen. »Es sind zu viele Menschen hier.«

Sie schoss ihm ins linke Bein. Die kleine Pistole mit dem Schalldämpfer machte nicht mehr Geräusch als ein Händeklatschen, und Rolos Bein knickte ein, und er sank mit entsetzt aufgerissenen Augen gegen den Wagen.

»Sie … Sie haben auf mich … geschossen«, stammelte er mit kaum hörbarer Stimme. Er klemmte die Geldtasche unter den Arm, tastete mit der freien Hand über das verletzte Bein, hielt sie dann vors Gesicht und sah, dass sie rot von Blut war; und er spürte, dass ihm weiteres Blut am Bein hinuntertropfte.

Rinker sah sich um. Zwei Leute gingen die Rampe hinunter, ohne sie zu beachten. Die Waffe an Rinkers Hüfte war wegen der in der Nähe stehenden Wagen nicht zu sehen. »Machen Sie jetzt die Wagentür auf, Rolo«, sagte sie ruhig; aber in ihrer wie unbeteiligt klingenden Stimme lag eine tödliche Drohung. »Oder der nächste Schuss geht in Ihr Auge.«

Das schwarze Mündungsloch der Pistole kam hoch, und D'Aquila wurde von der plötzlichen Überzeugung erfasst, er könne die Spitze der nächsten Kugel in der Tiefe ihres Rachens sehen. Er schloss mit zitternden Fingern die Wagentür auf und öffnete sie.

»Bleiben Sie ganz ruhig stehen«, befahl Rinker. Sie trat so dicht vor ihn hin, dass sie beide wie ein Liebespärchen wirkten, das vor der Heimfahrt schnell noch ein Küsschen austauscht. Sie drückte die Mündung der Waffen gegen sein Brustbein und sagte: »Ich werde jetzt einsteigen. Ich wiederhole – wenn Sie auch nur den geringsten Laut ausstoßen oder wegzurennen versuchen, töte ich Sie. Haben Sie das verstanden?«

»Sie legen mich auch um, wenn ich in den Wagen steige.«

Rinker schüttelte den Kopf. »Nein. Es ist aber so, dass wir mit dem Videoband nicht sicher sein können – wir wissen nicht, wie viele Kopien Sie gemacht haben. Wir nehmen an, dass Sie mindestens noch eine haben, und die würden wir gerne an uns nehmen. Danach sollte für Sie eine ganz klare Warnung im Raum stehen: Wenn jemals ein drittes Band auftaucht, sind Sie ein toter Mann, gar keine Frage. Aber wir möchten Ihnen das mit einigem Nachdruck und in aller Ruhe klar machen.«

»Ich sterbe an der Wunde in meinem Bein …«

»Nein, das glaube ich nicht. Andererseits – es könnte tatsächlich passieren. Also steigen Sie zügig nach mir in den Wagen.« Sie setzte sich auf die Kante des Fahrersitzes, hielt die Mündung der Waffe weiterhin auf sein Brustbein gerichtet. Dann rutschte sie auf den Beifahrersitz, und Rolo schob sich auf den Fahrersitz. »Fahren Sie los«, sagte Rinker.

»Wohin fahren wir?«

»Nach Hause«, antwortete Rinker, »zu Ihrem Haus.«

Carmel fand die beiden im Wohnzimmer vor; Rolo saß in einem Sessel und hatte Streifen eines zerrissenen Handtuchs um das verletzte Bein gewickelt. Rinker saß auf der Couch und hielt beide Pistolen, die Hände auf die Oberschenkel gestützt, auf Rolo gerichtet. Carmel sah, dass auf beiden Pistolen Schalldämpfer aufgeschraubt waren. »Ich musste ein bisschen auf ihn schießen«, sagte Rinker mit flacher, ungerührter Stimme, als ob ein Schuss auf Rolo nichts Besonderes sei. »Hast du dir das Band angesehen?«

»Ja, das habe ich gemacht«, antwortete Carmel. Sie trug ihre Handtasche in der einen Hand und eine feste Plastiktasche von einer Eisenwarenhandlung in der anderen, aus der ein Klirren drang, als sie sie auf den Boden stellte. »Er sagt mir gleich am Anfang des Bandes, dass das nicht die einzige Kopie ist, dass er noch eine weitere hat und dass er ein bisschen mehr Geld braucht.«

»Ich gebe Ihnen das Band«, sagte Rolo jammernd, »aber bringen Sie mich endlich in ein Krankenhaus …«

Carmel zog einen Stuhl heran, setzte sich dicht vor ihn und sagte: »Schau mir in die Augen, Rolo. Wie viele Kopien hast du gemacht?«

»Nur zwei«, antwortete er. »Ich schwöre bei Gott, zuerst wollte ich Ihnen nur die einzige Kopie schicken, die ich gemacht hatte, aber dann fing ich an zu überlegen … und habe noch eine gemacht. Warum hätte ich noch mehr machen sollen? Solange ich das Original habe, kann ich so viele machen, wie ich nur will.«

»Wo ist das Original?«

»Nicht hier«, antwortete er. »Das Band ist in meinem

Bankschließfach. Ich hab mir überlegt, wenn so was wie das jetzt passiert, könnten Sie mich nicht töten. Sie müssten dann mit mir zusammen zur Bank gehen.«

»Du hast es tatsächlich in ein Bankschließfach gelegt?«, fragte Carmel.

»Ja, bei der U. S. Bank.«

»Schau mich an, Rolo …«

Er sah ihr in die Augen. Sein Blick wirkte klar und aufrichtig.

»Wo ist der Schlüssel zu dem Bankschließfach?«

»Den … den habe ich einer Freundin zur Aufbewahrung gegeben.«

»Erzähl nicht so einen Scheiß, Rolo«, sagte Carmel und sah Rinker an. »Er lügt …«

»Ich lüge nicht«, sagte Rolo.

Carmel wandte sich ihm wieder zu. »Doch, du lügst. Du würdest den Schlüssel niemals weggeben. Du hast ihn irgendwo versteckt.«

»Ich lüge wirklich nicht«, protestierte Rolo. »Hören Sie, ich kann ja diese Freundin anrufen …«

»Wie heißt sie?«, fragte Carmel. »Schnell.«

Rolo schaute zur Seite, hatte plötzlich Sprachschwierigkeiten. »Ehm, Ma … Ma … Maria«, stammelte er.

»Doch nicht etwa die Jungfrau Maria?«, fragte Carmel scharf und sagte wieder zu Rinker: »Er lügt.«

»Soll ich noch mal ein bisschen auf ihn schießen? Diesmal vielleicht ein bisschen mehr?«

Carmel sah Rolo einen Moment nachdenklich an, zupfte an ihrer Unterlippe, schüttelte dann langsam den Kopf. »Nein. Ich denke, wir sollten ihn erst mal ein bisschen fesseln …« Sie stieß mit dem Fuß gegen die Plastiktüte auf dem Boden. »Und dann gehen wir auf ›Maria-Suche‹. Nehmen das Haus auseinander. Schau'n nach, ob wir irgendwo einen Schlüssel für ein Bankschließfach finden.«

»Ich glaube nicht, dass es den überhaupt gibt«, sagte Rinker. »Ich bin eher dafür, ihm noch ein paar Schüsse zu verpassen.«

»Lieber Himmel«, sagte Rolo, als er diese Diskussion hörte.

»Lass uns ihn aufs Bett fesseln, damit wir ihn nicht dauernd im Auge behalten müssen, und dann durchsuchen wir das Haus«, sagte Carmel zu Rinker. Sie stieß wieder mit dem Fuß gegen die Plastiktasche und sah Rolo an. »Wir werden dich mit diesen Ketten ans Bett fesseln und dann dein Haus auseinandernehmen. Wenn du uns Schwierigkeiten machst, können wir die Reihenfolge auch ändern: Pamela verpasst dir *zuerst* ein paar Schüsse, und dann nehmen wir das Haus auseinander. Ist das klar?«

»Sie werden mich so oder so töten«, knurrte Rolo.

»Nicht, wenn wir es nicht müssen«, sagte Carmel.

»Sie beide sind total verrückt …«

»Ja – und das solltest du Mistkerl dir ständig vor Augen halten.«

»Los, ins Schlafzimmer«, sagte Rinker und unterstrich ihre Aufforderung mit entsprechenden Bewegungen des Pistolenlaufs.

»Die Wunde im Bein bringt mich um«, sagte Rolo.

Rinker richtete die Mündung der Pistole auf sein anderes Bein, und Rolo sprang auf und humpelte los und keuchte: »Ich gehe ja schon, um Himmels willen, ich gehe ja schon …«

Rinker ging dicht hinter ihm her und hielt die Pistole auf seine Wirbelsäule gerichtet. »Leg dich auf dem Rücken aufs Bett«, sagte sie unter der Schlafzimmertür. »Und mach ja keine falsche Bewegung.«

Sie hatten in der Eisenwarenhandlung zwei Pakete dünner

Stahlketten gekauft, wie man sie für Kinderschaukeln braucht; eine Rolle Klebeband in einer Drogerie; und vier Vorhängeschlösser sowie zwei Paar gelbe Küchenhandschuhe aus Plastik in einem K-Mart. Während Rinker sich auf den Fußteil des Bettes stützte, die Waffe auf Rolo gerichtet, wickelte Carmel eine der Ketten zweimal fest um Rolos Hals, dann straff um den Kopfteil des Bettes und ließ schließlich an den Enden ein Schloss einschnappen. »So, jetzt die Füße«, sagte sie und fesselte sie mit einer zweiten Kette auf gleiche Weise an das Fußteil des Bettes.

»Und jetzt die Arme«, sagte Rinker.

»Hm«, brummte Carmel. Dann wickelte sie ein Stück der nächsten Kette fest um Rolos rechtes Handgelenk, sicherte es mit einem Schloss, bückte sich, warf das Ende der Kette unter dem Bett hindurch, ging zur anderen Seite, nahm die Kette auf, wickelte sie straff um das linke Handgelenk und ließ zur Sicherung das letzte Vorhängeschloss einschnappen. »So, das wär's«, sagte Carmel. Dann holte sie das Klebeband aus der Plastiktüte.

»Was haben Sie damit vor?«, fragte Rolo.

»Dir dein dreckiges Maul zukleben«, antwortete Carmel.

Rolo machte einen schwachen Versuch, sich gegen die Kette zu stemmen, aber sie schnitt ihm in den Hals, und er gab es auf und sah Carmel an. »Tun Sie mir nicht weh«, bat er mit leiser Stimme.

»Wie viele Kopien?«, fragte Carmel.

»Nur zwei, und die haben Sie ja jetzt beide«, sagte Rolo.

»Und das Originalband ist in deinem Bankschließfach?«

»Ja. Ich hole es Ihnen.«

»Halt's Maul«, knurrte Carmel. Sie zog einen halben Meter Klebeband von der Rolle, wickelte es um den unteren Teil seines Kopfes und klebte ihm den Mund zu.

Carmel und Rinker zogen die gelben Plastikhandschuhe an und durchsuchten eine Stunde lang das kleine Haus. Sie wühlten sich durch Geschirrschränke, Wandschränke, Kleiderschränke, durchstöberten den kleinen, feuchten, leeren Keller, gerieten dabei mit den Köpfen in Spinnweben und griffen in Nester von Kellerasseln; sie krochen auch auf dem ebenso leeren, kaum anderthalb Meter hohen Speicher direkt unter dem Spitzgiebeldach herum, kamen mit Fasern der rosaroten Fiberglasisolierung in den Haaren wieder heraus. Sie klopften alle Eiswürfel aus den Schalen im Kühlschrank, entleerten alle Schachteln, Tüten und Dosen im Vorratsschrank, schauten in den Wasserbehälter in der Toilette, rissen die Schutzdeckel aller Steckdosen und Lichtschalter aus den Wänden. Unter dem Fernseher lag ein halbes Dutzend Videobänder, nach den Aufschriften zu schließen Pornofilme, und Probeläufe auf Rolos billigem VCR-Recorder bestätigten das. Sie fanden zwei Adressbücher; in seiner Brieftasche stießen sie auf weitere Telefonnummern. Die Videokamera stand im Geschirrschrank in der Küche. Rinker öffnete den Deckel, sagte: »Leer«, warf sie dann auf den Holzfußboden, wo sie nach dem harten Aufprall davonrollte. Sie stießen auf eine kleine Sammlung billiger Schmuckstücke, und sie durchsuchten auch eine Werkzeugschublade und die Taschen aller Kleidungsstücke.

Alle paar Minuten schauten sie nach Rolo. Die Ketten ließen kaum eine Bewegung zu, und er grunzte ihnen jedes Mal wütend entgegen, aber sie ignorierten das und gingen zurück an ihre Arbeit. Nach einer Stunde stand fest, dass die Suche nach einem Schließfachschlüssel oder dem Original-Videoband nicht erfolgreich gewesen war.

»Beides kann trotzdem irgendwo hier stecken«, sagte Rinker schließlich, nachdem sie auch die Polsterung der Couch und des Sessels herausgerissen hatte. »Wir können nicht jeden kleinsten Winkel durchsuchen – wir bräuchten eine Abrissbirne.«

Carmel stand unter der Schlafzimmertür und starrte auf Rolo.

Schließlich ging sie zu ihm hin und riss das Klebeband von seinem Mund. Speichel lief aus seinen Mundwinkeln. Carmel zischte ihn an: »Letzte Chance, Rolo: Sag mir, wo das Scheißding ist.«

»In der Bank«, knurrte er und meinte, er hätte gewonnen.

»Du Arschloch.« Carmel riss ein neues Stück Klebeband von der Rolle ab und wollte es ihm über den Mund kleben, aber er drehte den Kopf zur Seite. »Halte den Kopf gerade«, sagte sie wütend.

»Selber Arschloch«, zischte er als Antwort, und es klang arrogant.

»Er scheint darum zu betteln, dass ich noch ein bisschen auf ihn schieße«, sagte Rinker.

»Wenn Sie noch mal auf mich schießen, bringen Sie mich um«, sagte Rolo. »Mein linkes Bein blutet immer noch stark. Und wenn Sie mich umbringen, öffnen die Cops das Bankschließfach, und dann … Heh!«

Er stieß diesen Ruf aus, weil Carmel auf seine Brust geklettert war. Sie krallte die Finger beider Hände in seine Haare und zog seinen Kopf nach vorn, so dass die Kette sich tief in seinen Hals grub und er zu keuchen begann. Er versuchte, den Kopf zu drehen, gab aber nur noch röchelnde Laute von sich, als Carmel seinen Kopf schließlich losließ. »Du sollst den Kopf gerade halten«, fauchte sie, während er nach Luft schnappte. »Du verdammter Scheißkerl …«

Er hielt den Kopf gerade, und sie schlang das Klebeband ein halbes Dutzend Mal über seinen Mund. Dann schob sie sich von ihm herunter. »Was machen wir jetzt?«, fragte Rinker, als sie zur Küche gingen.

»Ich bin sehr gut bei Verhören«, sagte Carmel. »Und du könntest dir einen Mopp und einen Besen holen und jede Stelle im Haus, wo wir gewesen sind, sauber machen.«

»Wir sind *überall* gewesen«, erwiderte Rinker stirnrunzelnd.

»Ja, aber du brauchst den Boden nicht richtig zu säubern, du musst nur alles ordentlich durcheinander bringen, damit die Leute von der Spurensuche nicht erkennen, was alt und was neu ist.«

»Spurensuche?«

»Ja«, antwortete Carmel. Sie setzten sich an den Küchentisch, und Carmel beugte sich weit zu Rinker vor. »Es ist klar, dass wir ihn nach meinem Verhör ins Jenseits befördern müssen. Man wird ihn früher oder später finden, und dann macht sich die Spurensuche an die Arbeit.«

»Und was ist mit dem Videoband?«, fragte Rinker.

»Wir werden es kriegen«, sagte Carmel. Sie ging hinüber zu dem Werkzeug, das sie aus der Schublade gekippt hatten, und hob eine elektrische Bohrmaschine und ein Kästchen mit Bohrern auf. »Wir *werden* das Band kriegen.«

Carmel ging zurück ins Schlafzimmer, und während Rolo beunruhigt zusah, wie sie das Kabel der Bohrmaschine in die Buchse steckte, sagte sie: »Habe ich dir schon erzählt, dass ich echt verrückt bin? Ich meine, richtig total pervers beknackt? Also, Rolo, ich bin es, und ich werde es dir beweisen.« Sie kletterte aufs Bett und setzte sich auf seine Beine. »Das hier ist ein niedlicher Vier-Millimeter-Bohrer. Den schiebe ich jetzt in die Maschine, und dann werde ich ein Loch durch dein Knie bohren.«

Er zuckte zusammen, zerrte an den Ketten und grunzte flehentlich, aber sie schüttelte den Kopf: »Nein, nein, keine weiteren Verhandlungen. Wir würden damit nur Zeit verschwenden. Also bohre ich erst mal ein bisschen.«

Und sie tat es. Er bäumte sich gegen sie auf, aber die straff gespannten Ketten am Hals und an Händen und Füßen verhinderten, dass er sie abschütteln konnte. Sie hockte auf seinen Unterschenkeln und trieb mit brutaler Gründlichkeit den Bohrer durch seine Kniescheibe. Rolo bäumte sich vergebens auf, und seine Schmerzensschreie wurden durch das Klebeband über dem Mund gedämpft; zum Schluss, als Carmel den Bohrer ausschaltete, gab er einen schaurigen Laut von sich, ein hohes, winselndes Grunzen – es klang wie das Todesröcheln eines Tieres. Rinker, die von der Tür aus die Szene beobachtet hatte, drehte sich um, lief ins Wohnzimmer, ließ sich auf einen Stuhl fallen und hielt sich die Ohren zu.

Carmel zog den Bohrer heraus und sagte: »Na, du verdammtes Arschloch, wie fühlst du dich jetzt? Gut? Das Band ist in einem Bankschließfach? Was für einen Scheißdreck erzählst du da? Du hältst mich wohl für blöd …« Kleine weiße Spucketröpfchen hatten sich in ihren Mundwinkeln festgesetzt. Rolo verlor das Bewusstsein.

Als er wieder zu sich gekommen war, sagte Carmel in einem freundlichen Plauderton zu ihm: »Du denkst jetzt wahrscheinlich, ich würde das Klebeband von deinem Mund nehmen und dich nochmal nach dem Band fragen; aber das tue ich nicht. Ich werde dir erst einmal noch ein Loch durch dein zweites Knie bohren.«

»Bring mir ein paar Eiswürfel aus dem Spülstein«, rief Carmel zu Rinker hinüber. »Falls noch welche übrig sind.«

Es waren noch ein paar da, und Carmel kippte eine kleine

Schüssel mit Eiswasser und Eiswürfeln auf Rolos Gesicht. Kurz danach schlug er die Augen auf.

Carmel sagte: »Kannst du dir vorstellen, was bei einem Mann echt schmerzhaft wäre, verdammt weh tun würde?« Ihre Finger glitten zu seiner Hüfte, öffneten das Gürtelschloss, knöpften die Hose auf und zogen sie ein Stück nach unten. Rolo lag schlaff da, wehrte sich nicht. Carmel zog die Hose über seine Oberschenkel, und jetzt war erneut das Todesröcheln zu hören, und Carmel ließ die Hose los.

Er stöhnte »uuh-uuh«, und Carmel fragte: »Wirst du uns sagen, wo das Band wirklich ist?«

»Uuh-uuh.«

Carmel riss das Klebeband von seinem Mund, und er sah sie mit glasigen Augen an und ächzte: »Ich sterbe ... Mein Herz ...«

»Jetzt hör mir gut zu – wenn du uns wieder irgendeinen Scheiß erzählst, klebe ich dir den Mund wieder zu und schalte den Bohrer wieder an. Mir macht das Spaß, ich könnte es die ganze Nacht durch tun.«

»Das Band ist in meinem Wagen«, sagte Rolo. »unter dem Reserverad.«

Carmel sah Rinker an und sagte: »Oh, Scheiße! Wie konnten wir nur so doof sein?«

»Ich hole es«, sagte Rinker. »Du hast da Blut an ...« Carmel schaute auf ihre Bluse: die Blutspritzer sahen aus wie feine Stickerei.

Rinker ging nach draußen. Wieder ein schöner Abend. Musik drang aus einem Fenster ein Stück die Straße hinunter. Sie blieb einen Moment stehen, lauschte, konnte die Musik aber nicht identifizieren und ging dann zu Rolos Wagen, zog den Kofferraumdeckel hoch und entfernte die Abdeckung von dem völlig abgefahrenen Reservereifen. Das Videoband lag darunter. Sie nahm es heraus, wog es in der Hand, seufzte und ging zurück ins Haus.

»Hast du's?«, fragte Carmel.

»Ich habe ein Videoband, ja«, sagte Rinker. Sie schob es in den Recorder. Das Bild erschien umgehend auf dem Screen, und Carmel kam zu ihr, um es sich anzusehen.

»Gutes Licht«, knurrte Rinker.

»Er hatte die Fenster geöffnet. Eine weitere Sache, die mich hätte stutzig machen sollen. Rolo ist ganz bestimmt kein Frischluftfanatiker.«

»O Mann …«, sagte Rinker, als das Band abgelaufen war. »Du wärst erledigt, wenn das Band den Cops in die Hände fallen würde.«

»Deshalb musste ich es ja unbedingt kriegen«, erwiderte Carmel.

»Glaubst du denn, dass die Sache damit erledigt ist? Dass das das letzte Band ist?«, fragte Rinker.

»Ich weiß es nicht. Ich könnte ja noch ein bisschen an ihm rumbohren.«

Rinker schaute zum Schlafzimmer hinüber. »Er sah ziemlich angeschlagen aus da drin … Ich glaube nicht, dass er noch mehr aushalten könnte, und ich glaube auch nicht, dass wir mehr aus ihm rausbekämen. Mehr als das, was wir rausgekriegt haben.«

»Also müssen wir eine Entscheidung treffen«, sagte Carmel.

»Es ist *dein* Gesicht auf dem Band …«

Carmel schaute einen Moment hinüber zum Schlafzimmer und sagte dann: »Okay. Wir machen Schluss. Wenn es noch eine weitere Kopie gibt, müssen wir uns später damit auseinander setzen. Aber ich bleibe bei meiner Meinung, dass wir ihn töten müssen. Nach dem Bohren ist er bestimmt so wütend, dass ihm alles egal ist und er zu den Cops geht.«

»Willst du es machen?«, fragte Rinker. »Ich meine, du allein?«

»Sicher«, antwortete Carmel. »Wenn du das willst.«

»Nicht, wenn du Schuldgefühle oder so was befürchtest.«

»Nein, nein, ich glaube nicht, dass es dazu kommen könnte, wirklich nicht«, sagte Carmel. »Was habe ich zu tun?«

Rinker erklärte es ihr auf dem Weg zum Schlafzimmer. Rolo sah die Pistole in Carmels Hand, aber er schien sich mit seinem Schicksal abgefunden zu haben: »Auf Wiedersehen in der Hölle«, sagte er.

»Es gibt nichts Blöderes als die Hölle«, sagte Carmel. »Weißt du das noch nicht?« Und dann zu Rinker: »Wie war das noch mal – ich halte ihm einfach die Mündung an den Kopf und drücke ab?«

»Ja, so einfach ist das.«

Rolo drehte den Kopf zur Seite, und Carmel setzte die Mündung des Pistolenlaufs an seine Schläfe und wartete einige Sekunden.

»Los doch«, sagte Rolo.

»Ich habe dich ganz schön ins Schwitzen gebracht, nicht wahr?«, fragte Carmel. Rolo drehte langsam den Kopf wieder zurück; ein wenig Hoffnung? Carmel sah es in seinen Augen. Carmel drückte ab.

Rinker und Carmel blieben noch zehn Minuten im Haus und beseitigten alles, was möglicherweise ihre Anwesenheit in diesem Haus verraten könnte.

»Wir sollten die Pistolen in den Mississippi werfen – ich kenne eine geeignete Stelle unten am Damm«, sagte Carmel.

»Und das Videoband verbrennen«, ergänzte Rinker.

»Ja, das machen wir, sobald wir bei mir zu Hause sind. Wir müssen auf jeden Fall in meine Wohnung, um uns umzuziehen, die verdreckten Kleider loszuwerden, zu duschen und all so was …«

»Vielleicht könnten wir heute Abend irgendwohin ausgehen«, sagte Rinker. »Mein Flug geht erst übermorgen.«

»Ja, das wäre schön«, meinte Carmel. »Oder wir könnten uns einen Videofilm ausleihen und …«

Sie brach mitten im Satz ab und schaute hinüber zur Küche. »Was ist los?«, fragte Rinker stirnrunzelnd.

Carmel gab keine Antwort, lief zur Küche und ging neben der Videokamera, die Rinker auf den Boden geworfen hatte, in die Hocke, nahm sie hoch und drehte sie um.

»Was ist los?«, fragte Rinker noch einmal.

»Dieser Scheißkerl von Rolo … Diese Kamera ist eine VHS-C. Und diese Kassette …« Sie hob die Videokassette hoch, die sie in Rolos Wagen gefunden hatten. »Diese Kassette hat die normale VHS-Größe. Wenn du eine Kopie mit einem billigen Recorder und einer Videokamera machst, ziehst du sie auf so eine Kassette. Aber das da ist, wie gesagt, eine VHS-C-Kamera, die Kassette passt da nicht rein. Also muss es noch eine andere Kassette geben – eine VHS-C-Kassette. Das Original …«

»Bist du sicher?«, fragte Rinker.

»Ja, schau doch her.« Carmel drehte die Kamera und öffnete den Kassettenschacht. Die Kassette in ihrer Hand war mindestens doppelt so groß wie der Schacht.

»Schlechte Nachrichten«, sagte Rinker.

Carmel warf ihr von der Seite einen schnellen Blick zu: Wenn Rinker sie jetzt erschoss, war die Profikillerin alle Sorgen los. Sie brauchte sich nur aus dem Staub zu machen, ohne sich um weitere Komplikationen in diesem Fall sorgen zu müssen.

»Du machst dir zu viele Gedanken«, sagte Rinker.

»Ich versuche nur, auf alles gefasst zu sein«, erwiderte Carmel und sah Rinker an. »Okay, lass uns zu mir nach Hause gehen. Hast du die Adressbücher?«

»Ja.«

»Wir nehmen auch seine Brieftasche und das Telefonbuch mit, alles, wo er sich Namen und Adressen notiert haben könnte … Ich muss jetzt scharf nachdenken.«

»Glaubst du nicht, dass er das Band tatsächlich in einem Bankschließfach deponiert haben könnte?«

»Er ist … war ein Dealer. Solche Leute benutzen keine Bankschließfächer, jedenfalls nicht unter dem eigenen Namen. wir haben keine gefälschten Ausweise gefunden, mit denen er sich ein Bankschließfach unter einem anderen Namen gemietet haben könnte, und wir haben auch keinen Schlüssel für so ein Fach gefunden. Ich vermute, er hat das getan, was Dealer in solchen Fällen üblicherweise tun: Er hat das Band jemandem gegeben, dem er vertraut.«

»Wem zum Beispiel?«

»Einem Anwalt. Nur – *ich* war ja seine Anwältin. Er könnte natürlich auch noch einen anderen gehabt haben; das kann ich rausfinden. Aber er war ein Latino, also ist diese Vertrauensperson wahrscheinlich ein Verwandter. Wir haben jedenfalls eine Menge Nachforschungen anzustellen, und zwar schnell …«

»Ich storniere meinen Flug«, sagte Rinker. »Und ich denke, wir sollten die Pistolen erst mal behalten.«

Auf der Fahrt zu Carmels Wohnung sah Rinker zu Carmel hinüber und fragte: »Hat dir das irgendwie Spaß gemacht? Das eben in dem Haus?«

Carmel setzte zu einer Antwort an, steuerte aber erst noch um eine Kurve und stellte dann eine Gegenfrage: »Warst du auf einer weiterführenden Schule? Einem College?«

»Ja.«

»Tatsächlich? Das hätte ich nicht erwartet ...«

»Profikillerin und all so was, ich verstehe ...«, sagte Rinker.

»Ja.« Carmel nickte. »Was war oder ist dein Hauptfach?«

»Psychologie. Der aktuelle Stand ist, dass ich noch acht Zwischentests vom BA-Examen entfernt bin. Nächstes Frühjahr müsste ich dann fertig sein.«

»Gutes College?«

»Ordentliches College.«

»Aber du willst mir nicht sagen, welches es ist, nicht wahr?«

»Nun ja ...«

»Das ist okay«, sagte Carmel. »Wie auch immer – zurück zu deiner Frage: Es hat mir in gewisser Weise Spaß gemacht, ein ganz klein wenig vielleicht. Ob Spaß oder nicht – er musste getötet werden.«

»Es hat dir nur ein kleines bisschen Spaß gemacht? Und das auch nur vielleicht?«

»Wie war's bei dir?«, stellte Carmel die Gegenfrage.

»Kein Spaß. Ich konnte diese Laute, die er von sich gab, kaum aushalten. Und der Geruch, als er ... Nein, es hat mir überhaupt nicht gefallen.«

Jetzt nahm Carmel für einen Moment den Blick von der Straße und sah Rinker an. »Mach dir keine Sorgen, ich bin nur eine Soziopathin. Wie du auch. Ich bin keine *Psycho*pathin oder so was.«

»Woher willst du wissen, dass ich keine Psychopathin bin?«

»Ich schließe es aus dem, was Rolo vom Hörensagen über dich wusste und an mich weitergegeben hat: sachlich, professionell, stets saubere Arbeit. Du machst den Job, weil du ihn beherrschst und weil du Geld damit verdienen kannst und weil du gut darin bist; nicht, weil du eine sabbernde Wollust empfindest, wenn du Menschen tötest.«

»Sabbernde Wollust?«

»Hör zu, ich habe in meiner Kanzlei ein paar Fälle gehabt ...«

Carmel hatte Rinker immer wieder zum Lachen gebracht, bis sie schließlich am Ziel waren. Und als sie aus dem Wagen stiegen, schaute Rinker über das Wagendach zu Carmel hinüber und sagte: »Wichita State ...«

»Was?«

»Ich gehe aufs Wichita State College.«

Carmel ahnte zunächst nur, dass Rinker ihr da gerade etwas Wichtiges gesagt hatte. Nach einigen Sekunden aber erkannte sie, dass es tatsächlich so war. Sie hatte Carmel gesagt, wo man sie finden konnte.

Wo sie zu Hause war.

6

Drei Streifenwagen der Stadtpolizei von St. Paul und ein Kombiwagen der Spurensuche standen vor dem Haus in Frogtown, als Lucas eintraf. Die Straße rauf und runter saßen Leute auf ihren kleinen Holzveranden und schauten zu Rolos Haus hinüber, beobachteten das Kommen und Gehen der Cops. Lucas stellte den Porsche ab, stieg aus und ging zum Haus. Ein Cop in Uniform wollte sich ihm in den Weg stellen, aber ein Detective in Zivil steckte den Kopf aus der Eingangstür und rief: »Heh, Dick, lass den Mann durch!«

»Okay«, sagte Dick, und Lucas nickte ihm zu und ging die Treppe herauf. Sherrill stand direkt hinter der Tür. Sie sah wie eine dunkelhaarige, dunkeläugige Madonna aus, und sie trug eine glatte weiße Bluse, einen grauen Rock statt der sonst bevorzugten Hose und einen schwarzen Seidenblazer, unter dem sie die .357er im Holster unter dem Arm versteckte.

»Tolles Outfit«, sagte Lucas.

»Ein Mädchen muss tun, was es kann, wenn es einen Mann an Land ziehen will«, sagte Sherrill und blinzelte ihm zu.

»Zu früh am Morgen für so 'n Scheiß«, knurrte Lucas. Er sah an ihr vorbei ins Innere des Hauses, in dem ein wildes Durcheinander herrschte. »Was ist hier los?«

»Komm rein und schau es dir an. Es wird dir gefallen.«

»Zu früh am Morgen«, sagte Lucas wieder. Aber er folgte ihr und sah es sich an …

Ein Cop von der Mordkommission St. Paul namens LeMaster zeigte ihm die Leiche auf dem Bett – Ketten um den Hals und um die Hände und Füße, die Hose bis auf die Oberschenkel heruntergezogen. »Einer der Junkies aus der Nachbarschaft hat ihn entdeckt, vor rund zwei Stunden – er kam, um sich einen Wachmacher zu holen. Der Tote war mal ein Dealer im großen Stil.«

»Zum Schluss nicht mehr?«

LeMaster schüttelte den Kopf. »Er hatte die Nase zu tief im Koks. Hat in letzter Zeit nur noch kleine Mengen verkauft.«

»Ja, so ist nun mal der Lauf der Dinge«, philosophierte Lucas. »Heute sind es noch Kilos, morgen nur noch jeweils 'ne Linie Koks.« Er behielt die Hände in den Hosentaschen, als er vor dem Bett in die Hocke ging. »Eine ganze Salve Zweiundzwanziger im Schädel …«

»Ja. Könnte euer Barbara-Allen-Killer gewesen sein oder jemand, der in der Zeitung darüber gelesen und Gefallen daran gefunden hat.«

Lucas nickte und richtete sich wieder auf, kratzte sich an der Nase und sah auf die noch feuchten Blutlachen um die

Knie der Leiche hinunter. »Woher stammt all das Blut? Und wie ist sein Name?«

»Sein Name war Rolando D'Aquila; alle nannten ihn nur Rolo. Und das Blut stammt von Löchern, die man ihm in die Kniescheiben gebohrt hat. Zusätzlich ist Blut aus einer Schusswunde im Bein ausgetreten …«

»Bohrlöcher in den Knien?«

»Ja – seh'n Sie sich das an.« Die Bohrmaschine lag am Fußende des Bettes; aus dem Bohrkopf ragte ein acht Zentimeter langer rostfreier Bohrer. Eingetrocknetes Blut marmorierte den blanken Stahl.

»Jesus Christus«, sagte Lucas. Er schaute wieder auf die Leiche. »Man hat ihm mit der Bohrmaschine die Knie durchbohrt?«

»Sieht jedenfalls so aus. Wir müssen ihm erst noch die Hose ausziehen, um sicher zu sein, und der Leichenbeschauer war noch nicht da … Aber es sieht tatsächlich so aus.«

»Das hat bestimmt wehgetan«, sagte Lucas und schaute Rolos Gesicht an. Es sah eingefallen und ledrig aus. Dieser Mann hatte irrsinnige Schmerzen ausgestanden.

»Sehen Sie das Klebeband da auf dem Boden? Man sieht Eindrücke darauf, die Bissspuren sein könnten. Man hat ihm wahrscheinlich den Mund zugeklebt, während man an ihm rumgebohrt hat.«

»Und das Haus ist regelrecht auseinander genommen worden, man hat also nach etwas gesucht«, ergänzte Lucas. »Zum Beispiel nach Kokain.«

»Ja, sicher, aber … die Schüsse in den Kopf, das sieht doch so aus wie bei diesem Allen-Mord. Keiner der Nachbarn hat irgendwas gehört – und in diesen heißen Nächten haben doch alle Leute die Fenster geöffnet. Genauso war's beim Allen-Fall: Niemand hat was gehört. Und die Methode der Folterung sieht sehr professionell aus. Sie hatten das Klebeband und die Ketten und die Vorhängeschlösser und den Bohrer – sie wussten, was sie tun wollten, bevor sie ins Haus kamen. Es sieht nach Profis aus; wie bei Barbara Allen.«

»Sie sagen immer *sie*«, sagte Lucas. »Sie meinen also, dass es mehrere waren?«

»Ich kann mir nicht vorstellen, dass eine Person allein ihn auf diese Art aufs Bett fesseln konnte. Wäre wohl kaum zu machen. Ich gehe davon aus, dass eine Person Rolando mit einer Waffe in Schach gehalten und mindestens eine weitere Person ihn gefesselt hat.«

»Geben Sie die Geschosse ins Labor – man muss eine metallurgische Analyse machen. Wenn sie den Geschossen beim Allen-Mord gleichen, werden sie so verbogen sein, dass sie für einen Vergleich der Drallspuren nicht taugen.«

»Wir werden dem Labor Dampf machen«, sagte LeMaster. »Und wenn die metallurgische Untersuchung ergibt, dass es dieselben Geschosse sind …«

»… gibt's Ärger«, ergänzte Lucas.

Sherrill blätterte in einem Männermagazin, als Lucas sich einen Weg durch die herumliegenden Trümmerstücke im Wohnzimmer zu ihr suchte. »Was hältst du von der Sache?«, fragte er.

»Ich halte dieses Heft für ein Schwulenmagazin«, antwortete sie. »Eigentlich ist es ein Ausstattungskatalog für Sportler, aber die Abbildungen zeigen Männer, die eindeutig schwul sind.«

»Du kannst das an den Abbildungen erkennen?«

»Aber sicher. Schau dir doch mal diesen Mann an.« Sie zeigte ihm das Foto eines Mountainbikefahrers mit schlankem, schweißbedecktem nacktem Oberkörper und sorgfältig über die verschleierten dunklen Augen drapierter Haarlocke. »Er ist entweder echt schwul – oder er will den Eindruck erwecken, er sei es. Und so sind alle Abbildungen. Bergsteiger, Kanufahrer … Und schau dir die Kleidung an. Wenn du einem Mann auf der Straße begegnest, der so gekleidet ist, sagst du dir doch sofort …«

»Ich hätte als junger Mann auch so aussehen können«, sagte Lucas.

Sie verzog das Gesicht und verdrehte die Augen zur Zimmerdecke: »Lucas, glaub mir, du hast *nicht* so ausgesehen. Der Mann da macht den Eindruck, als ob ihn irgendjemand verletzt hätte. Sie sehen *alle* so aus, als ob sie von irgendjemandem verletzt worden wären. Schau dir den verkniffenen Mund an … Du aber siehst immer so aus, als ob du gerade von jemandem kämst, den *du* verletzt hast. Zum Beispiel eine Frau.«

»Herzlichen Dank«, sagte er.

»Keine Ursache.«

»Ich glaub nicht, dass man sich anhand eines Fotos ein solches Urteil bilden kann.«

Sie sah ihn prüfend an, lächelte und sagte: »Ah, jetzt verstehe ich … Du hast diesen Gleichheitsbericht lesen müssen, diesen Wohlsein-für-alle-Bericht oder wie das Ding heißt. Den Alternative-Lebensformen-Bericht … Du musst sofort aufhören, diese Scheiße zu lesen – sie verursacht Löcher in deinem Gehirn.«

»Ja, es ist … Lassen wir das. Jetzt mal im Ernst: Was hältst du von der Sache?« Er deutete mit dem Daumen über die Schulter zum Schlafzimmer. »Trittbrettfahrer? Zufälliges Zusammentreffen? Ich habe mich bisher ja nicht intensiv mit der Sache beschäftigt.«

»Kein Trittbrettfahrer, glaube ich jedenfalls. Wir haben die Details des Allen-Mordes nicht an die Presse gegeben – wir haben nicht gesagt, dass die Mordwaffe eine Zweiundzwanziger war, wir haben nicht gesagt, wie die Schüsse platziert waren, wir haben nicht gesagt, dass sie aus nächster Nähe abgegeben wurden … Wie du siehst, dieselben Schmauchspuren am Schädel. Und absolut kaltblütig.«

»Niemand ist kaltblütiger als ein Verkäufer, der dir was unterjubeln will«, sagte Lucas. »Vielleicht ist er jemandem in die Quere gekommen, hat versucht, wieder ins große Dealergeschäft einzusteigen.«

»Kann sein, okay, aber es ist nicht *nur* diese Kaltblütigkeit. Auch alle anderen Indizien sprechen dagegen – es sieht einfach nicht aus wie die Tat eines Trittbrettfahrers.«

»Könnte doch aber ein zufälliges Zusammentreffen sein«, sagte Lucas, gab dann aber sofort zu: »Aber es wäre dann wirklich ein ganz erstaunlicher Zufall.«

»Du kennst ja den Spruch über Zufälle …«

»Ja: *Es ist vermutlich ein Zufall, es sei denn, es kann keiner sein.*«

»Steigst du jetzt in den Fall mit ein?« Sie grinste ihn an. »Komm schon … Wir haben nicht mehr zusammengearbeitet, seit die liebenswerte Audrey McDonald versucht hat, uns ins Jenseits zu befördern.«

»Wir haben aber ein paar Mal miteinander geredet, oder?«

»So nennst du das?« Sie wollte ihn ärgern.

»Okay, ich steige ein, wenn es dir und Black nichts ausmacht«, sagte Lucas. »Die Gleichberechtigungskommission treibt mich noch in den Wahnsinn. So hätte ich eine Ausrede …«

»Herzlich willkommen im Team«, strahlte Sherrill. »Es war mein Ziel, dich vor diesem Quatsch zu retten.«

»Als Erstes werden wir uns diesen Anwalt – Hale Allen – vorknöpfen und ihm ein bisschen Feuer unterm Arsch machen«, sagte Lucas. »Ihn fragen, ob er diesen Rolando Wie-auch-immer kennt. Ihn fragen, ob er Koks schnupft oder es je getan hat.«

»Seine Anwältin wird sich auf uns stürzen wie ein Huhn auf einen Junikäfer.«

»Wie ein was auf wen?«

»Wie ein Huhn auf einen Junikäfer«, wiederholte Sherrill.

»Mein Gott, ich hatte deine verquere Ausdrucksweise beinahe schon vergessen«, sagte Lucas. »Wie auch immer – mach dir keine Gedanken um Carmel Loan. Mit Carmel werde ich fertig.«

»Die Frage ist«, sagte Carmel, während Rinker sich über einen Schaukasten bei Neiman Markus beugte und sich Hermès-Schals ansah, »ob derjenige, der das Band hat, es sich anschaut, und wenn er das tut, ob er dann zu den Cops geht oder sich an mich wendet.«

Ein Verkäufer kam diensteifrig auf sie zu, und Rinker sagte: »Wer es auch ist, ich wette, sein Name steht in dem Adressbuch.«

»Es sei denn, Rolo kannte ihn so gut, dass er sich nichts über ihn notieren musste.«

Der Verkäufer fragte: »Kann ich den Ladys helfen?« Rinker tippte mit den Fingern auf den Schaukasten: »Lassen Sie mich den gold-schwarzen Schal da mal näher ansehen, den mit dem Eier-Design.«

Sie verbrachten fünf Minuten damit, sich Schals anzusehen, dann entschied Rinker sich für den gold-schwarzen und bezahlte mit einer Neiman-Kreditkarte. »Du kaufst so oft bei Neiman, dass du eine Kreditkarte der Firma hast?«, fragte Carmel, als der Verkäufer gegangen war, um den Schal einzupacken.

»Ich gehe ein- oder zweimal im Jahr in einen Neiman-Laden und gebe ein paar hundert Dollar aus«, antwortete Rinker. »Der Name auf der Kreditkarte ist natürlich nicht mein richtiger, aber ich habe alle anderen Papiere, die die Karte abdecken, und ich halte die Karte gezielt aktiv und achte darauf, dass das Kreditkonto immer gut aufgefüllt ist. Nur für den Fall … Mit derselben Methode führe ich auch mehrere Visa- und MasterCard-Karten. Nur für den Fall …«

»Nur für den Fall?«

»Für den Fall, dass ich verschwinden muss. Abtauchen.«

»Ich habe nie daran gedacht, dass so was mal nötig sein könnte«, sagte Carmel. »Verschwinden.«

»Ich würde eher abtauchen, als mich auf einen Kampf einzulassen. Wenn ein Cop es mal schaffen sollte, mir auf die Schliche zu kommen, wäre ich sowieso geliefert.«

»Meinst du, *ich* könnte ebenfalls abtauchen?«

Rinker sah sie lange an, nickte dann und sagte: »Physisch ja, das wäre wohl kein Problem. Die Frage wäre nur, ob du es auch psychisch verkraften könntest.«

Der Verkäufer kam mit dem verpackten Schal und der Kreditkarte zurück: »Vielen Dank, Mrs. Blake.«

»Ich danke *Ihnen*«, sagte Rinker und steckte die Karte in ihre Handtasche.

»Physisch könnte ich es also schaffen? Aber psychisch …?« Carmel war an diesem Thema offensichtlich sehr interessiert.

»So ist es. Du hast so ein richtig heißes Image: Helle Kleidung, gutes Make-up, teures Parfüm, tolle Schuhe.« Rinker trat einen Schritt zurück und sah Carmel lange von oben bis unten an. »Wenn du dich ein paar Stufen schlechter kleidest – dir irgendwelches Zeug aus einem Secondhandshop kaufst, verstehst du, Zeug, das nicht so richtig zusammenpasst, vielleicht irgendwas aus langweiligem dunklem Plaid, düster …

Und wenn du dir das Haar wachsen lässt und es mittelbraun färbst und die Schultern hängen lässt und müde daher schlurfst, vielleicht auch eine Brustprothese trägst mit dicken Hängetitten …«

»Mein Gott«, stöhnte Carmel und fing dann an zu lachen.

Aber Rinker meinte es ernst. »Wenn du das machst, erkennen dich deine besten Freunde aus einem Meter Entfernung nicht mehr. Du könntest eine Stelle als Putzfrau in deiner Kanzlei antreten – und keiner würde dich erkennen. Aber ich weiß nicht, ob die Carmel da vor mir das durchstehen würde. Ich glaube, du liebst es, Aufmerksamkeit zu erregen; du brauchst das sogar.«

»Vielleicht«, sagte Carmel. »Vielleicht geht es ja jedem so.«

»Mir geht es *nicht* so. Ich mag es *nicht,* wenn die Leute mich anschauen. Das ist einer der Gründe, warum ich gut in meinem Job bin.«

»Das verstehe ich nun aber wirklich nicht«, sagte Carmel.

»Ich war dreieinhalb Jahre lang Nackttänzerin, von meinem sechzehnten bis zwanzigsten Lebensjahr. Es geht dir schließlich verdammt auf die Nerven, dauernd angestarrt zu werden. Der Mensch braucht seine Privatsphäre.«

Carmel war fasziniert. »Du warst eine …« Ihr Beeper meldete sich mit einem diskreten japanischen Piepsen aus ihrer Handtasche. »Oh, Entschuldigung …«

Sie starrte auf den Beeper, schaltete ihn ab, steckte ihn zurück in die Handtasche, nahm ein Handy heraus und wählte eine Nummer. »Wahrscheinlich irgendein Problem«, sagte sie. »Meine Sekretärin ruft mich nur im Notfall über den Beeper.« Und dann in das Telefon: »Marcia – was ist los? Aha. Hm. Hm. Okay. Geben Sie mir die Nummer.«

Sie schaltete das Handy ab und sagte: »Ein Cop hat angerufen. Er will mit einem meiner Klienten sprechen.«

»Macht es dich nicht nervös, dauernd mit Cops reden zu müssen?«

»Warum sollte es? Ich habe ja ein reines Gewissen. Es gehört einfach zu meinem Job.«

»Wir brauchen einige Zeit, um nach dem Videoband zu suchen, wir dürfen uns nicht durch Nebensächlichkeiten davon abhalten lassen ...«

»Nun, der Name dieses meines Klienten ist Hale Allen«, sagte Carmel.

Rinker runzelte die Stirn. »Irgendeine Beziehung zu Barbara Allen?«

»Ihr Mann.«

»O Gott!« Rinker war beeindruckt. »Wie kommt das denn?«

»Er ist ein Freund von mir, und ich bin eine gute Anwältin. Klarer gesagt, ich bin eine der besten Strafverteidigerinnen in unserem Staat. Die Cops meinen, er könnte der Täter sein.«

»Du sitzt also an der Quelle«, stellte Rinker erstaunt fest. »Du bist ein Insider ...«

»In gewisser Weise, ja.« Carmel lächelte auf Rinker hinunter. »Das macht die Sache besonders interessant.«

»Das kann sehr nützlich für uns sein«, sagte Rinker. »Hast du deshalb Allens Vertretung übernommen?«

»Nicht nur deshalb«, antwortete Carmel, dann verschwand ihr Lächeln. »Aber der Cop, der da im Büro angerufen hat – er war bisher nicht mit dem Fall befasst. Er heißt Lucas Davenport und ist einer der Stellvertretenden Polizeichefs, ein politisches Amt, in das man ihn hochgehievt hat. Er war früher ein regulärer Cop, wurde aber wegen Brutalität oder so was suspendiert. Sie haben ihn wieder in den Polizeidienst übernommen und sogar befördert, weil er ein intelligenter Bursche ist. Ein hundsgemeiner Bastard, aber wirklich clever.«

»Na ja, zum Teufel, solange er meint, Barbara Allens Mann sei der Täter ...«

»Aber es bedeutet, dass wir dieses gottverdammte Videoband unbedingt finden müssen«, sagte Carmel. »Wenn Davenport jemals was davon erfahren sollte ... Ich will dir was sagen, Pamela, er ist der einzige Mann auf der Welt, der uns auf die Schliche kommen könnte. Der einzige.«

»Solange du aus nächster Nähe sein Vorgehen beobachten kannst, dürfte er doch kein Problem für uns werden.« Rinker zuckte die Schultern. »Und wenn er trotzdem zu einem Problem werden sollte, greifen wir ihn uns.«

Carmel sah sie lange an, und Rinker fragte: »Was ist?«

»Du kennst ihn nicht«, sagte Carmel.

»Hör zu, wenn der Mann nicht weiß, dass es auf ihn zukommt, und wenn man sich Zeit lässt, ihn zu beobachten und alles gut zu planen – dann kann man ihn erwischen. Man *kann* es.«

Als Carmel mit forschen Schritten durch den Flur zur Mordkommission ging, kam ihr Lucas mit einem Aktenordner in der Hand entgegen. »Davenport, verdammt, haben Sie schon wieder auf den Rechten meines Klienten rumgetrampelt?«

»Wie geht es Ihnen, Carmel?«

»Was ist das für eine dicke Akte?«

»Der Bericht der Gleichberechtigungs-Perfektionierungs-Kommission.«

»Ach du lieber Gott! Ich habe versucht, den Artikel darüber in der *Star Tribune* zu lesen, und kam mir vor, als hätte man mich in Narkose versetzt.« Sie hielt ihm die Wange hin, und Lucas hauchte einen Kuss darauf. Er nahm ihre rechte Hand in seine, trat einen Schritt zurück, sah sie von oben bis unten an und sagte: »Sie sehen absolut ... großartig aus.«

»Oh, vielen Dank. Wie kommt es eigentlich, dass wir beide noch nicht miteinander geschlafen haben? Sie sind doch
sonst hinter jeder Frau in der Stadt her.«

»Ich bin nur hinter Frauen her ... nein, das stimmt nicht.«

»Was?«

»Ich wollte sagen, ich bin nur hinter Frauen her, die mir keine Angst einjagen«, sagte Lucas. »Aber es hat sich gezeigt,
dass mir *alle* Angst einjagen.«

»Wie ich gehört habe, hatten Sie ein Verhältnis mit Miss Su-
pertitte, Ihrer Kollegin, aber es ist wieder auseinander gegangen ...«

»Sie meinen wohl Sergeant Sherrill?«

»Was ist passiert? Hat sie eine größere Kanone gefunden?«
Ihr anzüglicher Blick auf seinen Unterleib ließ keinen Zweifel daran, was sie meinte.

»Carmel, Carmel ...« Lucas hielt ihr die Tür auf. Carmel
trat ein und sah Hale Allen am anderen Ende des Zimmers, an
einen grünen Aktenschrank gelehnt und in ein intensives Gespräch mit Marcy Sherrill vertieft. Marcy stand für Carmels
Geschmack ein paar Zentimeter zu dicht vor ihm und sah darüber hinaus auch noch hingerissen zu ihm hoch, tief in seine
Augen.

»Oh«, sagte Carmel.

»Übrigens«, sagte Lucas so leise, dass Carmel sich zu ihm
umdrehen musste, um ihn zu verstehen, »man hat mir geflüs-
tert, Ihr Klient sei dümmer als Bohnenstroh.«

»Aber, bei Gott, er ist wunderbar«, sagte sie. Sie biss sich
ostentativ auf die Unterlippe, seufzte und ging auf Sherrill und
Allen zu. Sie bewegt sich wie eine Leopardin, dachte Lucas.

Sie müssten sich noch mal auf bereits beackerten Boden begeben, sagte Lucas zu Allen, da er neu in dem Fall sei. Er hoffe,

dass ihm das nicht allzu sehr auf die Nerven gehe. »Wie ich gehört habe, ist die Leiche Ihrer Frau vom County freigegeben worden …«

»Ja, endlich«, bestätigte Allen.

»Und *das* hat viel zu lange gedauert«, fügte Carmel hinzu. »Ich verstehe nicht, warum die Cops zwanzig verschiedene chemische Tests machen müssen, wenn man der Frau siebenmal ins Gehirn geschossen hat.«

»Routine«, erklärte Lucas.

»Scheißroutine«, sagte Carmel, jetzt im Anwaltstonfall. »Man muss doch auch daran denken, was man den trauernden Hinterbliebenen antut. Reine Schikane an den Opfern.«

»Okay, okay«, sagte Lucas. »Es dauert ja nur ein paar Minuten.«

»Wo ist der andere Typ? Black?«, fragte Carmel.

»Macht was anderes«, sagte Lucas. Er sah Allen an. »Erzählen Sie mir ein wenig von Ihrer Beziehung zu Ihrer Frau.«

»O Gott«, knurrte Carmel.

Zehn Minuten später lehnte Lucas sich zu Allen vor und fragte: »Wie gut kannten Sie Rolando D'Aquila?«

Allen sah verwirrt aus. »Rolando wie?«

»D'Aquila. Auch schlicht und einfach als Rolo bekannt, wie man mir gesagt hat.«

»Ich kenne niemanden mit diesem Namen«, antwortete Allen.

»Nie einen kleinen Toot bei ihm gekauft?«, fragte Lucas.

»Nein, nie.« Er schüttelte den Kopf. »Toot?«

»Prise Koks«, erklärte Lucas.

Als Lucas D'Aquilas Namen erwähnte, zuckte Carmel ein wenig zusammen und überlegte dann blitzschnell: Sie hatten offensichtlich die Leiche gefunden. Wenn sie D'Aquilas Vergangenheit durchforschten – und sie würden das tun, wenn sie es nicht sogar schon getan hatten –, würden sie auf ihren Namen stoßen. Sie würden sich dann fragen, warum sie nicht erwähnt hatte, dass sie ihn einmal in einem Rechtsfall vertreten hatte.

»Warum sind Sie an diesem Rolando D'Aquila interessiert?«, fragte sie Lucas.

»Er ist vergangene Nacht ermordet worden«, antwortete Lucas. »Auf dieselbe Art und Weise wie Mrs. Allen – die Methode ist identisch.« Er sah Allen wieder an. »Sie haben ihn also nie als Anwalt vertreten? Oder einen seiner Freunde? Weder bei einer Strafrechts- noch Zivilrechtssache?«

»Nein, nein, ich kann mich jedenfalls nicht erinnern«, sagte Allen. »Ich habe Tausende von Klienten in Immobilienangelegenheiten vertreten, es könnte also sein, dass er darunter war, aber ich kann mich beim besten Willen an keinen Rolando erinnern.«

»Geben Sie es auf«, fauchte Carmel. »Er hat diesen Rolando D'Aquila niemals als Anwalt vertreten.«

»Woher wollen Sie das wissen?«, fragte Lucas.

»Weil Rolo nur einen Anwalt hatte.« Alle Augen waren jetzt auf sie gerichtet, und sie nickte. »Eine Anwältin. Mich.«

Nach dem Gespräch mit Allen, als sie sich Kaffee von der Maschine geholt hatten, sagte Lucas zu Sherrill: »Du warst seltsam still. Das macht mich immer ganz nervös.«

»Ich musste schließlich den guten Cop spielen, wenn du die Rolle des bösen Cops schon besetzt hattest«, erklärte Sherrill.

»Ich stimme ja zu – er ist ein *sehr* gut aussehender Mann«, sagte Lucas.

Sherrill lachte und sagte dann: »Er hat diese wirklich erstaunlichen braunen Augen ... Genau wie die Augen eines jungen Hundes.«

»Er ist auch genau so intelligent wie ein junger Hund«, sagte Lucas. »Und er schläft mit seiner Sekretärin.«

»Mit *einer* Sekretärin, nicht *seiner.* Außerdem war seine Ehe unbefriedigend, soweit ich das beurteilen kann, und ich denke, seine Intelligenz könnte auf andere Ziele gerichtet sein als auf …«

»Als auf was?«

»Als, ehm, darauf, intelligent zu sein …«

Lucas verschluckte sich an seinem Kaffee und keuchte: »Verdammt, du bist schuld, dass mir beinahe Kaffee in die Nase gedrungen ist.«

»Sehr gut«, sagte Sherrill.

7

Als Carmel zurück in ihr Appartement kam, lag Rinker mit einem Kissen unter dem Kopf auf der Couch und las im NBC-Aussprachehandbuch. »Hast du gewusst, dass diese berühmte französische Nacktbar Foh-*LI*-bair-*SCHAIR* ausgesprochen wird?«

Carmel zuckte die Achseln. »Ja, nehm ich an.«

»Siehst du, das ist der Vorteil der Leute, die Französisch gelernt haben«, sagte Rinker und legte das Buch auf den Couchtisch. »Sie wissen, wie man diese schönen Worte ausspricht. Ich musste für meinen BA Spanisch lernen, aber ich finde, die Aussprache ist nicht so schön wie in Französisch. Ich habe immer gedacht, man müsste das Foh-*LI*-bir-schair-*AY* aussprechen.«

»Ich weiß es nicht *genau*, ich habe auch nur Spanisch als Fremdsprache gelernt«, sagte Carmel.

Rinker setzte sich auf, stellte die Füße auf den Boden und fragte: »Was hat sich bei den Cops ergeben?«

»Sie haben Hale nach Rolo gefragt. Man hat heute Morgen seine Leiche gefunden – ein Junkie wollte sich Koks besorgen.«

»Hast du ihnen gesagt, dass du Rolo mal als Anwältin vertreten hast?«, fragte Rinker.

Für den Bruchteil einer Sekunde lag eine Lüge auf Carmels Lippen, aber sie sagte dann doch: »Ja, das musste ich ja wohl. Sie hätten es bestimmt rausgefunden.«

»Okay. Sie können dich jetzt also mit Rolo in Verbindung bringen, aber nicht mit den Morden, da niemand weiß, dass du … scharf auf Hale bist. Nicht mal Hale selbst weiß das. Ich habe das doch richtig verstanden, oder?«

»Ja, es ist richtig.« Carmel schlenderte zum Fenster und schaute hinaus über die Stadt; es war ein heißer Tag, und ein dünner Hitzeschleier hing über der Gegend von Midway im Osten. »Wenn dieses verdammte Videoband nicht wäre, könnten wir uns völlig sicher fühlen. Inzwischen meine ich, wir hätten Rolo *erwürgen* sollen, statt ihn zu erschießen – dann würde es *keinerlei* Verbindung geben. Das war ein Fehler.«

»Hm – daran habe ich nicht gedacht«, sagte Rinker. »Es war ganz natürlich, die Pistole zu benutzen, weil wir sie hatten.«

»Ja, und nun ist es so, dass sie auf eine Analyse der Geschosse warten. Sie können dann erkennen, ob die Kugeln, an denen Barbara Allen gestorben ist, und diejenigen, mit denen Rolo getötet wurde, metallurgisch übereinstimmen und vom selben Fabrikationstyp stammen.«

»Hm … Wir müssen also die Pistolen schleunigst verschwinden lassen. Oder uns wenigstens Patronen mit einer anderen Fabrikationsnummer besorgen.«

112

»Bist du auf irgendeine Idee gekommen, wie wir das Video-band finden könnten?«, fragte Carmel.

»Ja, ich bin auf eine Spur gestoßen«, antwortete Rinker. Sie stand auf, ging zu einem Ecktisch und holte Rolos Adress-buch. »Du erinnerst dich doch, wie er gesagt hat, er habe das Band einer Freundin mit Namen Mary gegeben?«

»Ja, aber in dem Adressbuch stehen ja keine Namen, son-dern nur …«

»Initialen«, ergänzte Rinker. »Aber ich hatte ja ein wenig Zeit, und so habe ich es mal durchgesehen. Es gibt vier Na-mensinitialen mit einem M als erstem Buchstaben. Also ging ich in dein Arbeitszimmer und schaute ins Querverweis-Te-lefonbuch – Reihenfolge der Telefonnummern in Zuordnung zu den Telefonbesitzern – und kam dahinter, dass er einen ziemlich dümmlichen Code bei den Telefonnummern benutzt hat. Er setzte die letzte Zahl einfach immer an den Anfang der Nummer. Wenn er sich also, sagen wir mal, die Nummer 123–4567 notieren wollte, dann schrieb er 712–3456 hin.«

Carmel war beeindruckt. »Wie hast du das rausgefunden?«

»Einige der Vorwahlnummern gab es gar nicht, und die existierenden waren über das ganze Land verstreut. Eine der Nummern gehörte zu einem weit entfernt wohnenden Hun-defriseur – warum sollte er sich die Mühe gemacht haben, die-se Nummer überhaupt zu notieren? Egal – die beiden Arsch-löcher, für die ich als Tänzerin gearbeitet habe, hatten mal im Knast gesessen, und sie hatten mir erzählt, welche einfachen Codes die Knastbrüder benutzten. Ich jonglierte also ein biss-chen mit den Telefonnummern, bis alle vernünftige Vorwahl-nummern hatten. Dann ergab sich alles andere von selbst – alle Codes bezogen sich auf Leute aus St. Paul und Minneapo-lis, und zwei der Namen mit einem M am Anfang waren Frau-ennamen oder wahrscheinlich Frauen. Eine ist eine gewisse

Martha Koch, aber bei der anderen steht im Querverweisbuch nur ›M.‹ für den Vornamen – M. Blanca. Wenn aber für den Vornamen nur eine Initiale angegeben wird, bedeutet das im Allgemeinen, dass es sich um eine allein stehende Frau handelt. Eine jüngere Frau.«

»Mary?«

»Nein, es muss irgendein anderer Name sein – ich habe dort angerufen, und es meldete sich tatsächlich eine Frau, aber nur mit ›Ja?‹, und als ich nach Mary Blanca fragte, sagte sie, ich hätte die falsche Nummer gewählt. Die Frau hatte einen leichten Akzent, ist wahrscheinlich Mexikanerin. Aber ich dachte daran, wie verängstigt Rolo war, als er mit dem Namen Mary rausrückte. Ich wette, als du ihn nach dem Namen gefragt hast und ›schnell!‹ gesagt hast, hatte er den echten Namen auf der Zunge, und er rückte auch beinahe damit heraus, aber im letzten Moment hat er ihn dann doch noch geändert. Könnte Martha sein, könnte aber auch diese andere ›M.‹ sein.«

Carmel war skeptisch: »Eine sehr lange Kette von ›könnte sein‹«, sagte sie. »Auch irgendeine ganz andere M. könnte in Frage kommen – oder überhaupt keine M.«

»Sicher, aber wir haben keinen anderen Anhaltspunkt.«

»Rolos Name wird morgen in den Zeitungen stehen«, sagte Carmel. »Wenn diese M. noch nicht weiß, dass er tot ist, wird sie's spätestens morgen früh wissen. Und dann wird sie sich das Band ansehen, wenn sie es nicht schon getan hat, und *dann* wird sie es den Cops übergeben.«

»Also lass uns mit dieser M. Blanca sprechen. Und mit dieser Martha Koch.«

»Nach Einbruch der Dunkelheit …«

»Ja.«

»Unser Schicksal hängt an einem gottverdammt dünnen Faden«, sagte Carmel.

Martha Koch veranstaltete an diesem Abend eine Party wegen der Geburt ihres ersten Kindes, und das rettete ihr das Leben; sie hat nie davon erfahren …

»Eine Menge Autos in der Gegend«, murmelte Carmel, als sie und Rinker auf Kochs Haus zugingen; rund ein Dutzend Wagen waren am Straßenrand vor dem Haus geparkt. Es handelte sich um ein solides, bescheidenes, im Ranchhaus-Stil mit heruntergezogenem Dach gebautes Haus direkt gegenüber von einem Golfplatz. Eine gewundene Treppe führte über eine ansteigende Rasenfläche zur Haustür. Das Verandalicht brannte, und die Vorhänge am Wohnzimmerfenster waren zurückgezogen. Am Ende der Treppe blieb Carmel stehen und knurrte: »Scheiße …« Zwei Frauen hüpften lachend im Wohnzimmer herum, und eine von ihnen schaute nach hinten und rief einer dritten – oder mehreren – etwas zu.

»Lassen wir's erst mal sein«, sagte Rinker. »Wir müssen später noch mal herkommen.«

Sie gingen die Treppe wieder hinunter und ein Stück die Straße entlang zu Carmels Volvo.

Das Haus, in dem M. Blanca wohnte, war ein gutes Stück ärmlicher als das von Martha Koch. Es lag in einer Reihe alter, mit Asbestschindeln gedeckter Häuser in einem Stadtviertel namens Dinkytown direkt nördlich der Universität von Minnesota. Als sie auf das Haus zugingen, sahen sie, dass vier Briefkästen neben der einzigen Eingangstür hingen.

»Es ist ein Appartement«, sagte Rinker mit leiser Stimme.

»Fast alles Mehrfamilienhäuser hier«, erklärte Carmel.

»Wir müssen aufpassen – man trifft vielleicht auf andere Leute. Hast du das Geld?«

»Ja.« Nach einigen weiteren Schritten fragte Carmel: »Wie sehe ich aus?« Rinker trug ihre rote Perücke; beide hatten sich dunkle Seidenschals mehrfach um die Köpfe geschlungen.

»Du siehst aus wie eine dieser religiösen Frauen, die ständig Kopftücher tragen.«

»Sehr gut«, sagte Carmel, und fügte hinzu: »Du auch.«

An der Haustür richtete Carmel den Strahl ihrer kleinen Lampe am Schlüsselanhänger auf die Briefkästen. Auf dem Ersten stand *Howell;* der Zweite zeigte nur noch Reste eines weißen Papierstreifens. Auf dem Dritten stand in rosa Tinte *Jan* und *Howard Davis,* darunter in grüner Kinderhandschrift *und Heather.* Auf dem Vierten stand nur *Appartement* A. Carmel öffnete den *Howell*-Kasten; er war leer. Der Briefkasten mit dem leeren weißen Papierstreifen enthielt eine Telefonrechnung, die an einen Mr. David Pence, Appartement C gerichtet war. Den *Davis*-Kasten übersprang sie und öffnete den Kasten für Appartement A. Er war leer.

»Ich nehme an, bin mir aber nicht sicher, dass Appartement A unser Ziel ist«, flüsterte sie Rinker zu. Rinker nickte, und sie drückten die Tür auf und traten in den kurzen Flur. Rechts führte eine Treppe nach oben, und ein supermodernes Schwinn-Fahrrad war an das Geländer gekettet. »Nicht wie mein altes Schwinn«, murmelte Rinker.

In der linken Wand war eine hellgelbe Wohnungstür, eine weitere, diese blassgrün, am Ende des Flurs. Auf der ersten, hellgelben Tür prangte ein großes B aus Metall, auf der blassgrünen ein A. Rinker steckte die Hand in die Jackentasche mit der Pistole, und Carmel trat vor und klopfte an die Tür.

Hinter der Tür rührte sich nichts, und Carmel klopfte noch einmal. Diesmal war ein dumpfes Geräusch zu hören, als ob jemand von einer Couch aufspringen würde. Dann wurde die Tür einen Spalt geöffnet, ein Mann, offensichtlich ein Latino, schaute hindurch und fragte: »Was wollen Sie?«

»Wir müssen mit Miss Blanca sprechen«, sagte Carmel mit ruhiger Stimme.

»Sie schläft«, erwiderte der Mann, und der Spalt wurde kleiner.

»Wir haben Geld für sie«, sagte Carmel schnell. Der Spalt wurde nicht mehr kleiner, und das Gesicht des Mannes tauchte wieder dahinter auf. Er stellte keine weiteren Fragen. Er sagte einfach: »Geben Sie's mir.«

»Nein. Rolo hat gesagt, wir sollen es Miss Blanca persönlich geben, falls etwas mit ihm passiert.«

»Oh.« Er dachte einige Sekunden über diese Aussage nach, und sie schien irgendwie Sinn für ihn zu machen; Carmels Herz machte einen kleinen Sprung. »Was ist mit Rolo passiert?«

»Ziemlich viel Geld«, sagte Carmel statt einer Antwort. Sie gab sich Mühe, nervös zu klingen, und es gelang ihr gut.

»Einen Moment«, sagte der Latino. Er drückte die Tür ins Schloss, und sie hörten ihn rufen: »Heh, Marta!«

»Marta Blanca«, murmelte Rinker. »Die kann toll backen.«

»Was?« Carmel sah Rinker bestürzt an, als ob sie es mit einer Irren zu tun hätte.

»Bessere Kuchen, bessere Biskuits, besseres Gebäck mit Marta Blanca ... Kennst du die Reklame nicht?«

Carmel schüttelte den Kopf, immer noch verwirrt, dann war der Mann wieder an der Tür. Er öffnete sie, sah die beiden einen Moment prüfend an, schien zufrieden zu sein und sagte: »Okay. Kommen Sie rein.«

Carmel ging voraus ins Wohnzimmer, in dem alles in Brauntönen gehalten zu sein schien; eine einzige Stehlampe mit einem nikotinbraunen Schirm brannte; der Schirm war schräg auf einen Stapel *Hustler*-Pornomagazine gerichtet. Aus den Vorhängen drang der Geruch von Marihuana.

»Wie viel Geld?«, fragte der Mann.

»Wir dürfen es ...«, fing Carmel an, aber dann kam eine

Frau durch die Küche, anscheinend aus einem dahinter liegenden Schlafzimmer. Sie stopfte ihre Bluse am Rücken in ihre Jeans. »Sind Sie Marta?«

»Ja.« Die Frau wirkte noch verschlafen. »Was ist mit Rolo passiert?«

»Er ist tot«, sagte Carmel ohne Umschweife. »Jemand hat ihn erschossen.«

Die Frau blieb wie angewurzelt stehen, und alles Blut wich aus ihrem Gesicht. »Tot? Das kann nicht sein … Ich habe doch noch gestern mit ihm gesprochen …«

»Die Cops haben seine Leiche heute Morgen gefunden«, sagte Rinker und trat aus Carmels Schatten. »War er ein guter Freund von Ihnen?«

»Er war … er war …«, stammelte sie mit zitternder Stimme.

»Ihr Bruder«, ergänzte der Mann. Rinker warf Carmel einen kurzen Blick zu, und Carmel nickte fast unmerklich und schob die Hand in ihre Jackentasche.

»Halbbruder«, sagte die Frau. Sie ließ sich auf einen Stuhl fallen. »O Gott«, sagte sie.

»Kam schon im Fernsehen«, sagte Rinker.

»Er hat gesagt, er hätte Ihnen eine Videokassette zur Aufbewahrung gegeben, und wenn ihm etwas zustoßen würde, sollten wir zu Ihnen gehen und sie abholen, denn wenn sie bei Ihnen bleiben würde, kämen sehr unfreundliche Männer zu Ihnen und würden sie Ihnen mit roher Gewalt abnehmen«, erklärte Carmel, beugte sich vor und sah der Frau in die Augen. »Er hat einen Umschlag bei uns deponiert, den wir Ihnen in diesem Fall geben sollen. Es ist Geld drin.«

Der Mann sagte: »Wir haben keine Kassette«, aber die Frau fragte reflexartig: »Wie viel Geld?«

Sie haben die Kassette, dachte Carmel, und sie spürte, wie

sich der harte Draht, der ihre Wirbelsäule bisher verspannt hatte, plötzlich lockerte.

»Fünftausend Dollar«, antwortete Carmel. Die Frau sah den Mann an, und der knurrte: »Ich weiß nicht …«

Carmel nahm den Umschlag aus ihrer Tasche. »Geben Sie uns die Kassette?«

Die Frau stand auf, aber der Mann streckte ihr die Hand entgegen. »Ich denke, wir sollten uns erst einmal das Band anschauen«, sagte er.

»Rolando hat gesagt, das sollten wir nicht tun«, sagte die Frau und klammerte nervös die Hände ineinander.

»Wir müssen dieses Band unbedingt haben …«

Die Frau hob die Hände, sah Carmel an, erklärte: »Es ist eine von diesen komischen kleinen Kassetten, für die man so ein spezielles Gerät braucht, um sie abzuspielen …«

»Wir werden uns das Band ansehen«, sagte der Mann, jetzt mit einiger Entschiedenheit. »Wenn Sie herkommen und uns fünftausend anbieten …« Er grinste breit, fuhr dann fort: »Dann kann man noch darauf wetten, dass es eine ganze Menge mehr wert ist.«

»Wir müssen dieses Band haben. Rolando hätte es nicht in die Hände kriegen sollen, und mit den Leuten, denen es gehört, sollten Sie sich besser nicht anlegen.« Rinkers Stimme klang ruhig und normal, aber Carmel hörte deutlich die Drohung heraus. Dem Latino schien sie zu entgehen.

Er grinste Rinker höhnisch an. »Wie – die verdammte Mafia? Oder die Kolumbianer? Ich scheiße auf diese Leute.« Er wandte sich an die Frau. »Wir schauen uns das Band erst mal an.« Er zog seine Hose hoch, sagte dann zu Carmel und Rinker: »Ihr beiden könnt den Umschlag hierlassen. Wenn es für das, was auf dem Band ist, reicht, geben wir es euch. Wenn nicht, werden wir euch einen neuen Preis nennen.«

»Verdammt, das ist doch nicht nötig«, sagte Carmel und trat vor Rinker hin. Aus den Augenwinkeln sah sie noch, wie Rinkers Hand mit der Waffe aus der Jackentasche glitt.

»O doch, das ist verdammt nötig«, sagte der Latino mit erhobener Stimme. »Und wenn ich sage, es ist verdammt nötig, dann ist es auch verdammt nötig, kapiert?« Er sah Marta an. »Da habe ich doch Recht, oder?«

Die Frau sah weg, und Carmel zuckte die Schultern. »Wenn Sie es sagen …« Sie trat zur Seite, und Rinkers Hand mit der Waffe kam zum Vorschein.

Der Mann trat überrascht einen Schritt zurück, grinste aber immer noch leicht. »Soll mir das Angst einjagen oder was?«

Es waren die letzten Worte, die er in seinem Leben sagte: Rinker schoss ihm mitten in die Stirn, und er stürzte auf den Boden. Die Frau schlug ungläubig die Hände vors Gesicht, aber ehe sie schreien oder einen anderen Laut von sich geben konnte, schwenkte Rinker den Pistolenlauf auf ihr Gesicht und fauchte: »Wenn Sie schreien, erschieße ich Sie.«

»Geben Sie uns das Videoband, dann kriegen Sie das Geld«, sagte Carmel.

»O mein Gott, o mein Gott, o mein Gott …«

»Das verdammte Band«, knurrte Rinker. Die Frau streckte die Hand gegen die Mündung der Pistole aus, als könne sie damit die Kugeln abwehren, wich dann zurück und richtete den Blick auf den Mann am Boden.

Die Kassette war in der Küche in einem Schrank, steckte in einer feuerfesten Schüssel. Die Frau gab sie Rinker, die sie an Carmel weiterreichte; Carmel betrachtete sie und nickte. »Und Sie haben keine Kopien davon gemacht?«

»Nein, nein, nein …« Die Frau starrte jetzt unverwandt auf Rinker. Dann stöhnte der Mann im Wohnzimmer auf, und Rinker drehte sich um und ging zu ihm hin.

»Er lebt noch?«, fragte Marta Blanca hoffnungsvoll. Rinker erklärte: »Ja, so was kommt vor. Manchmal dringt das Geschoss nicht durch das Schädeldach.« Sie lehnte sich lässig vor, hielt die Mündung der Pistole rund fünf Zentimeter vor die Schläfe des Mannes und feuerte schnell hintereinander drei Schüsse in seinen Schädel. Er zuckte noch einmal mit den Füßen und blieb dann reglos liegen.

Marta bekreuzigte sich und starrte Rinker an. »Sie werden mich jetzt auch erschießen, nicht wahr?«, fragte sie mit dem Ton der Gewissheit in der Stimme.

»Nein, das werde ich nicht«, antwortete Rinker. Sie zeigte ein dünnes Lächeln.

Carmel, die die zweite Pistole hatte, schoss Marta Blanca in den Hinterkopf. Als sie auf den Boden gestürzt war, trat Carmel vor sie hin und feuerte noch weitere fünf Schüsse in ihren Kopf. Dann lächelte sie Rinker mit an und sagte: »Wir haben das verdammte Band. Wir haben das *gottverdammte* Band.«

Rinker steckte die Pistole zurück in die Jackentasche und sagte: »Lass uns irgendwo einen Drink nehmen.«

»Lass uns prüfen, ob es das richtige Band ist, es löschen und *dann* irgendwo einen Drink nehmen«, sagte Carmel.

Sie gingen hinaus in den Flur und schlossen die Wohnungstür hinter sich. Nach drei Schritten in Richtung zur Haustür fiel plötzlich ein heller Lichtschein auf ihre Gesichter. Sie blieben überrascht stehen und schauten nach rechts in das Licht, das aus der geöffneten Tür von Appartement B drang. Ein kleines Mädchen stand unter der Tür und sah zu ihnen hoch. Carmels und Rinkers Gesichter waren hell erleuchtet. Dann rief hinter dem Mädchen eine mürrische Mutter: »Heather! Mach die Tür zu!«

Carmel tastete nach der Pistole in ihrer Tasche, aber dann wurde über ihnen eine Tür geöffnet, und eine Männerstimme sagte einige unverständliche Worte; sie sahen beide nach oben, und das kleine Mädchen schloss die Tür.

»Raus hier«, zischte Rinker.

»Das Mädchen hat uns gesehen«, sagte Carmel.

Aber auf dem Treppenabsatz über ihnen waren Schritte zu hören, und Rinker schob Carmel zur Haustür. Sie gingen eilig nach draußen, Rinker einen Schritt hinter Carmel, und bogen auf den Gehweg ein.

»Es war ja nur ein Kind«, sagte Rinker. »Sie wird sich nicht an uns erinnern. Und man wird die Leichen vielleicht erst nach einer Woche finden.«

»Warum, zum Teufel, gibt es immer Komplikationen?«, fragte Carmel wütend. Sie gingen eilig über den dunklen Gehweg auf die Lichter des Zentrums von Dinkytown zu. »Es ist wie ein Albtraum, den ich als Teenager oft hatte«, fuhr Carmel fort. »Ein Schüleralbtraum – ich kann meinen Spind mit den Büchern und Heften nicht finden, und die Klingel zur nächsten Stunde kann jeden Moment losschrillen, und jedes Mal, wenn ich kurz davor bin, ihn doch noch zu finden, kommt irgendwas anderes dazwischen …«

»Jeder Teenager hat diesen Traum«, besänftigte sie Rinker. »Wir haben unser Problem jedenfalls gelöst …«

»Ja, wahrscheinlich«, sagte Carmel. Sie drehte sich um, sah zurück; die dunkle Gestalt eines Mannes schob sich auf ein Fahrrad und bewegte sich dann schnell von ihnen weg, in die entgegengesetzte Richtung. »Aber ich sitze ja an der Quelle; wenn sich was Bedrohliches mit dem Kind ergibt, müssen wir hierher zurück und die Sache bereinigen.«

»Lass uns einen Drink nehmen«, sagte Rinker.

Sie tranken mehrere Drinks in Carmels Appartement und aßen dazu zwei Mitternachtssteaks. Carmel hatte einen nur selten benutzten Grill auf dem Balkon, und Rinker spielte die Gastgeberin, hantierte mit dem Fleisch und den Gewürzen wie ein Profikoch. »Ich habe mal in einer Bar gearbeitet, die draußen vor der Küche einen Grill hatte. Viele Gäste waren echte Cowboys, die ihre Steaks *verbrannt* wollten«, erzählte sie Carmel.

»Mach mir meines nicht ganz durch«, bat Carmel. »Aber kein Blut.« Carmel saß im Fernsehzimmer und sah sich das Videoband an. Es zeigte die ganze Episode in Rolos Küche, von ihrer Ankunft bis zum Weggang; auf den anderen beiden Bändern war nur die Schlussszene eingefangen gewesen. »Das hier ist also das Original«, erklärte sie Rinker mit großer Befriedigung. »Selbst wenn es noch irgendwo eine Kopie geben sollte – man könnte mich zwar vor Gericht bringen, aber ich würde nachweisen, dass es sich um eine Kopie handelt, die man manipulieren kann, und ich wäre aus dem Schneider.«

»Trotzdem wäre es am besten, wenn es keine Kopien geben würde«, sagte Rinker.

»Bist du bald fertig da draußen?«

»Ja. Das Essen ist serviert.«

»Sehr gut. Noch eine Sache, ehe wir mit dem Essen anfangen …« Carmel zog mit den Fingern das Band aus der Kassette, warf die leere Kassette in den Papierkorb, drückte das sich ringelnde Band zu einem Knäuel von der Größe eines Softballs zusammen und warf es in die Kohlenglut auf dem Grill.

Sie sah zu, wie es verbrannte, und sagte dann: »So, das macht uns keinen Kummer mehr.«

»Drei Tote wegen diesem Band«, sagte Rinker und schüttelte den Kopf.

»Ach, das waren doch nur billige Druggies«, erwiderte Carmel. »Niemand wird sie vermissen.«

»Selbst Druggies haben Familien, manchmal jedenfalls«,

sagte Rinker. »Ich habe meinen Stiefvater gehasst und meinen älteren Bruder, und ich habe keine liebevollen Gefühle mehr für meine Mom, aber ich habe noch einen jüngeren Bruder in L. A., und er ist auch ein Druggie, lebt oft nur irgendwo am Strand … Ich würde alles für ihn tun, was ich nur kann. Und ich *tue* alles für ihn, was ich kann.«

»Tatsächlich?« Carmel war beeindruckt. Sie saßen vor ihren Steaks an dem selten benutzten Esstisch. »Ich habe nie eine vergleichbare Beziehung zu einem Menschen gehabt. Ich meine, ich spende natürlich für Wohlfahrtsunternehmen und all so was, aber das mache ich, weil ich es muss. Ich habe nie wirklich … Ich tue einfach nur *irgendwas* für *irgendjemanden*.«

»Nicht mal was Besonderes für Hale?«

Carmel schüttelte den Kopf: »Nicht mal für Hale.«

»Du hast für ihn getötet«, erinnerte Rinker.

»Nein, das habe ich nicht«, widersprach Carmel. »Ich habe für mich getötet – für etwas, das *ich* haben wollte. Und das ist Hale. Wenn ich ihm die Wahl gelassen hätte – wer weiß? Vielleicht hätte er sich entschieden, bei Barbara zu bleiben.«

»Hm«. Rinker kaute, schluckte, sah einen Moment zu, wie Carmel sich durch ihr Steak arbeitete und fragte dann: »Hättest du das kleine Mädchen getötet?«

»Du willst mich wohl zum Monster abstempeln«, knurrte Carmel.

»Nein, nein, es interessiert mich nur«, sagte Rinker. »Ich würde es tun, wenn es *absolut* notwendig wäre. Aber ich würde es hassen, so was machen zu müssen.«

»Warum?«

»Weil es ein Kind ist.«

»Na und? Es ist doch alles bedeutungslos, dieses ganze« – Carmel schaute sich im Zimmer um – »dieses ganze Leben. Wir sind nichts als ein Klumpen Fleisch. Wenn wir etwas *den-*

ken, ist das nichts als eine chemische Reaktion. Wenn wir etwas oder jemanden lieben, ist das nichts als eine *heftigere* chemische Reaktion. Und wenn wir sterben, geht diese ganze Chemie in die Erde über, und das war's dann. Es bleibt nichts übrig. Man geht nirgendwo hin, man wird schlicht und einfach zu Erde. Kein Himmel, keine Hölle, kein Gott – gar nichts. Einfach nur ein großes Nichts …«

»Na, das klingt aber verbittert«, sagte Rinker. Sie deutete mit der Gabel auf Carmel. »Ich kenne Leute wie dich – nihilistische Philosophen. Leute, die tatsächlich so was glauben … und es letztlich nicht verkraften können. Die meisten von ihnen begehen Selbstmord.«

Carmel nickte. »Ich kann das gut verstehen. Ich werde es wahrscheinlich auch tun, wenn ich älter bin. Wenn ich denn so lange am Leben bleibe.«

»Warum machst du's nicht gleich?«, fragte Rinker. »Warum damit warten, wenn doch sowieso alles sinnlos für dich ist?«

»Eigentlich gibt es keinen guten Grund dafür – bis auf einen: Neugier. Ich will mitbekommen, wie sich die Dinge entwickeln. Ich meine, sich selbst umzubringen ist letztlich genauso sinnlos, wie sich *nicht* selbst umzubringen. Macht doch keinen Unterschied, ob man es tut oder nicht tut. Aber solange man sich nicht langweilt, solange man sich gut fühlt … warum dann Schluss machen?«

»Aber du würdest es tun, wenn du dich dazu gezwungen sehen würdest? Dich selbst umbringen?«

»Zum Teufel, ich würde es auch tun, wenn ich mich *nicht* dazu gezwungen sehen würde«, sagte Carmel.

»Wirklich?«

»Ja, sicher. Aus demselben Grund, der mich zur Zeit am Leben hält: Neugier. Ich kann ja nicht hundertprozentig sicher sein, dass es auf der anderen Seite nur das große Nichts gibt;

und solange zu einem hundertstel Prozent Zweifel bestehen, müsste man es eigentlich mal ausprobieren.«

»Mann, das reicht fast, um mich in Depressionen zu stürzen«, sagte Rinker.

»Hin und wieder stimmt mich das auch depressiv«, sagte Carmel. »Aber ich komme ziemlich schnell darüber weg. Ich bin eben eine ungewöhnliche Persönlichkeit.«

»Chemisch«, sagte Rinker.

»Richtig«, bestätigte Carmel. Nach einigen weiteren Bissen fragte sie: »Und wie ist das bei dir? Wie rechtfertigst du das alles?«

»Ich bin so was wie religiös, denke ich«, antwortete Rinker.

»Tatsächlich?«

»Ja. Ich glaube nicht, dass irgendetwas auf dieser Welt geschieht, ohne dass es Gottes Plan ist. Und wenn Gott will, dass ein Mensch sterben soll, wenn er das als Schicksal dieses Menschen bestimmt hat, dann darf ich mich nicht verweigern.«

»Du hältst dich also für … die Hand Gottes oder so was?«

»Ich würde es nicht so nennen. Es klingt so … eitel, denke ich. Zu bedeutungsvoll. Aber – was ich tue, entspringt dem Willen Gottes.«

»Jesus!«, entfuhr es Carmel, und sie sprach schnell weiter: »Entschuldigung, wenn dich das gekränkt hat, ich werde …«

»Nein, nein, um Himmels willen … Ich habe viel mit Italienern zu tun. Katholiken. Mann, niemand betet so viel wie Katholiken. Ich bin nicht auf diese Weise religiös – ich meine, ich habe ja schließlich in einer Nacktbar gearbeitet. Es ist einfach nur so, dass ich an … an die Existenz eines Gottes glaube. Nicht an Himmel oder Hölle, einfach nur an Gott. Wir sind alle Teil des göttlichen Wirkens.«

»Okay … Wie ist das mit den Waffen? Wo hast du gelernt, damit umzugehen?«

»Wir hatten immer Waffen im Haus während meiner Kindheit. Mein Stiefvater war Jäger – Wilderer, korrekter gesagt. Ich kannte mich also von Kindheit an mit Gewehren und Schrotflinten aus. Dann haben mir die Mafia-Typen die Grundzüge im Umgang mit Handfeuerwaffen beigebracht, wobei ich sagen muss, dass die meisten von ihnen keine Fachleute waren. Ich habe mir damals gesagt, wenn du das machen wirst – den Job als Profi-Killerin –, dann musst du dein Handwerkszeug kennen, und ich habe mir selbst alles beigebracht. Das meiste, was man braucht, kann man aus Büchern lernen. Es gibt ganze Berge von Literatur über Waffen …«

»Du weißt also auch alles über Munition, welche Geschwindigkeit die Geschosse haben und all so was?«

»Ich denke schon«, antwortete Rinker. »Ich stelle meine Munition aber nicht selbst her – man kann das problemlos machen –, weil das zu leicht zu einem verräterischen Warenzeichen werden könnte. Früher oder später könnte man mich damit überführen. Aber die Munition aus der Fabrik ist für meine Arbeitsmethode ebenso gut geeignet wie jede andere.«

»Sind die Pistolen Sonderanfertigungen? Ich meine …«

»Nein, nein. Die meisten sind irgendwo gestohlen, und sie werden von Hand zu Hand weitergereicht. Ich habe einen Freund, der sie für mich beschafft und die Gewinde für die Schalldämpfer in die Läufe schneidet. Er überprüft die mechanische Funktionsfähigkeit, und ich mache zur Sicherheit noch mal ein paar Übungsschüsse damit, aber ich erledige meine Arbeit prinzipiell aus einer Entfernung von höchstens zwei bis drei Metern. Aus großer Nähe also, deshalb kann ich handliche Waffen mit kleinem Kaliber benutzen; und zur Sicherheit gebe ich immer mehrere Schüsse ab.«

»Die Schalldämpfer hast du immer getrennt von den Pistolen dabei?«

»Ja. In einer kleinen Plastikschachtel mit ein paar Kneifzangen und Schraubenschlüsseln – bei der Durchleuchtung auf Flughäfen sieht es aus wie ein einfacher Werkzeugsatz. Es gibt aber keine Möglichkeit, bei Flügen Pistolen oder Revolver zu verstecken. Zumindest keine konventionellen aus Metall.«

Sie redeten lange miteinander, über Nihilismus und Religion, über Waffen und Munition, und spät in dieser Nacht, sehr spät, als Carmel auf ihrem Bett eindöste und noch einmal über die Unterhaltung nachdachte, lächelte sie schläfrig vor sich hin. Auf dem College hatte sie es fast nur mit Jura- und Betriebswirtschaftsstudenten zu tun gehabt, und sie hatten die Nächte mit Lernen für das Studium zugebracht, nicht mit Reden.

Heute Nacht, dachte Carmel, habe ich das gemacht, was viele andere Studenten am College getan haben – mit Freunden zusammen ein paar Bierchen getrunken und über Gott und den Tod geredet …

Sie schlief friedlich ein, und man kann vermuten, dass sie von einem zusammengeknüllten Videoband, das in Rauch aufging, träumte. Und von Pistolen …

8

Lucas und Black folgten dem Leichenbeschauer des Ramsey County in sein Untersuchungszimmer, wo die Leiche von Rolando D'Aquila auf einer niedrigen Bahre aus rostfreiem Stahl ausgestreckt dalag.

»Die haben das arme Schwein ganz schön zugerichtet«, sagte Black und stieß einen leisen, ungläubigen Pfiff aus. Er hatte gehört, was geschehen war, die Leiche jedoch noch nicht gesehen. »Seht euch nur die Kniescheiben an …«

»Das hat *echt* wehgetan«, sagte der Arzt. Es war ein dunkler Typ mit Bart und langen Haaren. Ein Rasputin mit Bostoner Akzent.

»Und was haben diese seltsamen Buchstaben zu bedeuten?«, fragte Lucas.

»Ich habe Fotos davon für Sie, aber ich dachte, Sie wollten sie auch in natura sehen«, sagte der Arzt. Er hob die linke Hand der Leiche hoch. Auf dem Handrücken waren blutige Kratzer zu sehen, die aussahen wie:

Lucas und Black gingen in die Hocke und sahen sich die Kratzer aus nächster Nähe an. »Was hat denn das zu bedeuten?«, fragte Black.

»Ich weiß es auch nicht«, sagte der Arzt. »Ich weiß nur, dass er sich die Kratzer selbst beigebracht hat. Wir haben die Haut unter den Fingernägeln seiner rechten Hand gefunden. Er hat es nicht sehr lange vor seinem Tod gemacht – er hatte das Blut von den Kratzern noch auf den Fingerspitzen der rechten Hand, und es wäre weggewischt worden, wenn er diese Zeichen vor dem Fesseln gemacht hätte. Also – ich denke, er hat gewusst, dass man ihn bald töten wird, und er hat versucht, mit den Kratzern eine Nachricht zu hinterlassen.«

»Wie, zum Beispiel, den Namen des Mörders«, sagte Black. »Und der ist anscheinend Dew.«

»Oh, wirklich?« Der Arzt beugte sich über die Hand und sagte: »Ich habe es nicht als ›Dew‹ gesehen. Ich habe es von der anderen Seite, aus Ihrer Sicht auf dem Kopf stehend, betrachtet – und ›Mop‹ gelesen.«

Black sah Lucas an: »Was meinst du? M-o-p oder D-e-w?«

»Keine Ahnung«, sagte Lucas und richtete sich auf. »Vielleicht erkennen wir es auf einem Foto besser.« Und zu dem Arzt: »Kann es nicht sein, dass er sich die Kratzer beigebracht hat, als er die gefesselten Hände unter den irren Schmerzen ineinander gekrallt hat? Dass sie nur zufällig wie Buchstaben aussehen? Ich meine, man hat schließlich Löcher in seine Kniescheiben gebohrt ...«

»Wäre durchaus möglich, wenn man so schlimm gefoltert wird. Aber diese Kratzer sehen nach Absicht aus – die Haut scheint langsam aus dem Handrücken *gepflügt* worden zu sein. Und die Formen sehen nach Absicht aus, nicht so, als ob sie bei einer Kontraktion der Finger entstanden wären ... Ich bleibe dabei, er hat das absichtlich gemacht.«

»Ja« – Lucas kratzte sich am Kopf – »und das hat einen verdammt eisernen Willen erfordert.«

»Siehst du nicht auch d-e-w?«, fragte Black.

»Doch, aber ich sehe auch m-o-p, und ich sehe auch noch was ganz anderes, und ich weiß nicht, was zum Teufel es bedeuten könnte«, sagte Lucas.

»Was denn?« Black und der Arzt drehten die Köpfe hin und her und schauten aus verschiedenen Blickwinkeln auf die Kratzer.

»Ich sehe ›c-l-e-w‹, wie die britische Schreibweise von ›clue‹«, antwortete Lucas. »Aber da gibt es keinen ›Hinweis‹. Es sei denn, es gab einen in seinem Haus, vielleicht auf dem Bett, in der Nähe seiner Hände.«

»Ach, Mann, das ist doch zu weit hergeholt«, sagte Black. »C-l-e-w entspricht unserem c-l-u-e?«

»Erkennst du es denn nicht?«, fragte Lucas.

»Doch, schon, aber ich glaube eher, dass es sich um Initialen handelt, ich denke ... Heh!«

»Was ist los?«

Jetzt war es Black, der sich am Kopf kratzte. »Ich habe mit den Jungs von St. Paul gesprochen. Sie suchen nach Rolandos Schwester – sie wohnt drüben bei der Uni, aber sie haben sie noch nicht zu Hause angetroffen. Ihr Name ist Marta Blanca. Und wenn du jetzt die Kratzer wie der Doc von der anderen Seite liest, könnte es ein M statt eines W sein und ein – wenn auch ein bisschen verunglücktes – B statt eines D …«

»Und was soll dann der Scheiß da in der Mitte?«, fragte der Arzt und deutete auf die Kratzer.

»Das weiß ich nicht«, antwortete Black. »Ist ja auch nur eine Theorie. Aber seine Hände waren gefesselt … Wo und wie waren die Hände gefesselt?«

»So«, sagte Lucas und demonstrierte es. »Über dem Kopf.«

»Dann konnte er also nicht sehen, was er machte, er hatte irre Schmerzen, und er war in Panik. Da kann einem ein Fehler unterlaufen … Ich frage mich, ob er uns dazu bringen wollte, mit seiner Schwester zu sprechen.«

»Oder dass seine Schwester was mit dem Mord zu tun hat«, sagte Lucas.

»Heh«, erwiderte Black. »Das ist ein ›clew‹, mit e-w, ein Hinweis, dem wir nachgehen sollten. Lass uns mal an ihre Tür klopfen, Lucas.«

Ein kleines Mädchen spielte mit einem Plastikmülleimer vor einer geöffneten Appartementtür im Flur des Hauses, in dem Marta Blanca wohnte.

»Hallo«, sagte Lucas zu dem Mädchen. Eine Stimme rief aus dem Appartement: »Wer ist da bitte?«

Lucas beugte sich über das Mädchen und klopfte an den Türpfosten. »Stadtpolizei Minneapolis, Ma'am. Wir wollen zu Marta Blanca.«

»Appartement A, am Ende des Flurs.«

Black ging zu der blassgrünen Tür und klopfte. Es rührte sich nichts. Unter der geöffneten Tür hinter ihnen erschien eine junge Frau mit einem Geschirrtuch und einer Pfanne, die sie gerade abtrocknete, in den Händen. »Gibt es irgendein Problem?«

Lucas nickte. »Ja. Marta Blancas Bruder ist ums Leben gekommen. Wir müssen sie befragen; reine Routinesache.«

Die Augenbrauen der Frau fuhren hoch. »Ich habe heute Morgen nicht wie sonst gehört, wie sie aus dem Haus ging – Heather macht normalerweise unsere Tür auf und spielt im Flur, und Marta bleibt meistens bei ihr stehen und redet ein bisschen mit ihr.« Sie sah Black an, dann wieder Lucas. »Können Sie sich ausweisen?«, fragte sie.

»Aber natürlich.« Lucas lächelte, gab sich Mühe, freundlich zu sein, nahm seinen Ausweis aus der Tasche und reichte ihn ihr.

Sie schaute ihn sich an, sah dann wieder zu Lucas hoch. »Ich habe schon von Ihnen gehört. Sie beschäftigen sich nur mit Morden …«

»Was ist das, Mom?«, fragte Heather.

»Ich erklär dir das später«, sagte die Mutter zu dem Mädchen und gab Lucas den Ausweis zurück. »Das ist ein Polizist. Er fängt böse Männer.«

»Ich hab keine Männer bei Marta gesehen«, sagte das Kind.

»Okay«, sagte Lucas.

Black rief vom Ende des Flurs: »Niemand zu Hause.«

»Die haben gestern Abend eine Party gehabt«, sagte Heather.

Ihre Mutter runzelte die Stirn: »Ich habe nichts von einer Party gehört – auch nicht, dass Leute gekommen oder gegangen wären.«

»Aber ich hab gehört, wie sie Luftballons platzen lassen haben«, sagte das Mädchen. »Wie bei 'ner Geburtstagsparty.«

Lucas sah zu Black hinüber, dessen Gesicht plötzlich angespannt war. Black sagte: »Das reicht, um die Tür aufzubre-
chen.«

»Richtig«, bestätigte Lucas und sagte zu der Frau: »Sie nehmen jetzt besser Ihre Tochter mit in Ihre Wohnung.«

»Was? Warum?« Sie schaute zu der blassgrünen Tür hinüber. Black hatte die Pistole aus dem Holster gezogen, hielt sie
an der Seite, so dass das kleine Mädchen sie nicht sehen konnte. Die Frau sah Lucas an, verstand plötzlich und sagte hastig:
»O nein, nein … Komm, Heather, komm mit Mom in die
Wohnung.«

Als die beiden verschwunden waren, nickte Lucas Black zu,
der sich vor der blassgrünen Tür aufbaute, dann unterhalb des
Türknopfes dagegen trat. Das alte Holz splitterte, die Tür
sprang auf, und Lucas zog seine .45er und schob sich an Black
vorbei in die Wohnung. Schon nach zwei Schritten sah er den
Latino auf dem Boden liegen, nach einem weiteren Schritt
auch die Frau direkt dahinter. Beide lagen mit dem Gesicht
nach unten da.

»Okay«, sagte Black hinter ihm. »Deckung für mich …«

Die beiden durchsuchten, sich stets gegenseitig sichernd,
das Appartement. Es war leer – bis auf die zwei Leichen.
Lucas ging zurück zum Wohnzimmer. Keine Anzeichen für
einen Kampf; das Mädchen hatte ja offensichtlich außer den
»platzenden Luftballons« nichts gehört, und das waren die
tödlichen Schüsse aus einer Handfeuerwaffe mit Schalldämpfer gewesen. Lucas hatte schon so viele Leichen im Verlauf seiner Polizeikarriere gesehen, dass zwei mehr ihn eigentlich
nicht besonders berühren sollten; bei diesen war das aber so.

Die kalte Effizienz dieses Killers, der Menschen tötete, als seien sie nichts als lästige Fliegen …

Er schüttelte verbittert den Kopf und fragte Black: »Hast du dein Handy dabei?«

»Ja, ich rufe an«, antwortete Black. Er stand dicht vor dem Latino. »Gottverdammt, schau dir den Kopf des Mannes an. Dieselbe Methode: ein halbes Dutzend Einschüsse.«

Lucas steckte die Waffe weg und ging seinerseits neben der Frau in die Hocke. Ihr Gesicht, dachte er, war wahrscheinlich älter, als sie Lebensjahre aufzuweisen hatte: Sorgenfalten, aber auch ein paar Lachfältchen. Die Ränder der Nasenlöcher waren gerötet und wund. Kokain, dachte er. »Dasselbe bei der Frau, eine Menge Einschüsse«, sagte er und fügte hinzu: »Das entlastet Hale Allen. Er mag ja willens und fähig sein, seine Frau wegen des Geldes zu töten, aber das hier ist was anderes. Was völlig anderes.«

»Ja«, stimmte Black zu. »Er wäre darüber hinaus auch viel zu dämlich dazu.« Er hielt sein Mobiltelefon ans Ohr und sagte: »Marcy? Ich bin's … Ja, ja, nun halt doch mal eine Minute die Klappe, verdammt. Lucas und ich stehen in einem Appartement in Dinkytown gerade vor zwei weiteren Leichen … Nein, ich bin nicht aufgeregt. *Überhaupt* nicht. Was wir von dir wollen, ist, dass du den ganzen Scheißhaufen, der hier gebraucht wird, in Marsch setzt, okay? Ja, ja …«

Während er Sherrill die Einzelheiten berichtete, sah sich Lucas schnell in der Wohnung um. Er blätterte gerade einen Papierstapel auf der Arbeitsplatte in der Küche durch, als er ein leises Klopfen an der Wohnungstür hörte. Er ging hin und sah, dass die Frau von nebenan gerade zwei Schritte in die Wohnung machte. Sie sagte: »Haben Sie …« Dann sah sie die Leichen. »O mein Gott …«

Lucas trat ihr in den Weg. »Bitte kommen Sie nicht rein.«

Sie machte zwei Schritte zurück, blieb unter der Tür stehen, hielt eine Hand vor den Mund, stützte sich mit der anderen am Türrahmen ab. »Berühren Sie nichts, bitte, berühren Sie nicht die Tür«, sagte Lucas dringlich. »Bitte *nichts* berühren.«

Sie trat zurück in den Flur. Lucas folgte ihr und sagte: »Wir haben die Wohnung noch nicht durchsucht, und unsere Tatortspezialisten müssen erst noch ihre Arbeit machen.« Sie nickte stumm, und Lucas fügte hinzu: »Ich möchte gerne mit Ihnen sprechen. Ich muss sowieso ein paar Minuten warten, bis alles hier in Gang kommt, und die Zeit könnte ich nutzen, um mit Ihnen und Ihrer Tochter zu sprechen.«

»Auch mit Heather?« Sie sah jetzt verängstigt aus.

»Nur ein paar Minuten«, besänftigte Lucas. »Am besten in Ihrer Wohnung.«

»Warum wollen Sie mit Heather sprechen?«

»Sie hat gesagt, sie habe platzende Luftballons in der Wohnung gehört. Das waren höchstwahrscheinlich Schüsse. Vielleicht können Sie und Ihre Tochter uns helfen, die Zeit festzustellen, zu der die … zu der das passiert ist.«

Der Name der Frau war Jan Davies. Sie war eine kleine, schlanke Frau mit getöntem blonden Haar und hohen Wangenknochen. Ihr Wohnzimmer war – erfreulich unordentlich – mit Büchern und wissenschaftlichen Drucksachen voll gestopft; einige CDs mit klassischer Musik lagen auf einem Recorder. Die Frau huschte nervös im Zimmer herum, räumte Zeitschriften weg, stellte Stühle gerade an den Tisch, ging in die Küche, um Limonade zu holen. Heather rutschte auf einem abgewetzten Sessel hin und her, beobachtete Lucas und lächelte, wenn er sie ansah. Draußen im Flur hörte man die Schritte und Stimmen eintreffender Cops.

»Ich habe eine Tochter ungefähr in deinem Alter«, sagte Lucas zu Heather. »Gehst du schon zur Schule?«

»Ja«, antwortete sie. »Ich bin versetzt worden. Ich gehe jetzt in die zweite Klasse. Wenn die Schule wieder anfängt.«

»Dann gehörst du also nicht mehr zu den ganz kleinen Kids. Die, die jetzt vom Kindergarten kommen, sind kleiner als du.«

»Ja.« Aber sie hatte das noch nicht so richtig bedacht, sie hüpfte vom Sessel und lief in die Küche. »Heh, Mom, Mr. Davenport sagt, wenn die Schule wieder anfängt, wären da kleinere Kids als ich …«

Mrs. Davies kam mit zwei Gläsern Limonade aus der Küche. »Ich habe noch viel davon, wenn der andere Gentleman auch welche haben will …«

Lucas nickte dankbar und nahm das Glas entgegen. »Beim Reinkommen habe ich auf Ihrem Briefkasten gesehen, dass Sie einen Mann haben, Howard …«

»Er lebt nicht mehr bei uns«, sagte sie mit fester Stimme.

»Seit längerer Zeit schon nicht mehr?«

»Seit rund sieben Wochen. Ich habe nur vergessen, das Schild am Briefkasten zu ändern.«

»Sie leben also in Scheidung?«

»Ja. Ich bin gerade dabei, meine Dissertation an der Uni abzuschließen. Ich habe ein Angebot als wissenschaftliche Assistentin an der John Hopkins, und Heather und ich werden im Dezember nach Baltimore umziehen. Howard wird nicht mitkommen.«

»Nun, das … ehm, tut mir Leid«, sagte Lucas. Er meinte es ernst. Nach einem Moment des Schweigens sah er Heather an und fragte: »Was hast du gerade getan, als du gehört hast, dass bei Marta eine Party im Gange war? Warst du draußen im Flur?«

Heather schaute schuldbewusst zu ihrer Mutter hinüber, sagte dann: »Nur für eine Minute. Ich hatte meinen Lastwagen im Flur stehen lassen.«

»Sie soll abends nach Einbruch der Dunkelheit nicht mehr in den Flur gehen«, erklärte Jan Davis. »Aber sie macht es manchmal doch.«

»Weißt du, wie viel Uhr es war?«

»Wir haben darüber gesprochen, ehe Sie reinkamen«, sagte Davis. »Sie war mit ihren Bauklötzen und dem Bagger draußen, als ich ihr sagte, sie solle reinkommen. Aber sie vergaß ihren Lastwagen, und ein paar Minuten später hörte ich sie wieder draußen rumhantieren. Ich ging hin und holte sie rein. Das war zwischen acht und neun.«

»Zwischen acht und neun ... Sie hatten nicht zufällig den Fernseher an, so dass Sie sagen könnten, welche Sendung gerade lief?«

Davis schüttelte den Kopf. »Ich habe meine Dissertation noch mal überarbeitet, in die Endfassung gebracht, und ich war gerade aus dem ...« Sie legte den Kopf schräg, sagte dann: »Heh, das Textverarbeitungssystem hat doch einen Zeitspeicher oder wie das heißt, jedenfalls wird die Uhrzeit angezeigt, zu der man aus der Datei rausgeht ...« Sie sprang von der Couch und ging zu einem Zimmer im hinteren Teil der Wohnung. Lucas und Heather folgten ihr.

Jan Davis' Arbeitszimmer war ein umgewandeltes Schlafzimmer, und in einer Ecke stand noch ein Bett. »Hier hat Howard in den letzten Wochen, die er noch bei uns war, geschlafen«, sagte sie ungezwungen. Sie schaltete den Computer ein, rief über das Windows-98-Display das Textverarbeitungssystem auf.

»Da haben wir's.« Sie deutete auf den Screen und rutschte auf dem Stuhl hin und her, mit denselben Bewegungen wie ihre Tochter vorhin auf dem Sessel. »Die Datei ist um zwanzig Uhr zweiundzwanzig abgespeichert worden. Als ich das gerade getan hatte, hörte ich Heather draußen im Flur und habe ihr gesagt, sie soll reinkommen.«

»Sehr gut, das ist wichtig«, sagte Lucas. »Zwanzig Uhr zweiundzwanzig ...« Er sah Heather an. »Hast du jemanden gesehen, als du im Flur warst?«

Sie schüttelte den Kopf. »Nein.« Dann fügte sie hinzu: »Ich hab heimlich noch mal durch die Tür geguckt, als Mom weg war, und da hab ich zwei Ladys gesehen.«

»Zwei Ladys? Und das war *nach* der Zeit, als du die platzenden Luftballons gehört hast?«

Sie nickte, langsam und feierlich angesichts Lucas' offensichtlichem Interesse.

»Wie kam es, dass du die Frauen gesehen hast?«

»Als ich sie gehört hab, hab ich die Tür ein Stück aufgemacht, um rauszuschauen«, antwortete sie. »Ich hab gedacht, es wäre Marta.«

»Aber es war nicht Marta?«

Sie schüttelte wieder feierlich den Kopf.

»Kanntest du die beiden Ladys?«

»Nein.«

»Du hast sie nie vorher gesehen?«

Wieder ein Kopfschütteln.

»Kannst du dich daran erinnern, wie sie aussahen?«

Sie legte in einer perfekten Nachahmung der Pose ihrer Mutter den Kopf schräg, und nach einigen Sekunden sagte sie: »Ich denke schon.«

9

Carmel Loan erfuhr aus den Lokalnachrichten in TV3, dass man die beiden Leichen gefunden hatte. Auf dem Weg zu Carmels Büro gingen sie und Rinker gerade durch die Verbindungspassage und aßen Joghurteis, als Carmel auf einem Bildschirm im Schaufenster eines Fernsehgeschäfts unter dem Kopf des Nachrichtensprechers die Laufschrift las: *Leichen zweier Ermordeter in der Nähe der Universität gefunden.* Sie stieß Rinker mit dem Ellbogen an.

»Das ging schnell«, sagte Rinker.

»So war es auch bei Rolo – in beiden Fällen hätten mehrere Tage verstreichen können, aber das war uns einfach nicht vergönnt.«

»Ich mache mir jetzt doch Sorgen wegen des kleinen Mädchens«, sagte Rinker. »Ich hoffe, dass da nichts Böses auf uns zukommt.«

Carmel nickte und sagte: »Lass mich rausfinden, wann und wie man die Leichen gefunden hat. Wenn die Cops detailliertere Informationen darüber an die Medien gegeben haben, kann ich hingehen und fragen, ob das Auswirkungen auf den Verdacht gegen Hale hat … Und vielleicht erfahren, was sie alles entdeckt haben.«

»Zu große Neugier könnte verräterisch sein«, warnte Rinker.

»Ich verstehe es, mich auf diesem Parkett zu bewegen«, sagte Carmel zuversichtlich.

Carmel ging geradewegs zu Lucas.

»Wie ich gehört habe, haben Sie sie gefunden«, sagte sie. »Ich meine, Sie persönlich.«

»Ja. Kein besonders erfreulicher Moment im Ablauf meines Tages.« Lucas saß weit zurück gelehnt auf seinem neuen Bürostuhl, hatte die Füße auf die ausklappbare Stütze gelegt und las im Modalitäten-Anderssein-Alternativ-Bericht. Er hatte sich diesen Stuhl selbst gekauft – eine neumodische Schöpfung, auf der er sich sichtlich wohl fühlte.

»Ich will Ihnen was sagen«, kam Carmel zur Sache, »wir haben vier Leichen – eine Frau aus besseren Kreisen und drei Latinos, und ich möchte Ihnen den Gedanken nahe legen, dass hier mehr dahinter stecken könnte als ein Mann, der seine Frau wegen ihres Geldes umbringt. Ich bin allerdings sicher, dass Sie intelligent genug sind, diesen Gedanken bereits durchgespielt zu haben.«

»Ja, das habe ich«, sagte Lucas. »Ihr verdammter Klient ist eine bösartige Klapperschlange. Er hat das örtliche Kokain-Kartell mit dem Geld seiner Frau finanziert – und sie kam ihm auf die Schliche. Er hat sie erschossen, und dann hat er den Rest des Kartells ins Jenseits befördert, damit die Leute nicht über diese Hintergründe reden konnten.«

»Sie können doch nicht ernsthaft …« brauste Carmel auf, unterbrach sich aber sofort, richtete empört den Zeigefinger auf Lucas und sagte: »Sie wollen mich verarschen …«

»Könnte sein«, sagte Lucas.

»Ich weiß einfach nicht, *warum* wir bisher nicht miteinander geschlafen haben«, sagte Carmel. »Bis auf die Tatsache vielleicht, dass mein Herz einem anderen gehört.«

»So geht's mir auch«, sagte Lucas. »Ich wünschte nur, ich wäre dieser anderen schon mal begegnet.«

Carmel lachte. Lachte ein wenig zu lang, irgendwie auch unfein. Dann: »Ich kann meinem Klienten also sagen, er könne von den schweren Schlafmitteln runtergehen und versuchen, wieder zum normalen Schlaf zurückzufinden.«

»Hatte er ein Problem?«, fragte Lucas. Er gähnte und sah auf die Uhr.

»Er sah sich dem Trauma einer zwangsweisen Erweiterung seines Afters unter den Händen – nun ja, eigentlich anderen Körpergliedern! – diverser Motorradrocker im Knast in Stillwater ausgesetzt ...«

»Na ja ...« Lucas zeigte deutlich, dass er das Gespräch beenden wollte. »Sagen Sie ihm nicht, er sei völlig aus dem Schneider, weil wir immer noch alle Möglichkeiten im Auge behalten. Aber nur so zwischen Ihnen und mir ...«

»Ja?«

»Er scheint als Täter nicht in Frage zu kommen. Und wenn wir ihn doch wegen Mordes vor Gericht bringen und Sie mich dann als Verteidigerin fragen, ob ich diese Äußerung Ihnen gegenüber gemacht habe, dann werde ich einen Meineid leisten und sagen. ›Nein, natürlich nicht‹.«

»Das wäre ja mal was verdammt Neues – ein Cop, der einen Meineid leistet«, knurrte Carmel. »Okay, ich werde ihm sagen, Sie würden den Verdacht gegen ihn inzwischen ein bisschen lockerer sehen.«

»Das wäre eine akzeptable Ausdrucksweise«, stimmte Lucas zu.

Carmel stand auf, als wolle sie gehen, und fragte dann unbefangen: »Haben Sie bei den neuen Morden schon was rausgefunden? Zum Beispiel, ob es da potenzielle neue Klienten für mich gibt?«

»Nun, wir haben das da, nach der Ausage eines kleinen Mädchens«, sagte Lucas. Er nahm die Füße von der Auflage seines Stuhls, zog eine Schublade auf und nahm ein computersimuliertes Foto heraus. »Wir geben das an die Presse.«

Er schob Carmel das Foto zu, die es einige Sekunden lang anstarrte und dann fragte: »Was ist das?«

»Das, was das Kind gesehen hat.«

»Das ist doch Scheiße«, sagte Carmel. »Das taugt nichts.«

»Ich weiß, aber es ist immerhin etwas.«

»Sieht aus wie zwei Außerirdische, ein großer und ein kleiner.«

»Ich dachte, sie sehen eher aus wie zwei grimmige Todesengel – mit den Dingern, die sie da auf den Köpfen tragen.«

Die mehrfach um den Kopf geschlungenen Seidenschals waren eine gute Tarnung gewesen. Carmel hätte am liebsten ein Dankgebet gesprochen, wenn sie gewusst hätte, an wen sie es richten sollte. Auf dem Foto gaben die Schals ihren Köpfen ein hohes, schmales Profil. Das Kind musste sie als Silhouetten gesehen haben. Die Gesichter dieser Silhouetten waren so unverbindlich-allgemein, dass keine Ähnlichkeit mit Rinker oder ihr herauszulesen war.

»Was sind das für Dinger auf den Köpfen?«, fragte Carmel.

»Das Kind weiß es nicht. Vielleicht irgendeine Art von Hut. Vielleicht sind es Nonnen.«

»Guter Gedanke«, sagte Carmel.

»Auf jeden Fall sind es Frauen«, sagte Lucas. »Zumindest sagt das Kind das.«

»Auch Barbara Allen wurde von einer Frau erschossen«, sagte Carmel.

»Der Triumph des Feminismus«, erwiderte Lucas. »Jetzt haben wir die Gleichberechtigung auch bei den Profikillern erreicht.«

»Na ja …« Carmel legte das Foto zurück auf den Schreibtisch. »Bei genauerer Überlegung komme ich nun doch zu dem Schluss, dass Sie der Mörderin einen anderen Anwalt empfehlen sollten, falls Sie sie schnappen. Es könnte gefährlich sein, sie zu kennen.«

»Ganz besonders dann, wenn Sie den Fall verlieren.«

Auf dem Weg zur Tür schnaubte Carmel: »Ich, verlieren – als ob so was jemals passieren würde ...«

Als Carmel zurück zum Appartement kam, stieß sie im Flur auf Rinkers Koffer, und Rinker kam gerade frisch geduscht aus dem Bad und rieb sich die Haare trocken.

»Was hast du rausgefunden?«

»Wir sind aus dem Schneider«, antwortete Carmel. Sie informierte Rinker über ihr Gespräch mit Lucas. Rinker war sehr zufrieden mit dem, was dabei herausgekommen war. »Ich verschwinde von hier«, sagte sie. »Ich muss mich um mein Geschäft kümmern.«

»Hast du den Flug schon gebucht?«

»Ja, für sechzehn Uhr«, antwortete Rinker.

»Ich fahre dich zum Flughafen«, sagte Carmel. »Hör mal, was machst du im Winter?«

»Meistens arbeiten«, sagte Rinker und schüttelte ihr Haar aus. »Wo ich wohne, gibt's nicht viel Aufregendes zu erleben.«

»So ist es hier auch, ... Warst du mal in Cancún? Oder Cozumel?«

»Cozumel, Acapulco, ja. Mehrmals. Um mein Spanisch zu praktizieren.«

»Ich versuche, mindestens drei Wochen von hier wegzukommen, wenn es bei uns kalt ist – eine Woche im November, eine Woche im Januar und eine Woche im März«, erklärte Carmel. »Wir sollten mal zusammen so einen Urlaub machen. Ich habe gute Verbindungen, in den Hotels und so ... Es ist immer eine schöne Zeit.«

»Jesus«, sagte Rinker. Sie war offensichtlich hoch erfreut, und Carmel hatte den Eindruck, dass sie solche Einladungen nicht oft erhielt. »Das klingt echt toll.«

»Ruf mich doch im Oktober mal an, und wenn du wegkannst, organisiere ich die Unterkunft in einem schicken Hotel für uns beide und alles andere, und du buchst den Flug für dich selbst, und wir treffen uns dann da unten.«

»Das würde mir bestimmt gefallen«, sagte Rinker. »Was machst du an diesen Tagen? Am Strand in der Sonne liegen? Schicke Sachen einkaufen? Ich mag's ja eher, ein bisschen auf den Putz zu hauen …«

»Hör zu, ich kenne ein paar Männer da unten in Cancún, und man lernt ja auch jedes Mal neue Männer kennen … Wir würden ganz schön was los machen.«

Rinker hob den Zeigefinger: »Vergiss deinen Gedanken nicht, aber mir ist gerade was eingefallen, und ehe ich es vergesse … Die Pistolen im Wandschrank. Du musst sie rausnehmen und in den Fluss werfen oder irgendwo vergraben. Auch die Schachtel mit den Patronen – sie liegt bei den Pistolen. Das sind jetzt noch die einzigen Dinge, die uns an den Galgen bringen können.«

»Ich mag sie aber irgendwie«, sagte Carmel.

»Okay. Gib ein paar hundert Bucks aus und besorg dir eine hübsche kleine Pistole für dich selbst. Ich kann das für dich regeln – ich brauche nur einen Anruf zu machen, und man schickt dir eine mit der Post zu: brandneu, nicht registriert, Herkunft nicht nachweisbar. Wenn du einen Schalldämpfer dazu haben willst, kann ich dir den ebenfalls besorgen. Aber die Pistolen im Wandschrank müssen verschwinden. Es macht mich nervös, dass wir sie noch haben, auch wenn sie versteckt sind. Du *musst* sie wegschaffen; ich rufe dich alle zehn Minuten an, bis du mir bestätigst, dass sie verschwunden sind.«

»Wir können sie ja nachher in der Nähe des Flughafens in den Fluss werfen«, schlug Carmel vor. »Ich kenne da eine geeignete Stelle – dann brauchst du dir keine Sorgen mehr zu machen.«

»Wunderbar«, sagte Rinker. Sie legte den Kopf schräg. »Hör mal, wenn wir nach Cancún gehen, was mache ich dann mit meinem Haar? Ich habe schon lange das Gefühl, dass der Schnitt spießig ist, verstehst du, als ob ich schon in den mittleren Jahren wäre oder so. Ich dachte …«

Carmel übte sich in der Karikatur einer aufgeregten Atemlosigkeit, legte die Hand auf die Brust: »Da unten gibt's eine Friseurin, zu der ich bei jedem Aufenthalt hingehe und mir die Haare machen lasse – sie ist geradezu genial …«

Das Gespräch über Mexiko führte beinahe dazu, dass sie die Pistolen vergaßen. Sie hatten die Wohnungstür schon geöffnet und Rinkers Koffer vor den Aufzug getragen, als Carmel mit den Fingern schnippte und flüsterte: »Die Pistolen …«

Sie ging zurück, um sie zu holen – und stieß dabei die Schachtel mit den Patronen um. Es waren noch über dreißig Schuss in der Schachtel, und sie rollten im Wandschrank herum. Carmel sammelte sie hastig ein, steckte sie wieder in die Schachtel und ging dann zurück zu Rinker.

Auf dem Weg zum Flughafen machte Carmel mit Rinker zunächst noch einen Abstecher zum Ufer des Minnesota River unterhalb von Fort Snelling. »Das Fort da oben ist ein wichtiges Zeugnis aus unserer Vergangenheit«, sagte Carmel. »Das erste Bauwerk, das hier errichtet wurde, und das einzige aus dieser Zeit, das es noch gibt. Die Armee hatte genau an der Stelle, wo wir jetzt stehen, ein Todeslager für Indianer eingerichtet. Das war nach dem großen Indianeraufstand … Unten in Mankato haben sie damals achtunddreißig Indianer auf einmal aufgehängt. Hier, an dieser Stelle, hielten sie die Überlebenden gefangen, überwiegend Frauen und Kinder. Die Hälfte der Leute starb während des Winters. Und die meisten der Frauen wurden von Soldaten vergewaltigt.«

»Fröhliche Story«, knurrte Rinker.

»Ich weiß nicht, was ich tun würde, wenn mich ein Mann vergewaltigen würde, aber es wäre sehr unangenehm für den Kerl, wenn ich ihn in meine Gewalt bekäme.«

»Das glaube ich dir sofort«, sagte Rinker. Den Kerl namens Dale-Sowieso erwähnte sie nicht. Sie fanden einen menschenleeren Weg entlang des Flussufers, vergewisserten sich, dass niemand sie beobachten konnte, und warfen dann die Pistolen und die Munition an einer tiefen Stelle ins Wasser.

»Das war's«, sagte Rinker. »Jetzt haben wir alles erledigt.«

Auf dem Rückweg vom Flughafen rief Carmel bei Hale Allen an.

Allen sagte: »Mein Gott, ich versuche schon seit dem frühen Nachmittag, dich anzurufen … Kommst du morgen zur Beerdigung?«

»Ich habe versucht, *dich* anzurufen, habe aber nur deinen Anrufbeantworter erreicht«, sagte Carmel. »Wir müssen über einiges reden. Ich habe am frühen Nachmittag mit Lucas Davenport gesprochen …«

»Was? Was hat er gesagt?« Allen klang verängstigt.

»Ich rufe vom Wagen aus an, und ich rede nicht gern von vertraulichen Dingen über dieses verdammte Handy. Wie wär's, wenn ich bei dir vorbeikomme? Ich könnte in zwanzig Minuten da sein.«

»Ehm, zwanzig Minuten …«, sagte er, und in seiner Stimme lag eine gewisse Unsicherheit. »Okay. Bis dann also.«

Nicht der begierigste Liebhaber, den ich bisher hatte, dachte Carmel, als das Gespräch zu Ende war. Andererseits konnte er ja nicht wissen, dass sie ein Liebespaar waren. Noch nicht.

In einigen Stunden würde er es wissen … Manchmal geschah es, dass Männer eines bestimmten Typs – auf Beute lauernde Haifische, meistens Berufskollegen – unverhohlene Annäherungsversuche machten, wenn sie allein mit Carmel waren. Und manchmal, je nach Stimmung und Attraktivität des Mannes, spielte Carmel das Spielchen mit, und die Dinge nahmen ihren Lauf. Carmel war ganz sicher nicht der Typ verkorkste Jungfrau, aber sie hatte noch nie eine länger andauernde sexuelle Beziehung zu einem Mann gehabt. Einmal hatte eine Bekannte, fast eine Freundin, ihr anvertraut, dass einer ihrer Exliebhaber bei einer Party im Beisein mehrerer Leute gesagt hatte, dass Carmel ihm irgendwie Angst einjage. Er fühle sich wie eine Fliege, und Carmel sei die Spinne.

Carmel hatte so getan, als sei sie erstaunt über diese Aussage, aber sie war keinesfalls verärgert: Es war nicht die schlechteste Sache, einem Mann Angst einzujagen, insbesondere nicht dem speziellen Mann, der diese Aussage gemacht hatte – er war, wie sie selbst, ein absolut rücksichtsloser Mensch. Dennoch versuchte sie danach, ihr Schlafzimmerimage ein wenig aufzubessern. Aber im Grunde war sie nicht besonders erpicht darauf, vom Gewicht eines Mannes aufs Bett gepresst zu werden, das Gefühl zu haben, unter ihm eingesperrt zu sein, nach Luft schnappend über seine Schulter an die Zimmerdecke zu starren, während er sich auf ihr abstrampelte. Und sie war ein wenig wählerisch. Sie mochte keine haarigen Schultern, ganz zu schweigen von haarigen Rücken. Sie mochte kein Brusthaar, das übergangslos ins Schamhaar überging. Sie war nicht erpicht auf glatzköpfige Männer oder auf die Unsauberkeit unbeschnittener Männer; sie war nicht erpicht auf Männer, die rülpsten, auf Männer, die nach ihrem letzten Essen rochen, auf Männer, die bei offener Toilettentür pinkelten und dabei möglicherweise auch noch furzten.

Zum Orgasmus kam sie nur selten, nicht mit Männern; ihre besten Orgasmen hatte sie mit sich allein, in der Badewanne. Hale wird das ändern, dachte sie. Wenn nicht gleich, dann nach einigen Trainingsstunden.

Hale Allen wohnte in einer ruhigen Villenstraße an einem der Seen, weit genug vom Ufer und den dortigen Menschenansammlungen entfernt, um friedliche Abende genießen zu können und nicht vom Rattern der Rollerblades vorbeihuschender junger Leute mit Kopfhörern auf den Ohren gestört zu werden; andererseits aber auch nahe genug, um hinunterwandern und in dem Getümmel seinen Spaß haben zu können, wenn einem der Sinn danach stand. Das Haus war lang gestreckt und weiß und hatte seegrüne Fensterläden, ein gelbes Dauerlicht über dem Eingang und eine lange Zufahrt, die an fünfzig Jahre alten Eichen vorbei in Kurven den Hang hinaufführte. Ein kleines weißes Schild am Beginn der Zufahrt warnte potenzielle Einbrecher, dass das Haus unter dem Schutz der Sicherheitsfirma *Insula Armed Response* stand.

Carmel stellte den Jaguar unter den weit ausladenden Ästen einer Eiche ab und drückte auf die Türklingel. Gleich darauf hörte sie gedämpfte Schritte, und Hale öffnete die Tür. Er hatte ein weißes Frottiertuch in der Hand und rieb damit über sein feuchtes Haar, lächelte Carmel an, trat einen Schritt zurück und sagte: »Komm rein.« Er sah aus wie ein männliches Model in einer Parfümreklame im Magazin *Esquire*.

Sie war nie in diesem Haus gewesen – Barbara Allens Haus, wie sich herausstellte. Es war kühl und distanziert in einer Mischung aus modernen und antiken Möbeln ausgestattet. Aber es gab nichts, das echt luxuriös gewesen wäre, und Carmel spürte sofort den kalten Hauch des Minderwertigkeitskomplexes, mit dem man hier ans Werk gegangen war. Sie ging ins Wohnzimmer, drehte sich zu Hale um und sagte: »Also, ich habe mit Davenport gesprochen.«

»Und?«, fragte er eifrig.

»Wir haben es mehr oder weniger hinter uns. Es hat drei weitere Morde durch denselben Täter gegeben – *wahrscheinlich* denselben Täter –, und du bist offensichtlich kein Verdachtskandidat für diese drei Verbrechen.«

»Was werden sie jetzt tun? Den Medien mitteilen, dass ich nicht …«

»Nein, so läuft das nicht«, sagte Carmel. Sie blieb vor einem kleinen Aquarell stehen; kein Signum, das sie kannte, aber sie spürte, dass eine positive Ausstrahlung von dem Bild ausging – einer schlichten Straßenszene, vermutlich aus New York –, und sie registrierte anerkennend, dass es ein gutes Bild war. Sie sah Hale wieder an: »Es läuft so, dass die Cops sich nicht dazu äußern. Sie lassen dich zunächst einfach in Ruhe. Wenn sich dann rausstellt, dass du doch was mit dem Mord an Barbara zu tun hast, stehen sie nicht als Blödmänner da.«

»Das ist aber nicht fair«, protestierte Hale. Wieder einmal musste sich Carmel mühevoll ins Gedächtnis rufen, dass dieser Mann Anwalt war.

»Sicher, es ist nicht fair. Aber sie haben zwei Möglichkeiten: Erstens, fair zu Hale Allen zu sein, zweitens, die Chance wahrzunehmen, später nicht als Blödmänner dazustehen. Was meinst du, welche Wahl dieser Haufen von Cop-Bürokraten treffen wird?«

»Mann, das alles treibt mich noch in den Wahnsinn.« Er zwirbelte das Frottiertuch zu einem Seil zusammen.

»Heh, denk doch daran, dass es vorbei ist, wenn sich nicht noch was Negatives ergibt«, sagte sie. »Nun zu Barbara – die Beerdigung ist um zwei?«

»Ja, beim Institut Morganthau.«

»Ich kann wahrscheinlich nicht zur Trauerfeier kommen, aber auf jeden Fall zum Friedhof.«

»Danke. Ich …« Hale ließ sich auf die Couch sinken und knetete mit seinen großen Händen das Frottiertuch. »Ich werde von Fragen gequält, die ich Barbara stellen möchte, und ich möchte über viele Dinge mit ihr sprechen, aber jetzt geht das nicht mehr, weil sie tot ist … Ich komme nicht darüber weg.«

»Was möchtest du ihr denn gerne sagen?« Echte Neugier …

»Ich möchte ihr zum Beispiel die Sache mit Louise beichten.«

Jetzt war Carmel höchst erstaunt: »Warum denn das? Du würdest ihr doch nur wehtun.«

»Ich würde ihr nicht *nur* wehtun; ich glaube, das alles ist viel komplizierter, meinst du nicht auch?«

»Okay«, sagte Carmel. Sie setzte sich dicht neben ihn auf die Couch. »Dann erzähl mir mal davon. Erzähl mir alles über Louise.«

Louise hatte Spaß am Sex, und Hale ging es genauso. Barbara hingegen mochte Sex, sagen wir mal, durchaus mehr als ein Eiersandwich, aber nicht mehr als ein gutes sanftes Rückenstreicheln. »Wenn wir Sex hatten, gab sie mir immer das Gefühl, dass sie sich damit sozusagen um mich kümmerte, nicht, dass sie scharf auf den Sex mit mir war. Sie hielt sich selbst immer zurück, bis *ich* schließlich kam. Sie wollte es mir immer schön machen, aber danach hatte sie stets kein anderes Bedürfnis, als den Abend mit einem guten Buch zu beenden.«

»Hm, ich verstehe, was du meinst«, sagte Carmel.

Der Raum schloss sich um sie, wurde enger, die Wände rückten näher, bis im Haus nichts mehr war als sie beide … Er sprach von Barbara, von Louise; lachte ein wenig über Louises Exzesse, weinte ein wenig über Barbaras Passivität. Carmel tätschelte seine Schultern, kraulte dann seinen Rücken ein wenig. Er hielt eine ihrer Hände, streichelte sie.

Der Raum schloss sich nun ganz um sie, und Carmels Erwartungen erfüllten sich: Nur ein hübscher kleiner Brusthaarteppich und eine saubere Beschneidung.

Leider, dachte sie danach, hat er nicht die besten Badezimmermanieren.

Sie seufzte. Es gab so viel zu tun.

10

Sloan trug Khakishorts, eine schwarze Gürteltasche aus Kunstleder vor dem Bauch und ein rosafarbenes Golfhemd. Seine Beine waren weiß wie entrahmte Frischmilch und so dünn und knochig, dass sie auch zu einem mittelgroßen Straußenvogel gepasst hätten. »Meine Frau hat darauf bestanden, dass ich die anziehe«, sagte er und sah auf die Shorts hinunter. »Sie sagte, ich würde sonst einen Hitzschlag bekommen, und wenn, dann soll es wenigstens nicht an einem Feiertag passieren.«

Lucas beugte sich vor, schaute über die Schreibtischplatte auf Sloans Bauch. »Hast du deine Waffe in der Gürteltasche da?«

»Ja. Ich habe sie bei Brinkhoff gekauft. Sie hat einen Klettverschluss, geht ganz leicht auf. Siehst du?« Er stand auf, zog am Vorderteil der Tasche, und die Klappe sprang in voller Breite auf. Die Pistole in der Tasche war mit einem einzigen Stück Klebeband über den Lauf ans Innenfutter geklebt; das Band riss sofort ab, als Sloan die Waffe herauszog.

»Ganz schön raffiniert«, sagte Lucas. Er lehnte sich wieder zurück. »Aber dein Aufzug sieht ganz schön blöd aus.«

»Meine Frau sagt ...«

»Das modische Empfinden deiner Frau entspricht dem einer Küchenschabe.«

»Ich werde ihr erzählen, dass du das gesagt hast.«

»Wenn du das tust, werde ich dich erschießen müssen.«

Jemand klopfte zaghaft an die Tür. Lucas rief: »Herein!«

Die Tür wurde aufgestoßen, und Hale Allen kam herein, blieb starr stehen, als er Sloan in den Khakishorts, dem rosafarbenen Hemd und mit der Pistole in der Hand vor sich sah.

»Sie wollen Lucas sprechen?«, fragte Sloan.

»Wenn er nicht zu beschäftigt ist ...«

»Ich war gerade dabei, ihn zu erschießen«, sagte Sloan. »Könnten Sie mit Ihrem Anliegen warten, bis ich das erledigt habe?«

»Nun ja ... Soll ich um die Mittagszeit wiederkommen?«

»Hau ab«, sagte Lucas zu Sloan. Und zu Allen, höflich und neugierig: »Kommen Sie rein, setzen Sie sich hin.«

»Gibt es irgendwelche Neuigkeiten in dem Fall?«, fragte Allen. Noch während er die Frage stellte, schaute er sich im Zimmer um und schlug nervös die Beine übereinander.

»Wir arbeiten weiter daran, stecken aber irgendwie fest«, antwortete Lucas.

Eine Woche war vergangen, seit Lucas mit Carmel Loan gesprochen hatte. Alle an den Tatorten festgestellten Spuren waren erschöpfend überprüft worden, aber es hatten sich keine greifbaren Hinweise ergeben. Dann war es bei einem Stadtteiljahrmarkt zu einem schweren Unfall gekommen – ein Riesenrad war zusammengestürzt, zwei Kinder waren getötet und sieben weitere schwer verletzt worden. Die Exekutions-

morde waren aus der Berichterstattung der Medien verschwunden; Reporter und Sicherheitsinspektoren schwärm-
ten aus und schrieben Berichte über die lasche Handhabung
der Sicherheitsbestimmungen bei jedem noch so kleinen Jahr-
markt im Staat Minnesota. Das Fehlen von Ansatzpunkten
bei den Ermittlungen und das Nachlassen der Aufmerksamkeit in den Medien hatte den Druck von der Untersuchung
genommen. Lucas hatte das Gefühl, dass die ganze Sache darauf hinauslief, in den Aktenbestand der ungelösten Fälle aufgenommen zu werden.

»Haben Sie schon von meinen Problemen mit Barbaras Eltern gehört?«, fragte Allen.

»Nur Gerüchte.«

»Sie hatten eine Klage gegen mich eingereicht – wegen Anstiftung zum Mord. Sie behaupteten, ich würde hinter dem
Mord an Barbara stecken – wie bei dieser Anklage gegen O. J.
Simpson.« Allen klang zutiefst entrüstet. »Sie wollten damit
versuchen, mich von der Erbschaft auszuschließen, damit *sie*
das Geld in die Finger kriegen. Dann stellte sich raus, dass
neunzig Prozent der Erbschaft an die Wohltätigkeitsstiftung
geht, nur zehn Prozent an mich. Und wenn sie mit ihrer Klage Erfolg hätten, würden hundert Prozent an die Stiftung fallen. Sie würden dann keinen Cent bekommen.«

»Oho«, sagte Lucas.

»Ja. Sie sagten plötzlich, wenn das so ist und für uns nichts
dabei rausspringt, lassen wir's lieber sein, und sie ließen die
Anklage fallen.«

»Hm«, brummte Lucas.

»Richtig.«

Allen war entrüstet, aber seine Augen wichen Lucas' Blick
immer wieder aus. Lucas kannte dieses Verhalten von Leuten,
die sich wegen irgendeiner Sache schuldig fühlten und kurz

davor standen, ein Geständnis abzulegen. Allen, dachte Lucas, ist nicht zu mir gekommen, um sich über seine Schwiegereltern zu beklagen.

»Was spielt sich sonst so ab?«, fragte Lucas und versuchte, freundlich zu klingen. Er lehnte sich zurück und wünschte, Sloan käme zurück. Sloan war ein Meister bei solchen Gesprächen. »Wie geht es Ihnen? Alles okay? Wir sind einige Zeit recht hart mit Ihnen umgesprungen.«

»Nun ...« Allen lächelte, und Lucas dachte: Jetzt geht's los. »Ich bin zu Ihnen gekommen, weil Sie den Fall kennen, und Sie haben auf mich einen guten Eindruck gemacht, und alle sagen, Sie wären clever, und Sie haben viel Erfahrung ...«

»Okay ...« Halt ihn am Reden.

»Da ist etwas, das mir ... seltsam vorkommt. Etwas im Zusammenhang mit dem Fall.«

»Psychologische Probleme? Ich ...«

»Nein, das ist nicht die Hauptsache«, sagte Allen. Er lehnte sich vor, und sein Gesicht war jetzt angespannt. »Wissen Sie, ich habe Barbara wirklich geliebt. Es machte Spaß, mit ihr zusammen zu sein, auf eine ruhige Art und Weise. Aber es gab Unterschiede zwischen uns, und diese Affäre – Sie wissen, dass ich eine Affäre hatte?«

»Ja«, antwortete Lucas. Er machte eine wegwerfende Geste mit der Hand, mit der er zum Ausdruck bringen wollte: *Na und? Haben wir nicht alle unsere Affären?*

Ein vorsichtiges Lächeln zuckte über Allens Gesicht. »Als Barbara ermordet wurde, hat mich das schrecklich mitgenommen. Ihre Leute fanden dann raus, dass ich diese Affäre hatte, und ich hatte Carmel nichts davon gesagt. Als sie davon erfuhr, ging sie an die Decke. Sie hat dann mit Louise gesprochen, und jetzt sind alle irgendwie in Aufruhr ...«

Lucas nickte. »Ich kann verstehen, dass Carmel nicht sehr

glücklich darüber war. Angesichts der Möglichkeit, dass sie Sie vor Gericht verteidigen sollte …«

»Ja, ja«, sagte Allen ungeduldig, wischte den Einwurf beiseite. Darauf will er also nicht hinaus, dachte Lucas. »An dem Tag, als Sie ihr sagten, ich würde nicht mehr in Ihrer Schusslinie stehen …«

Lucas schaute auf seinen Terminkalender. »Heute vor einer Woche …«

»Ja, genau vor einer Woche«, bestätigte Allen. »Carmel kam zu mir ins Haus, um mir die Nachricht zu überbringen. Und wir tranken etwas zusammen, und dann ging sie auf mich los.«

»Tatsächlich?« Lucas hob die Augenbrauen.

»Ja. Und wie! Sie ging *richtig scharf* auf mich los! Und Sie kennen ja Carmel. Sie kriegt, was sie haben will.«

Lucas ließ ein leichtes Von-Mann-zu-Mann-Lächeln um die Lippen spielen. »Und als Nächstes erkannten Sie, dass Sie tatsächlich *sehr eng* mit Ihrer Anwältin zusammenarbeiten …«

»Ich würde es anders nennen: Sie hat mir das Gehirn aus dem Schädel gebumst. Und sie ist seitdem dreimal wieder gekommen. Klingt das schlimm? Klingt das verrückt? Ich kann nicht schlafen, wenn ich daran denke, aber ich kann andererseits auch mit keinem meiner Freunde darüber reden. Sie würden sich fürchterlich aufregen und kein Verständnis haben, wenn ich es ihnen sagen würde. Die meisten von ihnen sind … waren auch Barbaras Freunde, draußen in unserem Club …«

Lucas schüttelte den Kopf. »Ich würde mir da nicht zu viele Gedanken machen. Ich habe bei Todesfällen in einer Ehe schon alle möglichen Reaktionen erlebt, und glauben Sie mir, Sie sind nicht der erste Mann, der kurz nach dem Tod seiner Frau mit einer anderen Frau ins Bett geht. Vermutlich besteht da ein besonderer Drang nach Intimität.«

»Meinen Sie?«, fragte Allen. Sein Gesicht schien sich für einen Moment aufzuhellen. Erleichterung? Lucas war sich nicht sicher.

»Es scheint irgend so etwas zu sein«, bestätigte Lucas. »Hören Sie, nachdem Sie mir das nun alles erzählt haben ... warum Carmel? Sie scheint so gar nicht Ihr Typ zu sein. Detective Sherrill hat mir gesagt, Sie seien ein recht entspannter, lockerer Mann. Carmel hingegen ...«

»Detective Sherrill ist die mit den ...« Er deutete mit den Händen stramme Brüste an.

»Ja.«

»Sie machte einen netten Eindruck auf mich.« Seine Augen gingen wieder auf Wanderschaft, und er beugte sich vor: »Carmel ... Bettgeflüster. Sie hat mir gesagt, sie sei schon seit zwei Jahren in heißer Liebe zu mir entbrannt, hätte das aber nicht gezeigt, weil sie es für hoffnungslos hielt – ich sei ja mit einer reichen Frau verheiratet gewesen. Sie sagte zu mir, Louise – das ist die Frau, mir der ich die Affäre hatte – sei nur hinter meinem Geld her und ansonsten eine erbärmliche Versagerin. Sie reagiert schrecklich heftig, wenn es um diese Sache geht.«

»Tatsächlich?« Halt ihn am Reden.

»Es ist mir todernst damit ... Einmal hat sie mich am Schwanz gepackt und gesagt, sie schneidet ihn ab, wenn ich ihn jemals wieder in Louise stecken würde.«

»Wow ... Und sie hat gesagt, sie wäre schon seit zwei Jahren in Sie verknallt?«

»Ja, seit einem Treffen mit Kollegen in einem Restaurant. Ich konnte mich nicht mal mehr daran erinnern.«

»Glauben Sie ihr? Dass sie sich in Sie verliebt hat?«

»Ich weiß, es klingt eitel, aber ich glaube es ihr. Sie hätten sie reden hören sollen ... Sie erinnerte sich daran, was ich wann wo gesagt und getan habe, selbst an Orte, an denen wir uns zufällig getroffen und nur ein paar Worte gewechselt haben …«

Lucas dachte einen Moment nach und fragte dann: »Treffen Sie sie heute Abend?«

»Natürlich. Jeden Abend. Sie sagt, in spätestens zwei Jahren würden wir heiraten.«

»Hm …« Lucas drehte sich mit seinem Stuhl und sah aus dem Fenster, die Fingerspitzen an den Mund gelegt. Er hoffte, er würde wie Sherlock Holmes aussehen. Dann drehte er sich wieder herum und sah Allen an. »Meinen Sie, Carmel wäre einverstanden, wenn Sie ihr vorschlagen, zu Penelope zum Essen zu gehen?«

»Penelope? Oh, zum Teufel, ganz bestimmt. Sie mag dieses Ambiente – Minnetonka, den See, all das. Schick, teuer …«

»Rufen Sie sie an. Sie wohnt im Zentrum, nicht wahr? Hat doch so ein exklusives Appartement, über das sogar mal in der *Star Tribune* ein Bericht erschienen ist?« Lucas wusste genau, wo sie wohnte. Er hatte mit einem Freund, einem Banker, der im selben Appartementgebäude wohnte, einmal Witze darüber gerissen.

»Stimmt«, sagte Allen. »Und es ist *echt* exklusiv.«

»Rufen Sie sie an, schlagen Sie Penelope vor, und wenn Sie zu Ihrem Haus kommt, bitten Sie sie, die Fahrt zum Restaurant zu übernehmen. Lassen Sie sich eine Entschuldigung einfallen. Einen verstauchten Knöchel oder so was. Nichts Ernstes, damit Sie kein Hinken vortäuschen müssen. Bringen Sie sie auf jeden Fall dazu, dass ihr Wagen für die Fahrt zum Restaurant benutzt wird.«

»Sie fährt meistens sowieso«, sagte Allen. »Sie mag meinen Wagen nicht. Ich habe einen braun-weißen Lexus, sie nennt ihn abfällig immer nur ›Japs-Karre‹. Sie fährt einen blutroten Jaguar.«

»Gut«, sagte Lucas. »Sie dürfen ihr von dieser Absprache natürlich nichts erzählen. Sagen Sie ihr überhaupt nicht, dass Sie mit mir gesprochen haben. Sorgen Sie einfach nur dafür, dass sie mit Ihnen zum Restaurant kommt, und machen Sie sich und ihr einen schönen langen Abend da draußen.«

»Okay, das mache ich. Was haben Sie denn vor?«

»Beobachten«, sagte Lucas. »Nicht ich selbst, einer meiner Leute.«

»Was beobachten?«, fragte Allen.

»Diese ganze Sache klingt ziemlich seltsam für mich. Sie sollten daran denken – ob Sie das auch so sehen oder nicht –, dass Sie ein *reicher* Mann sind. Und Sie sehen gut aus. Die Frauen sind hinter Ihnen her, und es ist schwer zu sagen, welche von ihnen echt in Sie verliebt ist und welche nur so tut und hinter Ihrem Geld her ist. Also werde ich einen meiner Männer, der Spezialist ist für … hm, wie soll ich das nennen? … Deutung emotionalen Verhaltens, würde ich sagen. Ich werde ihn darauf ansetzen, einen Blick auf Sie und Carmel zu werfen und mir dann zu sagen, was davon zu halten ist. Er wird Carmels Körpersprache und so was beobachten. Und ich gebe das Ergebnis dann an Sie weiter.«

»Er wird mit uns essen?«, fragte Allen und zeigte damit wieder einmal, wie schwer von Begriff er war.

»Nein, nein. Er wird einfach nur da sein und Sie beide beobachten. Aber machen Sie ja nicht den Fehler, sich nach ihm umzusehen oder so was – machen Sie sich einfach einen schönen Abend und stellen Sie sicher, dass Sie lange genug bleiben, damit mein Mann ausreichend Zeit für eine Deutung hat.«

»Deutung emotionalen Verhaltens?«

Lucas hob die Hände: »Na ja, so nenne ich es eben …«

Als Allen gegangen war, lehnte Lucas sich zurück und starrte an die Decke und dachte über Carmel Loan nach. Er ging alles noch einmal durch, was sie nach dem Mord an Barbara Allen zu ihm gesagt hatte, alle Gespräche, die sie geführt hatten, und schließlich stieß er auf eine kleine Ungereimtheit.

Als er beim letzten Mal mit ihr gesprochen hatte, hatte sie die absichtlich rohe Bemerkung gemacht, es seien »eine Frau aus besseren Kreisen und drei billige Latinos« ermordet worden. Jedenfalls hatte er das so in Erinnerung. Und er dachte daran, dass sie Schwierigkeiten gehabt hatten, jemanden zu finden, der sich für die Toten verantwortlich fühlte oder auch nur zugab, sie zu kennen.

Hatte man zum Zeitpunkt des Gesprächs mit Carmel die Namen der Toten bereits veröffentlicht? Er glaubte es nicht. Aber wer weiß, vielleicht hatten die Leute vom Fernsehen mit Cops vor dem Haus gesprochen und so erfahren, dass es sich um Latinos handelte. Oder ein Reporter hatte es von Nachbarn erfahren. Vielleicht. Es *konnte* erklären, dass Carmel wusste, dass es sich bei den beiden Toten in Dinkytown um Latinos handelte.

Carmel Loan … Er kritzelte den Namen auf einen Notizblock, sah ihn sich an, zog dann einen Pfeil und kritzelte an seinem Ende einen anderen Namen hin: *Rolando D'Aquila.* Ein weiterer Pfeil in einem Winkel von neunzig Grad vom ersten führte von Carmel zum nächsten Namen: *Hale Allen.* Er sah sich sein Werk einen Moment an, zeichnete dann einen weiteren Pfeil ein, der von Carmel zum nächsten Namen führte: *Barbara Allen;* und noch einen von Carmel zu *Latino-Leichen.* Natürlich, Carmels Verbindung zu Marta Blanca und ihrem Freund entsprang nur einer Vermutung – einen Beweis dafür gab es nicht …

Ein kalter Windhauch fuhr durch Lucas' Brust. Er wusste, was er tun würde, wusste auch bis ins kleinste Detail, *wie* er es tun würde, aber der Gedanke daran ließ ihn frösteln. Er fühlte sich wie ein reicher Mann, der einen teuren Gegenstand in einem Land stehlen will. Und ein Spielchen mit Carmel Loan zu treiben war nicht dasselbe, als wenn man es mit einem Drogensüchtigen oder einem Glücksspieler oder einem Straßenräuber zu tun hatte. Wenn das schief ging, würde *er* womöglich im Knast landen …

Nach einigen weiteren Minuten stand er auf und ging durch den Flur zur Mordkommission. Sloan wollte gerade gehen: »Wegen der verdammten Klimaanlage habe ich dauernd Gänsehaut.«

»Was machst du heute Abend?«

»Vielleicht mit meiner Frau ins Kino gehen.«

»Wenn du mit ihr zum Essen ins Penelope gehst, draußen am Lake Minnetonka, bezahle ich die Rechnung und unterschreibe für die Überstunden.«

»Das mach ich glatt«, sagte Sloan schnell. »Schon allein deshalb, weil meine alte Lady mich umbringt, wenn ich nein sagen würde.« Sloan hatte eine Tochter auf dem College und hohe Studiengebühren zu zahlen, und teure Unternehmungen konnte er sich kaum einmal leisten. »Was habe ich dort zu tun?«

Als Sloan gegangen war, rief Lucas bei Jim Bone an, dem Direktor der Polaris Bank: »Jim, sind Sie heute Abend zwischen acht und neun zu Hause?«

»Ja. Kann ich was für Sie tun?«

»Ich muss mit Ihnen reden. Nur zehn Minuten wahrscheinlich. Ich laufe schon den ganzen Tag mit privaten Gedanken im Kopf rum, kann mir das aber dienstlich eigentlich nicht leisten, und außerdem sind Sie tagsüber ja auch sehr beschäftigt …«

»Kommen Sie doch vorbei. Kerin wird sich freuen, Sie zu sehen.«

»Wie geht es ihr?« Bones Frau war schwanger.

»Sie fängt gerade an, ein Bäuchlein zu kriegen.«

»Sie beide haben wirklich keine Zeit vergeudet.«

»Nun ja, wir gehören ja auch schon zu den älteren Jahrgängen.«

Myron Bunnson erzählte aller Welt, seine Mutter sei ein Superhippie gewesen, und sein *wirklicher* Vorname sei Bullet Blue, und sein Vater sei ein Hell's Angel in Oakland gewesen, und zwar vor der Zeit, als die Angels alte Knacker wurden. Nichts davon stimmte. Seine Eltern waren Myron (Senior) und Adele Bunnson, und sie betrieben eine Milchfarm in der Nähe von Eau Claire, Wisconsin.

Bullet war einer der drei Portiers beim Restaurant Penelope, die für das Einparken der Fahrzeuge ankommender Gäste zuständig waren. Er sah den roten Jaguar in die Zufahrt einbiegen und sagte zu den beiden anderen: »Das da ist meiner. Den übernehm *ich*.«

»Geteilt durch drei, denk dran, Mann«, sagte sein Freund Richard Schmid, der seine Freunde zu überreden versuchte, ihn Crank zu nennen. Der dritte Mann nickte: »Geteilt durch drei.«

»Okay«, sagte Bullet Blue. »Mir geht's vor allem um das Hühnchen am Steuer.«

»Versteh ich.« Crank kannte den Jaguar. Bullets Chancen, gerade *diese* Frau erfolgreich anmachen zu können, standen schlecht bis null, und schlecht war schon übertrieben optimistisch, vor allem, wenn man in Betracht zog, dass er wie das Äffchen eines Leierkastenmanns gekleidet war. Aber egal, Bullet Blue wollte speziell diesen Wagen übernehmen, und sie alle hatten ja ihre bevorzugten Kunden.

Bullet übernahm also den Wagen, bekam zehn Bucks von

Carmel, die ihm ein Lächeln zublitzte. »Vielen Dank, Ma'am«, sagte Bullet und strahlte sie mit seinem schmelzendsten Blick an. Der Blick verfehlte aber offensichtlich seine Wirkung, glitt an ihrer nackten Schulter ab, und sie verschwand im Restaurant, begleitet von ihrem Freund, der nach Bullets Ansicht bei weitem zu gut aussah, um heterosexuell veranlagt zu ein. Na ja, egal … Er schlüpfte in den Jaguar und steuerte ihn auf die reservierte Parkfläche an der Seite des Restaurants. Lucas erwartete ihn bereits. Er lehnte sich gegen einen Chevy-Van und sprach mit einem Mann auf dem Beifahrersitz.

»Haben Sie das Geld?«, fragte Bullet.

»Die Schlüssel?«

Bullet legte den Schlüsselbund in Lucas' ausgestreckte Hand. Lucas reichte ihn durch das Wagenfenster an den Mann auf dem Beifahrersitz weiter, der damit auf die Ladefläche des Vans kletterte. Lucas übergab Bullet Blue ein paar Geldscheine. »Ich werde mit McKinley reden.«

»Wenn wir sie nur das eine Mal aus der ganzen Scheiße holen könnten …« Bullet steckte die Geldscheine in seine Gesäßtasche. Das Geteilt-durch-drei bezog sich nur auf die zehn Bucks von Carmel.

»Ich habe nicht versprochen, dass ich das erreichen könnte«, sagte Lucas barsch. Aus dem Van drang das Surren eines Schlüsselschneiders. »Das Günstigste, was wir rausholen können, ist eine weniger schwere Strafe. Sie wird auf jeden Fall einige Zeit absitzen müssen.«

»Sie sitzt doch schon im Knast«, protestierte Bullet Blue. Er sprach von seiner Schwester, die zwei Jahre nach ihm die Farm verlassen und sich fortan Baby Blue genannt hatte. »Sie sitzt schon seit 'nem Monat drin und wartet auf den Prozess. Können Sie nicht erreichen, dass die Sache damit erledigt ist?«

»Nicht bei so einem Fall«, sagte Lucas. »Wenn sie die Pistole nicht in der Hand gehabt hätte …«

»Es war nicht ihre Pistole, es war Eddies«, sagte Bullet hitzig.

»Aber sie hatte sie in der Hand … Ich werde noch mal mit McKinley reden, ob er es nicht bei zwei bis drei Monaten bewenden lassen kann. Wie es jetzt aussieht, muss sie mit einem Jahr rechnen, vielleicht sogar mehr.«

»Versuchen Sie alles, Mann …«

»Und Sie passen auf, dass Sie keine Schwierigkeiten mit den Weibern kriegen, Sie Sittenstrolch«, sagte Lucas. »Geh'n Sie lieber zurück in die Heimat, ehe Sie auch im Knast landen.«

»Großartig. Mein Leben damit zubringen, an Kuhtitten rumzuzupfen …«

»Dann schaffen Sie Ihren Arsch schleunigst wieder zur Firma Dunwoody – wie lange würde die Ausbildung dort noch dauern?«

»Vier Monate.«

»Vier Monate, aha. Sie machen die Prüfung, und danach können Sie ganz schön Geld verdienen, wo auch immer Sie den Job machen.«

»Ja, ja«, knurrte Bullet.

»Sie hören meine Dunwoody-Rede nicht gern?«

»Ich bin einfach nicht dazu geboren, Autos zu reparieren, so wenig, wie ich dazu geboren bin, an Kuhtitten rumzuzupfen; ich bin für'n Rock'n'Roll-Leben geboren.«

»Sie sind dazu geboren …«

Der Mann im Van tauchte hinter Lucas' Schulter auf. »Fertig.« Er übergab Carmels Schlüsselbund wieder an Lucas, der ihn Bullet weiterreichte.

»Dunwoody«, sagte Lucas.

»Rock'n' Roll«, sagte Bullet Blue und ging davon.

Lucas trug einen dunkelblauen Anwaltsanzug und hielt eine schwarze Ledertasche in der Hand. »Jim Bone«, sagte er zu dem Portier hinter dem Pult in der Eingangshalle. Der Mann schaute in eine Liste, fragte dann: »Und Ihr Name, Sir?«

»Lucas Davenport.«

»Bitte, Mr. Davenport, fahren Sie hoch«, sagte der Portier und machte ein Häkchen hinter Lucas' Namen.

Lucas hatte ein Millionengeschäft gemacht, als er seine Software-Firma »Davenport Simulations« verkauft hatte; Bones Bank verwaltete dieses Vermögen.

»... sehr riskant«, sagte Bone. »Die Wirtschaft könnte in eine schlimme Rezession geraten, und wer bezahlt dann noch hundert Dollar für eine Platzrunde?«

Lucas nickte. »Ja, aber ich müsste ja nicht hundert Dollar für die Runde verlangen – sechzig täten es auch.«

»Sie haben aber überhaupt keine Erfahrung mit dem Betreiben eines Golfplatzes«, sagte Bone.

»Natürlich nicht; ich würde nicht mal versuchen, mich selbst da reinzuhängen. Ich mag Golf überhaupt nicht. Deshalb rät man mir ja, ein professionelles Management einzusetzen.«

»Na ja, ganz so verrückt ist der Plan nicht«, gestand Bone schließlich zu.

»Im Prinzip«, sagte Lucas, »geht es mir um Folgendes: Ich könnte den Platz jetzt gleich kaufen und meiner Tochter überschreiben, eine Hypothek darauf aufnehmen, das Geld in den Ausbau des Platzes stecken und somit einen Wertzuwachs aufbauen. Wenn meine Tochter dann fünfundzwanzig oder dreißig ist, besitzt sie fast den ganzen Anteil an unserer Kommanditgesellschaft, nämlich neunundneunzig Prozent, ich einen Anteil von einem Prozent, und dann verkaufen wir das Unternehmen, und meine Tochter hat für ihr Leben ausgesorgt. Sie kriegt dann mindestens vier oder fünf Millionen, und wer weiß – vielleicht sogar zehn Millionen.«

»Das Konzept ist im Prinzip okay, aber um Ihnen die Wahrheit zu sagen – auf lange Sicht wären Sie wahrscheinlich besser dran, wenn Sie einfach Staatsanleihen kaufen würden …«

Als sie fertig waren, verabschiedete Lucas sich von Kerin, die im Vergleich zur Zeit ihres Kennenlernens viel sanfter wirkte, ruhiger, glücklicher, zufriedener mit sich selbst. Unter der Tür sagte Bone: »Ich lasse meine Leute das Projekt für Sie ausarbeiten. Das Ergebnis müssten wir in einer Woche vorliegen haben.«

»Danke, Jim.«

Auf Bones Etage gab es fünf Türen. Vier Appartements einschließlich Bones und eine Tür zur Feuertreppe. Keine Überwachungskamera. Als sich die Türen des Aufzugs hinter Lucas geschlossen hatten, drückte er auf den Knopf für die siebenundzwanzigste Etage. Als die Türen nach der Ankunft auseinander glitten, schaute er schnell in den Flur. Leer. Auch hier keine Überwachungskamera. Er ging mit schnellen Schritten zur Tür von Carmels Appartement und steckte den ersten der beiden nachgemachten Schlüssel ins Schloss. Er passte – der zweite musste demnach für die Tür ihres Büros sein. Er drückte die Tür auf und huschte in die Wohnung. Irgendwo im Hintergrund brannte eine Lampe.

»Hallo?«, rief er. Keine Reaktion. »Hallo?«

Er ging schnell durch alle Zimmer, vergewisserte sich, dass niemand da war. Seine Nerven waren angespannt. Er hatte so etwas schon öfter gemacht, aber, dachte er, er wäre wohl nur schlecht zum Einbrecher geeignet.

Er fing mit ihrem Telefonverzeichnis an. Sie hatte dutzende von Namen eingetragen, die meisten im Zusammenhang mit einer Anwaltskanzlei oder einer Firma – Geschäftsbeziehungen. Bei einigen Eintragungen waren die Vor- und Familiennamen vermerkt, gefolgt von der Telefonnummer. Meistens waren zwei Nummern untereinander eingetragen – die private und die dienstliche, wie Lucas vermutete. Wohl keine Nummer eines Berufskillers darunter ... Bei rund zehn Eintragungen standen nur der Familiennamen und eine Telefonnummer da, und Lucas übertrug sie in sein Notizbuch.

In der Küche fand er dann ein weiteres, rein privates Adressbuch. Er nahm eine kleine Nikon-Kamera aus der Aktentasche, machte sechzehn Aufnahmen, legte einen neuen Film ein, machte acht weitere, verstaute die Kamera dann wieder in der Aktentasche.

Dann begann er mit der systematischen Durchsuchung des Appartements.

In ihrem Arbeitszimmer fand er einen Dell-Computer mit eingebautem Zip-Drive. Er hatte Zip-, Jaz- und Superdisks mitgebracht; er schaltete den Computer ein, legte eine Zip-Diskette ein, klickte als erstes das *Computer*-Icon an, danach das *Zip*-Icon und überspielte alle von Carmel gespeicherten Dateien auf die Diskette. Während der Computer seine Arbeit verrichtete, schaute er sich den Inhalt der Aktenschränke auf der anderen Seite des Zimmers an. Er zog jede Schublade einzeln heraus, und in der letzten fand er einen Stapel bezahlter Rechnungen – nichts Ungewöhnliches darunter, alles nur monatliche Routinerechnungen. Er blätterte sie schnell durch, sortierte die Telefonrechnungen für die letzten vier Monate aus und fotografierte sie. Aber die letzte Rechnung war schon fast einen Monat alt ...

Er ging in die Küche, wo er einen sauber aufgeschichteten Stapel ungeöffneter Briefe gesehen hatte. Er schaute die Umschläge durch und fand ein Schreiben der US-West-Telefongesellschaft, offensichtlich eine Rechnung. Seine Nerven vibrierten wieder leicht, während er den Teekessel auf dem Herd kurz schüttelte, um sich zu überzeugen, dass genug Wasser darin war. Dann schaltete er die Herdplatte ein.

Während er darauf wartete, dass das Wasser kochte, ging er ins Schlafzimmer und sah sich um. Nichts Auffälliges. Bei der Durchsuchung der Schubladen ging er sehr vorsichtig vor, um keine Unordnung zu verursachen, die Carmel auffallen könnte. Er fand nichts. Er schaute auch kurz in den Wandschrank, und als er die Tür schon wieder schließen wollte, bemerkte er ein metallisches Glitzern auf dem Boden. Das Glitzern hatte eine ganz bestimmte *Qualität*, die er im Unterbewusstsein sofort richtig einzuordnen wusste. Er fuhr mit den Fingern über den Boden, spürte das Ding, das das Glitzern verursacht hatte, und hob es auf: eine .22er-Patrone. Er nahm eine kleine Kugelschreiberlampe aus der Jackentasche und leuchtete den Boden sorgfältig ab, fand aber keine weitere Patrone.

Er dachte einen Moment über seinen Fund nach, steckte die Patrone dann in die Tasche. Als er die Tür des Wandschranks zudrückte, begann der Teekessel zu pfeifen. Er lief zurück in die Küche, hielt den Umschlag der Telefongesellschaft mit der Rückseite in den Dampfstrahl, löste vorsichtig die Gummierung, nahm die Rechnung heraus, machte ein Foto von den Ferngesprächen und verschloss den Umschlag wieder, ehe die Gummierung eintrocknen konnte. Er schaltete den Herd aus, stellte den Teekessel zurück an seinen Platz und schnüffelte: Der Geruch nach Gummierung hing in der Luft, nur schwach, aber er war da, wie er feststellte. Er hoffte, Carmel würde sich mit der Rückkehr in die Wohnung Zeit lassen.

Im Arbeitszimmer hatte der Computer seine Arbeit abgeschlossen; Lucas sah schnell noch eine Reihe anderer Dateien durch, zog einige davon auf das *Zip*-Icon, wartete, bis die

Überspielung abgeschlossen war, nahm die Diskette heraus und schaltete dann den Computer ab.

Okay … Was noch? Er war fertig und konnte gehen; aber vorher sah er sich noch einmal um.

Das Appartement war tatsächlich luxuriös. Aber wenn man von den persönlichen Dingen in den Aktenschränken und den Schubladen absah, vermittelte es den Eindruck, unbewohnt zu sein: alles geradezu obsessiv ordentlich, alles an seinem Platz – wie eine Bühneninszenierung.

Das Handy in seiner Tasche piepste: Sloan.

»Sie brechen auf«, sagte er. »Ich habe gerade meinen Shrimpscocktail bekommen. Ich hoffe, du verlangst nicht, dass ich ihnen folge.«

»Nein, lass sie gehen. Aber was hältst du denn nun von den beiden?«

»Sie sind ein turtelndes Pärchen, das kann man sagen. Den ganzen Abend Schmusen noch und noch. Aber ich glaube, der Mann hat noch jemand anders erwartet. Hat sich dauernd unruhig umgeschaut.«

»Na, wen wohl?«, fragte Lucas mit einem leichten Schuldgefühl. Dann: »Wieso bist du beim Shrimpscocktail und die beiden gehen schon? Isst du das Zeug etwa als Nachspeise?«

»Nun, ehm, ja, so ist es«, antwortete Sloan. Seine Stimme wurde ein wenig heiser. »Ich mag das Zeug doch so gern …«

Als Carmel kurz nach elf – sie musste am nächsten Tag hart arbeiten – in ihr Appartement zurückkam, blieb sie unter der Wohnungstür stehen und rümpfte die Nase. Irgendwas stimmt hier nicht, dachte sie. Sie konnte nicht genau sagen, was es war: Die Luft roch irgendwie anders als sonst oder so was … Die Chemie des Appartements war jedenfalls gestört worden. Sie ließ die Wohnungstür offen, um im Notfall einen

Fluchtweg zu haben, ging durch die Zimmer – aber sie fand nichts, was ihren Argwohn bestätigt hätte.

»Komisch«, sagte sie leise vor sich hin und schloss die Wohnungstür.

Am nächsten Morgen hatte sie die Sache vergessen.

11

Als Lucas nach Hause kam, nahm er die volle CompactFlash-Karte aus der Tasche, die zweite aus der Nikon-Kamera und gab beide in seinen Computer ein. Nachdem er »Fotoshop« aufgerufen hatte, schärfte er die Aufnahmen, so gut es ging, und druckte sie dann aus. Danach rief er bei Davenport Simulations an und ließ es läuten, bis sich schließlich ein Mann meldete, aus dessen Stimme unverhohlener Unmut über die Unterbrechung herausklang.

»Steve? Hier ist Lucas Davenport.«

»Heh, Lucas! Wie geht's dir, Mann?« Steve rauchte hin und wieder ein wenig Gras, nahm an Wochenenden ein wenig LSD und ließ sich einen Vollbart wachsen. Wenn er unter LSD stand, konnte er dreidimensional programmieren. »Du kommst gar nicht mehr vorbei.«

»Es würde euch ganz schön auf den Wecker gehen, wenn der frühere Besitzer der Firma dauernd bei euch rumhängen würde«, sagte Lucas. »Aber ich brauche jemanden, der mir bei einem Computerproblem hilft. Ich habe an dich gedacht … mit deinen Erfahrungen aus alten Hackerzeiten.«

»Ich mache so 'nen Scheiß nicht mehr – na ja, kaum mehr«, sagte Steve. »Ehm, worum geht's denn?«

»Kennst du jemanden, der die Besitzer anonymer Telefonnummern aufspüren kann?«, fragte Lucas. »Wenn ja, hätte ich einen Auftrag für ihn.«

Steve senkte die Stimme, obwohl er wahrscheinlich allein im Zimmer war. »Kommt darauf an, was für Nummern das sind und ob du bereit bist, dir möglicherweise einige Probleme einzuhandeln. Und wie viel du dafür bezahlen willst.«

»Wie viel würde das denn kosten?«

»Wenn du *viele* Nummern geklärt haben willst … Ich kenne da einen Typ, der so was macht. Er würde dir das Zeug per E-Mail zuschicken – für zwei Bucks pro Namen. Wie viele Nummern hast du denn?«

»Vielleicht fünfzig.«

»Oh, Jesus, ich dachte, es würde um Hunderte gehen, oder Tausende. Ich weiß nicht, ob er an so 'nem kleinen Auftrag interessiert ist.«

»Ich würde ihm mehr bezahlen«, sagte Lucas.

»Ich kann ihn ja mal fragen«, sagte Steve. »Sagen wir fünfhundert Bucks?«

»Einverstanden.«

»Ich muss mit meinem Namen für die Sache geradestehen, Mann. Ich bleib auf der Schuld von fünfhundert sitzen, wenn du nicht …«

»Steve, ich bitte dich …«

»Okay, okay.«

»Ich könnte auch zusätzliche Informationen über die Leute brauchen, die hinter den Telefonnummern stehen – ich meine, wenn dein Mann das bringen kann.«

»Könnte sein. Würde aber mehr kosten.«

»Geh hoch auf tausend.«

»Okay. Schick mir eine E-Mail mit den Nummern. Ich geb's dann weiter. Und du kriegst das Ergebnis dann auch wieder über E-Mail.«

Lucas tippte seltsame, unübliche oder nicht identifizierbare Telefonnummern von den Fotos ab und bat um die dazugehörenden Namen und Adressen. Er schickte die E-Mail an Steve, schaute dann nach, ob E-Mails für ihn vorlagen, und fand zwei Nachrichten. In der einen wurden ihm Pornofotos von Kindern unter zehn Jahren angeboten, die andere stammte von seiner Tochter.

Sarah war in der ersten Klasse und fing gerade erst an, Lesen und Schreiben zu lernen; aber ihre Mutter, eine Nachrichtenproduzentin beim Fernsehen, hatte ihr beigebracht, ein Stimmerkennungs-Schreibprogramm zu benutzen. Mit diesem Stimmenschreiber nahm Sarah mehrmals in der Woche Kontakt zu Lucas auf.

Lucas brauchte fünfzehn Minuten, den Text zu interpretieren, schrieb dann eine Antwort, wobei er sich bemühte, nur Wörter zu benutzen, die Sarah schon buchstabieren konnte, und auch, schmalziges Blabla zu vermeiden. Er war gerade fertig, als eine forsche Frauenstimme in dem Computer sagte: »Sie haben Post.«

Er schickte die E-Mail an Sarah ab, klickte dann seine Mailbox an. Die einzige vorliegende Nachricht war eine Liste von Namen und Adressen hinter den Telefonnummern, die er an Steve geschickt hatte. Bei allen Namen – mit zwei Ausnahmen – waren zusätzliche persönliche Informationen angefügt. Lucas überflog sie; die Informationen schienen vor allem von Kreditauskunfteien, in geringerer Zahl auch von staatlichen Kraftfahrzeug-Zulassungsstellen zu stammen. Am Ende der Liste stand ein Preisschild: »Übersenden Sie $ 1000.«

»Das ging ja schnell«, murmelte Lucas vor sich hin. Er sah auf die Uhr. Knapp unter einer halben Stunde.

Er druckte die Liste aus und wandte sich dann den Dokumenten zu, die er aus Carmels Computer geholt hatte. Obwohl er sich weniger als fünf Sekunden mit den meisten Papieren beschäftigte – alle bezogen sich auf Carmels Arbeit –, war es nach drei Uhr morgens, als er die Diskette löschte, den Computer abschaltete und ins Bett ging.

Am nächsten Morgen zerteilte er die Diskette mit einem Fleischermesser in kleinere Stücke und warf sie in zwei verschiedene Müllkörbe im Verbindungsgang zwischen dem Pillsbury-Gebäude und dem Polizeipräsidium: Er hatte eine fast abergläubische Angst davor, dass Computerdateien plötzlich auftauchten, wenn man sie nicht brauchen konnte.

Dann, immer noch im Verbindungsgang, fiel sein Blick auf eine Frau, die ein weites schwarzes Kleid trug und einen weißen Schal um den Kopf geschlungen hatte. Sie sah aus wie eine russische Babuschka. Er schaute ihr nach; irgendeine spezielle religiöse oder ethnische Gruppe, dachte er, wusste sie aber nicht einzuordnen. Er ging, vor sich hin pfeifend, weiter zum Polizeipräsidium. Dort angekommen, rief er Sherrill an.

»Kannst du oder Black mal für eine Minute vorbeikommen?«

»Wessen körperliche Anwesenheit würdest du vorziehen, meine oder Toms?«

»Lass das«, sagte Lucas. »Ich möchte nichts anderes als eure neuesten Erkenntnisse im Allen-Fall hören und ein paar Neuigkeiten an euch weitergeben.«

Sherrill kam einige Minuten später herein und ließ sich auf den Besucherstuhl fallen. »Uns gehen die Spuren aus, denen wir nachgehen könnten«, sagte sie.

»Dann lass mich dir berichten, was Hale Allen mir gestern erzählt hat«, sagte Lucas. Er tat es in einer Kurzfassung, sprach dann seine Begegnung mit der Frau im Verbindungsgang an. »Sie sah aus wie eine der Außerirdischen, die das kleine Mädchen bei der Erstellung der Fotomontagen beschrieben hat. Wir brauchen also ein frontales Foto von einer Frau, die ein schwarzes Kleid und einen Schal über dem Kopf trägt; dann bauen wir verschiedene Gesichter in das Foto ein – einschließlich des Gesichts von Carmel Loan.«

»Carmel Loan …«, sagte Sherrill. »Das könnte uns eine Menge Ärger einbringen, wenn es bekannt wird und wir nichts Handfestes vorweisen können.«

»Deshalb soll sie natürlich auch nicht erfahren, dass wir sie im Visier haben, bis wir handfeste Beweise haben.«

»Okay«, sagte Sherrill und stand auf. »Ich kann wahrscheinlich ein Foto von Carmel von deiner Bekannten in der Dokumentation bei der *Star-Tribune* bekommen, wenn sie noch dort arbeitet.«

»Sie ist noch dort«, sagte Lucas.

»Und ich werde die Jungs von der Identifikation darauf ansetzen, auf der Basis der Beschreibung, die das Mädchen uns gegeben hat, weitere Fotomontagen zu erstellen. Wann willst du noch mal mit dem Kind sprechen?«

»Sobald wie möglich«, sagte Lucas. »Man weiß ja nie, wie lange Erinnerungen bei kleinen Kindern haften bleiben.«

»Ich versuche, es für heute Nachmittag zu arrangieren.«

»Noch was«, sagte Lucas und kramte in seiner Hosentasche. »Bitte lass diese Patrone doch mal im Labor analysieren.« Er gab ihr die .22er-Patrone aus Carmels Wandschrank. Sherrill sah sie sich an und fragte dann: »Was steckt da dahinter, Lucas?«

»Nichts; es ist eine meiner Zweiundzwanziger-Patronen. Ich will nur den Unterschied bei der Analyse zwischen dieser aufs Geratewohl ausgesuchten Patrone und den Geschossen, die wir aus den Schädeln der Toten geholt haben, wissen. Verstehst du – haben wir es wirklich mit einem Fall zu tun, der sich auf eine metallurgische Analyse stützt?«

Sie sah ihn argwöhnisch an, drehte die Patrone in der Hand

173

hin und her. »Wenn ich diese Patrone hier verlieren würde«, sagte sie, »wäre es dir egal, wenn ich einfach eine von meinen Patronen analysieren lassen würde?«

Lucas sagte: »Gib *diese* da ins Labor, ja? Mach einfach, was ich dir sage.«

»Also speziell diese da …«

»Ja, die da.«

»Lucas …«

»Halt dich aus meinen Angelegenheiten raus, Marcy«, sagte er.

Sie grinste ihn an und sagte: »Marcy – ach du heilige Scheiße! Wir spekulieren da wohl ein bisschen, wie?«

»Gib das verdammte Ding da ins Labor«, knurrte er noch einmal.

Lucas verbrachte den Morgen damit, die Telefonnummern aus Carmels Adressbuch und ihren Telefonrechnungen durchzugehen; er hatte fünfundfünfzig davon markiert. Nach drei Stunden hatte er sich seitenweise Notizen gemacht, war aber nicht auf viel versprechende Hinweise gestoßen.

Einige Minuten vor zwölf kam er zum letzten Ferngespräch auf der letzten Rechnung: einem Gespräch, das Carmel vor zwei Wochen geführt hatte, wie er feststellte, zwei Tage nach Barbara Allens Ermordung. Die von dem Hacker hinzugefügte Notiz lautete nur: »Telefonnummer eines Kleinunternehmens beim Tennex-Botendienst.« Lucas wählte die Nummer, und eine Frau meldete sich gleich nach dem ersten Läuten: »Tennex-Botendienst.«

»Hallo, könnte ich mit dem Manager von Tennex sprechen? Oder wer auch immer der Chef des Unternehmens ist?«

»Es tut mir Leid, Sir, Mr. Wilson ist nicht da. Aber ich kann Sie auf seinen Anrufbeantworter schalten.«

»Nun, es geht mir eigentlich nur darum, wie ich ein Konto bei Tennex einrichten könnte.«

»Oh, es tut mir Leid, Sir; wir sind ein Telefondienst. Ich kann nichts weiter für Sie tun, als Sie mit Mr. Wilsons Anrufbeantworter verbinden.«

»Okay, danke, machen Sie das …«

Er wurde verbunden und hörte eine verschwommene Tonbandstimme, die von einem depressiven Teenager-Druggie stammen konnte: »Sie sind mit dem Tennex-Botendienst verbunden, dem, ehm, schnellsten Botendienst in Washington, D. C. Wir sind, ehm immer für Sie erreichbar, sofern die Leitungen nicht gerade belegt sind. Wir rufen gerne zurück, falls Sie eine Nachricht übermitteln wollen, also, ehm, hinterlassen Sie bitte Ihren Namen und, ehm, Ihre Telefonnummer. Danke.«

Lucas war nicht daran interessiert, mit einem drogensüchtigen Fahrradboten zu reden, und er legte auf, gähnte, stand auf und streckte sich und ging dann hinüber zur Mordkommission. Black saß an seinem Schreibtisch und schob irgendwelche Papiere hin und her; Sloan hatte die Füße hochgelegt und las in der *Pioneer Press*.

»Mittagessen?«, fragte Lucas.

»Ja, ich könnte mich mit diesem Gedanken anfreunden«, sagte Sloan.

Sherrill kam durch die Tür des Großraumbüros, sah Lucas und sagte: »Ich habe die Patrone ins Labor gegeben, und wir sind für sechzehn Uhr verabredet.«

Sloans Augenbrauen fuhren hoch. *»Tatsächlich? Wo?«*

Sherrill interpretierte die Anzüglichkeit richtig: »Halt die Klappe«, sagte sie zu Sloan und zu Lucas: »Die Mama ist nicht sehr erfreut, dass wir noch mal mit dem Mädchen sprechen wollen. Sie sagt, in den Zeitungen hätten so viele Andeutungen über Profikiller gestanden.«

»Dann musst du sie erst mal aufwärmen, wenn wir hinkommen«, sagte Lucas. »Weibergeschwätz – Versklavung der Frau, Tratsch, all diesen Scheiß.«

»Purer Sexismus«, sagte Sloan und schüttelte traurig den Kopf. »Und das von einem Mitglied in der Gleichberechtigungs-Unterscheidungs-Kommission.«

Lucas' Hand fuhr an die Stirn. »O Gott, das habe ich ja ganz vergessen! Heute ist eine Sitzung …«

Sie sahen ihn voller Mitleid an, und Sherrill tätschelte tröstend seine Schulter. »Es könnte schlimmer sein.«

»Was könnte schlimmer sein als das?«

»Ich weiß nicht … Man könnte dich erschossen haben.«

»Man *hat* ihn bereits erschossen«, sagte Sloan. »Es muss also viel schlimmer sein als das.«

Das Mittagessen mit Sloan bestand aus einer langen Stunde lockerer Unterhaltung, einschließlich kurzer Abschweifungen zur derzeitigen Entwicklung auf dem Gebiet der Kriminalität in ihrem Verantwortungsbereich. Die Mordfälle waren rückläufig, selbst nach den Morden an Barbara Allen und den zwei Latinos in Dinkytown – der vierte, Rolo, fiel in die Verantwortung der Kripo von St. Paul. Vergewaltigungen gingen zurück, ebenso Raubüberfälle; Kokain kam aus der Mode, Speed war wieder in, ebenso Heroin. »Gutierrez hat mir gesagt, dass es ein glücklicher Tag für ihn war, als der Heroinverbrauch anstieg und das Kokain runterging«, sagte Sloan. Gutierrez war Detective bei der Drogenfahndung. »Er sagt, die Target-Supermärkte und K-Mart und Wal-Mart würden zwar weiterhin ausgeraubt, aber die Angestellten müssten wenigstens nicht mehr so viel Angst vor irren, roboterhaften Koksfreaks haben, die mit Kanonen rumlaufen und meinen, sie wären unverletzbar.«

Lucas nickte: »Gib einem Menschen ein bisschen Heroin, und er geht schlafen. Gib ihm ein bisschen mehr, und er geht über den Jordan. Kein Problem.«

»Ladendiebstähle steigen allerdings wie verrückt an«, sagte Sloan.

»Hat sich zu einer Kunstfertigkeitskultur entwickelt«, sagte Lucas, hob die obere Hälfte eines Cheeseburgers hoch und inspizierte die einzige, verdächtig bleiche Gurkenscheibe auf dem Käse. »Ein Erbe der Heroingurus. Jemand sollte das mal wissenschaftlich untersuchen. Ein Anthropologe.«

»Oder ein Proktologe«, sagte Sloan. »Sag mal, wenn du heute Abend zu dieser Kommissionssitzung musst, kannst du wohl nicht am Schießtraining teilnehmen, oder?«

»Ich überlege, ob ich das nicht ganz aufgeben soll«, sagte Lucas. »Dieses verdammte Iowa-Kid, unser Superscharfschütze, hat mir damals fast das Auge ausgeschossen.«

»Er ist ein Schießfreak«, sagte Sloan. »Inzwischen zeigt er olympiareife Leistungen. Er hat eine Scheibe vom letzten Übungsschießen an seinen Spind gehängt. Zehn Schüsse im Zentrum, jeder Schuss im X-Ring. *In der Mitte* des X-Rings – wie abgezirkelt mitten im Schwarzen.«

»Er ist echt gut«, sagte Lucas. »In meinem Alter kann man nicht mehr so gut sein. Man schafft's einfach nicht mehr. Die Kontrolle über die Muskulatur reicht nicht mehr.«

»Ja, ja … Aber der Kerl ist ein dämliches Arschloch.«

»Ich habe gehört, er soll ziemlich clever sein.

»Na schön – er ist ein dämliches cleveres Arschloch.« Sloan schaute auf die Uhr. »Ich muss gehen. Hab eine Verabredung.«

Auf dem Weg zurück zum Büro realisierte Lucas, dass während des Gesprächs mit Sloan ein Groschen bei ihm gefallen war – allerdings noch nicht in sein Bewusstsein. Irgendetwas steckte in seinem Unterbewusstsein, aber er kam nicht darauf, was es war.

Aber es war wichtig, das wusste er. Er konzentrierte sich darauf, erkannte, dass es etwas mit dem Iowa-Kid zu tun hatte. Dieser junge Mann war immer noch ein uniformierter Cop, meldete sich aber für alle gefährlichen Einsätze, und er war vernarrt in Waffen. In alle Arten von Waffen: Er träumte von ihnen, benutzte sie, reparierte sie, verglich sie miteinander, kaufte und verkaufte sie. Ein Rückfall in die Gestalt eines Western-Revolverhelden, dachte Lucas.

Er versuchte, an das bevorstehende Gespräch mit Jan und Heather Davis zu denken und an die Fotomontagen, die Sherrill in Auftrag gegeben hatte. Mit den Bildern waren einige Risiken verbunden: Wenn das kleine Mädchen Carmel als eine der Mörderinnen erkannte und sie mit dieser Aussage vor Gericht gingen, konnte sie durch die Verteidigung mit dem Argument zerrissen werden, die Polizei habe die Erinnerung der Zeugin mit den Bildern zu ihren Gunsten beeinflusst. Die ganze Sache musste also mit aller Sorgfalt angegangen werden.

So sehr er sich auch auf die bevorstehende Befragung konzentrierte, der Superschütze aus Iowa tauchte immer wieder in seinen Gedanken auf. Irgendwas, das Sloan über ihn gesagt hatte ... irgendwas Nebensächliches ... Er konnte es einfach nicht konkretisieren.

So ist es, dachte er nach einiger Zeit, *wenn man senil ist.* Irgendetwas steckte in seinem Kopf, und er brachte es nicht fertig, es sich bewusst zu machen. Schließlich ging er hinunter in den Umkleideraum und suchte den Spind des Cops mit dem Spitznamen Iowa-Kid; fand ihn samt der Zielscheibe, und es war genauso, wie Sloan gesagt hatte.

»Überprüfen Sie das Schießergebnis?«, fragte ein blonder Cop, ebenfalls Scharfschütze, und Lucas nickte ihm zu.

»Ich habe von dem perfekten Ergebnis gehört«, sagte Lucas. Er lehnte sich vor und schaute es sich an. Die Schießscheibe bestand aus zehn kleineren, nebeneinander aufgereihten Einzelscheiben. Das schwarze Zentrum jeder dieser Scheiben wurde »Zehnerring« genannt, aber innerhalb dieses Ringes befand sich ein viel kleinerer Kreis: der X-Ring, nicht viel größer im Durchmesser als eine .22er-Patrone. In der Mitte jedes X-Rings der Einzelscheiben war ein glattes Einschussloch zu sehen. Jedes der Löcher hätte der Ansatzpunkt für einen Zirkel sein können, um den Kreis des X-Rings zu schlagen. Lucas stieß einen Pfiff aus.

»Der Typ ist nicht normal«, sagte der Cop. Er streifte eine schusssichere Weste über, drückte den Klettverschluss zu. »Ich habe, wie der Arzt bestätigt, gute Augen, aber ich kann bei der normalen Schussentfernung den X-Ring nicht mal genau erkennen. Die Schüsse in den Zehnerring zu setzen ist eine Sache, sie mitten in den X-Ring zu setzen eine andere, Mann … Das ist echt nicht normal.«

»Ja, toll«, bestätigte Lucas. »Ich hab's nie geschafft.« Er warf einen letzten Blick auf die Scheibe, schüttelte den Kopf und machte sich auf den Weg zurück in sein Büro. Zehn Schüsse in den Zehnerring zu setzen war eine Sache, zehn Schüsse in den X …

Im Büro sah er noch einmal die Telefonnummern durch, die er über Steve an den Hacker gegeben hatte. Und da war sie, die letzte Nummer.

Tennex Botendienst …

»Heilige Scheiße«, sagte er laut vor sich hin. Vielleicht war es ja auch nur ein Zufall …

Er dachte noch über die Sache nach, als Sherrill und Black mit einem Stapel großer Farbfotos hereinkamen – Silhouettenfotos von Frauen in dunklen Regenmänteln und mit Schals über den Köpfen. Man hatte ein Dutzend verschiedene Gesichter in die Wölbung der Schals eingesetzt und sie so fotografiert, als ob ein plötzlicher Lichtschein auf sie falle.

Lucas breitete die Fotos vor sich aus. »Nicht schlecht«, sagte er. »Die hier ist Carmel?«

»Ja – die Vermummung macht einen großen Unterschied«, sagte Sherrill. »Ich würde sie in dieser Kleidung in tausend Jahren nicht wieder erkennen.«

Sie fuhren getrennt, Black und Sherrill voraus, Lucas hinterher. Jan Davis erwartete sie bereits unter der Tür. »Ich hoffe nur, dass wir das ohne größeres Trauma hinter uns bringen«, sagte sie mit angespannter Stimme.

»Es gibt keinen Grund zu der Befürchtung, dass es überhaupt zu einem Trauma kommt«, sagte Lucas. »Wenn sie kein Foto identifizieren kann, ist alles vorbei.«

»Und was ist, wenn sie es kann? Und der Killer davon erfährt?«

»Der Killer wird über die Polizei nichts davon erfahren«, sagte Lucas. »Wir würden in diesem Fall eine Videoaufzeichnung machen und sie bei der Staatsanwaltschaft hinterlegen. Der Name Ihrer Tochter wird geheim gehalten, bis die Verteidigung des Mörders Einsicht in die Beweise verlangt – aber zu diesem Zeitpunkt haben wir den Mörder ja festgenagelt, er sitzt längst wegen Mordes ersten Grades im Gefängnis, und es gibt niemanden mehr, der Ihrer Tochter etwas antun könnte.«

»Die ganze Sache macht mir einfach schreckliche Angst«, sagte Jan Davis und schlang die Arme um den Oberkörper, als ob ihr kalt wäre.

Heather spielte mit einer Lastwagenflotte in ihrem kleinen Zimmer. »Weißt du, was du brauchst?«, fragte Sherrill und gab selbst die Antwort: »Einen Traktor, wie ihn die Farmer haben. Vielleicht mit einem Kultivator zum Bearbeiten der Felder.«

»Ich hab mal einen Traktor gehabt, einen John Deer, aber den hab ich irgendwo verloren«, sagte Heather. Ihre Augen verengten sich. »Der Traktor war gut, aber wissen Sie, was ich wirklich brauche?«

»Was denn?«

»Als wir den Traktor gekauft haben, haben wir dazu auch einen Mähdrescher gekauft, aber ich hatte nichts, wo man den Mais reinladen konnte. Ich bräuchte einen Getreidelaster.«

»Nun ja …« Sherrill war ratlos. »Komm, wir schauen uns mal die Bilder an, dann kannst du zurück zu deinen Lastwagen gehen.«

»Mom hat gesagt, Sie würden mich vielleicht mal in einem Streifenwagen mitfahren lassen«, sagte Heather.

»Hm, wenn du Onkel Lucas hier fragst, der könnte das vielleicht für dich organisieren.«

»Er ist nicht mein Onkel«, sagte Heather.

»Ich kann es vielleicht trotzdem für dich regeln«, sagte Lucas. »Komm und schau dir die Bilder an.«

Sie tat es, sah sie sich alle sorgfältig an, und als sie fertig war, sagte sie: »Nein.«

»Nein?«

Sie sah ihre Mutter an. »Die sehen nicht richtig aus.«

»Wenn sie nicht richtig aussehen«, sagte Jan Davis, »dann sehen sie eben nicht richtig aus …«

»Bist du sicher, dass *keines* der Bilder richtig aussieht?«, fragte Lucas.

»Na ja, sie sehen alle *irgendwie* richtig aus, aber keines davon sieht *richtig* richtig aus.«

»Wenn du das sagst, wird's wohl stimmen«, sagte Black. Sie standen alle auf.

»Kann Onkel Lucas mich trotzdem mal in einem Streifenwagen mitnehmen?«

Draußen auf dem Gehweg sagte Sherrill: »Verdammte Scheiße, Mann.«

»Ja, große Scheiße«, bestätigte Black. »Andererseits weiß ich nicht, ob ich ein Kind im Zeugenstand einer Befragung durch die absolut rücksichtslose Carmel Loan aussetzen möchte.«

»Ich würde im Moment alles versuchen«, sagte Lucas mürrisch. »Ich würde sogar einen Schimpansen nehmen, wenn er bereit wäre, auf das richtige Bild zu zeigen.«

»Was hast du jetzt vor?«, fragte Sherrill.

»Nach Hause gehen«, antwortete Lucas. »Ein Bier trinken. Nachdenken. Mich in den Schlaf weinen.«

12

Lucas kam kurz nach zehn – für seine Verhältnisse früh – in sein Büro. Er schrieb ein Memo, versah es mit der Überschrift »Vertraulich!« und diktierte dann das Ergebnis seines Gesprächs mit Hale Allen auf Band. Dann ging er mit dem Memo zu Rose Marie Roux, der Polizeichefin der Stadt.

»Wie war Ihre Reise?«, fragte er.

»Ein Kongress mitten im Sommer in Las Vegas – es war so heiß, dass ich Angst hatte, ins Freie zu gehen.«

»Aber trockene Hitze«, sagte Lucas.

»Die produziert auch ein Heizofen«, knurrte sie. »Und au-

182

ßerem war ich so gelangweilt, dass ich beinahe wieder mit dem Rauchen angefangen hätte … Was liegt an?«

Er übergab ihr das Memo, sie las es und sagte dann: »Verdammt, Lucas, das ist ja schrecklich! Warum kommen Sie nicht mal mit unkomplizierten Dingen zu mir?«

»Das ist doch unkompliziert«, sagte Lucas. »Ich belästige Sie ja nicht damit. Ich möchte aber, dass niemand außer Ihnen und mir, Sherrill und Black und vielleicht einem Richter dieses Memo zu Gesicht bekommt. Legen Sie es zu den Akten und vergessen Sie es.«

»Damit Ihr Arsch verschont wird«, sagte Roux.

»Damit der Arsch aller Beteiligten verschont wird«, stellte Lucas klar. »Ich brauche Carmel Loans Telefonunterlagen der letzten paar Monate, und dazu brauche ich wiederum eine richterliche Genehmigung.«

»Sprechen Sie mit Ross Benton«, sagte Roux. »Er wird Ihnen die Genehmigung ausstellen *und* den Mund halten. Er würde sich freuen, wenn wir Carmel Loan festnageln könnten, denn sie treibt vor Gericht ihre Spielchen mit ihm. Er hatte Schwierigkeiten mit einigen Entscheidungen in diesem Polle-Fall, und sie nannte ihn ›Schizo, der Clown‹, und das wurde dann in der *Star Tribune* veröffentlicht.«

»Okay. Ich gehe mit dem Memo zu ihm und hole mir die Genehmigung.«

»Ich hoffe, Sie wissen, was Sie da tun«, sagte Roux. »Ich bin zu alt und zu müde, um mich von Carmel Loan auf dem Scheiterhaufen verbrennen zu lassen.«

Lucas ging zu Richter Benton und bekam seine Genehmigung. »Lassen Sie mich wissen, was dabei rauskommt«, sagte Benton mit einem Leuchten in den Augen.

»Vielleicht nichts«, erwiderte Lucas. »Ich bitte Sie jedenfalls, nichts davon verlauten zu lassen.«

»Keine Sorge. Wenn nichts dabei herauskommt und sie erfährt, dass ich Ihnen diese Genehmigung ausgestellt habe, kann ich mir gleich einen Pistolenlauf in den Mund stecken.«

Lucas ging mit der Genehmigung zur Telefongesellschaft, präsentierte sie dem höflich-korrekten Vizepräsidenten, betonte die Verpflichtung zur Geheimhaltung und die Strafen, die bei einem Bruch dieser Verpflichtung zu erwarten waren. Der Vizepräsident reagierte mit entsprechender Ehrfurcht, und sie gingen hinunter ins Technikzentrum, wo die benötigten Unterlagen ausgedruckt wurden. Lucas bat den Vizepräsidenten, das Datum und die Uhrzeit auf dem Ausdruck zu notieren und mit seiner Unterschrift zu bestätigen.

»Ich hoffe, das bringt mich nicht in Schwierigkeiten«, sagte der Vizepräsident.

»Wir versuchen, einen Profikiller der Mafia festzunageln«, sagte Lucas.

»Sehr witzig«, sagte der Mann, während er unterschrieb.

Zurück in seinem Büro, wog Lucas die Vor- und Nachteile ab, das FBI um einen Gefallen zu bitten. Sein Magen knurrte, dann noch einmal, und Lucas reagierte darauf, ging in die Cafeteria, aß ein Sandwich und las die Zeitung. Dann ging er zurück in sein Büro und nahm Mallards Karte aus der Schreibtischschublade.

Wenn man das FBI in einen Fall einschaltete, musste man mit dem Problem rechnen, dass die Agenten zu Überreaktionen neigten: Maschinenpistolen mit Laserzieleinrichtung, Hubschrauber, psychologische Verbrecherprofile aus dem Computer. Ein weiteres Problem bestand darin, dass die FBI-Agenten im Allgemeinen unerfahren waren. Ein Mann, der nach dem College zum FBI ging und dann zwanzig Jahre als

Agent tätig war, hatte in etwa so viel Erfahrung mit echten Verbrechern wie ein Verkehrspolizist ein Jahr nach der Polizeischule. Wenn man es also mit einem leicht ergrauten, fünfundvierzigjährigen Agenten zu tun bekam – demnach etwa in Lucas' Alter –, konnte man zunächst einmal denken: Hm, der macht keinen schlechten Eindruck. Dann aber fand man schnell heraus, dass er in Cop-Jahren gerechnet höchstens fünfundzwanzig war.

Andererseits war die Erfahrung, die die Leute *hatten,* darauf ausgerichtet, Schwerverbrecher, wie zum Beispiel Profikiller, zu überführen …

Nach einem weiteren Moment des Zögerns dachte Lucas an Mallards Verhalten während ihres Treffens: Mallard gehörte offensichtlich zur besseren Sorte, glaubte Lucas.

Mallard nahm den Hörer nach dem ersten Läuten ab: »Ja?«

»Ich habe eine Intuition«, sagte Lucas, nachdem er seinen Namen genannt hatte.

»Ich neige dazu, Intuitionen zu respektieren«, sagte Mallard. »Unsere Leute in Minneapolis sind auf seltsame Weise beeindruckt von Ihnen. Oder sie haben Angst vor Ihnen oder so was.«

»Danken Sie ihnen, wenn Sie sie noch mal treffen.«

»Ich habe nicht gesagt, dass sie Sie *mögen*«, knurrte Mallard. »Sie sagen, Sie würden von uns als den *Feebs* sprechen. Wir sind aber keine Schwachköpfe, zumindest nicht alle.«

»Nun, ehm, das liegt an der alten Rivalität.«

»Ja, sicher«, sagte Mallard. »Was ist denn nun Ihre Intuition?«

»Wir haben eine potenzielle Verdächtige, nicht im Hinblick auf die Täterin, sondern auf die Anstifterin – die Frau, die die Mörderin angeheuert hat. Um von vornherein ehrlich zu Ihnen zu sein – ich werde Ihnen die Identität dieser Frau nicht verraten, denn sie ist ein heißes Eisen, und wenn ich mich täusche, wird sie mich an die Wand nageln. Ich müsste mich dann nach einem anderen Job *weit* von Minneapolis entfernt umsehen.«

»So viel zur Vorrede«, sagte Mallard. »Was ist die Intuition?«

»Nun, ehm, ich bin in den Besitz von Unterlagen gekommen, aus denen Telefonkontakte hervorgehen, die unsere Verdächtige etwa um die Zeit des Mordes an Barbara Allen hatte. Und einer davon war in Washington – bei Ihnen also …«

»Nicht im Staat Washington, okay …«

»… und als ich sie überprüfte, stieß ich auf einen ›Tennex-Botendienst‹. Niemand da außer einer Telefonistin. Es ist ein Telefondienst. Und das Verhalten der Telefonistin zeigt eindeutig, dass da *nie* jemand da ist. Komische Sache. Und gerade gestern habe ich mit einem Freund über Scheibenschießen gesprochen, und er erzählte mir von unserem jungen Cop aus Iowa, der gerade eine Runde geschossen hat, bei der er alle zehn Schuss nicht nur in den Zehnerring setzte, sondern sogar in den X-Ring.«

»Zehn im X-Ring – *Ten-X-Botendienst,* ich verstehe«, sagte Mallard. »Eine ziemlich weit hergeholte Intuition.«

»Aber genau das, was ich dachte.«

»Wetten würden ungefähr zwanzig zu eins dagegen stehen.«

»Ich dachte eher an fünfzig zu eins«, sagte Lucas.

»Und trotzdem sind es die besten Chancen, die ich gegen diese Killerin je hatte«, sagte Mallard. »Ich würde selbst bei tausend zu eins anspringen.«

»Wir müssen in dieser Sache vorsichtig vorgehen«, sagte Lucas. »Nichts von dieser Scheiße mit Lasermaschinenpistolen oder schwarzen Hubschraubern.«

»Niemand wird etwas davon erfahren«, sagte Mallard. »Bis wir es wollen. Wie kann ich Sie telefonisch direkt erreichen?«

Lucas gab ihm seine Nummer, und Mallard sagte noch: »Ich rufe Sie morgen früh an.«

Lucas legte auf, lehnte sich zurück und starrte das Telefon an. Mallard, der furztrockene, aber dicknackige Professor der Wirtschaftswissenschaften, hatte Anzeichen echter Erregung offenbart. Als ob er die Intuition teile …

Sherrill kam, ohne anzuklopfen, herein, setzte sich unaufgefordert auf den Besucherstuhl und sagte verdrossen: »Mein Problem ist, dass ich ein Cop bin.«

»Attraktiver, weiblicher Cop«, sagte Lucas tröstend. »Und du hast diese tolle große Kanone …«

»Ich bin nicht zum Scherzen aufgelegt«, sagte Sherrill. »Ich bin plötzlich mit einem Problem konfrontiert.«

Lucas runzelte die Stirn, erkannte den Ernst auf ihrem Gesicht. »Was ist passiert?«

»Die Patrone, die du mir gegeben hast«, sagte sie. »Sie ist vom Labor zurück.«

»Und?«

»Und … Lucas, die metallurgische Analyse hat dasselbe Ergebnis wie die der Geschosse bei den Morden an D'Aquila und den Latinos in Dinkytown. Allerdings nicht wie beim Mord an Barbara Allen.«

»Aha«, sagte Lucas ruhig, aber er spürte den starken Kick freudiger Erregung.

»Und weil ich nun mal ein Cop bin«, fuhr Sherrill fort, »muss ich dich fragen: Woher hast du die Patrone?«

»Ich könnte dir erzählen, dass ich sie nach dem Mord auf dem Boden in der Wohnung von Marta Blanca gefunden und dann vergessen habe.«

»Das wäre beschissener Blödsinn«, sagte sie.

»So was passiert manchmal, selbst den Besten von uns«, sagte Lucas.

»Aber nicht dir. Und mir auch nicht.«

»Ich sage dir die Wahrheit, wenn du sie wissen willst. Wenn du das dann aber einem anderen weitererzählst, lande ich möglicherweise im Knast. Aber wenn du es unbedingt wissen willst ...«

»Du wärst also bereit, es mir zu sagen?«

»Ja.«

Sie überlegte einige Sekunden, sagte dann: »Ich *muss* es wissen.«

Lucas nickte. »Ich bin in Carmel Loans Appartement eingebrochen, habe es durchsucht und die Patrone in einem Wandschrank gefunden. Es war nur diese eine Patrone da. Ich habe überlegt, ob ich sie liegen lassen, mir einen Durchsuchungsbefehl besorgen und sie dann offiziell finden soll – und wenn die Laboruntersuchung dann positiv wäre, hätten wir einen bedeutsamen Beweis vorzuweisen. Aber mir war klar, dass wir wohl kaum genug Gründe für einen Durchsuchungsbefehl in Händen hatten. Und andererseits konnte ich mir Millionen Gründe vorstellen, auf deren Grundlage Carmel oder ein anderer Verteidiger diese Art von Beweis anfechten würde. Verstehst du, wir hätten also zufällig diese eine Patrone in ihrem Wandschrank gefunden, und sie passt zufällig zu den Mordgeschossen, und wir sind die einzigen, die mit diesen Patronen umgingen – wir müssten gegen den Vorwurf, Carmel die Patrone untergeschoben zu haben, ankämpfen ... Es wäre ein brauchbarer Beweis gewesen, aber kein durchschlagender.«

»Also hast du die Patrone an dich genommen.«

»Ja, und dazu noch einiges andere«, sagte Lucas. »Computerunterlagen, Telefonrechnungen ...«

»Sie merkt hoffentlich nichts davon.«

»Nein, das glaube ich nicht.«

»Also, verdammt, Lucas …«

Er lehnte sich über den Schreibtisch vor, und sein Blick verriet die innere Anspannung: »Hör zu – *wir wissen jetzt Bescheid über sie.* Wegen dieser Patrone. Es ist das Wichtigste, was in einem Fall wie diesem passieren konnte. Wir haben einen festen Anhaltspunkt, wer hinter den Morden steckt. Und jetzt können wir anfangen, die Puzzlestücke zusammenzusetzen. Wir steckten fest, aber jetzt haben wir einen handfesten Verdacht, auf den wir uns konzentrieren können.«

»Ich wünschte nur, du hättest es mir gesagt, bevor du bei ihr einbrichst«, sagte Sherrill.

»Das ging nicht. Es war besser, dass du nichts davon gewusst hast, und es ist auch jetzt noch besser. Wenn mich jemand fragen sollte, auch jetzt noch – ich habe dir nichts davon gesagt.«

»Ich nehme an …« Sie stand auf, seufzte und sagte: »Okay. Ich habe vergessen, was du mir erzählt hast.«

»Aber real natürlich nicht«, grinste Lucas.

»Verdammt, Lucas …« Sie blitzte ihn wütend an und beruhigte sich sofort wieder. »Was machen wir als Nächstes?«

»Ich habe mir eine richterliche Genehmigung zur Einsicht in Carmels Telefonrechnungen geben lassen, bin damit zur Telefongesellschaft marschiert und habe die Rechnungen bekommen«, sagte er. »Ich habe sie überprüft – ich hatte sie ja schon aus ihrem Appartement, aber so haben wir den Nachweis, dass wir sie legal in die Hände bekommen haben.«

»Irgendwas, das uns weiterhilft?«

»Ja. Ein seltsamer Anruf. Und sie hat diesen Anruf kurz vor dem Mord an D'Aquila gemacht.« Er berichtete ihr vom Tennex-Botendienst und von seinem Anruf beim FBI.

»Tennex – klingt wie eine Rockband«, sagte sie verdrossen.

»Du denkst an Quicksilver Messenger Service, wie?«

»Nein, nie davon gehört«, antwortete sie. Sie ließ sich auf den Stuhl sinken und überflog den Computerausdruck mit den Telefonnummern. »Nichts *vor* dem Allen-Hit.«

»Nein ...«

»Hast du gehört, was ich gerade gesagt habe? Ich habe tatsächlich *Hit* gesagt – wie sie das im Fernsehen immer nennen. Jesus, ich bin in einem TV-Film ...«

»Soll ich dir mal sagen, welchen Gedanken ich verfolge?«, fragte Lucas und gab sofort die Antwort: »Könnte es nicht sein, dass Rolando D'Aquila der Kontaktmann zu der Killerin war? Wie ihr – Black und du – rausgefunden habt, hat er ja mal intensive Kontakte zur Mafia gehabt, und die Killerin hat, wie wir von Mallard wissen, eine ganze Menge Aufträge für die Mafia erledigt.«

»Und weißt du was?«, fragte Sherrill und setzte sich aufrecht hin. »Rolos Kontakte gingen nach St. Louis – seine Drogenlieferungen kamen vornehmlich aus St. Louis, und das war doch irgendwie ungewöhnlich. Zu der Zeit damals kam der meiste Stoff hier bei uns aus L. A.; der Schwerpunkt hat sich damals erst allmählich nach Chicago verlagert. St. Louis spielte keine Rolle – weder vor Rolos Aktivitäten noch nach seinem Ausstieg aus dem Großhandel wegen seiner Kokssucht.«

»Und die Killerin ...«

»Hat Kontakte zur Mafia in St. Louis. Sagen jedenfalls die Feebs.«

»Da ist echt was dran«, erwiderte Lucas. »Wir sollten da mal ansetzen.«

Carmel Loan saß in ihrem Büro; sie spürte noch Hale Allens Berührung aus der Nacht zuvor, den Druck seiner Daumenballen zu beiden Seiten ihrer Wirbelsäule … Sie versuchte, eine eidesstattliche Erklärung zu lesen, aber ihr Blick verlor sich immer wieder, und sie kicherte plötzlich vor sich hin. Dieser Mann war geradezu unnatürlich sexuell veranlagt; eine Erinnerung zuckte bei ihr auf, wohl aus einem Film, den sie vor langer Zeit einmal gesehen hatte – eine Frau hatte zu einem Mann gesagt: »Frauen wollen keinen Sex, Frauen wollen Liebe.«

Was für ein dummes Zeug, dachte sie. Frauen wollten Sex; sie wollten nur *zusätzlich* auch Liebe. Ja, so einfach ist das, dachte sie und kicherte wieder vor sich hin. Sie erinnerte sich genau daran, wie seine Hände dann …

Das Telefon läutete, ihr privater Außenanschluss, und sie zuckte zusammen, atmete tief durch und war bereit, zu den Gegebenheiten des Alltags zurückzukehren. »Carmel«, meldete sie sich. Nicht viele Leute kannten diese Nummer.

»Sie erinnern sich an mich?«, fragte eine Männerstimme.

»Natürlich.«

»Sie sollten mir ein paar Bucks zukommen lassen.«

»Jederzeit, Kumpel. Zu zwanzig Prozent Zinsen?«

»Carmel Loan, der weibliche Kredithai, wie? Aber ich will nichts leihen, ich will was verkaufen.«

»Ich glaube eigentlich nicht, dass derzeit was Interessantes für mich auf dem Markt ist, aber … Was haben Sie?«

»Eine Vorbedingung: Sie dürfen ein oder zwei Tage keinen Gebrauch von der Information machen. Es wissen nur wenige Leute davon, und wenn Sie herkommen und die Leute zur Rede stellen, könnten sie mich als Ihre Quelle identifizieren.«

»Okay; also, was ist es?«

»Lucas Davenport, Tommy Black und Marcy Sherrill haben Phantombilder zusammenstellen lassen, um sie einem Zeugen bei den Morden drüben in Dinkytown vorzulegen.«

»Okay …« Sie brachte das Wort unbefangen heraus, spürte aber einen kalten Hauch im Nacken.

»Raten Sie mal, wessen Gesicht auf einem der Phantombilder zu sehen ist?«

»Hm, das der Jungfrau Maria.«

»Dicht dran, aber kein Volltreffer. In Wirklichkeit ist *Ihr* Gesicht darauf zu sehen.«

»*Mein* Gesicht?« Sie war geschockt, und sie zeigte das auch deutlich. Der Mann am anderen Ende der Leitung war schließlich ein Cop …

»Ja. Ich weiß nicht, warum. Sie haben nach großen blonden Frauen gesucht, und vielleicht hatten sie ein Foto von Ihnen und haben es, wie die Fotos von anderen bekannten Frauen, einfach genommen – das Wettermädchen von Kanal Drei ist auch darunter …«

»Wahrscheinlich war es so«, sagte Carmel. »Aber ich bin stocksauer …«

»Ich dachte mir, dass Sie das wissen wollten.«

»Schauen Sie in Ihren Briefkasten«, sagte sie.

»Das mach ich«, erwiderte er, und seine Stimme klang sehr erfreut.

Carmel legte auf. Einige Leute, dachte sie, werden in der Erwartung einer zusätzlichen Geldsumme aufgeregt. Nicht nur, weil sie sich ausrechnen, was sie sich dafür kaufen können oder welchen Wert das Geld darstellt, sondern weil es sie anscheinend aufgeilt, die glatten, leicht fettigen Geldscheine zu fühlen. Dieser Cop war einer dieser Leute. Sie verstand das nicht; allerdings hatte sie auch noch nie ernsthaft versucht, es zu verstehen. Sie war dankbar, dass dieses Verlangen bei manchen Menschen bestand und dass sie es befriedigen konnte. Eine Reihe von Cops hatten sich im Verlauf der Jahre auf diese Weise schon als nützlich erwiesen.

Sie dachte noch eine Weile darüber nach, dann machte sie einen Spaziergang zu einem Münztelefon, tippte Rinkers Nummer ein und hinterließ eine Nachricht.

13

Sehr früh am nächsten Morgen – einem kühlen Morgen mit einem endlosen blassblauen Himmel, der für den Mittag Hitze versprach – rief ein fröhlicher Mallard aus Washington bei Lucas an. Der Anruf erfolgte eine Stunde vor der Zeit, die sich Lucas zum Aufstehen vorgenommen hatte; er nahm den Hörer mit in die Küche.

»Wir haben ein paar Neuigkeiten über diese Tennex-Verbindung«, sagte er, während Lucas gähnte und sich am Bauch kratzte. »Und ich habe eine Frage. Nein, zwei Fragen …«

»Was sind die Neuigkeiten?«

»Es gibt keinen Tennex-Botendienst, soweit wir das feststellen können, und es hat nie einen gegeben.«

»Das ist ja interessant«, sagte Lucas.

»Finde ich auch … Die Telefonnummer führt zu einer Reihe von Büros, die jeweils kurzfristig vermietet werden. Davor gibt es einen Empfang, in dem mehrere Empfangsdamen von acht bis neunzehn Uhr Dienst tun. Weiter hinten befindet sich eine hochmodern ausgestattete Telefonvermittlung, die rund um die Uhr von Telefonistinnen besetzt ist. Die Büros werden auf wöchentlicher oder monatlicher Basis vermietet, meistens an Geschäftsleute, die als Lobbyisten unsere Regierung bearbeiten. Im Durchschnitt sind die Büros zu zwei Dritteln belegt. Jedes Büro hat eine eigene Telefonnummer, und wenn ein Anruf bei der Vermittlung eingeht, reagieren die Telefonistinnen mit dem Namen dessen, der das Büro gerade gemietet hat. Anrufe zur Übermittlung von Nachrichten gehen auf unterschiedlichen Nummern ein, und die Telefonistinnen beantworten sie mit einem speziellen Namen, je nachdem, welche Nummer angerufen wurde. Tennex nimmt nur den Beantwortungsdienst in Anspruch. Es gibt kein Tennex-Büro.«

»Und wer bezahlt die Rechnungen? Woher kommen die Schecks?«

»Das wissen wir noch nicht. Wir möchten die Tennex-Nummer noch ein paar Tage abhören, bevor wir mit den Leuten sprechen, die diesen Telefondienst betreiben. So, und jetzt kommt meine erste Frage: Hat einer von Ihren Leuten – eine Frau – gestern die Tennex-Nummer von einem Münztelefon aus angerufen?«

»Nein.«

»Aber jemand aus Minneapolis hat es getan«, sagte Mallard. »Es war der einzige Anruf, der gestern einging.«

»Hm – zu welcher Uhrzeit?«

»Ungefähr siebzehn Uhr dreißig unserer Zeit.«

»Hm … Wir haben gestern einem kleinen Mädchen, das die Killer in Dinkytown gesehen hat, eine Reihe von Phantombildern gezeigt. Sie haben wahrscheinlich über das Mädchen in den Akten gelesen, oder nicht?«

»Ja, natürlich.«

»Unter den Fotos war auch eines mit dem Gesicht unserer Verdächtigen. Es kam nichts dabei raus … Aber ich will Ihnen was sagen: Diese Frau muss einen Spitzel in unserem Department haben. Oder in Ihrem, was das betrifft …«

»Meine Leute wussten nichts von den Phantombildern.«

»Richtig, Entschuldigung. Wenn es eine undichte Stelle gibt, muss sie hier bei uns sein. *Wenn es eine undichte Stelle gibt* … aber verdammt, ich hätte es ihr selbst verraten, wenn ich gewusst hätte, dass sie dann diesen Anruf macht. Haben Sie eine Aufzeichnung der Stimme?«

Mallard antwortete nicht sofort, als ob er die Dummheit dieser Frage erst einmal verdauen müsste. »Natürlich«, sagte er dann.

»Ich möchte sie hören«, sagte Lucas. »Ich kenne die Verdächtige persönlich, habe erst vergangene Woche länger mit ihr gesprochen. Vielleicht kann ich sie damit festnageln …«

»Was mich nunmehr zu meiner zweiten Frage führt«, sagte Mallard. »Wie ist ihr Name?«

»Jesus …«

»So heißt sie bestimmt nicht … Ich *muss* den Namen wissen. Diese Entwicklung des Falles ist viel versprechend. Solange Ihr Verdacht auf nichts mehr als einer Intuition beruhte, war das *eine* Sache. Jetzt ist es eine andere.«

»Sie ist eine bekannte Strafverteidigerin mit besten Beziehungen hier in der Stadt. Wahrscheinlich mehrfache Millionärin. Und ich *weiß*, dass sie Zuwendungen an Politiker macht – an Senatoren, Kongressabgeordnete, wen auch immer. Wenn Sie diese Sache vermasseln und vorzeitig was rauskommt, wird man unsere Gebeine irgendwann in einem gemeinsamen Grab in irgendeinem Waldstück finden.«

»Drei Leute hier, mich eingeschlossen, werden den Namen erfahren. Keinesfalls mehr. Wenn wir uns in einem gemeinsamen Grab wiederfinden, werden die zwei anderen unter uns liegen, das verspreche ich Ihnen.«

Lucas seufzte, zögerte und sagte dann: »Okay. Ihr Name ist Carmel Loan. Ich kann Ihnen nicht sagen, wie nervös mich das macht …«

»Hm … Die Frau, die gestern anrief, hat sich als Patricia Case identifiziert.«

»Nie gehört, aber ich werde das überprüfen«, sagte Lucas.

Er nahm das Telefonbuch von St. Paul und blätterte es durch, suchte den Namen Case.

»Könnte eine Art Code sein«, sagte Mallard. »Obwohl das ziemlich weit hergeholt klingt.«

»Tennex-Botendienst ist auch weit hergeholt ... Konnten Sie den Münzfernsprecher lokalisieren?«

»Ja, einen Moment ... Aha, da haben wir's – 505 Nicollet Mall.«

»Fünf-null-fünf«, murmelte Lucas, während er mit dem Finger die Eintragungen »Case« im Telefonbuch abfuhr. Dann sagte er, halb zu sich selbst: »Im Telefonbuch von St. Paul ist keine Patricia Case eingetragen. Das Telefonbuch von Minneapolis habe ich hier zu Hause nicht ...«

»Wir haben das alles schon gecheckt: Es gibt keine Patricia Case in der Doppelstadt. Wir haben auch die Nummer 505 überprüft. Sie gehört zu einem Kaufhaus – Neiman Marcus.«

»Das ist ein bequemer Zwei-Minuten-Spaziergang von Carmel Loans Büro«, sagte Lucas. »Ich kann das genauer überprüfen, aber wahrscheinlich ist es das zu ihrem Büro *nächst gelegene* Münztelefon.«

»Interessant«, sagte Mallard.

»Bitte – lassen Sie nichts von unserem Verdacht gegen Carmel Loan verlauten«, sagte Lucas noch einmal dringlich. »Noch nicht.«

»Von uns hier wird nichts nach außen dringen, das schwöre ich bei Gott.«

»Noch etwas«, sagte Lucas, »wann gehen Sie zu diesem seltsamen Haufen? Zu dieser Büroflucht samt telefonischem Antwortdienst, um sich die Leute vorzuknöpfen?«

»Wir warten noch mindestens einen Tag.«

»Rufen Sie mich am Tag vorher an. Ich bin nur drei Flugstunden entfernt, und ich wäre bei der Aktion gern dabei.«

»Kein Problem. Noch was?«

»Ja. Eines der Opfer, dieser Rolando D'Aquila, war früher mal Drogenhändler im großen Stil. Unsere Drogenfahnder sagen, er habe seinen Koks aus St. Louis bezogen, über eine Mafia-Connection da unten. Nicht direkt von Kolumbianern oder Mexikanern, sondern nach altem Brauch von der Mafia. Und die Profikillerin, für die er wahrscheinlich als Kontaktmann tätig war, scheint in dieses örtliche Szenarium zu passen.«

»Verdammt«, sagte Mallard, »mit mir passiert was, das schon seit sehr langer Zeit nicht mehr passiert ist.«

»Und was ist das?«

»Meine Hoffnung steigt.«

In den nächsten zwei Tagen geschah nichts. Carmel erhielt keinen Rückruf. Sie blieb stets in der Nähe ihres Spezialtelefons, hörte aber nichts von Rinker. Gab es ein Problem mit dem Kontakttelefon? Wurde es abgehört?

Das FBI war gleichermaßen frustriert. Es gingen keine weiteren Anrufe für Tennex ein. Nichts. Am Ende des zweiten Tages rief Mallard bei Lucas an. »Wir machen es morgen, wenn nicht noch was passiert, das uns zunächst mal noch davon abhält. Auf jeden Fall aber machen wir es noch vor dem Wochenende.«

»Ich besorge mir heute Abend einen Flug.«

»Wir können das für Sie regeln«, bot Mallard an.

»Danke, ich mache das von hier aus.«

»Okay. Irgendwas Neues?«

»Ich habe eine Mitarbeiterin, Marcy Sherrill, nach St. Louis geschickt, um aus den Leuten von der Abteilung Organisiertes Verbrechen da unten mal ein bisschen was rauszukitzeln. Hier bei uns hat sich nichts Neues ergeben.«

»Wenn diese Sherrill die junge Frau ist, die ich bei unserer Besprechung kennen gelernt habe, wird sie dieses Rauskitzeln sicher bestens erledigen.«

»Eines ihrer vielen Talente«, sagte Lucas. »Bis morgen.«

Lucas rief sein Reisebüro an, ließ sich einen Northwest-Flug in der Businessclass nach Washington für einundzwanzig Uhr und ein Zimmer im Hay-Adams reservieren. Er mochte das Hay-Adams, denn bei dem halben Dutzend Aufenthalten dort – auch beim allerersten – hatte ihn der Türsteher stets mit »Schön, Sie wieder einmal bei uns zu sehen, Sir« begrüßt.

Dann rief er Donnal O'Brien bei der Mordkommission in Washington an und sagte: »Hallo, alter Ire.«

»Jesus Christus, die fernen Außenbezirke melden sich zu Wort«, sagte O'Brien. »Wie zum Teufel geht's dir, Lucas?«

»Gut. Ich fliege heute Abend nach Washington. Ich würde dich morgen gern treffen, wenn du Zeit hast.«

»Soll ich dich vom Flughafen abholen?«

»Nein. Ich komme mitten in der Nacht an«, antwortete Lucas. O'Brien musste sich um vier Kinder kümmern. »Ich fahre mit dem Taxi zum Hay-Adams. Morgen früh erledige ich den dienstlichen Kram bei den Feebs, und dann komme ich zu dir – wann? Um drei?«

»Okay, um drei. Vielleicht geh'n wir auf ein Bier, hm?«

»Machen wir. Bis dann.«

Der Flug nach Washington war ein Albtraum: Am Flugzeug war nichts auszusetzen, beste Wetterbedingungen, pünktlicher Abflug – aber Reisen in Flugzeugen – nicht in Hubschraubern – waren die einzige echte Phobie, die Lucas bei sich kannte. Er hatte Angst, ein Flugzeug zu besteigen, saß völlig verkrampft da, klammerte sich an die Armlehnen, stets in Erwartung des Absturzes, und zwar vom Abflug bis zur Landung, und er war erst so richtig überzeugt, dass er überlebt hatte, wenn er schließlich durch den Terminal des Zielflughafens ging.

Beim Anflug auf Washington tauchte das angestrahlte Washington Monument in Postkartengröße unter ihnen auf. Lucas ignorierte es. Es war sinnlos, sich das anzuschauen, wenn man nur noch Sekunden vom Tod im Inferno eines Flammenmeeres entfernt war. Aber irgendwie kam das Flugzeug heil herunter, und die Stewardessen unterdrückten ihre Panik immerhin so weit, dass sie ihm zulächeln und für den Flug mit Northwest danken konnten.

Das Hay-Adams war großartig wie immer. Das Weiße Haus, eingerahmt vom Fenster über dem Schreibtisch, sah aus wie die teure Reproduktion eines 3-D-Fotos in einem Werbefilm – bis man erkannte, dass es real existent war.

Er schlief sehr gut – hatte ihn doch der Türsteher wie erwartet willkommen geheißen.

Mallard fuhr um zehn Uhr am nächsten Morgen in einem blauen Chevy vor, gefolgt von einem weiteren blauen Chevy, in dem drei weitere Agenten saßen. Lucas wartete bereits hinter der Eingangstür, und als er Mallard aus dem Wagen steigen sah, ging er ihm entgegen. »Hübsches Hotel«, sagte Mallard und schaute zur imposanten Fassade des Hay-Adams hinüber. »Mir hat man mal dienstlich einen Aufenthalt in einem Holiday Inn genehmigt, in dem es Suiten gab. Na ja, die Genehmigung schloss keine Suite ein, aber ich kam immerhin an der Tür von einer vorbei.«

»Wenn ihr Leute nett zu mir seid, genehmige ich euch einen Aufenthalt in der Lobby des Hotels, während ich heute Abend mein Dinner zu mir nehme.«

»Sie sind ein herzensguter Mensch«, sagte Mallard. Er trug einen blauen Anzug, dazu eine dunkelblaue Krawatte mit kleinen roten Pünktchen. Im Becherhalter des Chevy stand ein Metallbecher mit Kaffee. Mallard trank einen Schluck und sagte: »Wenn Sie auch einen wollen, können wir bei einem Starbucks anhalten.«

»Nein danke«, sagte Lucas. »Warum die ganze Truppe?«

»Wir kriegen es mit fünf Leuten zu tun – die beiden Empfangsdamen, die beiden Telefonistinnen an der Vermittlung und die Chefin –, und ich dachte, dann sollten wir ebenfalls fünf sein.«

»Aha. Nun, wenn die Weiber auf uns losgehen, müssen Sie die Speerspitze unseres Gegenangriffs bilden«, sagte Lucas und machte es sich auf dem durchgesessenen Beifahrersitz bequem. »Wenn man als Speerspitze vorangeht, folgt der Rest der Truppe normalerweise ohne großes Murren.«

»Hier in Washington wäre man dann innerhalb kürzester Zeit tot«, sagte Mallard. »In Washington halten sich die Führer stets *hinter* der angreifenden Truppe.«

Die Büros befanden sich in einem schwer zu klassifizierenden Granitgebäude am Dupont Circle; bei näherem Hinsehen konnte man das Gebäude als »Mittelklasse« durchgehen lassen. Lucas, Mallard und die drei anderen Agenten bewegten sich wie ein gesittetes Rugby-Team darauf zu – eine kleine Gruppe konservativ gekleideter, kurzhaariger Männer, alle recht groß und sportlich durchtrainiert, die man, wenn jemand sie überhaupt falsch einschätzen würde, für Angehörige des Geheimdienstes halten könnte.

Lucas hatte zwar vorher schon so manchen FBI-Aufmarsch gesehen, war aber noch nie Teil eines solchen gewesen.

Mallard hielt den Empfangsdamen, einer falschen Rothaarigen und einer echten Blonden, seinen Ausweis entgegen und sagte: »Wir sind vom FBI. Wir möchten mit Mrs. Marker sprechen.« Zwei der Agenten hatten sich, als Mallard am Empfangspult stehen blieb, von der Gruppe gelöst und waren in den nächsten Raum gegangen. Um die Vermittlung im Auge zu halten, nahm Lucas an.

Die blonde Empfangsdame war eine sorgsam frisierte Frau mittleren Alters, deren Brille ein blaues Plastikgestell mit glitzernden Silberpünktchen hatte. Als sie Mallards Ausweis sah, fuhr ihre Hand an die Kehle. »Nun, ehm«, stammelte sie, »ich ... ich weiß nicht, ob sie da ist.«

»Sie ist da«, sagte Mallard. »Wählen Sie 0600 und bitten Sie sie, zu uns zu kommen.«

Die Frau stellte keine weiteren Fragen. Sie nahm den Hörer ihres Telefons hoch, gab die angegebene Nummer ein und sagte in die Sprechmuschel: »Ein paar Gentlemen vom FBI sind hier und möchten Sie sprechen.«

»Danke«, sagte Mallard.

Louise Marker war eine stämmige junge Frau mit nur einer einzigen Augenbraue – einem pelzigen braunen Streifen über beiden Augen samt dem Nasenrücken. Sie hatte übertrieben gewölbte, tiefrot gefärbte Lippen unter einer fleischigen Nase. In *Alice im Wunderland* wäre sie die Rote Königin gewesen.

Tennex sei seit zweiundsiebzig Monaten Kunde bei ihnen, sagte sie, und die Firma bezahle die Miete und die Telefonrechnungen mit Bankschecks oder Zahlungsanweisungen. Sie bewahrte die Empfangsquittungen für alle zweiundsiebzig monatlichen Zahlungen in einem grünen Hängeordner auf. Die meisten der Schecks und Zahlungsanweisungen stammten von verschiedenen Banken in den Städten St. Louis, Tulsa, Oklahoma und Kansas City, Missouri. Vier Schecks kamen aus Dallas-Fort Worth und drei aus Denver. Je zwei Schecks waren aus Chicago und aus Miami, je einer war aus San Francisco, New Orleans und New York gekommen.

»Woher weiß sie, wie viel sie monatlich bezahlen muss?« fragte Lucas. »Die Rechnungen lauten doch jedesmal über andere Beträge.«

Marker zuckte die Schultern: »Wir erstellen am neunundzwanzigsten jeden Monats die Rechnung und geben die Summe in den Anrufbeantworter. Ein paar Tage später kommt dann der Scheck. So einfach ist das.«

»Und der Anrufbeantworter läuft über die Telefongesellschaft, so dass Sie damit gar nichts zu tun haben? Nichts davon mitkriegen?«

»So ist es.«

»Woraus besteht denn dann Ihre Dienstleistung? Sogar mit Empfangsdamen …«

»Nun, man muss einen Telefonanschluss haben – die Telefongesellschaft lässt diese Art von Service nicht zu, wenn man keinen eigenen Telefonanschluss hat und dafür bezahlt«, antwortete Marker. »Wir *sind* dieser Telefonanschluss.«

»Das ist doch Blödsinn«, sagte einer der FBI-Agenten. »Die Leute, die Ihren Service in Anspruch nehmen, bezahlen Sie nur dafür, dass Sie einen Telefonanschluss unterhalten?«

»Es ist *kein* Blödsinn«, wehrte sich Marker. »Wir bemühen uns nicht um ausführliche persönliche Daten unserer Kunden, weil wir die Mittel und Möglichkeiten dazu nicht haben, aber wir wissen, um wen es sich handelt, jedenfalls meistens. Es sind vornehmlich kleinere Wirtschaftsverbände oder Firmen oder Politiker, die sich kein eigenes Büro in Washington leisten können, aber den Anschein erwecken wollen, sie hätten eines. Sie geben unsere Telefonnummer als Nummer ihres Washingtoner Büros an, und wenn jemand anruft, ein Abgeordneter zum

Beispiel, geht der Anruf beim Empfang ein, und unsere Damen sagen dann, es sei leider gerade niemand da, aber man würde zum Anrufbeantworter der gewünschten Person durchstellen. Jemand im tatsächlich existierenden Büro unseres Kunden, draußen in Walla Walla oder wo auch immer, ruft mehrmals am Tag hier an, hört den Anrufbeantworter ab und erwidert dann den Anruf. Und wenn ein Kunde persönlich nach Washington kommt, können wir ihm ein Büro mit voller Ausstattung vermieten ... Wir sind übrigens nicht die einzigen, die diesen Service anbieten; es gibt noch ein halbes Dutzend andere ...«

Lucas schlenderte im Büro umher; er stieß auf ein Airline-Magazin und blätterte es auf der Seite mit der Karte der Flugrouten auf. Die Städte im mittleren Westen und mittleren Süden, aus denen die meisten Schecks stammten – Kansas City, St. Louis und Tulsa – lagen auf einem fast perfekten Kreis mit Springfield, Missouri, als Mittelpunkt. Andererseits, wenn die Absenderin in Springfield oder in der Nähe wohnte und die Schecks aus benachbarten großen Städten abschickte, um keinen Hinweis auf ihren Herkunftsort zu geben – warum war sie dann nicht auch zum Beispiel nach Little Rock gegangen? Es war nicht weiter von Springfield entfernt als die anderen Städte, wie die Karte auswies.

Und die Tatsache, dass die Absendeorte der anderen Schecks so verstreut lagen, ließ den Schluss zu, dass die Killerin entweder viel reiste oder es organisierte, dass andere Leute für sie die Schecks abschickten. Aber es erschien recht unwahrscheinlich, dass sie andere Leute damit beauftragte – es wären Gefahrenpunkte in ihrem Versteckspiel. Also reiste sie viel im ganzen Land herum ...

»... nie mit ihr gesprochen«, sagte Marker gerade. »Ich weiß nicht mal, ob es wirklich eine Frau ist. Ich dachte immer, es wäre ein Mann.«

»Wieso meinen Sie das?«, fragte Mallard.

»Ich weiß nicht ... Weil dieser Kunde einen Botendienst betreibt, nehme ich an. Man denkt dann doch automatisch, das wäre ein Männerjob.«

Mallard und seine drei Agenten begannen, mit allen fünf Frauen, einer nach der anderen, ins Detail gehende Gespräche zu führen. Lucas blieb eine Weile vor Markers Büro stehen und beobachtete die Frau, während Mallard sie ausquetschte; sie richtete den Blick auf Lucas, dann wieder auf Mallard, dann wieder durch die Tür auf Lucas. Nach zehn Minuten steckte Lucas den Kopf durch die Tür: »Danke, dass Sie mich mitgenommen haben. Ich rufe Sie heute Nachmittag noch mal an.«

»Einen Moment noch«, sagte Mallard.

Draußen im Flur, weit genug von den Frauen entfernt, sagte er: »Nicht besonders aufregend.«

»Ich muss über das alles noch mal nachdenken«, sagte Lucas.

»Das Problem ist, dass wir keinen Ansatzpunkt haben; nichts Klares, an das wir uns halten können. Wir werden unsere örtlichen Agenten darauf ansetzen, diese Schecks zu überprüfen. Vielleicht kann sich der Kassierer einer der Banken an die Frau erinnern, die die Schecks eingereicht hat.«

»Die höchste Zahl an Schecks, die sie bei einer Bank zum Transfer eingereicht hat, ist sechs, und es lagen jeweils Monate dazwischen«, sagte Lucas. »Ich wette, sie ist jedes Mal zu einem anderen Kassierer gegangen und hat den Scheck immer in bar abgedeckt.«

»Vielleicht können wir die Originalschecks aufspüren und Fingerabdrücke finden. Wir werden uns jeden einzelnen Überweisungsscheck hier ganz genau ansehen. Und wenn der nächste Scheck eingeht ...«

»Ja, machen Sie das alles«, sagte Lucas.

Unten auf der Straße schaute er zurück auf das Gebäude und bemerkte, dass Mallard ihm nachblickte. Es war clever von ihm, Lucas' Rat zu suchen; aber irgendwie war es auch nicht ganz richtig.

Donnal O'Brien war ein stämmiger Schwarzer mit einem schmalen Oberlippenbart – und Alleinerzieher von vier Kindern; seine Frau war, wie er gern erzählte, eines Abends ausgegangen, um ein Brot zu kaufen, und nicht mehr zurückgekommen. »Ihr war's wohl ohne die Kinder tagsüber zu ruhig bei ihrer Arbeit in diesem Gemischtwarenladen.«

Die Frau lebte jetzt in North Miami Beach mit einem pensionierten früheren Washingtoner Cop namens Manners zusammen. »Die Jungs von der Drogenfahndung nannten ihn nur ›Bad Manners‹, und er hat sich tatsächlich schlecht benommen; er ging ganz sicher mit ein bisschen mehr als der normalen Pension in den Ruhestand, wenn man bedenkt, dass er in seinen letzten drei Dienstjahren bei der Drogenfahndung keinen Dealer mehr hochgehen ließ.«

Lucas hatte O'Brien bei einem Computerlehrgang kennengelernt, als Lucas der Polizei noch seine Simulationssoftware für Einsätze andiente. Sie hatten sich ein paar Mal auf ein Bier getroffen und auch danach noch manchmal Informationen ausgetauscht. Als O'Brien noch verheiratet gewesen war, hatte er mit seiner Familie einmal eine Woche in Lucas' Ferienhaus in Wisconsin Urlaub gemacht.

Als Lucas ins Büro kam, las O'Brien gerade im *People*-Magazin eine Story über eine lesbische Golfspielerin. »Hast du gewusst, dass Kitty Veit eine Lesbe ist?«

»Ich habe keine Ahnung, wer Kitty Veit ist.«

»Sie hat am vergangenen Wochenende beim letzten Durchgang des Frauenturniers in Merion eine 63er-Runde gespielt und dreihundertzwanzigtausend Dollar gewonnen. Sie ist die erste Frau, die dort eine 63er-Runde geschafft hat.«

»Du redest von Golf?«

O'Brien seufzte. »Na ja, egal. Jedenfalls, sie ist eine Lesbe.«

»Und das verstößt gegen dein Golfer-Verständnis von Schicklichkeit?«

»Nein, das nicht, aber es ruft bei mir die Frage wach, ob ich nach einer Geschlechtsumwandlungsoperation ebenfalls 63er-Runden spielen könnte.«

»Du würdest wahrscheinlich den ganzen Tag zu Hause sitzen bleiben und an deinen Titten rumspielen.«

»Hm … Das habe ich nicht bedacht.«

»Wie geht's dir?«, fragte Lucas.

»Ich bin ziemlich müde. Komm, lass uns ein Coke trinken gehen.«

Sie fanden eine freie Nische in einer kleinen, nur moderat nach Fett stinkenden Imbissbude mit Plastiktischen und stellenweise aufgeplatzten, roten Sitzkissen. Der Kellner kam auf sie zu, und O'Brien rief ihm entgegen: »Ein großes Coke und ein großes Diet-Coke.« Lucas erzählte O'Brien, dass er überlege, einen Golfplatz zu kaufen, und O'Brien wollte ihm das nicht glauben. Fünf Minuten später, als er es schließlich glaubte, fing O'Brien an, sich für den Job als Greenskeeper anzudienen.

Lucas lachte: »Noch habe ich den Platz ja nicht gekauft.«

»Denk aber an mich, wenn es soweit ist, ich würde das prima machen«, sagte O'Brien. »Ich habe noch zwei Jahre bis zur Pensionierung, wenn mich nicht vorher noch irgendein Arschloch abknallt. In Minnesota arbeiten? Mensch, das wäre toll.« Dann aber senkte er die Stimme und fragte: »Was liegt an? Du bist sicher nicht zum Vergnügen hier, oder?«

»Nein. Es hat mehrere Morde in der Doppelstadt gegeben …« Lucas berichtete ihm in einer Kurzfassung, was sich ereignet hatte, ließ dabei Carmel Loans Namen aus dem Spiel und schloss mit der FBI-Aktion beim Marker-Telefonservice ab.

»Nie von dem Laden gehört. Louise Marker?«

»Ja. Wie man's spricht – M-A-R-K-E-R.«

»Vier Tote … Nie gehört, dass ein Profikiller so vorgeht. Drei oder vier Tote auf einmal, das kommt ja vor, aber in einer Serie hintereinander, als ob der Killer – die Killerin – sie nach und nach zur Strecke bringen müsste …«

»Irgendwas steckt dahinter«, sagte Lucas. »Vielleicht nur was ganz Simples – eine Geldsache. Beim ersten Auftrag geht was schief, jemand findet einen Namen oder eine Verbindung heraus, und diese Killerin muss zurückkommen und den Fehler bereinigen.«

»Unmöglich, so was zu beweisen«, sagte O'Brien. »Manchmal kriege ich deshalb regelrechte Depressionen. Die Verbrecher werden zu clever, bewegen sich zu schnell. Morden heute hier, sind morgen verschwunden …«

»Wäre aber schön, wenn wir dieses verdammte Weib überführen könnten«, sagte Lucas. »Bitte hör dich doch mal ein bisschen um – vielleicht findest du was über diese Louise Marker raus oder eines der Mädchen, die dort arbeiten. Auch wenn's nur Klatsch ist. Die Feebs haben nichts an der Hand als Papierkram.«

»Mach ich«, sagte O'Brien. »Du, da fällt mir was ein: Ich kenne doch diesen Typ namens George Hutton vom Betrugsdezernat mit dem irren Namensgedächtnis …«

Sie erwischten Hutton noch an der Bushaltestelle; der Sergeant vom Dienst beim Betrugsdezernat hatte ihnen gesagt, wenn sie sich beeilten, könnten sie ihn dort noch antreffen.

»Heh, George«, rief O'Brien ihm über die Straße zu. Ein Bus kam die Straße herunter. »Warte auf uns!«

Sie liefen über die Straße, und Hutton schaute auf die Uhr und sagte: »Noch zwei Minuten, und ich wäre weggewesen, für eine Woche im Urlaub. Und da kommt dieser schwarze Ire O'Brien angerannt, begleitet von einem Typ in einem teuren Anzug, und ich ahne Schreckliches ...«

»Wir brauchen nur einen Namen«, sagte O'Brien. »Lass mich dir einen Namen sagen ...«

»*Einen* Namen«, sagte Hutton und schaute wieder auf die Uhr.

»Louise ... Marker.« O'Brien stellte sich dicht neben Hutton, so dass er ihm direkt ins Ohr sprechen konnte. Hutton schloss die Augen und legte den Kopf in den Nacken, aber er hielt die Augen geschlossen. Er blieb einen Moment in dieser Pose stehen, öffnete dann die Augen, sah Lucas an und fragte O'Brien: »Wer ist dieser Typ?«

»Lucas Davenport, ein Deputy Chief aus Minneapolis. Früherer Besitzer von Davenport Simulations.«

»Das weiß ich«, sagte Hutton. Dann: »Sucht nach Maurice Marker, früher Marx, von der Firma Marker-Reinigungen, eingetragen in New Jersey. Er hatte eine Tochter namens Louise. Wie alt ist eure Louise?«

Lucas antwortete: »Mittleres Alter – vierzig, schätze ich. Ziemlich stämmiger Typ.«

Hutton nickte. »Das könnte sie sein. Was macht sie?«

»Betreibt einen Telefonservice.«

Hutton nickte wieder. »Ja ... Sucht nach Maurice Marker.« Er sah die Straße hinunter. »Da kommt mein Bus.«

Lucas verabschiedete sich von O'Brien, nahm ein Taxi zum FBI-Gebäude und rief vom Empfang aus Mallard an, der herunterkam, um ihn abzuholen.

»Wir müssen uns den Besitzer einer oder mehrerer chemischer Reinigungen namens Maurice Marker oder Maurice Marx ansehen«, sagte Lucas.

»Woher haben Sie den Namen?«

»Von einem Cop hier in Washington – er ist so was wie ein Genie, wenn's um Namen geht.«

»Hm. Na schön, schau'n wir mal, was der Computer hergibt.«

Maurice Marker, inzwischen in Florida im Ruhestand lebend, hatte eine kurze FBI-Biographie. Er hatte einst eine Kette chemischer Reinigungen in New Jersey besessen, zu der ein Verkaufsstab von rund einem Dutzend Männern mit markanten Boxernasen gehörte. Die Boxernasen waren nicht oft in den Läden zu sehen, bezogen aber hohe Gehälter einschließlich bester Zusatzleistungen durch den Arbeitgeber – einschließlich voller Übernahme der Beiträge in eine private Krankenkasse, in die Rentenkasse und in Lebensversicherungen.

»Diese Leute brachten regelmäßig dicke Bargeldbündel – Einnahmen aus dem Drogenhandel oder dem illegalen Glücksspiel oder der Prostitution oder was auch immer – zu Maurice, der das Geld durch die Registrierkasse laufen ließ, die Gehälter der Männer davon bezahlte und natürlich auch von der Steuer absetzte, eine Provision für sich einbehielt, und alle Beteiligten an dieser Geldwäsche waren glücklich«, sagte Mallard. »Er hatte zum Schluss dreiunddreißig chemische Reinigungen. Er verkaufte die Kette an einen Mann, der das System fortsetzte, bis er eines Tages verschwand.«

»Wohin?«

Mallard starrte auf den Screen: »Man fand seine Leiche ungefähr vier Meilen ostwärts von Atlantic City.«

»Ist Louise auch da drin?« Lucas nickte zum Computer hin.

Mallard tippte den Namen ein, ließ dann den Finger über den Screen gleiten. »Ja. Der Name steht da. Muss aber nicht unbedingt *unsere* Louise sein. Einen Moment …« Er schlug ein Notizbuch auf, fuhr mit dem Finger über Reihen krakeliger handschriftlicher Eintragungen und sah dann wieder auf den Computerscreen. »Ich will verdammt sein. Dasselbe Geburtsdatum. Das ist tatsächlich unser Mädchen.«

Lucas drehte sich weg, machte ein paar Schritte, kam wieder zurück, drehte sich wieder um. »So … Sie steckt also auch mit drin. Könnte Zufall sein, vielleicht aber auch nicht.«

»Wahrscheinlich nicht.« Mallard sprang auf und ging neben Lucas auf und ab. »Verdammt, Davenport, ich kriege einen Steifen …«

»Seit dem Anruf von dieser Patricia Case sind keine weiteren Anrufe eingegangen?«

»Nein.«

»Dann ist es gut möglich, dass das ein Warnanruf war. Ein Code …«

»Es ist aber auch möglich, dass Tennex nur einen Anruf im Monat kriegt …«

Lucas schüttelte den Kopf. »Nein. Wissen Sie, was dahinter steckt? Dieser Marker-Telefon-Service ist ein personifizierter Strohmann. Das ist zumindest teilweise seine Funktion … Die Killerin könnte sich ja auch irgendwo unter einem falschen Namen ein leeres Appartement mieten, ein Telefon mit Anrufbeantworter reinstellen, und die Kontakte zwischen ihr und ihren Auftraggebern könnten darüber laufen. Die Killerin bräuchte nur den Anrufbeantworter von irgendwoher telefonisch abzufragen, ob Nachrichten vorliegen. Warum nicht so? Es wäre doch viel einfacher.«

»Was wollen Sie damit sagen?«

»Eine der Frauen beim Marker-Telefon-Service ist eine Absicherung für die Killerin, jemand, von dem sie zusätzliche Informationen erfragen kann. Eine der Frauen ist so was wie eine Alarmvorrichtung für die Killerin, und wir haben sie wahrscheinlich ausgelöst.«

»Es muss Louise Marker persönlich sein«, sagte Mallard. »Es arbeiten zehn Telefonistinnen im Schichtdienst an der Vermittlung, einige davon in Teilzeit, und die Schichtzeiten wechseln ständig. Ein Anrufer kann nicht wissen, welche Frau sich meldet; die Telefonistinnen müssten also für den Fall, dass ein ungewöhnlicher Anruf für Tennex eingeht, spezielle Anweisungen von Marker haben.«

»Okay, lassen Sie sie uns herholen«, sagte Lucas.

»Mit welcher Begründung?«

»Einfach so. Um ihr solche Angst zu machen, dass sie sich ins Höschen scheißt.«

»Das, ehm, ist normalerweise nicht unsere Vorgehensweise«, sagte Mallard.

»Zum Teufel mit Ihrer normalen Vorgehensweise. Schaffen Sie sie her und lassen Sie mich mit ihr reden.«

Louise Marker verlangte die Anwesenheit eines Anwalts, und Mallard musste ihr das natürlich zugestehen.

»Wenn wir um sieben noch nicht fertig sind, verpasse ich meinen Flug«, sagte Lucas.

»Meine Sekretärin kann ja mal prüfen, ob es noch einen späteren Flug gibt«, sagte Mallard. »Geben Sie mir Ihr Ticket.«

Zwei Stunden, nachdem sie Marker ins FBI-Büro gebracht hatten, erschien ihr Anwalt, ein fröhlicher blonder Mann namens Cliff Bell. Er wollte wissen, was zum Teufel denn los sei.

»Ihre Klientin ist ein Strohmann – eine ›Strohfrau‹, müsste man ja eigentlich sagen – für eine Profikillerin, der wir auf der Spur sind«, sagte Lucas.

»Na, ich glaube nicht …«, begann Bell, aber Lucas unterbrach ihn.

»Moment mal, lassen Sie mich Ihnen und Ihrer Klientin erst einmal eine kleine Rede halten … Diese Frau, die Killerin, hat in mehr als einem Dutzend Staaten der USA fast dreißig Menschen ermordet. Bei vielen dieser Staaten handelt es sich um garstige Südstaaten, die Mörder mit äußerst seltsamen Methoden bestrafen – wie zum Beispiel Florida, wo die Augäpfel der Leute in Rauchwölkchen verpuffen, wenn der Schalter von ›Ol' Sparky‹, dem elektrischen Stuhl, umgelegt wird …«

»Diese Darstellung ist unnötig«, sagte Bell.

»Nein, das ist sie nicht«, sagte Lucas. Er lehnte sich vor und sah Marker an. »Darüber reden wir jetzt hier, Miss Marker. Über den elektrischen Stuhl. Über die Gaskammer. Über die Todesspritze. Wenn wir die Killerin überführt haben, haben wir auch die Option, Sie, Miss Marker, mit auf den Weg zu schicken, den diese Frau gehen muss. Sie haben die Verbindung zwischen den Leuten, die die Killerin anheuerten, und der Killerin selbst hergestellt – und Sie wussten das.«

»Ich habe nicht gewusst, dass es eine Killerin war«, platzte Marker heraus, aber Bell fuhr sie sofort an: »Halten Sie den Mund, Louise!«

Louise gehorchte jedoch nicht: »Ich dachte, es würde sich um irgendwelche politischen Kungeleien oder Tricks bei Immobiliengeschäften handeln, um Gottes willen …«

»Kein Wort mehr, Louise«, fuhr Bell sie wieder an und fragte Lucas: »Welchen Deal haben Sie anzubieten?«

»Ein Handel kann auf der Grundlage erfolgen, dass wir

Miss Marker nicht voll in die Sache mit reinziehen müssen. Wir können es, *müssen* aber nicht. Sie kann als freier Mensch aus diesem Zimmer gehen. Aber wir machen dieses Angebot nicht noch einmal. Wenn sie uns jetzt sofort alles erzählt, was sie über Tennex weiß, sind wir bereit, zu ihren Gunsten zu entscheiden und ihre Erklärung zu akzeptieren: Sie hat möglicherweise geahnt, dass sie mit Tennex ein irgendwie anrüchiges Unternehmen als Kunden hatte, aber sie ging schlimmstenfalls davon aus, dass es sich bei den Tennex-Geschäften um kleinere politische Mauscheleien handelte. Ich glaube nicht, dass sie dafür ernsthafte Schwierigkeiten bekommen wird. Wenn sie aber diesen Deal nicht annimmt, und zwar jetzt sofort, solange die Spur noch heiß ist, wird sie in die dickste Scheiße geraten. Wir werden die Killerin auch ohne Miss Markers Hilfe überführen, und dann wird sie zusammen mit der Killerin einen lebensgefährlichen Weg zu gehen haben.«

»Ich muss mit meiner Klientin allein sprechen«, sagte Bell. Mallard sorgte dafür, dass die beiden sich in ein Besprechungszimmer zurückziehen konnten. Als Mallard wieder in sein Büro kam, sah Lucas, dass er leicht schwitzte.

»Ich bin so was nicht gewöhnt. Diesen Polizeikram. Wir haben vier Spezialisten und drei Juristen, die normalerweise die Verhöre durchführen. Und sich meistens tagelang darauf vorbereiten können.«

»Wenn man den Redefluss der Leute in Schwung hält, kommt manchmal mehr dabei raus, als wenn man stur nach dem formalen Geben und Nehmen vorgeht«, sagte Lucas.

»Ich kenne diese Theorie«, sagte Mallard. »Wir gehen normalerweise nach einer anderen vor … Und ich will hoffen, dass wir bei diesem Ihrem ganz speziellen Geben und Nehmen nicht durch den Wolf gedreht werden …«

Bell und Marker kamen nach fünfzehn Minuten zurück. »Wir möchten ein offizielles Schreiben von Mr. Mallard, in dem der Deal, wie von Agent Davenport aufgezeigt, dargelegt ist. Danach machen wir unsere Aussage.«

Die Erstellung des Schreibens nahm eine weitere halbe Stunde in Anspruch. Bell war ein wenig sauer, als er erfuhr, dass Lucas gar nicht beim FBI, sondern bei der Stadtpolizei Minneapolis war, aber Mallard besänftigte ihn schnell.

»So, dann legen Sie mal los«, sagte Lucas. Mallard hatte ihm den Platz hinter dem Schreibtisch überlassen; Lucas hatte die Füße hochgelegt, neben den eingeschalteten Kassettenrecorder auf Mallards Tischkalender. Marker und Bell saßen auf Besucherstühlen vor dem Schreibtisch, Mallard saß im Hintergrund auf einer Couch; er hatte die Beine übereinander geschlagen und trank Kaffee aus seinem scheinbar unerschöpflichen Becher.

Die Verbindung, sagte Marker, sei von einem Mann namens – so hatte er jedenfalls gesagt – Bob Tennex eingerichtet worden, dessen Stimme jedoch abweichend von diesem englischen Namen eher nach einem Ostküstenitaliener geklungen hatte.

»Geklungen? Sie haben ihn nicht gesehen?«

»Nein. Es wurde alles telefonisch geregelt.«

»Sie haben Dienstleistungen für den Mann erbracht, ohne ihn gesehen zu haben?«

»Das machen wir manchmal. Wenn wir einen Scheck über eine Vorauszahlung geschickt kriegen, und der Scheck ist gedeckt, dann leisten wir auch den Service ...«

Nachdem die Telefonverbindung eingerichtet war, erzählte Marker weiter, hatte sie mehrmals mit einem Repräsentanten von Tennex gesprochen, und es war jedes Mal eine Frau gewesen. Marker hatte ihre Telefone mit Anruferkennung ausgestattet – eine Selbstverständlichkeit, wie sie betonte –, und sie hatte festgestellt, dass die Anrufe meistens aus Orten im Mittleren Westen gekommen waren, manchmal auch aus anderen Teilen des Landes. Häufig aus Kansas City: Vier oder fünf Anrufe waren von dort gekommen. Darüber hinaus hatte sie Wichita im Gedächtnis; es waren zwar nur zwei Anrufe von dort gekommen, aber die Frau war in beiden Fällen wütend gewesen, weil es Probleme mit dem Antwortdienst der Telefongesellschaft gegeben hatte.

»Sie wollte, dass wir was gegen die Gesellschaft unternehmen – die Verbindungen waren zusammengebrochen«, erzählte Marker.

»Aber das ist nicht die einzige Sache, um die die Frau Sie gebeten hat, nicht wahr?«, fragte Lucas. »Sie hatten eine Übereinkunft mit ihr für den Fall, dass jemand Fragen über den Tennex-Botendienst stellt oder sich die Polizei dafür interessiert.«

»Sie hat wirklich gedacht, es würde sich nur um kleinere politische Kungeleien handeln«, schaltete Bell sich ein. »So was passiert hier in Washington doch dauernd.«

»Also, wie lautete die Übereinkunft?«, fragte Lucas.

»Ehm, nun, wenn jemand rumschnüffelte, sollte ich nichts unternehmen, sondern nur … warten.«

»Auf was?«

»Auf ihren Anruf«, antwortete Marker mit kaum hörbarer Stimme.

»Sie müssen lauter sprechen«, meldete sich Mallard.

»Ich sollte warten, bis sie mich anruft«, sagte Marker laut.

»Und was dann?«

»Sie würde mich anrufen und fragen: ›Ist Mr. Warren da?‹ Wenn niemand rumgeschnüffelt hatte, wenn ich nichts Negatives festgestellt hatte, sollte ich antworten: ›Sie haben die falsche Nummer gewählt; hier ist der Marker-Telefondienst.‹ Wenn aber was Auffälliges vorlag, sollte ich sagen: ›Nein, aber Mr. White ist da. Möchten Sie, dass ich Sie zu ihm durchstelle?‹«

»Wie oft haben Sie das gemacht?«, fragte Mallard.

»Zweimal. Vor ungefähr drei oder vier Jahren muss mal was passiert sein; sie rief zwei Wochen lang jeden Tag an.« Markers Stimme wurde wieder leiser.

»Oh, Scheiße«, knurrte Lucas. »Und das zweite Mal war gestern oder heute, nicht wahr? Heute Nachmittag?«

»Sie hat wieder seit einer Woche jeden Tag angerufen«, sagte Marker. »Und auch heute wieder, etwa eine Stunde, nachdem Sie gegangen waren, kurz bevor Ihre Leute kamen und mich abgeholt haben. Der Anruf kam aus Des Moines, von einem Münztelefon, nehme ich an. Ich konnte Autoverkehr im Hintergrund hören.«

»Und Sie haben ihr den Mr.-White-Spruch aufgesagt?«

»Ja«, hauchte sie.

»Haben Sie den Tennex-Job wegen Ihres Vaters bekommen?«

»Vielleicht. Dieser Mr. Bob Tennex hat gesagt, er würde meinen Vater kennen.«

»Wo wohnt Ihr Vater inzwischen?«, fragte Lucas.

»Nirgendwo«, antwortete Marker. »Er starb im vorigen Jahr an Dickdarmkrebs.«

»Tut mir Leid«, sagte Mallard.

»Sie haben gesagt, es käme von den Chemikalien in der Reinigung«, sagte Marker. »Vielleicht geht's mir genauso. Es passiert bei vielen von uns.«

Sie holten noch einiges aus ihr heraus, aber nichts Bedeutsames mehr. Sie entließen Marker, und Mallard fuhr Lucas zum

Hay-Adams, wo sie Lucas' Koffer aus dem Gepäckabstellraum holten. Dann fuhren sie weiter zum Flughafen.

»Sie glauben sicher auch, dass sie uns durch die Lappen gegangen ist, nicht wahr?«, fragte Mallard.

»Ja. Und ich denke, ich bin derjenige, der sie durch den Anruf bei Tennex aufgeschreckt hat.«

»Da kann man nichts machen«, tröstete Mallard. »Sie haben ja nur eine Liste von Telefonnummern überprüft. Es war ein Schuss ins Blaue.«

»Ja, sicher, aber verdammt … Wir waren so dicht dran.«

»Wir haben aber eine ganze Menge, an dem wir arbeiten können – alle diese Schecks, alle diese Anrufe. Wir haben jetzt wenigstens was in der Hand. Ich wette, dass wir innerhalb einer Woche eine Beschreibung von ihr haben. Ich wette, dass wir irgendeine Verbindung aufdecken werden.«

»Wie viel?«

»Was?«

»Um wie viel wetten Sie?«

Mallard saugte einen Moment an seinen Zähnen und sagte dann: »Zehn Cent, denke ich.«

Lucas nickte. »Geben Sie Gas, damit ich mein Flugzeug noch erreiche.«

Der gebuchte Flug ging, wie sich zeigte, zwar nach Minneapolis, aber mit einer Zwischenlandung in Detroit.

»O nein, ich möchte direkt nach Minneapolis«, sagte Lucas zu der Stewardess beim Check-in.

»Heute gibt es keinen Direktflug mehr, nur über Detroit«, sagte die junge Frau und deutete auf ihren Computerscreen. »Natürlich können wir Ihnen gerne einen Direktflug morgen früh reservieren.«

»Oh, Mann …«

Er flog also über Detroit und litt entsetzlich unter dem zusätzlichen Lande- und Startmanöver. Eigentlich war er sehr überrascht über die sichere Landung in Detroit, aber er kam schnell zu der Überzeugung, dass die zweite Hälfte des Fluges, diese unnötige zweite Hälfte, ihm den Tod bringen würde – so schmerzlich nahe an zu Hause …

So elend er sich auch fühlte, zwei Dinge wurden ihm klar: Wichita, Kansas, war als Stadt groß genug, um jemandem ins Auge zu fallen, der seine Heimatstadt verließ, um Telefonanrufe zu tarnen; aber Marker hatte gesagt, die Killerin sei wütend gewesen, als sie von Wichita aus angerufen hatte. Konnte es nicht sein, dass sie in Wichita oder ganz in der Nähe wohnte und in ihrem Zorn über die Telefonstörungen spontan von ihrer Heimatstadt aus angerufen hatte? Lucas nahm das Airline-Magazin aus der Sitztasche vor sich und sah sich noch einmal die Fluglinienkarte an. Wichita, dachte er schließlich, wäre wohl genauso als Wohnort der Killerin möglich wie Springfield. Man musste das im Auge behalten.

Der zweite Gedanke kam ihm, als das Flugzeug zur Landung in Minneapolis ansetzte: Er sah hinunter auf einen der Seen, auf dessen Oberfläche er den Aufprall der abstürzenden Maschine erwartete – er sah im Geist, wie er darum kämpfte, aus der überfluteten Kabine zu entkommen, aber seine Beine und Arme waren gebrochen, und er konnte den Sicherheitsgurt nicht öffnen –, und plötzlich drängte sich der Name *Des Moines* in sein Bewusstsein. Die Killerin hatte heute Morgen von dort aus bei Louise Marker angerufen …

Wenn die Killerin in Springfield oder Wichita oder irgendwo in der Gegend da unten wohnte und nach Minneapolis fuhr, würde sie durch Des Moines kommen …

Wenn sie es getan hatte, war sie inzwischen angekommen.

Er sah hinunter auf das ausgedehnte, vielfarbige Gitternetz

aus Lichtern der Doppelstadt Minneapolis/St. Paul, und er dachte: *Irgendwo da unten ist sie.*

14

Carmel verstand das Schweigen nicht; Tage waren vergangen, seit sie die Nachricht für Pamela hinterlassen hatte – wenn Pamela ihr Name war, was Carmel bezweifelte. Wie auch immer – sie hätte sich längst melden müssen.

War ihr etwas geschehen? War sie gefasst worden? War Carmels Name der Polizei genannt worden? Saß Pamela irgendwo in einem dieser Edelstahl-Staatsgefängnisse und quälte sich durch sinnzermürbende, psychologisch geschickt geführte Verhöre? War jemand bei dieser Telefongesellschaft korrupt, oder bestand die Verbindung nicht mehr, oder war sie, noch schlimmer, von den Cops angezapft? Was zum Teufel war los?

Sie hatte die ganze Sache in Gedanken hundertmal durchgespielt und auf Beweismöglichkeiten gegen ihre Person überprüft, und ebenso oft war sie zu dem Ergebnis gekommen, dass man ihr nichts nachweisen konnte. Die Cops hatten keine Grundlage, auf der sie einen Fall gegen sie aufbauen konnten – es war einfach nicht möglich. Es sei denn, dieses kleine Mädchen hatte sie identifiziert.

Ihr Kontaktmann bei den Cops hatte ihr gesagt, bei der Vorlage der Phantombilder sei nichts herausgekommen, aber *dieser Davenport* setzte seine ganze Erfahrung gegen sie ein, und er war mehr als trickreich, er war *bösartig*. Wenn er sicher war, dass sie hinter den Mordfällen steckte, inszenierte er wahrscheinlich ein moralisches Schauspiel, um ihr die Sache anzuhängen. Und dann, mit nichts als einem winzigen Beweissplitter, konnte es passieren, dass eine Frau lebenslang ins Gefängnis kam, wenn den Geschworenen ihr Lebensstil missfiel.

Sie hätte Hale nicht so schnell ins Bett zerren sollen, das war der Knackpunkt. Sie hätte es einfach nicht tun sollen. Sie hätte warten sollen. Selbst wenn man sonst keine handfesten Beweise gegen sie hatte – wenn eine Jury herausfand, dass sie mit Hale Allen am Tag vor der Beerdigung seiner ermordeten Frau eine Nacht verbracht hatte, war sie erledigt … Und wo zum Teufel steckte Pamela?

Carmel war zu Hause und versuchte zu arbeiten, da läutete das Telefon.

Sie sah auf die Uhr: wahrscheinlich Hale, aber sie murmelte »Das wird Pamela sein« vor sich hin.

Und Rinker sagte: »Hast du Zeit für einen Drink?«

Ganz gelassen: »Natürlich, wo bist du? Ich hatte gehofft, du würdest anrufen.«

»Erinnerst du dich an die Bar, wo wir den Mann mit dem Cowboy-Halstuch sahen? Treffen wir uns dort, okay?«

»Oh, sicher. In einer Stunde?«

»Okay. Aber sei vorsichtig; es ist dunkel in der Gegend dort. Jemand könnte sich an dich ranpirschen.«

»Ich bringe mein Schnappmesser mit«, sagte Carmel lachend. »Also, in einer Stunde …«

Ranpirschen? Nahm Pamela an, dass Carmel verfolgt wurde? Hatte es *das* zu bedeuten? Und der Ort, an dem sie den Mann mit dem roten Seidenhalstuch gesehen hatten, war keine Bar gewesen, sondern die Lobby von Pamelas Hotel. Anscheinend war das der gewünschte Treffpunkt.

Ehe sie das Appartement verließ, zog Carmel sich um: weite langärmelige Seidenbluse, tiefschwarz, dazu eine dünne Goldkette, schwarze Hose. Zehn Minuten nach dem Anruf war sie im Volvo auf der Straße unterwegs. Sie fuhr auf Umwegen aus dem Stadtzentrum von Minneapolis, ließ sich dann auf einer Einbahnstraße am Rand des Kenwood-Viertels im Verkehr treiben, an Häusern der Reichen und Ausgeflippten vorbei, und hielt immer wieder Ausschau nach Verfolgern. Nichts.

Aber was sie über das komplizierte Vorgehen der Cops bei der Personenüberwachung gelesen hatte, stimmte wahrscheinlich: drei oder vier Überwachungsfahrzeuge, die sich ständig ablösten, einige vor ihr, einige hinter ihr. Sie fuhr in eine Parkbucht am Straßenrand und wartete zwei Minuten: kein vorbeikommendes Fahrzeug, das ihr verdächtig vorkam. Aber was war, wenn die Cops eine Ortungswanze in den Volvo eingebaut hatten und ihr aus der Distanz folgten?

Unmöglich, das rauszufinden.

Andererseits aber kam sie zu dem Schluss, dass sie wohl doch ein wenig zu pessimistisch dachte. Sie hatte in ihrem Berufsleben Hunderte von Kriminalakten gelesen, und daraus war zu entnehmen, dass eine intensive Überwachung erst einsetzte, wenn ein begründeter Verdacht bestand. Vorher war es schlicht und einfach zu teuer. Die Cops würden vielleicht ihr Telefon abhören, sie eventuell sporadisch überwachen, aber eine Fahrzeugkolonne zu ihrer Verfolgung war bestimmt in diesem Moment nicht unterwegs.

Sie sah auf die Uhr. Sie hatte noch eine halbe Stunde Zeit bis zum Treffen mit Pamela. Sie fuhr nach Süden, auf die Interstate 35, kurz darauf wieder runter, kurvte duch stille Wohnstraßen und hielt nach allem Ausschau, was ein Verfolger sein könnte. Nichts. Ein riesiges Verkehrsflugzeug röhrte in hundert Metern Höhe über sie hinweg, und sie drehte um, fuhr jetzt zügig nach Norden. Am Hotel steuerte sie den Volvo geradewegs ins Parkhochhaus, löste einen Parkschein, stieg aus und ging über die Treppe hinunter zur Lobby.

Rinker saß in einer Ecke. Als Carmel aus der Tür des Treppenhauses trat, lächelte Rinker ihr entgegen, stand auf und ging nach hinten zu den Aufzügen. Carmel schloss zu ihr auf, als die Aufzugtüren gerade auseinander glitten.

»Hast du meine Andeutung am Telefon verstanden?«, fragte Rinker, nachdem die Kabine sich in Bewegung gesetzt hatte.

»Ja. Es ist mir niemand gefolgt. Vielleicht haben sie irgendein elektronisches Gerät an meinem Wagen angebracht, aber ich bin bereit zu wetten, dass sie es nicht getan haben – und wenn sie mich wirklich im Verdacht haben, ich wäre in die Mordfälle verwickelt, ist es noch viel zu früh im Ermittlungsstadium, als dass sie eine Überwachung rund um die Uhr in Gang gesetzt haben könnten. Sicher ist jedenfalls, dass mir auf dem Weg hierher niemand gefolgt ist.«

»Ich habe mit mir selbst gewettet, dass du aus dem Treppenhaus kommst«, sagte Rinker. »Genau das hätte ich auch gemacht. Zügig ins Parkhaus einfahren, die Treppe runterlaufen – niemand kann dicht hinter dir bleiben, wenn er nicht entdeckt werden will … Und bis ein Verfolger dann in die Lobby kommt, bist du längst in einem der fünfhundert Zimmer verschwunden.«

»Sie würden alle fünfhundert Zimmer durchsuchen, wenn es zum Aufspüren eines Profikillers erforderlich wäre«, sagte Carmel.

»Deshalb passe ich ja auch gut auf, dass ich nichts Hartes anfasse, bis auf die Fernbedienung des Fernsehers, die Wasserhähne im Badezimmer und ein paar ähnliche Dinge. Und die wische ich gründlich ab, ehe ich ausziehe.«

»Was ist mit deiner Kreditkarte?«

»Falscher Name, gedecktes Konto.«

»Okay ... Was ist eigentlich los? Ich habe mir große Sorgen gemacht, als du nicht zurückgerufen hast. Ich habe schon befürchtet, sie hätten dich hochgenommen.«

»Sag du *mir* erst mal, was los ist. Warum hast du angerufen?«

»Dieser Davenport, der Cop ... Erinnerst du dich?«

Rinker nickte.

»Er hat dem kleinen Mädchen, das uns gesehen hat, ein paar Phantombilder vorgelegt. Und eines dieser Bilder zeigte ein Foto von mir.«

»Oh, verdammter Mist. Warum?«

»Ich weiß es nicht. Ich habe einen Kontaktmann im Polizeipräsidium; er sagt, niemand wisse, was dahinter steckt. Aber das Mädchen hat mich offensichtlich nicht identifizieren können. Es ist nichts dabei rausgekommen.«

»Aber warum zum Teufel haben sie dein Foto dabei eingebaut?«

»Das ist die große Frage«, sagte Carmel.

In ihrem Zimmer auf der siebten Etage nahm Rinker zwei Dosen Special Export aus der Minibar. »Da sind auch Gläser«, sagte sie.

»Ich trinke das Bier gern aus der Dose«, sagte Carmel und riss den Verschluss auf. »Ich habe nicht erwartet, dass du den ganzen Weg von ... woher auch immer auf dich nimmst. Ich wollte ja nur mit dir sprechen.«

»Nun ja, ich habe da selbst ein kleines Problem«, sagte Rinker. Sie setzte sich aufs Bett, und Carmel zog den Stuhl von dem kleinen Schreibtisch zu sich her und setzte sich darauf. »Am Tag vor deinem Anruf ging ein anderer Anruf bei dem

Telefondienst ein – von einem Mann, der angeblich mit dem Tennex-Botendienst in Kontakt treten wollte. Aber als die Telefonistin ihn fragte, ob er eine Nachricht hinterlassen wolle, legte er auf. Zwei Tage später tauchten die Cops beim Telefondienst auf und stellten unliebsame Fragen. Das ist alles, was ich weiß. Ich habe keine Möglichkeit, mehr rauszufinden.«

»Hm.« Carmel dachte einen Moment nach, nahm dann ihr Mobiltelefon und ihr Adressbuch aus der Handtasche. Rinker beobachtete sie, als sie im Adressbuch eine Nummer heraussuchte und ins Handy eingab. »Ich rufe meinen Kontaktmann an«, sagte Carmel zu Rinker. Dann, ins Telefon: »Carmel hier. Hat sich noch was ergeben?« Sie hörte einen Moment zu und sagte dann: »Ich wollte Davenport ein paar Mal sprechen, aber er war nie da … Aha. Aha. Dann fahre ich morgen bei ihm vorbei. Okay. Ich schicke Ihnen einen weiteren Umschlag. Halten Sie die Augen und Ohren offen; diese Sache beunruhigt mich allmählich. Ich fürchte, sie konstruieren da was gegen mich zusammen. Aha. Nun, Sie kennen ja Davenport. Hm. Ich rufe morgen wieder an.«

»Was hat er gesagt?«, fragte Rinker.

»Davenport hatte die Stadt verlassen, und gerüchteweise war zu hören, er sei in Washington im FBI-Hauptquartier gewesen.«

»Scheiße.« Rinker zischte das Wort zusammen mit einem Atemstoß aus der Kehle. »Was geht da vor? Sind sie an dir *und* an mir dran? Wie konnte das passieren?«

»Ich habe dich beim ersten Mal von meinem Appartement aus angerufen«, sagte Carmel. »Beim letzten Mal habe ich von einem Münztelefon aus angerufen, aber damals, bei der Rolo-Sache, von meinem Appartement aus. Wenn sie sich die Rechnungen meiner Ferngespräche angesehen haben, wenn sie das alles überprüfen …«

»Selbst wenn sie das getan haben, wie sind sie beim Anruf bei dem Telefondienst auf die Idee gekommen, nach Tennex zu fragen? Es ist doch offiziell nur ein verdammter Botendienst.«

»Vielleicht haben sie sich Tennex rausgepickt, weil sie festgestellt haben, dass kein *echter* verdammter Botendienst dahinter steckt. Vielleicht ist es auch nur Zufall. Was bedeutet Tennex eigentlich? Steckt irgendeine Bedeutung hinter dem Namen?«

»Nein. Als wir damals den Plan entwickelt haben, wie wir in Verbindung treten können, saßen wir in St. Louis in der Küche des Restaurants von diesem Typ, und als die Frage aufkam, wie wir die Scheinfirma nennen könnten, sah ich den Namen Tennex auf so einem Luftfiltergerät. Er klang gut, und so schlug ich vor: ›Wie wär's mit Tennex?‹«

»Vor diesem Hintergrund können sie also nicht auf Tennex gestoßen sein.«

»Nein«, bestätigte Rinker.

»Okay. Also müssen wir ein paar Nachforschungen anstellen.«

»Aber sehr vorsichtig.«

»O ja ... Und da ist noch etwas«, sagte Carmel. »Wenn es sich bestätigen sollte, dass ich in Schwierigkeiten gerate, könntest du ja auf den Gedanken kommen, mich einfach zu erschießen und dich davon zu machen ... Ich meine, das ist eine Sache, über die wir mal sprechen sollten.«

»Nun, ich verfolge diesen Gedanken nicht, weil ich dich irgendwie mag ... ehm, dich fast als Freundin betrachte«, sagte Rinker. »Ich meine, wir haben einige Sachen gemeinsam hinter uns gebracht, und wir kommen gut miteinander aus, und wir fahren ja vielleicht mal zusammen nach Mexiko und erleben tolle Dinge mit Männern. Also ... Aber ich könnte dich ja dasselbe fragen.«

»Ich weiß nicht, wo ich dich finden kann«, sagte Carmel. »Also könnte ich es nicht tun, selbst wenn ich es wollte. Aber ich will es nicht.«

»Wenn du noch einen anderen Grund hören willst, kann ich ihn dir nennen«, sagte Rinker und trank einen Schluck Bier. »Diese Leute, mit denen ich zusammenarbeite … Wenn das FBI anfängt rumzuschnüffeln oder dein Freund Davenport, brauchen sie nichts anderes zu tun, als mich aus dem Verkehr zu ziehen, dann sind *sie* in Sicherheit. Sie haben ein paar mehr Leute wie mich an der Hand, und eines Tages trete ich aus der Tür meines Appartements, und es macht ›bumm‹, und das war's dann. Wenn die Feds tatsächlich anfangen, bei meinen Leuten rumzuschnüffeln, muss ich das wissen und ein paar Vorsichtsmaßnahmen ergreifen.«

»Diese Leute sind … von der Mafia?«

Rinker zuckte die Schultern. Sie sah aus wie ein leicht gealtertes Cheerleadergirl, das sanft auf der Kante des Hotelbettes wippte. »Ja, ich glaube schon. Wenn man ihnen ein Etikett anhängen will … Ich meine, sie sind Italiener, die meisten jedenfalls. Bis auf Freddy, der ist Ire – sein Großvater war's zumindest. Und Dave ist, glaube ich, ein Polack, die anderen beschimpfen ihn immer mit diesem Namen, wenn sie sauer auf ihn sind. Sie gehören zur Mafia, das glaube ich schon, aber auf mich wirken sie eher wie ein harmloser Männerverein, der Montagabend gemeinsam vor dem Fernseher hockt und sich die Spiele der *National Football League* anschaut und sich damit beschäftigt, Sachen aufzusammeln, die von Lastwagen runterfallen. Einige von ihnen sind allerdings ganz schön bösartig, so wie diese Typen in italienischen Motorradgangs.«

»Hm.« Carmel zeigte ein leichtes Grinsen. »Ich dachte, es wäre irgendwie … würdevoller.«

»Vielleicht drüben im Osten«, sagte Rinker. »Aber nicht in St. Louis.«

»Bleibst du jetzt erst einmal hier?«

»Ich komme und gehe, bis wir rausgefunden haben, was da vor sich geht«, antwortete Rinker. »Morgen gehe ich nach Washington. Ich möchte mit der Frau reden, die diesen Telefondienst betreibt.«

»Und was ist, wenn die Cops sie überwachen?«

»Dann werde ich nicht mit ihr reden.«

»Ich will versuchen, morgen mal mit Davenport zu sprechen, sofern er wieder zurück sein sollte. Mal sehen, was ich aus ihm rausholen kann.«

»Sei vorsichtig.«

»Das bin ich immer.«

Rinker gab Carmel den Namen, den sie im Hotel benutzte, und als Carmel sich auf den Heimweg machen wollte, fragte Rinker noch: »Heh – dieser Davenport ... Weißt du, wie ich an ein Foto von ihm kommen kann?«

Carmel schüttelte den Kopf. »Nein. Sein Foto ist wahrscheinlich schon öfter in den Zeitungen veröffentlicht worden, aber ich weiß nicht ... warte mal. Doch, ich weiß es. Er hat früher mal eine Firma gehabt – Davenport Simulations; die Firma hat Computersoftware zur Simulation von Polizeieinsätzen hergestellt. Geh in die Städtische Bibliothek, in die Wirtschaftsabteilung, und ich bin sicher, dass du in den örtlichen Business-Magazinen ein Foto von ihm findest.«

»Ich werde mir die Seite mit einer Rasierklinge raustrennen ...«

»Lass dich dabei nicht erwischen«, warnte Carmel. »Die Leute von der Bibliothek können zu bissigen Hyänen werden, wenn sie jemanden erwischen, der ihre Magazine zerschnippelt.«

15

Lucas saß in seinem Büro und war damit befasst, sich tiefer in den Gleichberechtigungsbericht einzuarbeiten. Das Lesen der perfekten, politisch korrekten Prosa war zu einer Zen-artigen Übung geworden. Die Worte fluteten sanft und ohne Bedeutung durch sein Hirn, ein endloser Strom sinnloser Silben, der sich schließlich in einer machtvollen Metamorphose zu einem kosmischen Summen steigerte – und es zuließ, dass andere Gedanken aus der Tiefe aufstiegen.

Er war auf Seite vierundneunzig, als Carmel anklopfte. Lucas glaubte, es sei Sloan: »Komm doch rein, um Himmels willen!«

Carmel öffnete die Tür und steckte den Kopf herein. Lucas sprang überrascht auf. »Oh, Entschuldigung«, sagte er. »Ich dachte, es sei jemand anders.«

»Ein kleiner Fehler, der nichts ist im Vergleich zu dem, den Sie offenbar zusätzlich begehen wollen«, sagte Carmel, trat ein und drückte die Tür hinter sich ins Schloss. Sie ballte eine Faust, stemmte sie in die Hüfte und sagte: »Ein kleines Vögelchen hat mir gesungen, dass Sie ein Foto von mir im Zusammenhang mit diesen Dinkytown-Morden unter eine Phantombildserie gemischt haben. Den Morden an dieser Mrs. Blanca und ihrem Freund … Ich will wissen, warum Sie das getan haben.«

»Wir haben nach Fotos von langbeinigen Blondinen gesucht, und eines von Ihnen war verfügbar«, erwiderte Lucas mit flacher Stimme.

»Blödsinn«, reagierte Carmel. Ihr Mund bildete einen geraden Strich wie ein Stück Draht. Sie ließ sich auf die Kante des Besucherstuhls vor dem Schreibtisch sinken und streckte die Beine aus, aber sie wirkte wie eine zusammengedrückte

Spiralfeder, die kurz vor der explosionsartigen Ausdehnung steht. »Also – *warum?* Sie treiben ein verdammtes Spielchen mit mir, und wenn Sie mir keinen guten Grund dafür nennen, werden wir uns vor Gericht treffen, und der Richter wird Sie fragen, warum Sie das machen.«

Lucas nickte: »Das würde ein interessantes Verfahren werden. Ich wüsste nicht, wofür man mich belangen könnte.«

»Einige der besten Zivilrechtsanwälte der USA haben ihre Büros auf derselben Etage wie ich, und ich habe keine Zweifel daran, dass sie mindestens zehn Gründe finden könnten, die ein Richter als Anklagepunkte akzeptieren würde«, sagte sie mit schneidender Stimme. »Wie zum Beispiel den, dass ich früher einmal Rolando D'Aquila und mehrere seiner Kollegen als Anwältin vertreten habe, und jetzt zeigen sie im Zusammenhang mit den Morden bestimmten Leuten in diesem Dunstkreis mein Foto. Wollen Sie mich als Anwältin diskreditieren? Es sieht jedenfalls so aus.«

»Okay, Sie sind raffinierter als ich, Carmel«, sagte Lucas. »Sie wollen den wahren Grund wissen? Hier ist er: Eine Zeugin, die die beiden potentiellen Mörderinnen in Dinkytown sah, beschreibt eine der Frauen so, dass sich eine Ähnlichkeit mit Ihnen aufdrängt. Und Sie haben eingeräumt, dass Sie Rolando D'Aquila kannten und als Anwältin vertreten haben, und hinzu kommt, dass Sie einen Mann juristisch vertreten, der im Verdacht steht, einen Killer zur Ermordung seiner Ehefrau angeheuert zu haben – ein Mord, der von derselben Person oder denselben Personen begangen wurde wie der Mord an D'Aquila. Nach dem jetzigen Stand der Ermittlungen stellen Sie die *einzige* Verbindung dar, die wir zwischen dem Mord an Barbara Allen und den anderen drei Morden erkennen können. Und deshalb haben wir der Zeugin Ihr Foto vorgelegt; und wenn Ihnen das missfällt …«

»Was ist dann?«

»Bedauere ich es.«

Sie starrten sich mehrere Sekunden in die Augen, dann lächelte Carmel kurz und sagte: »Okay. Ich wollte es ja wissen.« Sie stand auf. »Ich habe mit keinem dieser Morde etwas zu tun. Ich habe mir den Kopf zerbrochen, warum sie begangen worden sein könnten, und ich konnte mir bis jetzt keinen Reim darauf machen.«

»Da Sie Hale Allens Anwältin sind, darf ich Ihnen nicht die Frage stellen, welche Verbindung er zu D'Aquila hatte …«

»Und es wäre ein schlimmer Verstoß gegen den Anwalts-Ehrenkodex, es Ihnen zu sagen, wenn es eine solche Verbindung gäbe. Aber ich sage Ihnen was, nur unter uns – es gibt keine solche Verbindung. Meine Theorie ist, dass der Mord an Barbara Allen aus Zufall oder zur Behebung eines Fehlers begangen wurde, als sie bei einer ganz anderen Sache in die Schusslinie geriet. Bei irgendeiner Sache, die etwas mit Drogen und diesen Latinos zu tun hat. Dann kam dieser Cop zufällig dazwischen, und für den Killer war die Sache endgültig schief gegangen. Aber meine Theorie lautet, dass Barbara Allen nichts damit zu tun hatte – Sie sollten sich darauf konzentrieren, nach einem Mann zu suchen, der vom Tatort weglief. Barbara Allen wurde erschossen, weil sie diesen Mann gesehen hatte; und der Cop tauchte zu spät auf, um ihn noch zu sehen.«

Lucas dachte ein paar Sekunden nach und sagte dann: »Wir haben das alles auch schon überlegt.«

»Und?«

»Wir haben Probleme damit.«

»Es muss Sie natürlich vor Probleme stellen, aber Sie sollten weitere intensivere Überlegungen darauf richten«, sagte Carmel. »Und hören Sie auf damit, mein Foto rumzuzeigen.«

»Wir haben es nur dieser einen Zeugin gezeigt, Carmel«, sagte Lucas. »Und sie hat Ihnen eine reine Weste bestätigt. Sie hat nicht mal ›vielleicht‹ gesagt.«

»Sehr gut.« Und sie ging.

Lucas lehnte sich zurück und ließ seinem leicht angestiegenen Adrenalinspiegel Zeit, wieder normal zu werden. Carmel war eine echte Herausforderung … Er nahm sich den Gleichberechtigungsbericht wieder vor, und das unterbewusste Zen-Summen setzte wieder ein, während sein Bewusstsein sich mit Carmels Besuch auseinander setzte. Wenn sie jemanden getötet hatte, hätte sie dann diesen Besuch bei ihm gemacht, nachdem sie von dem Phantombild gehört hatte? Ja, natürlich. Hätte sie den Besuch gemacht, wenn sie schuldig war und hinter den Morden steckte? Er dachte ein paar Sekunden nach. Ja, natürlich hätte sie ihn aufgesucht. Sie hatte ein feines, scharfsinniges Gespür für die seltsam verschlungenen Wege der Unschuld. Er hatte also nichts Neues über sie erfahren.

Aber die Patrone: Die .22er, die er in ihrem Appartement gefunden hatte, war eine nicht wegzuleugnende Tatsache. Man konnte sie nicht als Beweismittel vor Gericht verwenden, man durfte nicht einmal eingestehen, dass sie existierte. Aber das Geschoss dieser .22er-Patrone bewies, dass Carmel schuldig war. Schuldig jedenfalls an *irgendetwas*. Gehen wir doch einfach mal davon aus, dachte Lucas, die Patrone *sei* vor Gericht als Beweis zulässig. Welche Argumente würde Carmel dagegen vorbringen? Er fing an, die Möglichkeiten durchzugehen: Sie würde sagen, die Patrone stamme von D'Aquila. Er habe sie ihr aus irgendeinem Grund untergeschoben …

D'Aquila. Ein neues Bild tauchte in seinem Hinterkopf auf und verdrängte die anderen Überlegungen. Er lehnte sich vor, ließ das Kinn auf die Brust sinken, schloss die Augen und konzentrierte sich. Nach einer Minute stemmte er sich schließlich aus seinem Stuhl und ging mit schnellen Schritten den Flur hinunter zur Mordkommission. Weder Sherrill noch Black waren da, aber die Akte D'Aquila lag in Sherrills Ablagekorb. Er blätterte sie durch, bis er auf das Foto des Leichenbeschauers von den Kratzspuren stieß, die D'Aquila kurz vor seiner Exekution mit den Fingernägeln in seinen Handrücken geritzt hatte. Lucas sah sie sich an, von oben und unten, und er dachte: Wenn man einige der Linien einfach voneinander trennt ... und sich überlegt, dass D'Aquila – in Panik, gefoltert und im Angesicht des bevorstehenden Todes – nicht in sein Notizbuch schrieb und nicht sehen konnte, was er da machte, dann konnte man die Krakelei

auch auf diese Weise auflösen:
C l o A N

Es fing mit einem C an. Der nächste Buchstabe war ein kleines l, eine gerade Linie ohne den Querstrich nach rechts am unteren Ende wie bei einem großen L. Der nächste Buchstabe war, wie Lucas annahm, als ein O beabsichtigt, aber durch den Strich, der in der Mitte hindurchführte, als solches nicht mehr klar zu erkennen. Wenn man nun aber diesen Querstrich eine Stelle weiter nach rechts versetzte, entstand ein A. Als letzter Buchstabe blieb dann ein N.

C Loan ...

»Gottverdammte Carmel«, sagte Lucas laut vor sich hin.
Hinter ihm ging die Tür auf, und als er sich umdrehte, sah

er Sherrill hereinkommen. »Durchsuchst du meinen Schreibtisch?«, fragte sie.

»Ich bin die D'Aquila-Fotos noch mal durchgegangen«, sagte Lucas. »Schau dir das an.«

Sherrill sah *ihn* an. »Jesus, du bist ja total aufgeregt. Was ist los?«

Er erklärte es ihr. Sherrill war innerhalb von zehn Sekunden überzeugt. Nicht so Black, der inzwischen hereingekommen war.

»Das Problem ist, dass man aus diesen Kratzern alles rauslesen kann, wenn man sie in Buchstaben zerlegt«, sagte er. »Ich kann ohne weiteres fünf oder sechs verschiedene Wörter darin sehen.«

»Ja, sicher, aber keines macht Sinn im Zusammenhang mit unseren Ermittlungen«, sagte Lucas. »C Loan *macht* Sinn.«

»Vielleicht liegt es nur daran, dass wir noch nicht alle Möglichkeiten rausgefunden haben«, sagte Black.

Sloan kam während der Debatte herein, sah auf die Fotos und schüttelte den Kopf. »Unter dem Einfluss von Entspannungsdrogen würde ich dir das vielleicht abnehmen, aber wenn du das einer ungedopten Jury vorlegst, kriegst du Probleme«, sagte er.

»Na ja, ich betrachte es jedenfalls als ein Stück vom Puzzle«, sagte Lucas schließlich. »Noch ein paar Stücke mehr, und wir können einen Fall präsentieren.«

Black und Sloan wandten sich anderen Gesprächspartnern zu, und Sherrill sagte leise: »Ist es möglich, dass wir das nur deshalb sehen, weil wir *wissen*, dass sie es war? Wegen der Patrone?«

»Nein, es steht da auf seinem Handrücken«, sagte Lucas und blätterte die Fotos noch einmal durch. »Verdammt, *da steht es doch*!«

Rinker flog am Samstagnachmittag nach Washington, fünfzehn Stunden, nachdem Lucas von dort abgeflogen war. Sie kaufte sich an einem Zeitungsstand den besten Stadtplan, den sie finden konnte, übernahm ihren Mietwagen und checkte sich im Holiday Inn im Stadtzentrum ein. Von dort aus rief sie ihre Bar in Wichita an und sprach mit ihrem stellvertretenden Manager, einem scheuen Cowboytyp namens Art Durell. Er versicherte ihr, dass während ihrer Abwesenheit nichts angebrannt war, dass die Gäste glücklich seien, dass das Fett in der Friteuse heiß genug und die Kälte im Kühlschrank kalt genug sei.

»Wenn dieses Arschloch vom Gesundheitsamt wieder kommt, müssen wir ein zu hundert Prozent sauberes Urteil kriegen, Art«, sagte Rinker. »Man kann nie wissen, ob diese Berichte nicht eines Tages in der Zeitung veröffentlicht werden.«

»Wir sind die sauberste Bar in der Stadt, Clara, und jeder im Gesundheitsamt weiß das«, sagte Durell. »Mach dir keine Sorgen, genieß deine Reise.«

Um vierzehn Uhr erschien ein rattengesichtiger Mann mit zu langem, klebrigem schwarzem Haar, gekleidet in eine Jeansjacke, Jeans und Cowboystiefel an ihrer Zimmertür – ein Mann, der in jedem Film absolut glaubwürdig die Rolle eines Gammlers übernehmen könnte – und übergab ihr ein Päckchen, das in ein Stück braunes Papier, herausgerissen aus einem Gemüsesack, eingewickelt war.

»Von Jim«, sagte er. »Das Telefon ist wahrscheinlich okay bis morgen.« Dann drehte er sich um und ging. Rinker öffnete das Päckchen und holte eine Colt-Woodsman-Pistole, einen Schalldämpfer, eine volle Schachtel .22er-Patronen und ein frisch gestohlenes Mobiltelefon heraus. Das Päckchen hatte sie elfhundert Dollar gekostet. Sie schraubte den Schalldämpfer auf den Lauf der Pistole, lud das Magazin, öffnete das Fenster und feuerte einen Schuss durch den geschlossenen Vorhang. Die Waffe gab nicht mehr ein lautes »Waff« von sich, und der Verschluss repetierte. Sie untersuchte den Vorhang und fand nach einigen Sekunden das kleine Loch, das das Geschoss hinterlassen hatte. Alles in bester Ordnung …

Louise Marker wohnte in einem Appartementkomplex in Bethesda, einer offensichtlich teuren Anlage mit dreistöckigen, aus gelben Backsteinen errichteten Gebäuden, die um mehrere Swimmingpools in einer ausgedehnten, satten Rasenfläche gruppiert waren. Wenn hier Soldaten wohnen würden, wären es Generale, dachte Rinker. Es waren jedoch keine Uniformen in Sicht. Etwa hundert Bewohner der Anlage, fast alles junge oder jüngere Frauen, lagen in konservativen einteiligen Badeanzügen um die Pools. Louise Marker war nicht darunter. Marker hatte Rinker nie zu Gesicht bekommen, Rinker hatte sich Marker jedoch mehrmals unbemerkt angesehen. Als reine Vorsichtsmaßnahme für Situationen, wie jetzt eine eingetreten war. Rinker schlenderte ungezwungen zwischen den Leuten an den Pools hindurch und gab dabei Markers Privatnummer in das Mobiltelefon ein. Nach dem dritten Läuten meldete sich eine Frauenstimme. »Hallo?«

Rinker fragte: »Jean?«

»Nein … Sie haben sich verwählt.«

»Oh, tut mir Leid.«

Es war kein Problem, in das Gebäude hineinzukommen, in dem Marker ihr Appartement hatte: Sie richtete es so ein, dass sie zusammen mit zwei Frauen in Badeanzügen vor einem Seiteneingang ankam. Sie folgte den beiden durch die äußere Tür, dicht genug dahinter, um einer der beiden Zeit zu geben, die innere Tür aufzuschließen. Rinker klimperte mit ihren eigenen Schlüsseln in der Hand, aber man hielt ihr die Tür auf, und sie nickte den Frauen zu, bedankte sich und ging weiter, und die beiden Frauen dachten sich offensichtlich nichts dabei.

Markers Appartement lag im zweiten Stock. Rinker nahm die Treppe, schaute sich im Flur der zweiten Etage um, sah niemanden, tippte wieder Markers Telefonnummer in ihr Handy ein, während sie auf die Wohnungstür zuging. Es gab eine funktechnische Überlagerung, aber das Telefon am anderen Ende würde klingeln.

Wieder die Stimme der Frau: »Hallo?« Ein wenig schroff diesmal; erwartete sie wieder einen »Falsch-gewählt-Anruf«?

Rinker sagte: »Könnte ich bitte Miss Marker sprechen?«, und drückte im selben Augenblick auf die Türklingel.

Marker fragte: »Wer spricht da bitte?«

»Hier ist Mary vom Hausmeisterbüro ... Hat es nicht gerade bei Ihnen an der Wohnungstür geläutet?«

»Ja, einen Moment bitte.« Rinker hörte, wie das Telefon abgelegt wurde. Im Flur war weiterhin niemand zu sehen, und sie nahm die Pistole aus ihrem Spezialholster unter dem Hemd – genau in dem Moment, als die Tür geöffnet wurde. Marker machte den Mund auf, kam aber nicht mehr dazu, den unerwarteten Besucher nach seinem Begehr zu fragen, denn Rinker hielt ihr die Pistole an die Stirn und sagte: »Treten Sie zurück.«

Marker, das Mafia-Kind, sagte nur »o nein« und gehorchte. Rinker folgte ihr in die Diele und flüsterte ihr zu: »Ich werde sehr leise sprechen, und ich werde meine Pistole wegstecken, während wir einen kleinen Spaziergang nach draußen machen. Als Erstes aber beenden Sie den Telefonanruf.«

»Was ...?«

»Beenden Sie den Anruf!«

Marker nickte völlig verwirrt und ging zum Telefon.

»Hallo?«

»Hier ist Mary«, sagte Rinker in ihr Handy. »Sie haben Ihre Wagenschlüssel heute Morgen hier am Empfang liegen lassen.«

»Oh, danke«, sagte Marker mit unsicherer Stimme. »Ehm, ich komme sofort runter.«

»Bis gleich«, sagte Rinker und schaltete das Handy aus. Dann streckte sie Marker den Zeigefinger entgegen, krümmte ihn und trat zurück in den Etagenflur. Marker folgte ihr wie ein ferngesteuerter Roboter.

»Sie werden mich töten«, sagte Marker, als Rinker die Wohnungstür hinter ihnen ins Schloss gedrückt hatte. »Ich sollte schreien …«

»Wenn Sie schreien, werde ich Sie erschießen. Aber ich habe gute Gründe, es nicht zu tun. Ich will Ihnen nur ein paar Fragen stellen.«

»Was sollte das mit dem Telefon?«

»Die Feds können mitgehört haben.«

»Das haben sie wahrscheinlich«, sagte Marker. »Sie sind Tennex, nicht wahr?«

Rinker nickte. »Gehen Sie weiter den Flur hinunter.«

»Ich habe doch alles so gemacht, wie Sie es mir gesagt haben …«

Rinker startete die eingeübte Rede: »Ich habe nicht die Absicht, Sie zu erschießen, denn wenn ich das mache, wissen die Cops mit Sicherheit, dass Tennex das ist, was sie vermutet haben. Verstehen Sie das? Bis jetzt wissen sie es nämlich noch nicht.«

»Ehm, ja …«

»Aber wenn es sein muss, werde ich Sie töten. Wenn ich jemals einen Hinweis bekomme, dass Sie mit den Cops über diesen meinen Besuch gesprochen haben oder ihnen ein Phantombild von mir liefern, werde ich zurückkommen, und Sie sind eine tote Frau. Und wenn man mich erwischt, werden die Leute, für die ich arbeite, sich Sorgen machen, dass die Cops weitere Schlüsse ziehen könnten, und sie werden Killer auf uns beide ansetzen. Mit anderen Worten – wenn Sie mit irgendjemandem über diesen Besuch reden, sind Sie tot. Haben Sie das kapiert?«

Marker schluckte heftig und nickte dann.

»Also – wer ist zu Ihnen gekommen?«, fragte Rinker.

Marker erzählte ihr alles: beginnend mit dem ersten Telefonanruf des Anrufers, der unsicher über Tennex zu sein schien – Männerstimme, Bariton, gebildet klingend, cool –, bis hin zum Auftauchen der FBI-Truppe in ihrem Büro.

»Kein Cop? Der erste Anrufer?«

»Vielleicht ein hochrangiger Cop.« Sie berichtete von der Befragung durch die FBI-Agenten im Büro, von Mallard, vom Verhör im FBI-Gebäude.

»Hieß einer der Typen Lucas Davenport?«

»Ich glaube nicht, aber sie haben ja nicht jeden vorgestellt. Ein Mann war dabei, der sich von den anderen unterschied: großer, harter Typ, sah nicht nach FBI aus, hatte einen echt schicken Anzug an. Kein Regierungstyp, verstehen Sie? Sah eher nach Gangsterboss aus.«

Rinker griff in die Jackentasche und zog das zusammengefaltete Blatt heraus, das sie aus *BizWiz*, einem Computermagazin für die Geschäftswelt der Doppelstadt Minneapolis/St. Paul, herausgetrennt hatte. »Ist das der Typ?«

Marker nahm das Blatt, sah es sich kurz an und sagte: »Ja, das ist er. Ja, allerdings sieht er besser aus.«

»Haben Sie seine Stimme gehört? Könnte er der Mann gewesen sein, der diesen ersten, irgendwie konfusen Anruf gemacht hat?«

Marker dachte einen Moment nach. »Ja, könnte sein«, sagte sie langsam. »Ja, wissen Sie …«

Nach einigen weiteren Fragen sagte Rinker: »Ich möchte noch einmal betonen: Ich war sehr vorsichtig auf dem Weg hierher, ich war sehr vorsichtig im Hinblick auf Telefonwanzen und Wanzen in Ihrem Appartement. Niemand außer uns beiden weiß etwas von unserem Gespräch. Wenn jemand *jemals* etwas davon erfährt, sind Sie tot.«

Marker nickte schnell. »Okay. Gut. Das ist gut.«

»Bei einer meiner früheren Tätigkeiten, als ich noch sehr viel jünger war, habe ich mal einen Trick gelernt«, sagte Rinker. »Einen Trick, wie man das Vergessen lernen kann. Man sagt sich einfach: ›Okay, das ist nie geschehen. Ich habe es nur geträumt.‹ Und sehr bald wird das, was da geschehen ist, tatsächlich wie ein Traum, und man vergisst es völlig.«

»Ich habe Sie jetzt schon völlig vergessen«, sagte Marker eifrig. »Ich schwöre es bei Gott, ich habe Sie völlig vergessen …«

Ehe sie die Stadt verließ, hielt Rinker noch bei einer Bank und mietete ein Bankschließfach. Sie zahlte ein Jahr im Voraus, wischte die Pistole und die anderen Gegenstände aus dem Päckchen sorgfältig ab und legte sie in den Metallkasten. Wenn sie nächstes Mal wieder mit dem Wagen in die Gegend kam, würde sie die Sachen wieder mitnehmen.

Vom Flughafen aus rief sie Carmels spezielle Handynummer an, und Carmel meldete sich nach dem zweiten Läuten. »Ja?«

»Du erinnerst dich an den Mann, den du im TV gesehen hast?«, fragte Rinker.

»Ja.«

»Er war hier. Absolut sicher.«

»Scheiße. Wie konnte er das nur rausfinden?«

»Keine Ahnung«, antwortete Rinker. »Ich komme heute Abend um zehn Uhr fünfzehn mit Northwest zurück.«

»Ich hole dich ab. Ich denke, wir haben im Moment noch nichts Schlimmes zu befürchten, aber darüber reden wir nach deiner Ankunft.«

Im Flugzeug döste Rinker, eine Schlafmaske über den Augen, vor sich hin, und zwischen kurzen Schlafperioden dachte sie über Carmel nach. Sie konnte einige nicht unbedeutende Probleme einfach dadurch lösen, dass sie Carmel aus dem Weg räumte. Aber dann ergab sich ein anderes Problem. Carmel war nicht dumm, und wahrscheinlich hatte sie inzwischen irgendwelche Maßnahmen zu ihrer Rückendeckung getroffen: in einem Schließfach oder im Panzerschrank eines ihrer Kollegen ein Schreiben hinterlegt, in dem sie festgehalten hatte, was sie über Rinker wusste. Ein Schreiben, das im Fall ihres Todes den Cops zu übergeben war … Ein anderes Problem: Dieser Mistkerl Davenport war so dicht an Rinker dran wie an Carmel. Wie war ihm das gelungen? Wusste er vielleicht sogar noch mehr? War er etwa inzwischen auf ihre Bar in Wichita gestoßen? Carmel war eine Informationsquelle bezüglich Davenport, die sich als sehr wichtig erweisen konnte …

Ein letzter Grund, Carmel nicht zu töten: Rinker mochte sie wirklich, wie eine Art Schwester, die sie nie gehabt hatte. Rinker lächelte vor sich hin, als sie an Carmels Einladung zu der Reise nach Mexiko dachte. Bei Gott, sie hatte sich vorgenommen, die Einladung anzunehmen, und wenn sie diese Sache hinter sich gebracht hatten, würden sie beide diese Reise auch tatsächlich machen. Sich ein paar scharfe Bikinis kaufen und diese Drinks mit Papierschirmen und vielen Ananasscheiben schlürfen und vielleicht ein paar von diesen mexikanischen Papagayos vernaschen.

Was diesen Davenport betraf – sie hatte den Bericht über ihn im *BizWiz*-Magazin gelesen, und er schien ein cleverer Bursche zu sein, und hundsgemein: Er war ein Killertyp, ohne jeden Zweifel. Wie dieser Mafiatyp, den sie einmal kennen gelernt hatte; ein genialer Geschäftsmann, der eine große Waschsalonkette – oder war es ein Müllabfuhrunternehmen gewesen? – besessen und immer eine Pistole bei sich gehabt hatte.

Natürlich, sie hatte drei oder vier dieser Typen getötet. Auch Leute mit genialen Begabungen waren nicht kugelsicher.

In Minneapolis saß Carmel vor dem Fernseher, den Ton abgeschaltet, und beurteilte ihre Optionen. Vielleicht sollte sie, wenn sich die Möglichkeit dazu bot, Pamela – oder wie auch immer ihr echter Name war – aus dem Weg räumen. Aus der Sicht der Gefahrenabwendung machte das absolut Sinn. Es gab nur diese eine echte Zeugin gegen sie, und wenn Pamela den Weg allen Fleisches gegangen war, konnte Davenport sich in den Arsch beißen.

Sie seufzte, stand auf, ging in die Küche und holte sich ein Glas Orangensaft. Sie würde Rinker nur absolut ungern töten – sie mochte diese Frau. Pamela konnte eine echte Freundin werden, die erste, die Carmel je hatte …

Sie nippte an ihrem Saft und ging zurück ins Wohnzimmer, vorbei an all ihren großartigen Schwarzweißfotos, die sie kaum wahrnahm. Wenn sie überlegte, ob sie Pamela töten sollte, würde umgekehrt auch Pamela überlegen, ob sie *sie* aus dem Weg räumen sollte, und würde es vielleicht aus ähnlichen Gründen nur widerwillig tun.

Wenn sich die Gegebenheiten änderten, dachte Carmel, wenn es tatsächlich notwendig wurde, Pamela aus dem Weg zu räumen, musste sie *als Erste* handeln – und schnell. Eine zweite Chance würde sich ihr sicher nicht bieten ... Sie sah auf die Uhr. Zeit, Pamela vom Flughafen abzuholen.

Rinker stellte ihre leichte Reisetasche auf den Rücksitz des Volvo, und Carmel sagte: »Ich kann mir drei Möglichkeiten vorstellen.«

»Welche sind das?«

»Wir tun nichts. Ich habe mich heute mit einem Notizblock hingesetzt und versucht, das für uns schlechteste Szenario auszuarbeiten. Ich halte es für absolut unmöglich, dass sie genug in der Hand haben, um eine von uns zu verhaften. Wenn sie es dennoch tun würden, könnten wir sicher sein, dass es nicht zu einer Anklage gegen eine von uns ausreichen würde – es sei denn, du hättest irgendwo Fingerabdrücke hinterlassen oder dein Portemonnaie an einem der Tatorte liegen lassen.«

»Was natürlich nicht geschehen ist«, sagte Rinker. »Welches sind die beiden anderen Möglichkeiten?«

»Unser Hauptproblem ist Davenport. Das FBI können wir vergessen, ebenso die anderen Cops, die da rumschnüffeln. Wenn wir Davenport beseitigen, werden sie nie im Leben rausfinden, wer wir sind. Andererseits – es wäre mehr als riskant, ihn aus dem Weg zu schaffen, es wäre sogar sehr gefährlich. Er ist nicht nur rücksichtslos und gewalttätig, der Kerl hat auch Glück. Es ist mal passiert, dass ihm ein Gangster in die Kehle geschossen hat, und er wäre gestorben, wenn da nicht zufällig ein Chirurg in der Nähe gewesen wäre und mit einem Schnappmesser einen Luftröhrenschnitt bei ihm gemacht hätte. So hat er es dann zu einem Krankenhaus geschafft.«

»Ist das wahr?«

»Ja.«

»O Mann, das beunruhigt mich am meisten an dem Mann: dass er Glück hat.«

»Die dritte Möglichkeit ist, dass wir uns ein kleines Spielchen ausdenken und durchziehen – ein kleines Historienspiel –, das darauf hinauslaufen muss, all den Morden einen Sinn zu geben. Die alternative Theorie: eine Möglichkeit, mit der man einen sonnenklaren Fall gegen einen Klienten noch umbiegen kann. Gib den Geschworenen etwas, das mehr Sinn macht oder zumindest mehr Sinn zu machen scheint … Wenn wir es schaffen, genau das richtige Szenario in die Welt zu setzen, musste die Strafverfolgung es hinnehmen, selbst wenn Davenport wüsste, dass etwas nicht stimmen kann.«

»Okay … Welche der drei Möglichkeiten schlägst du vor?«

»Nummer eins: nichts zu tun. Die Sache auszusitzen und abzuwarten. Ich glaube nicht, dass noch mehr negative Dinge passieren können. Wir wissen, dass die Cops am Tennex-Telefon in Washington sitzen, also werden wir es nicht mehr benutzen. Ich würde mir gerne die Akten der Cops über den Fall ansehen, aber die bekäme ich nur dann in die Finger, wenn sie wieder mit neuen Argumenten gegen Hale vorgehen würden.«

»Okay. Also tun wir nichts und warten ab.«

Sie fuhren eine Weile schweigend weiter, dann fragte Rinker: »Was ist, wenn sie eine Wanze in diesen Wagen eingebaut haben?«

»*So* clever sind die bestimmt nicht«, sagte Carmel. »Das ist Moms Wagen. Auf ihren Namen registriert. Sie benutzt ihn sogar manchmal, wenn ich ihn nicht brauche, und sie transportiert alle möglichen Sachen darin – Blumenzwiebeln und Pflanzen oder ähnliches Zeug. Ich brauche aber einen Wagen, von dem niemand etwas weiß, vor allem, wenn ich mit einem Fall beschäftigt bin, der ein bisschen heiß ist. Manchmal kann man es einfach nicht brauchen, wenn einem die Leute auf die Finger schauen.«

»Deine Eltern sind geschieden?«

»Nein, mein Dad hat sich selbst umgebracht«, antwortete Carmel. »Er war Zahnarzt mit dem Spezialgebiet Wurzelbehandlungen, machte den ganzen Tag nichts anderes, als Wurzelkanäle aufzubohren. Er hatte die Nase voll davon, setzte sich eines Nachmittags nach der Behandlung des letzten Patienten hin, schrieb einen kurzen Abschiedsbrief an die Nachwelt und streifte eine Lachgasmaske über.«

»O Gott …«

»Ja. Eine gute Methode, diese Welt zu verlassen, nehme ich an, aber er musste ein paar komplizierte Vorbereitungen treffen. Musste einige Sicherheitsvorkehrungen ausschalten, die Sauerstoffzufuhr unterbrechen und so weiter. Wenn ich mal in so eine Lage kommen sollte, will ich nicht auch noch länger darüber nachdenken. Ich will einfach *weg sein.*«

»Ich will mich nicht endgültig aus dem Staub machen«, sagte Rinker. »Eine ganze Weile noch nicht …«

»Was ist mit deinen Eltern?«

»Mein Dad setzte sich eines Tages ab, als ich noch ein Baby war«, antwortete Rinker. »Und mein guter alter Stiefvater pflegte mich ein- oder zweimal in der Woche zu ficken, bis *ich* mich dann absetzte.«

»Lebt dein Stiefvater noch?«

»Nein.« Rinker sah aus dem Fenster. »Er verschwand eines Tages und tauchte nicht wieder auf.«

»Wie dein Vater«, stellte Carmel fest.

»Nicht auf dieselbe Weise«, erwiderte Rinker.

16

Sherrill kam mit dunklen Ringen unter den Augen aus St. Louis zurück. »Nicht zum Schlafen gekommen?«, fragte Lucas. Er versuchte, seine Stimme unbefangen klingen zu lassen, merkte dann aber, dass ihm das nicht ganz gelungen war.

»Ich musste alle Typen der Abteilung Organisiertes Verbrechen da unten durchbumsen«, sagte Sherrill. »Das hat mich die Nächte durch wach gehalten.«

»Heh …« Er war gekränkt.

»Selber ›heh‹«, knurrte sie. »Der Ton in deiner Stimme bei der Frage …«

»Ich habe nur versucht …«

»Vergiss es … Aber es stimmt, ich habe kaum geschlafen. Jede Nacht habe ich mich auf dem Bett rumgewälzt, und die Decken waren zu schwer und das Kissen zu dick und es roch nicht gut im Zimmer. Und ich habe über dich und mich nachgedacht.«

»Oje …«

»Ich wollte das nicht«, sagte sie. »Aber ich konnte nicht anders. Ich habe mich gefragt, ob das mit dem Schlussmachen richtig war. Ich habe mich gefragt, ob ich dich nicht irgendwohin zerren und so richtig durchficken soll, nur noch das eine Mal. Oder zwei- oder dreimal – aber nicht endlos weiter. Sozusagen zur endgültigen Verabschiedung.«

»Ich war der Meinung, das hättest du schon getan«, sagte Lucas.

»Ja, das stimmt«, gab Sherrill zu. »Außerdem – Sex war ja nicht unser wichtigstes Problem, oder?«

»Nein. Der Sex mit dir war wunderbar. Zumindest aus meiner Sicht.«

»Was war's dann?«

»Ich glaube, ehm, es liegt daran, dass du von Natur aus eine Optimistin bist und dass ich von Natur aus ein Pessimist bin ...«

»Aha ... Ja.«

»Und welche Schlussfolgerung ziehst du nun?«

»Ich denke, ich sollte mir einen neuen Freund und du dir eine neue Freundin suchen, dann hätten wir's endgültig hinter uns.«

»Ich bin zu müde, um nach einer neuen Freundin zu suchen«, sagte Lucas. »Such du dir einen Freund.«

»Ja«, sagte Sherrill und nagte an der Unterlippe. »Vielleicht.«

Lucas sagte: »Wir sind mit unserer Kunst am Ende. Die Feds sitzen noch vor ihrer Mithörschaltung bei Tennex, aber es ruft niemand mehr an.«

»Hören sie auch Carmel Loan ab?«, fragte Sherrill.

»Kann sein. Sie sagen, sie würden es nicht tun – noch nicht –, aber sie könnten mich angelogen haben.«

»Das FBI und lügen?«

»Ja, ja ... Hast du was rausgefunden?«

»Ich habe eine Liste mit zwanzig Namen«, sagte Sherrill.

»Verdammt viele Namen ...«

»Ja. Aber wenn es da einen Mann in St. Louis mit Verbindungen zur Mafia gibt, der diese Morde in Auftrag gibt, dann steht sein Namen mit an Sicherheit grenzender Wahrscheinlichkeit auf dieser Liste.«

»Und?«

»Dazu komme ich jetzt«, sagte sie. »Du und die FBI-Jungs habt euch doch ausführliche Gedanken darüber gemacht, woher all die Schecks für diesen Telefondienst kamen, nicht

wahr? Und ihr habt überlegt, dass die Person, die sie ein-
schickt, in Südwest-Missouri oder Ost-Kansas wohnen
muss – oder in diesen anderen Gegenden …«

»Nord-Arkansas oder Nord-Oklahoma …«

»Ja. Wenn wir nun eine Analyse dieser zwanzig Mafiatypen
machen, die alle geschniegelte Großstadtangeber mit Mokassins an den nackten Füßen und Cadillac-Fahrer sind … und
dann rausfinden, dass einer von ihnen viele Anrufe von einer
Farm oder was weiß ich in, sagen wir mal, Ost-Oklahoma
macht …«

Lucas sah sie einige Sekunden an und sagte dann: »Das ist
gut.«

»Es gefällt dir?«

»Es ist die erste gute Idee, die jemand von uns seit einer Woche hatte.« Er zog die Schreibtischschublade auf und nahm
Mallards Visitenkarte heraus. »Und was besonders gut daran
ist – man muss dabei mit den Bürokraten von den Telefonge-
sellschaften umgehen; und das ist, wie ich inzwischen weiß,
Mallards Lieblingsbeschäftigung, ja geradezu sein *Leben.*«

Mallard gefiel die Idee ebenfalls: Er ließ drei Agenten die ganze Nacht über und den nächsten Morgen an der Sache arbeiten, und am frühen Nachmittag rief er Lucas an. Er war, wie
Lucas fand, ein wenig atemlos.

»Haben Sie je von einem Allen Kent gehört?«

»Nein …«

»Er ist Italiener – der Name seines Vaters, eines unbedeu-
tenden Mannes, war Kent, aber die Familie seiner Mutter war
eng mit den Spitzen der Mafiafamilien von St. Louis *und* Chicago versippt, zu den Zeiten, als Sam Giancana die Welt re-
gierte.«

»Wen hat er angerufen?«

»Nun, er ruft bei vielen Leuten an, er hat einen Alko-holgroßhandel. Ruft jede noch so kleine verdammte Bar im Mittleren Westen an. Aber er hat eine AT&T-Telefonkarte, die er benutzt, wenn er außerhalb der Stadt ist, und wir haben alle Anrufe der vergangenen zehn Jahre analysiert, und jetzt dür-fen Sie mal raten …«

»Er ist in Wirklichkeit Lee Harvey Oswald und hält John F. Kennedy in einer Höhle gefangen.«

»Nein. Aber Sie wissen ja, wir haben alle diese mit der Ma-fia in Verbindung stehenden Morde dieser Frau zugeschrie-ben. Und zwischen vierundzwanzig und dreißig Tagen vor je-dem Mord hat Kent seine üblichen geschäftlichen Anrufe aus Wichita, Kansas, gemacht. Er blieb jedes Mal zwei Tage dort … So, und nun kann man sich doch vorstellen, dass er nach Wichita fährt, um die Killerin zu treffen, ihr den Auftrag zu erteilen und ihr eventuell weitere Informationen zu geben. Danach braucht sie einige Zeit für die Vorbereitung des Mor-des – wir wissen, dass sie sehr sorfältig vorgeht, dass sie die Zielperson längere Zeit beobachtet, ehe sie zuschlägt. Wahr-scheinlich braucht sie auch einige Zeit, um sich in einer ihr un-bekannten Stadt zu orientieren … und Zeit, dorthin zu fah-ren – wir gehen ja davon aus, dass sie zu den Zielpersonen fährt und nicht fliegt.«

»Sie nehmen also an, sie wohnt in Wichita?«, fragte Lucas.

»Wir halten es zumindest für möglich. Wir glauben sogar, einen Namen zu haben.«

»So? Wie lautet er?«

»John Lopez.«

Lucas hatte einen Moment mit dem Namen zu kämpfen. »John?«

»Ja. Ein Mann, getarnt als Frau, was eine ganze Menge Sinn macht, wenn man sich das genauer überlegt. Eine Profikiller*in* für die Mafia? Kommen Sie … So was hat's noch nie gegeben. Wir haben diesen John Lopez in unserer Datenbank gefunden: Er ist Puertoricaner, einsfünfundsechzig groß, hundertdreißig Pfund schwer – er könnte also als Frau auftreten. Und er ist ein gemeiner kleiner Bastard. Vor ein paar Jahren landeten große Mengen Kokain an der Südküste Puerto Ricos, das dann mit Flugzeugen in die Staaten gebracht wurde – es gibt ja keine Zollkontrollen bei Flügen aus Puerto Rico in die USA, weil es Inlandflüge sind. Lopez war eines der Maultiere, das den Stoff nach Chicago transportierte und das Geld dafür zurück-schaffte. Als er geschnappt wurde, nannte er die Namen aller seiner puertoricanischen Verbindungsleute als Gegengabe für Straffreiheit und Polizeischutz, behauptete aber, er wisse nicht, wer die Verteilung des Stoffs in Chicago betreibe. Wir gehen inzwischen davon aus, dass es die Mafia war und so auch die Verbindung zwischen Lopez und Allen Kent zustande kam.«

»Wie kam er nach Wichita?«

»Zeugenschutzprogramm. Gott helfe uns, aber es könnte sein, dass wir dem größten Profikiller in den Staaten Zeugen-schutz gewährt haben.«

Lucas fühlte sich irgendwie ernüchtert: Die Feebs würden den Fall lösen.

»Nehmen Sie ihn hoch?«

»Natürlich. Und ich nehme alles mit, was mir zur Verfü-gung steht. Lopez betreibt unter dem Deckmantel des Zeu-genschutzes einen Blumenladen – so, wie ein ewiger Gangster eben einen solchen Laden betreibt.« Mallard lachte, und Lu-cas starrte seinen Telefonhörer an: Mallard schien irgendwie high zu sein.

»Was dagegen, wenn ich Ihnen dabei zuschaue?«

»Nein, zum Teufel! Ich fliege gleich los, treffe heute Nach-mittag in Wichita ein. Wir steigen im Holiday Inn ab, ehm,

Holiday Inn East. Wir haben eine richterliche Genehmigung, sein Telefon abzuhören, und wir überprüfen jetzt natürlich alle seine Telefonrechnungen ... Hören Sie, ich muss mich auf die Socken machen.«

»Okay«, sagte Lucas, »wir treffen uns da unten, wahrscheinlich noch heute Abend, wenn nichts dazwischen kommt. Ich fahre mit dem Wagen hin.«

»Mit dem Flieger wären Sie doch in zwei Stunden dort.«

»Ja, ja ...«, brummte Lucas. »Ich fahre lieber.«

Lucas war seit langer Zeit begeisterter Porschefahrer. Es machte ihm Freude, ein- bis zweihundert Meilen mit seinem Porsche zu fahren, aber der Wagen war natürlich keine Langstrecken-Reiselimousine. Nach sechshundertfünfzig Meilen würde er durchgerüttelt und gerädert sein, außerdem musste der Porsche zur Inspektion.

»Hören Sie«, sagte er am Telefon zu dem Porschehändler, »Sie werden mir wieder mal eine Unsumme für die Inspektion in Rechnung stellen, und ich brauche einen bequemen Leihwagen. Ich weiß sehr gut, dass Sie diesen tollen BMW auf dem Hof stehen haben, ich habe zufällig gesehen, wie Larry ihn einem Kunden gezeigt hat ... Ja, ja ... Nein, ich will keinen Volkswagen-Passat. Wie wär's damit: Ich zahle Ihnen einen Meilenpreis. Sie kriegen fünfzehn Cent die Meile, und ich liefere den Wagen mit vollem Tank wieder ab. Ich fahre nach Wichita, das sind rund sechshundertfünfzig Meilen, hin und zurück also dreizehnhundert, und Sie kriegen für die drei oder vier Tage ein paar hundert Dollar, und ich werde Sie auch nicht wie sonst wegen der langsamen Arbeit an dem Porsche beschimpfen ... Kommen Sie, verdammt ... Was soll das heißen, fünfzig Cents? Die Regierung zahlt keine fünfzig Cents, und die Reisespesen sind für den Sprit gedacht ...«

Er bekam den 740IL, eine lange, schwarze, viertürige Limousine mit einem Armaturenbrett, das dem Cockpit eines F-16-Düsenjägers entliehen zu sein schien, mit grauen Ledersitzen, einem CD-Player und einundsechzigtausend Meilen auf dem Tacho, für fünfundzwanzig Cents die Meile. Zwei Meilen nach dem Verlassen der Porschevertretung trat er versehentlich mit dem linken Fuß gegen den schlecht platzierten Auslösehebel für die Motorhaube, ohne zu wissen, was er getan hatte, und die Motorhaube fing im Fahrtwind an zu rattern. Er hatte Angst, die Haube könnte gegen die Windschutzscheibe klappen und ihm die Sicht versperren, und so fuhr er an den Rand des Highways und riskierte im brausenden Verkehr Kopf und Kragen, um sie wieder festzudrücken. Fünf Minuten später passierte dasselbe wieder, und er fuhr wieder an den Straßenrand, rief diesmal aber empört den Porschehändler an, der ihm ungerührt sagte: »Sie treten mit dem linken Fuß gegen den Auslösehebel. Lassen Sie das sein.«

Lucas fand den Hebel und stöhnte: »Ein großartiger Platz dafür.«

Dreißig Meilen außerhalb der Stadt zuckte eine gelbe Warnlampe an der linken Seite des Armaturenbretts auf: *Motor überprüfen,* stand da. Er fuhr wieder an den Straßenrand, rief wieder den Händler an, der ihm sagte, die Warnlampe bedeute, dass die vorgegebenen Abgasnormen überschritten würden. »Kümmern Sie sich nicht drum, es hat nichts zu bedeuten.«

»Bei jedem anderen Wagen bedeutet ›Motor überprüfen‹, dass das Motorenöl gerade auf der Straße gelandet ist«, sagte Lucas.

»Das ist nicht ›jeder andere Wagen‹«, erwiderte der Porsche-Händler. »Wenn das Öl auf die Straße läuft, sagt Ihnen eine Warnlampe in großen roten Buchstaben: ›STOPP!‹.«

»Diese Lampe leuchtet also während der ganzen Fahrt weiter?«

»Richtig, Kumpel. Sie wollten den Wagen haben, Sie haben ihn bekommen«, sagte der Händler ohne das geringste Anzeichen von Mitgefühl.

»Da ist auch so ein pfeifendes Geräusch …«

»Die Windschutzscheibe sitzt nicht richtig fest. Wir werden das beheben, wenn Sie wieder zurück sind.«

»Ich komme langsam auf den Gedanken, dass dieser Wagen ein Scheißwagen ist«, knurrte Lucas.

»Was erwarten Sie von einem Wagen, der einundsechzigtausend auf dem Buckel hat?«, fragte der Porschehändler. »Sie hätten den Volkswagen nehmen sollen.«

Aber der Wagen war sehr bequem und sah ganz sicher gut aus. Er schaffte die sechshundertfünfzig Meilen nach Wichita in neun Stunden, kam dabei durch Des Moines und Kansas City, unterbrach die Fahrt nur zum Tanken und zum Kauf einer Tüte hartkrustiger Taco Supremes an einem Taco Bell. In Wichita nahm Lucas ein Zimmer in einem Best Western und rief von dort aus bei Mallards Büro in Washington an, wo ihm eine Sekretärin vom Bereitschaftsdienst sagte, sie werde seine Telefonnummer an Mallard weiterleiten. Fünf Minuten später rief Mallard prompt zurück: »Wir sind in der Stadt in einem Restaurant namens Joseph's. Ich lese Ihnen mal die Speisekarte vor …«

Lucas gab seine Bestellung auf – ein Steak, medium, Backkartoffeln ohne Sauerrahm und ein Diet Coke. Fünfzehn Minuten später kam er bei Joseph's an, und der Ober servierte gerade die Gerichte. Mallard war in Begleitung einer hageren grauhaarigen Frau namens Malone. Sie war ungefähr in Lucas' Alter, wie er schätzte, irgendwo in den dunklen Vierzigern.

»Malone ist unsere juristische Fachfrau«, sagte Mallard, während er sein Steak bearbeitete. »Sie redet mit den jeweils zuständigen Richtern, wenn das erforderlich wird, und besorgt uns Abhörgenehmigungen und Durchsuchungsbefehle und all so was.«

»Haben Sie den Rang eines Agenten?«, fragte Lucas.

Malone hatte gerade ein kleines Stück ihres Rinderbratens in den Mund gesteckt, und statt einer Antwort zog sie die linke Seite ihres Nadelstreifenjacketts nach außen, so dass Lucas den Griff ihrer schwarzen Automatikpistole sehen konnte.

»Hübsche Accessoires«, sagte Lucas. Man konnte ja ruhig mal ein Kompliment machen.

»Copcharme verfängt gut bei mir«, sagte Malone, die den Bissen inzwischen runtergeschluckt hatte. »Ich kriege dann immer Gänsehaut am ganzen Körper.«

»Hören Sie um Himmels willen damit auf«, sagte Mallard. »Ich hasse diese Flirtrituale bei Menschen im fortgeschrittenen Alter.«

»Was ist sein Problem?«, fragte Lucas und sah Malone an.

»Vor kurzem geschieden«, sagte Malone und nickte zu Mallard hinüber. »Und er liebt seine Frau immer noch.«

»Tut mir Leid«, sagte Lucas.

»Braucht es nicht, weil es nicht stimmt«, erwiderte Mallard. »Ich bin drüber weg.« Aber er sah für eine Sekunde so elend aus, dass Lucas ihm am liebsten den Rücken getätschelt und gesagt hätte, er würde bald wieder okay sein; aber Lucas glaubte nicht, dass es so kommen würde, und Mallard offensichtlich auch nicht. »Außerdem«, fügte Mallard hinzu, »befinde ich mich nicht als Einziger der Anwesenden in diesem Zustand.«

»Wenn Sie mich damit meinen, sprechen Sie von der falschen Person«, sagte Malone. »Ich habe keinen von ihnen geliebt.«

»Ihnen?«, fragte Lucas.

»Viermalige Verliererin«, erklärte Mallard und deutete mit seiner Gabel auf Malone.

»Jesus«, stieß Lucas aus. »Und das beim FBI?«

»Wenn es den zweiten meiner Ehemänner nicht gegeben hätte, wäre ich inzwischen im Rang einer Stellvertretenden Direktorin«, sagte Malone.

»Was hat er angestellt?« fragte Lucas.

»Er war Schauspieler.«

»Ein schlechter Schauspieler«, fügte Mallard hinzu.

»Nein, er war ein guter Schauspieler; er brachte es nur nicht fertig, seinen Hang zu Nacktszenen unter Kontrolle zu halten«, sagte Malone. »Das Drama nahm seinen Lauf, als die *Washington Post* ein Fotointerview mit ihm machte, er sich dabei im Adamskostüm präsentierte und erwähnte, dass er mit einer FBI-Agentin verheiratet sei.«

»Und das war für die Karriere nicht förderlich«, sagte Mallard. »Wir alle trugen damals noch weiße Hemden.«

»Und wie sieht's aus – haben Sie Nummer fünf bereits im Visier?«, fragte Lucas.

»Noch nicht«, antwortete Malone. »Aber ich halte Ausschau …«

»Die Lage stellt sich so dar«, unterbrach Mallard den privaten Dialog, »dass wir neun Agenten hier verfügbar haben und Lopez rund um die Uhr überwachen. Er hat drei Telefone, die wir alle abhören, und wir haben auch schon ein paar verdächtige Anrufe aufgezeichnet. Anrufe von Leuten, die in unklaren Formulierungen über Dinge reden, die nichts mit Blumen zu tun haben. Keine handfesten Dinge, die Lopez bloßstellen, aber irgendwas läuft da, was nicht astrein ist.«

»Könnte ich sie mir anhören, Ihre Aufzeichnungen?«

»Natürlich. Ich habe überarbeitete Kassetten dabei, die Sie

sich nachher anhören können. Und morgen, wenn er aus seinem Bau kommt, zeigen wir ihn Ihnen mal.«

»Sehr gut«, sagte Lucas. »Ich will aber nicht, dass er mich sieht. Mein Bild ist im Zusammenhang mit den Mordfällen im Fernsehen gezeigt worden, und wenn er hin und wieder in Minneapolis/St. Paul war, könnte er mich wieder erkennen.«

»Sie sind also eine echte Berühmtheit«, sagte Malone. »Ein lokaler Held ...«

»Nun hört endlich auf mit diesem Geturtel, Leute«, fuhr Mallard dazwischen.

Mallard hatte es sich auf dem Bett in seinem Hotelzimmer bequem gemacht, während Lucas sich auf den einzigen Sessel und Malone auf den Tisch gesetzt hatte. Sie hörten den Stimmen aus dem Kassettenrecorder zu: »Ich wollte heute vorbeikommen ... Macht keinen Sinn ... Wirklich? Was wäre nach deiner Meinung denn eine gute Zeit? ... Muss aber morgen sein, es sei denn, auf dem Weg nach da unten würde es zu einer Verzögerung kommen. Ich habe nichts gehört – ich könnte dich vorher anrufen, wenn du willst ... Das wäre gut, ich werde nämlich langsam ...«

Lucas sagte: »Er bietet Dope an.«

»Das habe ich auch schon gesagt, bin aber damit nicht auf große Gegenliebe gestoßen«, erklärte Malone.

»Wir können nicht sicher sein, dass es um Dope geht«, verteidigte sich Mallard.

»Doch, es ist so«, beharrte Lucas. »Ich kann Ihnen sogar sagen, um welche Sorte.«

»Heroin?«, schlug Malone vor.

»Ja«, stimmte Lucas zu.

»Vielleicht ist die alte Chicago-Connection wieder zum Leben erwacht«, sagte Mallard.

»Aber ich glaube einfach nicht, dass jemand, der einen Profikiller anheuert, auf einen Junkie zurückgreift«, sagte Lucas.

»Vielleicht ist *er selbst* kein Junkie.«

»Das war ein Kleinhandel, dem wir da zugehört haben«, sagte Lucas. »Und wenn er Kleinhändler ist, ist er höchstwahrscheinlich auch ein Junkie.«

»Andererseits«, sagte Malone, »da er jemanden aus größerer Entfernung erwartet, könnte es auch anders sein ... Er scheint zumindest im größeren Stil *ein*zukaufen.«

Lucas zuckte die Schultern. »Ja, könnte sein – aber es ist doch wirklich ein seltsames Verhalten für einen Mann, den wir für einen paranoiden Superkiller halten. Ich könnte mir vorstellen, dass ein Profikiller sich Kokain oder vielleicht auch Speed von einem verlässlichen kleineren Dealer beschafft, aber ich kann mir nicht vorstellen, dass er auch Stoff *verkauft*. Das würde nämlich bedeuten, dass er es mit allen möglichen, heruntergekommenen Junkies zu tun bekommt, die ihn für ein paar Cents verraten und verkaufen würden.«

Als sie die Kassetten zu Ende gehört hatten, saßen sie erst einmal schweigend da, dann sagte Mallard: »Im Fernsehen kommt ein Spiel der Yankees.«

»Ich muss mich ein bisschen bewegen«, sagte Lucas. »Ich habe den ganzen Tag im Wagen gesessen.«

»Wo wollen Sie hingehen?«, fragte Malone.

»Vielleicht in eine Bar«, antwortete Lucas. »Ein paar Bierchen trinken.«

»Das würde mir auch gefallen«, sagte Malone. »Ich würde mich gerne irgendwohin verändern, wo ich ein bisschen bequemer sitzen kann.«

Mallard seufzte und sagte dann: »Okay. Vielleicht ja doch besser, als in die Glotze zu starren.«

Malone sah ihn an, und eine schmale Falte bildete sich zwischen ihren Augen, die jedoch sofort wieder verschwand. »Also, wie wär's, wenn wir uns in einer halben Stunde ausgehbereit wieder hier treffen?«

Lucas kam einige Minuten vor Malone in Mallards Zimmer zurück; als sie dann erschien, trug sie eine schwarze Hose und eine weiche schwarze Jacke über einer hauchdünnen Bluse. Unter der Bluse trug sie einen schwarzen Spitzenbüstenhalter, den Lucas sah; und links, unter der Jacke, war auch die leichte Ausbeulung ihrer Pistole zu erkennen. Als sie gingen, hielt Lucas die Tür für Malone auf, und er erhaschte einen feinen Hauch ihres exotischen Parfüms – kühl, eisig …

Malone setzte sich auf den Beifahrersitz des BMW, Mallard auf den Rücksitz. Malone starrte auf all die Lämpchen auf dem Armaturenbrett, an den Türen und selbst auf dem Lenkrad und fragte: »Wie kommt es, dass Kleinstadtcops solche Wagen fahren, während wir uns mit einem Ford begnügen müssen?«

»Weil wir die Korruption bei der Regierung eisern bekämpfen«, sagte Mallard.

»Minneapolis ist größer als Washington«, brummte Lucas.

Malone schnaubte verächtlich, und Mallard sagte: »Hören Sie auf damit.« Auf dem Weg ins Stadtzentrum sah Lucas einen Streifenwagen der Stadtpolizei von Wichita an einer Straßenecke stehen; er bog dahinter ein und hielt an. Mallard fragte: »Was haben Sie vor?«, Lucas antwortete: »Ermittlungen anstellen.«

Er stieg aus und ging zu dem Streifenwagen, und als der Cop auf der Fahrerseite das Fenster herunterließ, hielt ihm Lucas seinen Ausweis entgegen und sagte: »Hey, Kollegen – ich bin Cop oben in Minneapolis und mit ein paar Freunden auf der Durchreise. Wir suchen eine nette Bar, haben Sie eine Empfehlung für uns?«

Der Fahrer nahm Lucas den Ausweis aus der Hand, sah ihn sich gründlich an, grunzte dann: »Deputy Chief, hm?« Er gab den Ausweis zurück und sah zu seinem Partner hinüber. »Da gibt's keine große Auswahl ... Was meinst du? The Rink?«

»Wäre wohl am besten«, bestätigte der andere Cop. »Vier Blocks geradeaus bis zur zweiten Ampel, dort rechts abbiegen, vier oder fünf Blocks weiter ist es dann. The Rink.«

»Prima«, sagte Lucas und richtete sich auf. »Ich gebe Ihnen einen aus, wenn Sie in den nächsten Stunden Feierabend haben – wir sind bestimmt noch dort.«

»Vielen Dank, aber wir haben Nachtschicht«, sagte der Fahrer. »Aber ich habe noch eine Frage: Wie hoch ist bei Ihnen da oben in Minneapolis das Grundgehalt für die Cops?«

Sie redeten noch ein paar Minuten über Gehälter, jährliche Urlaubstage und die Handhabung von Urlaub im Krankheitsfall, dann ging Lucas zurück zum BMW, stieg ein, trat auf den Auslösehebel für die Motorhaube, stieg wieder aus, schmetterte die Haube zu, stieg wieder ein, und sie fuhren zu der Bar The Rink.

Rinker stand hinter dem Tresen und las einen Kassenzettel, als Lucas hereinkam. Sie war so entsetzt, dass sie regelrecht erstarrte, als ob sie ein Schlag mit dem Hammer gegen die Stirn getroffen hätte. Als sie sich ein wenig erholt hatte, wozu sie volle fünf Sekunden brauchte, stellte sie fest, dass er in Begleitung einer Frau war, die wie eine Juristin aussah, dazu eines Mannes mit Bürokratengesicht und dickem Nacken, der ein Professor sein konnte, vielleicht aber auch der Coach einer College-Ringermannschaft.

Sie wandte sich ab und ging in ein Hinterzimmer, von dem

aus man durch einen Einwegspiegel die Bar überblicken konnte.

»Irgendwas nicht in Ordnung?«, fragte einer der Küchenjungen, dem ihre angespannte Aufmerksamkeit auffiel.

»Ein Mann kam rein, von dem ich dachte, er könnte ein Freund aus alten Tagen sein«, sagte Rinker.

»Welcher Mann ist es?«

»Mach deine Arbeit weiter«, sagte Rinker.

»War ja nur 'ne Frage …«

Sie beobachtete Lucas zehn Minuten lang und kam schließlich zu dem Schluss, dass er an der Bar als solcher und seiner Umgebung nicht interessiert war: Wenn er wegen ihr gekommen war – und es fiel schwer, sich einen anderen Grund für seine Anwesenheit vorzustellen –, hielt er dennoch nicht Ausschau nach ihr. Er zog eine kleine Anmache bei der Juristin ab, und der schien das zu gefallen.

Rinker fragte sich, was geschehen würde, wenn sie einfach raus in die Bar marschierte. Würde er aufspringen und sie verhaften? Waren weitere Cops unter den Gästen? Hatten die Cops die Bar umstellt? Wenn er dienstlich hier war, wieso trank er dann Bier und machte die Frau an? War er ein so guter Schauspieler?

Sie trat von der Sichtscheibe zurück und ging durch die Küche zur Treppe, die zu ihrem kleinen Büro hinunterführte. Der Büroraum war ein Anbau an das frühere einstöckige Gebäudes, so dass seine Decke schräg war und die Fenster nur zu einer Seite zeigten. Rinker schaute hinaus, sah nichts Ungewöhnliches – kein Mensch auf der Straße, keine rumstehenden Autos mit Cops …

Aber so würde es ja auch nicht sein, dachte sie. Wenn die Cops sie verhaften wollten, würden sie es wahrscheinlich machen, wenn sie irgendwo allein im Freien oder in ihrer Wohnung war. Sie würden nicht die Bar stürmen und eine Schießerei riskieren, bei der unbeteiligte Gäste zu Schaden kommen konnten.

Rinker hatte eine lange Couch in ihrem Büro, auf der sie manchmal schlief. Sie legte sich darauf, schloss die Augen und beurteilte ihre Lage. Sie fand nur eine Erklärung für das Geschehen: Jemand musste sie verpfiffen haben. Jemand, der wusste, wo sie wohnte. Sie hatte Carmel gesagt, dass sie nach Wichita flog, also wusste Carmel, dass sie dort wohnte; aber sie kannte Rinkers echten Namen nicht und wusste auch nichts von der Bar. Aber wenn Carmel sie verraten hatte, wussten die Cops fast alles, und sie würden sie ohne lange Spielchen verhaften. Was hatte das Auftauchen Davenports dann zu bedeuten?

Sie musste Carmel anrufen, überlegte sie. Aber nicht von hier aus.

Und jetzt würde sie rausgehen in die Bar, eine Runde drehen und mit den Leuten reden. Wenn die Cops vorhatten, sie zu verhaften, war sie so oder so geliefert. Und wenn sie es nicht vorhatten, würde sie vielleicht einiges erfahren, was zur Erklärung dieser Situation beitragen konnte.

The Rink hatte zwei Haupträume: einen zum Trinken und Reden und einen zum Trinken und Tanzen. Die Tanzfläche bestand aus poliertem Marmor, den Rinker aus dem Nachlass eines bankrotten Karatestudios erworben hatte, und es war vermutlich die schickste Tanzfläche aller Bars in Wichita. Umgeben war sie von tiefen Nischen mit gepolsterten Lederbänken. Als Davenport und seine Freunde aufgetaucht waren, hatte die Band – Live-Musik an Wochenenden – eine Pause gemacht. Sie bereitete sich gerade auf ihren dritten und letzten Auftritt vor, als Rinker ihre Runde bei den Gästen drehte.

Sie trat an jede Nische um die Tanzfläche, sprach mit Leuten, die sie kannte oder schon öfter in der Bar gesehen hatte, meistens Weiße-Kragen-Typen unter Vierzig. Die Band spielte Softrock und Country der verschiedensten Stilrichtungen. Rinker spendierte einem Mann ein Bier, der am Nachmittag nach einem Unfall heil aus seinem Autowrack geklettert war, machte dasselbe bei einem Ehepaar, das zum ersten Mal nach der Geburt eines Kindes wieder gemeinsam ausging. Und sie hörte sich den Mann-kommt-in-Bar-Witz eines Gastes an:

Ein Mann kommt in eine Bar, und der Barkeeper sagt: »Junge, ich hätte dich nach gestern Nacht heute nicht hier erwartet – du warst ja stockbesoffen.« Und der Mann sagt: »Ja, ich war so besoffen, dass ich zu Hause in meinen Medizinschrank geguckt und die große Flasche mit tausend Aspirintabletten rausgeholt hab, und ich wollte mich umbringen und alle auf einmal schlucken.« Fragt der Barkeeper: »Und was ist passiert?« Und der Mann antwortet: »Na ja, nach den ersten zwei Tabletten ging's mir schon wieder besser.«

Rinker lachte und behielt Davenport zwischen den Köpfen der Tanzpaare, die gerade wieder zu den Klängen eines Countrystücks auf die Tanzfläche strömten, im Auge. Er saß in einer Nische im vorderen Raum, mit dem Gesicht zu ihr, und er schenkte weder ihr noch irgendeinem anderen in der Bar besondere Beachtung, soweit sie das in der leicht verräucherten Atmosphäre feststellen konnte. Er war ein gut aussehender Mann, einer dieser harten Typen; sein Haar zeigte um die Schläfen die ersten Anzeichen von Grau. Rinker arbeitete sich langsam zu ihm vor.

Lucas machte sanfte Verführungsversuche bei Malone, während Mallard immer wieder versuchte, das Gespräch auf dienstliche Themen zu lenken. Malone wollte nichts von dienstlichen Themen wissen, aber als Lucas sie zu einem Tanz aufforderte, sagte sie: »Ich mag diese Art von Tänzen nicht.«

»Entspringt das einer philosophischen Grundhaltung?«

»Ich tanze nicht zu Rock- oder Countrymusik. Ich habe das nie gelernt. Ich kann Foxtrott; ich kann Walzer. Aber ich kann dieses Rumhopsen nicht …«

»Zu viele Hemmungen«, sagte Lucas. Er wollte noch etwas hinzufügen, aber eine Frau trat an ihren Tisch und sagte: »Alles in Ordnung bei Ihnen? Sind Sie zufrieden?«

»Alles bestens«, antwortete Lucas und schaute zu der Frau hoch. Sie war keine Kellnerin. »Mit wem haben wir das Vergnügen?«

»Ich bin die Besitzerin, Clara ist mein Name. Ich möchte mich vergewissern, dass es meinen Gästen gut geht.«

»Gute Bar«, sagte Lucas. »Sie sollten so eine auch in Minneapolis aufmachen.«

»Sie sind aus Minneapolis?«

»Ich, ja«, antwortete Lucas. »Meine Freunde hier kommen aus dem Osten.«

»Schön, Sie hier in Wichita zu haben«, sagte Rinker. Sie wollte vom Tisch zurücktreten, aber Malone, die offensichtlich ein Bier mehr getrunken hatte, als sie gewohnt war, sagte: »Ihre Band spielt keine Walzer, oder doch?«

Rinker grinste und sagte: »Nein, das glaube ich nicht, junge Frau. Sie möchten Walzer tanzen?«

»Dieser Typ da wurde vom plötzlichen Drang zum Tanzen befallen«, sagte Malone und deutete mit ihrem Bierglas auf Lucas. »Und ich kann diese Rockerei nicht. Nie gelernt.«

»Na, das sollten Sie aber nachholen«, sagte Rinker. Sie sah

sich schnell in der Bar um und sagte dann zu Lucas: »Ich werde im Moment nicht gebraucht, und ich *mag* diese Rockerei. Darf ich bitten?«

Schon nach fünf Sekunden merkte Lucas, dass er beim Tanzen nicht mit ihr mithalten konnte.

»Sie sind Tänzerin, ein Profi«, sagte er, und Rinker lachte und bestätigte: »Ja, das war ich früher mal, irgendwie jedenfalls …«

»Nun, Sie müssen bitte langsamer machen; Sie lassen mich verdammt schlecht aussehen. Denken Sie daran, ich bin ein gutes Stück älter als Sie.«

»Oh, Sie tanzen doch gut«, sagte Rinker, »jedenfalls für einen Weißen aus Minneapolis.«

Lucas lachte und schwang sie herum; sie sah gut aus, wie er fand, eine dieser selbstbewussten, intelligenten Blondinen, die bereits viel herumgekommen waren, das Leben genossen, aber auch ein Kalkulationsprogramm wie ein Buchhalter zu führen verstanden.

»Sind Sie ausgebildete Buchhalterin?«, fragte er.

»Buchhalterin?« Sie mussten schreien, um die Musik zu übertönen. »Wie kommen Sie denn auf die Idee?«

»Einfach so. Ich baue mir im Kopf nur eine Story über Sie auf.«

»Eine Story? Sie sind doch nicht etwa Reporter?«

»Nein, ich bin ein Cop auf der Durchreise. Besuche ein paar Freunde.«

»Sie sehen nicht wie ein Cop aus. Sie sehen eher aus wie ein … ein Typ vom Film oder so was.«

»Schmeichler sind Heuchler und Meuchler«, schrie Lucas zurück.

Sie lachte, und sie tanzten weiter.

Aber spät in der Nacht, eine Stunde, nachdem die Bar geschlossen hatte, stieg Rinker in ihren Wagen und fuhr nach Kansas City. Sie wollte die Routine *nicht* durchbrechen: *kein* Anruf aus Wichita im Zusammenhang mit ihrem Zweitberuf … Sie kam in den frühen Morgenstunden in Kansas City an, hielt vor einem Lebensmittelladen und fütterte einen Münzfernsprecher mit Kleingeld. Als es ihr genug erschien, wählte sie Carmels Nummer; und Carmel meldete sich mit verschlafener Stimme nach dem zweiten Läuten. Sie muss das Handy auf dem Nachttisch liegen gehabt haben, dachte Rinker.

»Wir haben ein weiteres Problem«, sagte Rinker.

»Welches?«

»Ich habe gerade fröhlich mit deinem und meinem Freund die Nacht durchtanzt …« Sie ließ die Worte in der Luft hängen.

»Wen … wen meinst du?«

»Lucas Davenport. Hier in der Stadt am Fluss.«

»Verdammt!«, stieß Carmel aus. Sie biss ein Stück von ihrem Daumennagel ab, kaute darauf herum, hörte das Malmen ihrer eigenen Zähne im Telefonhörer. »Er muss irgendeine neue Information haben, der er jetzt nachgeht. Ich weiß nicht genug über dich und deine Freunde, um eine Erklärung zu finden, woher diese Information stammen könnte …«

»Es ist komplizierter als das«, sagte Rinker. »Er hatte keine Ahnung, wer ich bin. Er muss aber irgendeinen Grund für sein Kommen gehabt haben – ich meine, wie stehen die Chancen, dass es Zufall war? Null? Weniger als Null, würde ich sagen.«

»Das meine ich auch.«

»Er hatte keine Ahnung, wer ich bin«, wiederholte Rinker. »Ich hoffe, du kriegst über deine Quellen im Polizeipräsidium raus, was da los ist.«

»Auch da stehen die Chancen schlecht«, sagte Carmel. »Mein Verbindungsmann hält sich für einen harmlosen Übermittler von Informationen, die sowieso irgendwann nach draußen dringen würden. Er würde mir nichts sagen, von dem er annehmen müsste, dass es einen seiner Kollegen in Gefahr bringen könnte.«

»Dann müssen wir ihn ein wenig unter Druck setzen.«

»Hör zu, der Mann hat mir gesagt, sie hätten mich weiterhin im Visier. Und neuerdings benimmt er sich ein wenig seltsam mir gegenüber. Er glaubt, Davenport hätte was in der Hinterhand, und ich glaube, es hat was mit diesem Mädchen zu tun.«

»Verdammt. Selbst wenn das Kind ihm was gesagt hat … oh, Scheiße.«

»Was ist los?«

»Mir ist gerade was eingefallen. Wenn das Mädchen aus irgendeinem Grund das Nummernschild meines Mietwagens erkannt hat … Ich habe dir ja gesagt, dass ich falsche Kreditkarten und Personalausweise benutze, um die Wagen zu mieten. Das habe ich dir doch gesagt, oder?«

»Ja. Und dass du die Kreditkarten unverdächtig hältst, indem du sie laufend einsetzt.«

»Ich füttere die Konten von Wichita aus. Ich bin immer vorsichtig gewesen, aber die Bezahlung der Rechnungen erfolgt über Bankwechsel von Bank zu Bank.«

»Meinst du …«

»Ich sehe nicht, wie das Mädchen an die Autonummer gekommen sein könnte«, sagte Rinker. »Es war dunkel, und sie blieb im Flur zurück, als wir gingen. Und der Wagen stand einen Block entfernt.«

»Vielleicht hat das Kind nichts damit zu tun … Da war doch ein Mann auf dem Fahrrad, oder?«

»Der von oben kam? Warum sollte der sich unsere Autonummer gemerkt haben?«

»Ich weiß es nicht. Aber es würde einiges erklären. Kannst
du herkommen?«

»Ja. Ich bin im Moment in Kansas City. Ich komme morgen
zu dir.«

»Bring dein … dein Werkzeug mit«, sagte Carmel. »Könnte sein, dass wir mit jemandem ernsthaft reden müssen. Und
ich werde über das alles nachdenken. Vielleicht habe ich bei
deinem Eintreffen schon ein paar Ideen.«

17

Lucas blieb zwei Tage in Wichita, beobachtete Lopez aus der
Distanz und hörte sich die neuen FBI-Gesprächsaufzeich-
nungen an. Je länger er zuhörte, umso überzeugter wurde er,
dass Lopez nur ein kleiner Dealer war, der die Einnahmen aus
dem Blumenladen durch dieses Nebeneinkommen aufstock-
te. Und dieses Nebeneinkommen, da war Lucas überzeugt,
wanderte umgehend in seine Armvene.

Eine Frau namens Nancy Holme, in Lopez' Steuererklä-
rung als Angestellte deklariert, machte praktisch die ganze
Arbeit, erschien früh am Morgen, um die Lieferungen frischer
Blumen entgegenzunehmen, und blieb bis spät abends, um die
Büroarbeit am Computer zu erledigen. Lopez kam am späteren Vormittag an, machte ein Mittagsschläfchen und ging am
früheren Nachmittag wieder. Die Feebs wussten nicht mit Sicherheit, ob Holme an dem Spiel beteiligt war oder nicht. Sie
machte niemals irgendwelche Drogendeals. Lucas schlug vor,
man solle *sie* als Profikillerin ins Auge fassen. Die Feebs taten

es, kamen aber sehr schnell zu der sicheren Erkenntnis, dass sie es nicht war.

Am Abend vor Lucas' Rückfahrt nach Minneapolis gingen Lucas, Malone und Mallard noch einmal ins The Rink. Die Frau, mit der er getanzt habe, die Besitzerin, sei leider nicht da, wurde Lucas gesagt. »Ein paar Mal im Jahr muss sie geschäftlich verreisen, und das ist jetzt wieder der Fall – schade, sie mochte Sie«, sagte eine Kellnerin, deren überaktive Augenbrauen die hektischen Signalflaggen zweier Schiffe darzustellen schienen, die sich in einer engen Passage begegnen.

»Eine Tragödie«, sagte Malone, als die Kellnerin mit ihren Bestellungen davongeeilt war. »Davenport lässt ein weiteres gebrochenes Herz in einer staubigen Stadt des Westens zurück.«

Rinker war in der Doppelstadt angekommen. Carmel traf sie in ihrem Hotel, und wie Rinker sie angewiesen hatte, war sie mit dem Aufzug drei Etagen höher gefahren und dann über die Treppe zu Rinkers Stockwerk hinuntergegangen. Rinker trug eine schwarze Perücke, als sie Carmel ins Zimmer ließ.

»Wie sehe ich aus?«, fragte sie, als sie die Tür geschlossen hatte. »Mexikanisch?«

»Dazu bist du zu hellhäutig«, sagte Carmel. »Vielleicht könntest du als Italienerin durchgehen.«

»Dann mache ich lieber wieder auf Rotkopf«, sagte Rinker.

Carmel hatte über Davenport nachgedacht: »Irgendwie sind sie auf eine Spur zu dir gestoßen. Und aus irgendeinem Grund setzen sie mich unter Druck. Ich habe die Sache mit deinem Wagen und die Möglichkeit, dass sie ihm auf die Spur gekommen sind, noch mal durchdacht – ich halte es nicht für wahrscheinlich. Es würde bedeuten, dass sie gleich zweimal Glück gehabt hätten: auf Tennex gestoßen und an das Nummernschild des Wagens gekommen zu sein. Ich kann das einfach nicht glauben. Was ich mich aber frage: Könnten sie die Verbindung zu deinen Freunden in St. Louis aufgedeckt haben? Könnte es sein, dass sie dort unten jemanden unter Druck setzen und ausquetschen?«

»Nur ein einziger Mann in St. Louis – mein Kontaktmann – weiss im Einzelnen, wer ich bin und was ich tue, darüber hinaus gibt es noch zwei andere Männer, die eventuell etwas von meiner Tätigkeit ahnen – zwei Brüder, die eine Bar da unten betrieben. Aber diese Brüder wissen nichts von dir. Der Kontaktmann aber würde … er kennt deinen Namen. Er ist der Mann, den Rolo angerufen hat.«

»Mein Spion bei der Polizei hat mir gesagt, ein anderer Detective, eine Frau namens Sherrill, sei in der vergangenen Woche für ein paar Tage nach St. Louis geflogen, und wie man sich erzählt, habe sie dort mit den Cops von der Abteilung Organisiertes Verbrechen gesprochen«, sagte Carmel.

»Ich kann mir nicht vorstellen, warum mein Kontaktmann mich ans Messer liefern sollte«, sagte Rinker, überlegte einen Moment und fuhr dann fort: »Er verfügt durch mich über eine große Macht – verstehst du, er ist der Mann, der den ›Finger Gottes‹ kennt, wie du mal gesagt hast. Der Mann, der einen auf die Opfer ansetzt. Und wenn ich den Bach runtergehe, geht er mit.«

Carmel drehte eine Runde durch das Zimmer, überprüfte ihr Aussehen im Spiegel über der Kommode, wandte sich Rinker wieder zu und sagte: »Lass mich dir mal was sagen, was ich als Anwältin gelernt habe: Jeder geht auf einen Handel ein, wenn er in der Scheiße sitzt. *Jeder.* Hast du mal von diesem neuen Staatsgefängnis gehört, das sie in den Rockies gebaut haben?«

»Nein …«

»Man sperrt dich in eine Betonzelle, die etwa halb so groß wie dieses Hotelzimmer ist. Die Plattform für das Bett besteht aus Beton, das Chromwaschbecken und die Toilette sind in Betonsockel eingelassen. Keine Gitter, nur eine Stahltür und ein Panzerglasfenster, das nichts als ein Rechteck des Himmels zeigt – man kriegt kaum mal die Sonne zu sehen. Ein Schwarzweißfernseher ist auf einem Betonsockel in einer Ecke festgeschraubt. Das ist alles. Du hältst dich zweiundzwanzig bis dreiundzwanzig Stunden am Tag in dieser Zelle auf, und du wirst ununterbrochen von einer Kamera überwacht. Zwei Klienten von mir haben versucht, in solchen Zellen Selbstmord zu begehen, aber keiner von beiden hat es geschafft; einem davon gelang es dann, sich im Krankenhaus umzubringen, in das man ihn nach dem zweiten Versuch gebracht hatte. Er hatte sich in der Zelle an die eine Wand gestellt und war dann mit Höchstgeschwindigkeit und gesenktem Kopf gegen die Wand auf der anderen Seite gerannt. Er hatte einen Schädelbruch. Schließlich gelang ihm irgendwie der dritte Versuch im Krankenhaus – er wollte auf keinen Fall mehr zurück in diese Zelle. Verstehst du, was ich sagen will?«

»Ich bin mir nicht sicher«, antwortete Rinker.

»Was ich sagen will, ist, dass die Folter in den Vereinigten Staaten von Amerika lebt und gedeiht«, sagte Carmel. »Sie ist nicht mit physischen Schmerzen verbunden. Sie besteht aus Isolation, aus Jahren der absoluten Vereinsamung … Sie könnten deinen Mafia-Freund dorthin gebracht, ihn rumgeführt und mit ein paar Insassen reden lassen haben – und er würde dich sofort ans Messer liefern.«

»Aber er hat es nicht getan«, sagte Rinker. »Denn wenn es so wäre, hätten sie sich schon längst auf mich gestürzt. Aber das ist nicht passiert. Ich schwöre bei Gott, Davenport hatte keine Ahnung, wer ich bin, und das gilt genauso für die anderen Cops. Mein Gott, ich habe mit ihm *getanzt* ...«

»Das war übrigens nicht besonders klug von dir«, sagte Carmel.

»Ich musste rausfinden, ob sie wegen mir gekommen waren – ich konnte dem Drang nicht widerstehen«, sagte Rinker. »Um dir die Wahrheit zu sagen ...«

»Was?«

»Was ist, wenn er *vom Schicksal dazu bestimmt ist,* mich zu finden? Dieser Gedanke jagt mir schreckliche Angst ein. Da ist dieser Mann, den ich nicht abschütteln kann, weil *meine Zeit gekommen ist* ...«

»Jesus, Pamela, du musst schleunigst ein paar Aspirin schlucken oder so was«, sagte Carmel. »Leg dich ein bisschen hin. Glaub mir, es steckt nichts dieser Art dahinter.«

Rinker seufzte und ließ die Schultern sinken. Carmel konnte einen wirklich aufrichten. Sie war so *selbstsicher.* »Okay.«

»Es bleibt die Frage offen, was wir tun sollen«, sagte Carmel. »Davenport weiß etwas. Er arbeitet an etwas. Was könnte er von den Tennex-Leuten erfahren haben, das ihn nach Wichita führt? Warum setzt er mich unter Druck?«

»Ich kann mir keinen Reim darauf machen, wie er auf Wichita gekommen ist. Ich war doch geradezu fanatisch vorsichtig.«

»Was ist mit deinem Mafiafreund? Auch wenn er dich nicht verpfiffen hat – könnten die Cops über ihn eine Spur nach Wichita verfolgt haben?«

»Hm.« Rinker musste über diese Frage einige Sekunden nachdenken. »Ich habe es nicht zugelassen, dass er mich in Wichita angerufen hat. Er kam immer persönlich, um mir die Aufträge zu übermitteln. Aber er hing dauernd am Telefon. Wenn die Cops es geschafft haben, seine Anrufe, die er von

Wichita aus geführt hat, irgendwie auszusortieren ... Ich weiß nicht. Es klingt schwach. Ich meine, er reist im ganzen Land rum. Warum sollten die Cops sich auf Wichita konzentrieren?«

»Sie haben eine ganze Menge Möglichkeiten, so was zu tun – statistische Auswertungen«, sagte Carmel. »Ich bin bereit zu wetten, dass es so was ist, vor allem, nachdem wir wissen, dass Davenport keine Ahnung von deiner Identität hatte.«

»Und er wusste es wirklich nicht. Da bin ich mir ganz sicher.«

Sie sprachen alles mehrmals durch, und schließlich sagte Carmel: »Verstehst du, wir kommen jetzt zu einem kritischen Moment. Wenn Davenport sich eine Informationskette zusammenbastelt, kann das zu dir führen, es kann auch zu mir führen, es kann aber auch zu gar nichts führen. Es ist schwer, genug handfestes Beweismaterial zusammenzustellen, das einen Staatsanwalt überzeugt, einen Fall daraus machen zu können. Ich würde sagen, es steht fünfzig zu fünfzig, ob wir abwarten oder etwas unternehmen sollten.«

»Was unternehmen?«

»Eine Möglichkeit ist, dass wir uns dieses kleine Mädchen und seine Mutter noch mal vorknöpfen. Wir könnten rausfinden, was sie den Cops gesagt haben, und wüssten dann in dieser Hinsicht Bescheid.«

»Und was ist, wenn die Cops nur darauf warten? Uns in die Falle laufen lassen?«

»Das glaube ich einfach nicht«, sagte Carmel. »Ich glaube nicht, dass irgendein Cop ein Kind in Gefahr bringen würde, besonders dann nicht, wenn es um einen Profikiller geht. Falls es dennoch einen solchen Cop geben würde, könnte es Davenport sein – aber selbst er würde so was nicht tun, denke ich.«

»Aber du willst damit auch sagen, dass wir sie nach diesem Gespräch töten sollten, oder? Das Mädchen und seine Mom?«

Carmel zuckte die Schultern: »Wenn es sein muss …«

»Wir müssen einen anderen Weg finden, diese Sache zu klären«, sagte Rinker. »Ich werde das Kind nicht umbringen – ich habe darüber nachgedacht.« Zum ersten Mal, seit sie sich persönlich kannten, hörte Carmel wieder den warnenden Unterton in Rinkers Stimme, der sie damals, als die Probleme angefangen hatten, am Telefon schon einmal erschreckt hatte.

»Okay, okay. Wenn du aber selbst von dir als dem Finger Gottes sprichst, wieso hast du dann ein Problem?«

»Ich werde dieses Kind ganz einfach *nicht* töten«, sagte Rinker entschieden. »Und ich scheiße auf den Finger.«

»Wir müssen also einen Weg finden, unser Ziel in dieser Sache zu erreichen, ohne jemanden umzubringen«, stellte Carmel sachlich fest. »Du hast ja auch diese Miss Marker in Washington nicht getötet. Und wir sollten ja wohl auch in der Lage sein, einen solchen Weg zu finden.«

»Du hast gesagt, es wäre *eine* Möglichkeit, das Kind aus dem Weg zu schaffen. Welches ist die zweite?«

»Wir könnten etwas unternehmen, das es den Cops unmöglich machen würde, uns strafrechtlich zu verfolgen, selbst wenn sie starke Verdachtsmomente gegen uns hätten«, sagte Carmel.

»Und was wäre das?«

»Ich habe seit deinem Anruf immer wieder darüber nachgedacht«, sagte Carmel. »Ich nenne es Plan B.«

Carmel brauchte eine Weile, Rinker den Plan B zu erläutern; und Rinker war eher erstaunt darüber als entsetzt.

Lucas kam am späten Nachmittag des nächsten Tages nach Minneapolis zurück, gab den BMW bei dem Porschehändler ab, stieg mit einem Seufzer der Erleichterung in seinen Porsche und fuhr zur Stadtmitte. Er hatte Sherrill und Black telefonisch verständigt, wann er zurück sein würde, und die beiden erwarteten ihn im Büro der Mordkommission.

»Keine guten Nachrichten?«, fragte Sherrill.

Lucas schüttelte den Kopf. »Er ist nicht der Gesuchte. Er ist ein kleiner Dealer, sonst nichts.«

»Aber die Feebs halten ihn immer noch dafür?«

»Mallard meint, die Möglichkeit wäre noch gegeben. Er hat eine gescheite Assistentin namens Malone, und sie meinte, man solle besser zurück nach Washington gehen und noch mal von vorn anfangen.«

»Verdammt«, sagte Black. »Hast du schon von dem Heckenschützen gehört?«

Lucas schüttelte den Kopf. »Was für einem Heckenschützen?«

»Während der Rushhour gestern Nachmittag wurde ein Wagen von Gewehrschüssen in die Windschutzscheibe getroffen. Nur dieser eine Wagen, und niemand wurde verletzt. Der Schütze konnte nicht ermittelt werden, und wir dachten schon, es könnte sich um ein versehentliches Lösen von Schüssen handeln. Dann aber, gleich zu Beginn des Berufsverkehrs heute Nachmittag, kurz nach drei, macht der Mistkerl sich wieder ans Werk: hat zwei Wagen beschossen, eine Frau in den Hals getroffen; sie liegt auf der Intensivstation. Ein Passant hat ihr eine zusammengeknüllte Zeitung in die Halswunde gesteckt und ihr damit wahrscheinlich das Leben gerettet. Aber die Medien drehen halb durch – die Fernseh- und Radiostationen, die Zeitungsreporter. Es ist schließlich ihre Kundschaft, die da unter Beschuss genommen wird.«

»Also ist die ganze Mannschaft im Einsatz?«

»Na ja, du weißt ja, dass Sloan noch mit der Hmong-Sache

beschäftigt ist und Swanson immer noch hinter Beweisen im Parker-Fall herjagt; und nun geben unsere lieben Vorgesetzten Töne von sich, sie würden uns vom Allen-Fall abziehen. Natürlich nur für ein paar Tage, sagen sie, aber du weißt ja, wie so was dann läuft …«

»Ich werde mit Rose Marie reden«, sagte Lucas. »Aber die Frage ist, was können wir überhaupt noch unternehmen? Gibt's noch was, das wir noch nicht angepackt haben?«

Die drei sahen einander an, und schließlich sagte Sherrill schulterzuckend: »Wir haben darauf gewartet, dass du uns das sagst.«

Lucas fragte: »Was habt ihr beiden heute Abend vor?«

»Nichts«, sagten Sherrill, und Black reagierte nicht.

»Warum treibt ihr euch nicht ein bisschen vor Carmel Loans Appartementhaus rum und schaut euch an, ob sie irgendwas unternimmt?«, schlug Lucas vor.

»Wenn wir sie regelrecht überwachen sollen, brauchen wir mehr Leute als uns beide«, sagte Black. »Und die kriegen wir nicht wegen der Sache mit dem Heckenschützen.«

»Okay, wir können keine Rundumüberwachung machen – aber wir behalten sie im Auge, soweit es uns möglich ist. Vielleicht haben wir ja Glück.«

»O Gott«, sagte Sherrill. »Ich mache natürlich mit, aber ich habe das Gefühl, dass ich meinen sprühenden Geist auf stumpfsinniges Rumhängen runterschalten muss.«

Rinker hatte eine Perücke dabei. Eine wilde Mähne würde von ihrem Kopf abstehen, wenn sie die Sache ausführte. Sie würde Jeans tragen, Tennisschuhe, Gummihandschuhe, eine schwarze Sportjacke, darunter die beiden Pistolen, und ein runtergerollter Nylonstrumpf und ein im Nacken verknotetes Taschentuch würden ihr Gesicht verhüllen.

Carmel aber trug ein hautenges blutrotes Kleid mit Pailletten, dazu passende rote Schuhe und darauf abgestimmten Lippenstift. »Wie sehe ich aus?«, fragte sie.

»Du siehst einfach toll aus«, sagte Rinker mit echter Bewunderung in der Stimme. »Mein Gott, wenn ich doch nur auch so aussehen würde …«

»Du bist schön«, sagte Carmel.

»Nein, das bin ich nicht«, widersprach Rinker. »Ich bin hübsch, mehr nicht. Mein Aussehen würde höchstens dazu reichen, in die *Playboy*-Ausgabe einer Uni aufgenommen zu werden – zum Beispiel als ›Miss Kecke Brustwarze‹ der Duke-Universität.«

»Würden zum Outfit von Miss Kecke Burstwarze auch zwei zweiundzwanziger Colt Woodmans gehören …? Sagt man eigentlich Wood*mans* oder Wood*men*?«

»Nein, wahrscheinlich nicht. Ich weiß nicht, was grammatikalisch richtig ist, aber diese beiden wurden vor vierzehn Jahren aus einem Waffengeschäft in Butte, Montana, gestohlen und haben seitdem kein Tageslicht mehr gesehen. Ich bin cool.«

Carmel nickte. »Ja, du *bist* cool.« Sie schaute sich ein letztes Mal in einem Garderobenspiegel an, drehte sich, sagte: »Wenn ich diesen Mann heute Abend nach Hause geschleppt habe, ficke ich ihn so roh und rücksichtslos durch, dass ihm Hören und Sehen vergeht. Roh und rücksichtslos.«

»Viel Glück dabei«, sagte Rinker. »Irgendwie wünschte ich mir, ich hätte auch ein … eine Beziehung zu einem Mann. Habe schon eine Weile keinen Sex mehr gehabt.«

»Ist es denn schwer, in Wichita an Männer ranzukommen?«, fragte Carmel und steckte einen Ohrring an.

»Es ist schwer *für mich*«, antwortete Rinker. »Verstehst du – eine Frau, die eine Bar führt? Wir haben noch nie darüber gesprochen. Welchen Typ Mann kann ich damit anlocken?« Sie beantwortete ihre Frage selbst: »Die meisten von ihnen haben ständig eine Flasche Jim Beam im Kofferraum.«

»Zu schade, dass du kein Verhältnis mit Davenport anfangen konntest«, sagte Carmel scherzhaft.

»Das hätte mir gefallen können«, gestand Rinker ein. »Es würde sicher Spaß mit ihm machen, mit diesem knallharten Typ.«

»Er ist ein *gemeiner* knallharter Typ«, sagte Carmel.

»Ja, das konnte ich erkennen«, stimmte Rinker zu. »Ich konnte es *spüren*.« Und nach kurzem Überlegen: »Und irgendwie … manipuliert er dich. Schiebt dich auf der Tanzfläche rum. Hat seine Hände an dir. Tastet dich nicht gerade ab oder so was, aber er ist einfach … ich weiß auch nicht …«

»Wenn er dich hier sieht, sind wir geliefert«, sagte Carmel.

»Ja, es wäre was anderes als unser Treffen in Wichita«, sagte Rinker. Dann: »Ich habe in der Bar kurz überlegt, ob ich mich ein bisschen an ihn ranmachen soll, aber das wäre dann doch … na ja, zu viel gewesen. Egal, ich hoffe, ich sehe ihn nie mehr im Leben wieder.«

Sie nahm die erste der beiden Pistolen vom Tisch, repetierte das Verschlussstück, so dass eine Patrone ins Patronenlager glitt, sicherte die Waffe und schob sie in ihr Spezialholster unter der Jacke. Dann sah sie Carmel an. »Bist du fertig?«

18

Black sagte eine Verabredung ab und kletterte mit einer Pepperonipizza und einer Tüte Käsekräcker auf den Rücksitz von Sherrills Mazda.

Sherrill sagte: »Du bist ein grausamer Mistkerl. Wenn ich was von dem Zeug da essen würde, würde es sich geradewegs an meinen Oberschenkeln ablagern.«

»Dann lass es doch einfach sein«, sagte Black. »Konzentrier deinen Geist auf andere Dinge – Blumen, kleine Kinder.«

»Es fällt mir schwer, mich zu konzentrieren, wo doch mein zukünftiger Ehemann auf dem Weg dazu ist …«

»… Carmel Loan eine kleine englische Speckrolle reinzuschieben«, ergänzte Black.

»Du bist so schrecklich grob … Und was auch immer er Carmel reinschiebt, ich zweifle daran, dass es einer Speckrolle sehr ähnlich sieht.«

»Du meinst, was die Dicke und Konsistenz angeht?«

Sie kicherte: »Es macht richtig Spaß, mit dir schmutzige Sachen zu reden. Es ist so unverbindlich, so …«

Sie kam nicht auf das Wort, nach dem sie suchte; hinter den gläsernen Eingangstüren von Carmel Loans Appartementgebäude sahen sie Hale Allens Rücken, während er sich in das Besucherbuch in der Lobby eintrug. Dann kam eine kleine rothaarige Frau um die Ecke von den Aufzügen, und Sherrill sagte: »Aha, da kommt … nein.«

Der Rotschopf ging an Allen vorbei, musterte ihn kurz, schaute nach links und rechts, steckte die Hände tief in die Taschen des Sportmantels und ging die Straße hinunter. In der Lobby verließ Allen das Pult des Wachmannes und ging um die Ecke zu den Fahrstühlen.

Während die beiden diese Szenen beobachteten, bog hinter dem Mazda ein Streifenwagen ein, und seine roten Lichter zuckten auf. »O Mann«, stieß Sherrill beim Blick in den Rückspiegel aus. Aus dem Lautsprecher des Streifenwagens dröhnte eine Stimme: »Werfen Sie die Wagenschlüssel aus dem Fenster. Sofort!«

Sherrill hielt stattdessen ihre geöffnete Ausweismappe aus dem Fenster. Nach einigen Sekunden hörte das Zucken der Lichter auf, und der Fahrer des Streifenwagens näherte sich dem Mazda und hielt den Strahl einer Taschenlampe auf den Ausweis gerichtet. Sherrill stieß die Wagentür auf, setzte die Füße auf die Straße, sah dem Cop entgegen und sagte: »Verdammte Scheiße, was soll das?«

»Was soll das, was *Sie* hier machen?«

»Wir sind bei einer verdammten Personenüberwachung«, fauchte Sherrill. »Scheiße, wir *waren* bei einer verdammten Personenüberwachung. Und jetzt sind wir Hauptdarsteller in einer verdammten Komödie.« Vor und hinter ihnen blieben Leute stehen und sahen sich das Schauspiel an.

»Mein Gott, tut mir Leid.« Der Cop warf einen Blick auf die Zuschauer und hob hilflos die Hände. »Sie hätten uns Bescheid sagen und nicht so auffällig hier rumlungern sollen. Der Wachmann des Gebäudes hat uns alarmiert. Er sagte, Sie würden schon stundenlang den Eingang beobachten.«

Sherrill sah, dass der Wachmann in der Lobby des Appartementgebäudes sie durch die Fenster beobachtete. »Na schön, ich werde jetzt um den Block fahren und woanders parken«, sagte sie. »Und Ihnen will ich was sagen: Kommen Sie ja nicht noch mal in unsere Nähe, sonst eröffne ich, so wahr mir Gott helfe, das Feuer auf Sie.«

Der Cop sah durch das hintere Seitenfenster und sagte: »Hi, Tom.«

»Hi. Wollen Sie ein paar Nachos?«

»Nee, ich krieg davon immer Sodbrennen ... Ihr fahrt jetzt also um den Block?«

»Ja.«

»Okay. Bleibt cool.«

Sherrill startete den Motor und fuhr los. Black auf dem

Rücksitz lachte leise vor sich hin. Aus Sherrill brach es heraus: »O Gott, ich liebe diese verdammte Polizeiarbeit!«

Zwei Minuten später hatten sie eine neue Beobachtungsposition eingenommen. Black saß immer noch entspannt auf dem Rücksitz und grub sich tiefer und tiefer in seine Nacho-Tüte. »Wie ist's dir inzwischen eigentlich ergangen?«, fragte er, den Mund voll mit Chips und Käse. »Seit der Sache mit Davenport?«

»Ich vermisse ihn«, sagte sie. »Sehr.«

»Er ist ein Arschloch. Irgendwie.«

»Ich vermisse ihn trotzdem«, sagte sie. »Und außerdem – ich stimme dir zwar zu, dass er ein Arschloch ist, aber er ist kein Arschloch in dem Sinn, wie du es meinst.«

»Oh, ich glaube, ich verstehe, was du meinst.«

»Dass du schwul bist, heißt noch lange nicht, dass du eine Frau verstehst. Du bist letztlich doch nur ein Mann.«

Black dachte über diese Aussage nach, formulierte im Geist eine Antwort, aß zwischendrin eine Hand voll Chips; sorgfältig formulierte Antworten waren bei diesem Überwachungsgeschäft wichtig. Man saß stundenlang zusammen im Wagen, und man wollte natürlich nicht, dass der Gesprächsstoff zu schnell ausging oder dass man den Partner verärgerte.

»Lass mich dir mal die Theorie der Homosexualität im Vergleich zu heterosexuellen Männern entwickeln«, sagte Black. Und er tat es. Nach einer Weile – zehn Minuten – sagte Sherrill: »Keine dieser Aussagen wäre mir jemals in den Sinn gekommen.«

»Du bist ja auch nicht homosexuell.«

»Daran liegt es nicht. Es ist nur so, dass ich nie im Leben auf so einen absoluten Haufen Scheißdreck gekommen wäre.«

Black steckte die letzten drei Nachos in den Mund und

lehnte sich zurück, um eine Antwort zu überlegen. Ehe er jedoch eine zufrieden stellende Formulierung beisammen hatte, unterbrach Sherrill seinen Gedankenfluss: »Da kommen sie – und, Jesus Christus, schau dir mal das Kleid an!«

Black starrte durch den unteren Rand des Fensters auf den Eingang des Gebäudes. Hale Allen und Carmel Loan kamen durch die Glastür. Allen trug ein dunkles Jackett, von dem Black vermutete, dass es aus leichtem Kaschmir bestand, dazu eine teuer aussehende, braune Hose und Mokassins. Carmel trug ein auffälliges, kurzes rotes Cocktailkleid und rote Schuhe.

»Hübsches Kleid«, sagte Black.

»Hübsch? Ziemlich grell, findest du nicht auch? Und ihre Titten fallen gleich raus.«

»Na, ich weiß nicht«, sagte Black. »Kräftige Farben machen sich doch gut bei der Kleidung. Und Haut zu sehen ist doch hübsch – zumindest im Sommer.«

»Behalt deine schwulen Ansichten für dich, verdammt. Guck sie dir doch an. Sie sieht aus wie eine Reklametafel.«

»Okay, sie ist offensichtlich eine Nutte«, sagte Black.

»Danke. Keinesfalls schön genug zur Berechtigung, ihre Begierden auf den echt attraktiven Hale Allen werfen zu dürfen.«

»Und sie hat keinesfalls deine Titten.«

»Meinst du?«

»Marcy, du hast wahrscheinlich die drittschönsten Titten in Minneapolis. Davenport sagt, es wären die sechstschönsten, und er muss das ja sozusagen aus erster Hand wissen, hahaha; Sloan sagt, es wären die zweitschönsten – über seine Qualifikation zu dieser Einstufung liegen mit keine Erkenntnisse vor …«

»Er hat keine, und halt jetzt den Mund, es geht los.«

»Lass mich noch meine Hauptmahlzeit vom Wagenboden holen, ehe du losfährst ... Ah, Scheiße!«

Rinker verpasste den Zwischenfall mit dem Streifenwagen; sie war bereits um die Ecke gebogen und zu ihrem Hotel gegangen, um ihren Wagen zu holen. Als sie losfuhr, war sie bedrückt – vielleicht musste sie die beiden erschießen, die Mutter und das Kind ... *vielleicht*. Und das machte ihr Kopfschmerzen. Es handelte sich um zwei Menschen, die völlig unschuldig in diese Sache hineingestolpert waren; sie hatten sich nicht halsstarrig in etwas eingemischt, das nicht gut für sie war. Es war wie dieser Spruch unter den Mitgliedern von Straßengangs, den Rinker vor Jahren gehört hatte – der Spruch der »Gangbanger« von den *Pilzen*, die plötzlich in der Schusslinie aus dem Boden empor wachsen und abgeknallt werden müssen. Diese Mutter und ihre Tochter waren solche Pilze, und Rinker hatte sich selbst immer als eine Art Chirurgin betrachtet, nicht als brutaler Gangbanger.

Sie musste das sehr sorgfältig angehen, um sich nicht doch auf dieses Niveau begeben zu müssen.

Carmel Loan und Hale Allen fuhren zu einem Club mit dem Namen »The Swan«, der ein zwölfköpfiges Unterhaltungsorchester samt einer blonden Sängerin mit einer Stimme wie Buttermilch aufbot, und dort tanzten sie – Tänze im alten Stil, Wange an Wange, die freie Hand in der Mitte des Rückens des Partners. Carmel konnte Hales Ohrläppchen mit der Zunge erreichen, was sie alle paar Minuten ausnutzte und was eine spürbare Wirkung bei ihm auslöste. Nach dem dritten Tanz grunzte er: »Lass uns von hier verschwinden.«

»*Nein*«, sagte sie mit ihrer besten Kätzchenstimme. »Du musst *geduldig* sein.«

Sherrill und Black schauten von einem Balkonplatz aus zu, wie Carmel und Allen über die Tanzfläche glitten und hin und wieder bei Freunden stehen blieben, um ein Schwätzchen zu halten. Alle diese Freunde wirkten, wie Sherrill meinte, irgendwie gelackt und aalglatt, und sie schüttelte missbilligend den Kopf und teilte Black ihre Auffassung mit.

»Ich glaube, dieses Verhalten wird ihnen bereits beim Jurastudium beigebracht«, meinte Black.

»Heh, ich kenne einige echt nette Juristen.«

»Aha, ein Rückzieher?«

»Nein, ich wundere mich ja nur. Es gibt tatsächlich Leute, die einfach *aalglatt* aussehen. Jetzt guck dir doch nur mal den Typ in der weißen Jacke und die dazugehörende Frau an ...«

»Diese Leute verbringen zu viel Zeit damit, sich selbst im Auge zu haben, ohne Profis zu sein«, sagte Black. »Profis – Schauspieler – können perfekt aussehen, und man nimmt es ihnen auch ab. Diese Leute da unten versuchen, perfekt auszusehen und sind doch nur gelackt und aalglatt.«

»Noch mehr von diesen Überwachungsphilosophien, und ich muss kotzen.«

Rinker beobachtete zunächst die Nachbarschaft der Davis', sah nichts Verdächtiges. Natürlich, wenn die Cops eine Falle aufgebaut hatten, würden sie in einem Appartement auf der anderen Straßenseite oder in der Etage über der Davis-Wohnung sitzen, und sie würde das erst erfahren, wenn sie die Tür eintraten und sie überwältigten.

Aber sie hatte nicht das Gefühl, dass es so war; die Szene vermittelte nicht diese beengenden, unheimlichen Schauder, wie sie einen bei Filmen überfielen, wenn sich jemand irgendwo versteckt hielt. Und sie würde das spüren, da war sie sicher. Sie würde diese besondere Stille des Augenblicks empfinden, diese Anspannung, wenn man sich in der Wohnung eines anderen Menschen versteckt hielt und der Erwartete kam herein ... und *wusste*, dass man da ist. Nein, hier war nichts dieser Art zu spüren.

Rinker hatte zwei FedEx-Paketschachteln an einem FedEx-Stand gekauft und sie mit Klebeband aneinander geklebt. Sie stellte den Wagen einen Block vom Davis-Gebäude entfernt ab – sie sah die Lichtstreifen unter den Rollläden, also war jemand zu Hause – und ging mit dem Paket auf das Haus zu. Ein Mann schlenderte auf der anderen Straßenseite hinter seinem Hund her, sah aber nicht zu ihr herüber.

Rinker bog in den Plattenweg zum Haus ein, ging die Stufen zum Eingang hoch, drückte die Haustür auf, trat in den Flur, blieb stehen. Von oben drangen die Klänge leiser Musik, in den beiden Appartements im Erdgeschoss war es still. Sie ging zur Tür der Davis-Wohnung und horchte. Der Rhythmus von Stimmen – oder einer Stimme, einer Frauenstimme ... Sie schaute sich noch einmal um, nahm die Pistole aus dem Holster und klemmte sie mit dem linken Arm gegen die Rippen. Dann klopfte sie an die Tür.

Der Rhythmus der Stimme brach ab, und Rinker hörte, dass sich innen Schritte näherten. Die Tür wurde einen Spalt geöffnet, bis sie gegen eine Sicherungskette stieß, und eine Frau schaute heraus. »Ja?«

»Die Jungs oben haben dieses Päckchen für Sie angenommen, aber vergessen, es Ihnen zu geben, also bringe ich es jetzt«, sagte Rinker fröhlich. Sie achtete darauf, dass ihr Gesicht im Schatten blieb. Die Frau zögerte nicht, sagte: »Oh, danke, einen Moment.« Sie drückte die Tür zu, um die Kette zu lösen, und Rinker legte schnell das Päckchen auf den Boden und rollte den Nylonstrumpf wie ein Kondom über das Gesicht.

Die Frau öffnete die Tür, und Rinker hielt ihr die Pistole an die Stirn und flüsterte drohend: »Treten Sie zurück, oder ich erschieße Sie.«

Jan Davis zuckte zusammen, riss entsetzt die Augen auf, hob beide Hände vor den Mund und taumelte zurück. »Bitte ... tun Sie uns nichts ...«

Rinker schob das Päckchen mit dem Fuß in die Wohnung, drückte die Tür hinter sich ins Schloss und zischte: »Wenn jetzt ein Cop auftaucht, schieße ich sofort, und wir sind alle tot ... Beobachten die Cops das Gebäude und Ihre Wohnung?«

Davis Kopf zuckte nach rechts und links, ein *Nein,* und die Stimme eines kleinen Mädchens rief: »Mom? Wer ist da?«

»Holen Sie sie her«, sagte Rinker und deutete mit dem Pistolenlauf zur Schlafzimmertür.

»Sie sind die ...«

»Ja. Ich habe noch nie ein Kind getötet, und ich hoffe, ich muss es auch jetzt nicht tun. Aber Sie müssen das Mädchen jetzt herholen. Dann werde ich Ihnen zwei Fragen stellen, und zum Schluss werde ich Ihnen eine kurze Rede halten – wenn Sie die Fragen zu meiner Zufriedenheit beantwortet haben –, und dann werde ich wieder verschwinden.«

»Sie werden uns umbringen ...«

»Mom?«

»Wenn ich Sie umbringen wollte, würde ich keine Maske tragen«, sagte Rinker. »Holen Sie jetzt das Kind her.«

Davis starrte Rinker einen Moment an und sagte dann: »Heather, komm zu mir, mein Liebling.«

Das Mädchen steckte kurz darauf den Kopf durch die Schlafzimmertür. Sie trug einen gelben Schlafanzug und hielt einen Plüschaffen in der Hand. »Mom?«

»Komm zu mir, Liebes.« Davis ging zu dem Mädchen hin

und nahm es an der Hand. Das Kind sah Rinker an und sagte: »Haben Sie die Leute von nebenan umgebracht?« Ihre Augen waren weit aufgerissen wie die ihrer Mutter vor zwei Minuten.

Jan Davis zischte beruhigend »schsch«, und Rinker sagte: »Hier ist meine erste Frage: Was haben Sie und das Mädchen der Polizei über die Leute gesagt, die das Kind damals im Flur gesehen hat?«

Davis sah Heather an, dann wieder Rinker: »Sie haben uns Fotos gezeigt. Wir konnten nichts dazu sagen, da Heather keine Ähnlichkeit entdecken konnte. Sie konnte auch keine ungefähre Zeichnung machen, als man das von ihr verlangt hat.«

»Hat die Polizei mit den Leuten im oberen Stock gesprochen?«

»Sie haben mit allen Leuten im Haus gesprochen, aber niemand hat etwas gesehen. Wir haben auch untereinander über die Sache geredet, aber niemand hat Sie und … und die andere Person … weggehen sehen. Niemand hat …«

»Die beiden Personen gesehen …«

»Nein.« Davis schüttelte den Kopf, und Rinker war von der Aufrichtigkeit der Aussage überzeugt. Sie sah das Kind an.

»Und was hast du alles gesagt und gemacht, kleines Mädchen?«

Heather erzählte es ihr: Wie man sie zur Polizeistation gebracht hatte; wie man sie gedrängt hatte, eine Zeichnung zu machen, sie aber kein Gesicht zu Stande brachte, weil sie keines in Erinnerung hatte; wie man ihr Bilder von Frauen gezeigt hatte, sie aber keines erkannte. Während sie sprach, richtete sie sich auf und stellte die Fersen nebeneinander, als sei sie ein Soldat. Und Rinker erkannte plötzlich, dass das Kind verstand, was hier vor sich ging. Dass sie um ihr *Leben* redete. Rinker brach die Befragung schnell ab und sagte zu Davis: »Schicken Sie sie zurück ins Schlafzimmer.«

»Geh, Liebes.«

»Komm mit, Mom«, sagte Heather und zerrte an der Hand ihrer Mutter.

»Ich muss noch mit dieser Lady reden«, sagte Davis, und die nackte Angst in ihren Augen war unübersehbar. Heather erkannte sie ebenso gut wie Rinker.

»Keine Angst, Kid, ich werde keinem von euch was antun«, sagte Rinker. »Ich muss nur noch über Dinge für Erwachsene mit deiner Mutter reden.«

»Ich hab schon öfter zugehört, wenn Erwachsene mit'nander geredet haben«, sagte das Mädchen.

Rinker sah auf das Kind hinunter. Nun ja, das stimmte ja wohl. Sie sah wieder die Mutter an: »Sie werden keinem Menschen etwas davon sagen, dass ich hier war. Sie könnten den Cops ein paar kleinere zusätzliche Informationen über mich geben – wie groß ich bin, wie meine Stimme klingt. Das kann ich nicht zulassen. Wenn Sie es trotzdem tun, wenn Sie irgendjemandem sagen, dass ich hier war, werde ich zurückkommen und Sie töten. Und wenn man mich vorher zur Strecke bringt, wird einer meiner Freunde herkommen und Sie töten, denn sie dürfen sich so was nicht gefallen lassen und müssen andere davon abschrecken, so was zu tun. Glauben Sie mir, meine Freunde werden Sie nicht davonkommen lassen. Sie geben einen *Scheißdreck* auf Leute wie Sie. Haben Sie das verstanden?«

Der vulgäre Ausdruck *Scheißdreck* hing zwischen ihnen in der Luft und verlieh Rinkers Rede eine besondere Autorität – die Autorität der Killerin –, und Davis nickte stumm und sagte dann: »Wir werden es keinem Menschen sagen. Ich schwöre bei Gott, wir werden *niemals* etwas sagen.«

»Setzen Sie sich auf die Couch«, befahl Rinker. »Und bleiben Sie fünf Minuten dort sitzen, egal, wie sehr es Sie auch drängt, woanders hinzugehen. Ich verlasse jetzt das Haus, und ich will nicht, dass Sie meinen Wagen sehen.«

Davis nickte wieder und zog das Kind quer durch das Wohnzimmer zur Couch. Beide setzten sich.

Rinker trat zurück zur Tür, blieb stehen, zog die Pistole und feuerte einen Schuss ab. Ein Foto von Jan Davis aus früheren Jahren, zusammen mit zwei anderen Frauen, fiel von der Wand, und ein bleistiftdickes Loch befand sich dort, wo Davis' rechter Augapfel auf dem Foto gewesen war.

»Absolutes und völliges Stillschweigen«, zischte Rinker.

Und war verschwunden.

Durch die Eingangstür, die Stufen hinunter, die Straße hinauf, in den Wagen ... Sie atmete tief durch.

»Lass uns nach Hause gehen«, sagte Black. »Die treiben's anscheinend die ganze Nacht miteinander.«

»Die beste Zeit für einen Verbrecher, irgendetwas zu unternehmen, ist fünf Uhr morgens«, belehrte ihn Sherrill, aber auch sie gähnte herzhaft.

»Ja, und wenn wir das tatsächlich glauben, sollten wir sie rund um die Uhr überwachen. Aber das können wir beide ja wohl nicht. Mir ist es verdammt langweilig, ich kann nicht mehr klar denken, und die Rückseite meiner Boxershorts ist zehn Zentimeter an meinem Arsch hochgerutscht, weil ich schon zu lange darauf sitze.«

»Mach doch einen kleinen Spaziergang«, schlug Sherrill vor.

»Ich würde mich der Gefahr aussetzen, überfallen zu werden.«

»Nicht in dieser Gegend.«

»Von den Leuten dieses verdammten privaten Wachdienstes. Schau dir doch die Typen da drüben an. Würdest du denen eine Waffe überlassen?«

»Okay …« Sherrill seufzte und startete den Motor des Wagens. »Es muss irgendwas anderes geben, was wir tun können. Ich will's einfach nicht glauben, dass wir acht Stunden in diesem Wagen gesessen haben und auf keine brauchbare Idee gekommen sind.«

»Es gibt nichts anderes, was wir tun könnten. Wenn Carmel Loan in die Morde verstrickt ist, wovon ich noch nicht voll überzeugt bin … dann wird sie ungeschoren davonkommen.«

Jan Davis lag wach auf ihrem Bett, die ganze Nacht hindurch, schloss kaum einmal die Augen. Sie kämpfte die Eingebung nieder, zu ihren Eltern nach Missouri zu flüchten – sie würde nach der Scheidung dort nicht besonders willkommen sein. Ihre Eltern hatten Howard mehr geliebt als die eigene Tochter, dachte sie verbittert, und sie fühlte sich einsam und allein gelassen. Und außerdem – sie hatte den Film *Der Pate* samt der Fortsetzung gesehen, und sie wusste Bescheid über diese Leute – die Leute von der Mafia. Weglaufen würde das Problem nicht lösen; sie würden sie überall finden. Sie entschloss sich, bei der täglichen Routine zu bleiben.

Heather war schon den ganzen Sommer über zur Vorschule gegangen, um auf den Einstieg in die erste Klasse der Grundschule vorbereitet zu sein. Davis hatte entgegen aller Vernunft gehofft, dass Heather am Morgen vergessen haben würde, was sich am Abend zuvor abgespielt hatte. Aber Heather tat ihr den Gefallen nicht – sie sah aus, als ob sie genauso wenig Schlaf gefunden hatte wie ihre Mutter.

»Soll ich zur Schule gehen?«, fragte sie als Erstes.

»Ja. Wir wollen vergessen, was gestern Abend geschehen ist, okay? Es war nur ein böser Traum.« Davis versuchte, fröhlich zu klingen, aber es verfing bei Heather nicht.

»Kommt sie wieder zurück und schießt auf uns?«

»Nein, nein, es passiert gar nichts mehr. Lass uns doch einfach so tun, als ob nichts geschehen sei – als ob gestern Abend niemand zu uns gekommen wäre.«

»Aber die Lady war bei uns.«

Davis wollte ihre Tochter durchschütteln, wollte sie anschreien, wollte ihr mit Nachdruck die Gefahr vor Augen halten, in der sie schwebten, aber sie wusste nicht, wie sie es anstellen sollte. »Heather, hör mir jetzt gut zu: Das war eine sehr böse Frau. Sehr, sehr böse. Wir müssen so tun, als ob sie nicht hier gewesen war. Wir müssen so tun, als ob es nur ein böser Traum gewesen war. Du erinnerst dich doch, als du mal den Traum hattest, Mrs. Gartin würde mit einem Stock hinter dir herrennen? Wir müssen die Sache von gestern Abend vergessen, wie wir den Traum von Mrs. Gartin vergessen haben.«

»Ich hab den Traum aber nicht vergessen«, sagte Heather ernst. »Ich hab dir nur gesagt, ich hätt's.«

»Aber der Traum ist nicht wieder gekommen.«

»Nein …« Heather aß Cornflakes.

Und bevor Heather das Gespräch wieder auf die böse Frau zurückbringen konnte, sagte Davis: »Ich habe vor, mich heute Nachmittag mit deinem Vater zu treffen.«

Heather sah von den Cornflakes auf. »Kommt er mich besuchen?«

»Nein, nicht heute Nachmittag. Ich muss geschäftlich mit ihm reden, verstehst du? Aber ich werde ihm sagen, du würdest dich freuen, wenn er dich besuchen käme.«

»Okay. Meinst du, er kommt dann wirklich?«

Und das Gespräch blieb bei diesem Thema … Während der ganzen Fahrt zur Schule hielt Davis Ausschau nach Wagen, die sie verfolgten, sowie nach zierlichen Frauen mit roten Haaren und energischen Händen, entdeckte aber nichts dergleichen.

Und Heather erwähnte die böse Frau nicht mehr, kein einziges Mal mehr, auf dem ganzen Weg zur Schule ...

Mrs. Gartins Vorschule nahm Kinder im Alter von drei bis sechs Jahren auf, um ihnen Buchstaben und Zahlen und Formen und Farben beizubringen und die älteren Schüler in Musik und Phonetik zu unterrichten. Mrs. Gartin und ihre beiden Lehrerinnen versuchten, die kleinen Jungs davon abzuhalten, sich untereinander zu prügeln und die kleinen Mädchen zu belästigen, sowie die kleinen Mädchen zu lehren, sich sozial zu verhalten.

An der Rückwand des Klassenzimmers der älteren Schüler hing in Originalgröße – und dennoch von Mrs. Gartin nur noch als zusätzlicher Farbklecks wahrgenommen – ein Poster von »Polizist Freundlich«, gesponsert von der Firma Logan's Rendering. Die Telefonnummer von Polizist Freundlich stand in großen Ziffern auf dem Poster. Er war persönlich in die Schule gekommen und hatte den Kindern gesagt, sie sollten sich vor bösen Männern und Frauen in Acht nehmen, und die Polizei sei in jeder Beziehung der Freund und Helfer der Kinder. Er hatte das Poster dagelassen.

Heather sah das Poster jeden Tag, und an diesem Tag aktivierte sie all ihre Zielstrebigkeit und ging in Mrs. Romans kleines Arbeitszimmer, während alle anderen Kinder Mrs. Roman auf den Schulhof zur Pause gefolgt waren, und wählte Polizist Freundlichs Telefonnummer. Sie hatte schon mehrmals ihre Mutter von hier aus angerufen, und sie wusste, dass eine Nummer mit drei Neunen am Anfang eine Notrufnummer war.

Polizist Freundlich, dessen echter Name Dick Ennis lautete, hatte ein Alkoholproblem (»Ich bin kein Alkoholiker«, sagte er. »Alkoholiker gehen in Selbsthilfegruppen.«) Er kam fast regelmäßig zu spät zum Dienst, was letztlich niemanden störte. Aber immer dann, wenn er nüchtern war, war er ein guter Polizist Freundlich. Zum einen, weil er Kinder mochte – er hatte mehrere eigene von zwei Exfrauen –, zum anderen, weil er den früheren Job als Straßenpolizist gern gemacht und sich darin bewährt hatte. Wie auch immer, an diesem Tag war er gerade in seinem Büro angekommen, hatte sein Lunchpaket in die Schreibtischschublade gelegt und sich auf den Weg zur Tür gemacht, um sich einen Kaffee zu holen, als das Telefon läutete. Er ließ sich auf den Schreibtischstuhl sinken und nahm den Hörer ab.

Heather fragte: »Ist da Polizist Freundlich?«

Und Ennis sagte: »Ja, der bin ich. Kann ich dir irgendwie helfen?« Die Stimme des Mädchens am anderen Ende verriet, dass sie ungefähr fünf Jahre alt sein musste.

»Ja. Eine böse Frau ist in unsere Wohnung gekommen und hat meiner Mom und mir große Angst gemacht.«

»Aha, ehm ... Wie heißt du denn?«

»Ich bin Heather Davis. Unsere Telefonnummer ist ...«

Kluges Kind, dachte Ennis und notierte die Telefonnummer. »Okay, Heather, warum hat diese Frau deiner Mom und dir Angst gemacht?«

»Sie hat eine Pistole gehabt und eine Maske übers Gesicht gezogen, und sie hat gesagt, wenn wir verraten, dass sie bei uns war, würde sie wiederkommen und uns töten. Und sie hat auf ein Foto von meiner Mom geschossen. Und jetzt hat meine Mom ganz viel Angst und will's niemand sagen.«

Ennis richtete sich auf und runzelte die Stirn. »Wann ist das passiert?«

»Gestern Abend, als es schon dunkel war.«

»Ihr habt nicht die Polizei angerufen?«

»Nein. Vor ein paar Tagen waren Polizisten bei uns, aber die sind wieder weggegangen. Und dann ist diese Frau gekommen und hat gesagt, wir dürften keinem Polizisten was sagen. Nie im Leben.«

»Polizisten waren bei euch? Kannst du dich erinnern, wer sie waren?«

»Es waren ein Mann und eine Frau«, sagte das Mädchen.

»Kannst du dich vielleicht an die Namen erinnern? Oder an den Namen von einem der beiden Polizisten?«

»Ja.«

»Sagst du mir dann mal die Namen?« Seine eigenen kleinen Kinder hatten ihn Geduld gelehrt.

»Der Mann war Mr. Davenport und die Frau war Miss Sherrill.«

»Lieber Himmel«, sagte Polizist Freundlich.

19

Sherrill schlief noch, als Lucas anrief. »Wir haben möglicherweise einen Durchbruch in der Sache«, sagte er.

Sie erkannte sofort die Aufregung in seiner Stimme und hörte die Verkehrsgeräusche im Hintergrund. Er sprach über ein Mobiltelefon. Sie setzte sich auf und rieb sich mit den Handballen den Schlaf aus den Augen. »Was ist passiert?«

»Dieses kleine Mädchen hat angerufen – Heather Davis; sie rief bei unserem Polizist Freundlich an, du kennst doch den Säufertyp, wie war noch sein Name?«

»Ennis.«

»Ja. Das Mädchen sagt, die Killerin sei gestern Abend in ihre Wohnung gekommen und habe ihre Mutter gewarnt, uns nichts davon zu sagen. Sie sagte, wenn sie es dennoch tun würde, käme sie zurück und würde die beiden töten.«

Sherrill sprang aus dem Bett und ging, gefolgt von einer sechs Meter langen weißen Telefonschnur, zum Badezimmer. »Um wie viel Uhr war das?«

»Neun Uhr oder kurz danach. Gerade dunkel geworden.«

»Dann kann es Carmel nicht gewesen sein«, sagte Sherrill. »Wir haben sie beobachtet, als sie um halb neun aus ihrem Appartementgebäude kam, sind ihr dann zum ›Schwan‹ gefolgt und haben ihr zugeschaut, wie sie die Nacht mit Hale Allen durchtanzt hat.«

»Ihr habt das tatsächlich gemacht? Sie im Auge behalten?«

»Ja, Tom und ich. Du klingst so erstaunt ...« Sie hob den Klodeckel und setzte sich auf die Brille.

»Ich war mir nicht sicher, ob ihr es tun würdet – ihr scheint nicht überzeugt gewesen zu sein, dass es Sinn macht, als wir gestern auseinander gingen«, sagte Lucas. »Es sah ja auch nach einem verdammt vagen Versuch aus ...«

Sherrill bekam nicht mehr mit, was Lucas sonst noch sagte. Ein Filmstreifen des gestrigen Abends spulte sich plötzlich in ihrem Geist ab. Sie fand zur Realität zurück, als Lucas fragte: »Marcy? Bist du noch dran?«

»Lucas ... verdammt, ich glaube, wir haben die Killerin gesehen. Gestern Abend, als sie aus Carmels Appartementgebäude kam ...«

»Waaas?« Er schien es nicht glauben zu können.

»Ehrlich, bei Gott.« Sie berichtete ihm von der rothaarigen Frau, die das Gebäude verlassen hatte, als Hale Allen gerade hineingegangen war. Vor ihrem geistigen Auge sah sie, wie die Frau an Hale vorbeiging, ihn kurz musterte, dann aus dem Eingang trat und links und rechts die Straße hinunterschaute.

»Könntest du sie identifizieren?«

Sie dachte ganz kurz darüber nach und sagte dann: »Ich glaube nicht. Ich habe ihr keine Aufmerksamkeit geschenkt.

Ich meine, es besteht ja auch die Möglichkeit, dass sie es nicht war ... Aber immerhin, sie war eine kleine Frau, körperlich gut in Form wie eine Sportlerin, wie Baily Dobbs gesagt hat. Und sie hatte eine wilde rote Mähne.«

»Das war sie – ich wette hundert Bucks, dass sie es war«, sagte Lucas. »Wir müssen ein dichtes Beobachternetz um das Gebäude aufbauen. Und wir müssen Carmels Telefone abhören. Mach dich auf die Socken und such einen Richter, der dir eine Abhörgenehmigung ausstellt.«

»Wo bist du? Im Davis-Haus?«

»Nein, im Wagen, auf dem Weg zur Vorschule des Mädchens. Sie ist noch dort – ich treffe in fünf Minuten ein.«

»Ich ziehe mich sofort an und fahre los.«

Carmels Maulwurf bei den Cops, ihr Informant, rief sie an, als Lucas und Sherrill gerade ihr Gespräch abbrachen.

»Sie sind aus dem Schneider«, sagte er. Er machte sich gar nicht erst die Mühe, sich zu identifizieren.

»Was ist passiert?«

»Ich bin mir in den Einzelheiten nicht sicher, aber man erzählt sich, dass dieses kleine Mädchen angerufen und gesagt hat, die Killerin sei gestern Abend in ihre Wohnung gekommen, und die Mutter habe Angst, darüber zu reden. Und man hört gerüchteweise, Sie seien beobachtet worden, und sie wissen jetzt, dass Sie es nicht gewesen sein können, weil Sie zum Tanzen in einem schicken Lokal waren. Ich kann Ihnen sagen, Davenport ist hier rausgestürzt wie ein Fullback beim Football. Ich meine, er ist tatsächlich raus*gerannt.*«

»Jesus – sie haben mich überwacht?« Sie war echt geschockt. Sie hatte es nicht gespürt, und sie hatte stets gemeint, sie würde es spüren, wenn ihr jemand auf den Fersen war. Wahrscheinlich wegen Hale – seine Nähe hatte sie abgelenkt ...

»Ja, den ganzen Abend«, sagte der Cop. »Eine gute Sache, denn jetzt sind Sie aus dem Schneider.«

»Warum haben sie mich nicht vorher angerufen? Als Sie hörten, dass man Beobachter auf mich ansetzt?«

Nach einer Pause sagte der Cop: »Sie wissen, dass ich so was nicht tun kann …«

Carmel versprach ihm eine weitere Zahlung, legte auf und rief Rinker an.

»Und es war *das kleine Mädchen,* das die Cops angerufen hat«, sagte sie zum Abschluss ihres Berichts.

»Mein Gott, das hätte ich nicht gedacht«, erwiderte Rinker. »Sie ist doch noch so klein.«

»Aber im Prinzip haben wir ja erreicht, was wir wollten«, sagte Carmel aufgeregt. »Du hast rausgefunden, dass uns von der Frau und dem Kind keine Gefahr droht, und selbst wenn die Cops die Mutter diesmal zum Reden bringen, was kann sie ihnen sagen? Und die Cops wissen jetzt, dass ich es *nicht* war, die gestern bei den Davis' aufgetaucht ist. Sie haben sich in ihrer eigenen Falle gefangen. Du brauchst jetzt nur noch zu verschwinden, dann ist alles im grünen Bereich.«

»Wird auch Zeit«, knurrte Rinker.

»Obwohl«, sagte Carmel nachdenklich, »obwohl wir immer noch nicht wissen, wieso ihr Verdacht überhaupt auf mich gefallen ist.«

»Ist doch jetzt unwichtig«, sagte Rinker. »Ich verschwinde von hier. Wenn ich gleich losfahre, komme ich noch vor der Rushhour durch Kansas City.«

»Fahr noch nicht«, sagte Carmel. »Bleib noch wenigstens einen Tag hier. Wenn sie mich überwachen, kannst du zwar nicht mehr herkommen, aber … Bleib einfach noch in deinem Hotelzimmer.«

»Meinst du wirklich?«

»Ja. Nur noch über Nacht, um mitzukriegen, was passiert –
um da zu sein, wenn wir noch irgendetwas in Ordnung bringen müssen. Um zu sehen, ob das Kind und seine Mutter
nicht doch noch was Gefährliches aussagen.«

»Okay«, sagte Rinker zögernd. Minneapolis klebte wie
Teer an ihren Füßen. Sie wollte weg von hier. »Noch diese eine
Nacht.«

Lucas traf kurz nach zehn in Mrs. Gartins Vorschule ein. Er
stellte den Wagen einen Block weiter am Straßenrand ab und
ging unter den tief herabhängenden Zweigen einer Reihe von
Ahornbäumen zurück. Eine leichte Sommerbrise war aufge-
kommen, und im Schulgarten schaukelte ein Büschel gelber
Margeriten mit braunen Blütenkelchen im Wind hin und her.
Im hinteren Teil des Gartens, durch einen niedrigen Zaun ab-
getrennt, befand sich ein Spielplatz mit Sandkästen aus großen
Traktorenreifen, Schaukeln und einer sanft geneigten Rutsche.

Mrs. Gartin war eine korpulente Frau mit kleinen Hänge-
bäckchen und Lachfältchen in den Mundwinkeln. Sie trug ein
bunt bedrucktes Sommerkleid, und sie war von Lucas' Auftauchen sehr überrascht.

»Heather hat Sie angerufen?«

»Ja. Es ist sehr wichtig, dass ich sofort mit ihr spreche.«

»Ich müsste ihre Mutter verständigen …«

»Heathers Mutter befindet sich vermutlich in einer nicht zu
unterschätzenden Gefahr, und das ist auch der Grund, weshalb ich Heather sofort sprechen muss.« Er ließ ein wenig
Strenge durch sein höfliches Lächeln durchschimmern. »Würden Sie mich jetzt bitte zu ihr bringen?«

»Nun, ich …« Sie schob verkrampft einige Papiere auf ihrem Schreibtisch hin und her und sagte dann: »Sie ist drüben
in Mrs. Romans Zimmer.«

Heather erzählte Lucas in Mrs. Romans Zimmer ihre Geschichte. Lucas ließ sie die ganze Story wiederholen, und als sie fertig war, gab es für ihn keinen Zweifel, dass sie die Wahrheit sagte. Sherrill kam kurz vor dem Ende des zweiten Durchgangs an, und zwei Minuten später erschien Mrs. Davis. Sie war in heller Panik.

»Was machen Sie da?«, schrie sie Lucas an. »Was machen Sie mit meiner Tochter? Sie haben kein Recht, mit meiner Tochter zu reden …«

»O doch, das habe ich«, sagte Lucas so höflich wie möglich, aber es kam doch schärfer heraus als beabsichtigt, und Jan Davis nahm Heather am Arm und wäre mit ihr aus dem Zimmer gerannt, wenn Sherrill nicht die Tür blockiert hätte.

»Sie dürfen jetzt nicht gehen«, sagte Sherrill.

Heather begann zu weinen und sagte stockend: »Ich hab ihnen doch nur gesagt, was …«

»Ich rufe einen Anwalt an!« Davis' Stimme überschlug sich fast.

»Sie dürfen anrufen, wenn Sie wollen, aber Sie würden uns allen das Leben leichter machen, vor allem Ihnen und Ihrer Tochter, wenn Sie ein paar Minuten in Ruhe mit uns reden würden«, sagte Lucas.

»Sie wird uns umbringen! Sie hat gesagt, sie würde uns töten …«

»Sie wird weder Ihnen noch Ihrer Tochter etwas antun«, sagte Lucas.

»Sie waren ja nicht dabei«, fauchte Davis. »Sie sagte, sie würde uns töten, und sie meinte es ernst. Ich kann Ihnen nur sagen, dass ich von Ihnen und Ihren Cops weitaus weniger beeindruckt bin als von dieser Frau!«

»Wir werden Sie beide irgendwo hinbringen, wo sie Sie nicht finden kann.«

»Sie ist von der *Mafia*!«, schrie Davis. »Und diese Leute finden jeden, den sie finden wollen.«

Lucas schüttelte den Kopf, und Sherrill sagte: »Hören Sie, beruhigen Sie sich doch. Was passiert ist, ist nun mal passiert. Wir wollen Ihnen nur ein paar Fragen stellen, und dann werden wir alles in die Wege leiten, damit Sie sich absolut sicher fühlen können.«

»Das ist jetzt nicht mehr möglich«, sagte Davis. Ihr Zorn hatte bisher ihre Angst überlagert, aber jetzt drang auch die Angst an die Oberfläche.

»Nein, so ist es ganz sicher nicht«, sagte Sherrill. »Wir haben Experten für solche Fälle. Und wissen Sie, warum man kaum einmal davon hört, dass die Mafia Cops tötet? Weil die Gangster Angst davor haben. Denken Sie doch mal darüber nach.«

Als Jan Davis sich beruhigt hatte – was erst nach einer Salve heftiger Vorwürfe an Mrs. Gartin eintrat, die zeitlich einen absolut falschen Auftritt mit einer Dose Ingwerplätzchen machte –, gingen sie mit ihr Rinkers gestrigen Besuch durch. Heather saß während des Gesprächs auf dem Schoß ihrer Mutter, und Davis zeigte sogar den Anflug eines zittrigen Lächelns, als sie erfuhr, dass ihre Tochter Polizist Freundlich angerufen hatte.

Eine handfeste Information kam dabei heraus: »Ich konnte die Enden ihrer Haare unter der Strumpfmaske sehen, und ich könnte schwören, dass es eine Perücke war. Es waren bestimmt keine echten Haare. Und ich konnte ihr Gesicht sehen, als sie vor der Tür stand, wenn auch nur undeutlich, aber sie hatte nicht diesen hellen Teint, wie ihn Rothaarige haben.«

»Aber Sie könnten ihr Gesicht nicht beschreiben?«

»Nein. Sie stand nicht im Lichtschein, und sie hatte dieses Paket; ich habe auf das Paket geschaut.«

»Haben Sie das Paket noch?«

»Nein, ich habe es weggeworfen«, antwortete sie. »Es liegt im Müllcontainer hinter dem Haus. Es ist ein FedEx-Päckchen.«

»Trug sie Handschuhe?«

»O ja, daran erinnere ich mich gut. Dünne Gummihandschuhe, wie sie Zahnärzte bei der Behandlung tragen.« Die Handschuhe beeindruckten sie: schließlich ist sie eine Profi-Killerin, nicht wahr …

Als sie fertig waren, sagte Lucas: »Ich glaube nicht, dass wir Sie als Zeugin benötigen. Ihre Informationen haben uns sehr geholfen, in gewisser Hinsicht jedenfalls, aber sie enthalten nichts, was wir vor Gericht verwenden könnten.«

»Ich würde mich auch nicht als Zeugin zu Verfügung stelle«, sagte Davis. »*Auf gar keinen Fall.*«

»Dann lassen Sie uns darüber sprechen, was Sie jetzt tun wollen«, sagte Sherrill.

Davis wollte am liebsten so tun, als sei nichts geschehen. »Könnte es denn nicht sein, dass diese Frau nichts erfährt? Davon, dass Heather und ich mit Ihnen gesprochen haben?«

»Ehm, es gibt manchmal undichte Stellen in den unteren Polizeirängen«, sagte Lucas vorsichtig und dachte an die Quellen, die Carmel Loan bei der Polizei hatte. »Besteht nicht die Möglichkeit, dass Sie für ein paar Wochen oder einen Monat irgendwohin verschwinden?«

»Ich habe einen Job an der Uni«, sagte sie. »Ich muss schließlich Geld verdienen.«

»Wir werden das regeln«, sagte Lucas. »Wir können vielleicht erreichen, dass Sie bezahlten Urlaub bekommen, und wenn das nicht klappen sollte, können wir Ihnen den finanziellen Verlust aus einem Fonds der Stadtkasse ausgleichen … Wie sieht's mit Ihren Eltern aus?«

Davis schüttelte den Kopf. »Ich möchte nicht zu meinen Eltern gehen. Aber wissen Sie, was? Wenn das möglich wäre … Ich habe einen Laptop, ich könnte an meiner Dissertation weiterarbeiten, wenn wir an einem ruhigen Ort wären. Nur Heather und ich. Als ich noch mit Howard zusammen war, haben wir manchmal ein Ferienhaus oben am North Shore gemietet, das war immer sehr schön …«

»Das können wir ermöglichen«, sagte Lucas. Er wandte sich an Sherrill: »Ruf Bretano von der Sitte an, sie soll das regeln.« Und wieder zu Davis: »Wir bringen Sie mit Alice Bretano zusammen. Sie arbeitet bei unserer Sittenpolizei und kümmert sich um missbrauchte Frauen und Kinder, und sie kennt sich darin aus, wie man sie vor den Missetätern versteckt und wie man an Unterstützungsleistungen kommt und all so was … Sie wird das alles für Sie und Heather regeln.«

»Und Sie sind sicher, dass diese … Gangster uns dort nicht finden können?«, fragte Davis zweifelnd.

»Sie werden sich nicht mal die Mühe machen, nach Ihnen zu suchen«, antwortete Lucas. »Sie wissen, dass die Chancen, Sie zu finden, bei Null liegen.«

Als sie immer noch nicht überzeugt schien, hielt Lucas ihr eine kleine Rede: »Lassen Sie mich Ihnen mal was zur Mafia sagen. Sie besteht aus einem Haufen von Leuten, die durchaus bereit sind, für Geld anderen Menschen Böses anzutun, und sie stecken hinter dem Drogenhandel und oft auch hinter der Prostitution, und sie verleihen Geld zu Wucherzinsen und all so was. Aber sie sind eben nur ein Haufen nicht besonders intelligenter Männer. Sie haben keinen funktionierenden Aufklärungsapparat zur Verfügung, und sie unterstützen sich auch nicht gegenseitig, wie sie immer behaupten … Sie sind nichts als ein Haufen ziemlich dummer Ar …« – sein Blick fiel auf Heather, die mit großen Augen zu ihm aufschaute – »ehm,

Blödmänner. Aber eines wollen wir nicht vor Ihnen verheimlichen: Diese Frau, die da gestern Abend bei Ihnen war, *ist* ein Mensch, vor dem man Angst haben muss. Aber wir werden sie kriegen. Und wir werden ihr bis dahin keinen Grund geben, sich an Ihnen rächen zu wollen. Wenn sie Ihnen gestern Abend nichts angetan hat, wird sie es auch in Zukunft nicht tun.«

Sherrill rief Bretano bei der Sitte an, erklärte ihr das Problem, und Bretano sagte, sie würde sich der Sache annehmen; sie käme sofort zur Schule.

Während sie vor dem Gebäude bei Lucas' Porsche auf Bretano warteten, fragte Sherrill: »Und was jetzt?«

»Wir haben zwei Dinge bestätigt gefunden: Sie trägt manchmal eine rote Perücke, und sie ist eine kleine, sportliche, trainierte Frau – und das bedeutet, dass du sie gestern Abend wahrscheinlich gesehen hast. Wir kurbeln jetzt die Sache an. Wir bewachen Carmels Gebäude rund um die Uhr, und wenn diese Frau es betritt, nehmen wir sie fest.«

»Mit welcher Begründung?«

»Mit keiner. Mit irgendeinem Scheiß. Tätlicher Angriff auf einen Polizisten, Widerstand gegen die Staatsgewalt oder irgend so was. Aber ich will sie in die Finger kriegen und ihre Identität feststellen können. Sie festgenagelt haben. Ich will wissen, woher sie kommt. Ich will ein Foto von ihrem Gesicht haben, mit dem wir das ganze Land bepflastern können, wenn wir sie laufen lassen müssen und sie abtaucht. Für dich heißt das, dass sich dein Leben in den nächsten Tagen vor Carmels Gebäude abspielen wird. Vielleicht finden wir ja auch ein Appartement oder ein leeres Büro, von dem aus du sie im Auge behalten kannst.«

»Aber ansonsten bin ich von den Ermittlungen ausgeschlossen?«, fragte Sherrill.

»Natürlich nicht völlig – und wenn wir diese Frau schnell verhaften können, wirst du diejenige sein, die es ausführt.«

»Und was machst du inzwischen?«

»Als Erstes werde ich mir ein paar Jungs in Uniform besorgen und an jede Tür im Umkreis von zwei Blocks um das Davis-Haus anklopfen lassen. Es sind doch auch abends Leute auf der Straße, verdammt noch mal. Jemand *muss* diese Frau gesehen haben, wer sie auch sein mag.«

Lucas ließ ein halbes Dutzend uniformierte Cops in der Nachbarschaft ausschwärmen. Er selbst hasste diese Arbeit und war nicht gut darin. Die Cops, die gut darin waren, hatten offene, irische oder skandinavische Gesichter – junge Leute, die aussahen, als ob sie dir auf die Schulter klopfen und gern ein bisschen mit dir reden würden. Leute mit Einfühlungsvermögen.

Lucas und Bretano hatten Jan Davis und ihre Tochter zurück zur Wohnung gebracht und warteten darauf, dass die beiden ihre Sachen packten. Als sie fertig waren und in Bretanos Begleitung aufbrachen, gab Davis Lucas die Wohnungsschlüssel. »Benutzen Sie das Telefon und die Toilette, wenn es denn sein muss. Ich hole mir die Schlüssel wieder ab, wenn wir zurückkommen.« Dass sie und Heather inzwischen permanent von Cops umgeben waren, hatte ihre Zuversicht gefestigt – aber sie wollte dennoch aus der Stadt verschwinden, und zwar so schnell wie möglich.

Lucas benutzte die Davis-Wohnung als zeitweiliges Hauptquartier, während die Cops die Nachbarschaft abklapperten, von Tür zu Tür gingen und dann wieder von vorn anfingen, um mit Leuten zu sprechen, die beim ersten Durchgang nicht zu Hause gewesen waren – und bei den Aussagen die Spreu vom Weizen trennten. Kurz nach drei kam ein Cop namens Lane mit einer Pepsi in der Hand in die Wohnung geschlendert und setzte sich auf einen Stuhl in der Küche. Lucas saß am Küchentisch und beendete gerade ein Telefongespräch.

»Was gibt's?«, fragte er.

Lane lehnte sich zurück, trank einen Schluck von seiner Pepsi. »Schon seit mehr als einem verdammten Jahr versuche ich, von der Uniform loszukommen und zur Kripo versetzt zu werden, aber ich schaffe es nicht.«

»Ich dachte, ich hätte Sie schon mal in Zivil im Einsatz gesehen ...«

»Ja, ja, aber nur, weil die Jungs von der Drogenfahndung mal ein neues Gesicht brauchten. Nach zwei Wochen war mein Gesicht nicht mehr neu, und ich saß wieder im Streifenwagen. Was ich sagen will – ich bitte Sie, mir aus dieser verdammten Uniform zu helfen.«

Lucas zuckte die Schultern: »Ich kenne Sie nicht besonders gut. Verstehen Sie, ich kann nicht beurteilen, welche Voraussetzungen Sie für die Arbeit bei der Kripo mitbringen ...«

»Ich war derjenige, der im vergangenen Herbst im McDonald-Fall die .380er-Pistole gefunden hat, erinnern Sie sich? Ich meine, es war natürlich auch Glück dabei, aber ich habe oft Glück. Ich hab's versucht und hatte Erfolg ...«

Lucas nickte. »Ja, ich erinnere mich ... Und wenn ein Mann oft Glück hat, kann das auch kritisch beurteilt werden.«

»Ich weiß. Aber ich bekomme dauernd zu hören, was für ein guter Streifenpolizist ich wäre und all so'n Scheiß. Dass man mich im Streifendienst nicht verlieren wolle. Aber ich will diesen Job nicht noch länger machen, und sie verlieren mich sowieso, wenn sie mich nicht versetzen. Ich geh dann woanders hin.«

»Sie würden bei keiner anderen Stadtpolizei im Land genommen«, sagte Lucas, und dann, um ihn loszuwerden: »Na ja, ich höre mich mal um, ob es eine Chance für Sie gibt.«

Lane grinste plötzlich. »Ich bin natürlich nicht nur zu Ihnen gekommen, um mit Ihnen über meine Versetzung zur Kripo zu reden, aber ich dachte, ich sollte die Gelegenheit nutzen, vor allem, weil ich im Moment gut dastehe.«

Lucas' Augenbrauen fuhren hoch. »So?«

»Ja. Ich bin eben in Hausnummer 1414 auf eine Mrs. Rann gestoßen. Mrs. Gloria Rann. Sie kam gestern Abend um etwa neun Uhr fünfzehn von der Arbeit nach Hause. Sie weiß das recht genau, weil sie gleich nach dem Arbeitsende um neun Uhr den Bus an der Ecke Universität und Cretin noch kriegte, und der braucht zehn Minuten bis hierher, und sie beeilte sich, schnell von der Haltestelle nach Hause zu kommen, weil sie sich um halb zehn eine Show im Fernsehen ansehen wollte. Sie hatte vor dem Beginn der Show gerade noch Zeit, den Müll rauszubringen. Und da sieht sie eine kleine, sportlich wirkende Frau in einen – vermutlich grünen – Wagen steigen, der am Bordstein direkt vor ihrem Haus geparkt war. Sie konnte das Gesicht der Frau nicht sehen, aber sie dachte, es sei eine College-Studentin, weil sie so sportlich durchtrainiert aussah und weil in dieser Gegend viele Studenten wohnen. Und … die Frau hatte eine wilde Mähne.«

Lucas lehnte sich vor. »Das könnte passen.«

»Ja, sie passt in das Profil, das Sie uns gegeben haben«, bestätigte Lane. »Jedenfalls, ich fragte Mrs. Rann, ob sie die Frau vorher schon mal gesehen hätte, und sie sagte: ›Nein, die ist nicht aus dieser Gegend.‹ Und ich frage: ›Woher wollen Sie das denn wissen?‹ Und sie antwortet, auf dem Weg von der Bushaltestelle wär's ja noch ziemlich hell gewesen, und sie hätte sich den Wagen *näher* angeschaut, weil er direkt vor ihrem Haus stand …«

Er machte eine Pause, um den dramatischen Effekt noch zu steigern, und Lucas fuhr ihn ungeduldig an: »*Und?*«

»Der Wagen hatte einen Avis-Aufkleber hinter der Windschutzscheibe. Es war ein Mietwagen.«

»Sie Mistkerl machen es wirklich spannend«, knurrte Lucas.

Er nahm Lane mit zum Flughafen, traf den Avis-Manager am Rückgabeschalter für die Mietwagen an und bat ihn ins nahe gelegene Büro. Der Manager fragte gar nicht erst nach einer richterlichen Erlaubnis. Er sagte: »Ich drucke Ihnen eine Liste aus. Aber ich kann Ihnen gleich sagen, zu neunzig Prozent sind es Männer. Allerhöchstens fünfzehn Prozent sind Frauen.«

»Grüner Mittelklassewagen, kleine, sportlich durchtrainierte Frau«, sagte Lane. »Vielleicht rothaarig.«

Die Finger des Managers blieben über dem Computer-Keyboard in der Luft hängen, und er sah Lane stirnrunzelnd an. »Kleiner, sportlicher Rotkopf? Hübsche, ehm, Figur?«

»Ja, so sieht sie nach unseren Erkenntnissen aus«, sagte Lucas.

»Könnte es ein champagnerfarbener Dodge gewesen sein, statt grün? Denn, bei Gott, eine Frau mit diesem Aussehen hat eben einen champagnerfarbenen Dodge am Rückgabeschalter abgeliefert – ist noch keine fünfzehn Minuten her. Sie muss noch auf dem Flughafengelände sein.«

Lucas fuhr den Mann an: »Wo finde ich den Leiter des Flughafen-Sicherheitsdienstes?«

Ein übergewichtiger junger Mann namens Herter hatte die Rückgabe abgewickelt und konnte sich gut an die Frau erinnern. Der Sicherheitsdienst meldete alle Frauen, auf die die

Beschreibung halbwegs zutraf, und Lucas und Lane hetzten Herter und den Manager auf der Suche nach Rinker zwei Stunden lang zu den Ausgängen des Flughafens. Nichts. Viele kleine sportliche Frauen, auch ein paar Rotköpfe, aber keine Profikillerin ...

Die Rückgabepapiere des Wagens wiesen aus, dass er ohne Schaden und mit vollem Tank übergeben worden war – zwanzig Minuten vor Lucas' und Lanes Eintreffen am Avis-Schalter. Herter sagte, die Frau sei nach der Übergabe des Wagens zum Hauptterminal gegangen, habe aber nur eine kleine Tasche, wie man sie zum Übernachten braucht, dabeigehabt. Am Eingang des Hauptterminals gab es keine Überwachungskamera, die ihr Gesicht hätte aufzeichnen können.

»Vielleicht ist sie immer noch hier in der Stadt«, sagte Lucas zu Lane und Tom Black, der zum Flughafen gekommen war, um sie bei der Jagd zu unterstützen. »Das FBI geht davon aus, dass sie ihre Reisen meistens mit dem Mietwagen durchführt. Aus ihrer Sicht macht es Sinn, den Wagen, mit dem sie anreist, in der Parkgarage des Flughafens abzustellen, wo jeden Tag Tausende von Autos rein und raus fahren, und sich dann mit falschen Papieren einen anderen Wagen zu mieten, mit dem sie den Auftrag ausführt. Und wenn irgendein Problem auftritt, kann sie den Wagen einfach irgendwo stehen lassen, ohne dass man ihr auf die Spur kommt.«

»Wir müssten jeden Moment Antwort auf unsere Anfrage kriegen«, sagt Black. »Die Cops in Nebraska haben sich auf die Suche nach der Adresse gemacht, die sie im Mietvertrag angegeben hat.«

»Wenn es sich tatsächlich um unsere Killerin handelt, wird nichts dabei rauskommen«, sagte Lucas. »Aber wir müssen Folgendes machen: Wir müssen zu den Leuten von Master-Card, die die Rechnungen für die Kartenbenutzer ausstellen,

Verbindung aufnehmen, und sie müssen uns sofort mitteilen, wenn die Karte auf diesen Namen noch einmal benutzt wird ...« Er sah Lane an. »Glauben Sie, dass Sie das erledigen können?«

»Ja, natürlich.«

»Dann machen Sie sich an die Arbeit; und ziehen Sie die Uniform aus, ehe Sie mit den Leuten reden.«

»Okay.« Er hatte es eilig, *lief* davon.

Black sagte: »Die Jungs von der Spurensicherung müssten inzwischen fertig sein.«

»Wenn es *sie* ist, hat sie keine Spuren hinterlassen.«

Und der Cop von der Spurensicherung sagte: »Was wir an Fingerabdrücken gefunden haben, gibt keinen Anlass, die Luft anzuhalten. Wir haben Fingerabdrücke an der Beifahrerseite und im Fonds, aber nichts am Lenkrad, am Türgriff außen oder innen, an den Radiotasten, am Fahrersitz ... alles abgewischt. Mit voller Absicht sauber abgewischt.«

»Verdammt«, sagte Lucas. Kurz darauf rief ein Detective aus Lincoln, Nebraska, an und sagte: »Es gibt diese Straße, es gibt auch die Hausnummer, und es gibt dort sogar eine Frau mit diesem Namen, aber sie ist achtundvierzig Jahre alt, sie hat acht Frettchen, die sie niemals allein lässt, sie hat schwarzes Haar, und sie sagt, sie bringt zweihundertzehn Pfund auf die Badezimmerwaage. Und sie sagt, sie war noch nie in Minneapolis, sie hat noch nie einen Wagen gemietet, und sie besitzt eine Visa- und eine Sears- und eine Shell-Card, aber keine MasterCard.«

Lucas bedankte sich, legte auf und sagte zu Black: »Die Killerin ist nicht mehr hier auf dem Flughafengelände. Vielleicht ist sie in der Stadt, vielleicht auch auf dem Weg nach Hause, aber wir vergeuden unsere Zeit hier draußen.«

»Aber wir wissen jetzt, wie sie aussieht«, sagte Black. »Wir haben zwei Männer, die sie aus der Nähe gesehen haben, und zwar noch vor kurzer Zeit. Innerhalb einer Stunde haben wir ein gutes Phantombild von ihr.«

»Richtig«, sagte Lucas. Dann hob er die Hand, hielt Daumen und Zeigefinger einen Zentimeter auseinander. »Gottverdammte Scheiße: Wir waren so dicht an ihr dran. *So dicht.*«

»Und was machen wir jetzt?«

»Wir tapezieren die ganze Stadt mit ihrem Phantombild. Wenn sie noch hier ist, stöbern wir sie so vielleicht auf.«

20

Carmel rief Rinker in ihrem Hotel an und sagte ohne jede Vorrede: »Du musst sofort aus der Stadt verschwinden. Dein Bild ist im Fernsehen.«

»Waaas?« Rinkers Herz schlug schneller, und sie sah sich mit wilden Blicken im Zimmer um, bereit zum Wegrennen, suchte nach ihrer Kleidung, überlegte, wo sie Fingerabdrücke hinterlassen haben könnte.

»Davenport ist irgendwie an ein Phantombild von dir gekommen, und sie zeigen es im Fernsehen. In einer Minute bringen sie es wieder auf Kanal drei.«

»Moment, bleib dran …«

Rinker schaltete über die Fernbedienung Kanal drei ein. Eine brünette Schönheit, die wie eine frühere Miss America aussah, sagte gerade mit ernster Stimme: »… einen Avis-Mietwagen am Flughafen. Zwei Avis-Angestellte, deren Identität geheim gehalten wird, stellten für die Polizei ein Phantombild zusammen, das wir Ihnen jetzt zeigen. Wenn Sie diese Frau gesehen haben ...«

Rinker sah sich das Bild einen Moment an, hob dann das Telefon wieder ans Ohr und sagte zu Carmel: »Das Bild ist mir nicht ähnlich.«

»Für dich mag das so sein, aber nicht für mich – es ist dir ähnlich, jedenfalls allgemein betrachtet«, sagte Carmel. »Und sie werden das Bild in Hotels und Motels und überall in der Stadt rumzeigen und fragen, ob jemand bekannt ist, der *ungefähr* so aussieht.«

Rinker nickte vor sich hin. »Okay, ich bin in fünfzehn Minuten hier raus.«

»Fahr nach Iowa«, sagte Carmel. »Nach Des Moines. Dort kann man die hiesigen lokalen Fernsehstationen nicht empfangen, und du bist in drei Stunden wieder hier, wenn es sein muss. Ruf mich von dort aus auf diesem Handy an und gib mir eine Nummer, unter der ich dich erreichen kann.«

»Was wirst du unternehmen?«

»Wir müssen zu Plan B übergehen. Er ist uns irgendwie auf die Spur gekommen. Ich weiß nicht, wie er das geschafft hat, aber er kocht etwas Böses gegen uns aus.«

»Mein Gott, wirst du denn damit fertig?«

»Ich *werde* damit fertig«, sagte Carmel grimmig. »Und jetzt verschwinde.«

»Sofort.«

Zwei Detectives, Swanson und Franklin, reagierten auf den Hinweis eines Pagen des Regency-White, und sie zeigten dem Manager des Hotels das Phantombild; der Mann schüttelte jedoch den Kopf. »Ich kenne diese Lady nicht, aber ich sehe natürlich nur einen Bruchteil der Leute, die bei uns logieren.«

»Wir können doch sicher rausfinden, wie viele Frauen *allein*

Zimmer im Hotel bewohnen, und dann auf dieser Grundlage die Suche beginnen«, schlug Franklin vor. »Und als Erstes mit den Zimmermädchen sprechen.«

»Die meisten der Mädchen haben bereits Feierabend«, sagte der Manager. Er hatte einen schmalen Schnurrbart, sah aber ansonsten in Franklins Augen wie PeeWee in *PeeWees großes Abenteuer* aus. »Aber die Leute vom Zimmerservice und die Pagen kann ich zusammenrufen.«

Mit Hilfe der verfügbaren Bediensteten und des Computers konnten sie den Kreis auf vier Frauen einengen: zwei, die dem Phantombild mehr oder weniger ähnlich sahen, und zwei, die vom Alter her passten, von denen jedoch keiner wusste, wie sie aussahen. Der Page, der den Hinweis gegeben hatte – von allen Louis genannt –, wusste nicht, in welchem Zimmer die Frau wohnte, schwor aber Stein und Bein, sie sehe dem Phantombild ähnlich. »Das ist sie«, bestätigte er Swanson. Swanson rief Lucas an und sagte ihm, sie hätten möglicherweise eine Identifizierung.

»Wartet auf mich«, sagte Lucas.

Sie warteten, befragten inzwischen die Angestellten des Restaurants. Zwei von ihnen hatten die Frau gesehen, wie sie meinten; na ja, vielleicht aber auch nicht – das Phantombild war ja ziemlich allgemein, nicht wahr?

Lucas kam an, stellte den Porsche am Bordstein ab und sagte zum Türsteher: »Wenn ein Cop kommt und den Wagen abschleppen lassen will, sagen Sie ihm, er gehöre Chief Davenport.«

»Okay, Chief«, sagte der Türsteher und salutierte. Er schien die Türsteher in der Weltstadt New York kopieren zu wollen.

Franklin wartete in der Lobby auf Lucas. »Wir sind bereit, rauf in die Zimmer zu gehen«, sagte er.

»Haben weitere Angestellte sie inzwischen erkannt?«, fragte Lucas.

»Mehrere halten es für möglich – aber sie sagen, sie könnten es anhand des Phantombilds nicht eindeutig bestätigen.«

»Okay, aber es ist das beste Bild, das wir haben«, sagte Lucas. Er starrte noch einmal einige Sekunden auf das Brustbild der Frau – mit demselben seltsamen Gefühl des *Déjà-vu,* das ihn schon bei der ersten Betrachtung befallen hatte. Er wurde das Gefühl nicht los, dass er diese Frau schon einmal gesehen hatte, wohl weil sie, wie er dachte, ein *makelloser Typ* war: ein Cheerleader. Hübsch, wohl proportioniert, sportlich trainiert. Er kannte hundert Frauen wie sie – zum Teufel, allein bei der Stadtpolizei gab es mindestens zwanzig Frauen wie sie. Sherrill war, bis auf ihr schwarzes Haar, ein Typ wie sie …

»Michelle Jones«, murmelte der Manager und klopfte an die Erste der in Frage kommenden Türen.

»Moment«, rief eine Frau im Zimmer.

Die drei Cops traten einen Schritt zurück, was den Manager veranlasste, sie fragend anzusehen. Dann wurde ihm klar, dass die Frau mit einer Waffe in der Hand herauskommen und auf sie schießen könnte, und er machte hastig einen Schritt zur Seite. Die Tür wurde einen Spalt geöffnet, und Michelle Jones schaute heraus. Sie war eine Schwarze.

»Oh, Entschuldigung, falsches Zimmer«, sagte Swanson. »wir untersuchen ein Sicherheitsproblem.«

Im nächsten Zimmer erfolgte keine Reaktion auf das Anklopfen. Lucas nickte dem Manager zu, der mit seinem Schlüssel die Tür aufschloss und dann schnell wieder zur Seite trat. Swanson drehte den Türknopf, und die drei Cops stürmten ins Zimmer.

»Mein Gott, hier sieht's nach Mord und Totschlag aus«, sagte Franklin. Kleidungsstücke waren überall auf dem Boden und dem Bett verstreut; zwei Strumpfhosen, offensichtlich feucht, hingen über der Badezimmertür, und ein Wollpullover lag, zum Trocknen ausgebreitet, auf einem Badetuch auf dem Teppich. Zwei geöffnete Koffer standen auf dem Boden, und es sah aus, als ob ein eiliger Dieb sie durchwühlt hätte.

»Nein«, sagte Swanson, »es sieht nur so aus, als ob meine Frau hier gewesen wäre ... Eine Frau bringt so was ohne weiteres fertig.«

Der Manager streckte den Kopf hinter der schützenden Körpermasse Franklins hervor: »Ich denke, der Gentleman hat Recht«, sagte er. »Allein reisende Frauen ... Sie sollten mal sehen, was die alles in die Toilette werfen. Frauen werfen einfach *alles* in die Toilette. Wir hatten mal eine Frau hier, deren Hund plötzlich starb, und sie hat versucht, ihn die Toilette runterzuspülen.«

»Kleiner Hund, oder?«, fragte Franklin.

»Natürlich.« Die Augen des Managers funkelten zornig. »Es würde ja wohl niemand auf die Idee kommen, einen Deutschen Schäferhund die Toilette runterspülen zu wollen.«

Das dritte Zimmer war ebenfalls leer – aber *sehr* leer. Kein Anzeichen dafür, dass hier jemand wohnte – bis auf das zerwühlte Bettzeug.

»Sind Sie sicher, dass das Zimmer belegt ist?«, fragte Lucas.

»O ja«, antwortete der Manager und schaute sich angeekelt um. »Sie ist abgehauen. Ich erkenne das sofort. Sie ist verschwunden, ohne zu bezahlen.«

»Dann sind wir hier richtig. Sie war in diesem Zimmer. Die Jungs von der Spurensicherung müssen her.«

»Vierhundert Dollar«, seufzte der Manager.

»Da kann man nichts machen«, knurrte Franklin. »Fassen Sie hier drin nichts an.«

Franklin und Swanson gingen zum letzten Zimmer auf der

Liste, während Lucas sich von der Tür aus in dem leeren Zimmer umschaute. Franklin kam gleich wieder zurück: »Du solltest dir diese junge Frau mal ansehen.«

Sie passte gut zu der Beschreibung: ein Cheerleader mit blondem Haar, blauen Augen, sportlich, ein wenig vollbusig. Und wieder hatte Lucas dieses Gefühl des *Déjà-vu*. »Kennen wir uns?«, fragte er.

»Nein«, antwortete die Frau, ein wenig verärgert, aber noch mehr verängstigt. »Wer sind Sie?«

»Ich bin ein Deputy Chief bei der Stadtpolizei«, sagte Lucas. »Von woher kommen Sie?«

»Aus Seattle.«

Lucas sah einen Ehering an ihrem Finger. »Sie sind verheiratet?«

»Ja, und ich möchte nun endlich wissen …«

»Was ist der Grund für Ihren Aufenthalt hier? Sind Sie geschäftlich in Minneapolis?«

»Was soll das alles?« Ihre Angst ließ nach, und der Ärger steigerte sich.

»Antworten Sie doch einfach auf meine Frage«, sagte Lucas geduldig. »Sind Sie geschäftlich hier?«

»Ja, ich bin zum Perio-Kongress im Radison hier.«

»Was ist Perio?«, fragte Franklin. Er war ein sehr großer, massiger Schwarzer, und in seinem gelbkarierten Sportsakko ragte er wie ein riesiger Vollmond im Türrahmen auf.

»Periodontitis«, antwortete sie. »Zahnwurzelhaut-Entzündung – ich bin Zahnärztin.«

»Danke«, sagte Lucas. Er sah Franklin an, schüttelte den Kopf und sagte zu der Frau: »Wir haben hier eine Situation, die Detective Franklin Ihnen gleich erklären wird …«

Im Flur draußen sagte Swanson zu Lucas: »Zahnfleisch-Metzger.«

»Was?«

»Sie ist ein Zahnfleisch-Metzger. So nennen die normalen Zahnärzte ihre Kollegen, die sich auf die Behandlung der Periodontitis spezialisiert haben.«

»Tatsächlich? Diese Information werde ich in ehrendem Andenken halten …«

Lucas ging zurück zu dem leeren Zimmer, um auf die Leute von der Spurensicherung zu warten. Er brauchte nur eine wichtige Information: dass die Porzellanwasserhähne der Dusche und des Waschbeckens im Badezimmer abgewischt worden waren. Wenn das so war, hatte die Killerin dieses Zimmer bewohnt – und sie waren zu spät gekommen.

Franklin ging, um das Chaoszimmer noch einmal zu überprüfen. Kurz darauf trafen die beiden Detectives von der Spurensicherung ein, und Lucas erklärte ihnen, was er wissen wollte. Einer der beiden ging ins Badezimmer, sah sich die Griffe der Wasserhähne am Waschbecken an, nahm ein Fläschchen aus seiner Aktentasche, das wie ein Parfümzerstäuber aussah, und sprühte eine graue Dunstwolke auf die Griffe. Dann steckte er den Kopf in das Becken, um sein Werk aus der Nähe zu betrachten. Als er sich wieder aufrichtete, sagte er: »Abgewischt. Sauber wie nach dem Frühjahrsputz.«

»Verdammte Scheiße, aber ich hab's gewusst«, knurrte Lucas.

Franklin kam zurück. »Die Lady aus dem Chaoszimmer ist aufgetaucht. Sie ist fünfzig, und sie hat einen Hund dabei. Einen kleinen. Ich habe ihr angeboten, ihn die Toilette runterzuspülen, aber sie hat das Angebot nicht angenommen.«

»Okay«, sagte Lucas. Und zu den beiden Männern von der Spurensicherung: »Sie hat sich wahrscheinlich überall im Zimmer als Putzfrau betätigt, aber ich möchte, dass Sie sich trotzdem *alles* genauestens anschauen. Jeder kleinste Hinweis, den wir kriegen können, ist …«

»Sehen Sie sich das an«, sagte der Mann. Er tauchte aus der Dusche auf; in der Hand hielt er einen dünnen Metallstab, auf dem er ein kleines Stück Seife, wie es sie in Hotels gibt, aufgespießt hatte.

»Was ist?«, fragte Lucas.

»Ich glaube, sie hat vergessen, die Seife abzuwischen.«

»Sie hat vergessen, die *was* abzuwischen?«, fragte Mallard.

»Die Seife«, sagte Lucas. »Ein Stück Hotelseife.«

»Auf einem Stück nasser Seife kann man keine Fingerabdrücke hinterlassen.«

»Na ja, unter bestimmten Umständen geht das schon«, erwiderte Lucas. »Stellen Sie sich folgendes Szenario vor: Sie stehen unter der Dusche, die Seife rutscht Ihnen aus der Hand und fällt runter. Sie lassen sie liegen, steigen aus der Dusche, trocknen sich ab. Dann erinnern Sie sich wieder an die Seife, heben sie auf und legen sie in die Seifenschale in der Dusche. Dabei hinterlassen Sie Fingerabdrücke an der inzwischen getrockneten Oberfläche der Seife … So stellen wir uns das Szenario wenigstens vor – eine Ecke des Seifenstücks war eingedrückt und aufgeplatzt, als ob es auf dem Boden aufgeschlagen wäre. Die Schwierigkeit bestand nun darin, die Seife ins Präsidium zu transportieren und so aufzubewahren, dass die Abdrücke nicht vernichtet wurden. Es war ein echter Albtraum.«

»Und wie haben Sie das gemacht?«

»Wir haben sie in den Kühlschrank unten bei der Spurensicherung gelegt.«

»Sie haben Sie in *was* gelegt?«

Lucas war irritiert: »Ist Ihr Telefon gestört oder was? Ich höre Sie laut und deutlich.«

315

»Warum haben Sie die Seife in einen verdammten Kühlschrank gelegt?«, fragte Mallard. Er wurde verhältnismäßig laut, wenn man bedachte, dass er wie ein braver Buchhalter aussah – selbst *mit* dem dicken Nacken.

»Wir wollen die Seife so hart werden lassen, dass wir sie mit Spurenpulver besprühen und die Abdrücke abnehmen können«, erklärte Lucas. »Ich meine, wir sehen die Abdrücke deutlich auf der Seife, aber wir haben eine Höllenangst, sie zu beschädigen. Wenn wir sie schon nur anhauchen, könnten sie verwischen.«

»O Jesus … Ich rufe unsere Fingerabdruckspezialisten hier mal an, sie sollen sich mit Ihren Jungs in Verbindung setzen«, sagte Mallard. »Vielleicht können wir ja helfen.«

»Haben Sie das Phantombild bekommen?«, fragte Lucas.

»Ja. Wir vergleichen es mit allen früheren Verdächtigen, mit jedem, der bei einem dieser Mordfälle aktenkundig geworden ist.«

»Was macht der Typ in Wichita? Betreibt er weiter sein Dealer-Geschäft?«

»Dieses verdammte kleine Arschloch«, knurrte Mallard. »Wir überwachen ihn weiterhin, Malone ist immer noch dort mit dem Team, aber sie mault mich sechsunddreißig Stunden am Tag an, ich soll sie zurückrufen. Und da Sie jetzt wissen, dass die Verdächtige in Minneapolis war, und da wir wissen, dass Lopez es nicht war, blase ich die Sache in Wichita ab.«

»Sie war hier«, sagte Lucas. »Die Killerin war hier.«

»Okay, ich hole Malone zurück. Ich kann es immer noch nicht glauben, dass es tatsächlich eine Frau ist. Aber egal, ich gebe die Akte an die Leute vom Zeugenschutzprogramm und rede mit ihnen. Wir haben genug über ihren Freund Lopez rausgefunden, um ihn für dreihundert Jahre aus dem Verkehr zu ziehen.«

»Dass Lopez sich als Fehlschlag erwiesen hat, bedeutet noch nicht, dass es in Wichita nicht doch irgendeine Verbindung zu unserem Fall gibt«, sagte Lucas.

»Das ist mir klar; und wenn Sie einen Vorschlag haben, würde ich mich freuen, Malone darauf anzusetzen. Sie braucht sowieso ein paar Tage, um den Einsatz da drüben abzuwickeln.«

»Im Moment habe ich nichts«, sagte Lucas. »Und hören Sie, lassen Sie Ihre Fingerabdruckjungs *sofort* mit meinen Leuten Kontakt aufnehmen; ich schwebe in tausend Ängsten, wenn ich daran denke, was passieren kann, wenn wir dieses Stück Seife aus dem Steifmacher nehmen.«

»Dem *was*?«, fragte Mallard wieder einmal.

»Dem Steifmacher, verstehen Sie, diesem Ding mit dem Eis drin zur Aufbewahrung von Salat und Radieschen und ...«

»Sagen Sie nichts mehr, ich flehe Sie an. Sagen Sie einfach nichts mehr.«

Ein Detective namens Manuel kam ins Großraumbüro der Mordkommission, wo Lucas gerade mit Sloan sprach. »Wir wollen jetzt versuchen, die Fingerabdrücke von der Seife zu nehmen«, sagte er.

»Aha.« Lucas und Sloan standen auf und gingen hinunter zur Abteilung Identifizierung. Vier Personen standen um einen jungen Hippie mit schulterlangen Haaren und einem baumelnden Ohrring. Er schien ungefähr sechzehn zu sein und hielt eine Nikon-F5-Kamera mit einem riesigen Objektiv in der Hand. Die Seife lag auf einem Tupperwaredeckel auf dem Schreibtisch.

»Was geht denn hier vor?«, fragte Lucas und sah den Hippie an.

»Kommen Sie mir nicht zu nahe«, sagte der Junge. »Wenn

irgendwas auf die Seife fällt, auch nur Spucketröpfchen, ist alles aus.«

Er schaute aus einem Abstand von höchstens dreißig Zentimetern durch die Kamera auf die Seife. »Er ist mein Sohn«, flüsterte ein Cop namens Harry Lucas zu. »Großartiger Fotograf. Das da am Ende des Objektivs ist das Basisringlicht. Es ist in echt so was wie ein Dauerblitzlicht, und er schaut jetzt mit zur Hälfte ausgeschaltetem Licht auf die Fingerabdrücke, um Schatten reinzukriegen ...«

»Halt den Mund«, sagte der Junge.

Alle hielten den Mund, aber Lucas wollte dann doch fragen, ob der Junge überhaupt wusste, was er da machte, als das Blitzlicht aufzuckte, wieder und wieder. Der Junge machte innerhalb von fünf Minuten vierundzwanzig Aufnahmen, mit Ringlicht und ohne Ringlicht und schließlich auch mit Licht, das von einer Zinnfolie reflektiert wurde. Als er fertig war, sah der Junge Lucas an und sagte: »Ich konnte die Abdrücke sehen, ziemlich gut sogar. Drei Stück, ein bisschen verschmiert, aber sie stachen mir direkt ins Auge.«

»Und Sie ... und du meinst, du hast sie auf dem Film?«

»Wenn ich sie sehen kann, habe ich sie auch auf dem Film«, sagte der Junge. »Ich bring den Film zu einem Dia-Entwickler bei Rosedale. Es wär gut, wenn Sie dort anrufen, damit ich gleich drankomme.«

»Du hast die Aufnahmen auf einem Diafilm gemacht?«

»Ja; damit krieg ich 'ne bessere Auflösung, und das ist gut, wenn ich sie dann scanne ...« Lucas schaute offensichtlich verständnislos drein, und der Junge ergänzte: »Ich hab gedacht, Sie wollten Digitalbilder. Die können wir dann dem FBI zufaxen, und die Leute können mit der Suche anfangen.«

Lucas wandte sich an Sloan: »Hol einen Streifenwagen, der den Jungen zu Rosedale fährt – mit Blaulicht und Sirene. Und sag den Leuten von diesem Diaservice, sie sollen sofort nach dem Eintreffen mit der Arbeit beginnen. Wir wollen die Dias *sofort* haben.« Er wandte sich wieder an den Jungen. »Ich unterschreibe dafür, dass du ein Beraterhonorar kriegst. Die Formulare dafür gebe ich deinem Dad. Wenn aus den Fotos was wird ...«

Der Junge verschwand mit Sloan, und Harriet Ashler, die ranghöchste Fingerabdruckspezialistin, sagte: »Okay – jetzt muss die Seife für ein paar Minuten zurück in den Kühlschrank, damit sie wieder schön fest wird.«

Sie legte sie hinein, und alle standen herum und starrten drei Minuten lang auf den Kühlschrank – ein kleines braunes Büromodell von Sears, in dem zwei Lunchpäckchen und ein leicht angefaulter Apfel in einem Regalfach und eine Flasche Apfelsaft im Türfach gelagert waren –, dann nahm sie die Seife wieder heraus und drückte leicht auf die den Abdrücken entgegengesetzte Kante. »Schön hart«, sagte sie. »Dann wollen wir's mal versuchen.«

Die Technik, die sie mit dem FBI abgesprochen hatten, bestand darin, eine dünne Schicht aus trockenem Graphit auf die Abdrücke zu sprühen und dann diese Schicht mit einem Streifen Klebeband abzulösen. Ashler sprühte Graphitstaub auf den kleinsten, am wenigsten deutlichen Abdruck, beugte sich dann dicht über die Seife. »Klebeband.«

Jemand reichte ihr einen Streifen Klebeband. Sie legte ihn vorsichtig auf die eingesprühte Stelle, ließ ihn einen Moment auf dem Graphitstaub liegen, löste ihn dann ab.

»Verdammt!«, sagte sie und starrte auf den Streifen. Dann nahm sie ein Vergrößerungsglas und schaute sich das Ergebnis noch einmal an.

»Was ist passiert?«

»Kein Abdruck«, sagte sie. Sie schaute auf die Seife. »Irgendwie hat das Band kleinste Seifenpartikel mit abgezogen ... Die Sache ist völlig schief gegangen.«

»Okay, hören wir auf damit«, sagte Lucas. »Wir legen die Seife zurück in den Kühlschrank und reden noch mal mit den Feebs. Vielleicht sollten wir erst einmal ein paar Experimente mit einem anderen Stück Seife und unseren Fingerabdrücken darauf machen, ehe wir es wieder versuchen.«

Ashler nickte. »Das wäre wohl am besten – aber ich dachte, wir bräuchten das Ergebnis so schnell wie möglich.«

»Kriegen wir ja vielleicht auch, wenn Harrys Wunderkind Erfolg hat.«

Und Harrys Wunderkind war erfolgreich. Sloan hatte den Jungen persönlich zu dem Rosedale-Laden gefahren – vor allem deshalb, weil es ihm Spaß machte, mit Blaulicht und Sirene durch die Stadt zu rasen –, und sie waren in weniger als einer Stunde zurück. »Vier von den Aufnahmen sind ganz ordentlich«, sagte der Junge. »Wenn Mr. Sloan mich nach Hause bringt, kann ich sie scannen und Ihnen dann hierher faxen.«

Lucas sah sich die Dias an, hielt sie vor eine Leuchtröhre. Die Abdrücke waren nicht absolut deutlich zu erkennen, aber sie waren besser als andere Fingerabdrücke, die er im Verlauf seiner Karriere schon gesehen hatte. Jedenfalls sahen sie besser aus als das, was er mit bloßem Auge hatte erkennen können. »Harry«, sagte er zu dem Vater des Jungen, »Ihr Sohn ist ein verdammtes Genie.«

Rinker kam kurz nach fünf am Nachmittag in Des Moines an, stieg in einem Holiday Inn ab und rief Carmel auf ihrem Mobiltelefon an.

»Weitere schlechte Nachrichten«, sagte Carmel. »Mein Mann bei der Polizei sagt, sie haben deine Fingerabdrücke.«

»Ich habe alles abgewischt«, sagte Rinker, aber sie hörte selbst die Unsicherheit in ihrer Stimme.

»Er sagt, sie haben sie auf einem Stück Seife in einem Zimmer im Regency-White gefunden«, erklärte Carmel. »Davenports Leute.«

»Auf einem Stück Seife?«

»Ja. Er sagt, sie würden die Abdrücke zum FBI schicken.«

»Ich rufe dich zurück«, sagte Rinker. Sie erinnerte sich, dass sie die Seife vom Boden der Dusche aufgehoben hatte. Sie hatte nicht daran gedacht, sie abzuwischen … Sie legte auf, ehe Carmel protestieren konnte, setzte sich langsam auf ihr Bett, kämpfte die aufkommende Panik nieder. Aber trotz aller Selbstkontrolle lief ihr eine Träne über die Wange: dieser verdammte Davenport … Sie atmete dreimal tief durch, wählte dann eine neunstellige Telefonnummer. »Hier ist Rinker«, sagte sie, nachdem sich ein Mann gemeldet hatte. »Ich muss abtauchen.«

Nach einem langen Schweigen sagte der Mann: »Bist du sicher?«

»Es geht um den Auftrag in Minneapolis. Die Cops waren bei mir in der Bar, wenn auch wahrscheinlich zufällig; jedenfalls aber schnüffeln sie in Wichita rum. Sie haben ein Phantombild von mir, zwar ein schlechtes, aber immerhin … Und jetzt muss ich auch noch befürchten, dass sie meine Fingerabdrücke haben.«

»Wie konnte das passieren?«, fragte der Mann erstaunt.

»Du würdest es mir nicht glauben … Aber du sagst bitte Wooden Head, er soll mit dem Geld nach Wichita kommen. Ich werde meine Konten dort abräumen, auf meine Notfallidentität überwechseln – alles andere werde ich vernichten –, und ich werde ihm die Papiere übergeben. Er kann die Bar übernehmen und einen neuen Manager einsetzen; aber meine Fingerabdrücke werden überall zu finden sein. Er soll versuchen, alles abzuwischen, was nur irgendwie geht, aber ich glaube nicht, dass er es hundertprozentig schafft.«

»Was ist mit deinem Appartement?«

»Ich werde versuchen, schnell mal reinzugehen«, sagte sie. »Als Erstes nach der Ankunft.«

»Ich nehme nicht an, dass die Cops deine Fingerabdrücke bereits gespeichert haben, oder doch?«

»Nein, das haben sie nicht. Man hat mir nie die Fingerabdrücke abgenommen. Das ist die gute Nachricht. Aber sie sind mir zu dicht auf den Fersen, und früher oder später können sie sich alles zusammenreimen. Ich kann dieses Risiko nicht eingehen.«

»Okay. Mein Gott, Clara ...«

»Ja, ja, ja ... Ich setze mich wieder mit dir in Verbindung, sobald ich kann.«

»Wo bist du jetzt?«

»In Minneapolis. In ungefähr zwei Stunden fahre ich von hier los; ich muss vorher noch ein paar Dinge erledigen. Aber wenn ich dann die ganze Nacht hindurch fahre, müsste ich zu der Zeit, wenn die Banken öffnen, in Wichita sein.«

Nachdem sie das Gespräch beendet hatte, rief sie Carmel wieder an. »Ich schließe mein derzeitiges Leben ab und wechsle in ein anderes hinüber«, sagte sie. »Morgen um diese Zeit werde ich nur noch ein Produkt deiner Phantasie sein.«

»Du meinst, du ... du gibst die Bar auf?«

»Alles«, sagte Rinker. »Hör zu: Meinst du immer noch, wir sollten Plan B ausführen?«

»Nun ja, wenn sie dich schnappen oder wenn sie noch mehr über mich rausfinden ... Ich meine, es würde große Gefahren von uns abwenden.«

»Okay. Ich muss jetzt schleunigst nach Wichita fahren.

Morgen Abend bin ich wahrscheinlich zurück, wir sehen uns dann.«

Sie erledigte zwei Anrufe beim Flughafen und ließ dann ein Taxi kommen. Ihren Wagen und das Gepäck ließ sie im Holiday Inn zurück, nahm aber ihre Pistolen mit. Das Taxi setzte sie bei Shack Direct Air ab, wo ein Pilot, der viel zu jung aussah, um ein Flugzeug steuern zu dürfen, mit dem *Wall Street Journal* auf dem Schoß in der Piloten-Lounge auf sie wartete. »Sie sind Miss Maxwell?«

»Ja.«

»Ich sollte im Voraus bezahlt werden ...«

Rinker nahm zweitausend Dollar aus der Handtasche und gab sie dem jungen Mann. »Schon sind wir unterwegs«, sagte er.

Sie kam einige Minuten vor Mitternacht in Wichita an, nahm ein Taxi geradewegs zur Bar, sagte »Hey, Johnny« zu dem Barkeeper, der fragte »Wieder zurück?«, und sie antwortete: »Ja, aber ich muss gleich wieder weg. Bis morgen.«

»Wichtige Verabredung?«

»So was Ähnliches. Ich nehme den Van, nur dass du Bescheid weißt.«

»Okay.«

Aus dem Hinterzimmer holte sie ein Dutzend leerer Weinkartons und die Schlüssel für den Transporter der Bar, einen großen, praktischen Dodge. Auf dem Weg zu ihrem Appartement hielt sie an einem Supermarkt, kaufte eine Rolle Müllbeutel und fuhr weiter. Ihr Appartement lag im zweiten Stock, und sie trug die Kartons in drei Gängen, je vier auf einmal, die Treppe hoch und stellte sie in die Küche. Dann schloss sie die Wohnungstür und begann mit dem Packen.

Versuchte, nicht nachzudenken: packte einfach nur. Verstaute einen Spielhasen, den ihre Mutter ihr einmal aus einer

Socke genäht hatte – damals, als ihre Mutter noch ein funktio-
nierendes menschliches Wesen gewesen war, ehe ihr Stiefvater
alle Lebendigkeit aus ihr herausgeprügelt hatte. Sie hatte den
Hasen zu Weihnachten bekommen, als sie sechs Jahre alt gewesen war; es war der älteste Gegenstand, den sie besaß. Sie
verpackte die Fotos, auf denen sie zusammen mit anderen
Tänzerinnen aus zwei oder drei Bars in St. Louis zu sehen war,
die Fotos mit Leuten aus der Alkoholgroßhandlung, in der sie
nach ihrer Karriere als Tänzerin gearbeitet hatte. Und sie legte auch die erste Zweidollarnote, die die Bar eingenommen
hatte, in einen Karton – es war eine Zweidollarnote, weil sie
vergessen hatten, die erste Eindollarnote aufzuheben.

Sie packte; sie hatte sechs Jahre in diesem Appartement gewohnt, es war mehr ein Zuhause für sie gewesen als alle anderen Wohnungen, die sie gehabt hatte, und das Packen dauerte
eine Weile. Sie brummte dabei vor sich hin. Brummte wie eine
wütende Hummel: »Dieser verdammte Davenport ... dieser
verdammte Davenport.«

Während sie einpackte, was ihr wichtig war, einschließlich
ihrer Schulbücher und aller wichtigen Papiere, wurde ihr klar,
dass sie nicht *alles* mitnehmen konnte, was ihr wichtig war. Sie
konnte die *Wohnung* nicht mitnehmen. Sie setzte sich aufs
Bett, strich die Decke glatt, sah dann noch einmal den Inhalt
der Kommode durch, und selbst die abgetragene Baumwoll-
unterwäsche kam ihr plötzlich wichtig vor ...

»Dieser verdammte Davenport ...« Und diesmal kamen ihr
die Tränen. Sie konnte sie nicht unterdrücken, ließ sie laufen ...

Zehn Minuten später begann sie – mit geröteten Augen –,
die Wohnung mit Lysol zu bearbeiten.

Um halb vier Uhr nachts war sie fertig. Wenn die Cops die
Wohnung tatsächlich auseinander nahmen, würden sie wahr-

scheinlich noch einen oder zwei Abdrücke irgendwo finden, aber dazu würden sie mehrere Tage brauchen ... Sie schleppte den letzten Karton runter zum Van, fuhr den Wagen ein gutes Stück die Straße hinunter, stellte ihn ab und ging dann wieder zurück in die Wohnung. Das Appartement befand sich am Ende des Flurs, und als Rinker eingezogen war, hatte sie einen Einbau vorgenommen: Sie hatte einen bei Wards gekauften, drahtlosen Bewegungsmelder direkt über dem Fenster am Ende des Flurs installiert. Wenn das Gerät eingeschaltet war und sich jemand der Wohnungstür näherte, wurde entweder ein Summton oder ein grelles Blitzlicht bei einem Steuergerät auf ihrem Nachttisch ausgelöst. Sie schaltete auf Blitzlicht, schob das Gerät so nahe wie möglich vor ihr Gesicht, legte die beiden Pistolen vor dem Bett auf den Boden und überließ sich einem unruhigen Schlaf.

Im Grunde vertraute sie fast darauf, dass der Mann in St. Louis ihr nichts tun wollte. Aber doch nur *fast*. Sie hatte ihm gesagt, sie werde wahrscheinlich zu der Zeit, wenn die Banken aufmachten, in Wichita sein. Wenn er etwas gegen sie unternahm, eventuell den einen oder anderen der Muskelmänner, von denen er ständig umgeben war, auf sie ansetzte, würde dieser Mann mit hoher Wahrscheinlichkeit ihr hier im Appartement auflauern wollen – in der Annahme, sie gehe nach der Ankunft erst zur Bank und komme dann hierher.

Wenn er aus St. Louis kam, selbst mit dem Flugzeug, würde er mehrere Stunden später als sie in Wichita eintreffen. Man würde erst einmal einen Mann aussuchen müssen, ein Flugzeug musste aufgetrieben werden, oder er musste die ganze Strecke mit dem Wagen fahren ... Wenn er kam, musste sie bestimmt nicht vor sechs Uhr oder so mit ihm rechnen.

Er war schneller. Er kam um fünf.

Sie glaubte, bereits eine Minute vor der Auslösung des

Alarms aufgewacht zu sein. Wie auch immer, sie fuhr hoch, als das Blitzlicht zuckte. Sie drückte auf den *Aus*-Knopf, schaute auf die Uhr: fünf Uhr fünf. Sie schob sich auf die Füße, hob die beiden Pistolen vom Boden auf, spannte die Hähne und schlich zur Küche, bewegte sich sehr langsam und achtete darauf, nicht gegen etwas zu stoßen, nicht die geringste Vibration auszulösen und keinerlei Geräusch mit den bloßen Füßen zu verursachen. Die dünnen Gummihandschuhe hatte sie natürlich nicht ausgezogen, und sie klebten an ihren Händen. Die Handschuhe waren elfenbeinfarben, und sie sah sie besser als ihre Arme – zwei vom Körper losgelöste Fäuste, die im Dunkeln vor ihr herschwebten.

Wer auch immer im Flur draußen war, er zögerte an der Wohnungstür. Sie schlich an ihr vorbei und trat in einen Wandschrank mit Schiebetüren. Die linke Tür stand halb offen, und sie schob sich dahinter, konnte durch den Spalt nach draußen sehen. Der Mann klopfte an die Wohnungstür, rief leise ihren Namen: »Clara? Clara?« Wieder ein leises Klopfen, dann ein Schlüssel im Türschloss …

Er hatte einen Schlüssel, was bedeutete, dass der Mann in St. Louis sich eine Kopie angefertigt haben musste. So verdammt dumm von ihr … Sie ließ immer und überall ihre Schlüssel herumliegen, die Schlüssel zu allen Türen. Angst zuckte in ihr auf, ob es noch andere Sicherheitslücken gab, von denen sie keine Ahnung hatte. Dann aber zwang sie die Angst aus ihrem Kopf und konzentrierte sich auf das Gewicht der Pistolen in ihren Fäusten.

Die Tür wurde geöffnet; ein dunkler Schatten stand unter dem Türrahmen, dann trat der Mann in die Wohnung; sie war kaum mehr als einen halben Meter von ihm entfernt, und als er einen weiteren Schritt nach vorn machte, sah sie, dass er etwas in der rechten Hand hielt. Ganz sicher eine Pistole … Sie hob die eigenen Pistolen hoch, bereit zum Abdrücken. Aber dann flüsterte der Mann – es war nur ein ganz leiser Hauch: »Vorsicht …«

Sie dachte, er spreche mit ihr, und sie hätte beinahe etwas hinausgeschrien, aber dann hörte sie ein weiteres Geräusch – der Mann, den sie sehen konnte, bewegte sich jedoch nicht. Sie waren zu zweit.

Der erste Mann schlich den Flur hinunter zum Schlafzimmer, der zweite durch das Wohnzimmer zum Gästezimmer, das Rinker als Fernsehzimmer und Büro benutzte. Nach einer langen Minute tiefer Stille stießen die beiden im Wohnzimmer wieder aufeinander.

»Sie ist noch nicht hier«, sagte der zweite Mann leise.

»Dann warten wir hier, bis Wooden Head anruft«, entschied der erste Mann.

»Im Dunkeln?«

»Ja, für den Fall, dass sie kommt.«

»Ich bin totmüde«, sagte der andere. »Ich leg mich auf die Couch – wenn das da eine Couch ist.«

Der zweite Mann legte sich auf die Couch, der erste setzte sich in einen Sessel und zündete sich eine Zigarette an. Rinker hatte das Rauchen in ihrer Wohnung nie geduldet. Der zweite Mann fragte von der Couch her: »Was ist, wenn sie den Rauch riecht?«

Der Raucher sagte »Scheiße«, warf die Zigarette auf den Parkettboden und trat sie aus. Rinker hatte den Boden stets selbst mühsam abgeschmirgelt und versiegelt. Sie wäre wegen dieser Rücksichtslosigkeit am liebsten auf den Mann losgegangen, beherrschte sich aber.

»Hast du die Frau mal gesehen?«, fragte der Mann im Sessel.

»Einmal, glaube ich. Hat'n hübsches Fahrgestell.«

»Der Boss schien ja richtig Angst vor ihr zu haben. Wenn man an sein Gerede denkt: *Greift sie euch schnell, gebt ihr ja keine Chance für 'nen ersten Schuss.*«

»Vor so 'nem Scheißweib hab ich keine Angst«, sagte der zweite Mann. »Und wenn es das Hühnchen ist, das ich vor Augen hab, dann hätte ich nichts dagegen, sie erst mal noch ordentlich durchzuficken.«

»Lass so 'nen blöden Gedanken. Wenn der Boss nervös wegen ihr ist, sollten wir keinen Quatsch machen.«

»Ja, ja.«

»Halt jetzt die Klappe; ich will 'n bisschen schlafen.«

»Wenn du aufwachst und sie schießt auf dich, weißt du wenigstens, dass sie inzwischen reingekommen ist.«

Fünf Minuten später hörte Rinker das erste leise Schnarchen von dem Mann auf der Couch; der Mann im Sessel saß reglos da, soweit sie das sehen konnte. So blieb es weitere fünf Minuten, nur dass der Mann auf der Couch jetzt tiefer atmete und regelmäßiger schnarchte. Dann stand der andere Mann auf, zündete sich eine Zigarette an und kam auf sie zu. Sie schob sich ein kleines Stück in die tiefere Dunkelheit des Wandschranks zurück. Als er an ihr vorbeikam, nur schulterbreit entfernt, schob sie sich dicht hinter ihm seitlich mit einem Tanzschritt aus dem Wandschrank und hob die linke Hand mit der entsicherten Pistole. Er hörte sie nicht, sah sie nicht, war völlig ahnungslos. Sie feuerte zwei Schüsse in seinen Hinterkopf und war dann mit wenigen schnellen Schritten bei dem Mann auf der Couch. Als der erste Mann auf dem Boden aufschlug, schnarchte der zweite Mann noch, wäre aber wohl aufgewacht. Doch Rinker feuerte zwei Schüsse in seine Stirn.

Licht ...

Sie machte das Licht im Flur und im Wohnzimmer an. Der Mann auf dem Boden blutete, aber das Blut lief auf den Linoleum-Boden. Man konnte es leicht aufwischen. Der Mann auf der Couch blutete nur wenig aus den zwei Einschusslöchern über der rechten Augenbraue. Die kleinkalibrigen Geschosse verursachten niemals Austrittswunden.

Sie musste sich jetzt beeilen, das war ihr klar. Am Himmel draußen wurde es heller; es dauerte nicht mehr allzu lange bis zur Morgendämmerung. Sie lief in die Küche, holte eine Rolle Klebeband und verschloss damit die Wunden der beiden Männer, um die Blutungen zu stoppen; sie wollte nicht mehr Spuren hinterlassen, als letztlich unvermeidbar waren. Das Fenster zur Rückseite des Gebäudes mit Blick auf eine Reihe von Containern der städtischen Müllabfuhr ließ sich, wie sie überlegte, weit genug öffnen, um die Leichen hindurch zu schieben. Sie zerrte den Mann von der Couch zu dem Fenster, schaute sich noch einmal um, stieß die Leiche dann hinaus. Sie prallte mit einem dumpfen, schmatzenden Geräusch auf dem Asphalt auf.

Der andere Mann, der auf dem Linoleum, war kleiner und ließ sich leichter zum Fenster ziehen, auf den Sims hoch stemmen und hinausstoßen; der Aufprall erfolgte auf der Leiche des ersten Mannes unten am Boden und war entsprechend leiser.

Nachdem sie nun die beiden Leichen aus der Wohnung geschafft hatte, lief sie so leise wie möglich hinunter zum Van, fuhr ihn zur Rückseite des Gebäudes und zerrte die beiden Leichen in den Laderaum.

Sie war erschöpft. Der größere der beiden Männer wog mehr als zweihundert Pfund, und sie konnte ihn nur mit erheblicher Kraftanstrengung in den Van zerren. Als sie schließlich fertig war, setzte sie sich hinter das Steuer, rang einen Moment nach Atem, fuhr dann los. Zehn Minuten später war sie aus der Stadt. Und weitere fünf Minuten später fuhr sie auf einem schmalen Feldweg durch ein Bachtal. Sie erinnerte sich an diese Gegend von einer Wanderung, die sie vor einigen Wochen hier gemacht hatte – vor allem an das nicht eingezäunte Maisfeld neben dem Feldweg.

Die Morgendämmerung brach herein, als sie die Leichen nacheinander durch das Unkraut am Feldrain und dann zehn Reihen tief in das Maisfeld schleppte. Wenn sie Glück hatte, wurden sie nicht vor der Maisernte im Oktober gefunden. Sie nahm die Brieftaschen der beiden an sich, steckte das Geld ein – zusammen etwas mehr als tausend Dollar – sowie die Führerscheine. Auf dem Rückweg zur Stadt zerriss sie die anderen Papiere aus den Brieftaschen in kleine Fetzen und warf alle hundert Meter ein paar davon aus dem Wagenfenster. In der Stadt hielt sie an einem Müllcontainer und warf die Brieftaschen hinein.

Erledigt …

Zurück zum Appartement, die Treppe hoch … Kurz nach sechs – etwas weniger als drei Stunden vor der Öffnungszeit der Banken. Sie entschloss sich, die Zeit zu nutzen und noch einmal alles abzuwischen: Jeden Aufhänger an der Garderobe, jede Coke-Büchse, jede andere Büchse und Flasche in den Schränken und dem Kühlschrank. Dann, zum Schluss, schrieb sie zwei Notizen – als Erstes eine an ihren Vermieter:

Larry, tut mir Leid, dass ich es Ihnen antun muss, ohne Bezahlung der Miete für diesen Monat zu verschwinden. Aber Sie haben ja die Miete für den vergangenen Monat bekommen, und ich bin sicher, dass Sie das Appartement schnell wieder vermieten können. Ich habe ein großes Problem mit meinem Exfreund – wenn das verdammte Arschloch mich findet, wird er mich umbringen –, deshalb muss ich schleunigst ver-

schwinden. Als Ausgleich für die entgangene Miete überlasse ich Ihnen die Möbel und alles andere in der Wohnung. Noch mal – tut mir Leid. Alles Gute für Sie. Clara.

Der Besitzer des Appartements war so geldgierig, dass er die Möbel aus der Wohnung schaffen würde, noch ehe zehn Minuten nach Erhalt der Notiz vergangen waren. Und wenn er es schaffte, dass sofort ein nächster Mieter einzog, musste sie sich umso weniger Gedanken um eventuell zurückgelassene Fingerabdrücke machen.

Die zweite Notiz steckte sie in einen Umschlag und klebte ihn zu. Sie kritzelte den Namen des Mannes in St. Louis darauf und schrieb darunter: »Privat!«

Für die Bank brauchte sie nur fünf Minuten – in einer abgeschirmten Nische im Raum der Bankschließfächer. Die meiste Zeit wendete sie dafür auf, die Stahlkassette zu entleeren; den Rest der Zeit brauchte sie, um einhundertachtzigtausend Dollar in einer braunen Papiertüte zu verstauen. Sie nahm auch einen braunen Aktenordner an sich, in dem sich alle Unterlagen für ihre beste, letzte Identität befanden – der Notfallidentität: Kreditkarten, ein in Missouri ausgestellter Führerschein, ein Pass und die Zulassung sowie gültige Nummernschilder für ihren Wagen.

Und ein Überlassungsvertrag: Die Bar The Rink ging damit in den Besitz von James Larimore – so hieß Wooden Head – über. Der Preis von 175.000 Dollar war vor sechs Jahren, als sie die Bar gekauft hatte, eine angemessene Summe gewesen. Zwei Monate später hatte sie die Bar dann an Wooden Head verkauft – ein rein formaler Verkauf, jedoch rechtlich völlig korrekt abgewickelt. Bis zu dem Moment, in dem Wooden Head diesen Übertragungsvertrag in Händen hielt, war Rinker jedoch die Besitzerin. Er würde ihn jetzt bekommen; und machte damit ein gutes Geschäft.

Wooden Head erwartete sie in der Bar, an einem Tisch im Nebenraum. Sein Kopf hatte die Größe eines den Vorschriften der NBA entsprechenden Basketballs, war in der Form jedoch ein wenig kantig, und sein verhältnismäßig kleines Gesicht zeigte zarte Züge um die in der Mitte sitzenden, eng beieinander stehenden, kalten Augen. Er hatte eine Aktentasche mitgebracht.

»Wir müssen jetzt Folgendes tun«, erklärte ihm Rinker. »Du machst einen Spaziergang, und ich nehme mir eine Flasche Lysol und mache im Büro und überall sonst, wo Fingerabdrücke von mir sein könnten, einen Großputz. Ich nehme alles aus den Akten, was du brauchst, und fotokopiere es für dich. Es sind wahrscheinlich nicht mehr als fünfzig bis sechzig Vorgänge. Ansonsten nehme ich die Unterlagen mit und vernichte sie; ich will nicht, dass Fingerabdrücke gefunden werden können.«

»Wann soll ich zurückkommen?«

»Gib mir eine Stunde. Am besten setzt du dich in das kleine Doughnut-Café auf der anderen Straßenseite und liest die Zeitung. Ich weiß dann, wo ich dich finde, falls ich dich brauchen sollte.«

»Okay.«

»Du machst ein gutes Geschäft«, sagte Rinker. »Hier – das kannst du lesen, während du die Doughnuts isst.« Sie gab ihm den Überlassungsvertrag. »Die Bar ist mindestens vierhunderttausend wert. Vielleicht kriegst du sogar vierhundertfünfzigtausend dafür, wenn du sie irgendwann verkaufst.«

»Wir nehmen ja schließlich auch ein Risiko auf uns«, knurrte er. »Indem wir dich decken.«

»Das Risiko wird erheblich geringer, wenn du dafür sorgst, dass *alles* in der Bar noch mal abgewischt wird und keine Fingerabdrücke von mir zu finden sind, wenn ich weg bin«, sagte Rinker. »Wenn die Cops kommen – *wenn* sie je kommen –, willst du ja nichts mit mir zu tun haben, nicht wahr? Ich habe dem Vermieter meines Appartements einen Brief hinterlassen, in dem ich geschrieben habe, ich hätte Ärger mit meinem Exfreund; wenn es je erforderlich wird, kannst du ja sagen, ich hätte dir das auch als Grund für mein Verschwinden genannt.«

»Das ist ziemlich dünn«, sagte Wooden Head.

»Na und? Immer noch besser als nichts. Die Cops werden denken, ich würde inzwischen irgendwo in einem Maisfeld vermodern.« Wooden Head wich plötzlich ihrem Blick aus. Er weiß, dass die beiden Männer mir in meinem Appartement auflauern und mich umlegen sollen, dachte sie.

»Okay«, sagte er. »Ich komme in einer Stunde zurück.«

Sie machte dasselbe in der Bar wie in ihrem Appartement: wischte alles ab, auf dem ihre Fingerabdrücke sein konnten, fotokopierte die wichtigsten Geschäftspapiere, trug bei ihrer Arbeit natürlich Gummihandschuhe, und zum Schluss steckte sie alles, was nicht zurückbleiben sollte, in Müllbeutel und setzte sich hin und weinte eine Weile. Als Wooden Head zurückkam, war sie fertig zum Aufbruch.

»Übrigens«, sagte sie, »gib diese Notiz dem Mann in St. Louis. Es ist eine vertrauliche Privatsache.« Sie gab ihm den verschlossenen Umschlag, griff nach ihrer Aktentasche und schaute sich ein letztes Mal um.

»Gehst du jetzt zu deinem Appartement?«, fragte er.

»Ja, dort muss ich ja auch alles abwischen«, antwortete sie. »Aber, wer weiß? Vielleicht finden die Cops es ja nicht.« Sie sah auf die Uhr: fast zehn. Der Pilot würde bis zwölf auf sie warten. Genug Zeit.

»Das Geld ist sauber«, sagte Wooden Head zum Abschied. »Viel Spaß damit.«

Diese Aussage veranlasste sie, sich noch einmal zu ihm um-zudrehen und ihn anzustarren: »Du weißt doch, womit ich meinen Lebensunterhalt bestreite? Was mein Beruf ist?«

»Ich habe da so eine Ahnung.«

»Dann wirst du, denke ich, es ernst nehmen, was ich dir jetzt sage: Wenn das Geld nicht sauber ist, statte ich dir einen Besuch ab …«

Und sie ging.

Wooden Head ging in den Hauptraum der Bar und schaute zu, wie Rinker in den verbeulten Van stieg und davonfuhr. Dann griff er zum Telefon, wählte eine Nummer in Los Angeles und wurde über eine Vermittlung an einen Teilnehmer in St. Louis verbunden.

»Ja?«

»Ich bin's. Sie ist auf dem Weg zum Appartement.«

»Okay. Du hast ihr das Geld gegeben?«

»Ja. Sie hat gesagt, wenn's nicht sauber wäre, würde sie mich umlegen.«

»In fünf Minuten gibt's keinen Grund mehr zur Beunruhigung.«

»Das Geld ist tatsächlich sauber«, sagte Wooden Head. »Übrigens, sie hat mir einen Umschlag gegeben, den ich an dich weiterleiten soll.«

»Was ist drin?«

»Keine Ahnung.« Er hielt den Umschlag vor eine Lampe. »Er ist verschlossen, und sie hat ›Privat‹ draufgeschrieben.«

»Mach das verdammte Ding auf.«

Wooden Head tat es, schüttelte eine Notiz und zwei Führerscheine heraus. Die Namen in den Führerscheinen sagten ihm nichts.

»Da ist eine Notiz. Sie lautet: ›Diesmal lass ich's dir durchgehen. Wenn du's noch mal versuchst, musst du mit einem Besuch von mir rechnen.‹ Und da sind zwei Führerscheine. Die Namen der Besitzer lauten ...«

»Ich kenne die Namen, du brauchst sie mir nicht zu sagen«, unterbrach der Mann. Dann schwieg er, und Wooden Head fragte: »Bist du noch dran?«

»Ja.« Weiteres Schweigen. Dann: »Du bist sicher, dass das Geld sauber ist?«

Wooden Head nickte der Sprechmuschel zu. »Ja, absolut sauber, es stammt aus dem politischen Fonds.«

»Sehr gut«, sagte der Mann. Seine Stimme klang ein wenig zittrig. »Verdammt *gut*.«

21

Rinker fuhr auf dem Weg zum Flughafen mit dem Van zu einem Müllsammelplatz und warf die Beutel in einen der großen Container. Den Van ließ sie auf dem Parkplatz des Flughafens stehen. Der Pilot saß, ein wenig müde, in der Charter-Lounge und las in einem alten *Fortune*-Magazin. Er half ihr, die drei übergroßen Koffer zum Flugzeug zu tragen, und um fünfzehn Uhr trafen sie in Des Moines ein.

»Kann ich Sie in die Stadt mitnehmen?«, fragte der Pilot nach der Landung.

»Danke, das wäre nett. Ich möchte zum Holiday Inn ...«

Unterwegs machte er einen leichten Annäherungsversuch, auf den sie nicht einging. Er setzte sie am Hotel ab, wo sie die Rechnung bezahlte, ihr zurückgelassenes Gepäck und den Wagen abholte und sich auf den Weg zu einem Laden machte, der Perücken verkaufte.

»Meine Mama ist in einer Chemotherapiebehandlung, und die Haare beginnen ihr auszufallen«, erklärte sie der Verkäuferin. »Ich möchte ihr eine Perücke schenken.« Die Verkäuferin zeigte Mitgefühl: »Oh, es tut mir Leid um Ihre Mutter«, sagte sie traurig und tätschelte Rinkers Unterarm. »Aber es wäre besser, Ihre Mutter wäre dabei, wegen der Passform …«

»Das geht leider nicht«, sagte Rinker. »Sie hat dieselbe Kopfform wie ich, der Kopfumfang ist nur ein wenig größer. Wir haben es ausgemessen – einen halben Zentimeter. Außerdem hat sie immer noch dichtes Haar, obwohl es anfängt auszufallen. Die Perücke muss groß genug sein, um über das Haar zu passen. Sie hofft immer noch, dass es nicht ganz ausfällt.«

»Welche Farbe soll die Perücke haben?«

»Wir haben darüber natürlich gesprochen – sie möchte sie in ihrer natürlichen Farbe, und die ist grau«, erklärte Rinker. »Es muss keine supertolle Perücke sein, sie braucht sie ja nur auf dem Weg zum und vom Krankenhaus. Wenn sie dann doch alle Haare verlieren sollte, kommen wir wieder zu Ihnen und kaufen eine andere.«

»Okay, ich schlage Ihnen ein Modell aus unserer Serie ›Herbstfunkeln‹ vor …«

Rinker kaufte ein Herbstfunkeln, dankte der freundlichen Verkäuferin und ging zu einem Friseursalon. Eine Stunde später kam sie mit einem streichholzlangen Punkerschnitt und einer Schildpattbrille mit Fensterglas wieder heraus, stieg in ihren Wagen und machte sich über die I-35 auf den Weg nach Minneapolis.

Mallard rief Lucas am Nachmittag an und brachte ihm die schlechte Nachricht bei: Der Fingerabdruckvergleich war ergebnislos verlaufen.

»Wir werden noch einen letzten Versuch mit einer anderen Computermethode machen, aber es sieht nicht gut aus«, sagte Mallard. »Ehrlich gesagt – ich bin bereit zu wetten, dass ihre Fingerabdrücke nie registriert worden sind.«

»Verdammte Scheiße«, kommentierte Lucas. »Sie entwischt uns immer wieder. Ich schwöre bei Gott, wir haben sie um nicht mehr als eine halbe Stunde am Flughafen verpasst, vielleicht sogar nur um fünfzehn Minuten.«

»Aber wir klopfen an ihre Tür«, sagte Mallard. »Wir haben mehr über sie in der Hand, als ich je zu hoffen gewagt hätte. Es ist jetzt nur noch eine Frage der Zeit.«

Spät an diesem Abend saß Hale Allen nackt auf der Kante seines Bettes, das Haar noch zerzaust vom Geschlechtsverkehr und feucht von der darauffolgenden kurzen Dusche. Er inspizierte seine Zehen im Licht der Nachttischlampe und schnitt sich die Zehennägel. Er summte leise, und jedes Mal, wenn der Nagelklipper zuschnappte, zuckte Carmel zusammen, während Allen seine Tätigkeit mit lauten, sinnlosen Kommentaren bedachte: »Das haben wir«, sagte er, als ein Nagelstück auf das Magazin hüpfte, das er als Auffangmatte auf dem Boden ausgebreitet hatte. »Und da kommt noch ein Mordsstück …«

Carmel hielt sich die Ohren zu, aber es half nichts, und sie wollte schon aufstehen und aus dem Schlafzimmer gehen, als das Mobiltelefon in ihrer Handtasche piepste. Sie kroch zum Fußende des Bettes, zog die Handtasche hoch, nahm das Telefon heraus, legte sich zurück und drückte auf den Sprechknopf.

»Ich bin zurück«, sagte Rinker.

»Wo hältst du dich auf?« Allen sah zu ihr herüber, und sie formte mit den Lippen die Worte: *Entschuldigung – dienstlich.* Er grinste und rollte sich zu ihr hin, schob ihre Beine auseinander; sie ließ ihn gewähren.

»Hotel beim Flughafen.«

»Gefährlich«, sagte Carmel. Allen senkte den Kopf und fing an zu knabbern.

»Ich habe mein Aussehen verändert, und zwar ganz erheblich«, sagte Rinker. »Kein Problem. Aber die Frage ist, führen wir Plan B aus oder nicht?«

»Ich habe viel darüber nachgedacht«, antwortete Carmel. Sie ließ die Finger durch Allens Haar gleiten. »Ich nehme an, für dich ist es nicht so wichtig, aber mich würde es aus der Schusslinie bringen. Und zwar endgültig.«

»Aber das ist ja auch gut für mich«, sagte Rinker. »Die Frage ist nur, wie stelle ich es an? Ich kenne ja die Details der …«

»Du sollst es nicht allein machen«, unterbrach Carmel. Sie zog sanft an Allens Ohr, dirigierte seine Aktivitäten ein wenig mehr nach links. »Ich werde dir natürlich helfen.«

»Kannst du unbeobachtet aus der Wohnung kommen?

»Ja. Aber im Moment bin ich mitten in einer Sache, deren Details ich dir nun wirklich nicht erzählen kann … Ruf mich morgen früh um zehn an.«

»Ist jemand bei dir?«

»Ja.«

»Hale Allen?«

»Richtig geraten«, antwortete Carmel.

»Ich rufe dich also morgen früh an.« Rinker legte auf.

Carmel sagte zu Hale: »Heh du, nun tauch mal von da unten auf.«

»Es gefällt mir hier unten. Es riecht wie Brot.«

Sie schlug ihm mit der flachen Hand gegen die Seite des Kopfes, und er jammerte: »Aua, warum denn das?«

»Nicht sehr romantisch – als ob's nach verschimmeltem Brot oder so was riechen würde.«

»Das war doch nur Spaß.« Er drückte die Hand aufs Ohr;

sie hatte ihn anscheinend ein wenig fester geschlagen, als sie beabsichtigt hatte.

Sie lächelte und sagte: »Okay, tut mir Leid. Und jetzt komm hoch zu mir, ich mach's wieder gut.«

Sherrill saß allein im Wagen, einen Block von Allens Haus entfernt. Das Funkgerät piepste, und sie nahm das Mikrofon auf. »Ja?«

»Im Wohnzimmer ist gerade das Licht angegangen.«

»Gott sei Dank. Dann ist ja noch was von Hale übrig geblieben.«

Der Mann am anderen Ende kicherte. »Wir folgen ihr zu ihrer Wohnung. Willst du dich der Parade anschließen?«

»Ich folge im Abstand von zwei Blocks.«

Sie steckte das Mikrofon wieder in die Halterung, griff nach ihrem Mobiltelefon und wählte aus dem Gedächtnis Lucas' Nummer. Er meldete sich nach dem ersten Läuten.

»Du bist noch wach und liest, oder?«, fragte sie, ohne ihren Namen zu nennen.

»Ja.«

»Ich denke, wir werden Carmel bald nach Hause eskortieren«, sagte Sherrill. »Irgendwie ist das widerlich.«

»Kein Hoffnungsfunke, hm? Keine verdächtige Bewegung von ihr?«

»Nichts. Verdammt, Lucas, wir haben vielleicht keine Chance mehr.«

»Ich weiß, aber wir müssen noch eine Weile an ihr dranbleiben«, sagte Lucas.

»Und ich fühle mich irgendwie einsam.«

»Ich auch«, sagte Lucas. »Aber ich werde dich nicht einladen, zu mir zu kommen.«

»Ich würde sowieso nicht kommen«, sagte Sherrill.

»Gut für uns beide ...«

Nach einer Pause sagte Sherrill: »Ja, ich denke auch. Bis morgen.«

Zehn Minuten später kam Carmel aus dem Haus und ging mit forschen Schritten zu ihrem Wagen. Ein wenig zu forsch in einer Nacht wie dieser, ein wenig zu verkrampft, dachte Sherrill. Natürlich, alles, was Carmel tat, war leicht theatralisch; sie konnte aber nicht wissen, dass sie in einem Netz gefangen war ...

Der nächste Tag war scheußlich: Lucas telefonierte mit Mallard, der nichts Neues wusste, nahm ein halbes Dutzend Mal Kontakt zu den Überwachern des Carmel-Netzes auf, ob sich etwas Verdächtiges ergeben hatte – und war zu allen Leuten unhöflich.

Carmel sprach zweimal über das Mobiltelefon mit Rinker. »Wir sehen uns um zehn Uhr fünfzehn heute Abend«, sagte sie zum Schluss.

Carmel ging um sechs nach Hause, wie sie es meistens tat; rief um halb sieben Hale Allen an und sagte ihm, sie müsse den ganzen Abend am Al-Balah-Fall arbeiten: »Richter Jenkins hat entschieden, dass die Cops die Autoreifen als Beweismittel vorbringen dürfen, und ich muss einen Einspruch dagegen zusammenbasteln.«

»Na ja, okay«, sagte Allen. Carmel meinte, einen leisen Anflug von Erleichterung in seiner Stimme herauszuhören. »Wann sehen wir uns wieder? Am Donnerstag?«

»Vielleicht können wir uns morgen zum Mittagessen treffen ... Ich rufe dich im Lauf des Abends an.«

»Sehr schön«, sagte er.

Carmel zog die Bürokleidung aus und ein kurzärmliges weißes Hemd, Jeans, Tennisschuhe und eine leichte rote Jacke an. Ein schwarzes Sweatshirt steckte sie in ihre Aktentasche. Es war Juli, aber man war nun mal im kühlen Minnesota. Sie hatte keinen Hunger, stellte aber doch ein Hühnerfleisch-Fertiggericht in die Mikrowelle, ging dann damit zum Fenster und schaute auf die Stadt hinunter. Wenn man sie aus einem der gegenüberliegenden Gebäude beobachtete, sollte man sie sehen …

Als sie fertig war, schob sie das Plastiktablett in den Mülleimer, ging in ihr Arbeitszimmer, zog den Stecker des kleinen Anrufbeantworters an ihrem offiziellen Telefon aus der Dose und steckte ihn zu dem Sweatshirt in die Aktentasche. Kurz nach sieben fuhr sie mit dem Fahrstuhl nach unten und ging, demonstrativ auf die Uhr schauend und die Aktentasche schlenkernd, aus dem Gebäude. Sie war sich nicht sicher, ob die Cops sie beobachteten, aber sie meinte, ihre Anwesenheit zu spüren; und nur mit enormer Anstrengung brachte sie es fertig, sich nicht umzuschauen, um sie zu suchen. Sie ging zu ihrem Bürogebäude, genoss die laue Sommerluft, öffnete dann mit ihrem Schlüssel die Eingangstür, trug sich in die Anwesenheitsliste des Wachmanns ein und fuhr mit dem Aufzug zu ihrem Büro.

Es war still in der Kanzlei, und nur das Licht einiger Sicherheitslampen durchschnitt die Dunkelheit. Sie machte das Licht in der Bibliothek und in ihrem Büro an, schaltete den Computer ein und machte sich an die Arbeit. Jenkins, der für den von ihr bearbeiteten Fall zuständige Richter, hatte entschieden, dass die Cops den Reservereifen des Wagens von Rashid Al-Balah als Beweismittel verwenden durften, und bedauerlicherweise befanden sich Blutspuren an dem Reifen. Ein hoffnungsvoller Aspekt an der Sache war, dass die Cops den Wagen samt Ersatzreifen schon fast einen Monat lang beschlagnahmt hatten, ehe das Blut schließlich entdeckt worden war, und dass sie den Reifen mehrmals zu Testfahrten benutzt hatten – einmal sogar zu einem Striplokal –, und damit, so argumentierte Carmel, konnte das Blut von irgendeinem anderen Menschen stammen, wenn man darüber hinaus die allgemeine Unzuverlässigkeit von DNS-Tests berücksichtigte. Und selbst wenn das Blut tatsächlich von Trick Bentoin stammte, war es ja durchaus möglich, dass Bentoin sich irgendwie verletzt hatte, ehe er verschwand, und nun war er ja leider nicht verfügbar, um diese Tatsache zu bezeugen …

Sie vertiefte sich in ihre Argumentationskette, pendelte zwischen der Bibliothek und ihrem Büro hin und her – und erschrak fürchterlich, als der Wachmann plötzlich hinter ihr sagte: »Hi, Miz Loan.«

»Jesus, Phil, jetzt haben Sie mir beinahe einen Herzschlag verpasst«, sagte sie.

»Ich mach ja nur meine Runde … Wird's spät bei Ihnen?« Sie roch seine Alkoholfahne: Phil war schon Opa, konnte es aber beim Trinken noch immer mit jedem aufnehmen.

»Wahrscheinlich. Schwerer Fall morgen.«

»Na dann, viel Glück«, sagte er und schlurfte zur Tür. Sie hörte, wie das Schloss einrastete, und sah auf die Uhr: noch zwanzig Minuten. Zeit, die Vorbereitungen zu treffen.

Sie nahm den Anrufbeantworter aus der Aktentasche, ging damit in die Bibliothek und schloss ihn an das dort stehende Telefon an. Zurück im Büro, zog sie das schwarze Sweatshirt über den Kopf. Den Computer ließ sie eingeschaltet und setzte dann einen kleinen Optimus-CD-Spieler in Gang. Er spielte drei CDS hintereinander ab, und er würde das solange tun, bis sie ihn abschaltete. Die rote Jacke ließ sie über dem Stuhl hängen.

Fertig.

Im Gebäude gab es fünf Parkdecks. Carmel trat aus dem Eingang der Kanzlei, vergewisserte sich, dass der Wachmann nicht mehr in der Nähe war, ging dann schnell zum Treppenhaus am Ende des Flurs und stieg sieben Treppenabsätze nach unten. Die Cops mochten jeden Eingang und Ausgang zum Parkhaus beobachten, aber, so dachte Carmel, sie konnten nicht jede einzelne Etage im Auge behalten. Natürlich, wenn sie das taten, war sie aufgeschmissen …

Aber die Chancen standen gut, dass nichts dazwischenkam, dachte sie. Sie zog vorsichtig die Tür zur vierten Parketage einen Spalt auf, schaute hindurch und sah niemanden. Ein einziger – leerer – Wagen, ein roter Pontiac, stand auf halbem Weg zur Ausfahrtsrampe, aber sie hatte diesen Wagen schon öfter gesehen. Kein Cop-Wagen. Sie drückte die Tür wieder zu, sah auf die Uhr: noch eine Minute. Sie wartete diese Zeit ab, hörte keinen Laut in den Betongängen des Gebäudes, zog dann die Tür wieder auf und trat hinaus auf das Parkdeck.

Das war die einzige Stelle, an der man sie sehen konnte. Sie ging deshalb schnell über die Parkfläche hinüber zur Ausfahrtsrampe, die in einer Spirale nach unten führte. Sie hörte das Motorengeräusch eines Wagens auf der Einfahrtsrampe: Das muss Pam sein, dachte sie. Sie horchte, hörte, wie der Wagen in die Ausfahrtsspirale über ihr einbog, nickte zufrieden vor sich hin.

Der Wagen kam nach unten, tauchte um die Kurve auf. Eine grauhaarige alte Frau saß hinter dem Steuer. Carmel zuckte zurück, sah dann aber, dass die alte Frau sie mit einer Handbewegung zum Einsteigen aufforderte. Der Wagen hielt neben ihr, nur für eine Sekunde. »Steig ein!«

»Mein Gott, bist du das tatsächlich?« Carmel riss die hintere Tür des Wagens auf, schlüpfte auf den Sitz und zog die

Tür so geräuschlos wie möglich wieder zu. »Unter die Decke!«, sagte Rinker.

Carmel hatte das bereits in Angriff genommen – sich mit dem Kopf hinter dem Fahrersitz auf den Wagenboden gelegt und die Decke über die Beine und den Unterleib gezogen. So blieb sie reglos liegen.

Die Einfahrt und die Ausfahrt des Parkhauses lagen an entgegengesetzten Seiten des Gebäudes. Selbst zu dieser späten Stunde fuhren immer noch vereinzelt Wagen rein und raus. Wenn sie Glück hatten, würden die Cops an der Einfahrt – falls welche dort postiert waren – die einfahrenden Wagen nicht an die Cops, die eventuell die Ausfahrt bewachten, weiter melden, so dass die recht seltsame Tatsache, dass eine grauhaarige alte Frau auf der einen Seite hinein und gleich danach auf der anderen wieder herausgefahren war, nicht auffallen würde.

Carmel hörte, wie Rinker das Fenster auf der Fahrerseite herunterließ; hörte den Kassierer etwas murmeln, und gleich darauf rollte der Wagen aus dem Gebäude.

»Du kannst jetzt auf den Sitz klettern«, sagte Rinker eine Minute später. »Aber setz dich nicht aufrecht hin. Lass mich erst noch durch ein paar Seitenstraßen kurven, um zu sehen, ob uns jemand folgt.«

»Wenn das der Fall ist, bleibt uns nichts anderes übrig, als sie in wilder Jagd abzuschütteln«, sagte Carmel fröhlich.

»Na ja … Bleib jedenfalls noch ein paar Minuten abgetaucht.«

Rinker hatte keine Erfahrung darin, Verfolger abzuschütteln, aber sie hatte genug Thriller im Fernsehen angeschaut, um zu wissen, dass die Verfolger dann hinter ihr, vor ihr und parallel zu ihr sein würden. Sie steuerte den Wagen über die Brücke der Washington Avenue, um potenzielle Parallelverfolger auszuschalten, fuhr einen Block weit in Gegenrichtung durch eine leere Einbahnstraße, um vorausfahrende Wagen auszutricksen, und zockelte dann durch eine lange, gerade Einbahnstraße im Lagerhausbezirk und hielt im Rückspiegel Ausschau nach Verfolgern. Es war kein Wagen hinter ihnen; gut so – mehr konnte sie nicht tun.

»Mehr kann ich nicht tun«, sagte Rinker.

»Mir fällt auch nichts anderes ein«, sagte Carmel. »Halt mal kurz an, damit ich nach vorn umsteigen kann.«

Max Butry stammte aus einer kurzen Generation bösartiger Cops; sein Vater war so einer gewesen, und so war auch Max – die Bösartigkeit war ihm von frühester Jugend an eingeprügelt worden. »Du bleibst auf der Straße nicht lange am Leben, wenn du nicht …«, hätte sein Vater gesagt und jeweils eine Vorlesung über die richtigen Verhaltensweisen des *echten* Mannes, über die Max noch keine klaren Vorstellungen hatte, folgen lassen. »Du bleibst auf der Straße nicht lange am Leben, wenn du dich hinter deinen Händen versteckst. Was ist, wenn so ein gewalttätiger Typ ein Messer hat, hm? Er schneidet dir die Hände einfach ab. Auf so 'nen Typ muss man sofort mit Volldampf losgehen.«

Und sein Vater hatte ihm das dann praktisch vorgeführt, ihm gezeigt, wie man »so 'nen Typ« sofort zu Boden schlägt, sich auf ihn kniet und dann erst nachschaut, ob er ein verdammtes Messer hat …

Butry hatte diese vom Vater ererbte Einstellung mit in den Polizeidienst gebracht; und in dieser Nacht brachte er sie demzufolge auch zum Busbahnhof mit. Ein Ticketverkäufer hatte angerufen, zwei junge Männer würden in der öffentlichen Toilette Dope rauchen, und der Qualm sei so dicht, dass niemand mehr dort reingehen könne. Als Butry eintraf, waren die Kiffer jedoch verschwunden, und er hatte wütend die Tür hinter sich zugeknallt.

Draußen übten drei Skater Sprünge vom Rand eines großen Pflanzkübels auf den Gehweg. Das verstieß nicht gegen das Gesetz, aber Butry sah in Skateboards Symptome für den Niedergang der amerikanischen Zivilisation, und sich selbst betrachtete er, kraft der Dienstmarke in seiner Tasche, als Pfeiler ebendieser Zivilisation. »Sie werden keinen Respekt vor dir als Mann haben – zum Teufel, wahrscheinlich kennen sie dich nicht mal –, aber sie werden die Dienstmarke respektieren«, hatte sein Vater gesagt. »Wenn sie aber die Dienstmarke nicht respektieren, gerät unser Land aus den Fugen. Schau dir doch an, was sie sich mit den Niggern in Chicago eingebrockt haben. Es gibt Gegenden in Chicago, wo du deine Dienstmarke nicht mal zeigen darfst, oder die Nigger schlitzen dich auf wie 'nen Weihnachtstruthahn. Und weißt du, wie das alles angefangen hat? Es fing an, als der erste gottverdammte Nigger die Dienstmarke sah und keinen Respekt davor zeigte und niemand ihn dafür zur Rechenschaft gezogen hat. Und das hat sich rumgesprochen, und jetzt gerät alles aus den Fugen. Hast du das verstanden?«

Nigger, Skateboarder, Schwule, aufgeblasene Yuppies – alles dasselbe Gesocks. Leute ohne Respekt. Butry wich von seinem Weg ab, um den Skateboardern den Marsch zu blasen. Einer von ihnen, der am brutalsten aussehende Junge, vielleicht sechzehn, trug eine ausgebeulte Hose und eine Kette mit einer Brieftasche um den Hals und hatte eine aufgemalte Tätowierung auf dem Unterarm; er sah Butry ohne jeden Respekt im Blick entgegen.

»Hey, ihr Armleuchter – haut schleunigst mit euren Boards ab«, sagte Butry. »Ihr seid an einer Bushaltestelle und nicht auf einem Spielplatz.«

Und der Sechzehnjährige sagte: »Halt die Fresse, du Arschloch.«

Butry zückte mit einer Hand seine Dienstmarke, zog mit der anderen seine Pistole; wenn jemand in der Nähe gewesen wäre und gesehen hätte, dass er so früh mit der Waffe drohte, hätte man ihn aus dem Polizeidienst gefeuert. »Ich bin ein Cop, du Blödmann. Siehst du die Marke? Und jetzt setzt euch alle drei auf den Boden und haltet die Hände über den Kopf.«

Der kleinste der Jungen, vielleicht vierzehn, hatte das Aussehen eines Kindes, das seit einem Monat nicht mehr genug zu essen bekommen hat, vielleicht auch schon seit mehreren Monaten – dieses mutlose, hohlwangige Glühen des Hungers, das ihm wie ein Stigma anhaftete. Und dieses Kind sagte: »Ich scheiß auf dich, Fettsack.« Er zog sein T-Shirt hoch und zeigte seinen nackten Bauch und ein halbes Dutzend Piercingringe um den Bauchnabel. »Hier – du willst auf mich schießen? Dann mach's doch, du Arschloch.«

Butry war schnell, schneller als der Junge, dessen Reaktionsvermögen vielleicht durch den Hunger verlangsamt war. Er schlug dem Jungen mit der flachen Hand ins Gesicht, so fest, dass er das Leichtgewicht von den Füßen holte.

»Auf eure verdammten Knie!«, schrie Butry. »Auf eure verdammten ...«

In letzter Sekunde wurde ihm klar, dass er die Beherrschung zu verlieren drohte, aber diese letzte Sekunde war bereits zu spät. Der Junge kam blitzschnell wieder auf die Füße, stellte sich in seinen verschlissenen Tennisschuhen auf die Zehenspitzen, und in der auf Butrys Nase gerichteten Hand hielt er eine billige zweiläufige Crow-Derringer-Pistole; mit dieser Waffe, so hatte ein einschlägiges Fachmagazin geurteilt, konnte man nicht erwarten, aus zwei Metern Entfernung ein Ziel zu treffen. Aber die Pistole war in dieser Situation nur zwanzig Zentimeter von Butrys Gesicht entfernt, als der Junge abdrückte, und das .45er-Geschoss drang in Butrys Nasenwurzel ein und trat am Hinterkopf wieder aus.

Sein Vater hatte vergessen, Butry zu sagen, dass man Leute, die nichts zu verlieren haben, nicht unnötig reizen darf …

Die drei Skater erstarrten, als der Schuss brach und der Cop rückwärts auf den Boden stürzte; dann zischte der Älteste im heiseren Flüstern der Panik: »Abhauen!«, und die drei griffen hastig nach ihren Boards und rannten zwischen den fahrenden Autos hindurch über die Straße wie eine Meute hungriger Terrier.

Sherrill und Black hingen in den Sitzen ihres Wagens, und Sherrill sprach gerade über ihr Mobiltelefon mit Lucas: »Ich fange langsam an, mich so zu fühlen, wie es in manchen hoffnungslosen Country-Songs zum Ausdruck kommt«, sagte sie. »Es ist doch nicht in Ordnung, wenn man sich nicht gut …«

Das Funkgerät piepste, und Black griff zum Mikrofon, und Sherrill sagte zu Lucas: »Moment«, und dann schrie der Einsatzleiter in der Funkzentrale, ein Cop sei am Busbahnhof niedergeschossen worden, drei vermutliche Täter seien vom Tatort weggelaufen, alle verfügbaren Polizeiwagen sollten sofort zum Busbahnhof fahren und nach drei Jugendlichen, vermutlich mit Skateboards, geflüchtet in Richtung Loring Park, Ausschau halten …

»Da kommt gerade ein Notruf, ein Cop ist niedergeschossen worden, wir fahren hin«, sagte Sherrill zu Lucas. Und zu Black hinter dem Lenkrad: »Los, los …« Aber das war überflüssig: Black hatte schon Gas gegeben.

Carmel sagte: »Hör zu, Pam …«

»Clara«, unterbrach Rinker. »Mein echter Name ist Clara. Clara Rinker.«

»Clara?« Carmel ließ den Namen kurz auf sich einwirken. »Gefällt mir. Clara … Gefällt mir besser als Pamela.«

»Schön. Du hast aber was sagen wollen …«

»Du betrachtest das von einem falschen Standpunkt aus. Es war schon immer zulässig, dass Menschen in Notwehr andere Menschen töten, und, meine Liebe, das ist genau das, was wir zu tun beabsichtigen. Wir tun es, um uns gegen eine Gefahr zu verteidigen; Davenport hat uns in diese Situation gebracht, und wir haben, realistisch betrachtet, kaum andere Optionen. Ich will damit Folgendes sagen: Ich kann es nur schwer begreifen, dass du für Geld Menschen tötest und nicht von Gewissensbissen geplagt wirst, andererseits aber Hemmungen hast, in Notwehr Menschen zu töten.«

»Ich glaube, es liegt daran, dass ich diese Leute kenne oder zumindest einiges über sie weiß«, sagte Rinker. »Es sind keine Widerlinge, die den Tod verdienen. Es sind nur Leute, die uns im Weg sind.«

»Nein, nein, sie sind nicht nur im Weg; ihre Existenz ist schlicht und einfach bedeutsam für uns. Wir könnten sie am Leben lassen, aber das würde uns Gefahren aussetzen. Ich will dir was sagen: Wenn es dir lieber ist, erledige ich das Schießen.«

»Wer letztlich das Schießen übernimmt, ist nicht von besonderer Bedeutung, wenn wir gemeinsam das Töten planen und organisatorisch vorbereiten.«

Sie hatten keine Auseinandersetzung, dachte Carmel; sie sondierten die Hintergründe zu einer gemeinsamen Aktion. Rinker – Clara – hatte einige Skrupel, Carmel nicht die geringsten. Sie arbeiteten sich gemeinsam durch die ethischen Grauzonen des Mordens …

»Das ist das Haus – das Backsteinhaus mit den weißen Läden«, sagte Carmel und deutete über das Armaturenbrett, als sie sich langsam dem Haus näherten. »Wir müssen uns jetzt entscheiden: Ich will, dass du nur dann mit reinkommst, wenn du *glaubst,* besser noch, *weißt,* dass das, was wir tun wollen, absolut notwendig ist. Wir machen das nicht aus irgendwelchen emotionalen Gründen, wir machen es wegen einer zwingenden Notwendigkeit.«

»Ich habe ja nicht aus irgendwelchen definierbaren, rationalen Gesichtspunkten etwas dagegen; ich sage nur, dass ich anders darüber denke als du«, sagte Rinker. »Und ich mache mir durchaus auch Gedanken darüber, welche Auswirkungen das auf deinen Seelenzustand haben könnte.«

»Mach dir darüber *keine* Gedanken.« Carmel lenkte den Wagen an den Bordstein und stellte den Motor ab. »Machst du nun mit oder nicht?«

»Ich mache mit«, sagte Rinker.

Als Lucas am Zentralkrankenhaus des Hennepin County ankam, stand Sherrill mit einer Gruppe von Cops auf dem Gehweg vor dem Eingang zur Notaufnahme. Als sie den Porsche sah, löste sich Sherrill von der Gruppe und kam in dem Moment ins Licht der Scheinwerfer, als Lucas sie ausschaltete. »Er ist tot«, sagte Sherrill, als Lucas ausgestiegen war.

»Verdammt … Ich habe immer befürchtet, dass so was mal mit ihm passieren würde.« Lucas sprach mit leiser Stimme. »Butry war ein Arschloch und nicht besonders intelligent. Eine gefährliche Kombination.«

»Na ja, aber er war ein Cop.«

»Ja … Irgendwelche Spuren von den Tätern?«

»Sie sind verschwunden. Der Ticketverkäufer sagt, drei Skateboarder, Jugendliche, seien draußen bei den Haltestellen gewesen, die vielleicht was gesehen haben könnten, aber sie sind sofort nach dem Schuss weggerannt. Wir suchen nach ihnen, finden sie aber wahrscheinlich nicht mehr.«

»Was ist mit Carmel?«

»Sitzt in ihrem Büro. Ich fahre dorthin zurück, sobald klar ist, dass ich bei dieser Sache hier nicht mehr helfen kann.«

»Bringt wahrscheinlich nichts«, sagte Lucas. »Es ist schon so spät am Abend … was ist mit Butry? Wer sind die nächsten Angehörigen?«

»Wir haben noch keine gefunden«, antwortete Sherrill. »Seine Eltern sind tot, keine Geschwister, soweit wir bisher wissen. War nie verheiratet … Zur Hölle, es könnte sein, dass es *niemanden* gibt.«

»Es *muss* aber jemanden geben.«

»Ich will's hoffen«, sagte Sherrill. »Wenn sich rausstellt, dass er niemanden auf der Welt hatte … Das wäre die traurigste Sache, von der ich je gehört habe.«

22

Carmel und Rinker standen auf der Verandatreppe, jede mit einem Telefonbuch in der Hand, und sie lehnten sich seitlich über das Geländer, um auf die Fenster mit den zugezogenen Vorhängen zu schauen. Es war kein Licht hinter den Fenstern, nichts bewegte sich im Haus. So idiotisch die Situation auch war, sie hatten sie nicht einkalkuliert. Plan B schien in die Binsen zu gehen …

»Sie *muss* doch da sein«, jammerte Carmel. »Ich habe doch eigens heute in ihrem Büro angerufen, und sie hat sich gemeldet.«

»Sie macht vielleicht einen Besuch bei ihrer Mutter oder so was«, sagte Rinker. Sie waren beide ein wenig ratlos, als sie mit den Telefonbüchern unter dem Arm über den schlecht beleuchteten Gehweg zum Wagen zurückgingen.

»Einen Besuch machen ...« Carmel blieb wie angewurzelt stehen. »Ja, ich wette, sie macht einen Besuch ... Komm, auf geht's.«

»Wohin?« Rinker war verwirrt.

»Zu Hales Haus.«

»Aber ich dachte, wir nehmen uns Clark zuerst vor. Wenn wir das nicht tun, macht es doch keinen Sinn, wenn wir ...«

»Ich nehme an, sie ist bei Hale. Ich wette mit dir um einen Dollar, dass es so ist.«

»Bei Hale?«

»Ja, sie ist bei Hale.«

Carmel fuhr langsam an Hales Haus vorbei. Durch die Schlitze der Rollläden vor Hales Schlafzimmer an der Seite des Hauses drang ein schwacher Lichtschimmer. »Sie ist da drin bei ihm. Er hat diese Votivkerze ...«

»Was für ein *Arschloch*«, sagte Rinker. »Ich meine, du hast mit ihm über Heirat gesprochen, oder? Und er bumst immer noch mit seiner Exfreundin rum?«

»Ja, hinter meinem Rücken«, knurrte Carmel. »Ich kann aber nicht sagen, seine sexuelle Aktivität sei irgendwie eingeschränkt.«

Carmel fuhr um den Block, hielt dann fünfzig Meter vom Haus entfernt am Straßenrand an. Von dort aus konnten sie das Schlafzimmerfenster gut einsehen. Sie tippte Hales Nummer in ihr Autotelefon ein, und beim zweiten Läuten ging das Licht im Schlafzimmer an. Dann meldete sich Hale.

»Ich bin gleich fertig hier, mein Schatz«, gurrte Carmel.

»Ich muss noch kurz am Appartement vorbei, dann komme ich zu dir.«

»Soll ich nicht lieber zu dir kommen ...?«, fragte Hale.

»Nein, nein, ich mache mich sofort auf den Weg. Bis gleich.« Sie brach das Gespräch ab.

Fünf Minuten später kam Louise Clark aus dem Haus gestürzt, als sei der Teufel hinter ihr her. Sie rannte zu einem silberfarbenen Toyota Corolla und fuhr davon.

»Das macht mich sehr wütend«, knurrte Carmel. »Sehr, sehr wütend ...«

»Ich kann's einfach nicht glauben«, sagte Rinker. »Das ist doch nun wirklich ein absoluter Treuebruch ... Du bist stark genug, das verkraften zu können, aber andere Frauen? Sie würden durch so etwas einen emotionalen Zusammenbruch erleiden.«

Zehn Minuten später waren sie wieder an Clarks Haus, gingen über den Gehweg zum Eingang; Carmel trug diesmal beide Telefonbücher. Clark war gerade erst ins Haus gegangen, und die Lichter gingen an. Rinker hielt Carmel am Arm fest und sagte: »Lass mich als Erste gehen. Wenn sie dich sieht ...«

Vor dem Eingang trat Carmel zur Seite, während Rinker die Sturmtür aufzog, sie mit dem Fuß festhielt, tief durchatmete, die Hand mit der Pistole an der Seite versteckte und dann mit der anderen Hand heftig an die Tür klopfte. Sie hörten Clarks Schritte, dann ihre Stimme durch die Tür: »Wer ist da?«

»Clara Rinker, ich wohne ein paar Häuser weiter die Straße runter. Ich glaube, bei Ihnen ist ein Feuer ausgebrochen.«

»Ein Feuer?«

»Ja, ist vielleicht nicht schlimm, aber an der Ecke Ihres Hauses kommt Rauch raus ...«

Die Tür wurde zögernd einen Spalt geöffnet; keine Sicherungskette. Rinker stieß sie auf, dicht an dem entsetzten Gesicht Louise Clarks vorbei. Die Hand mit der Waffe kam hoch, und Rinker schob die Frau in den Flur. Carmel folgte, und Louise jammerte: »Carmel, was machen Sie da, Carmel …«

Carmel sagte: »Sie bumsen mit meinem Freund rum, und das muss aufhören.« Sie zog Clark am Ärmel ihrer Bluse zum hinteren Teil der Wohnung. Rinker hielt die Pistole weiter auf Clark gerichtet. »Carmel, um Himmels willen, Carmel …«

»Sie haben immer noch ein Fickverhältnis mit meinem Freund«, sagte Carmel. Am Ende des kurzen Flurs brannte links Licht im Badezimmer, rechts befand sich eine geöffnete Tür. Carmel machte das Licht an: das Schlafzimmer. »Legen Sie sich auf das Bett und sagen Sie nichts mehr«, befahl Carmel. »Halten Sie ganz einfach den Mund.«

»Sie werden mich töten«, sagte Clark mit zitternder Stimme und ließ sich auf das Bett sinken. »Sie haben auch die anderen Leute getötet …«

»Machen Sie sich nicht lächerlich, wir wollen nur mit Ihnen über Hale reden«, sagte Carmel. »Wir müssen ein paar Dinge klarstellen.«

Sie brachten sie dazu, sich aufs Bett und den Kopf auf das Kopfkissen zu legen. Dann ging Carmel um das Bett herum und sagte: »Schauen Sie mich an«. Als Clark das tat, ließ sich Rinker auf der anderen Bettseite auf die Knie nieder, setzte die Mündung der Pistole an Clarks Schläfe und drückte ab.

Das Geschoss drang durch Clarks Schädel und schlug auf der anderen Seite in die Wand. Ein Blutstreifen auf dem Kissen zeigte auf Clarks Kopf wie ein karmesinroter Pfeil. Die ausgeworfene Hülse landete neben ihrem Ohr. Bei der Pistole handelte es sich um eine hübsche, für Damen konzipierte .380er mit einem hübschen, ebenfalls für Damen konzipierten Schalldämpfer. Wie Rinker Carmel erklärt hatte, tötete eine

.22er nicht immer mit dem ersten Schuss, und ein zweiter Schuss würde sich seltsam ausnehmen, wenn man beabsichtigte, einen Selbstmord vorzutäuschen …

»Gut«, sagte Carmel und sah auf die Leiche hinunter. »Man kann genau erkennen, wie es passiert ist. Der Rest unseres Plans ist eigentlich gar nicht mehr nötig, weil die beiden *tatsächlich* gerade miteinander gevögelt haben, aber lass ihn uns trotzdem wie vorgesehen durchführen.«

Einige Schwierigkeiten machte es, die Leiche Clarks zu entkleiden, ohne das Blut zu verschmieren. Clark hatte vor Angst in die Unterhose uriniert, und sie zogen sie ihr nicht aus. In der Wäschekommode fanden sie ein rosafarbenes Negligé, streiften es der Leiche vorsichtig über und ließen sie dann wieder auf das Bett zurücksinken.

»Wir dürfen das Schamhaar nicht vergessen«, sagte Carmel.

»Richtig.« Rinker hob das Negligé an, und Carmel schob die Hand unter Clarks Unterhose, zupfte kräftig und hielt ein kleines Büschel Schamhaar zwischen den Fingern, als sie die Hand wieder herauszog. Sie wickelte es in ein Blatt Notizpapier.

»Jetzt noch der Koks«, sagte Rinker. »Und die Pistole.«

»Ja.« Carmel hatte ihren Kokain-Vorrat in der vergangenen Woche um einige Gramm aufgestockt; sie ließ den Stoff in ein bernsteinfarbenes Medizinfläschchen gleiten, das sie in die Nachttischschublade legte. Rinker nahm eine ihrer mit Schalldämpfer versehenen .22er aus ihrem Spezialholster und schob sie in einen Winterstiefel im Wandschrank.

»War's das?«, fragte Rinker.

»Ich denke, ja«, antwortete Carmel. »Bis auf das Nitrit – die Schmauchspuren an ihrer Hand.«

»Okay«, sagte Rinker. »Stell die Telefonbücher da drüben auf.«

Rinker legte Clarks Hand um den Pistolengriff, richtete die Waffe auf die Telefonbücher und drückte ab. Das Geschoss schlug mit einem zischenden *Wofff* in das vorderste Buch, und beide Bücher kippten um. Das Geschoss war bereits im ersten Buch stecken geblieben. »Nimm du die Telefonbücher, und dann verschwinden wir von hier«, sagte Rinker, während sie die ausgeworfene Hülse aufhob und einsteckte.

Zehn Minuten später waren sie wieder vor Allens Haus.

»Wir können jetzt nicht mehr zurück«, sagte Rinker. »Wenn wir den Plan nicht zu Ende führen, hat alles keinen Sinn.«

»Ich habe nicht die geringste Absicht, den Plan an dieser Stelle abzubrechen«, sagte Carmel.

»Ich meinte ja nur, wenn es soweit ist …«

»… darf es kein Zurück mehr geben, und das ist richtig«, vollendete Carmel. »Man muss im Leben stets Prioritäten setzen. Einer der ersten Grundsätze, den man beim Jurastudium lernt: immer Prioritäten setzen … Du sollst wissen, dass Hale mir schon vor dieser heutigen Louise-Clark-Sache auf die Nerven ging. Warst du mal mit einem Mann zusammen, der mit dir nachts im Bett liegt und die Hornhaut von seinen Füßen zupft?«

»Nein … Und um ehrlich zu sein, ich würde das als recht unbedeutend betrachten.«

»Das würdest auch du nicht, wenn du am nächsten Tag um zehn Uhr einen wichtigen Auftritt vor Gericht hast und gewaltig unter Druck stehst und du mehr als alles andere Schlaf brauchst und ihn nicht findest, weil er im Bett nebenan liegt und kricks, kricks, kricks macht … Und er versucht, es heimlich zu machen, damit ich es nicht höre, aber um so mehr spitze ich die Ohren und warte ich auf dieses Geräusch … o Gott!«

»Wie willst du es anstellen?«

»Ich *mache* es einfach«, antwortete Carmel. »Sonst ist ja in diesem Fall nichts zu tun. Es ist nichts zu arrangieren.«

»Ich fahre inzwischen um den Block«, sagte Rinker. »Beeil dich.«

Carmel stieg aus und ging zu Allens Haus. Er öffnete ihr im Bademantel die Tür und grinste sie breit an: »Schön, dass du's noch geschafft hast«, sagte er. »Großartig.«

»Ich muss einen Anruf machen«, sagte Carmel. Sie wählte die Nummer der Bibliothek im Büro, an der ihr Anrufbeantworter angeschlossen war, legte den Hörer auf den Tisch und sagte: »Komm mit.« Sie ging an ihm vorbei in Richtung auf das Schlafzimmer.

»Was …?« Er schaute kopfschüttelnd auf das Telefon, ging dann hinter ihr her.

Er war sechs oder sieben Schritte zurück. An der Schlafzimmertür blieb sie stehen, ließ ihn näher herankommen, wandte sich ihm zu und hob die Hand mit der Pistole. Seine warmen braunen Hündchenaugen hatten keine Gelegenheit mehr, Angst oder eine andere Gefühlsregung zu zeigen. Sie drückte ab, und die Pistole machte *wack!* Und Hale Allen, so tot wie seine frühere Ehefrau, sank, langsam wie in Zeitlupe, nach hinten. Carmel drückte schnell hintereinander noch dreimal ab, und als er reglos auf dem Boden lag, trat sie dicht neben ihn, richtete die Pistole auf seine Stirn und feuerte zwei weitere Schüsse in seinen Schädel: *wack! wack!* Und noch einen ins Herz: *wack!*

»Gottverdammt, Hale«, sagte sie laut und ging ins Schlafzimmer. »Du warst meine einzige wahre Liebe.« Ihr Foto lächelte ihr vom Nachttisch entgegen, während sie das Notizbuchpapier aufwickelte und Louise Clarks Schamhaar auf der

Bettdecke verteilte. Auf dem Weg nach draußen legte sie den Telefonhörer auf, schaute noch einmal auf Hale Allens reglosen Körper hinunter.

»Du Mistkerl«, fauchte sie. »Mit einer anderen rumzubumsen …«

Auf der Straße kam Rinker nach der ersten Umrundung des Blocks gerade angefahren. Sie hielt an, und Carmel stieg ein. »Das ging ja schnell«, sagte Rinker.

»Es gab keinen Grund, lange zu fackeln«, sagte Carmel. »Fahr los.«

»Hast du ihm noch auf Wiedersehen gesagt?«

»Ich habe gar nichts gesagt«, knurrte Carmel. »Ich habe die Telefonsache gemacht, ihn in den Flur gelockt und ihm in den Kopf geschossen.«

»Hm.« Rinker fuhr einen Block weiter, sagte dann: »Weißt du, was?«

»Was?«

»Wir beide sind echt gut bei so was. Wenn wir uns vor zehn Jahren begegnet wären, hätten wir alle meine Aufträge so arrangieren können, dass der Verdacht in eine andere Richtung gezeigt hätte.«

»Dazu ist es ja noch nicht zu spät«, sagte Carmel. »Wenn du dort ankommst, wo immer du hingehst, schaffst du Ordnung in deinen Verhältnissen, besorgst dir ein paar neue Identitäten, lässt alles eine Weile abkühlen … Und dann kommst du wieder zu mir, und wir reden darüber.«

»Macht dir denn das Töten nichts aus? Gar nichts?«

»Ehrlich gesagt, es gefällt mir sogar irgendwie«, antwortete Carmel. »Es ist so ganz anders als das, was ich bisher gemacht habe, verstehst du? Im Fernsehen sieht man Anwälte immer in Gerichtsgebäuden rumlaufen, aber ich sitze zu neunzig Prozent meiner Arbeitszeit vor dem Computer. Wenn nichts sonst – die Zusammenarbeit mit dir ist eine echte geistige und körperliche Herausforderung.«

Zurück in Clarks Haus, zog Rinker – natürlich in Handschuhen – das Magazin aus der Pistole und lud es neu – bis auf den einen Schuss, mit dem, wie es vorgetäuscht werden sollte, Louise Clark Selbstmord begangen hatte. Sie vergewisserten sich, dass die Hülse dieses Schusses noch auf dem Boden lag und platzierten die Pistole dicht neben Clarks Hand, mit dem Lauf vom Körper wegzeigend. »Ich habe mal ein Selbstmordszenario gesehen, bei einem meiner Klienten«, sagte Carmel. »Die Pistole lag so da.«

»Dann ist es so ja richtig«, sagte Rinker. Sie schaute sich noch einmal um. »Fertig …«

Auf dem Gehweg draußen sah Carmel zum Himmel hoch und sagte: »Ich werde dich vermissen … Meinst du, du könntest an die *New York Times* rankommen, wo immer du dich auch aufhältst?«

»Ja, ganz bestimmt.«

»Okay, dann hör zu: Ich übermittle an Halloween – und ein paar Tage vorher und nachher – eine Nachricht für Pamela Stone in der Rubrik Grußbotschaften der *New York Times*. Der Text wird ungefähr so lauten: ›Pamela: Zihuatanejo Hilton, 24.–30. November.‹ Oder eine andere Ortsangabe. Jedenfalls werde ich an dem angegebenen Ort sein und auf dich warten – wenn du dich sicher fühlst und immer noch wünschst, ein paar Tage mit mir in Mexiko zu verbringen.«

»Ich werde nach der Anzeige Ausschau halten«, sagte Rinker.

»Hör mal, brauchst du die andere Pistole?«

»Nein, wahrscheinlich nicht. Ich habe noch ein paar in verschiedenen Verstecken.«

»Gibst du mir die, die du noch hast?«

»Natürlich, aber das kann gefährlich werden, wenn man sie bei dir findet.«

»Ich verstecke sie gut«, sagte Carmel. »Aber wenn noch was auf mich zukommt …«

»Okay.« Als sie zurück im Wagen waren, nahm Rinker die Pistole aus ihrem Spezialgürtel, entfernte das Magazin, zog das Verschlussstück zurück, nahm die im Patronenlager steckende Patrone heraus, drückte sie ins Magazin, schob das Magazin wieder ein und gab Carmel dann die Pistole. »Hier. Sei vorsichtig damit.«

»Ja … Und du verschwindest jetzt?«

»Ja. Ich muss weg – in einer Woche will ich aus dem Land sein, und ich muss noch einige Stopps einlegen. Mein Geld einsammeln, das ich an verschiedenen Orten deponiert habe.«

Im Parkhaus des Bürogebäudes schüttelten Rinker und Carmel einander die Hände: gute Freundinnen, die eine ganze Menge zusammen erlebt hatten. »Wenn ich dich nicht mehr treffen sollte – ich werde mich jedenfalls immer an dich erinnern«, sagte Carmel.

»Wir treffen uns in Mexiko, an Halloween«, sagte Rinker. »Hey – vergiss nicht, dieses Band vom Anrufbeantworter zu überprüfen und es zu löschen, falls was darauf zu hören sein sollte.«

»Mach ich«, sagte Carmel.

Sie ging durchs Treppenhaus in ihr Büro, löste in der Bibliothek den Anrufbeantworter vom Telefon und hörte sich das Band an. Der Anruf aus Hales Haus *war* aufgezeichnet, und es waren auch Geräusche zu hören, aber sie bezweifelte, dass jemand erkennen konnte, was es war. Aber sie ging kein Risiko ein. Sie legte eine neue Kassette ein, zog das Band aus der alten Kassette und verbrannte es. Das kleine Feuer hinterließ einen hässlichen Geruch im Büro, und sie öffnete ein Fenster, um ihn zu vertreiben.

Drei oder vier Wagen parkten unten am Straßenrand. In mindestens zwei von ihnen sitzen Cops, dachte sie.

Mit dem Anruf vom Apparat in Hales Haus, der dank des Anrufbeantworters beantwortet worden war – die Telefonrechnung würde es ausweisen – und nur mit ihr als Gesprächspartnerin geführt worden sein konnte, sowie der Überwachung durch die Cops hatte sie ein perfektes Alibi. Sie sollte, überlegte sie, jetzt noch einige Minuten warten, ihre Nervenanspannung abklingen lassen und dann nach Hause gehen.

Und dort vielleicht weinen. Aber ihr war eigentlich gar nicht nach Weinen zu Mute; sie war aufgeregt, nicht traurig.

Mann, das war wirklich mal was anderes …

23

Hale Allens Leiche wurde von seiner Sekretärin gefunden.

Sie rief zunächst bei Carmel an und fragte, ob sie ihn heute schon gesehen habe.

»Nein, das habe ich nicht«, sagte Carmel. Sie spürte ein Kribbeln im Nacken: Es war soweit, das Endspiel begann … »Ich habe ihn vorgestern zum letzten Mal gesehen – gestern Abend musste ich arbeiten. Ich habe allerdings gestern Abend mit ihm telefoniert. So etwa um elf.«

»Nun, ich weiß nicht, was ich tun soll«, sagte die Sekretärin. »Er kam nicht zu einem wichtigen Termin heute Morgen, und die Leute sind sehr ungehalten. Und wenn er nicht in den nächsten zwanzig Minuten auftaucht, versäumt er noch weitere Termine. Das passt so gar nicht zu ihm.«

»Haben Sie mal versucht, ihn über sein Mobiltelefon zu erreichen? Das hat er ja immer bei sich.«

»Es klingelt am anderen Ende, aber er geht nicht dran.«

»Hm. Nun ja, vielleicht sollten wir einen Nachbarn mal nachsehen lassen oder so was«, sagte Carmel. »Ich würde zu seinem Haus fahren, aber ich habe keinen Schlüssel, und außerdem muss ich einen Gerichtstermin wahrnehmen.«

»Ich habe einen Schlüssel«, sagte die Sekretärin, und die Besorgnis in ihrer Stimme war deutlich zu hören. »Er hat für Notfälle einen Schlüssel in seiner Schreibtischschublade. Ich kann hinfahren ...«

»Sie glauben doch nicht etwa, dass irgendwas mit ihm *passiert* ist, oder doch?«, fragte Carmel. Auch sie gab sich Mühe, ihre Stimme besorgt klingen zu lassen. »Ich wette, er steckt irgendwo und hat die Übersicht über die Zeit verloren – er hat etwas davon gesagt, er wolle sich einen neuen Sportmantel kaufen ...«

»Er sollte um neun hier sein«, sagte die Sekretärin. »er müsste also ganz gewaltig die Übersicht über die Zeit verloren haben.«

»Jetzt machen Sie mich ernsthaft nervös«, sagte Carmel. »Rufen Sie mich sofort an, sobald Sie etwas erfahren haben.«

Als die Sekretärin, deren Name Alice Miller lautete, auflegte, war ihr klar, dass sie soeben das Angenehmste aller mit Carmel Loan je geführten Gespräche hinter sich hatte. Ansonsten neigte die Anwältin dazu, Sekretärinnen wie unvermeidbare Trottel zu behandeln. Hale Allen, dachte sie, war bekannt dafür, dass er einen bestimmten Weichmachereffekt auf Frauen ausübte ...

Als Allen auch beim nächsten Termin nicht erschien, entschuldigte sie ihn bei den Teilnehmern, sagte, sie sei sehr besorgt, dass er nichts von sich hören lasse, und sie werde zu seinem Haus fahren und nach ihm sehen ... Während der Fahrt zu Allens Haus steigerte sich ihre Besorgnis immer mehr. Als sie ankam, rief sie noch einmal in der Kanzlei an, ob er inzwischen aufgetaucht sei. Das war nicht der Fall.

Miller stieg aus und schaute die Auffahrt hoch zum Haus. Sie erinnerte sich, was mit Allens Frau passiert war und ging zögernd auf das Haus zu. Sie hatte den Eindruck, jemand sei im Haus, auch wenn kein Laut zu hören war: Irgendetwas Böses lag in der Luft ... Sie blieb stehen, sagte laut »O mein Gott« und bekreuzigte sich.

Die Haustür stand einen Spalt offen, und Miller rief: »Hale? Ich bin's, Alice. Hale?«

Keine Antwort. Sie trat in die Diele, und eine atavistische Zelle tief in Alice Millers Gehirn, eine Zelle, die noch nie zuvor in ihrem Leben aktiviert worden war, löste ein Warnsignal aus – Alice Miller roch menschliches Blut.

Sie wusste in der Tiefe ihres Gehirns, was es war, und drückte die Handtasche an die Brust, machte drei weitere Schritte in die Diele, schaute um die Ecke in den Flur ...

Und starrte auf Hale Allens zerfetzten Schädel.

Vielleicht schrie sie in diesem Moment – sie konnte sich später nicht mehr erinnern. Sicher war, dass sie sich umdrehte und zur Haustür rannte, die Handtasche weiterhin an die Brust gedrückt, sich kurz davor noch einmal umschaute, ob Hale Allens Leiche sie verfolgte – und gegen den Türrahmen prallte.

Der Aufprall war so stark, dass sie fast zu Boden fiel. Sie war benommen, ließ die Handtasche fallen, schlug in Panik mit der Hand das Glasfenster in der Sturmtür ein. Jetzt schrie sie, stieß wimmernde leise Laute aus, hielt sich die blutende Hand, kam ins Freie, rannte die Zufahrt hinunter. Ein Mann führte auf dem Gehweg seinen Hund aus, und sie lief auf ihn zu, wimmernd, stark aus den Verletzungen an der Hand blutend.

»Hilfe!«, brachte sie dann heraus. »Bitte helfen Sie mir, bitte, bitte, bitte …«

Die Cops, die auf den Anruf reagierten, dachten bei der Betrachtung des Zustandes der Frau, Alice Miller habe vielleicht etwas mit dem Mord zu tun. Aber der Sergeant, der als Zweiter mit seinem Streifenwagen eintraf, brauchte nur einen Moment, um sich die Leiche und das eingetrocknete Blut auf dem Boden und das frische Blut an der Sturmtür anzusehen. Er hörte Alice zu, die auf dem Gras neben einem Streifenwagen saß und sagte schließlich zu den anderen Cops: »Ruft Davenport an. Und bringt diese Lady ins Krankenhaus.«

Sherrill und Black kamen fünf Minuten vor Lucas an Hale Allens Haus an. Black betrachtete die Leiche und sagte: »Einfach scheußlich. Jemand hat ihm im wahrsten Sinn des Wortes die Scheiße aus dem Gehirn geballert.«

»Armer Kerl«, sagte Sherrill. Ihre Unterlippe zitterte, und Black tätschelte ihren Rücken.

»Wie lange war Carmel gestern Abend ohne Beobachtung?«, fragte Black. »Du bist nach der Sache auf dem Busbahnhof nicht wieder zurück zu ihrem Bürogebäude gefahren, oder?«

»Nein, aber John Hosta hat das übernommen. Sie kam um ein Uhr aus dem Gebäude und ging geradewegs nach Hause.«

»Dieser Mord ist anders als die anderen«, sagte Black, nachdem er sich die Einschüsse näher angesehen hatte. »Zum einen keine Zweiundzwanziger. Größeres Kaliber. Kein echtes Großkaliber, aber größer als eine Zweiundzwanziger. Und zum anderen, wer auch immer ihn erschossen hat, er hat das ganze Magazin leer geballert.«

»Liebesdrama«, sagte Sherrill.

»Jesus, wenn wir Carmel nicht unter Beobachtung gehabt hätten, wäre sie jetzt in großen Schwierigkeiten«, stellte Black fest.

»Ich weiß nicht«, sagte Sherrill. »Nach meinen Beobachtungen waren die beiden immer noch in der heißen Liebesphase. Ich glaube nicht, dass sie schon das Stadium der Mordlust erreicht hatten.«

»Vielleicht hat er sie betrogen, vielleicht hat er …«

Ein Cop rief ihnen zu: »Davenport ist gekommen.«

»Okay«, sagte Sherrill, »dann wollen wir die Sache mal besprechen.«

Lucas wurde von kaltem Zorn gepackt: Er hätte an diese Entwicklung denken müssen. Er hätte erkennen müssen, dass Hale Allen in Gefahr war. Hatte Allen irgendetwas entdeckt? Hatte Carmel ihm beim Liebesgeflüster etwas Verräterisches gesagt? Etwas, das sie bloßstellte?

Sherrill führte ihn durchs Haus und beobachtete ihn. »Nimm's leicht«, sagte sie einmal. »Du kriegst noch einen Herzanfall.«

»Ich kriege keinen verdammten Herzanfall«, fauchte Lucas.

»Dein Blutdruck ist ungefähr zweihundert zu zweihundert. Ich kenne die Anzeichen, erinnerst du dich?«

»Lass das«, knurrte er. »Sag mir lieber, was gestern Abend mit Carmel war.«

»Sie war wegen der Butry-Sache einige Zeit nicht unter Beobachtung«, sagte Sherrill. »Mehr als eine Stunde.«

»Sie hätte auf einen verdammten Zufall setzen müssen«, urteilte Lucas.

»Mehr als das«, sagte Sherrill. »Sie hätte in der Minute, in der wir die Beobachtung abbrachen, aus dem Gebäude schleichen, hierher fahren, sich in Wut steigern, ihn niederschießen und zurückfahren müssen, ohne dass einer der Nachbarn etwas von alldem mitbekam … Unmöglich. Scheiße.«

»Vielleicht hat die andere Frau, die Killerin, es getan«, sagte Lucas.

»Schau dir die Wunden an«, sagte sie. »Es sieht nach der Tat eines hochgradig wütenden Menschen aus, nicht nach dem Vorgehen eines kaltblütigen Profikillers.«

»Aber schau dir doch die Einschüsse in die Stirn an … *Das* sieht nach einem Profi aus.« Lucas schüttelte den Kopf. »Es ist irgendwie lächerlich«, sagte er. »Ich kann's kaum glauben … Was ist mit der Frau, die die Leiche gefunden hat? Alice …«

»Alice Miller. Man vernäht im Krankenhaus ihre Wunden an der Hand und am Unterarm. Sie sah die Leiche, rannte in Panik weg und stieß mit der Hand das Glas der Sturmtür ein.«

»Kommt sie als Täterin …?«

»Nein«, unterbrach Sherrill. »Sie kam her, um nach ihm zu sehen, nachdem er zu mehreren wichtigen Terminen nicht erschienen war und sie ihn telefonisch nicht erreichen konnte. Außerdem, selbst wenn das nur ein Täuschungsmanöver sein soll, hast du je davon gehört, dass jemand sich nur zur Verifikation den Arm aufschlitzt?«

»Veri-fick-was?« Lucas' Augen blitzten sie an, und sie erkannte die unausgesprochene Belustigung, auch wenn sie in dieser Situation noch so fehl am Platz war.

»Du Arschloch«, fauchte sie. »Ich kenne im Gegensatz zu dir auch ein paar mehrsilbige Wörter!«

»Man hört es nur so selten ausgesprochen«, sagte Lucas. Sein leichtes Grinsen wich wieder dem kalten Ermittlerblick. »Ich werde ein Wörtchen mit Carmel zu reden haben …«

Ein uniformierter Cop steckte den Kopf durch die Tür: »Diese Miss Miller ruft vom Krankenhaus an. Sie möchte den Leiter der Ermittlungen sprechen.«

»Das bist ja wohl du«, sagte Lucas zu Sherrill.

Sie nickte und ging, den Anruf zu übernehmen, und draußen lachte jemand und schrie einem anderen etwas zu: Die Cops von der Spurensicherung waren gekommen. Lucas ging dem Chef des Teams entgegen und traf ihn unter der Haustür. »Eine Million Leute sind schon hier durchgetrampelt, aber keiner weiter nach innen als bis zu den Füßen der Leiche«, sagte Lucas. »Ihr müsst sorgfältig nach jedem kleinsten Faden und Haar und Abdruck und Fleck suchen …«

»Schlechte Nachrichten?«

»Sehr schlechte«, sagte Lucas. »Die Zeitungen werden uns in Stücke reißen.«

Sherrill kam zurück, aufgeregt: »Du erinnerst dich, dass Allen eine Affäre mit einer Mitarbeiterin – Louise Clark – hatte, ehe seine Frau ermordet wurde? Und bevor er das Verhältnis mit Carmel begann?«

»Ja. Was ist los?«

»Miller rief an, um uns zu sagen, dass Louise Clark heute ebenfalls nicht zur Arbeit erschienen ist. Und soweit Miller weiß, hat Clark niemanden in der Kanzlei vorher darüber informiert, dass sie nicht kommen kann. Miller ist nicht ihre Vorgesetzte oder so was, sie hat nur davon gehört und es bisher nicht in einen Zusammenhang mit Allen gebracht …«

»Okay«, sagte Lucas. »Besorg die Adresse, dann fahren wir hin. Verdammt, was ist nur los? Was hat das zu bedeuten?«

Louise Clark gab eine großartige Hauptdarstellerin in der perfekten Inszenierung eines Selbstmordes ab. Sie lag in ihrem rosafarbenen Negligé ausgestreckt auf dem Bett, und die Pistole war ihr aus der Hand auf das Kissen gerutscht. Auf der Mündung war ein Schalldämpfer aufgeschraubt.

Lucas zerrte einen Stuhl aus der Küche ins Schlafzimmer, stellte ihn umgekehrt ans Fußende des Bettes, setzte sich darauf, stützte die Arme auf die Lehne und starrte auf die Leiche. Einer der anderen Cops kam herein, schaute auf Lucas und sah dann Sherrill an; Sherrill zuckte nur die Schultern, und der Cop tippte mit dem ausgestreckten Zeigefinger an die Schläfe und deutete damit an, dass bei Lucas offensichtlich eine Schraube locker war. Dann verschwand er wieder.

Lucas starrte zwei Minuten auf die Leiche und sagte dann: »Perfekt.«

»Perfekt?«

»Irgendwo in diesem Haus werden wir eine Pistole finden oder Patronen oder irgendetwas anderes, das Louise Clark mit den anderen Morden in Verbindung bringt. Das Einzige, was wir nicht finden werden, ist Sperma. Die Abstriche werden es beweisen. Normalerweise findet man in solchen Fällen Sperma, aber hier wird keines zu finden sein, weil sie das nicht darstellen konnten. Und die Autopsie durch den Leichenbeschauer wird ergeben, dass Allen in den letzten vierundzwanzig Stunden keinen Geschlechtsverkehr hatte, weil sie auch das nicht darstellen konnten.«

»Wenn du ›sie‹ sagst, meinst du …«

»Carmel und die Killerin.«

Sherrill sah ihn einen Moment wortlos an, drehte sich um, ging aus dem Zimmer, kam nach drei Sekunden wieder zurück, sagte: »Lucas, ich könnte ziemlich lückenlos nachweisen, dass Louise Clark die Killerin *ist*. Sie hatte ein Verhältnis mit Hale Allen; sie ist eine schlichte Sekretärin, und wenn sie die Ehefrau aus dem Weg räumt und Allen heiratet, schafft sie den Aufstieg von arm und allein zu reich und verheiratet. Sie hat ein Motiv – und sie hat die Waffe.«

»Und woher soll eine verdammte schlichte Sekretärin einen Schalldämpfer wie den da bekommen?«, knurrte Lucas. »Wenn man sich so einen Schalldämpfer auf dem schwarzen Markt kauft, kostet er mindestens einen Tausender. Und wer hat ihr das Gewinde auf den Lauf gefräst? Habt ihr eine Mechanikerwerkstatt im Keller gefunden?«

»Nein, aber hör doch, Lucas ... Was ist, wenn Clark die Killerin ist und somit Carmel als Auftraggeberin für den Barbara-Allen-Mord kennt? Vielleicht kennen sich die beiden auch näher, weil Clark eine Klientin von Carmel war.«

»Und Carmel fängt ein Fickverhältnis mit Clarks Freund an, obwohl sie weiß, dass die Frau, der sie den Freund ausspannt, eine Profikillerin ist? Scheißdreck ... Nein, ich bleibe dabei: Das hier ist eine Inszenierung. Und deshalb werden wir auch kein Sperma finden, wohl aber eine Pistole, mit der die anderen Morde begangen wurden. Als du eben gesagt hast, du könntest den Nachweis erbringen, dass Clark eine Profikillerin ist, hast du Recht gehabt. Du *könntest* es. Und ein cleverer Anwalt wie Carmel könnte es noch viel besser. Sie könnte einen perfekten, klaren Fall daraus konstruieren. Und nun stehen wir dumm da, und wenn wir versuchen, den wahren Mörder zu finden, werden wir keinen Erfolg haben ...«

»Was machen wir jetzt?«

»Ich weiß nicht, was *du* machen wirst«, sagte Lucas und stand auf. »Ich werde jedenfalls in den Norden fahren. Du kannst dich auch allein um diese verfahrene Sache kümmern.«

Auf dem Weg zu seiner Hütte fuhr Lucas hauptsächlich auf Nebenstraßen, um den Cops der Highway-Patrol des Staates Wisconsin, den räuberischsten Wegelagerern in den North

Woods, nicht in die Finger zu fallen. Unterwegs ließ ihn das Bild der toten Louise Clark nicht los …

Als er kurz vor fünf Uhr am Nachmittag in die Abzweigung zu seiner Hütte abgebogen war, stieß er auf einen seiner Nachbarn, Roland Marks, der mit einem Kubota-Traktor herumkurvte. Der Traktor hatte am Bug ein überdimensioniertes Planierschild, am Heck einen Baggerlöffel. Lucas hielt an und stieg aus, und Marks legte den Leerlauf ein.

»Was zum Teufel machen Sie denn da?«, fragte Lucas und ging um den Traktor. Louise Clarks Bild verblasste.

»Ich planiere ein paar Wege für Motorschlitten nach hinten ins Gelände«, sagte Marks. Er besaß neben der Straße sechzehn Hektar Land, das vornehmlich aus Gestrüpp, Wasserlöchern und Sumpf bestand. Er nannte es sein »Jagdrevier«.

»Sie können doch gar nicht mit so einer Maschine umgehen«, sagte Lucas. »Sie sind doch ein verdammter Börsenmakler.«

»So, meinen Sie? Dann passen Sie mal auf.« Marks steuerte den Traktor rückwärts einen flachen Hang hinunter zum Straßengraben, hantierte an diversen Schalthebeln, betätigte die Feststellbremse, schwenkte den Sitz nach hinten, senkte die hydraulischen Stützstreben zu beiden Seiten des Traktors auf den Boden und hob den Baggerlöffel an. Dann schwenkte er ihn nach unten und baggerte mit einem kurzen Ruck einige Kubikmeter Erde aus dem Graben.

Lucas war beeindruckt, wollte das aber nicht zeigen. »Was hat das Ding denn gekostet?«, fragte er.

»Rund siebzehn, gebraucht natürlich«, antwortete Marks und meinte siebzehntausend Dollar. »Hat vierhundert Einsatzstunden auf dem Buckel.«

»Jesus, Sie fangen an, wie ein hinterwäldlerischer Gebrauchtmaschinenhändler zu reden.«

»Was haben Sie heute Abend vor?«, fragte Marks.

»Ich will mit dem Boot rausfahren.«

»Warum kommen Sie nicht zu uns rüber? Ich gebe Ihnen eine Unterrichtsstunde auf diesem tollen Gerät.« Er ließ die Erde aus dem Baggerlöffel wieder in das Loch rutschen, aus dem er sie herausgekratzt hatte; die Hälfte blieb jedoch am Löffel hängen.

»Ja? Wann?«

»In einer guten halben Stunde?«

»Okay, bis dann.«

Lucas schaltete die Wasserpumpe und den Boiler an, nahm eine seiner leichten Angelruten, ging hinaus auf den Bootssteg und warf die Angel in eine flache, von Seerosen bedeckte Stelle aus. Der Schwimmer glitt beim Einholen wie ein Frosch zwischen den Seerosen und Schilfbüscheln hindurch zurück zum Steg. Beim dritten Versuch biss ein Barsch an. Er holte ihn ein, löste ihn vom Haken und warf ihn zurück ins Wasser. Nicht zu verachten – dreißig Zentimeter, und es hatte Spaß gemacht; aber er aß nicht gerne Barsch.

Er angelte noch zwanzig Minuten weiter, fing drei kleinere Barsche, warf sie alle zurück ins Wasser, und er spürte, wie seine Schultern sich lockerten. Louise Clarks Bild war fast ganz verblasst. Schließlich ging er über den ansteigenden Rasen zurück zur Hütte, nahm vier kalte Dosen Leinies aus dem Kühlschrank, steckte sie in einen Plastikbeutel und hatte schon einen Fuß aus der Tür gesetzt, als das Telefon klingelte.

Er blieb stehen, überlegte, schüttelte dann den Kopf über seine eigene Dummheit und ging zurück zum Telefon.

»Ja?«

»Sherrill. Ich bin beim Leichenbeschauer. Sie machen gerade die Autopsie bei Louise Clark.«

»Schon was rausgefunden?«

»Ja. Sie hatte kurz vor ihrem Tod noch Sex. Das Sperma hatte sich noch nicht verteilt, und sie konnten gute Proben nehmen. Aber ich kann dir jetzt schon sagen, von wem das Sperma stammt ...«

»Mann! Ich kann's nicht glauben!«, sagte Lucas. Er war geschockt. »Was ist mit Allens Leiche?«

»Sie haben mit der Autopsie bei ihm noch nicht begonnen, aber ich halte dich auf dem Laufenden. Wenn du das willst ...«

»Natürlich will ich das.«

»Okay. Es gibt noch mehr Neuigkeiten. Wir haben die Waffe gefunden, genau wie du vorausgesagt hast. Eine Colt Zweiundzwanziger mit Schalldämpfer. Steckte in einem Stiefel im Wandschrank. Und wir haben in ihrem Nachttisch Kokain im Wert von mehreren hundert Dollar gefunden. Zeigt die Verbindung zu Rolo auf ... Die Spurensucher haben diverses Schamhaar in Allens Bett gefunden. Von drei verschiedenen Menschen. Das meiste stammt von Allen, aber anderes ist blond, könnte Carmels sein – aber da ist auch noch eine dritte Probe in mausbrauner Farbe. Das Laborergebnis liegt noch nicht vor, aber ich bin sicher, dass es von Clark stammt. Ich *weiß* es.«

»Okay. Ruf mich wieder an, wenn sie erste Ergebnisse von Allen haben. Du musst dem Leichenbeschauer Druck machen, lass es nicht zu, dass sie irgendwas auf morgen verschieben. Wir brauchen die Ergebnisse sofort ...«

»Gehst du angeln?«

»Nein. Ich war schon fast aus der Tür, um zu einem Nachbarn zu gehen, der mir die Bedienung eines kleinen Baggers beibringen will.«

»Da wir gerade von baggern sprechen ... von anbaggern.«

»Ja?«

»Du hast mir nicht erzählt, dass Special Agent Malone vom FBI eine Frau ist. Und zwar eine Frau mit einer sexy Stimme, die mit dir tanzen will.«

»Erschien mir nicht relevant«, knurrte Lucas. »Unsere Beziehung ist rein dienstlich.«

»Sie bittet, dass du sie in Wichita anrufst. Hier ist ihre Nummer ...«

Malone meldete sich nach dem ersten Läuten. »Hallo, Lucas Davenport«, sagte sie. »Man hat mir gesagt, Sie hätten sich zum einfachen Leben aufs Land zurückgezogen.«

»Zum Angeln, ja.«

»Ich wollte Sie wissen lassen, dass ich mit meiner Gruppe von Wichita nach Minneapolis ziehe, und Mallard stößt aus Washington ebenfalls zu uns. Wir sind sehr an dieser Louise Clark interessiert. Wirklich sehr interessiert.«

»Irgendetwas stimmt an der ganzen Sache nicht. Hat Sherrill Ihnen von dem Sperma berichtet?«

»Nein ...«

Lucas fasste den Inhalt seines Gesprächs mit Sherrill für sie zusammen, und Malone sagte: »Wenn dieses Sperma von Hale Allen stammt, wenn die DNS-Analyse das bestätigt ... dann war's das.«

»Aber ich habe kein gutes Gefühl dabei«, sagte Lucas. »Die Dinge passen nicht zusammen. Diese Louise Clark ist keine Profikillerin, es sei denn, sie hat es aus purem Spaß an der Sache gemacht. Sie hat keinerlei verdammtes Geld.«

»Sie könnte es ja irgendwo versteckt haben.«

»Nein«, sagte Lucas bestimmt. »Sie legt für Geld Leute um und versteckt *alles* Geld, das sie dafür kriegt? Die Einrichtung in ihrem Haus gleicht der in einer billigen Absteige. Sie hat einen Fernseher, der neu höchstens zweihundert Dollar gekostet haben kann. Jeder Gegenstand in dem Haus zeigt, dass sie eine Sekretärin war, die darum kämpfen musste, den Kopf über Wasser halten zu können.«

»Okay … Wir treffen morgen ein. Vielleicht können Sie mich ja, wenn Sie vom Land zurückgekehrt sind, irgendwohin zu einem hübschen kleinen Foxtrott ausführen – in ein Lokal, in dem Sie nicht die ganze Zeit damit zubringen, mit der Kellnerin zu tanzen.«

Lucas ging mit dem Bier zum Haus der Marks' nebenan. Lucy Marks war damit beschäftigt, die Köpfe verwelkter Kamillen abzuschneiden, während ihr Mann durch mehrmaliges Vor- und Zurückstoßen versuchte, den Traktor aus einem Schuppen zu manövrieren. An einem der Torflügel des Schuppens war das Holz zersplittert – Hinweis auf eine vor kurzem erfolgte Karambolage.

»Role hat mir gesagt, er will Ihnen beibringen, wie man mit dem Traktor umgeht«, sagte sie und schüttelte den Kopf dabei. »Gott sei Dank habe ich eine Literflasche Jodtinktur zur Desinfektion von Wunden vorrätig.«

»Na …«

»Lucas, Sie müssen ihn ermahnen, vorsichtig zu sein. Ich habe Angst, dass ihn das Ding eines Tages unter sich begräbt. Er ist wie ein Kind.«

»Das wird bestimmt nicht passieren«, sagte Lucas.

»Das da in der Plastiktüte ist doch nicht etwa Bier?«

»Ehm, ein paar Leinies«, gestand Lucas schuldbewusst.

»Nun denn, ich werde die Leinies übernehmen, und Sie lassen sich den Traktor zeigen. Wenn Sie zurückkommen, grille ich ein paar Rippchen, und dazu trinken wir dann das Bier.«

»Nun, eigentlich …« Sie starrte ihn an, und er übergab ihr wortlos die Plastiktüte.

Der Kubota war ... nun ja, nicht ganz einfach zu bedienen. Das reine Fahren war kein Problem, aber die Handhabung des Joysticks für den Baggerlöffel bedurfte einiger Praxis. »Ich bringe Ihnen bei, zum Schluss Ihr Brot mit diesem Ding zu schmieren«, sagte Marks enthusiastisch. »Und mit dem Planierschild kann ich nach einigen Übungsstunden im Winter die Zufahrten aller Häuser vom Schnee freiräumen.«

»Jesus Christus, Role, Sie verdienen – wieviel? – fünfhunderttausend Dollar im Jahr und wollen sich jetzt zweihundert Dollar pro Wintermonat dazu verdienen, indem Sie die Zufahrten der Nachbarn vom Schnee freiräumen?«

Als Lucas die erste praktische Einweisung zur Zufriedenheit des Besitzers hinter sich gebracht hatte, zeigte ihm Marks, wo er den Schlüssel des Traktors im Schuppen versteckt hielt. »Sie dürfen ihn jederzeit benutzen, wenn ich nicht da bin«, sagte er.

»Vielleicht könnte ich Ihnen tatsächlich beim Planieren dieser Motorschlittenwege helfen«, sagte Lucas; er mochte diesen verdammten Mehrzwecktraktor.

»Wäre schön.« Und dann, auf dem Weg zum Haus, fragte Marks: »Welche in Aussicht?«

Lucas sah, wie Lucy Marks an der Seeseite des Hauses einen Grill putzte.

»Überstunden, oder was meinen Sie? Ich kriege keine Überstunden mehr angerechnet.«

»Nein, Frauen natürlich«, sagte Marks. »Wir beobachten ja mit einiger Sorge ...«

»Ja, ja, alles klar. Gerade eben hat mich eine knackige Vierzigerin vom FBI angerufen; sie kommt nach Minneapolis und hat mich gefragt, ob ich mit ihr ausgehen und Foxtrott tanzen will.«

»Foxtrott? Ach du große Scheiße. Wenn ich an Ihrer Stelle

wäre, würde ich ihr eher dreiundzwanzig Zentimeter der guten alten französisch-kanadischen Bratwurst verpassen.«
Marks ließ gern große – und obszöne – Sprüche los, war jedoch der treueste Ehemann, den man sich denken konnte. Als sie um die Ecke des Hauses kamen, rief er seiner Frau entgegen: »Lucas macht sich an einen FBI-Agenten ran.«

»Wenn das im Sinne von sexuellen Beziehungen gemeint ist, will ich hoffen, dass es ein weiblicher ist«, sagte Lucy Marks. Sie sprühte etwas auf den Grill und wandte das Gesicht von den glühenden Kohlen ab.

»Sie will mit ihm Foxtrott tanzen«, sagte Marks. »Hat ihn eben angerufen.«

»Klingt viel versprechend«, meinte Lucy Marks. »Wie ist es denn dazu gekommen?«

»Ich war dienstlich in Wichita, wir gingen in eine Bar, und sie wollte nicht zu Rockmusik tanzen, also tanzte ich mit der Besitzerin, und dann …«

Seine Worte verebbten, und nach einigen Sekunden fragte Lucy Marks: »Lucas? Was ist los?«

»Entschuldigung«, sagte Lucas. »Aber ich muss gehen. Tut mir Leid.«

Er lief über den Rasen zu seiner Hütte, ließ Role und Lucy Marks völlig verwirrt am Grill zurück. In der Hütte wählte er die Nummer Malones, die Sherrill ihm gegeben hatte. Einer der FBI-Agenten aus Malones Team meldete sich: »John Shaw.« Lucas sagte: »Ich möchte Malone sprechen.«

»Sie ist gerade gegangen … Ich kann versuchen, sie noch zu erwischen.«

»Tun Sie das, verdammt …«

Das Telefon am anderen Ende klirrte auf den Tisch, und Lucas drückte den Hörer ans Ohr, schloss die Augen, rieb sich die Stirn. Konnte das denn wahr sein?

Zwei Minuten später meldete sich Malone.

»Lucas hier. Haben Sie das Phantombild der Killerin vor Augen?«

»Ja. Gut sogar.«

»Okay, dann schließen Sie jetzt mal die Augen und denken an die Frau, mit der ich in dieser Bar in Wichita getanzt habe – wie hieß die Bar? The Rink?«

»Meine Augen sind geschlossen. Ich … Mein Gott, das muss ein Zufall sein …«

»Heh, ich bin ein toll aussehender Mann«, sagte Lucas. »Ich weiß das, aber Malone, nicht mehr allzu viele dreißigjährige Frauen machen sich an mich ran. Aber *diese* Frau … Ich hatte das Gefühl, dass sie mehr als normal an mir interessiert war, und wahrscheinlich nicht an Sex. Ich wusste nicht, was das bedeuten sollte …«

»Vielleicht dachten Sie ja damals doch, es ginge ihr um Sex …«

»Kann sein«, sagte Lucas. »Egal … Ich sage Ihnen – nach den Gesprächen mit den Leuten hier, die sie gesehen haben, und nach der Betrachtung des Phantombilds hat etwas in meinem Unterbewusstsein rumort. Und jetzt ist es endlich in mein Bewusstsein vorgedrungen: Wenn das nicht dieselbe Frau ist, dann ist es ihre Zwillingsschwester. Und wenn sie hier in Minneapolis war, kann es gut sein, dass sie mich im Fernsehen gesehen hat. Und wenn das der Fall war und ich auf einmal in ihre Bar in Wichita geschlendert komme und mich zu einem Cheeseburger und einem Bier hinsetze …

»Okay«, sagte Malone zögernd. »Klingt weit hergeholt, geradezu abwegig, aber geben Sie mir zwei Stunden Zeit. Ich überprüfe das. Bleiben Sie da oben in Ihrer Hütte?«

»Ich überlege gerade«, sagte Lucas. Durch das Fenster sah er den See, glatt, still, und ein wunderschöner Abend in der

Einsamkeit der North Woods stand ihm bevor. Und er war doch gerade erst angekommen ... »Ich fahre zurück in die Stadt. Ich sage Ihnen, diese Frau ist die Killerin.«

Auf der I-35 fuhr er viel zu schnell, und als sein Mobiltelefon piepste, war es noch ein weiter Weg bis Minneapolis. Er hob das Telefon ans Ohr, hörte die ersten zwei Worte, dann brach die Verbindung ab. Drei Minuten später kam der Anruf wieder: Sherrill, noch immer nur schwach zu hören, aber doch zu verstehen.

»Deine FBI-Freundin hat angerufen; sie ist total aufgeregt. Diese Frau, mit der du das Tanzbein geschwungen hast, ist verschwunden – hat ihr Appartement ausgeräumt, ihren Job in der Bar sausen lassen ...«

»Ich dachte, sie wäre die Besitzerin.«

»Das dachten alle, aber sie war in Wirklichkeit nur die Managerin. Der tatsächliche Besitzer ist ein Mann namens James Larimore, auch bekannt als Wooden Head Larimore, und der hat *ausgedehnte* Verbindungen, echte *Verbindungen* nach – rat mal, wohin ...«

»St. Louis.«

»Richtig.« Die Telefonverbindung wurde besser. »Deine FBI-Freundin flippte daraufhin fast aus und schickte ein Team der Spurensicherung zu ihrer Wohnung, und die stellten – rat noch mal, was – fest?«

»Dass es blitzblank gesäubert und alle Spuren verwischt waren.«

»Von oben bis unten.«

»Wir haben sie!«, krähte Lucas triumphierend. »Wir haben sie! Wie ist ihr Name?«

»Clara Rinker.«

»Rinker ... Ich scheiße auf das ganze verdammte FBI, Marcy. Wir haben diesen beschissenen Fall über ihre Köpfe hinweg gelöst!«

»Ja … Willst du wissen, woher Wooden Head den Namen Wooden Head bekommen hat?«

»Natürlich.« Das Adrenalin brauste in seinen Adern. Er hätte jetzt jedem Blödsinn zugehört.

»Er war mal in einer Bar, als eine Schießerei losging, und er kriegte einen Querschläger ab, und die Kugel blieb in seinem Schädelknochen stecken: in der Stirn über der Nase. Bohrte sich ein Stück rein, blieb stecken, deutlich für alle sichtbar. Man erzählt sich, alle Anwesenden hätten so lachen müssen, dass sie nicht weiter rumballern konnten. Auch Wooden Head soll laut gelacht haben.«

»Er ist also ein harter Bursche.«

»Ja, sehr hart. Und die Feebs werden nicht viel aus ihm rauskriegen. Er sagt, er weiß nichts von rein gar nichts.«

24

Malone holte ihn am Flughafen von Wichita ab. »Sie sind irgendwie grün im Gesicht«, sagte sie. »Unruhigen Flug gehabt?«

»Nein, der Flug war in Ordnung«, brummte Lucas. Er schaute schaudernd durch das Panoramafenster des Terminals zurück auf das Flugzeug, und Malone merkte das und fragte: »Sie sind doch nicht etwa einer dieser Leute, die … Sie haben doch wohl keine Flugangst, oder?«

»Es ist jedenfalls nicht meine bevorzugte Art zu reisen«, sagte Lucas und ging zum Ausgang. Sie hatte Mühe, mit ihm Schritt zu halten, und er fragte über die Schulter: »Was haben

Sie in der Bar feststellen können? Fingerabdrücke von ihr? Fotos von ihr? Wir müssen *sofort* ein Foto von ihr haben.«

»Fliegen ist rund fünfzigmal sicherer als Autofahren«, sagte Malone. »Ich dachte, jeder wüsste das. Aber nicht nur das – die meisten Leute lassen sich beim Autofahren ablenken und verfallen in Routine, während Piloten darauf trainiert sind, sich nicht …«

»Ja, ja, jetzt reicht's«, knurrte Lucas. »Ich mag das Fliegen nicht, weil ich dabei Probleme mit der Selbstkontrolle kriege, und das wiederum verträgt sich nicht mit meinem unterbewussten Macho-Selbstverständnis, okay? Sind Sie zufrieden? Dann jetzt zurück zu Rinker.«

»Wir konnten keine Fotos von ihr finden«, sagte Malone. »Und Sie haben doch keinen Grund, sich wegen Ihrer Flugangst in die Defensive gedrängt zu sehen.«

»Es muss doch aber Fotos von ihr geben …«

Malone gab auf. »Weder in ihrem Appartement noch in der Bar waren Fotos von ihr zu finden. Entweder hat es nie welche gegeben, oder sie hat sie mitgenommen. Wir haben uns auch an Leute gewandt, die mehr oder weniger ihre Freunde sind …«

»Mehr oder weniger?«

»Sie hat nicht viele echte Freunde«, sagte Malone. »Sie ist ein freundlicher Mensch ohne Freunde. Keiner der Mitarbeiter in der Bar hat je das Innere ihres Appartements gesehen.«

»Eine Einzelgängerin.«

»Psychologisch gesehen auf jeden Fall.«

»Der Führerschein …«

»Auf der amtlichen Kopie ihres Führerscheins trägt sie eine rote Perücke und eine Brille mit Gläsern in der Größe von Untertassen, und sie hält den Kopf gesenkt … Ich will damit sagen, dass das Phantombild, das Sie erstellt haben, besser ist als dieses Foto. Die Universität von Wichita hat eine Kopie ihres Studentenausweises, aber ihr Foto darauf ist noch schlechter als das auf dem Führerschein. Sie war sehr vorsichtig. Wir haben jedoch eine Verfeinerung des Phantombilds in Angriff genommen. Es liegt uns heute Abend vor, und es wird so gut sein wie ein Foto.«

Sie traten aus dem Terminal hinaus in die bereits warme Sonne von Kansas; bei der Landung hatte die Sonne erst knapp über dem Horizont gestanden, und Lucas hatte nicht erwartet, dass es schon so warm sein würde. Malone führte ihn zu einem nicht als FBI-Dienstfahrzeug erkennbaren Ford in der Parkverbotszone. Ein uniformierter Cop der Stadtpolizei bewachte es. »Danke, Ted«, sagte Malone zu dem Cop, der nickte und sie mit seinem schönsten Kampfgenossengrinsen bedachte. Soeben hatte er diesen Parkplatz für sie gegen Strafmandate verteidigt; nächste Woche würde er dieser Schwester im Kampf gegen das Böse vielleicht bei einem Einsatz gegen einen alles vernichtenden Steppenbrand auf den Ebenen von Kansas das Leben retten …

Na ja, vielleicht aber auch nicht.

»Und da ist noch was«, sagte Malone, als sie vom Bordstein wegfuhr.

»Aha«, sagte Lucas.

»Die Spurensicherung hat mehrere kleine Flecken von frischem Blut auf dem Boden ihres Appartements entdeckt. Ein Mann, der am Ende der Straße wohnt und früh aufgestanden war, um zum Angeln zu gehen …«

»Angeln in Kansas?«

»Ja, irgendwo scheint das auch dort möglich zu sein. Jedenfalls, er sah, dass zwei Männer in das Appartementgebäude gingen. Sie wirkten in dieser Gegend irgendwie fehl am Platz, wie der Angler dachte – große Kerle, sahen aus wie Footballspieler, und sie trugen Anzüge. Aber sie hatten einen Schlüssel zur Eingangstür, und er glaubte, es seien zwei Appartementbewohner, die nach einer langen Nacht nach Hause kämen Er ging also zum Angeln und vergaß die Sache, bis einer unserer Jungs die Nachbarschaft abklapperte.«

»Zwei Männer in Anzügen, mitten in der Nacht ...«

»Kurz vor dem Morgengrauen.«

»Und Blut auf dem Boden ...«

»Es gibt kein Appartement in dem Gebäude, das von zwei Männern bewohnt wird, und wir haben auch keine getrennt voneinander in dem Gebäude wohnenden Männer gefunden, die zusammen ausgegangen waren. Es ist kein sehr großes Gebäude – achtzehn Appartements, und wir haben mit allen Bewohnern gesprochen.«

»Gab es Anzeichen für einen Kampf in der Wohnung?«

»Nein. Sie hatte einen Bewegungsmelder im Flur installiert, und zwar so geschickt, dass man ihn nur sehen konnte, wenn man nach ihm suchte. Wenn sie in der Wohnung war, ist sie gewarnt worden, als die beiden kamen. Natürlich kann sie die beiden auch ganz normal erwartet haben. Es gab jedenfalls keine Anzeichen für einen Kampf.«

»Sie hat sie also wahrscheinlich erschossen?«

»Das wäre möglich – bis auf die Tatsache, dass keine Leichen zu finden waren, und sie müsste die Leichen von zwei bulligen Männern mit der Statur von Footballspielern durch den Flur und die Treppe hinunter geschleppt haben, um sie loszuwerden. Andererseits, wenn die Männer *sie* erschossen haben ... Zwei kräftige Männer wie diese könnten mit der Leiche einer kleinen Frau ziemlich leicht fertig werden. Wenn es wirklich solche Riesentypen waren, hätte sie einer von ihnen unter seinen Mantel stecken und mit ihr rausmarschieren können.«

»Trugen sie Mäntel?«

»Der Angler sagt nein, aber Sie verstehen ja wohl, was ich im Prinzip meine: Die beiden hätten *ihre* Leiche weitaus einfacher wegschaffen können als sie die Leichen der beiden Kraftprotze.«

»Sie könnten auch einfach zu dritt friedlich davonmarschiert sein«, gab Lucas zu bedenken. »Oder sie könnte Helfer gehabt haben. Und das Blut könnte von einer Verletzung stammen, die sie sich beim Packen zugezogen hat.«

»Was im Moment auch meine Theorie ist«, sagte Malone. »Obwohl die andere Theorie – sie hat die Männer erschossen und die Leichen beseitigt – attraktiver ist. Wenn wir diese Frau in die Finger kriegen ... In einem halben Dutzend Staaten ihres Wirkungsbereichs gibt es die Todesstrafe, und bei dem einen oder anderen ihrer Morde haben die Ermittlungsbehörden auch handfeste Beweise. Das einzige, was ihnen fehlt, ist die Mörderin selbst. Wenn wir sie der Justiz in einem dieser Staaten übergeben, droht ihr früher oder später der elektrische Stuhl oder die Gaskammer oder die Giftspritze. Mit diesem Druckmittel könnten wir wahrscheinlich eine Menge aus ihr herausholen. Wir könnten mit ihren Informationen ein paar richtig große Löcher in die Mafia-Organisation in St. Louis brechen.«

»Und darauf wollen Sie hinaus ...«

»Natürlich«, sagte sie. »Wenn wir diesen Kerl in die Finger kriegen, den Kerl, der sie eingesetzt hat ... Er weiß *alles*. Wenn sie uns diesen Mann ans Messer liefert, könnten wir ihm dasselbe Arrangement von elektrischen Stühlen und Gaskammern und Giftspritzen vor Augen halten. Wenn er dann redet, könnte St. Louis innerhalb von zwei Jahren sauberer sein als ... ich weiß nicht, sagen wir einfach mal Seattle.«

»In Seattle hat man Microsoft ...«

»Okay.« Sie zeigte ein leichtes Lächeln. »Dann also Minneapolis.«

»Danke.«

»Wie auch immer – die Gangsterbosse in St. Louis wissen das alles ebenso gut wie wir. Der Gedanke ist sicher nicht zu weit hergeholt, dass sie ein paar andere Killer auf sie ansetzen könnten, um das Problem zu lösen.«

»Könnte sein, dass sie zu clever für so was ist«, sagte Lucas. »Ich habe den Eindruck, dass diese Lady ausgesprochen intelligent ist. Wir wissen also, dass die Gangster ein paar Killer losschicken könnten, die Gangster selbst wissen, dass sie ein paar Killer losschicken könnten, und sie weiß es natürlich auch. Und wenn jeder das weiß – schicken die Gangster dann wirklich ein paar Killer los?«

»Ich weiß es nicht«, sagte Malone. »Ich weiß nur eines, und das ist einzigartig …«

»So? Was?«

»Sie sind der einzige Mann, den ich kenne, der im wahrsten Sinn des Wortes mit dem Teufel getanzt hat.«

Das große Fenster fiel Lucas sofort ins Auge, als er in das Appartement kam.

Er hatte einen Vorteil vor Malone und den anderen beteiligten FBI-Agenten – als sie zum ersten Mal in die Wohnung gekommen waren, hatten sie nach Rinker selbst gesucht, und sie wussten noch nichts von dem Blut auf dem Boden. Einer der Techniker vom FBI-Team führte ihn durch die Wohnung, und schließlich fragte Lucas: »Haben Sie den äußeren Sims an diesem großen Fenster schon untersucht?«

Der Agent sah zu dem Fenster hinüber, überlegte schnell und sagte dann: »Noch nicht«, als ob es das nächste Vorhaben auf seiner Liste sei.

»Darf ich das Fenster schon mal hoch schieben?«

»Lassen Sie mich einen der Kollegen holen, um das zu machen«, sagte der Agent.

»Was geht Ihnen durch den Kopf?«, fragte Malone.

»Nur ein Idiot würde daran denken, aus diesem Appartement *irgendeine* Leiche rauszuschleppen«, sagte Lucas. »Aber sie nachts aus dem Fenster zu schieben …« Er schaute aus dem Fenster nach unten. »Sie würde direkt vor den Müllcontainern da unten landen. Und man könnte mit einem Wagen direkt an sie ranfahren.«

Einer der Techniker kam zu ihnen, schaute skeptisch auf das Fenster und sagte: »Lassen Sie mich mal da ran.«

Lucas trat zurück, und der Mann schob das Fenster ohne Anstrengung ganz hinauf. Das äußere Fenster bestand aus einem Aluminiumrahmen mit einer Glasscheibe und einem Fliegengitter, die man getrennt voneinander hoch schieben oder eingesetzt lassen konnte; in diesem Fall war die Glasscheibe hoch geschoben und das Fliegengitter im Rahmen gelassen worden. »Ich nehme das Gitter raus, um es im Labor untersuchen zu können«, sagte der Techniker.

Die Gummihandschuhe waren hinderlich, als er das Gitter mit einem kleinen Taschenmesser ein Stück anhob und dann aus dem Rahmen zog. Er lehnte es gegen die Wand, und sie alle schauten auf den unteren Rand des Gitters und den Backsteinsims draußen vor dem Fenster.

»Hm«, grunzte der Techniker, nachdem er sich aus dem Fenster gelehnt und den Sims betrachtet hatte.

»Was ist?«, fragte Malone und warf Lucas einen schnellen Blick zu.

»Können Sie mir einen Grund dafür sagen, dass ein Fenstersims mit Tweedfäden von Anzügen bedeckt ist?«

Wooden Head wurde von einem Spezialisten-Team des FBI aus Washington verhört. Lucas und Malone hörten ein paar Minuten zu, gingen dann aber wieder. Wenn diese Fachleute etwas übersahen, war Lucas vermutlich nicht in der Lage, ihnen auf die Sprünge zu helfen – das Team nahm Wooden Head Zentimeter für Zentimeter auseinander, und die Leute machten das gut.

»Ich würde vorschlagen, wir sollten ins ›Rink‹ zum Essen gehen, aber dort würde uns bestimmt jemand auf den Hamburger spucken«, sagte Malone.

»Dann lassen Sie uns woanders hingehen. Danach nehme ich mir einen Mietwagen und fahre nach Hause.«

»Wirklich? Sie wollen die ganze Strecke mit dem Wagen fahren, statt zu fliegen?«

»Ja, wirklich«, antwortete Lucas.

»Heute Nachmittag fahren zwei Angehörige unseres Teams der Spurensicherung nach Minneapolis, um sich die Tatorte der letzten beiden Morde anzusehen … Sie könnten mit ihnen fahren. Ich glaube, sie wollen etwa um drei aufbrechen und ohne Übernachtung durchfahren.«

»Reservieren Sie mir einen Platz im Wagen«, sagte Lucas.

Sie gingen in ein Restaurant im Stadtzentrum, bekamen einen Tisch, der leicht wackelte. Lucas sah sich die Tischbeine an und sagte dann zu Malone, die ihm gegenüber Platz genommen hatte: »Sehen Sie den kleinen Hebel, der da ganz unten an dem Tischbein raussteht?«

»Ja. Und?«

»Schieben Sie ihn ein Stück mit dem Fuß in meine Richtung.«

»Und wozu soll das gut sein?«

»Es bringt den Tisch ins Gleichgewicht«, erklärte Lucas.

Malone erfüllte die Bitte, und der Tisch hörte auf zu wackeln. »Woher wissen Sie so was?«, fragte Malone.

»Ich war früher mal Kellnerin«, antwortete Lucas. »Vor der Operation der Geschlechtsumwandlung.«

Bei Kaffee und überbackenen Käsesandwiches informierte Malone Lucas über alles, was das FBI über Clara Rinker herausgefunden hatte – sie hatten ihre Biografie von der Kindheit an zusammenstellen können, besaßen aber immer noch kein gutes Foto von ihr. »Sie hatte als Teenager ein paar Mal Ärger mit den Behörden, aber es waren nie ernsthafte Dinge. Es wurde nie ein Foto fürs Verbrecheralbum von ihr gemacht, die Fingerabdrücke wurden ihr nie abgenommen. Sie lief aus dem Elternhaus weg, und sie scheint gute Gründe dafür gehabt zu haben. Wir haben Grund zu der Annahme, dass sie von ihrem Stiefvater mehrmals vergewaltigt wurde. Dieser Stiefvater verschwand übrigens auf mysteriöse Weise. Auch einer ihrer Brüder scheint sich an ihr vergangen zu haben.«

»Verschwand er ebenfalls?«

»Nein. Wir haben ihn gefunden, aber er sagt nicht viel über sie. Behauptet, er könne sich kaum mehr an sie erinnern.«

»Sehr hilfreich …«

»Unser Bild von ihr ist dennoch ziemlich vollständig. Sie ist eine Soziopathin, denken wir, aber keine Psychopathin. Sie betreibt ihren Job ohne Enthusiasmus, führt ihn einfach aus, und zwar sehr effizient. Sie musste ohne High-School-Abschluss für die Zulassung zum Studium an der Uni – der Wichita State – einen Begabtentest machen, und sie hat ihn recht ordentlich bestanden: gut in Englisch, weniger gut in Mathe. Siebenhundertfünfundfünfzig Punkte, was geradezu herausragend ist, wenn man bedenkt, dass sie nach der neunten Klasse von zu Hause weggelaufen ist.«

»Ich wusste von Anfang an, dass sie intelligent ist«, sagte

Lucas. »Sie hat sich von hier absolut ›stubenrein‹ abgesetzt, und ich vermute, dass sie sich in ein ebenso stubenreines Versteck zurückgezogen hat. Es könnte schwierig werden, sie aufzuspüren, vor allem, weil wir nur diese beschissenen Fotos von ihr haben. Sagen Sie – meines Wissens machen die Leute, die diesen Begabtentest durchführen, Fotos von ihren Kandidaten …«

»Das weiß ich nicht«, sagte Malone. »Aber ich lasse das überprüfen.«

»Wenn das Blut, das Ihre Leute in der Wohnung und vor allem draußen vor den Müllcontainern gefunden haben, von mehr als einer Person stammt, weilt Clara Rinker noch unter den Lebenden; wenn nicht, könnte es ihr Blut sein, und dann … Ich weiß auch nicht, aber es ist schwer, sich mit dem Gedanken abzufinden, sie könnte tot und für immer verschwunden sein. Unerreichbar für uns.«

»Es hat schon Schlimmeres gegeben«, sagte Malone kühl. »Die Morde würden wenigstens so lange aufhören, bis die Gangster einen anderen Killer rekrutiert haben. Aber ich verstehe, was Sie meinen; es wäre schön, sie in die Finger zu kriegen.«

»Hat sie irgendeine Fremdsprache gelernt?«

»Spanisch«, bestätigte Malone. »Sie lernte im vierten Jahr am College Spanisch und erzielte stets gute Noten. Einer unserer Jungs hat mit ihrem Spanischlehrer gesprochen, der gesagt hat, wenn sie nach Süden über die Grenze geht, wird sie in sechs Monaten Spanisch wie ihre Muttersprache beherrschen. Sie spreche die Sprache bereits sehr gut, und sie habe ein gutes Ohr für die Aussprache.«

»Ich wäre nicht überrascht, wenn sie jetzt schon da unten wäre«, sagte Lucas. »Verdammte Scheiße – wir waren fünfmal hintereinander ganz dicht an ihr dran …«

»Was ist mit dieser Frau in Minneapolis – Carmel Loan?«, fragte Malone. Sie aß ihr Käsesandwich in kleinen, akkuraten Bissen, tupfte nach jedem zweiten oder dritten den Mund mit der Serviette ab. Sie sieht wie eine Geschichtsprofessorin aus, dachte Lucas, aber wie eine verdammt sexy Professorin. Vielleicht war das eine Erklärung dafür, warum sie viermal verheiratet gewesen war und keine der Ehen gehalten hatte. Vielleicht hatten die ehebereiten Männer jeweils erwartet, eine nette, reservierte Geschichtsprofessorin zur Frau zu bekommen – und hatten es stattdessen mit einer Sexbestie zu tun bekommen. Na ja, vielleicht war es auch umgekehrt …

»Ich muss mich ins Bett legen und über Carmel Loan nachdenken«, sagte Lucas. »Vielleicht kann ich es ja auch heute Abend bei der Fahrt nach Hause auf dem Rücksitz machen … Jetzt aber zu einer wichtigen Frage: Wie überzeugend – juristisch fundiert – wäre ein Fall gegen Clara Rinker, den Sie auf der Grundlage der bisherigen Beweislage zusammenstellen können?«

Malone dachte nach und schaute zur Seite. Dann kratzte sie sich im Nacken, rutschte auf dem Stuhl hin und her und sagte schließlich: »Wir könnten sie wahrscheinlich überführen. Früher oder später jedenfalls; wenn wir mehrere Anläufe machen können, wäre es möglich …«

»Aber es ist nicht sonnenklar?«

»Nein, das nicht«, sagte Malone. »Aber vielleicht stoßen wir ja früher oder später noch auf etwas, das sie vergessen hat. Vielleicht Fingerabdrücke am richtigen Ort … Denn mit den Abdrücken, die Sie von diesem Stück Seife genommen haben, können wir ja nur beweisen, dass sie sich zu diesem Zeitpunkt in einem Hotel in Minneapolis aufhielt. Mehr nicht. Wir haben einen Berg von Beweismaterial, aber wir haben keinen direkten Beweis, der sie mit den Morden in Verbindung bringt.

Aber ich bin der Meinung, dass wir sie auch mit diesem Berg festnageln könnten. Vorausgesetzt, wir kriegen sie vor das richtige Geschworenengericht.«

»Dieselbe Beweislage könnte ja aber auch auf einen anderen Verdächtigen zutreffen – es ist nicht *unmöglich,* dass Clara Rinker die falsche Person ist, oder?«, fragte Lucas.

»Nun, es ist jedenfalls ziemlich *unwahrscheinlich.*«

»Aber …«

»… nicht unmöglich«, stimmte sie zu.

»Sie haben doch sicher einen Juristen in Ihrem Team, oder? Außer Ihnen, meine ich.«

»Ja, zwei«, antwortete Malone.

»Wäre es möglich, einen von ihnen – den Cleversten – mit der ganzen Rinker-Akte rauf nach Minneapolis zu schicken, ihn mit einem unserer Bezirksstaatsanwälte zu koppeln und einen Fall gegen *Louise Clark* zusammenzustellen? Zu beweisen, dass sie die gesuchte Profikillerin ist? Ich meine, wir haben schließlich die Waffe bei ihr gefunden, darüber hinaus alle möglichen anderen Beweise, dass sie zumindest den letzten Mord begangen hat, ich möchte gern sehen, welche Beweise wir in den anderen Mordfällen gegen sie finden, falls es welche geben sollte.«

Malone war erstaunt: »Aber Sie sagten doch, es handle sich um eine Inszenierung, ein Täuschungsmanöver. Warum wollen Sie dann *diesen* Fall recherchieren lassen?«

»Weil ich, nur unter uns beiden gesagt, verdammt genau weiß, dass Carmel Loan an diesen Morden in Minneapolis und St. Paul beteiligt ist. Ich weiß nicht genau, mit welchen Motiven, aber Liebe beziehungsweise Sex könnten eine Rolle gespielt haben. Vielleicht auch Geld; vielleicht auch nur Spaß an so was. Aber sie ist bis zum Hals in diese Verbrechen verstrickt, und ich kann Carmel Loan mit Louise Clark in Verbindung bringen. Wenn ich den Fall konstruieren kann, dass Louise Clark die Mörderin ist und Carmel mit ihr in Verbindung steht, ihre Mittäterin ist, kann ich eine Jury vielleicht dazu kriegen, Carmel für lange Zeit hinter Gitter zu bringen.«

»Oh, Mann, ich weiß nicht – das klingt nicht so, als ob es in Übereinstimmung mit den uns auferlegten ethischen Grundsätzen stehen würde …«

»Ich bin kein verdammter Jurist«, sagte Lucas. »Ich bin nur ein einfacher Cop. Ich weiß nichts von juristischen, ethischen Grundsätzen … Zurück zu meiner Frage: Schicken Sie einen der Juristen nach Minneapolis? Über die Details – im Zusammenhang mit den ethischen Grundsätzen – können wir später sprechen.«

Sie starrte ihn über den Tisch hinweg an und sagte dann: »Ich bin mir nicht sicher, ob ich diese Details wissen will.«

»Sie schicken also einen der Juristen hoch?«

»Okay. Ja.« Sie hatte einen kleinen Toastkrümel im linken Mundwinkel hängen, und Lucas nahm ihre Serviette und wischte ihn weg.

»Da war ein Krümel«, sagte er.

Sie zuckte die Schultern und sah ihm in die Augen: »Es gehört zu meiner Lebensgeschichte, dass Männer mir Krümel aus den Mundwinkeln wischen …«

25

Sherrill stimmte prinzipiell mit Malone überein: »Das ist die beknackteste Sache, von der ich je gehört habe.«

Black widersprach: »Und was ist mit den Tracy-Drillingen

und der Sache mit der Kürbisflasche? Du hast gesagt, *das* wäre die beknackteste Sache, von der du je gehört hättest und dass dir bestimmt *nie mehr im Leben* so was Verrücktes begegnen würde.«

Sherrill hielt den Blick auf Lucas gerichtet, sprach aber mit Black: »Okay, das hier ist die zweitbeknackteste Sache, von der ich je gehört habe. Die Sache mit den Tracy-Drillingen bleibt an erster Stelle, aber nur wegen des Zwergs. Wenn es den Zwerg nicht gegeben hätte, wäre dieser Fall hier beknackter.«

Lucas lächelte nicht. »Das ist *nicht* beknackt. Du fängst an, mir auf den Keks zu gehen.«

Sherrill wedelte mit den Händen vor seinem Gesicht herum: »Lucas, wie zum Teufel kannst du einer unschuldigen toten Frau etwas anhängen, das sie nicht getan hat?«

»Es sollte uns nicht allzu schwer fallen«, sagte Lucas. »Wir machen so was mehrmals im Jahr mit unschuldigen *lebenden* Menschen. Da muss es uns doch geradezu leicht fallen, es mit einer Toten zu machen. *Ihr* ist es ganz bestimmt egal. Und wir werden Carmel damit am Wickel kriegen.«

»Mann, ich weiß nicht«, sagte Black. »Das ist schließlich kein Spiel.«

»Das weiß ich. Aber vielleicht treten wir damit eine kleine Lawine los. Ich will, dass ihr alle euch auf die Socken macht und daran arbeitet, Verbindungen zwischen Louise Clark und Carmel Loan zu finden. Die beiden sind etwa im gleichen Alter – sind sie vielleicht mal zusammen zur Schule gegangen? Sind sie vielleicht regelmäßig Gäste in denselben Lokalen gewesen? Sie haben sich gekannt, also lasst uns sie zu Freundinnen machen. Lasst uns die Beweislast gegen Clark zusammenfassen, alles, mit dem wir sie vor Gericht bringen könnten …«

»Wenn sie noch am Leben wäre«, warf Black ein.

»Ja, *als wenn* sie noch am Leben wäre«, sagte Lucas. Ein

halbes Dutzend Detectives war in seinem Büro versammelt: Sherrill, Sloan, Black, ein Detective von der Drogenfahndung, zwei von der Sittenpolizei. Lucas hatte sich Leute ausgesucht, mit denen er schon oft zusammengearbeitet hatte und denen er voll vertrauen konnte. »Aber die Sache funktioniert nur dann, wenn Carmel davon hört. Wir wollen, dass sie reagiert. Wir wissen, dass sie mehr als eine Informationsquelle in unseren Reihen hat, also werden wir tratschen und klatschen – in etwa so: ›Die Mordkommission ist dabei, Carmel Loan Verbindungen zu Louise Clark und damit Verstrickungen in die Mordfälle nachzuweisen.‹«

»Warum rufst du nicht einen deiner Kumpel bei TV-Drei an?«, fragte Black.

»Es wäre mir lieber, die Fernsehleute würden sich *an mich* wenden«, antwortete Lucas. »Unser Spielchen soll ja nicht als solches zu erkennen sein. Gerüchte sind besser als tatsächliche Hinweise. Wenn die Fernsehtypen davon hören und mich fragen, werde ich es wahrscheinlich sogar dementieren.«

»Lehne am besten jeden Kommentar ab«, sagte Sherrill. »Dann werden ihre kleinen Dinger sofort steif.«

Carmel erfuhr fast unmittelbar nach der Besprechung von der Sache. »Sie machen *was*?«

»Sie arbeiten daran, Sie mit Louise Clark in Verbindung zu bringen. Wenn ihnen das gelingt, sind Sie in Schwierigkeiten.«

»Aber ich habe doch nichts getan«, sagte Carmel mit Nachdruck.

»Nun ja, wie auch immer … Hören Sie, diese Entwicklung wird mir zu heiß. Ich ziehe mich für eine Weile aus dem Informationsgeschäft zurück, okay?«

»Das heißt also: ›Von Rückfragen bitten wir Abstand zu nehmen‹ …«

»Ich will natürlich nicht als feiges Arschloch dastehen, aber sie ziehen alle Register. Sie haben ein halbes Dutzend Detectives darauf angesetzt. Davenport hat zu einem Kumpel von mir gesagt, bis zum Wochenende hätte man Sie eingebuchtet.«

»Das ist doch absurd ...«

»Ich dachte, Sie wollten es wissen ... Ich steige also aus, okay? Diese letzte Information war gratis.«

»Ich scheiße auf gratis«, fauchte Carmel.

Black fand eine Einladung zum Juristenball an Halloween, der von Mitgliedern verschiedener Kanzleien im Stadtzentrum organisiert wurde. Ein Foto von vier Frauen des Organisationskomitees, darunter auch Carmel Loan, befand sich auf der Rückseite der Einladung, und Louise Clarks Namen stand auf der Liste der freiwilligen Helfer.

Lucas sah sich die Einladung an und sagte dann zu Black: »Du musst jetzt zu den drei anderen Frauen auf dem Foto gehen und sie fragen, was sie über die Beziehungen zwischen Carmel und Louise wissen, wie eng die Zusammenarbeit war – solche Sachen.«

»Wahrscheinlich war Clark nur als Handlangerin tätig – hat die Einladungen fotokopiert oder so was.«

»Das spielt keine Rolle, frag auf jeden Fall«, sagte Lucas. »Mindestens eine der Frauen wird Carmel anrufen und ihr sagen, dass du diese seltsamen Fragen gestellt hast ...«

Dann stieß Sherrill auf einen eindeutigen Beweis für eine Verbindung, der alle in Erstaunen versetzte: In Louise Clarks Telefonrechnung waren zwei Anrufe bei Carmel Loan aufgeführt – auf ihren nicht im Telefonbuch eingetragenen, privaten Anschluss zu Hause, und zwar in der Woche vor Clarks Tod. Beide waren spät am Abend erfolgt.

»Ich kann mir nicht vorstellen«, sagte Sherrill, »was die beiden sich zu sagen hatten – warum sollte Clark Carmel angerufen haben? Aber es ist ein erstaunlicher Beweis für Kontakte zwischen den beiden.«

»Eigentlich genügt schon die Tatsache an sich«, sagte Lucas. »Aber wir machen Folgendes: Du gehst zu Carmel und konfrontierst sie mit dieser Sache. Sag ihr, es sei Teil der Untersuchungen im Clark-Fall, wir wollten ja nur diese eine Frage beantwortet haben. Reine Routine …«

Carmels Gesicht nahm die Farbe ihres schicken knallroten Seidenschals an: »Sie hat mich nicht angerufen!«, schrie sie. »Niemals!«

»Miss Loan, jemand hat aber angerufen – von Clarks Haus zu Ihrer Wohnung. Wir saugen uns das ja nicht aus den Fingern – hier ist die Rechnung der Telefongesellschaft. Ich habe Ihnen eine Kopie mitgebracht.« Sherrill saß vor Carmels Schreibtisch und faltete die Kopie auseinander und schob sie Carmel über die ledergepolsterte Schreibplatte zu. »Rufen Sie doch bei der Gesellschaft an, wenn Sie Zweifel an der Richtigkeit der Rechnung haben.«

Carmel riss die Kopie an sich und sah sich die beiden unterstrichenen Telefonanrufe an. Sie schüttelte wütend den Kopf, knurrte: »Nein. Das ist …« Aber dann brach sie ab, senkte den Kopf und schien nachzudenken.

»Wissen Sie, was das ist?«, fragte sie schließlich, hob den Kopf und sah Sherrill an. »Dieser Mistkerl hat mich von ihrem Haus aus angerufen. Dreimal in der Woche hat er mit mir geschlafen, und wenn wir nicht zusammen sein konnten, hat er sich zu ihr geschlichen …«

Sherrill sah sie zweifelnd an. »Nun ja …« Sie stand auf. »Wenn Sie es sagen …«

»So war es!«, schrie Carmel und fuchtelte mit der Kopie vor Sherrills Gesicht herum.

Lucas fand die Geschichte nicht lustig. Er schüttelte den Kopf und drehte einen Knopf an seinem Sportmantel hin und her. »Sie tut mir fast Leid«, sagte er. »Aber nur fast.«

»Meine Frage ist: Worauf willst du mit dieser Sache hinaus? Ich meine, worauf *genau*?«

Sie waren allein in Lucas' Büro. Das Licht der Straßenlaternen drang durchs Fenster; ein weiches Glühen überzog den Himmel. Ein wunderschöner Sommerabend, dachte Sherrill, dazu gemacht, um einen stillen See zu wandern ... Lucas unterbrach abrupt ihre Träume: »Du bist der einzige Mensch außer mir, der von der Patrone weiß, die ich in Carmel Loans Wandschrank gefunden habe.«

»Ja, wenn du es nicht noch anderen gesagt hast«, bestätigte Sherrill.

»Das habe ich nicht«, sagte Lucas. »Nur du und ich wissen es.« Er zog die Schreibmaschinenplatte am oberen Rand des Schreibtischs heraus, lehnte sich in seinem Superstuhl zurück und legte die Füße auf die Platte. »Diese Patrone muss ja irgendwie dorthin gekommen sein. Jemand hat eine Schachtel mit Patronen umgekippt, jemand hat das Verschlussstück einer Pistole betätigt, die Patrone ausgeworfen und nicht wieder aufgehoben, oder jemand hat eine Hand voll Patronen in ein Magazin schieben wollen, und dabei ist ihm unbemerkt eine runtergefallen ... Wenn Carmel nun zusieht, wie ich eine Patrone in ihrem Wandschrank finde, und wenn das unter den richtigen Umständen geschieht, wird sie reagieren. Entweder sie oder die Profikillerin ...«

»Du meinst ... irgendeine Patrone?«

»Natürlich. Irgendeine Patrone. Eine zweiundzwanziger.

Wie auch immer die Patrone, die ich gefunden habe, in den Wandschrank kam – Carmel wird wissen, wie es passiert ist. Und sie wird wissen, dass sie beschissen dran ist, wenn ich nun offiziell eine Patrone im Wandschrank finde. Vor allem, wenn sie dann auch noch mit den Kratzern auf Rolos Handrücken und den anderen Beweisen konfrontiert wird.«

»Was wird sie dann tun?«

»Nehmen wir mal an, ich finde die Patrone an einem Freitagabend. Nehmen wir an, das Durchsuchungsteam hat die Wohnung verlassen, nur ich bin geblieben, und ich finde die Patrone bei einer letzten Nachsuche. Ich weiß, wo ich das Original gefunden habe, also finde ich diese Patrone an genau derselben Stelle. Ich zeige sie ihr, und sie wird behaupten, ich hätte sie ihr untergeschoben oder was auch immer. Und ich sage: ›Die einzigen Patronen, die ich in Besitz habe und die ich Ihnen unterschieben könnte, um Sie zu belasten, sind *abgefeuert*, sind nur noch Hülsen. Das hier ist aber eine *nicht* abgefeuerte, komplette Patrone. Wenn nun die metallurgische Analyse ergibt, dass das Geschoss auf dieser Patrone zu den Geschossen passt, mit denen die Morde begangen wurden, sind Sie geliefert, Carmel.‹ Und dann zähle ich ihr die wichtigsten anderen Beweismittel, die wir gegen sie haben, auf …«

»Und …«

»Und dann werde ich sagen: ›Als erste Diensthandlung am Montagmorgen werden wir Sie über das Ergebnis der Analyse der Patrone in Kenntnis setzen.‹ Dann stecke ich die Patrone in eine Plastiktüte und gehe. Fahre nach Hause. Fahre langsam, gebe ihr Zeit, mich einzuholen. Natürlich haben wir ein dichtes Beobachternetz um das Gebäude aufgebaut, und ich fahre ganz langsam durch die Straßen …«

Sherrill runzelte die Stirn. »Du glaubst, sie will dir die Patrone mit Gewalt wieder abjagen?«

»Ja, wenn sie befürchten muss, dass sie zu den anderen passt. Und sie weiß wahrscheinlich, dass es so ist. Vielleicht geht sie auch nicht gleich auf mich los; sie hat ja ein ganzes Wochenende Zeit, darüber nachzudenken.«

»Mann, die ganze Sache stinkt nach Anstiftung zu einer Straftat.«

»Hör zu, wir beide wissen, dass sie bis zum Hals in die Mordfälle verstrickt ist«, sagte Lucas. »Wenn sie auf mich los geht, haben wir sie am Haken. Wenn du jemanden zu einer Straftat verleitest und der reagiert darauf mit einem Mordversuch ... Ich meine, er hat vor Gericht verdammt schlechte Karten. Und wir können uns gegen eine mögliche Anklage wegen Anstiftung zu einer Straftat absichern, indem wir den anderen Jungs im Team die Grundsätze unseres Plans vorher erklären – ihnen sagen, wir wollten der Killerin einen Köder zum Fraß vorwerfen und dass wir natürlich nicht vorhaben, diese Patrone als Beweismittel zu verwenden.«

»Aber wir sagen den Jungs nicht – und natürlich auch keinem anderen –, dass es eine echte inkriminierende Patrone gegeben hat, oder?«

»Nein.«

»Die Sache wird von Minute zu Minute komplizierter.«

»Hm ... Es wäre schön, wenn wir noch mehr Dinge auftreiben könnten, um eine Verbindung zwischen Clark und Carmel nachzuweisen.«

»Nun, zum Teufel, wir erfinden diese Geschichte mit der Patrone, wir erfinden diese ganze Beziehung, dann werden wir ja wohl auch ein paar engere Verbindungen erfinden können«, sagte Sherrill. »Zum Beispiel ... angenommen, wir finden raus, wo sie mal Urlaub gemacht hat, und lassen durchsickern, Clark hätte zur selben Zeit am selben Ort Urlaub gemacht ... Carmel kann auf Anhieb nicht nachweisen, dass das nicht stimmt.«

»Sehr gut«, sagte Lucas. »Ich hoffe nur, dass es zu ihr durch-dringt. Hoffentlich ist ihr Informant hier bei uns noch aktiv.«

»Wir müssen ein Drehbuch für unser Vorgehen schreiben«, schlug Sherrill vor. »Wenn wir den Durchsuchungsbefehl für ihr Appartement haben, könnten wir unsere kleinen Gold-körnchen ausstreuen – du lässt da was fallen, ich dort, Sloan ...«

Lucas nickte, sah auf die Uhr. »Gute Idee – lass dir was ein-fallen. Und ich überlege mir auch etwas ... Aber jetzt muss ich mich mit dem Bericht der Gleichberechtigungskommission beschäftigen – wir sprechen heute Abend über undefinierba-re Minoritäten.«

»Undefinierbare Minoritäten ... Was heißt das?«

»Also, pass auf: Das sind Minoritäten, die nicht durch die Rasse, durch physische oder psychische Behinderung, durch das Alter, durch das Sexualverhalten, durch die Religion, durch die ethnische Zugehörigkeit oder die nationale Her-kunft determiniert sind ...«

»Jesus, ich hätte gedacht, damit wären alle erfasst.«

»O nein. Es gab da einen Fall in Wisconsin: Weißer, Mit-glied der Episkopalkirche, Mitte Dreißig, nicht behindert, he-terosexuell, englischer Herkunft ...«

»Also ein perfekter WASP – Weißer Angelsächsischer Pro-testant ...«

»Ja, der Mann würde bestimmt nicht mal sein Pipi laufen lassen, wenn er unter der Dusche steht«, bestätigte Lucas. »Je-denfalls, er war Mitglied in einer dieser ganz strengen Tier-schutzgruppen, und seine Arbeitskollegen bei der Stadtver-waltung peinigten ihn nun, indem sie Fotos von Schweineko-teletts und Würstchenketten am Arbeitsplatz an die Wand hängten und dauernd davon redeten, sich bei McDonald's saf-tige Big Macs zu holen. Die Stadt Madison musste ihm siebenhunderttausend Dollar als Schadenersatz für erlittene seelische Grausamkeit zahlen.«

»Na ja – Madison …«

»Das erklärt tatsächlich eine ganze Menge«, sagte Lucas und nickte. »Aber offensichtlich besteht ein Regelungsbedarf. Verstehst du, eine Regelung, die auch nichtreligiöse ethische Minoritäten einschließt.« Er schloss die Augen und rieb mit den Daumen und Zeigefingern darüber. »Lieber Himmel, was habe ich da gerade alles gesagt?«

Carmel spürte, wie sich die Wut in ihr aufbaute. Sie wusste, was die Cops machten. Sie stellten eine »Nur-für-den-Fall«-Anklage zusammen – in der Hoffnung, dass die Beweislage ausreichte, sie hinter Gitter zu bringen, *nur für den Fall,* dass sie die Mörderin war.

Irgendwie, dachte sie, hatte Davenport sich darauf versteift, sie als die Mörderin zu betrachten. Und sie musste sich eingestehen, dass sie in dem Bestreben, alle Möglichkeiten auszumerzen, die sie mit Rinker in Verbindung bringen konnten, recht gedankenlos einer Frau einen Mord angehängt hatte, mit der man nun sie in Verbindung bringen *konnte.* Und es gab keine Möglichkeit, zu den Cops zu gehen und zu sagen, Clark sei nicht die Mörderin. Wie sollte sie erklären, dass sie das wusste?

Carmel hatte in ihrer Karriere vierundvierzig Mordfälle vor Gericht vertreten und einundzwanzig davon gewonnen. Das war ein hervorragender Prozentsatz, wenn man bedachte, dass es bei den meisten Klienten um Männer gegangen war, die mit der Pistole in der Hand vor der Leiche ihrer toten Frau gestanden hatten und auf die Frage nach dem Motiv den Cops gesagt hatten: »Sie ist mir unglaublich auf die Nerven gegangen, verstehen Sie?«

Drei der verlorenen Fälle ärgerten sie noch immer, denn sie hätte sie nach ihrer Meinung nicht verlieren dürfen. Sie hatte die Beweise der Staatsanwaltschaft zerpflückt – so hatte sie jedenfalls gedacht. Gespräche mit den Geschworenen nach dem Urteil hatten ihr gezeigt, dass sie den Fall nur deshalb verloren hatte, weil die Geschworenen den Cops glauben *wollten*. Die Beweislage hatte nicht ausgereicht, aber die Geschworenen hatten ihren Klienten trotzdem verurteilt, weil die Cops ihnen eingeredet hatten, sie sollten es tun.

Und das konnte ihr jetzt auch passieren …

Verdammter Davenport …

Sehr schlimm war auch, dass der Verdacht gegen sie sich herumgesprochen hatte. Vielleicht sah sie Gespenster, vielleicht drehte sie auch langsam durch, aber sie meinte, es bereits in den Augen ihrer Kollegen lesen zu können, diese unausgesprochenen Fragen: Haben Sie es getan? Sind Sie Mittäterin? Haben Sie diese kleinen Löcher in Roland D'Aquilas Kniescheiben gebohrt?

In einem Gespräch mit einer von Carmels Freundinnen ergab sich die beiläufige Information, dass sie im vorletzten November Urlaub in Zihuatanejo gemacht hatte. »Halte das fest«, sagte Lucas zu Sherrill. »Wenn wir ihr Appartement auseinander nehmen, werfen wir Carmel an den Kopf, dass Louise Clark zur selben Zeit da unten war.«

»Okay.«

»Was hast du sonst noch gefunden?«

»Nicht viel – die Sache ist wirklich dünn: Clark hat zu der Zeit, als Carmel ihr Studium machte, mal an einem Kurs über juristische Fachtermini an der Uni teilgenommen …«

»Sie haben also zur selben Zeit die Uni besucht.«

»So kann man das nicht sagen …«

»Doch – es genügt den Ansprüchen an unsere nicht so eng zu sehende, regierungsamtliche Betrachtungsweise.«

John McCallum, einer der Geschäftsführer der Kanzlei, kam in Carmels Büro und fragte: »Was zum Teufel ist los, Carmel? Wie wir hören, haben die Cops im Zusammenhang mit all diesen Morden ein Auge auf Sie geworfen.« Er redete, wie Carmel dachte, immer noch in demselben weinerlichen Tonfall, der einst mit ausschlaggebend dafür gewesen war, dass er die Hälfte seiner Haftpflichtversicherungsfälle vor Gericht verloren hatte.

»Das ist alles Quatsch, John«, sagte Carmel. Aber sie spürte, dass ihr das Blut ins Gesicht schoss. »Die Cops versuchen, Druck auf mich auszuüben, aber ich habe keine Ahnung, warum sie das tun.«

»Nun ja, ehm, sorgen Sie dafür, dass das aufhört«, sagte McCallum.

»Ich arbeite daran.«

»Sie wissen, dass die Kanzlei hinter Ihnen steht …«

»Blödsinn. Sie würden mich wie eine heiße Kartoffel fallen lassen, wenn Sie nur könnten«, fauchte Carmel plötzlich. »Natürlich kann ich jede Anklage, die die Cops gegen mich erheben, in Stücke zerreißen, und dann werde ich mir ein Hobby daraus machen, eine Schadenersatzklage gegen Sie zu erheben, weil Sie es untätig hingenommen haben, dass meine Karriere geschädigt wurde. Wahrscheinlich bleibt Ihnen danach noch Ihr ältester Wagen und ein Paar Schuhe, mehr nicht.«

»Das klingt ja fast wie eine Drohung«, sagte McCallum.

»Entschuldigen Sie, dass ich mich nicht klar genug ausgedrückt habe«, sagte Carmel. »Das *war* eine Drohung. Wenn die Kanzlei mir bei dieser Sache nicht die Unterstützung gibt, die ich erwarten kann, werde ich Sie persönlich vor den Kadi zerren und Ihnen die Hoden rausreißen.«

»Das brauche ich mir nicht länger anzuhören«, sagte er. Seine Augen wichen ihrem Wolfsblick aus, und er wandte sich zum Gehen.

»Okay, Sie brauchen sich das nicht anzuhören«, sagte Carmel, und ihr Ton war scharf wie eine Rasierklinge. »Aber Sie sollten darüber nachdenken. Ich meine es nämlich sehr ernst, John. Sie haben mich bei meiner Arbeit beobachtet; Sie sollten sich davor hüten, mich wütend zu machen.«

Sherrill stellte eine Liste aller Verbindungen zwischen Carmel und Clark sowie der Beweise gegen Carmel zusammen und legte sie Lucas auf den Schreibtisch. »Genug für einen Durchsuchungsbefehl?«

Lucas überflog die Liste und nickte. »Wir werden ein Foto von den Kratzern auf Rolos Handrücken sowie alle Telefonrechnungen brauchen.«

»Vom Büro und dem Appartement?«

»Ja. Aber bei der Durchsuchung nehmen wir uns als Erstes ihr Büro vor. Und wir versiegeln das Appartement, sodass sie nicht rein kann, um im letzten Moment noch irgendwas zu vernichten. Wir setzen ein Dutzend Leute ein, damit sie sieht, wie wichtig wir die Sache nehmen … Wir sehen uns alle ihre Akten an, und wir brauchen einen Computerfachmann, der Kopien von all ihren Computerdateien macht. Wir brauchen auch eine richterliche Erlaubnis, die Telefonrechnungen der ganzen Kanzlei einsehen zu dürfen. Vielleicht hat sie von anderen Apparaten aus Gespräche geführt.«

»Das könnte schwierig werden …«

»Ja, aber wir werden es hinkriegen. Die Leute bei der County-Staatsanwaltschaft sollen das einleiten.«

»Und wann legen wir los?«

»Schreib den Antrag für den Durchsuchungsbefehl sofort, wir bringen ihn dann rüber zum County. Ruf vorher an und sag den Leuten, was auf sie zukommt.«

»Und was ist, wenn sie Bedenken haben?«

»Dann soll der Teufel die Arschlöcher holen ... Aber sie sehen es ja von Zeit zu Zeit mal ganz gerne, wenn wir auf den Arsch fallen – und diese Gefahr hängt natürlich über unseren Köpfen.«

»Und die Durchsuchung machen wir gleich morgen?«

»Ja. Morgen ist Freitag.«

Sherrill schaute hinunter auf ihre Liste. »Mein Gott, das wird vielleicht ein Ding ...«

26

Der ganze Papierkram war bis zur Mittagszeit am Freitag erledigt. Lucas ging mit Sherrill, Sloan und Franklin zum Essen, nachdem er den Rest des Teams angewiesen hatte, sich um fünfzehn Uhr in seinem Büro zu versammeln. Sherrill, Sloan und Franklin wussten von der bevorstehenden Durchsuchung, ebenso Black, der jedoch noch zu den Kollegen nach St. Paul gefahren war, um Fotos von den Kratzern auf Rolando D'Aquilas Handrücken abzuholen.

»Warum gehen wir nicht gleich los?«, fragte Sherrill, als sie sich im *Gray Kitten* am Tisch in einer Nische niederließen. Eine Kellnerin eilte herbei, legte vier Menükarten auf das karierte Plastiktischtuch und ging wieder.

»Weil ich will, dass es gegen Ende des Arbeitstages geschieht«, sagte Lucas. »Die Leute sollen beim Aufbruch ins

Wochenende sein. Und es soll schwieriger für sie sein, den Gang der Dinge durch eine einstweilige Verfügung oder so was noch zu stoppen. Und vielleicht ist sie dann ja auch ziemlich erschöpft, was für uns ein Vorteil wäre. Wann ist sie heute Morgen ins Büro gegangen? Um sieben?«

Ein Cop vom Streifendienst blieb an ihrem Tisch stehen. Er hatte seinen freien Tag und trug grasbeschmutzte Shorts und ein T-Shirt mit einem Elch auf der Vorderseite. Er lächelte Sherrill an: »Hey, Marcy.«

»Hey, Tobe«, sagte Marcy. »Du siehst ziemlich ausgepowert aus.«

Er schaute auf seine Shorts, nickte und sagte: »Ich komme vom Softball.«

»Sehr schön«, erwiderte sie und sah Lucas an. Tobe zögerte, sagte: »Okay, dann bis nachher«, und ging weiter. Lucas erwiderte Sherrills Blick, und sie lächelte selbstzufrieden.

»Sie ist um sieben ins Büro gegangen«, bestätigte Franklin, der zum Überwachungsteam gehört hatte. »Um fünf Uhr fünfundvierzig ging das Licht in ihrem Appartement an.«

»Wir gehen also um drei Uhr los zu ihrem Büro, und zur gleichen Zeit stellen wir einen Posten vor ihre Wohnungstür«, sagte Lucas. »Wir bleiben bis ungefähr um fünf in ihrem Büro, dann verlagern wir unsere Aktivitäten auf ihr Appartement. Ich will, dass sowohl das Büro als auch die Wohnung nach allen Regeln der Kunst auseinander genommen werden. Wir brauchen alles, was in ihrem Computer steckt, alle neuen Telefonrechnungen, alle Rechnungen über Käufe, Nummern von Bankschließfächern – einfach alles.«

»Für den Zugang zu ihren Bankschließfächern brauchen wir eine zusätzliche richterliche Erlaubnis«, sagte Sloan.

»Richtig, aber bis wir sie verwenden können – am Montag –, haben wir Carmel entweder festgenagelt, oder die Sache ist in die Hose gegangen«, sagte Lucas. »Aber wir müssen uns diese Erlaubnis auf jeden Fall besorgen. Vielleicht finden wir in einem Bankschließfach etwas, mit dem wir sie zusätzlich unter Druck setzen können.«

»Meinst du tatsächlich, sie würde dich bedrohen?«, fragte Franklin. Er wusste nichts von der Patrone, die Lucas gefunden hatte; er wusste nur, dass Lucas vorhatte, eine Patrone in den Wandschrank zu schmuggeln und dann zu behaupten, er habe sie gerade gefunden.

Lucas zuckte die Schultern. »Ich glaube, dass sie *irgendetwas* unternehmen wird. Wenn wir das richtig hinkriegen, muss sie sich nach dieser Sache mit der Patrone gewaltig in die Enge getrieben fühlen – und der einzige Ausweg ist der, dass sie diese Patrone zurückhaben muss.«

Die Kellnerin kam, und sie bestellten. Und als die junge Frau wieder gegangen war, fragte Franklin: »Hat einer von euch bei so einer Sache jemals erlebt, dass alles so gelaufen ist, wie man es geplant hatte?«

Alle dachten einige Sekunden darüber nach, dann schüttelten Lucas und Sloan den Kopf, und Sherrill sagte: »Nein, nie.«

Um drei Uhr bestätigte das Überwachungsteam, dass Carmel in ihrem Büro war. Lucas schickte zwei Cops los, die Tür zu ihrem Appartement zu bewachen: »Niemand geht ohne meine ausdrückliche Erlaubnis rein. Und falls jemand bei eurer Ankunft in der Wohnung sein sollte, lasst ihr ihn erst gehen, wenn ich ihn persönlich in Augenschein genommen habe.« Dann führte er den Rest des Teams in einer ungeordneten Formation die drei Blocks die Straße hinunter zu Carmels Bürogebäude. Zwei weitere Detectives fuhren in einem Van vor, um eventuell beschlagnahmte Gegenstände aller Art abzutransportieren.

Carmel war gerade im Büro eines anderen Anwalts, als Lucas der Sekretärin im Vorzimmer den Durchsuchungsbefehl präsentierte und seine Leute in Carmels Büro dirigierte. Anwälte aus den anliegenden Büros strömten zusammen, und einer von ihnen schrie: »Heh, was macht ihr Arschlöcher da?«

»Eine Durchsuchung«, sagte Sherrill, die die Nachhut bildete.

»Haben Sie einen Durchsuchungsbefehl?«

»Natürlich«, antwortete Sherrill. »Wir haben ihn gerade vorgelegt.«

»Ihr Arschlöcher«, schrie der Anwalt wieder, und ein anderer fing an, »buh« zu brüllen, und fünf Sekunden später dröhnten Beschimpfungen, Buhrufe und Zischen durch das Büro. Weitere fünf Sekunden später drängte sich Carmel durch die Menge und baute sich vor Sherrill auf.

»Aus dem Weg!«, herrschte sie Sherrill an.

»Ich lasse Sie in Ihr Büro, aber ich weise Sie darauf hin, dass Sie nichts berühren und die Durchsuchung nicht behindern dürfen«, sagte Sherrill. »Wenn Sie es dennoch tun, schmeiße ich Sie raus.«

»So?« Carmel schob sich näher an Sherrill heran. Brust an Brust, kurz vor der Berührung, standen sie sich gegenüber.

»Ja«, sagte Sherrill und wich keinen Millimeter zurück. »Und wenn Sie es wagen, mich auch nur anzurühren, befördere ich Sie als Erstes auf Ihren Arsch, und dann schleppe ich Sie wegen tätlichen Angriffs gegen einen Polizisten in die nächste Haftzelle.«

Carmel verschlug es fast die Stimme: »Damit kämen Sie niemals durch«, brachte sie gerade noch heraus.

»Erzählen Sie das Ihren Zähnen, wenn Sie sie aus Ihrer Kehle rauswürgen«, sagte Sherrill. Sie wartete noch einen Moment auf weitere Aggressionen und trat dann zur Seite. »Berühren Sie nichts, behindern Sie unsere Arbeit nicht.«

Carmel ging an ihr vorbei, und einige der versammelten Anwälte riefen: »Zeig's ihnen, Carmel!« Im Büro stieß sie auf Lucas, der mit den Händen in den Hosentaschen neben einem Computerfachmann stand und zusah, wie er Kopien von Carmels Dateien auf Disketten zog.

»Was hat das zu bedeuten?«, zischte sie.

»Wir durchsuchen Ihr Büro mit dem Ziel, Beweismaterial aller Art sicherzustellen, das Ihre Verstrickung in den Mord an Hale Allen sowie an weiteren Personen aufzeigt. Wenn wir hier fertig sind, werden wir uns an die Durchsuchung Ihrer Wohnung machen.«

»Meiner Wohnung?« Ihre Hand fuhr zur Kehle.

»Ja, Ihrer Wohnung. Im Moment ist sie versiegelt. Wenn Sie es wünschen, dürfen Sie natürlich dabei sein, wenn wir die Wohnung betreten.«

Nach einem langen, verwirrten Schweigen sagte Carmel: »Sie sind verrückt.«

»Nein, aber ich fürchte, Sie sind es«, sagte Lucas. »Wir haben inzwischen ein recht gutes Bild über die Verbindung zwischen Ihnen und Louise Clark.«

»Ich habe und hatte mit Louise Clark nichts zu tun. Absolut nichts. Fragen Sie doch …«

»Dann war es also Zufall, dass Sie zur selben Zeit wie Clark in Zihuatanejo Urlaub gemacht haben?«

»Was?«, fauchte sie. »Ich habe sie in Zihuatanejo nie getroffen! Ich würde niemals mit einer … *einer Sekretärin* dorthin in Urlaub gehen!«

Lucas sah sie lange Sekunden an, und dann, im Wegdrehen, sagte er nur: »Ja, sicher …«

Einer der Detectives von der Sittenpolizei fand Louise Clarks Namen in Carmels Adressbuch; er schob es in eine der üblichen Plastiktüten zur Sicherstellung von Beweismitteln.

Ein anderer fand einen langen Zeitungsartikel über den Drogenprozess gegen D'Aquila, und auch er wurde sichergestellt. Die Anwälte im Flur begannen »Scheißkerle, Scheißkerle, Scheißkerle« zu skandieren, und einer der Geschäftsführer der Kanzlei kam anstolziert und versuchte, die Leute zu beruhigen. Es gelang ihm nicht, der Sprechchor wurde eher noch lauter, und der Mann zuckte die Schultern, grinste leicht und verzog sich wieder. Seine Zustimmung zum Verhalten seiner Untergebenen war so deutlich, wie sie die Anwälte von diesem speziellen Geschäftsführer sonst wohl nur selten erlebten. Zwei Minuten später kam Verstärkung: Eine Gruppe von Anwälten einer anderen Kanzlei im Gebäude stürmte herbei und schloss sich lautstark dem Sprechchor an.

Carmel versuchte, den Lärm zu übertönen: »Sie denken, ich hätte Hale getötet? Wir wollten heiraten! Ich war in der Nacht, als er ermordet wurde, hier im Büro. Sehen Sie sich doch die Telefonrechnungen an, Sie Arschloch, dort werden Sie finden, dass er mich noch hier angerufen und zehn Minuten mit mir gesprochen hat … Heh, Sie verdammtes Arschloch, ich rede mit Ihnen!«

Und draußen variierten die Anwälte ihren Sprechchor: »Arschlöcher, Arschlöcher, Arschlöcher …«

Sherrill wurde wütend, aber Lucas legte ihr die Hand auf die Schulter und grinste sie an: »Ich hatte noch nie so viel Spaß – außer damals, als wir den Mistkerl in Oxford zusammengeschlagen haben.«

Und Carmel schrie: »Was gibt's da zu lachen, du dämliches Arschloch?«

Und Lucas ließ es aus sich heraus – ein lang gezogenes, rollendes Lachen, und draußen kratzten die Anwälte an der Glastür zu Carmels Vorzimmer und sahen zu, wie Lucas lachte und lachte …

Um siebzehn Uhr fuhr das Team zu Carmels Wohnung; drei Detectives blieben im Büro zurück, um die letzten Akten durchzusehen. Carmel folgte ihnen in ihrem blutroten Jaguar, den das Team auf seinem Abstellplatz im Parkhaus des Büros durchsucht hatte. Lucas und vier andere Team-Mitglieder waren im Aufzug, als Carmel im fünften Stock, der Parketage für ihren Wagen, einstieg.

Carmel war in Begleitung eines Mannes, den sie bereits in ihrem Büro als Dane Carlton, ihren persönlichen Anwalt, vorgestellt hatte. Lucas kannte ihn oberflächlich. Er war ein schlanker, grauhaariger Mann mit kühlem Auftreten und eisigblauen Augen hinter einer Goldrandbrille. Er trug einen blauen Anzug, dazu ein weißes Hemd und eine weinrote Krawatte.

Carmel sagte zu Lucas: »Sie verdammter Mistkerl.«

Lucas seufzte und sah Carlton an. »Sie sollten Ihre Klientin dazu anhalten, ihren Mund im Zaum zu halten.«

»Ich bin ihr Anwalt, nicht ihr Erzieher«, erwiderte Carlton kühl.

»Und er wird Ihnen ein zweites Loch im Arsch aufreißen, sobald diese Farce hier vorüber ist«, sagte Carmel.

Lucas sah Carlton an. »Tatsächlich?«

Mit der Andeutung eines Nickens bestätigte Carlton: »Ja.«

Als Carmel und Carlton auf der Etage von Carmels Appartement ausstiegen, sah Sherrill ihnen nach, legte den Mund an Lucas' Ohr und flüsterte: »Ich habe so das Gefühl, er könnte das wirklich tun.«

Lucas sagte leise: »Ich kenne ihn. Er wäre dazu fähig.«

Das Durchsuchungsteam ging methodisch und routiniert vor. Die Leute suchten nach Waffen, Patronen, Rechnungen, Notizen, Briefen – nach allem, was Carmel in Verbindung zu einer der ermordeten Personen bringen konnte. Sie fanden ein halbes Dutzend Notizen und E-Mails, die mit Hale Allen zu tun hatten, aber es waren meistens nur Verabredungen zu Treffen.

Franklin, mit Gummihandschuhen über den großen Pranken, gab Lucas eine der E-Mails, und Lucas las laut vor: »Gnade dir Gott, wenn du fremdgehst – ich bringe dich um.«

Carlton sah Carmel an, die nur die Augen verdrehte. Aber sie war wütend und wurde immer wütender, wie Lucas bemerkte. Er setzte bei der ersten Gelegenheit, die er für günstig hielt, die Kratzer auf D'Aquilas Handrücken ein. Diese Gelegenheit ergab sich, als sie wieder zu schreien anfing:

»Sie beschädigen meine ganze verdammte Kleidung, und die hat mehr verdammtes Geld gekostet, als die verdammte Stadt je bezahlen kann … Dane, wir müssen Schadenersatz fordern, sie ruinieren diesen Hosenanzug!«

Carlton sagte: »Das werden wir, Carmel.« Dann wandte er sich an Lucas: »Chief Davenport, warum beenden Sie nicht endlich diese Farce? Sie finden keine Beweise, dass Carmel irgendetwas mit einem dieser Morde zu tun hatte. Sie fischen ganz einfach im Trüben – und wir werden letztlich herausfinden, warum Sie das tun. Ich habe den Eindruck, dass Sie einen persönlichen Kreuzzug gegen eine der am meisten geachteten Strafverteidigerinnen in diesem Staat führen. Haben Sie einmal einen Fall gegen Carmel verloren? Was gibt es da in *Ihrer* Vergangenheit …?«

»Ich habe nichts gegen Carmel«, sagte Lucas und legte ein wenig Stahl in seine Stimme. »Ich habe sie stets bewundert. Sie ist eine knallharte Strafverteidigerin. Mit dieser Bewunderung war es vorbei, als ich darauf stieß, dass Rolando D'Aquila seine Fingernägel benutzt hatte, um Carmels Namen in seinen Handrücken zu kratzen, während er gefoltert und schließlich exekutiert wurde.«

Carlton zeigte ein leichtes Lächeln. »Das ist … eines der erstaunlichsten Dinge, von denen ich je gehört habe.«

»Sie werden noch mehr erstaunt sein, wenn Sie die Kratzer sehen. Sie sich beizubringen muss fast so viel Schmerz verursacht haben wie die Löcher, die man ihm in die Knie gebohrt hat. Und er hat nicht nur ihre Initialen eingeritzt, sondern ihren Namen: C. Loan. Fast einen Zentimeter große Kratzer auf seinem Handrücken …

Carlton sah Carmel an, die wie erstarrt dastand, nachdem sie D'Aquilas Namen gehört hatte. »Das glaube ich einfach nicht«, sagte Carlton schließlich.

»Nun, D'Aquilas Leiche liegt auf Eis in St. Paul, und die Kratzer samt dem eingetrockneten Blut an seinen Fingern und Händen, das beim Einritzen ihres Namens ausgetreten ist, sind deutlich zu sehen. Gehen Sie hin und sehen Sie es sich an. Sie werden ja sicher einen eigenen Pathologen darauf ansetzen, die Leiche noch einmal zu untersuchen …«

Carmel wollte etwas sagen, aber Carlon brachte sie mit einem Handzeichen zum Schweigen. Er wandte sich wieder Lucas zu, und seine Stimme klang jetzt verbindlicher. Lucas wusste, worauf er hinauswollte: Er suchte nach Informationen, nach allem, was für eine Verteidigung eines Tages nützlich sein konnte. »Wir werden das natürlich anfechten; denn was auch immer in Mr. D'Aquilas Handrücken eingekratzt ist, es ist nicht Carmel Loans Name.«

»Das können Sie sagen, ohne es sich überhaupt angesehen zu haben?« Lucas hob die Augenbrauen.

»Selbstverständlich. Denn es *kann* nicht Carmels Name sein.«

»Okay«, sagte Lucas. »Wenn das Ihre Position ist …«

»Das ist sie, und dabei werden wir auch bleiben«, sagte Carlton.

Die Durchsuchung ging weiter: Sloan, einer der eher für Sanftmut zuständigen Cops der Mordkommission, erwähnte Carmel gegenüber ganz nebenbei, dass man von ihrer Verbindung zu Clark während des Jurastudiums wusste. Lucas, im Flur vor dem Schlafzimmer, in dem Carmel und Sloan miteinander sprachen, hörte Carmels wütenden Ausbruch: »Sie war eine *Sekretärin,* um Himmels willen!«

Und Sloan sagte: »Kommen Sie, Carmel, wir wissen, dass sie zur selben Zeit wie Sie an der juristischen Fakultät eingeschrieben war. Sie nahm an diesem Kurs über juristische Fachtermini teil.«

»Wenn das so war, wusste ich nichts davon.«

»Ach, kommen Sie, Carmel ...«, säuselte Sloan. »Sie und Clark waren alte Freundinnen. Sie haben doch sogar zusammen den Halloween-Ball organisiert, wie ein Blick auf das Programm beweist.«

»Mein Gott ... alte Freundinnen!« Aber sie war jetzt verängstigt, zwar immer noch eher wütend als verängstigt, aber dennoch auch verängstigt ...

Carlton sah inzwischen alle zwei Minuten auf die Uhr. Gegen achtzehn Uhr ging die Durchsuchung dem Ende entgegen. Ein Team der Spurensicherung war gerufen worden, um Beweismaterial von Carmels Bett und dem Bett im Gästezimmer sicherzustellen und das Gästezimmer nach Fingerabdrücken zu untersuchen. Das gesamte Durchsuchungsteam begann, seine Sachen zusammenzupacken, und Sloan sagte laut zu Lucas, er werde jetzt nach Hause gehen. Zwei weitere Detectives meldeten sich ab, und Carlton fragte Lucas: »Ich nehme an, Sie haben nicht noch weitere dramatische Aktionen geplant, oder doch? Keine neuen, speziellen Durchsuchungspapiere zu präsentieren?«

Lucas schüttelte den Kopf: »Nein. Wir sind fast fertig. Ich werde noch einen letzten Rundgang durch die Wohnung machen ...«

Carlton wandte sich an Carmel: »Ich muss um neunzehn Uhr eine Sitzung des Gefängnisausschusses leiten. Du brauchst mich hier nicht mehr, oder?«

»Nein. Es ist vorbei.«

Und Sherrill fragte Lucas flüsternd: »Du hast hoffentlich die Patrone nicht vergessen?«

»Nein, alles klar. Sobald Carlton gegangen ist, verschwindest du auch.«

»Ich warte mit Sloan auf der anderen Straßenseite auf dein Erscheinen. Franklin und Del fahren voraus zu deinem Haus und sichern zusätzlich deine Ankunft.«

Carlton ging, und Sherrill schaute auf die Uhr: »Muss ich noch bleiben?«, fragte sie Lucas. »Ich hab's eilig.«

»Verschwinde«, sagte Lucas. »Ich sage Carmel noch auf Wiedersehen und vergewissere mich, dass nichts von uns zurückgeblieben ist.«

Als Sherrill zur Tür ging, schrie Carmel ihr nach: »Gott sei Dank, dass ich euch alle los bin, ihr Arschlöcher! Ihr verdammten Arschlöcher!«

Sherrill zeigte ihr über die Schulter den Stinkefinger, und Carmels Augen weiteten sich, und sie machte einen Schritt hinter Sherrill her, aber Lucas trat zwischen die beiden und sagte: »Heh, heh ...«, und dann zu Sherrill: »Lass das, okay?« Gleichzeitig aber blinzelte er ihr zu.

»Ja, ja ...« Und sie ging, und Lucas und Carmel blieben allein in dem luxuriösen Appartement zurück.

27

Carmel fragte: »Tragen Sie eine Abhörwanze am Körper?« Sie standen noch im Wohnzimmer, an der geöffneten Tür zum Flur.

»Nein. Sollte ich?« Lucas trat zur Tür und drückte sie ins Schloss.

»Wenn ich es mir richtig überlege, ist es mir egal«, sagte Carmel. »Ich werde Sie für all das zur Rechenschaft ziehen, Davenport, ich schwöre es bei Gott. Und ich werde es mit aller Hingabe tun.«

»Da müssen Sie aber eine Menge Hingabe aufbringen, wenn Sie für dreißig Jahre im Frauengefängnis sitzen«, sagte Lucas.

Ihr Gesicht lief rot an, und sie entblößte beim Sprechen die Eckzähne: »Ich werde nicht ins Gefängnis kommen. *Ich* nicht. Sie vielleicht, wenn wir das alles hinter uns haben. Sie haben nichts gegen mich in der Hand.«

Lucas schüttelte den Kopf und sagte: »Sie diskutieren drüben bei der Staatsanwaltschaft noch darüber. Einige der zuständigen Leute meinen, wir hätten genug Beweise, andere sind anderer Meinung. Die Entscheidung, Anklage gegen Sie zu erheben, wird knapp ausfallen, das gebe ich zu.« Er ging beim Sprechen durchs Wohnzimmer, steckte den Kopf ins Gästezimmer, schlenderte weiter zum Schlafzimmer. Carmel folgte ihm durch den Flur. »Was wollen Sie noch hier?«, fauchte sie.

»Ich mache einen abschließenden Rundgang und überzeuge mich, dass keiner meiner Mitarbeiter etwas zurückgelassen hat«, antwortete er. Die Patrone hatte er bereits nach dem Abschluss der Durchsuchung des Wandschranks zwischen zwei Schuhe gelegt. Die Schiebetür stand ein Stück offen.

»Ich will Ihnen was sagen, Carmel, nur unter uns – und es ist mir egal, ob *Sie* eine Abhörwanze am Körper tragen … Ich weiß, dass Sie in die Morde verstrickt sind. Ich *weiß* es einfach. Ich weiß, dass Sie hinter dem Mord an Barbara Allen stecken, und ich gehe davon aus, dass Sie es getan haben, weil Sie Hale Allen für sich haben wollten. Sie haben auch schon mit ihm rumgebumst, noch ehe Barbaras Leiche unter der Erde war.«

»Das *können* Sie nicht wissen.«

»O doch, ich weiß es. Hale hat es mir erzählt.«

»Hale?« Ihre Hand fuhr zur Kehle.

»Ja. Wir hatten ein langes Gespräch über Sie. Ich weiß alles über Sie – über Ihre sexuellen Präferenzen, über das, worüber Sie im Bett gerne reden. Und wissen Sie, was? Sie haben Hale total verängstigt. Er hatte nicht den Mut, mit Ihnen zu brechen, aber er hatte den Mut, zu mir zu kommen und mit mir zu reden – und ich habe das alles auf Band aufgezeichnet. Er hat mir gesagt, wie sehr Sie Barbara hassten, und er hat mir auch erzählt, wie sehr Barbara ihn an der Kandare hatte und dass er letztlich froh war, sie los zu sein.« Die letzten Sätze erfand Lucas, aber er war sicher, dass sie zutrafen.

»Dieser Dreckskerl«, sagte Carmel.

»Nein, das war er nicht. Er war einfach nur ein Dummkopf. Arbeitete hart, mochte Frauen, hatte nicht sehr viel Grips im Oberstübchen. Und auch nicht viel Mut – er versuchte ganz einfach, so angenehm wie möglich durchs Leben zu kommen. Er hatte Schuldgefühle wegen seines Verhältnisses mit Louise Clark, aber viele Männer, auch solche, die ihre Frauen lieben, haben Affären mit anderen Frauen. Und Louise war im Bett offensichtlich eine wahre Künstlerin. Hale konnte gar nicht aufhören, über sie zu reden. Er sagte, sie könne die Chrom-

416

kappe von einer Anhängerkupplung saugen – so hat er sich wörtlich ausgedrückt. Und er sagte, im Vergleich zu Louise seien Sie wie eine Legion der römischen Armee, die alles niederwalzt.«

»Das hat er niemals gesagt!«, schrie Carmel. Aber Tränen liefen ihr jetzt über das Gesicht, und sie hasste das und schrie noch lauter: »Hale hat das niemals gesagt!«

»Doch, das hat er, und ich denke, Sie wissen es, denn es klingt zutreffend«, sagte Lucas. Er kam sich seltsam vor, fast beschämt, wie er da mit den Händen in den Taschen in diesem kühlen, professionell-feminin eingerichteten Schlafzimmer stand, allein mit dieser tränenüberströmten Frau. Er war grausam, musste es sein, und er steigerte sich noch: »Hale sagte, Sie seien wie eine Maschine, die ihn zerfetzte; aber er hatte Angst, mit Ihnen Schluss zu machen, weil er … *Angst um sein Leben* hatte. Weil er meinte, Sie hätten wahrscheinlich seine Frau umgebracht.«

»Louise Clark hat sie getötet … und ihn auch.«

»Oh, ich bitte Sie«, sagte Lucas, und er kam sich vor wie ein Schauspieler in einer New Yorker Schmierenkomödie. »Louise Clark hatte Hale fest im Griff. Und er wollte Louise heiraten, sobald er Sie losgeworden war. Und um ehrlich zu sein, Louise Clark passte gut zu ihm. Einigermaßen intelligent, wenn auch keine Leuchte der westlichen Welt, aber eine nette Frau. Und gut im Bett. Und aus Gesprächen mit all ihren Freunden wissen wir, dass Louise Clark niemals in ihrem Leben eine Waffe abgefeuert hat – bis zu dem Tag, an dem wir sie mitten in diesem inszenierten Selbstmordszenario in ihrem Schlafzimmer vorfanden …«

»Sie Mistkerl, Davenport«, sagte Carmel und kreuzte die Arme vor der Brust. »Verschwinden Sie aus meiner Wohnung!«

Lucas sagte: »Ja, ich gehe; ich will nur noch nachsehen …«
Es klang nicht echt, und er machte es auch nicht sehr überzeugend – das Stirnrunzeln, die verzögerte Reaktion, aber Carmel war erschöpft, nicht mehr in guter Form. »Was ist das denn?«

»Was?« Carmel war verwirrt.

»Hier, das da«, sagte Lucas. Er trat an ihr vorbei, zog die Schiebetür des Wandschranks weiter auf, damit sie einen besseren Blick auf die Schuhe hatte, bückte sich. »Verdammt!«

Er richtete sich auf, nahm Carmel am Arm und sagte: »Kommen Sie raus hier.« Er schob sie zum Wohnzimmer.

»Lassen Sie mich los …« Sie versuchte, sich loszureißen.

»Ich möchte nur, dass Sie mit mir ins Wohnzimmer kommen.« Und im Wohnzimmer rief er: »Hallo? Ist noch jemand da? Verdammt …«

Carmel machte einen Schritt zurück zum Schlafzimmer, und Lucas sagte: »Nein!« Er sagte es mit scharfer Stimme, und sie blieb stehen. Er schaute sich um, trat in die Küche, nahm eine Rolle Wischpapier von der Arbeitsplatte und ging damit zum Schlafzimmer. Sie kam hinter ihm her, und er kniete sich vor die geöffnete Wandschranktür, schob die Schuhe zur Seite, nahm ein Stück Wischpapier zwischen Daumen und Zeigefinger und hob die Patrone hoch.

»Eine Zweiundzwanziger«, sagte er. Er sah zu Carmel hoch. »Eine verdammte Zweiundzwanziger …«

»Die haben Sie dort hingelegt«, sagte sie.

»Blödsinn. Sie wissen, dass ich das nicht getan habe. Und ich will Ihnen was sagen – ich wette, Ihre Fingerabdrücke sind drauf. Und ich wette auch, dass die metallurgische Analyse ergibt, dass diese Patrone zu denen passt, die bei den Morden verwendet wurden. Wollen wir wetten? Was ist passiert – ist Ihnen eine Schachtel mit Zweiundzwanziger-Patronen im

Wandschrank umgekippt? Eine Patrone beim Laden aus dem Magazin gesprungen? Wie ist diese Patrone in Ihren Wandschrank gekommen, Carmel?«

Davenport schien vor ihr zurückzuweichen. Er ragte in realer Größe vor ihr auf, aber der Druck, der von ihm zu ihr herüberströmte, war so stark, dass er seine Substanz aufzuzehren schien. Er schrumpfte zu einem kleinen Männchen, wie man es durch den Spion in der Wohnungstür sieht. Carmels Gehirn funktionierte nicht mehr richtig: Was da geschah, war einfach nicht zu verkraften. Sie sagte etwas zu ihm, wusste aber nicht, was es war, und sie ging steifbeinig aus dem Schlafzimmer. Er redete auf sie ein, streckte die Hand nach ihr aus, aber sie schlug sie weg.

Sie schrie ihn über die Schulter an, aber ein kleiner, isolierter Teil ihres Gehirns schien jetzt wieder zu funktionieren. Sie taumelte durchs Wohnzimmer, nahm einen dicken Schlüsselbund vom Garderobentisch im Flur, ging aus der Wohnung, ließ die Tür hinter sich offen. Davenport rief ihr etwas nach, aber sie verstand ihn nicht …

Raus aus der Tür, durch den Hausflur, in den Aufzug, automatisches Drücken auf den Etagenknopf, raus aus dem Aufzug im fünften Stock, hinein ins Parkhaus, hin zu ihrem blauen Volvo, Öffnen des Kofferraums, Hochreißen des Deckels, Wühlen in der Sporttasche – und Herauszerren der Pistole.

Denn hier hatte sie die Pistole, die Rinker ihr gegeben hatte, versteckt: in dem Wagen, der auf den – nach der Wiederheirat – neuen Namen ihrer Mutter registriert war, dem Wagen, von dem niemand etwas wusste und den niemand bei ihr vermutete, weil er ein so gar nicht zu Carmel passendes Kraftfahrzeug war.

Sie lief, angetrieben von ihrer irren Wut, zurück zur Tür,

fand den Aufzug mit offener Tür auf sie wartend, stieg ein und schloss die Hand fest um die Pistole.

Lucas starrte ihr nach, als sie aus dem Schlafzimmer marschierte, und er dachte: *Wow!* Er ging mit der Patrone zwischen den Fingern hinter ihr her. Er musste ihr noch sagen, dass er die Patrone mitnahm, und sie sollte sehen, wie er sie in die Tasche steckte. Aber die roboterhafte Art, mit der sie sich durch den Flur bewegte, irritierte ihn, und er fürchtete plötzlich, sie hätte einen Gehirnschlag bekommen, und er rief ihr nach: »Carmel? Carmel? Ist alles okay mit Ihnen?«

Dann verschwand sie durch die Wohnungstür. Er blieb einen Moment unschlüssig stehen, erwartete, dass sie zurückkam, nahm dann sein Mobiltelefon, drückte eine Kurzwahltaste, und als Sherrill sich meldete, sagte er: »Ich bin's. Ich glaube, Carmel dreht irgendwie durch. Verhält sich seltsam. Sie ist gerade aus der Wohnung gelaufen.«

»Sollen wir zurückkommen?«

»Nein. Ich werde … Ja, doch, kommt wieder hoch. Denkt euch einen Grund dafür aus. Ich sehe mal nach, wo sie hin ist.«

Lucas ging hinaus in den Flur – und sah, dass sie verschwunden war, entweder durch die Tür ins Treppenhaus oder in dem Aufzug. Er ging zu den Aufzügen, drückte beim ersten auf den Knopf. Er wippte auf den Fußspitzen, überlegte, ob er zur Treppenhaustür gehen sollte, dann fiel ihm die Wohnungstür ein, und er ging hin, sah, dass sie nicht ins Schloss gefallen war. Er wollte sie gerade zuziehen, als ein lautes *Ding-ding* die Ankunft eines der Aufzüge ankündigte, und Lucas machte einen Schritt darauf zu. »Carmel?«

Sie trat aus dem Aufzug: Lucas erkannte nicht sofort den Zusammenhang des Bewegungsablaufs bei ihr, sah es nicht kommen, aber dann …

Carmel drückte ab, als die Visierlinie sein Gesicht streifte, und sie sah die Überraschung in seinen Augen, und die Pistole ruckte, und Davenport bewegte sich seitwärts nach unten, und sie spürte die Erregung des Tötens in sich aufwallen, und sie richtete den Lauf auf seinen Körper und drückte ab und dann noch mal und dann …

Lucas spürte, wie das erste Geschoss seinen Hals streifte, dann tauchte er zur Seite ab, hörte eine weitere Kugel über seine Schulter zischen, rollte blitzschnell ins Wohnzimmer, während ein Schwarm aus Querschlägerfragmenten durch den Raum fauchte. Er richtete sich auf, orientierte sich zur Tür, und ein Brennen zuckte über seine Wange, ein Schlag traf seinen Oberschenkel, und dann hatte er seine Pistole in der Hand, und Carmel stand unter der Tür …

Lucas feuerte nur einen Schuss ab, und Carmel meinte, ein Baseballschläger habe sie mit voller Wucht getroffen. Das .45er-Geschoss zerfetzte ein faustgroßes Stück Haut direkt unter ihrem Rippenbogen, und sie taumelte zurück. Verletzt … Schlimm verletzt … Krankenhaus … Sie hatte immer noch die Wagenschlüssel in der linken Hand, drehte sich um und wankte auf den Aufzug zu. Die Türen glitten gerade zu, und sie schlug auf den Knopf, und die Türen gingen wieder auf, und sie blickte zurück und sah Lucas hinter dem Türrahmen hervorschauen, und sie schoss noch einmal auf ihn, und dann ließ sie sich in die Kabine fallen.

Lucas drückte noch zweimal ab, aber der Schusswinkel zu den sich schließenden Aufzugstüren war ungünstig; ein Geschoss fuhr in die Tür, das andere war vielleicht gerade noch durch den Schlitz nach innen gedrungen … Er kroch zu den Aufzügen und drückte auf den Abwärtsknopf.

»Das war ein Schuss«, sagte Sherrill aufgeregt zu Sloan. Sie waren in der Lobby, und sie zogen sofort ihre Pistolen. »Das war ein verdammter Schuss! Aus einer verdammt großen Waffe!«

»Warte du hier vor den Aufzügen, einer kommt gerade runter«, sagte Sloan. »Ich laufe durchs Treppenhaus hoch.« Er rannte los.

»Zu weit, zu weit«, rief Sherrill hinter ihm her, aber Sloan ließ sich nicht aufhalten: »Ich muss den Weg versperren, den Weg zur Parketage!«

»Sei vorsichtig!«, rief Sherrill.

»Hol Verstärkung«, schrie er ihr über die Schulter zu, und Sherrill zog ihr Handy aus der Tasche, drückte die Kurzwahltaste zur Zentrale und schrie ihren Notruf in die Sprechmuschel, während die Leuchtziffer des Aufzugs von sechs auf fünf sprang. Dort blieb sie stehen, und Sherrill rannte zum Treppenhaus und schrie nach oben: »Aufzug hat bei fünf gestoppt, bei der Parketage! Sei vorsichtig!«

»Okay«, rief Sloan zurück.

Der zweite Aufzug bewegte sich nach oben; Sherrill drückte dennoch ohne langes Nachdenken auf den Aufwärtsknopf, wollte so schnell wie möglich zum Ort des Geschehens. Der erste Aufzug, der im fünften Stock angehalten hatte, setzte sich nach unten in Bewegung, während der andere unerbittlich weiter hoch fuhr und schließlich im siebenundzwanzigsten Stock stehen blieb. Sherrill lief wieder zum Treppenhaus und rief hinter Sloan her: »Der andere Aufzug ist ganz oben im siebenundzwanzigsten Stock!«

Im selben Moment kam der erste Fahrstuhl in der Lobby an, wie sein *Ding-ding* verkündete. Sherrill schrie dem verängstigten Wachmann zu: »Halten Sie den Fahrstuhl an! Halten Sie ihn hier unten fest! Los, machen Sie schon!«

Der Mann lief zum Aufzug, dessen Türen gerade aufglitten, blieb dann aber wie angewurzelt davor stehen. »Mein Gott, da ist Blut ...«

Sherrill schob ihn zur Seite und sah die Blutlache mitten auf dem Teppich in der Kabine. »Wie hält man das Ding an?«, fragte sie hastig.

»Ziehen Sie den roten Notfallknopf raus, an dem Ring.«

Sie sah den dicken roten Knopf mit dem Ring, zog ihn heraus. »Bleibt er jetzt hier stehen?«

»Ja, das ...« Der Wachmann schaute zu der Etagenanzeigeskala über den Aufzugtüren hoch. »Der andere kommt runter.«

»Oh, Scheiße ... Gehen Sie aus dem Weg!« Sie trat einen Schritt zurück, hielt die Pistole in Bauchhöhe. Erinnerte sich an den Spruch: *Zwei in den Bauch und einen in'n Kopf, bringt jeden zu Boden und zum Teufel in'n Topf ...*

Dann glitten die Fahrstuhltüren auf, und Sherrill sah Lucas auf dem Boden liegen, und Blut lief ihm in die Augen, und er hatte seine Pistole auf ihre Brust gerichtet, und Sherrill schrie: »Lucas, Lucas, Jesus ...«

Der Aufzug schien gemächlich, geradezu unverschämt langsam nach unten zu kriechen. Carmel stemmte sich hoch, spürte ein scharfes Brennen im Arm; sah hin – Blut, viel Blut. Ihr ganzer Körper schien in Flammen zu stehen. Als der Aufzug im fünften Stock anhielt, taumelte sie hinaus in den Flur, zur Tür des Parkdecks. Links neben der Tür verlief das Treppenhaus, und sie hörte, dass jemand hochgestürmt kam. »Hau ab!«, schrie Carmel dem Mann entgegen. Sie konnte seinen Arm sehen, drei Treppenabsätze unter ihr. Der Mann blieb stehen, sah zu ihr hoch, und sie schoss auf ihn, einmal, zweimal ...

Sloan blieb verwirrt stehen. Er war erst dreieinhalb Stockwerke hoch. Carmel? Zwei Kugeln zischten an ihm vorbei, und er richtete die Pistole blind nach oben und drückte ab.

Alle Furcht war von Carmel gewichen; der Schmerz überlagerte alles andere. Sie schoss noch einmal nach unten, noch einmal, und dann machte die Pistole nur noch *klick*. Das Magazin war leer. »Hau ab!«, schrie sie wieder, dann taumelte sie durch die Tür auf das Parkdeck. Ein Dutzend Schritte zu ihrem blutroten Jaguar … Herumfummeln nach dem Schlüssel … In Flammen – ihr Körper stand in Flammen …

Sie setzte rückwärts aus dem Abstellplatz, richtete den Bug des Wagens auf die Ausfahrtrampe und gab Gas.

Sloan hörte das Zufallen der Tür zum Parkdeck. Er streckte schnell noch einmal den Kopf über das Geländer, sah nach oben, lief dann hoch zum nächsten Treppenabsatz. Er hörte, dass der Motor des Jaguar gestartet wurde, hörte das Quietschen durchdrehender Reifen, als der Wagen lospreschte. Er war jetzt einen Treppenabsatz unter der fünften Etage, aber er machte kehrt, rannte zurück, zum vierten Stock hinunter, durch die Tür ins Parkdeck, hörte den Wagen kommen. Er hob die .38er, als der Wagen um die Ecke bog, schoss auf die Windschutzscheibe. Traf die Fahrerseite nicht, und das Heck des Wagens schleuderte herum, als Carmel Gas gab, und er schoss auf das Fahrerfenster, als sie vorbeiraste. Aber er war zu langsam, und der Schuss fuhr in die Heckscheibe, und dann verschwand sie um die Kurve der Ausfahrtsrampe.

Sloan rannte zurück ins Treppenhaus, runter zum dritten Stock, hörte, dass der Wagen bereits durchraste, lief weiter zum zweiten Stock, aber auch dort war es zu spät, und er lief weiter, brach in der Lobby durch die Treppenhaustür, schrie Sherrill zu: »Sie kommt im Wagen die Ausfahrt runter!«

Während er zum Ausgang rannte, sah er aus den Augenwinkeln Lucas am Boden knien, sah das Blut auf seinem Gesicht, sah Sherrill mit der Pistole in der Hand – und dann brach der Jaguar draußen durch die Holzbarriere an der Ausfahrt, raste schleudernd und mit quietschenden Reifen hinaus auf die Straße, weg von ihm, und Sloan rannte durch die Tür, und die Straße war voller Menschen, und er konnte nicht mehr schießen …

Lucas hatte flüchtig seine Wunden untersucht und rief Sherrill zu: »Nicht schlimm, nicht schlimm«, und kämpfte sich auf die Beine, und Sherrill schrie: »Bleib liegen, du bist verletzt, bleib liegen«, aber Lucas schob sie unsanft aus dem Weg und lief humpelnd durch die Tür vor das Gebäude, sah Sloan die Straße hinunterrennen und Carmels Jaguar gerade noch um die Ecke am Ende des Blocks verschwinden.

»Das hatte ich nicht einkalkuliert«, sagte Lucas und machte den Versuch, Sherrill anzugrinsen. Blut sammelte sich in seinem linken Mundwinkel. »Dass sie das machen würde … Sie ist völlig ausgeflippt.«

»Lucas, du musst dich hinsetzen, der Krankenwagen …«

»Ich scheiße auf den Krankenwagen.« Und sie sahen, dass am Ende des Blocks Leute stehen blieben und zu ihnen herüberstarrten, und Sherrill schrie: »Sie kommt zurück! Sie ist um den Block gefahren!«

Lucas lief los, humpelnd, zum Ende des Blocks, und Sherrill fasste den Entschluss, sich besser vor ihn zu setzen, immer noch mit der Pistole in der Hand, und sie schrie den Leuten entgegen: »Polizei! Aus dem Weg! Polizei!«

Lucas sah, wie sie am Ende des Blocks stehen blieb, die Pistole hob … Und der Jaguar kam hinter dem Gebäude hervorgeschossen, und Sherrill schoss nicht, richtete den Lauf der

Pistole zum Himmel, und Lucas schloss zu ihr auf und sagte: »Lieber Himmel, sie hat hundertfünfzig drauf!«

Carmel spürte nicht viel: einen gedämpften Starrsinn, den Willen, zu tun, was ihr gefiel … Sie steuerte den Wagen um die letzte Ecke, erkannte, dass sie in Gegenrichtung durch eine Einbahnstraße raste – und dass sie in jedem Fall in die falsche Richtung fuhr – das Krankenhaus lag hinter ihr. Aber sie versuchte erst gar nicht zu wenden, hielt den Blick starr auf das *Target Center* gerichtet, die Halle, in der die Minnesota Timberwolves ihre Basketballspiele austrugen. Hielt den Blick starr auf das Gebäude gerichtet und trat das Gaspedal bis zum Boden durch …

Sie fuhr am Ende des ersten Blocks mit hundert Stundenkilometern, und mit hundertfünfzig, als Davenport sie am Ende des zweiten Blocks sah. Der Wagen erreichte am Ende des fünften Blocks seine Höchstgeschwindigkeit – rund hundertachtzig Stundenkilometer. Carmel hielt sich genau in der Mitte der weißen Linie, die die beiden Fahrbahnen voneinander abgrenzte, und die entgegenkommenden Wagen wichen ihr ruckartig aus, weiße Gesichter zuckten an ihr vorbei, wie die sterilen Gesichter auf Briefmarken, nur schemenhaft zu erkennen, kaum wahrzunehmen, erstarrt im Ausdruck … Sie streifte einen stämmigen Schwarzen, der eine Lebensmitteltüte mit Milch und Hefeteilchen und einem Dutzend Orangen in der Hand hielt. Er sah sie nicht kommen, als er über die Straße ging, da er gerade in seine Tüte schaute und sich überlegte, ob er die Verpackung der Hefeteilchen aufreißen sollte. Er sah Carmel nicht kommen, und sie erfasste ihn mit der Mitte des Wagens, und er flog über den Jaguar, als ob eine Engelschar ihn hochgerissen hätte.

Mit hundertachtzig Stundenkilometer stieß Carmel gegen

den Bordstein vor dem Target Center, und der Jaguar hob ab, drehte sich in der Luft, überschlug sich …

Lucas und Sherrill sahen entsetzt, wie der Wagen zuerst den Schwarzen hochwirbelte und dann gegen die Betonwand der Halle prallte.

Der Schwarze war in Sekundenbruchteilen tot; er hatte nichts als ein plötzliches Angstgefühl gespürt. Für Carmel war der Übergang vom Leben zum Tod so plötzlich, dass sie ihn nicht wahrnahm.

In der Stille, die dem krachenden Aufprall folgte, rollten und hüpften ein Dutzend Orangen über die Straße, glänzend und viel versprechend, als seien sie Beweise für die guten Seiten eines zerstörten Lebens.

28

Charlie Ross und seine überspannten Yuppie-Kumpel bei der Merchants Bank in Portland, Oregon, hatten ein neues Klassifizierungssystem für Frauen entwickelt. Eines, das sich nach unten orientierte, nicht nach oben. Die Note »Einser-Hühnchen« galt für eine Frau, die an der Grenze zum Akzeptablen stand. Ein »Zehner-Hühnchen« stand für eine absolut hässliche Frau.

Ross arbeitete sich gerade durch die Buchung der monatlichen Rechnungen für die Mieten der Bankschließfächer und behielt nebenher den Schließfachschalter im Auge, während der zuständige Kollege beim Mittagessen war, als ein Sechser-Hühnchen an den Schalter trat. Sie war einfach unerfreulich. Selbst wenn man in Versuchung geraten würde, ihr die Gnade eines Ficks zu erweisen, würde man es vorziehen, ihr zunächst einmal eine Decke über das Gesicht zu legen. Das alles ging Ross durch sein Spatzenhirn, während er sich von seinem Schreibtisch hochstemmte und seinen feisten Hintern zum Schalter bewegte.

Die Frau war klein und dunkelhaarig, ihr Teint grau-grün. Sie hatte ein scheußliches, fast schwarzes Muttermal in einer Mundecke, ein anderes neben der Nase. Und sie trug eine übergroße Brille, eine von der Sorte, die angeblich auch düsteres Licht in Sonnenglanz verwandeln kann, jedoch nur dazu führt, dass die Augen des Trägers in Räumen gelblich glänzten. Die Frau übergab Ross eine Schlüsselkarte, und er ging damit zum Schließfach-Identifizierungsgerät und schob sie durch den Schlitz. Mit der Zugangserlaubnis, die die Maschine ausspuckte, ging er zurück zum Schalter und schob sie der Frau zur Unterschrift hin.

Aber sie sah ihn nicht an. Sie schaute auf das Fernsehgerät, das die Bank in der Warteecke aufgestellt hatte, wo Besucher sich die Zeit vertreiben konnten, bis ihre Ehegatten oder Freunde aus dem Schließfachkeller zurückkamen. Das Gerät war permanent auf die CNN-Nachrichten eingestellt, die in diesem Moment das Wrack eines blutroten Jaguars zeigten, der sich zur Hälfte in eine Wand aus Betonsteinen gebohrt hatte.

»Ma'am?«, sagte Ross. »Ma'am, bitte hier unterschreiben …«

Die Frau schien ihn nicht zu hören, trat näher vor den Fernseher und starrte mit halb geöffnetem Mund auf den Bildschirm.

»Ist gestern Abend passiert«, sagte Ross hilfsbereit. Er hatte die Szene schon ein dutzend Mal gesehen. Das hässliche Hühnchen sah so lange auf den Bildschirm, bis eine andere Nachricht gezeigt wurde – ein Feuerwehrmann, der einem

428

Hund Sauerstoff zuführte. Dann erst kam die Frau zum Schalter zurück. Er korrigierte ihre Benotung von sechs auf vier: Sie hatte einen echt knackigen Arsch – wie eine Turnerin. Aber sie wirkte irgendwie benommen.

»Hoffentlich war's niemand, den Sie kannten«, sagte Ross.

»Nein, nein … Ich wünschte nur, sie würden nicht so viele Gewaltszenen im Fernsehen zeigen.« Rinker unterschrieb die Zugangserlaubnis und schob sie ihm über den Schalter zu. Er sah, dass ihre Hand zitterte, und er hoffte, dass sie nicht von einer ansteckenden, bösartigen, aus der Fremde eingeschleppten Krankheit befallen war.

Lucas' Wunden wurden in der Notaufnahme behandelt und zusammengeflickt, und man eröffnete ihm, dass er anschließend nach Hause gehen könne. Das Zusammenflicken war nicht ganz einfach. Eine Kugel hatte eine Furche durch die Haut an seiner linken Halsseite gezogen, und man hatte sie mit einer ganzen Reihe von Stichen vernähen müssen. Ein größeres Bleifragment hatte die Haut hinter seinem rechten Ohr aufgeritzt, war jedoch nicht bis zum Schädelknochen eingedrungen; man hatte es mit einer Pinzette herausziehen und die Wunde mit zwei Stichen schließen können. Im Schauer der Querschlägerfragmente waren darüber hinaus mehrere kleine Geschossteile in die Haut der Stirn und der Wangen eingedrungen und hatten Blutungen verursacht.

»Wie bei diesem Wooden Head«, sagte Sherrill glücklich. Sie war sehr erleichtert gewesen, als die Ärzte verkündet hatten, Lucas sei nicht schwer verletzt.

Ein weiteres größeres Fragment war in seine Hüfte eingedrungen, und auch das machte Sherrill glücklich.

»Verwundung im Arsch«, sagte sie grinsend.

»In der Hüfte!«

»Sieht für mich wie der verlängerte Arsch aus«, beharrte sie. »Deine Hüfte ist da oben an der Seite ...«

Weitere Fragmente mussten aus beiden Beinen und dem Rücken entfernt werden. Um an eines direkt über der Niere heranzukommen, musste der Arzt einen Schnitt machen. Die Wunden in den Beinen waren alle nur Hautritzer, aber doch recht schmerzhaft, und drei mussten vernäht werden. Als alles vorbei war, drückte der Arzt Lucas die Musterpackung eines Schmerzmittels in die Hand und riet ihm davon ab, am Wochenende Basketball zu spielen.

»Ist das alles, was Sie mir mit auf den Weg zu geben haben?«, murrte Lucas. »Nicht Basketball zu spielen?«

»Nun ja, wir versichern Ihnen natürlich auch, dass wir tiefste Gefühle des Mitleids für Sie empfinden«, sagte der Arzt.

Lucas schob sich vom Behandlungstisch, zog seine Hose an, trottete zur Tür. »Weißt du, was mir am meisten wehtut?«, fragte er Sherrill. »Ich bin im wahrsten Sinn des Wortes ins Wohnzimmer *abgetaucht.* Sie ballerte wie verrückt auf mich, und ich knallte auf den Boden und habe mir den Ellbogen und die Rippen geprellt. Das wird eine Woche lang höllisch wehtun.«

»Besser als die Alternative«, tröstete sie ihn.

Es *tat* eine Woche höllisch weh, dazu kam dann noch das Jucken der sich langsam auflösenden Fäden der Wundnähte. Aber am Donnerstag wurden die Fäden gezogen, und am Freitag, als Malone mit dem FBI-Team eintraf, fühlte er sich bereits wieder halbwegs gesund.

»Keine Spur von Rinker«, sagte Malone. Sie saß auf dem Besucherstuhl in seinem Büro, in einen dunkelblauen Hosenanzug mit roter Krawatte gekleidet. »Aber wir werden sie kriegen.«

»Ich weiß nicht«, sagte Lucas. »Sie ist clever, und sie hatte acht oder neun Jahre Zeit, sich ein Versteck auszusuchen. Sie kann noch hier in den Staaten sein, aber auch in Kanada, Australien, Indien, der Karibik und mit ihren Spanischkenntnissen auch irgendwo in Mittel- oder Südamerika. Und Gott allein weiß, wie viel Geld sie zum Schluss verfügbar hatte.«

»Wir haben sie jedenfalls aus dem Geschäft gedrängt. Ich wollte nur, ich wäre bei der Schießerei mit Carmel dabeigewesen.«

»Tatsächlich? Warum?«

»Ich meine, wenn ich verwundet worden wäre wie Sie … verstehen Sie, nicht zu schlimm, aber mit Behandlung im Krankenhaus …«

»Entschuldigen Sie, aber ich glaube, Sie haben Ihren Verstand draußen im Flur gelassen«, sagte Lucas.

»Sie sind nichts als ein ignoranter städtischer Cop«, stellte Malone fest. »Wissen Sie, was es für einen FBI-Agenten bedeutet, wenn er in vorderster Front verwundet wird? Und wenn er dazu noch eine Frau ist? Mein Gott, ich würde Karriere machen wie eine Rakete.«

»Zum Beispiel in den Rang eines Stellvertretenden Stellvertreters eines Stellvertretenden Direktors aufsteigen oder so was.«

»Mindestens«, sagte sie. »Na ja … Wie geht es Ihnen?«

»Nicht schlecht. Ich könnte wahrscheinlich einen Foxtrott hinkriegen, wenn mich jemand dazu drängen würde.«

»Betrachten Sie sich als gedrängt«, sagte sie.

Am Montag ging Sherrill zum FBI-Büro, um das Team über die Geschehnisse zu informieren. Als sie zurückkam, ließ sie sich in Lucas' Besucherstuhl sinken und sagte: »Ich habe gerade mit Malone gesprochen.«

»So?« Lucas las in dem dicken blauen Band des Berichts der Gleichberechtigungskommission. Er war bis zur Seite fünfhundertfünfundzwanzig vorgedrungen; weniger als hundert Seiten waren noch zu bewältigen. Im Vergleich zur Bearbeitung des Berichts wäre es ein Klacks gewesen, einen zentnerschweren Stein einen Berg hinaufzurollen. »Meint sie immer noch, sie könnte Rinker erwischen?«

»Ich weiß nicht genau, was sie meint«, antwortete Sherrill. »Als ich am Freitagnachmittag mit ihr gesprochen habe, war sie echt gut drauf, konzentriert, angespannt, wie die ... die Chefin vom Ganzen – das ist das Wort, nach dem ich gesucht habe. Wie aufgedreht, verstehst du?«

Lucas blätterte die Seite um und las weiter.

»Aber heute Morgen war sie viel, viel lockerer. Das Haar ein bisschen zerzaust, verstehst du – einmal hat sie sogar regelrecht gekichert. Lippenstift ein wenig verwischt ...«

Lucas sah jetzt von seiner Lektüre auf. »Was?«

»Sie hat gekichert. Wie ein Teenager. Um es klar auszudrücken – sie machte den Eindruck, als ob ihr das Gehirn weich gefoxtrottet worden wäre.«

»Detective Sherrill, Sie stecken doch mitten in der Bearbeitung eines schwierigen Falles, oder? Und ich muss diesen Bericht zu Ende lesen.«

»Diese Reaktion habe ich erwartet«, sagte Sherrill.

Die Kommission hatte neun Mitglieder: den Vorsitzenden, einen hoffnungslos runtergewirtschafteten Politiker namens Bob, einst im Parlament des Staates Minnesota bekannt für seine hohen ethischen Ansprüche, dann in derselben Institution heftig verlacht, als er seinen Sitz an einen sechsundzwanzigjährigen Yuppie verloren hatte; dazu sieben Mitglieder aus betroffenen Wählerkreisen – und Lucas. Nach der üblichen

Eröffnung und der Bekanntgabe der Tagesordnung entwickelte sich die Besprechung zu einer aggressiven Auseinandersetzung über die Frage, ob die Hinzufügung weiterer Minderheiten- oder Behindertengruppen zu der Liste der bereits vorhandenen deren soziale Errungenschaften möglicherweise verwässern würden ... oder so ähnlich. Lucas meinte jedenfalls, so etwas herausgehört zu haben.

Aber er war sich nicht sicher. Als er am Morgen in einer Buchhandlung gewesen war, hatte er entdeckt, dass Donald Westlake eine Neuauflage seiner »Richard Stark«-Parker-Romane herausgegeben hatte, und Lucas hatte *Backflash* zwischen den Seiten des Berichts versteckt. Am Ende der Sitzung hatte er die Story zu mehr als der Hälfte gelesen, und das letzte Kapitel hatte mit dem Wort *Arschloch* geendet. Lucas stimmte voll zu.

Der Abend schien aus einem Country-and-Western-Song zu stammen – einer dieser sanften warmen Abende, die dazu gemacht sind, sich mit einem Bauernmädchen in einem Heuhaufen rumzuwälzen. Selbst der Verkehrslärm schien gedämpft zu sein, als ob die Leute ihre Wagen stehen lassen hätten und es vorzögen, zu Fuß zu gehen.

In Lucas' Nachbarschaft war es sehr still; nur gelegentlich rollten Autos über die breite Straße zwischen seinem Haus und der Klippe über dem Mississippi. Als er in die Zufahrt einbog, fiel ihm ein, dass er Milch und Cornflakes brauchte, wenn er am nächsten Morgen etwas zum Frühstück im Haus haben wollte; und gleichzeitig spürte er eine leichte Speckschicht um die Hüfte, die dringend weggetrimmt werden musste, und wenn er in ein Restaurant ging, würde das diesem Ziel nicht dienlich sein. Er überlegte kurz, entschloss sich dann, den Porsche zunächst einmal in der Zufahrt stehen zu

433

lassen. Er stieß die Wagentür auf, drehte sich um, nahm den Gleichberechtigungsbericht und seinen Roman vom Rücksitz und schob sich aus dem Wagen ...

Und er sah sie kommen.

Sie kam schnell auf ihn zu, hinter der Ecke der Garage hervor. Und obwohl es dunkel war, wusste er sofort, wer sie war. Eine kleine Frau mit geschmeidigen Bewegungen, wie eine Tänzerin ... Der Porsche war ein Hindernis für sie – er stand zwischen ihr und Lucas. Sie hatte erwartet, dass er in die Garage fuhr, und dann wäre er, eingekeilt zwischen dem Porsche und dem großen Chevy Tahoe auf dem zweiten Abstellplatz, ein leichtes Ziel für sie gewesen. Aber sie war entschlossen, ihn zu töten, und er sah ihre erhobene Hand mit der Waffe, und er griff verzweifelt nach seiner .45er, riss gleichzeitig das Buch hoch vor sein Gesicht, und die dumpfen Explosionen bellten auf, und Lichtblitze zuckten durch das Halbdunkel ...

Gleichzeitig mit dem Hochreißen des Bandes warf er sich auf den Boden, und der Bericht flog wie von selbst aus seiner Hand, und er konzentrierte sich darauf, die Lasche des Holsters, das nicht für schnelles Ziehen gemacht war, aufzureißen und die Waffe in die Hand zu bekommen, und er feuerte den ersten Schuss blind in Rinkers Richtung ab. Der Schuss fuhr aufwärts durch die geöffnete Wagentür und durch die Windschutzscheibe. Er rollte sich ab, weg vom Wagen, schoss wieder, immer noch grob in ihre Richtung, versuchte einfach, sie davon abzuhalten, näher an ihn heranzukommen, ihr Angst einzujagen, sie in Deckung zu zwingen; sah einen weiteren Lichtblitz, spürte an der Seite eine Kugel durch den Stoff seines Mantels zischen, schoss auf das Mündungsfeuer, rollte sich zurück zum Wagen, feuerte unter ihm hindurch auf die Stelle, wo er ihre Beine vermutete, sah eine huschende Bewegung, schoss noch einmal …

Sie lief weg.

Er spürte es mehr, als dass er es hörte – später zweifelte er daran, dass er es überhaupt gehört hatte; das Dröhnen seiner Schüsse musste sein Gehör taub gemacht haben –, und er schoss in die Richtung, in der sie davonrannte, und das Geschoss fuhr in die Hauswand.

Er sprang auf, lief durch die wunderschöne warme Sommernacht hinter ihr her. Sie war ganz in Schwarz gekleidet, aber im Licht auf den Terrassen und in den Fenstern der benachbarten Häuser sah er sie. Sie rannte im Zickzack durch seinen Garten, brach durch Büsche, sprang über einen niedrigen Gitterzaun. Er rannte hinter ihr her, so schnell er konnte, aber seine Mokassins waren für einen Sprint nicht geeignet; einen der Schuhe verlor er, als er sich über den Zaun schwang, und sie drehte sich im Laufen um, feuerte zwei schnelle, ungezielte Schüsse auf ihn ab, und er duckte sich instinktiv, hob seine Pistole, sah aber erleuchtete Fenster in der Ziellinie, schoss nicht, rannte weiter. Sie schwang sich über einen weiteren Zaun, einen höheren diesmal, und er kam auf ungefähr dreißig Meter an sie heran, und dann …

Sie kletterte wieselflink eine Leiter hoch, die an der Rückseite eines niedrigen Schuppens lehnte, erreichte den Dachrand, stieß die Leiter mit dem Fuß um, hastete gebückt zum Dachfirst hoch. Diesmal riskierte er einen Schuss – wenn er nicht traf, würde das Geschoss im Mississippi oder am jenseitigen Flussufer landen –, und es *war* ein schlechter Schuss, und sie schwang sich über den Dachfirst und war außer Sicht. Er lief um den Schuppen, stolperte über einen Mülleimer, fiel hin, sprang auf, rannte weiter, stieß ein paar Meter weiter gegen einen Rasenmäher, stürzte erneut, sprang wieder auf, lief in einem größeren Bogen über die offene Rasenfläche weiter um das Haus …

Sie war verschwunden.

Der Hausbesitzer kam schimpfend aus der Tür gestürzt, und Lucas schrie ihm zu: »Rufen Sie die Cops! Rufen Sie 911 an – Schießerei bei Ihrem Haus!«

Er musste sich für eine Richtung entscheiden, und er wählte den Norden, denn das war ihre allgemeine Richtung gewesen. Er lief dreißig Meter weiter, schleuderte den zweiten Schuh vom Fuß, stoppte an der Straßenecke ab, schaute hastig die Straße hinauf und hinunter, rannte ein Stück nach Westen, kehrte wieder um …

Nichts zu sehen.

Sie war verschwunden.

Die Cops von St. Paul kamen drei Minuten später angerast.

Malone sah in ihrer leichten Tweedjacke und der sorgfältig gebügelten Plisseebluse wieder strikt dienstlich aus, und sie sagte gerade zu Lucas: »… sehr wertvolle Information. Wir wissen jetzt, dass sie noch in den Staaten ist, was nach meiner Meinung darauf hindeutet, dass sie nicht vorhatte, sich ins Ausland abzusetzen. Wir werden sie kriegen.«

»Aber nur vielleicht«, sagte Lucas. Er fummelte mit einem gelben Bleistift herum; nachdem die Spurensucher ihm den Gleichberechtigungsbericht zur Laboruntersuchung weggenommen hatten, war ihm sonst nichts zum Herumfummeln geblieben.

»Sei doch optimistisch«, sagte Malone. »Schließlich bist du der Einzige, der je eine Attacke von ihr überlebt hat.«

»Ach, das Ganze war doch ein totales Versagen von beiden Seiten«, sagte Lucas. »Ich habe fünf Schüsse auf sie abgefeuert und sie nicht getroffen. Sie hat ein paarmal öfter auf mich geschossen und ebenfalls nicht getroffen. Und wir müssen für ein paar Sekunden höchstens zwei Meter voneinander entfernt gewesen sein …«

»Du *beklagst* es, dass sie schlecht geschossen hat?«

»Nun ja …«

»Sie hätte dir ein paar Schüsse direkt ins Gehirn gejagt, wenn du diesen dicken Bericht nicht im richtigen Moment hochgerissen hättest.«

»Scheißbericht«, knurrte Lucas. »Ich vermisse das verdammte Ding inzwischen. Hat zwei für mich vorgesehene Schüsse direkt ins Herz abgekriegt …«

Malone stemmte sich vom Besucherstuhl hoch. »Jetzt geht's also zurück nach Washington …«

»Tatsächlich? Ich dachte, du würdest noch eine Weile hier bleiben.«

»Zu viel zu tun in der Zentrale«, sagte Malone. »Ich fliege morgen früh.«

»Hm, wenn das so ist«, sagte Lucas. »Ehm, meinst du, du hättest heute Abend noch ein bisschen Zeit übrig, um mit mir noch mal zum, ehm, foxtrotten zu gehen?«

Abschalten …

Abschiedskuss für Malone am Flughafen.

Nachts sehr vorsichtig, auf Sicherheit bedacht.

Carmel Loan … dann Clara Rinker – aus seinem Leben verschwunden, hoffte er.

Eine Woche nach dem Besuch von Clara Rinker saß Lucas in seinem Büro und las zum wiederholten Mal eine Notiz von Del durch. Einige von Dels Hippiefreunden hatten eine Frau an ihn verwiesen: Sie behauptete, ihr gewalttätiger Ehemann sei ein russischer Spion, ein Maulwurf. Eine Überprüfung durch Del hatte ergeben, dass der Mann keine Vergangenheit hatte, die weiter als 1974 zurückreichte. Er lebte unter dem Namen eines Jungen aus Montana, der 1958 gestorben war. Was soll ich weiter unternehmen?, lautete Dels Frage.

Scheiße – Lucas wusste es nicht. Das Außenministerium anrufen?

Das Telefon klingelte, und er hob ab.

»Hat eine Weile gedauert, bis man mich zu Ihnen durchgestellt hat«, sagte Rinker.

Er erkannte den Akzent sofort; hatte auch sofort den Geruch nach Pommes frites und Bier im The Rink wieder in der Nase. »Polizeibürokratie«, sagte Lucas. »Geht's Ihnen gut?«

»Ja, aber Sie haben mir verdammte Angst eingejagt. Ich habe einen Glassplitter in die Schulter bekommen – von der Kugel, die Sie durch das Wagenfenster gefeuert haben.«

»Was soll ich dazu sagen?« Keine Möglichkeit, das Gespräch zu verfolgen; keine Möglichkeit, irgendjemanden zu verständigen, ihn wissen zu lassen, dass er gerade mit der Nummer eins auf der FBI-Liste der am meisten gesuchten Verbrecher telefonierte …

»Ich habe Sie wohl nicht getroffen, oder?«, fragte sie.

»Nein, aber Sie haben meinen tollen Ermenegildo-Zegna-Sportmantel versaut«, antwortete Lucas. »Ich muss ihn irgendwo kunststopfen lassen. Und meine schicke italienische Hose ist ruiniert.«

»Oh, sehr schade … Ich will Ihnen sagen, was mich aus dem Tritt gebracht hat – es war das Mündungsfeuer Ihrer verdammten Waffe. Was war es? Eine Fünfundvierziger?«

»Ja, richtig vermutet.«

»Ich konnte nichts mehr sehen. Ich hatte mich hinter diesem Busch an der Ecke Ihrer Garage versteckt …«

»Wacholder …«

»Ja. Meine Augen waren so an die Dunkelheit adaptiert, dass ich nichts mehr sehen konnte, als diese verdammten Lichtblitze aufzuckten. Ich konnte nichts anderes tun, als abdrücken und abdrücken … Ich hatte das nicht einkalkuliert – aber, zum Teufel, es war ja auch meine erste Schießerei.«

»Sie hatten Glück. Oder haben Sie etwa vorher diese Leiter an den Schuppen gestellt? Als Fluchtweg?«

»Nein. Reine Glückssache.«

»Verdammt … Ich bin fast umgekommen, als ich um das Haus mit dem Schuppen laufen wollte, stieß gegen einen Rasenmäher, riss mir ein Stück Haut von der Größe einer Dollarnote aus dem Schienbein.«

»Kommen Sie, Lucas, werden Sie nicht weinerlich.«

»Ich will damit ja nur sagen: Wenn Sie diesen Weg genommen hätten, wären *Sie* gegen das Ding geprallt und hingestürzt. Und ich hätte Sie zu fassen gekriegt.«

»Und wären jetzt tot, statt bequem in Ihrem Büro zu sitzen.«

»Aber nur vielleicht«, sagte Lucas, jetzt mit einiger Härte in der Stimme.

Rinker schwieg einen Moment und fragte dann: »Diese FBI-Tante, die mit Ihnen in die Bar kam … Ich habe sie im TV gesehen.«

»Aha …«

»Ja. Sie sagte, ich sei ein Monster.«

»Wie? Sie finden das beleidigend?« Er lachte.

»Ja, ja … Haben Sie mit ihr gebumst?«

Lucas seufzte, sagte: »Jesus …«, dann: »Ja. Hab ich.«

»Herzlichen Glückwunsch … Sie sah aus, als ob sie's gebraucht hätte.«

»Das ist ziemlich gehässig«, erwiderte Lucas. »Sie ist eine

nette Frau. Und wir haben gerade eben noch über Sie gesprochen. Wo zum Teufel sind Sie?«

»Sie würden es den FBI-Typen verraten«, sagte Rinker.

»Nein, würde ich nicht.« Natürlich würde er es tun ...

»Philadelphia. Ich habe gerade ein Bankschließfach geleert. Mein letzter Aufenthalt – und als ich auf diesen Münzfernsprecher stieß, dachte ich, ich rufe Sie mal an.« Lucas hörte den Verkehrslärm im Hintergrund. »Ich wollte Ihnen ausdrücklich sagen, dass ich verdammt wütend darüber war, was Sie mit Carmel angestellt haben. Sie hätte eine gute Freundin werden können. Und so was habe ich nicht.«

»Das mit der Freundin glaube ich nicht«, sagte Lucas. »Für Carmel waren Freunde entbehrlich. Denken Sie doch an Hale Allen. Ich meine, lieber Gott, sie glaubte, sie würde ihn lieben – und peng! Sie erschießt ihn ... Oder waren Sie das?«

»Nein, das hat sie selbst erledigt. Er hat sie betrogen, ist fremdgegangen.«

»Ach was, kommen Sie, Clara, was Carmel mit diesem Mann angestellt hat, war doch kaum etwas anderes als Vergewaltigung. Und dieser Typ war zu schwach, ihr zu widerstehen. Sie hat ihn von einer Minute zur anderen getötet, und genau dasselbe hätte sie früher oder später auch mit Ihnen gemacht.«

»Na ja, mag sein«, sagte Rinker. Dann: »Sind Sie noch hinter mir her?«

»Wenn Sie in meinen Zuständigkeitsbereich zurückkommen, werde ich Sie töten«, sagte Lucas.

»Aber nur vielleicht ... Und wenn ich nicht zurückkomme?«

»Werde *ich* Sie nicht verfolgen, aber da sind ja immer noch die Feebs.«

»Wer?«

»Das FBI. Sie legen Wooden Head inzwischen Daumenschrauben an.«

»Ich hoffe, sie schicken ihn für verdammte hundert Jahre in den Knast«, sagte Rinker. »Er hat versucht, mich umlegen zu lassen.«

»Ja, das hat mir ein wenig Sorgen gemacht«, sagte Lucas. »Als wir in Ihr Appartement kamen, haben wir Blutspuren auf dem Boden gefunden. Wir dachten, Ihre Mafiakumpel hätten sich überlegt, Sie seien ein zu großes Risiko für sie.«

»Sie haben diese Überlegung angestellt, aber ich habe sie ihnen ausgeredet.«

»Werden wir die Leute je finden?«

»Wen?«

»Die beiden schweren Jungs in den Tweedanzügen.«

»Diese Frage muss ich ignorieren.«

»Okay. Nun, ich habe nicht geglaubt, Sie seien tot. Ich habe nur nicht geglaubt, dass Sie zurückkommen würden, um mich zu töten. Ich dachte, das sei irgendwie … unprofessionell.«

»Tatsächlich? Mein Studienberater in Wichita sagte immer, ich sei zu zielorientiert … Dieses eine Mal entschloss ich mich, das Ziel – mich in Sicherheit zu bringen – zu vernachlässigen und meinen Gefühlen freien Lauf zu lassen. Mich einfach gehen zu lassen. Für eine Freundin. Im Gedenken an sie.«

»Das war sehr nett von Ihnen«, sagte Lucas. »Eines will ich Ihnen noch sagen …« Er lachte wieder.

»Was?«

»Wir hatten bei Carmels Begräbnis fünfzehn Leute eingesetzt, um nach Ihnen Ausschau zu halten.«

»Wirklich? Ich war tausend Meilen entfernt.« Aber ihre Stimme klang irgendwie erfreut.

»Wir wollten jede Chance nutzen, auch wenn sie noch so gering war. Es ging auf dem Friedhof zu wie bei einem Großalarm – überall trieben sich Cops herum, versuchten, außer Sicht zu bleiben, Detectives mit Videokameras filmten jeden Anwesenden … in Großaufnahme natürlich, versteckten sich hinter giftigen Efeuranken … Ich trug eine schusssichere Weste und kam darunter dermaßen ins Schwitzen, dass ich fast einen Herzschlag bekam.«

»Jedenfalls sehr schmeichelhaft für mich.« Sie seufzte und sagte dann: »So, ich muss aufhören. Ich habe noch so viel zu tun …«

»Wohin geht die Reise? Costa Rica, Mexiko, Chile? Das sind meine drei Top-Vermutungen.«

»Nicht schlecht, aber Sie sollten auch die Küste von Venezuela einschließen – viele Landsleute da unten, alles sehr billig. Sorgloses Leben …«

»Ich werd's den Feebs sagen.«

»Tun Sie das. Ich muss weg.« Aber sie legte dann doch noch nicht auf und sagte: »Ich bin schneller als Sie.«

»Ganz bestimmt nicht, Schätzchen.«

Sie lachte – in den hellen Glockentönen einer Schönen aus den Südstaaten. Das Lachen brach mit dem *Klick* des aufgelegten Hörers ab.

Irgendwo in Philadelphia, dachte Lucas, geht sie jetzt, in dieser Minute, zu einem unauffälligen Wagen und macht sich auf den Weg zu einem nur ihr bekannten Ziel. Die Nummer eins auf der Liste der meistgesuchten Verbrecher.

Die Nummer eins der Profikiller.

BATYA GUR

Inspektor Ochajon untersucht einen Mord im Kibbuz
und stellt fest, daß hinter der Fassade von
Harmonie und Solidarität tödliche Konflikte lauern...

»Ein hervorragender Roman, packend erzählt,
ans Gefühl gehend, fesselnd!«
Facts

44278

PATRICIA CORNWELL

Kay Scarpetta steht vor einem Rätsel:
Ein verschwundenes Manuskript ist der einzige
Anhaltspunkt für die Suche nach dem Täter...

»Patricia Cornwell versetzt uns
mit ihrer Kultfigur Kay Scarpetta in Entsetzen
und hypnotische Spannung.«
Cosmopolitan

44230

GOLDMANN

DIETRICH SCHWANITZ

»Schwanitz kann glänzend schreiben,
geistreich und eloquent, manchmal tiefernst,
meist witzig, böse, sarkastisch.«
Die Zeit

»Ich bin für dieses Buch.
Ich freue mich, daß ich es gelesen habe.«
Marcel Reich-Ranicki

43349

GOLDMANN

MINETTE WALTERS

»Die Geschichte vom bizarren Tod der Mathilda Gillespie
fesselt durch eine Atmosphäre überwältigender und unent-
rinnbarer Spannung. Der englische Kriminalroman ist
bei Minette Walters dank ihrer Souveränität und
schriftstellerischen Kraft in den denkbar besten Händen.«
The Times

»Minette Walters ist Meisterklasse!«
Daily Telegraph

43973

GOLDMANN

ELIZABETH GEORGE

Verratene Liebe und enttäuschte
Hoffnung entfachen einen Schwelbrand
mörderischer Gefühle...

43771

GOLDMANN